Kleine Geschichten aus alter Zeit

Traugott Haberschlacht

Kleine Geschichten aus alter Zeit

Verbürgtes, Überliefertes
und Erfundenes
von der Stein-
bis zur Backsteinzeit

Theiss

Mit 15 Zeichnungen von Ulrich Weitz, Stuttgart

Die Deutsche Bibliothek – CIP-Einheitsaufnahme

Haberschlacht, Traugott:
Kleine Geschichten aus alter Zeit: Verbürgtes, Überliefertes und Erfundenes von der Stein- bis zur Backsteinzeit / Traugott Haberschlacht. [Mit Zeichn. von Ulrich Weitz]. – Stuttgart: Theiss, 1991
ISBN 3-8062-0875-1
NE: Haberschlacht, Traugott: [Sammlung]

Umschlaggestaltung: Jürgen Reichert, Stuttgart, unter Verwendung einer Zeichnung von Ulrich Weitz

Gesamtherstellung: Ebner Ulm
Printed in Germany
ISBN 3-8062-0875-1

Man traue keinem erhabenen Motiv für eine Handlung,
wenn sich auch ein niedriges finden läßt.

Edward Gibbon (1737–1794)

Inhalt

Uns ist in alten Mären
oder
Fiktionen, nicht Fakten

Dieses Buch soll der Entspannung und Unterhaltung des geneigten Lesers dienen. In ihm wird nicht Geschichte gelehrt, in ihm werden Geschichten erzählt, die Verbürgtes, Überliefertes und Erfundenes enthalten aus jenen alten Zeiten, da unsere Vorfahren in Mitteleuropa noch Heiden waren. Oder doch fast Heiden.
Seriöser Geschichte gilt als verbürgt, was schriftlich oder durch Bodenfunde aus der Vergangenheit auf uns gekommen ist. Leider ist dies oft ziemlich fragmentarisch, und die Kunst der Experten ist es dann, zu entscheiden, ob sich zum Beispiel die gefundenen Splitter zu einem weiblichen Idol oder zu einem löwenhäuptigen Krieger zusammensetzen lassen.
Die Auswahl aber, was wir an Verbürgtem vorfinden, besorgt der Zufall, bestimmen Natur- und Sittengesetze sowie die jeweilige Interessenlage. Bodenfunde etwa geben nur Zeugnis von materiellen Gütern, die nicht verwest, verdorben, verrostet, weggespült oder zerrieben worden sind. Dies gilt für Küchenabfälle genauso wie für Grabbeigaben. Was sich die Köchin dabei gedacht (oder nicht gedacht) hat, als der Krug zerbrach, was die Hinterbliebenen geglaubt (oder nicht geglaubt) haben, als der Dorfälteste bestattet wurde, darüber geben archäologische Funde nur höchst unvollständig Auskunft.

Nicht viel anders steht es mit schriftlichen Quellen. Auch hier entscheidet der Zufall, was übriggeblieben und keinem Feuer oder sonstiger Verwendung anheim gefallen ist, bestimmen die Interessen des Schreibenden, was wie aufgezeichnet wurde. Die Sieger hatten größere Chancen, ihre Version vom Ablauf der Ereignisse der Nachwelt zu überliefern als die Besiegten, die Herrschenden mehr Möglichkeiten als die Beherrschten, und weil unsere Vorfahren wie wir in patriarchalischen Ordnungen lebten, erfahren wir in den Quellen mehr über die Männer als über die Frauen.

Das Gedächtnis der Besiegten, der Ohnmächtigen erreicht uns allenfalls über die Sagen. Obwohl auch Sagen meist nur von Helden erzählen. Doch von jenen, die von der Geschichtsschreibung längst vergessen sind. Und auf wenig verbürgte Weise: durch Überlieferung.

Wie Überlieferung entsteht, kann jeder experimentell erfahren, der seinem Nachbarn zur Rechten erzählt, was er gestern erlebt hat. Was er dann zwei Tage später vom Nachbarn zur Linken wiedererzählt bekommt, wird wahrscheinlich mit seinen individuellen Erlebnissen nicht mehr allzuviel zu tun, dafür aber an Informations- wie Unterhaltungswert beträchtlich zugenommen haben. Erfahren wir doch nur auf diese Weise, was an unserer Geschichte von allgemeinerem Interesse gewesen ist, was – wenn auch vielfach variiert – im Gedächtnis der vielen Weitererzähler haften geblieben ist. Insofern wohnt dem Überlieferten oft größerer kollektiver Wahrheitsgehalt inne als dem subjektiv Verbürgten.

Erfunden aber ist in diesen Geschichten der notwendige Kitt, der die vielen Lücken füllen und die Bruchstücke von Verbürgtem und Überliefertem zusammenhalten muß. Auf daß ein dem wahrscheinlicherweise Geschehenen möglichst angenähertes Bild vom Leben unserer heidnischen Vorfahren in Mitteleuropa entstehen kann.

Mit dem Begriff Vorfahren sind hier weniger diejenigen gemeint, von denen wir zufällig abstammen – jeder Ahnenpaß ist kraft menschlicher Natur ein Schwindelpapier –, als all jene, die vor uns mit ihren Pflügen durch die Äcker, mit ihren Herden über die Weiden, mit ihren Ochsenkarren auf den Wegen und mit ihren Booten auf den Gewässern Mitteleuropas gefahren sind.

Soweit wir bis in graue Vorzeit zurückblicken können, war dieses Mitteleuropa stets Durchzugsgebiet, war Kreuzungspunkt von Wanderbewegungen ganzer Völkerschaften und Kulturen, unternehmungslustiger Gruppen und durch Not auf die Walz Getriebener. Eroberer und Flüchtlinge, Händler und Gehandelte zogen über die uralten Straßen Mitteleuropas. Seit dem Neolithikum (wahrscheinlich schon länger) wurden auf ihnen Feuerstein, Salz und Bernstein transportiert, später Zinn von Britannien und aus Böhmen ans Mittelmeer, Bronze vom Süden in den Norden, Pökelfleisch vom Norden in den Süden; Kelten, Kimbern, römische Legionen, germanische Stämme, Hunnen, Awaren, Alanen, Wikinger, Deutschritter und hundert andere zogen kreuz und quer durch dieses Mitteleuropa und hinterließen ihre Schrecken und ihre Spuren allein in den zwei Jahrtausenden zwischen Hallstatt- und Stauferzeit.

Die dies erlebende und erleidende Bevölkerung gehörte bis zu ihrer Christianisierung nur am Rande dem mittelmeerischen Kulturkreis der Alten Welt an. Eigentlich gar nicht. Von den gebildeten Völkern wurden sie als Barbaren, nach Konstantin als Heiden bezeichnet. Was dasselbe meinte: Sie lebten in der »Heide«, in der barbarischen Wildnis außerhalb von Mauern und Stadt (obwohl das nicht immer stimmte, die oppida der spätlatènischen Kelten waren größer als mittelalterliche Städte), ihre Kulte wurden unter freiem Himmel zelebriert und nicht unter Dach und Fach wie in Tempel, Synagoge oder Kirche; sie lebten in mancherlei

religiöser und abergläubischer Abhängigkeit in und mit der Natur, stellten sich nicht in vermeintlicher Überlegenheit gegen und über sie. Als »Heiden« kannten sie noch nicht den Gegensatz von Leib und Seele, Sexualität und Spiritualität; ihr Dasein war oft beschwerlich, gefahrvoll und von kurzer Dauer, aber es war noch kein Jammertal. Erst die sie Zivilisierenden und Christianisierenden machten es dazu. In jahrhundertelangem heißem Bemühen.
Kampf dem Heiden bedeutete immer auch zugleich Kampf der Natur. So gesehen steht die Christianisierung Mitteleuropas erst jetzt, zu Beginn des 21. Jahrhunderts, vor ihrem wohl definitiven Abschluß.
Doch nicht davon wird in den folgenden Geschichten erzählt, sondern von den Zeiten vor dem Sündenfall der Taufe. Auch sie sollen freilich nicht idealisiert werden. Geschichte ist immer die Summe aller Niedertracht, welcher der Mensch fähig ist, dem Menschen anzutun. Wobei meist der Zufall das Würfelspiel um Sieg oder Niederlage, Leben oder Tod entscheidet. Nach dem Gesetz der Wahrscheinlichkeit fällt der Gewinn meist dem Dümmsten zu. Denn Dummheit kommt unter allen menschlichen Eigenschaften am häufigsten vor und richtet den größten Schaden an.
Diesem Chaos der Abläufe im nachhinein einen Sinn unterzuschieben, ist ebenso ehrenhaft wie naiv. Die folgenden Geschichten machen darum gar nicht erst den Versuch, zu erzählen, wie es vielleicht (vielleicht auch anders) gewesen ist, noch wie es hätte sein können, noch gar sein sollen, sondern allenfalls: wie zu einer bestimmten Zeit und an einem bestimmten Ort mehr oder weniger zufällige Ereignisse auf bestimmte Individuen oder Gruppen gewirkt haben mögen und was damit in ihnen und durch sie bewirkt worden sein kann.
Da sich der Mensch in den maximal 150 bis 200 Generationen seit der jüngeren Steinzeit biologisch nicht mehr ändern

konnte als Eintagsfliegen in einem Jahr oder Mikroben in fünf Tagen, unterscheiden sich Aktionen und Reaktionen einer Familie von Bandkeramikern nicht wesentlich von denen einer Großfamilie von heute. Nur Umwelt, Werkzeuge, Rituale haben sich etwas geändert. Ein auf seinen Boß fixierter, in seine Kawasaki vernarrter junger Rocker ausgangs des 20. Jahrhunderts wird sich darum nicht wesentlich anders verhalten als sein langobardischer Vorfahre aus dem 6. Jahrhundert nach oder ein keltischer Krieger aus dem 4. Jahrhundert vor Christus.

Wie alle Sagen erzählen auch diese Geschichten aus scheinbar längst zurückliegenden Zeiten zumeist von uns. Wir heutigen Mitteleuropäer leben immer noch auf derselben vielbefahrenen Kreuzung, haben dieselben Probleme, entwickeln dieselben Strategien zu ihrer meist nur mittelmäßigen Bewältigung, benützen dieselbe lange Bank zum Draufschieben, denselben Teppich zum Drunterkehren, züchten die nämlichen Sündenböcke und sind gleich einfallsreich, wenn es um Ausreden, und gleich einfallsarm, wenn es um sinnvolle Lösungen geht, wie unsere Vorfahren. Kurz: außer Vokabular und Werkzeug hat sich nichts Wesentliches geändert seit dem Neolithikum.

Der geneigte Leser darf also beruhigt davon ausgehen, daß er bis zur letzten Geschichte nur selten von Fremdem oder auch nur Befremdlichem erschreckt werde. Außer vielleicht vor dem Befremdlichen in ihm selbst. Was wahrscheinlich sein alleraltestes Erbteil ist.

Die Gute Frau von Talheim
oder
Ein matriarchalischer Erbfall

Vor gut 7000 Jahren wird sie gelebt haben. Von ihren Nachfahren ist sie noch sehr lange als die »gute Frau von Talheim« und als Urmutter des Stammes verehrt und in vielerlei Notfällen angerufen worden. Dabei war sie, wie so manches höhere Wesen nach ihr, zu Lebzeiten alles andere als gut. Eine Zeitlang ist sie sogar Räuberhauptfrau einer berüchtigten Bande gewesen.
Aber erzählen wir der Reihe nach:
Geboren wurde sie als dritte Tochter einer jungsteinzeitlichen Bauernfamilie, die zum Kulturkreis der Bandkeramiker gehörte. Das Langhaus ihrer Kindheit stand etwa dort, wo heute die Gemeinde Talheim bei Heilbronn am Neckar liegt. Ihre Mutter war die Anführerin der Sippe und Herrin über Haus und Hof. Denn damals galt das Mutterrecht, die Herrschaft der Frauen. Ganz offiziell, sogar beim Erben. Name und Besitz gingen jeweils auf die älteste Tochter über. Das war sehr ärgerlich für unsere »gute Frau von Talheim«, denn das Erben hatte gerade damals eine Bedeutung erlangt wie nie zuvor in der Geschichte der Menschheit.
Die Menschen hatten nämlich wieder einmal genug gehabt von ihren bisherigen Zuständen und eine Wende angezettelt, eine wahrhaft weltweite und welthistorische sogar. Vom jahrmillionenlangen Beerensammeln und Wildbretjagen hatten sie kurz nach Ende der letzten Eiszeit plötzlich genug und sattelten um auf die erträglicheren Wirtschafts-

formen von Ackerbau und Viehzucht. Vor etwa 12 000 Jahren hatte dies im Nahen Osten angefangen. Und weil damals noch nicht solch ungesunde Hektik geherrscht hat wie in unserer Zeit, dauerte es etliche Jahrtausende, bis sich die Neuerung bis nach Mitteleuropa durchgesprochen hatte.
Doch nun, bei den Bandkeramikern, die noch kein Metall kannten, war es so weit: Die Männer, die zuvor Eichhörnchen oder Elefanten gejagt hatten (was es gerade gab), trieben nun ihre Rinder, Schafe, Ziegen und auch Schweine (soweit sie nicht Vegetarier geworden waren) zur Weide in den Wald. Die Frauen aber, die vordem mit den Kindern Beeren, Nüsse, Samen, Früchte, Pilze und sonstiges Eßbare gesammelt hatten, bauten nun Gerste und Einkorn an, Erbsen, Linsen und mancherlei Gemüse. Jedem gehörte, womit er umging: den Männern das Vieh und der Wald, den Frauen die Backschüsseln, das Saatgut, die Steinsicheln und der Boden, auf dem das Korn wuchs. Als man nun seßhaft wurde und in hölzernen Langhäusern wohnte, wurde der gute, leicht bebaubare Lößboden immer wertvoller. Und seine Besitzer, die Frauen, deshalb immer reicher. Wer aber reich ist, der sagt, wo es langgeht. Das war im Neolithikum nicht anders als heute. Und deshalb also herrschte damals das Matriarchat.
Auf daß Haus und Felder schön beisammen blieben war es der Brauch, daß immer die älteste Tochter mit ihrer Familie das Langhaus und die Äcker der Mutter erbte. Ihre jüngeren Geschwister blieben entweder im Langhaus als ihre Gehilfen, die nichts zu sagen hatten, oder sie suchten sich in der Nachbarschaft günstig zu verheiraten. Wer beides nicht konnte oder wollte ging »in den Wald«. Diese Hofordnung hat sich in ihren Grundzügen in den Anerbgebieten bis ins 20. Jahrhundert n. Chr. erhalten. Nur gab es vor 7000 Jahren weder Industrie noch Klöster, noch waren Amerika oder Australien entdeckt, wohin man hätte auswandern können.

Darum war das »in den Wald gehen« damals noch ganz wörtlich zu verstehen. Sie mußten sehen, wie sie in den Urwäldern, die Mitteleuropa damals noch zu über 90 Prozent seiner Fläche bedeckten, ihr Leben fristen konnten. Die einen durch Anlegen neuer Siedlungen auf schlechteren Böden, die andern durch Rückfall in die barbarische Urzeit des Sammelns und Jagens, die dritten durch Raub und Diebstahl in der Fremde. Denn Rauben, Stehlen oder gar Morden im Bereich der eigenen Sippen war verpönt. Da hatten die überirdischen Ahnen, die Götter, strengste Strafen drauf gesetzt.

Vor dieser Alternative stand nun unsere nachmalige »gute Frau von Talheim«, als ihre Mutter gestorben und die älteste Schwester Gebieterin im Langhaus und über die Feldflur geworden war. Diese Schwester hatte sie schon als Kind gehaßt. Darum zog sie gleich nach den Begräbnisfeierlichkeiten mit den Ihren aus dem Talheimer Langhaus weg in die östlichen Waldgebirge, die heutigen Löwensteiner Berge.

Auf einer Lichtung im Hainbuchenwald machte sie Rast, sammelte die Auswanderer rings um sich und fragte sie: »Wollt Ihr den Rest eures Lebens dieser Ziege den Diener machen?«

»Nein, niemals!« riefen ihr Mann, die drei Söhne und die drei Frauen derselben wie aus einem Munde. Erstens, weil sie es in der Tat nicht wollten, zweitens aber auch, weil es ihnen nie in den Sinn gekommen wäre, ihrer »guten Frau« zu widersprechen. Die hatte so etwas an sich, da widersprach man nicht, da gehorchte man einfach. Deshalb war es in ihren Augen auch so ungerecht, daß nicht sie, sondern die lange nicht so willensstarke ältere Schwester Nachfolgerin der alten Mutter im Langhaus geworden war.

»Wovon sollen wir jetzt leben?« fragte nach angemessener Denkpause ihr Mann. »Weit und breit ist kein guter Lößboden mehr aufzufinden, der nicht schon jemand gehört.«

DIE HIMM-LISCHEN
SIND
MIT UNS !!

»Und bis zum nächsten fremden Dorf, wo man etwas stehlen könnte, sind es gut sechs Tagesmärsche«, setzte einer der Söhne hinzu.
»Ihr Männer geht auf die Jagd, und wir Frauen sammeln Beeren«, befahl die Gute Frau.
»Wie bei den Wilden«, motzte eine der Schwiegertöchter. Die Frau vom Ältesten natürlich, die einmal erben würde, falls nicht noch ein Töchterchen nachkam. Was nicht mehr sehr wahrscheinlich war.
»Weißt Du etwas Besseres?« fauchte ihre Schwiegermutter sie an.
»Wenn deine ältere Schwester, ihr Mann, ihre fünf Kinder und acht Enkel plötzlich tot umfallen würden, dann würden das Langhaus und der Boden doch uns gehören, oder?« sagte die Schwiegertochter so vor sich hin.
»Nein«, sagte die Gute Frau, »dann würde alles meiner zweiten Schwester und ihren Leuten gehören.«
»Dann müßten die eben auch sterben.«
Nun schauten alle sehr entsetzt auf die Sprecherin. Das klang ja wie Aufforderung zum Sippenmord, zu etwas völlig Unmöglichem also. Denn die Geister der Erschlagenen hätten sich furchtbar an den Frevlern gerächt. Wahrscheinlich brachte schon der Gedanke daran großes Unheil.
»Ich meine ja nur«, sagte die Schwiegertochter rasch. »Wenn es ein Unglück gäbe, sie alle vom Blitz erschlagen würden oder so.«
Man sieht, die Bandkeramiker der Jungsteinzeit beherrschten nicht nur erstaunlich viele technische Fertigkeiten, sondern auch den Konjunktiv.
»Ja, dann, das wäre gut«, sagte nach einigem Nachdenken der Mann. »Aber das ist unwahrscheinlich«, setzte er hinzu.
»So ist es«, beendete die Gute Frau die Diskussion und schickte ihre Sippe auf die Nahrungssuche. Nur die vorlaute Schwiegertochter behielt sie bei sich.

»Mädchen«, sagte sie zu ihr, als sie allein waren und sich unter einer Hainbuche niedergelassen hatten, »so etwas darf man nicht denken. Noch viel weniger vor den anderen laut sagen.«
»Aber es ist doch so«, beharrte die Schwiegertochter.
»Nein, es ist nicht so! Die Geister der Toten würden uns nicht in Ruhe lassen. Aus dem Haus würden sie uns treiben, in die Wildnis jagen. Viel schlimmer wären wir dran, als wir es jetzt sind.«
Die Schwiegertochter blieb hartnäckig. »Man müßte die Geister der Toten daran hindern«, sagte sie.
»Du bist verhext«, sagte die Gute Frau.
Die Schwiegertochter stand auf. »Dann gehe ich jetzt Beeren sammeln. Mit der Steinsichel eigenes Korn schneiden wäre mir freilich lieber.«
Die Gute Frau hielt sie zurück. »Wie wolltest du das zuwege bringen, daß sich die Geister der Toten nicht rächen?«
»Was muß man tun, damit der Geist aus einem Verstorbenen austritt und den Weg zu den Ahnen findet?«
»Das lernt doch jedes Kind im Religionsunterricht. Erst wenn man dem Gestorbenen mit Ocker und Rötel die Sippenzeichen aufgemalt hat, wie sie auf jedes Gefäß und über jede Tür geritzt sind, und erst wenn dann der Tote in ritueller Erwartungsstellung hockend bestattet und mit den heiligen Farben bestreut worden ist, kann der Geist den Körper verlassen und sich auf den Weg zu den Ahnen machen. Sonst müßte er wie der Geist eines Tieres mit dem Körper verwesen. Das weißt du doch.«
»Wenn man dies also nicht tut«, sagte die Schwiegertochter, »findet kein Geist aus seinem toten Körper und kann sich darum auch nicht rächen.«
»Man muß es aber tun«, sagte die Gute Frau.
Die Schwiegertochter ging Beeren sammeln, und die beiden sprachen nie mehr mehr miteinander über die Geister der

Toten. Beide aber dachten in den folgenden Jahren recht oft daran.
Denn diese folgenden Jahre waren alles andere als angenehm für die Horde der Guten Frau. Sie ernährten sich mehr schlecht als recht von den Früchten und Tieren des Waldes. Von Zeit zu Zeit schlichen sie sich zu den etliche Tagesmärsche entfernten Waldweiden fremder Siedlungen, deren Bewohner andere Zeichen trugen und nicht zu ihrer Sippe gehörten, und holten sich ein Stück Vieh oder eine Ziege.
Aber das war schwierig, denn die Hirten paßten auf, und sie direkt anzugreifen oder gar zu töten, wäre gegen Sitte und Ordnung gewesen. In weitem Umkreis galten sie als gefährliche Räuberbande. Die Hirten ließen ihre Herden kaum noch aus den Augen, und es wurde immer schwieriger, an eine Beute zu kommen.
In jeder Neumondnacht feierte die Gute Frau, wie es der Brauch war, mit ihrer Horde das Neumondfest. Und bei jedem Neumondfest fragte sie die Ihren: »Wollt ihr immer so weiter leben, oder wollt ihr, daß es besser wird?« Und jedesmal riefen sie: »Wir wollen, daß es besser wird.«
Was verständlich ist, denn es ging ihnen in der Tat nicht gut.
»Nur Geduld führt zur Besserung, nicht Gewalt«, lehrte sie dann die Gute Frau. »Denn es ist verboten, Gewalt anzuwenden und zu töten. Wer tötet, den jagen die Geister der Erschlagenen. Bis er auch tot ist. Deshalb töten wir nicht.«
Und alle wiederholten feierlich: »Wir töten nicht. Es ist schlecht zu töten.«
»Wenn aber einer von uns von Fremden angegriffen wird«, fuhr die Gute Frau dann fort, »so müssen wir ihm helfen und für ihn kämpfen. Denn es ist gut, die Eigenen zu schützen.«
Und alle wiederholten feierlich: »Es ist gut, die Eigenen zu schützen.«
So lernten sie, daß es außer dem verbotenen schlechten Tö-

ten auch ein erwünschtes gutes Töten gebe. Und daß man nicht selber entscheiden müsse, welches Töten gut und welches schlecht ist. Daß das die Gute Frau für sie alle besorge. Den Männern aber bereitete es großes Vergnügen, sich im Bogenschießen, im Stechen und Hauen zu üben. Was unter bandkeramischen Bauern sonst durchaus nicht mehr der Brauch gewesen ist. Sie taten es aus besten Absichten und nur, weil die Gute Frau es so wollte.
Dann kam ein ziemlich kalter Winter mit reichlich Schnee. Das war ungewöhnlich für jene Zeit vor 7000 Jahren, in der es in Mitteleuropa auch ohne Ozonloch viel wärmer und trockener war als heutzutage. Die Horde im Walde fror und hungerte. Die Wildpfade zu den fremden Dörfern waren tief verschneit und unbegehbar. Die Gute Frau hielt Rat mit ihrer Schwiegertochter, der Frau des Ältesten. Sie meinten beide, nun sei es an der Zeit. (Obwohl sie, wie erwähnt, nie mehr davon gesprochen hatten.) Also forderte die Gute Frau – es war gerade wieder einmal Neumondnacht – von ihrer Horde, alle Sippenzeichen mit Schnee von den Körpern zu reiben und alles gezeichnete Geschirr zu zerbrechen. »Die alten Zeichen haben uns Hunger und Schnee gebracht. Darum gebe ich euch heute ein neues Zeichen. Das wird uns sattmachen und wärmen.«
Als die Horde sich so ganz neu fühlte und alle Vergangenheit in dieser Neumondnacht hinter sich gelassen hatte, gingen sie am andern Tag, bemalt mit ihrem neuen Zeichen, hinunter zu den Weidewäldern nahe beim Talheimer Langhaus. All ihre Waffen, Steinbeile, Flachhacken, Pfeile und Bogen hatten sie bei sich. Unten im Neckartal lag viel weniger Schnee als in den Bergen, und die Schafe und Ziegen scharrten das dürre Gras unter der Schneedecke hervor. Als die Hirten ihre Verwandten aus dem Bergwald im Gänsemarsch näher kommen sahen, riefen sie: »Was wollt ihr bei uns?«

»Ein Schaf und zwei Ziegen«, sagte die Gute Frau.
»Ihr wißt, daß ihr das nicht dürft. Holt sie euch in einem fremden Dorf.«
»Das ist ein fremdes Dorf«, sagte die Gute Frau. »Wir tragen nicht mehr sein Zeichen. – Nimm das Schaf!« befahl sie dann ihrem Ältesten. Als er das Schaf nahm, packten ihn die Hirten, und es gab eine Rauferei. Da schrie seine Frau mit lauter Stimme: »Sie greifen meinen Mann an. Sie wollen ihn töten. Helft ihm.« Und als seine Brüder noch unschlüssig dastanden, rief die Gute Frau: »Sie wollen uns alle töten. Wehrt euch, verteidigt uns.« Und mit dem Ruf »Die Himmlischen sind mit uns« spannten die Männer der Horde ihre Bogen, und alle stürzten sich auf die Hirten. Diese ergriffen vor Schrecken die Flucht, und die Pfeile trafen sie von hinten in den Kopf. Als sie am Boden lagen, kamen die Gute Frau mit den andern Frauen über sie und schlugen sie mit ihren Flachhacken, bis alle Hirten tot waren.
Männer und Frauen der Bande standen starr vor Schrecken und sagten: »Was haben wir getan! Ihre Geister werden über uns kommen!«
»Nein, das werden sie nicht«, rief die Gute Frau, »denn ihr habt nur eure Pflicht getan für uns alle. Ihr tapferen Helden. Aber nun vorwärts, schlagt sie alle nieder, Männer, Frauen und Kinder! Sonst kommen ihre Geister doch noch über euch!«
Wie im Rausche stürzten sie brüllend zum Langhaus. Und mit dem Rufe »Die Himmlischen sind mit uns« (der von da an noch so oft aus Eroberermund ertönen sollte) brachten sie alle um, die im Langhaus gelebt hatten. Vierunddreißig Menschen insgesamt, Männer, Frauen und Kinder. Nicht einen Säugling ließen sie am Leben.
Als niemand mehr sich regte, wachten sie auf aus ihrem Rausch und fürchteten sich sehr vor den Geistern der Erschlagenen.

Die Gute Frau aber sagte: »Fürchtet euch nicht. Ihr habt nicht für euch getötet, sondern zur Verteidigung eures Bruders. Ihr habt gut gehandelt und nicht schlecht.«
Da waren sie sehr erleichtert, und ihr Ältester, der sich von den paar Püffen der Hirten längst erholt hatte, ging und wollte im Vorratskeller Ocker und Rötel holen.
»Warum holst du Ocker und Rötel?« fragte ihn die Gute Frau. »Um die Toten zu bestatten«, sagte er.
»Laß Ocker und Rötel, wo sie sind«, sagte die Gute Frau, »und grabt draußen im Wald ein großes Loch.«
So geschah es, und in dieses Loch wurden alle 34 Erschlagenen geworfen, kreuz und quer, wie sie fielen, ohne rituelles Färben und ohne Anrufung der Ahnen.
Zwei Nächte lang tanzten sie auf der zugeschütteten Grube und sangen dazu: »Sie sind selber schuld. Sie haben uns angegriffen. Weil wir im Recht waren, haben wir gesiegt.« Dann schichteten sie einen großen Holzstoß auf über der zugeschütteten Grube, zündeten das Opferfeuer an, und sein Rauch stieg senkrecht zum Himmel und war den Ahnen, den Geistern und den Göttern sehr angenehm. Denn es ging kein Wind, und die Gute Frau hatte sorgsam darauf geachtet, daß nur trockenes Holz verwendet wurde.
Von da an lebten sie glücklich im Langhaus und hatten es warm und genug zu essen bis ans Ende ihrer Tage.
Die Gute Frau herrschte uneingeschränkt noch lange Zeit über ihre Sippe, unterstützt von der Frau ihres Ältesten. Nach ihrem Tode aber wurde sie verehrt als die Ahnherrin und Beschützerin ihres Volkes.
So also haben die Mitteleuropäer schon recht früh gelernt, zwischen verwerflichem Totschlag aus Eigennutz und lobenswertem Morden auf Befehl zu unterscheiden.
Und so mancher ist seitdem durch eigennütziges Töten ins Verderben, durch gemeinnützigen Mord aber zu Ruhm, Ehre und Reichtum gekommen.

Der Mann im Salz
oder
Arbeit bringt unter den Boden

Mit ihrer Aufwertung vaterländischen (zu ihrer Zeit noch mutterländischen) Mordens zur edlen Tat hatte die Gute Frau von Talheim den Anfang vom Ende des Matriarchats in Mitteleuropa in die Wege geleitet. Denn als Kämpfer gegen das jeweilige Reich des Bösen (damals meist das Nachbardorf) eigneten sich junge Männer besser als junge Frauen. Nicht weil sie stärker oder mutiger gewesen wären. Das waren sie nie. Aber weil sie kontinuierlicher in den Kampf ziehen konnten – wie ehedem auf die Jagd. Sie hatten eben keine naturbedingten Ausfallzeiten weder durch Menstruation noch durch Schwangerschaft oder das Versorgen der Säuglinge und Kleinkinder.

Je wichtiger der Krieg wurde – und er wurde leider immer wichtiger –, um so stärker wurde die Stellung der Krieger. Aus Patrioten wurden Patriarchen. Die Männer hatten wieder einen Vorwand, sich von der Hausarbeit zu drücken und unkontrolliert weit weg von daheim den Helden zu spielen. Und das noch im Interesse des Gemeinwohls!

Da die Frauen mit dem Gebären dem Totschlagen der Männer kaum noch nachkamen, hätte sich die Menschheit beinahe damals schon selbst ausgerottet – sehr zum Vorteil der restlichen Geschöpfe –, wären nicht ein paar besonders Schlaue draufgekommen, daß über die andern zu herrschen und sie für sich arbeiten zu lassen noch weit einträglicher ist, als sie nur totzuschlagen und auszurauben.

So entwickelte sich auf dem Wege der natürlichen Selektion bald eine besondere Spezies des Homo sapiens: die Führungskraft. Wiederum war der Nahe Osten Schrittmacher der Entwicklung. Dort erlebten die Leute schon vor 5000 Jahren an Nil, Euphrat, Tigris oder Indus den seitdem unumstößlichen Gipfel menschlicher Zivilisation: Sehr viele, die nichts besaßen, schufteten bis zum Umfallen für sehr wenige, die viel hatten und nichts taten. Daß dieses absurde System so lange schon so gut funktioniert, auch wenn es seitdem des öfteren die Bezeichnung gewechselt hat, gehört zu den Naturwundern auf Erden. Ohne die größte geistige Erfindung der Vorzeit, die Religion in ihren vielfältigen Erscheinungsarten, wäre dies Wunder wohl nie möglich gewesen. Inzwischen läuft es aber auch ohne dieselbe recht reibungslos ab.
In Mitteleuropa dauerte die Entwicklung etwas länger, aber vor etwa 3000 Jahren war auch bei uns die Ansammlung von Besitz und Macht schon recht erfreulich vorangeschritten. Die besten Wachstumschancen hatten jene, die nicht nur über guten Boden, große Herden und reichlich Menschenmaterial verfügen konnten, sondern außerdem noch im Besitz begehrter Bodenschätze waren. Dazu hatten schon zu Bandkeramikerzeiten Feuersteine und gute Töpfertone gehört, seit Beginn der Metallverarbeitung waren es Kupfer- und Zinnvorkommen, nun kam, fast noch vor dem Eisen, das Salz hinzu.
Ursache für die Wertsteigerung des Salzes war eine rapide Klimaverschlechterung ab etwa 1000 v. Chr. Die Sommer wurden feuchter und kühler, die Winter länger, kälter und schneereicher. Die bisher in der trockenen Sommerluft gedörrten Fleisch- und Obstvorräte für den Winter wurden nun schon im Herbst schimmlig, die hiesige Menschheit wäre in den langen Wintern Hungers gestorben oder hätte vom faulenden Getreide Magengeschwüre bekommen,

wäre sie nicht dazu übergegangen, Nahrungsmittel, vor allem Fleisch, mit Salz einzupökeln und dadurch auch in nassen Zeiten haltbar zu machen.
Abgelegene Gebirgsgegenden, in die sich bisher kaum einmal ein Mensch verirrt hatte, gewannen nun, dank ihres Salzreichtums, ungeahnt an Bedeutung. Zum Beispiel das Salzkammergut. Dort hatte ein Stammeshäuptling – wir wissen weder seinen Namen noch den seines Stammes – einen mißratenen Sohn samt Gefolge in die Wildnis südlich vom heutigen Bad Ischl, ein paar hundert Meter oberhalb vom Hallstätter See, strafversetzt. Der junge Mann lebte dort mit seinen Leuten mehr schlecht als recht von der Bärenjagd und von gelegentlichen Raubüberfällen auf die Dörfer weit draußen vor den Bergen. In den langen Wintern, wenn er mit seinen Kumpanen in der eingeschneiten Hütte von den knappen Vorräten zehrte, hatte er genügend Zeit zum Nachdenken. Er kam rasch dahinter, daß er bei seinem derzeitigen Broterwerb hochgerechnet mehr als hundert Jahre brauchte, um einigermaßen wohlhabend zu werden.
Das ging ihm zu langsam. Also sann er auf eine bessere Erwerbsquelle und kam so auf das Salz. Denn wo immer Wasser aus dem Berg trat, an dessen Hang sie lebten, schmeckte es ziemlich salzig. Da man damals schon die Kunst beherrschte, Sole in Kupferkesseln einzusieden, raubte er im nächsten Sommer irgendwo so einen Kessel, fing sich ein paar Bauern ein und ließ diese Holz fällen und Salz sieden. Aber der Erfolg war mäßig. Man müßte das Salz direkt aus dem Berg holen wie drüben in Mitterberg im Salzachtal das Kupfer, sagte er sich. Aber dazu brauchte man Fachleute. Und die konnte man sich nicht wie Holzhauer irgendwo einfangen. Experten, die Stollen graben und mit den Berggeistern fertig werden konnten, arbeiteten nicht auf Befehl. Die mußte man anwerben und teuer bezahlen. Falls man überhaupt welche bekam.

EHR KOHLE FÜR SALZ
GO
STREIK POSTEN

Unser unternehmungslustiger Häuptlingssohn besann sich nicht länger. Er machte sich auf den Weg über den Paß Gschütt und das Tennengebirge ins Salzachtal. Dort, südlich vom heutigen Bischofshofen, lagen die Kupferhütten und ging es zu den Gruben hinauf. Weil es damals weder Jausenstationen noch Alpenvereinsgaststätten gab, weder Wege noch gar Straßen, brauchte er gut eine Woche für die in der Luftlinie nur knapp 40 Kilometer von Hallstatt bis ins längst kahlgeschlagene, von den Schwefeldämpfen der Kupferhütten entlaubte Sperrgebiet.

Jedem Fremden war der Zutritt zum eigentlichen Revier verboten. Unbefugte hätten die Berggeister erzürnt. In der Nähe der heutigen Ortschaft Mühlbach, unterhalb der Gruben, gab es einen Handelsposten, wo fremde Kaufleute Kupferbarren erwerben konnten und wo, wenn Bedarf bestand, Saisonarbeiter zum Holzschlag angeworben wurden.

Unser Jungunternehmer kehrte in diesem Handelsposten ein und gab sich, um die Lage zu erkunden, als Südtiroler Holzfacharbeiter aus. Ob er etwa Arbeit bei ihnen suche, fragten ihn die Mitterberger. Und als er zum Schein bejahte, erntete er Hohn und Spott. Sie seien selber dran, Arbeit zu suchen, sagten sie, denn die Kupfergruben stünden praktisch still. Niemand wolle mehr Kupfer, seit dieser neue Rohstoff, das härtere Eisen, in Mode gekommen sei. Auch der Holztransport für Gruben und Meiler sei immer teurer und unrentabler geworden, weil die Berge in weitem Umkreis abgeholzt seien. Was man ja sehe.

Der Hallstätter erfuhr nicht ungern von dieser Rezession, und noch lieber hörten einige arbeitslose Hauer von ihm, daß er Bergleute suche für seinen Salzberg.

»Ja, kann man Salz auch schürfen wie Erz?« fragten sie zunächst ungläubig. Eben das wolle er von ihnen wissen, sagte er. Einige Unerschrockene meinten, man könne es ja einmal versuchen, und wie denn seine Bedingungen seien.

Nun begann ein zähes Feilschen. Zehn von ihnen zeigten Interesse an dem neuen Job. Fünf Jahre lang wollten sie für ihn im Berg arbeiten, so lange brauche man mindestens, bis man fündig werde. Für diese Zeit verlangten sie freie Kost und Logis, zwei Knechte und eine Magd für jeden sowie zehn Kupferringe im Jahr. Außerdem, wenn man auf Salz stoße, 20 Prozent vom Erlös.

Dem Hallstätter Jungunternehmer erschien diese Lohnforderung maßlos überzogen. Weil sie in Mitterberg in den nächsten Jahren wohl kaum wieder Arbeit finden würden und weil ihre Ersparnisse schon weitgehend aufgebraucht waren, konnte er die Konditionen herunterhandeln auf zehn Prozent vom Salzerlös – wenn es denn einen solchen geben sollte –, zwei Kupferringe für jeden und eine Magd für alle.

Schon schien der Kontrakt perfekt zu sein, da fragte der Wortführer der Hauer wie beiläufig: »Und wie ist es mit den Berggeistern?« Kein Kumpel kratze auch nur an einem Berg, ehe die Berggeister nicht beschworen und beruhigt seien, mußte der Hallstätter sich belehren lassen. Das aber könne nur ein erfahrener und erfolgreicher Bergpriester tun, und solche seien rar.

Wieder hatte der Hallstätter Glück. Der Zweite Priester am Mitterberger Bergheiligtum suchte, weil arbeitslose Bergleute ungern und nur sehr wenig opfern (warum sollten sie auch, wenn sie doch nicht einfahren konnten), nach einem einträglichen neuen Arbeitsplatz. Weil die Mitterberger Hauer auf sein Können im Umgang mit den Berggeistern schworen, war er der richtige Mann für Hallstatt.

Aber auch nicht billig zu kriegen. Angemessenen Lebensunterhalt und als Erfolgsprämie zehn Prozent vom Erlös verlangte er, den »geistlichen Zehnten«, wie er sich ausdrückte. Und Herunterhandeln war bei ihm nicht drin. Nur zu diesen Bedingungen könne er für einen von den Berggeistern unbehelligten Abbau garantieren. Alles, was darunter liege, sei

glatte Geister- und Götterlästerung und führe unweigerlich zu Unglück unter Tage.
So konnte endlich der Vertrag mit dem Bergpriester und mit den zehn Hauern abgeschlossen und mit ihnen der Rückmarsch nach Hallstatt angetreten werden.
In dem Hochtal überm See wurden Blockhütten gebaut, Wohnunterkünfte und Werkstätten. Dann begannen die Bergleute mit dem Vortrieb. Die Hauer mit ihren Lappenpikkeln und Schlegeln, die Träger mit ihren rindsledernen Tragsäcken und die Zimmerleute und Holzfäller, die ringsum den Bergwald abholzten zum Stollenausbau, brauchten im Scheine der Kienspanfackeln weit mehr als die vereinbarten fünf Jahre, bis sie durch Geröll und ausgelaugtes Gestein – das sogenannte Haselgebirge – zum steinsalzführenden Kerngebirge vorgedrungen waren. Denn mit ihrem bronzenen Gerät kamen sie im Fels nur langsam voran, oft nicht viel mehr als einen Meter im Monat. Und als der schräg nach unten führende Schacht weiter in den Berg vorgedrungen war, konnte im Sommer wegen der Bewetterung oft nicht unter Tage gearbeitet werden.
Es war also ein äußerst mühsames und zeitraubendes Werk. Und in dieser ganzen langen Zeit mußte der junge Unternehmer, ohne etwas erlösen zu können, den Betrieb am Leben erhalten. Da waren die Kumpane, die mit ihm heraufgezogen waren, junge Adlige, die das Recht hatten, ein Langschwert zu tragen wie er; da waren die zehn Bergleute, die Knechte, die Holzfäller, die Magd, da war der Bergpriester, dessen vertraglich zugesicherte »angemessene Lebenshaltung« sich als ziemlich kostspielig erwies; da mußten außer Verpflegung und Bekleidung Werkzeuge beschafft werden, Material, Holzkohlen für die Schmiede; da mußte Ersatz für verunglückte oder gestorbene Bergleute angeworben werden, denn alt wurde keiner bei der extrem harten Arbeit dort oben – dies alles konnte durch Straßenraub allein

längst nicht mehr finanziert werden. Die Lebensmittel bekam er von seinem jüngeren Bruder geliefert, dem er dafür unwiderruflich die Erbfolge als Stammeshäuptling abtrat. Für alle sonstigen Investitionen fand er eine weitläufig verwandte Sippe, die weit drunten im nördlichen Vorland lebte, in der Nähe vom heutigen Uttendorf, nördlich von Salzburg, sehr begütert war und damals schon regen Handel trieb bis zur Donau hinauf und über die Berge nach Süden.
Diesen Leuten mußte er bei allen Göttern und allen Berggeistern auf ewige Zeiten das Recht beschwören, mit seinem Salz exklusiv handeln zu dürfen. Dafür schossen sie ihm vor, was er brauchte, um den Bergbaubetrieb hoch oben im Gebirge am Leben zu erhalten, bis das erste Steinsalz gefördert werden konnte.
Als es endlich so weit war, als die Hauer auf dicke Flöze von reinem Steinsalz stießen, da schleppten die Träger in ihren Fell- und Ledersäcken, von denen jeder 45 Kilogramm Salz faßte, bald mehr Steinsalz aus der Grube, als die Uttendorfer Handelsleute auf ihren Maultieren zu Tal schaffen konnten. Und rasch kam erster Wohlstand auf den Berg: Kupfer und Bronzeringe, wie sie damals statt Geld zum Bezahlen verwendet wurden, Schmuckstücke, neue Kleider, besseres Essen, selbst Obst und Gemüse und manches andere mehr.
Nun aber forderten auch die Bergleute, verlangte auch der Priester den vereinbarten Anteil. Letzterer erhielt gleich, was ihm zustand und noch einige Opfergaben extra. Dafür pries und lobte er den Bergherrn und stimmte die Geister weiterhin günstig. Was unabdingbar war für die Bereitschaft der Hauer, unter Tage zu gehen. Mit ihrer Entlohnung aber, meinte der Jungunternehmer, der sich nun Bergherr nannte, sollten sie noch warten, bis die Geschäfte besser liefen und wenigstens ein Teil der Schulden abgezahlt sei.
Davon aber wollten die Bergleute nichts wissen. Wenn er ihnen den vereinbarten Anteil am Erlös nicht gleich auszahle,

gebe es gar keinen Erlös mehr, sagten sie, legten ihre Lappenpickel, Stemmeisen, Tragsäcke und Stempelhölzer nieder, setzten sich daneben und traten in einen unbefristeten Streik. Einen der ersten und folgenreichsten der Weltgeschichte.
Statt sich im Berg zu schinden, hockten sie auf der sonnigen Blumenwiese am Stollenmund, sangen aufsässige Lieder, lasen einander die Läuse aus den Kitteln, wählten sich einen Sprecher und riefen: »Von nun an kommandiert der Bergherr nicht mehr allein, nun wollen wir mitbestimmen, wie viel gearbeitet und wie viel verdient wird.«
Der Bergherr bekam einen Wutanfall, schrie: »Das ist Widerstand gegen die göttliche Bergordnung« und rief den Priester zu Hilfe. Dieser kündigte schreckliche Strafe durch die erzürnten Berggeister an, wenn die Arbeit nicht augenblicklich wieder aufgenommen werde. Als bei der eindringlichen Predigt des heiligen Mannes ihr Wortführer andächtig seine kegelförmige Ledermütze vom Haupt nahm, wollten die Kumpel schon klein beigeben. Aber dann schaute ihr Sprecher bloß seelenruhig in die Mütze und knackte die Läuse darin, ohne auf den eifernden Priester zu achten. Da brachen sie in lautes Gelächter aus, und der Priester stapfte schimpfend und die Streikenden verfluchend in seinen heiligen Arvenhain.
Der lag etwa dort, wo heute der Rudolfsturm steht.
Daraufhin mobilisierte der junge Bergherr seine alten Kämpfer. Die zückten ihre Langschwerter, umstellten die Streikenden und schrien: »Wir schlagen euch alle tot, wenn ihr nicht sofort die Arbeit wieder aufnehmt.«
Die Bergleute aber ließen sich beim Läuselesen nicht stören, und ihr Sprecher sagte: »Schlagt zu, wenn ihr Lust habt, in Zukunft selber einzufahren und das Salz zu fördern. Wozu ihr Schwerthelden gar nicht fähig seid«, ergänzten die Kumpel und johlten vor Vergnügen.

Er lasse keine Wehrlosen töten, denn er sei ein zivilisierter Arbeitgeber, sagte nun der Bergherr. Denn er wußte wohl: ohne Bergleute kein Salz und ohne Salz kein Erlös. Ersatz aber war so schnell nicht zu beschaffen. Seit der Stillegung von Mitterberg waren erfahrene Bergleute so rar wie heutzutage unbestechliche Politiker. Kein Mensch wußte, wo einen finden. »Euch geschieht nichts«, sagte er, »aber solange ihr streikt, müßt ihr hier auf der Wiese sitzen bleiben und dürft weder den Stollen noch eure Wohnhütten betreten. Und zu essen bekommt ihr auch nichts.«
So geschah es. Die hölzernen Essenkübel blieben leer; und ohne Hirsebrei, ohne Saubohnen und Fleischbrühe währt kein Streik ewig. Am dritten Tage hatten sie genug gehungert, überstimmten ihren Wort- und Streikführer und gaben auf.
Nun müßten, ehe man wieder einfahren könne, erst die Berggeister versöhnt werden, sagte der Priester. Zu diesem Behufe fuhr er zusammen mit dem Bergherrn und dem Wortführer der Kumpel in die Grube ein. Die immer noch hungernden Bergleute mußten, von den Langschwertträgern bewacht, lange Zeit am Grubenmund warten. Im Berge hörte man Rumpeln, dann endlich kamen sie wieder zutage. Erst der Gebete murmelnde und die Kienspanfackel schwingende Priester, dann der junge Bergherr. »Ein Stein hat sich gelöst, euren Streikführer erschlagen und in einen Felsspalt geworfen«, sagte er und wischte sein blutiges Langschwert im Gras ab.
»Die Berggeister haben sich ihr Opfer geholt«, sagte der Priester, und in diesem Augenblick tutete das aus dem linken Horn einer Wisentkuh gearbeitete Signalhorn, und die mit Eintopf und Rindfleisch gefüllten Essenkübel wurden aufgetragen. Der Priester hieß alle, sich zum Mittagsgebet zu erheben. In diesem dankte er den Berggeistern und sagte, daß sie nun versöhnt seien, und man nach diesem Opfer wie-

der einfahren könne. Dann schmeckte es den Hungrigen sehr, und nach dem reichlichen Mahle wurde die Arbeit aufgenommen, als ob nichts geschehen wäre.
Keiner dachte mehr an den im Berg gebliebenen Sprecher und Streikführer. Sein durch Salz konservierter Leichnam wurde knapp 2700 Jahre später, anno 1734 n. Chr., im Berg aufgefunden. Als »ungetaufter Heide« wurde er auf Anweisung des Ortspfarrers von Hallstatt in ungeweihter Erde verscharrt und ist so der archäologischen Forschung endgültig verlorengegangen. Der Fluch des damaligen Bergpriesters hat also erstaunlich lange vorgehalten.
Kein Wunder, daß die seinerzeitigen Kumpel gewaltigen Respekt vor ihm hatten und nicht mehr aufzumucken wagten. Am Berg herrschte Ruhe und wurde fleißig Salz gefördert. Was mit der Zeit allen Beteiligten Vorteile brachte. Denn da erfahrene Bergleute rar blieben und die Nachfrage nach Salz weiterhin anstieg, mußte der Bergherr seine Leute schon im eigenen Interesse gut behandeln und am Gewinn wie vereinbart beteiligen.
Nach einigen Jahren erlaubte er ihnen sogar, eigene Familien zu gründen. Allerdings nur mit ausgewählt fleißigen und kräftigen jungen Frauen, die willens und fähig waren, in den Werkstätten oder beim Holzeinschlag mitzuarbeiten. Dafür wurden die Kinder schon ein Jahr nach der Geburt zu Pflegeeltern auf Bauernhöfe im Tal gegeben. Was der Gesundheit der Kinder und der Arbeitsleistung der Mütter sehr zugute kam. Und deshalb von den kulturellen Nachfahren der Hallstattleute, den Kelten, übernommen und viele Jahrhunderte lang auch außerhalb von Bergbau- und Industriegemeinden geübt wurde. Erst zu Beginn der Römerzeit ist diese Sitte der Kinderlandverschickung wieder aus der Mode gekommen.
Auf dem Salzberg über Hallstatt waren die Leute nach wenigen Generationen so wohlhabend geworden, daß jedermann kostbare Geräte und Schmuck besaß, die ihm nach dem Tode

ins Grab mitgegeben wurden. Aus den bisher geöffneten etwa 1000 Gräbern am Salzberg kam so viel wertvolles Kulturgut zutage, daß eine ganze historische Eopche danach benannt wurde, die Hallstattzeit.
Den reichsten Goldschmuck aber hat man bei Uttendorf im Mattigtal in den Prunkgräbern der Salzhändler gefunden. Was wieder einmal beweist, daß Arbeit unter den Boden bringt, Handel aber reicher macht als Krieg und Schuften. Der Kapitalismus war eben schon vor 3000 Jahren vielleicht nicht die edelste und feinste, wohl aber die erfolgreichste Methode, das schwierige Dasein hinieden zu meistern.

Euxenos und Helico
oder
Die Tafelrunde auf dem Hohenasperg

Dank Richard Wagner und zahlreicher Comics sind die Geschichten von König Artus und seiner Tafelrunde allgemein bekannt. Nur wenige aber werden wissen, daß König Artus, der um 500 n. Chr. im keltischen Britannien gegen die angelsächsischen Invasoren gekämpft hat, 1000 Jahre zuvor auf dem Hohenasperg bei Ludwigsburg einen Vorgänger gehabt hat. Wie dieser frühe Kelte geheißen hat, wissen wir nicht; es ist nicht auszuschließen, daß man ihn Artorix genannt hat.

Wie Artus umgab er sich mit einer Clique von trinkfesten Mannen. Und nur weil die damaligen Kelten noch keine solche Draufgänger und Haudegen wie ihre Nachfahren gewesen sind, ist von Artorix kein einziges Heldenlied, dafür aber Goldschmuck, vergoldetes Eß- und Trinkgeschirr und sonstiges Goldgerät auf uns gekommen. Auf Gold waren die Kelten schon immer so scharf, daß später Julius Cäsar, der etwa zur Halbzeit zwischen Artorix und Artus das Keltenland heimgesucht hat, seine millionenschweren Schulden spielend vom Raub aus keltischen Heiligtümern zurückzahlen und ein steinreicher Mann werden konnte.

Aber zurück zur Tafelrunde auf dem Hohenasperg. Jeden Dienstag und Freitag versammelte Artorix acht Kumpane um sich. Denn man mußte zu neunt sein. Das brachte Glück. Sie soffen wie die Bürstenbinder und erzählten sich immer wieder dieselben schaurig-schönen Geschichten. Wobei die

acht andern, die sich auf Kosten von Artorix vollaufen ließen, pflichtschuldig seine faden Witze auch beim fünfzigsten Hören noch mit wieherndem Gelächter quittierten.
Diese Tafelrunde war, neben Angeln im Neckar (was man damals noch unbesorgt konnte), Abgaben einziehen (wozu er kraft seiner vornehmen Abstammung befugt war), Handel treiben, einmal im Jahr auf dem von feurigen Hengsten gezogenen Kultwagen sein Stammesgebiet umfahren und sich von seiner Gemahlin Dana und seinen Jahresfrauen verwöhnen lassen, die Lieblingsbeschäftigung des Keltenfürsten Artorix.
So friedlich waren damals die Zeiten in Mitteleuropa – was sich allerdings bald wieder ändern sollte.
Jahresfrauen gibt es heute nicht mehr. Nur noch Jahreswagen. Übrigens in derselben Gegend. Denn der Hohenasperg liegt keine 20 Kilometer von Untertürkheim entfernt. Eigentlich müßte man richtiger von Jahresmännern sprechen. Denn die Frauen hatten in jenen heidnischen Zeiten immer noch die Freiheit, selbst zu entscheiden, wie und mit wem sie leben wollten. So war es unter Kelten nicht selten, daß sich ein Paar auf Zeit zusammentat. Zur Probe, auf ein Kennenlernjahr. Wobei die Initiative ebenso von der Frau wie vom Manne ausgehen konnte. Nach einem Jahr entschieden sie dann gemeinsam, ob sie auseinandergehen, den Vertrag um ein Jahr verlängern oder auf Dauer zusammenbleiben und eine Familie gründen wollten. Solche Verträge wurden meist zum 1. November abgeschlossen.
Selbstredend wurden Verbindungen auch damals schon nicht nur aufgrund gegenseitiger Zuneigung, sondern auch um des lieben Geldes oder Besitzes willen geschlossen. So war Artorix in Dauerehe mit Dana verbunden, der Tochter des reichsten Fürsten von der Heuneburg an der oberen Donau. Sie hatte so viel an Gold, Schmuck und Ansehen mit auf den Hohenasperg gebracht, daß sie dort den Ton angab.

Daß es neben ihr noch so manche Jahresfrau im süßen Leben des Keltenfürsten Artorix gab, lag an den unverklemmten Sitten jener Zeit, an der kühlen Vernunft von Dana (»ein satter Hund läßt sich leichter dressieren als ein hungriger«, pflegte sie zu sagen) und an Artorix selbst. Er war eine ungewöhnlich stattliche Erscheinung. Mit seinen 1,87 m überragte er seine Mitkelten um Haupteslänge, von seinen Körperkräften und von seiner Ausdauer wurden wahre Wunderdinge erzählt. Außerdem war er wohlhabend, ein guter Unterhalter und ein trefflicher Rosselenker. So hatte er seit früher Jugend stets die Auswahl zwischen zahlreichen Bewerberinnen, die wenigstens ein Jahr lang in den Genuß seiner zahlreichen Vorzüge zu gelangen strebten. Und als wahrer Landesvater (wie heutzutage längst keine mehr gewählt werden) bemühte er sich nach Kräften, sein Volk glücklich zu machen.

Sein größter Stolz war die zahlreiche Nachkommenschaft, die als bleibende Erinnerung an die Jahresfrauen seine Eschenburg (wie der Hohenasperg damals hieß) von Jahr zu Jahr mehr in eine Mischung aus Kinderhort und Internat verwandelten.

Unbestrittener Liebling des Sippenchefs war Gwendy, seine Älteste. Sie war schon ein paar Jahre vor der Hochzeit mit der Herrin Dana auf die Welt gekommen, und an ihrem 15. Geburtstage hatte sie Artorix mit dem Kunstschmied Helico verlobt. Einmal, weil Gwendy sowieso – und nicht nur aus Kunstinteresse – öfter in Helicos Werkstatt als in der Nähstube der Stiefmutter anzutreffen war, dann auch, weil Gwendy und Dana ständig stritten, und Artorix das Keifen und Zerfen zu Hause leid war, und endlich, weil er hoffte, durch Gwendy den Helico auf dem Hohenasperg halten zu können.

Denn der war ein sehr begabter und vielerorts begehrter Künstler. Die bronzene Liege mit Rückenlehne zum Bei-

spiel, die er speziell für Artorix angefertigt hatte, fand nicht ihresgleichen im Keltenland. In die Rückenlehne hatte Helico den Fürsten eingestichelt, wie er die wilden Hengste bei der kultischen Wagenumfahrt zügelte. Getragen wurde das Möbelstück von acht zierlichen Säulen in Frauengestalt, die acht Jahresfrauen des Fürsten darstellten. Weshalb die Herrin Dana es liebte, auf dieser Liege lässig ruhend Jour zu halten, von den acht Nebenfrauen wie von acht Sklavinnen getragen. Der absolute Clou dieses von der Seine bis zum Hallstätter See gerühmten Möbels aber waren Rädchen, unter den Trägerinnen so kunstvoll befestigt, daß Artorix, wenn er auf seinem Prachtstück wie auf einem Throne saß, durch leichtes Anschieben mit den Füßen vorwärts oder rückwärts über die Eichenbohlen der großen Halle knarzen konnte. Nichts hatte das Ansehen des Hohenaspergers so gefördert wie dieses Allzweckmöbelstück, zum Regieren, zum Recht sprechen und zum Vorsitz in der Tafelrunde längst ebenso unentbehrlich geworden wie als bequeme Familienbank, als Unterlage für gelegentliche Schäferstündchen und als Ehrensitz für bevorzugte Gäste.
Nach der Verlobung mit seiner Kegeltochter Gwendy hatte Artorix den Kunstschmied in den fernen Süden geschickt, zu den Völkern am Mittelmeer, um von ihnen den letzten handwerklichen Schliff zu erlernen. Das war zu jener Zeit noch ungewöhnlich, und Helico war mit an Sicherheit grenzender Wahrscheinlichkeit der erste jener zahllosen kunstbegeisterten jungen Mitteleuropäer, die in den folgenden 25 Jahrhunderten als Stipendiaten auf Bildungsreise in den Süden geschickt wurden, ein früher Vorläufer also von Albrecht Dürer oder den Bewohnern der Villa Massimo.
Nun, nach gut zwei Jahren, war er eines schönen Nachmittags zurückgekehrt und hatte auch gleich einen Reisebegleiter mitgebracht, den Griechen Euxenos. Der stammte aus Marseille, das damals Massalia hieß und eine griechische

Handelskolonie war. Euxenos war Juniorchef der Firma Keltexport GmbH & Co. KG, die, wie schon der Name sagt, vor allem mit dem Handel rhoneaufwärts in die Keltenländer beschäftigt war. Die beiden etwa Gleichaltrigen hatten sich in Marseille gefunden. Helico hatte sich nach einer Mitfahrgelegenheit umgeschaut, Euxenos war im Aufbruch zu einer Geschäftsreise nach Norden. Mit dem nächstbesten Südwind waren sie selbander die Rhone hinauf gesegelt und getreidelt, dann vom Genfer See zum Hochrhein und endlich über die Heuneburg (weiter war Euxenos bei früheren Geschäftsreisen nie gekommen) an den mittleren Neckar gereist. Etwa fünf Wochen Reisezeit, dazu einige Wochen Aufenthalt an verschiedenen Fürstenhöfen unterwegs, hatte das Unternehmen gedauert.

Und während Helico kurz seine Gwendy aufsuchte und anfing, ihr von seinen Abenteuern und von dem phantastischen Leben im Süden an den Gestaden des Mittelmeeres zu erzählen (was sich im nachhinein als unklug und fehlerhaft erweisen sollte), empfing Artorix, auf seinem schon beschriebenen Möbel thronend, den griechischen Kaufmann.

»Was hast du mir Schönes mitgebracht?« fragte er ihn. Und Euxenos, von Helico vorher aufgeklärt, daß der Hohenasperger als wahrscheinlich einziger Keltenfürst seiner Zeit heimisches Bier und Met aus Schwarzwälder Tannenhonig griechischem Wein vorzog, hatte alle mitgebrachten Amphoren und Schläuche mit provenzalischem Wein schon auf der Heuneburg günstig veräußert und offerierte statt dessen seinem Gastgeber einen Riegel feinsten spanischen Goldes, wohl ein halbes Pfund schwer.

»Das läßt sich sehen«, schmunzelte der Keltenfürst, denn auf Gold war er scharf wie der Teufel auf die sprichwörtliche arme Seele (welch beide es freilich damals noch nicht gegeben hat). Artorix war kein eitler Schmuckfan, wie man bei dieser Schwäche für Gold annehmen könnte, auch kein übertriebener Sparer wie spätere Bewohner seiner Gegend, er liebte nur sein angenehmes Leben und wollte das auch im Jenseits genießen. Dazu aber brauchte man nach damaligem keltischem Glauben ziemlich viel Gold. Nur wenn er mit dem goldenen Halsreif eines Adligen, mit goldüberzogenem Fürstendolch, goldbeschlagenen Schuhen und Gürteln, Goldspangen im Gewand und vergoldetem Eß- und Trinkgeschirr im Jenseits ankam, wurde er dort standesgemäß aufgenommen und geachtet. Denn die Götter und Geister behandelten die Irdischen auch nach dem Ableben wie es bei Lebenden üblich ist: Je mehr einer hat und mitbringt, um so mehr gilt er. Das wußten die alten Kelten sehr genau.

Euxenos war mit dem Handel, der sich nun entspann, sehr zufrieden. Für sein Gold erwarb er von dem Kelten einen kleinen Bastkorb voll mit Bernstein, der von den Völkern weit im Norden stammte. Für diesen Bernstein würde Euxenos daheim, er kannte sich aus in den Preisen, gut die zehnfache Menge Goldes bekommen.

»Nun schau dich um auf der Burg«, sagte Artorix leutselig zu seinem Gast, als der Handel abgeschlossen war. Bei diesem Umschauen begegnete Gwendy, die schon seit ein paar Stunden auf eine Gelegenheit gelauert hatte, wie zufällig dem Griechen. Sie fand den dunkelhaarigen Gast sehr sympathisch, denn sie ärgerte sich über ihren Helico, der schon nach viel zu kurzer (wie sie fand) Begrüßung wieder enteilt war und nun mit seinen alten Kameraden das Wiedersehen feierte und schon reichlich bedudelt war. »So nicht, mein lieber Helico«, hatte sie gedacht, »wenn du keine Zeit für mich hast, muß ich mir eben weitere Informationen über südländische Kultur und Lebensart direkt aus erster Hand besorgen.« Und bot Euxenos an, ihm ihre Schmetterlingssammlung zu zeigen. Euxenos gefiel die stattliche blonde Maid, und so gestaltete sich der Nachmittag für die beiden noch recht anregend, vielseitig und belehrend.

Am Abend ließ Artorix den großen Mischkessel aus Bronze, der gut 500 Liter Inhalt faßte, mit Honigmet bester Qualität füllen, verpaßte dem Heimkehrer, dem griechischen Gast und den sechs vornehmsten Bewohnern des Hohenaspergs je ein Trinkhorn mit 5,5 Litern Fassungsvermögen, und die Fete in der großen Halle nahm ihren rituellen Verlauf. Das heißt, es wurde – wie immer – so lange gesoffen, altkeltisches Liedgut geschmettert und von heroischen Abenteuern erzählt, bis der letzte, und das war meist Artorix selbst, das Bewußtsein verlor. Waren Gäste dabei, wie dieses Mal der Grieche, so galt es als besonders lustig und ehrenvoll, den Fremden, des Metes Unkundigen, durch ständiges Zuprosten als ersten außer Gefecht zu setzen.
Euxenos hatte auch prompt schon mit der ersten Trinkhornfüllung Schwierigkeiten, die zweite bezwang er nur noch knapp zur Hälfte, dann kippte er vom Ehrensitz zur Linken des Fürsten und wäre unweigerlich unsanft zu Boden gegangen, hätte ihn nicht Gwendy, die wie die andern jungen Mädchen mit dem Nachfüllen der Trinkgefäße und dem Auftragen dicker Spanferkelscheiben beschäftigt war, mit starker Hand aufgefangen.
»Leg ihn in einen Bottich mit kaltem Wasser«, lallte Helico und gab ihr einen liebevolle Klaps auf die Rückseite. »Laß den Quatsch«, fauchte ihn seine Braut an. »Aber Liebling, was hast du denn?« fragte er verwundert. Denn er hatte erwartet, dieses erste spürbare Zeichen seiner Rückkehr nach so langer Zeit würde sie erfreuen. Aber – welcher Kelte kennt sich schon aus bei den Frauen! – sie zeigte weder Begeisterung noch erwartungsvolle Ungeduld, nein, sie raunzte nur: »Schämen solltet ihr euch. Den armen Griechen, der eure barbarischen Sitten nicht kennt, untern Tisch zu saufen. Was für eine Heldentat!«
Helico wollte aufstehen und ihr helfen, den griechischen Freund hinauszuschaffen und auszunüchtern, aber eben in

diesem Augenblick rief Artorix; »Helico! Komm zu mir und erzähl uns vom Süden. Sind sie tatsächlich so unermeßlich reich dort unten in ihren Städten wie immer berichtet wird?« So sagte Helico nur noch kurz »bis nachher« zu seiner Braut, setzte sich auf den freigewordenen Platz auf der Liege neben dem Fürsten und begann zu erzählen. Was dann, nach Keltenart, bis zum andern Morgen währte.

Gwendy aber nahm den Bewußtlosen mit sich. Zunächst zum Ziehbrunnen, dann, nach ausgiebiger Kaltwasserbehandlung triefend und schlotternd, aber schon wieder halbwegs bei Sinnen, zu sich in ihre Kammer. Wo sie sich die größte Mühe gab, ihn vollends zu ernüchtern und zu erwärmen. Was eine gute Tat war und von redlicher keltischer Gastfreundschaft zeugte. Was aber, weil ihre Bemühungen weit mehr als 24 Stunden in Anspruch nahmen, bei Helico, der anderntags wiederholt vergebens gegen die verriegelte Kammertür getrommelt hatte, zu einer ziemlich ernsten Verstimmung führte.

Wutentbrannt stürzte er zu Artorix, der schon wieder in der großen Halle auf seinem Lieblingsmöbel saß, eine Portion aus dem bedenklich geleerten Metkessel schöpfte und mit sich selbst Nachfeier hielt. »Deine Tochter . . .!« motzte er seinen Herrn und Gebieter an. »Deine Braut«, entgegnete der, »paß gefälligst besser auf sie auf.« Dann, bedenkend, wie schamlos Gwendy seine väterliche Autorität mißachtet hatte, brüllte er unvermittelt los: »Ich werd' sie eigenhändig erwürgen, die disziplinlose Ziege!«

»Totschlagen bringt auch nichts«, sagte Helico, an dem das gesittete Benehmen antiker Kulturvölker nicht spurlos vorübergegangen war.

»Dir hab' ich sie versprochen, nicht diesem hergelaufenen Griechen, verflucht sei sein Bart«, schrie Artorix. Helico winkte ab. »Nun will ich sie auch nicht mehr.«

»Sie tut nicht, was ich sage, und du willst nicht, was ich dir versprochen habe – ja, seid ihr denn alle miteinander übergeschnappt. Ihr undankbares Volk!« Den Keltenfürsten ergriff ein heiliger Zorn (wozu schon die damaligen noch relativ friedlichen Kelten eh neigten), er packte den schweren bronzenen Mischkessel, in dem noch gut 50 Liter trüber Honigmetbrühe schwappten, stemmte ihn hoch und schleuderte ihn gegen die Mauersteine der Außenwand, daß es wie ein Gewitter dröhnte und die ganze Burg wackelte. Der Putz fiel von der Wand, der Met bildete klebrige Pfützen auf dem Fußboden, der teure Importkessel aus Süditalien hatte etliche Beulen, Sprünge und ein Loch abbekommen, und einer der drei Zierlöwen vom Kesselrand war abgesprungen und lag nun in Trümmern am Boden.

»Der ist hin«, stellte der Bronzeschmied Helico fachmännisch fest. »Und ein neuer aus Massalia kostet mich ein Vermögen«, keuchte Artorix, hochrot vom Dampfablassen im Gesicht, aber seelisch sichtbar erleichtert. Helico untersuchte die Trümmer. »Da gibt man keine raren Devisen für einen neuen aus. Den flicke ich wieder zusammen, schöner als er vorher war.«

»Aber der Löwe, der ist und bleibt kaputt.«

»Ich mache einen neuen. Einen keltischen Löwen, neunmal so schön wie der alte griechische war«, versicherte Helico.

»Wenn du das zuwege bringst, hat es sich gelohnt, daß ich dich dort hinuntergeschickt habe.«

»Allerdings nur unter einer Bedingung«, schränkte Helico ein. »Künstler, die keine Bedingungen stellen, gibt es wohl nicht?« – »Höchstens schlechte. Meine Bedingung ist, daß ich Gwendy nicht nehmen muß. Jag sie zum Teufel mit ihrem Griechen, die treulose Tomate, ich will sie nicht mehr.«

Artorix, der inzwischen wieder nüchtern geworden war, nickte. Das kam ihm auf mehrfache Weise zupaß. War sie weg, dann war es auch zu Ende mit den ständigen Quenge-

leien zwischen ihr und der Herrin Dana, ferner hatte er den Griechen, wenn er ihm das Mädchen zur Frau gab, für alle Zeiten als Geschäftspartner gewonnen, und endlich konnte er sich so die Ausgaben für einen neuen Kessel ersparen.
Euxenos nun zitterte inzwischen weniger vor Kälte als aus Furcht vor der Reaktion der Kelten über den offensichtlichen Mißbrauch der Gastfreundschaft, den er mit der Braut des Freundes getrieben hatte. So war er, als der Keltenfürst ihn zu sich zitierte, angenehm überrascht von der Frage, ob er denn nun gedenke, um die Hand von Gwendy anzuhalten, oder wie sonst er sich aus der Affäre ziehen wolle. Zu antworten brauchte er nicht, denn Gwendy, die mit ihm zum Vater gekommen war, eröffnete diesem, sie müsse sich selbst verwirklichen und gehe deshalb als Jahresfrau mit Euxenos nach Marseille. Übers Jahr werde man ja sehen, ob ihr das Klima dort zusage, oder ob sie wieder heimkehren wolle auf den Hohenasperg. »Bis dann«, lächelte sie ihren Papi an und verschwand, die Koffer zu packen.
Euxenos, dem als ehrlichem Kaufmann an einer korrekten Abwicklung gelegen war, bestand auf einem ordentlichen Vertrag. Auch für die Jahresehe. Das brachte dem Keltenfürsten noch einmal 200 Gramm Gold ein, und dagegen hatte er nichts einzuwenden.
Noch lange Zeit, nachdem das Brautpaar in den fernen Süden abgereist war, gab es an der Hohenasperger Tafelrunde kein beliebteres Thema als über die unzuverlässigen süßholzraspelnden Südländer zu schimpfen, die nichts können, als den Weibern den Kopf zu verdrehen, und sich über die einfältigen Mädchen aufzuregen, die auf solche schwarzgelockten Maulhelden hereinfallen.
Helico aber, an dem noch lange Eifersucht und Enttäuschung nagten, dachte sich eine besonders subtile Form der Rache aus. An diesem ganzen welschen Pack inklusive Euxenos, Gwendy und allen noch ungeborenen Bastarden.

Von nun an erzählte er nämlich Abend für Abend, auf dem Hohenasperg, auf der Heuneburg, und wohin sonst immer er kam, von den Annehmlichkeiten, den Schätzen und den Verlockungen der Städte im Süden. Und weckte so die Begehrlichkeit der Kelten. »Dabei sind sie feige Angsthasen, und wenn wir nur wollten, auf einem Spaziergang könnten wir ihnen ihr Land, ihren Reichtum, ihr Gold, ihren Wein und ihre Frauen nehmen. In vier Wochen ist man unten, in vier weiteren Wochen hätten wir uns alles, was gut und teuer ist, unter den Nagel gerissen.«
Noch hielten seine Zuhörer solche Reden für phantastische Zukunftsmusik. Aber keine 100 Jahre später war seine Saat aufgegangen. Da brachen die Kelten tatsächlich auf, in Helicos gelobtes Land am Mittelmeer.
Davon mehr in der nächsten Geschichte.
Wie gut übrigens unserem Helico die Reparatur des Mischkessels gelungen ist und wie sich sein neuer keltischer von den beiden alten griechischen Löwen unterscheidet, davon kann sich der geneigte Leser durch Augenschein überzeugen. Im Alten Schloß in Stuttgart, im Raum 106 im ersten Stock. Daselbst kann er auch die Liege, die neun Trinkhörner und den Goldschmuck des Keltenfürsten vom Hohenasperg bewundern. Und dabei erstaunt feststellen, daß manches in diesem Buch Beschriebene stimmt.

Mittelmeertourismus
oder
Wehe, wenn sie losgelassen

Niemand weiß genau, was etwa 400 Jahre vor Christi Geburt über die Kelten gekommen ist. Urplötzlich haben sie das große Fernweh bekommen und sind wie die Irren ans Mittelmeer marschiert. Das muß so ähnlich gewesen sein wie heutzutage, wenn ihre mitteleuropäischen Nachfahren im Sommer zu Millionen nach Süden streben, sämtliche Straßen verstopfen, kilometerlange Staus bilden und von Spanien bis in die Türkei die Preise in die Höhe treiben. Nur, um sich dort auf 0,5 qm Strandfläche pro Kopf den Hautkrebs zu holen und in noch engeren Silos zu wohnen als zu Hause. Die Genugtuung allein, auch in Alicante oder Caorle heimisches Bier und heimische Knödel zu bekommen, kann das nicht bewirken.

Damals schon war diese periodische Südsehnsucht eine Art plötzlich ausbrechenden Massenwahns, eine fast ganz Mitteleuropa erfassende psychische Epidemie. Besonders jüngere Jahrgänge wurden – und werden – von ihr erfaßt.

Meist sammelte irgendein stellenloser Volksheld mit Führungsqualitäten Gleichgesinnte um sich. Die Jungs mußten Mutproben ablegen auf ihren Rössern, den damaligen Feuerstühlen. Dann ging's ab über die Alpen zum Erlebnisurlaub. Ruhm, Beute, Frauen und ein schlaues faules Leben in der Sonne waren viel verlockender als zu Hause brav auf dem Acker oder in der Werkstatt zu rackern, und es doch zu

nichts zu bringen. »Vom Frust zur Lust« war schon 400 v. Chr. die Parole aller Völkerwanderer und Landzerstörer.
Und so wie man heute an bestimmten Stränden der Adria oder der Costa Brava fast nur Schwaben findet, an andern in der Mehrzahl Briten oder Düsseldorfer oder Niederländer, so blieben auch damals schon die Landsleute aus einer bestimmten Gegend vielfach unter sich. Als sie sich von der oberen Donau erst einmal über den Großen St. Bernhard nach Oberitalien geschoben und die Etrusker aufs Haupt geschlagen hatten, ließen sich die jungen Leute der Insubrer nördlich vom Po nieder und gründeten Mailand, die Cenomanen gingen in die fruchtbaren Landschaften östlich davon und bauten Brescia, Bergamo und Verona, die Bojer ließen sich in Bologna nieder, die Senonen an der Adriaküste.
Natürlich kam nicht immer gleich der ganze Stamm. Aber so, wie die Fans vom HSV als »Hamburger«, die vom VfB als »Stuttgarter« in den Stadien gefürchtet werden, ohne die Gesamtheit der Einwohner dieser Städte darzustellen oder zu repräsentieren, so kamen als Insubrer oder Senonen zunächst einmal die schlagkräftigsten und unternehmungslustigsten Rowdies samt weiblichem Anhang unter ihren Heil, Sieg und reiche Beute versprechenden Anführern an den Po. Wenn sie dort dann genügend Randale gemacht, alles in Angst und Schrecken versetzt und die Einheimischen zum Zahlen von Schutzgeldern gezwungen hatten wie die Mafia Frankfurter Gastwirte, dann schrieben sie nach Hause: »Alles paletti, kommt in Massen«, und aus ihren Individualreisen wurde der wahre Massentourismus.
Nun zogen Ochsenwagenkolonnen mit Weib und Kindern, mit Habe und Saatgut, Vieh samt den beliebten Schweinderln, mit Opa und Säugling, Handwerkern, Priestern und was sonst noch alles zu einer Gesamtbevölkerung gehört, über die Alpen nach Süden. Wer Lust hatte kam mit, etliche aber vom Stamm, die Fußkranken, die Seßhaften, die Beden-

kenträger und die Oberpriester vom ortsfesten Stammesheiligtum, blieben daheim.

So oder ähnlich liefen nicht nur die keltischen, sondern später auch die germanischen Wanderungen ab, von den Kimbern und Teutonen bis zu den Goten, Langobarden oder den Vandalen, die noch aus Tunesien, wo sie über 100 Jahre lang den Ton angaben, regelmäßig ihr heimisches Orakel am heiligen Berg in Schlesien befragt haben.

Die Kelten waren anno 400 vor wahrscheinlich selber am meisten erstaunt, wie leicht und wie rasch ganz Oberitalien und ein großer Teil von Mittelitalien in ihre Hand fielen. Sie waren eben auch wahrhaft ideale Krieger, jeder Militarist seitdem hat von solchem Soldatenmaterial nur noch geträumt: Ihre lauten und rauhen Stimmen, ihr Hang zum Alkoholismus, ihre Denkfaulheit, Unterwürfigkeit gegenüber dem Vorgesetzten, ihre Brutalität gegen alle Schwächeren und ihre Sturheit machten sie zum Vorbild für spätere Eroberer.

Am liebsten stürzten sie sich mit wilder Punkfrisur und nackt, besoffen und lauthals brüllend ins Getümmel, so daß die Gegner meist schon davonliefen, ehe das Abschlachten richtig losgehen konnte. Wie heutige Touristen waren auch sie wild versessen auf Souvenirs. Was jetzt Trachtenpuppen, Chiantiflaschen oder Muschelkästchen sind, waren damals Menschenköpfe. Wurde man später, nach geschlagenen Schlachten, häuslich, so galt es als besonders chic, 20, 30 oder noch mehr eigenhändig abgehackte Italienerköpfe über die Haustür zu nageln. Eine gelungene Variante des schier unerschöpflichen Themas »Kunst am Bau«!

Schon bald wurde es den Senonen in ihrer neuen Heimat am Teutonengrill südlich von Rimini zu heiß. Denn wieder einmal gab es einen kleinen Klimawechsel: Das Wetter wurde wärmer und trockener, Lagunen versumpften, Moskitos und anderes Ungeziefer gediehen wie schon lange nicht

mehr. Die Kelten lernten die Malaria mehr zu fürchten als alle Völker Italiens zusammen.
Der damalige Anführer der Senonen war ein gewisser Brennus, der aber wahrscheinlich ganz anders geheißen hat. Denn Brennus muß im Keltischen so etwas Ähnliches wie Rädelsführer, Räuberhauptmann oder Herzog bedeutet haben. Es war also eher eine Berufsbezeichnung als ein Personenname. Aber wenn dieser Mann seit 2380 Jahren von den Historikern Brennus genannt wird, warum sollen wir ihn dann umtaufen?
Zu ihm also kam im Frühsommer 387 v. Chr., als er mit den Seinen grade am Verschmachten war, der etruskische Weinhändler Aruns aus Clusium, dem heutigen Chiusi (links an der Autobahn zwischen Florenz und Rom).
»Was fiebert ihr hier unten an der heißen Adria herum?« fragte er Brennus. »Kommt lieber herauf auf die gesunden Berge von Chiusi, wo im Schatten der Ölbäume der beste Wein Etruriens gedeiht« und stellte ein paar Flaschen Montepulciano vor den verdutzten Brennus.
»Wenn man den Weg wüßte hinauf«, seufzte dieser sehnsüchtig, entkorkte eine Flasche mit dem Säbel und leerte sie auf den ersten Zug.
Den zeige er ihnen gern, sagte der Weinhändler, wenn sie ihn anständig honorierten. Zum Beispiel mit einem Exportmonopol für die Erzeugnisse der Weinberge dort oben, wenn sie ihnen erst einmal gehörten. Denn auf die jetzigen Besitzer sei er gar nicht gut zu sprechen. Einer von ihnen, ein junger Patrizier aus Chiusi, habe ihm die Frau ausgespannt. Und auf seine Klage vor dem Stadtgericht habe man ihn bloß ausgelacht. Kein Mensch in Chiusi traue sich, gegen den Übermut solcher adliger Lausbuben einzuschreiten. Jetzt hoffe er, die Kelten wenigstens würden seine Ehre rächen und Recht und Ordnung wiederherstellen.
Wenn es etwas einbrachte, gab sich Brennus immer gerne

als Beschützer der Enterbten und Unterdrückten. »Wird gemacht«, grinste er deshalb, stand auf, ergriff sein Auerochsenhorn und tutete. Alsbald fanden sich seine Boys samt Pferden und Wagen ein, und der Feldzug gegen Chiusi begann.

Die Clusiner schlotterten hinter ihren noch rasch geschlossenen Stadttoren, als sie die Forderung von Brennus' wildem Haufen vernahmen: Auslieferung der Frau des Weinhändlers (falls hübsch an Brennus, sonst an den Ehemann), dazu etliche Pfund Gold, reichlich zu essen und zu trinken für die ausgemergelten Kelten, ein paar Dutzend junge Frauen und ein Drittel aller Felder und Weinberge.

Auf alles wären die Clusiner eingegangen, aber ein Drittel ihrer Weinberge – das war wahrlich zuviel verlangt! »Kelte, bleib bei deinem Bier«, sagten sie und schickten in die Stadt Rom um Hilfe. Statt der erwarteten Legionen kamen aber von dort nur drei Unterhändler. Aus bester Familie. Die sollten vermitteln zwischen Chiusi und Brennus.

Der aber blieb bei seiner Forderung. Denn die Erde, besonders die der Weinberge, gehöre dem Schwert der Tapferen, sagte er.

Die drei vornehmen Herren aus Rom waren pikiert. So hochmütig durfte allenfalls ein römischer Senator daherreden, aber doch kein Barbar aus dem hohen Norden! Beim nächsten Ausfall der Clusiner beteiligten sie sich am Kampf, was eindeutig völkerrechtswidrig war. Einer von ihnen, Quintus Fabius, schlug einen keltischen Unteranführer tot und nahm ihm seinen goldenen Halsring ab, das Zeichen seiner Offizierswürde.

Empört brach Brennus daraufhin die Belagerung ab. »Chiusi kann warten, Rom ist wichtiger!« schrie er und schickte seine drei größten und stärksten Mannen voraus nach Rom, die Bestrafung der wortbrüchigen Unterhändler zu verlangen. Aber die Römer meinten, römisches Recht gelte nicht

für Barbaren, ernannten Fabius und seine beiden Kameraden flugs zu Konsulartribunen (was etwas sehr Hohes war und sie unauslieferbar machte) und lachten die keltischen Zweimeterriesen aus.
Nun marschierte Brennus mit seinem wilden Haufen im Eilmarsch auf Rom. Einmal, um den Römern ihre Arroganz heimzuzahlen, dann aber auch, weil er erfahren hatte, daß gleich hinter Rom zu beiden Seiten der Tibermündung große Salzgärten seien, in denen tonnenweise Meersalz gewonnen werde. Weshalb die Straße, auf der er mit seinen Kelten Richtung Rom unterwegs war, ja auch die »Salzstraße« hieß. Und auf Salz waren die Kelten immer noch so scharf wie ihre Hallstätter Vorfahren.
Kurz vor Rom, an der Mündung des Flüßchens Allia in den Tiber, stellten sich die Römer am 18. Juli 387 v. Chr. mit allem, was sie an Bewaffneten aufbieten konnten, den Kelten in den Weg. Angeblich waren es 24 000 Mann, eine für damalige Zeiten enorme Streitmacht.
Aber als dann die nackten oder wie Gaukler in buntscheckige Hosen und Mäntel gehüllte Kelten mit ohrenbetäubendem Gebrüll, unter mißtönendem Schmettern ihrer über den Kopf gehaltenen Trompeten und dem Getöse aneinandergeschlagener Schilde und Schwerter auf ihren vierrädrigen Kampfwagen, zu Fuß oder zu zweit auf einem Pferd, über den rechten Flügel der römischen Heimwehr herfielen, da ergriffen die gepanzerten Helden aus Rom alsbald die Flucht vor den schnauzbärtigen Wilden.
Viele wurden massakriert oder ertranken im Tiber, etliche versteckten sich in den Trümmern der kurz zuvor von ihnen zerstörten Stadt Veji, nur wenige erreichten nach einem Elfmeilensprint mit dem Schreckensschrei »sie kommen« die Stadt Rom. Da diese zu jener Zeit noch nicht ummauert war wie Chiusi, flüchtete die Bevökerung über den Tiber in die Campania. Die bewaffneten Männer verschanzten sich auf

dem Kapitol, der auf einem Hügel über der Stadt gelegenen Burg.
Drei Tage lang ließen es sich die Helden des Brennus in den Gärten nördlich von Rom gutgehen, dann marschierten sie ein. Die Straßen der Stadt waren leergefegt, als finde im nächsten Stadion ein Weltmeisterschaftsspiel statt, die Häuser waren verlassen und verschlossen wie in einem sizilianischen Bergdorf, dessen Bewohner auf Arbeitssuche ausgewandert sind.
Den Kelten wurde es unheimlich in der totenstillen Stadt. Nur zögernd und angespannt lauschend schritten sie zum Marktplatz, dem Forum. Was sie dort sahen, machte sie erst recht beklommen. Stumm standen hoch über ihnen auf den Zinnen des Kapitols die Stadtsoldaten in ihrer schimmernden Wehr. Vor ihnen aber auf dem Forum saßen 80 Greise schweigend und unbeweglich auf ihren Amtssesseln. Das waren die uralten höchsten Würdenträger Roms, die sich geweigert hatten, vor den Feinden zu fliehen, und die nun in glühender Mittagshitze steif wie Ölgötzen in ihren Sesseln hockten und auf die Kelten starrten.
Dieser Anblick brachte die verunsicherten Mannen des Brennus vollends ganz aus dem Gleichgewicht. Sie argwöhnten, es handle sich hier um eine zur Rettung Roms vom Himmel herniedergestiegene Kompanie gottähnlicher Ahnen oder gar um 80 leibhaftige Götter.
Nach längerem Staunen und Schauen faßte sich Brennus ein Herz und schickte seinen mutigsten Kelten vor, die Lage zu erkunden. Dieser näherte sich einem der Alten, es war der ehemalige Konsul Manius Papirius, und zupfte ihn, um zu erfahren, ob er göttlichen oder irdischen Geschlechtes sei, am schlohweißen Vollbart. Papirius, darüber erzürnt, schlug ihm mit seinem elfenbeinernen Gerichtsstab auf den Kopf und nannte ihn einen respektlosen Lümmel, der die Würde eines ehrbaren Richters mißachte.

Dieser Schlag löste den Bann. Mit dem Ruf: »Das sind keine Götter, so blöd redet bloß ein Römer daher«, erschlugen die Kelten die 80 Greise, stürmten die verlassenen Häuser, raubten sie aus, zündeten die Stadt an und belagerten das Kapitol.
Und wenn die berühmten Gänse nicht zur Unzeit so laut geschnattert hätten, es wäre aus gewesen mit Rom, und die Christen hätten ein paar hundert Jahre später ihre Messen auf keltisch statt auf lateinisch lesen müssen.
So aber konnten sich die Römer, nachdem der Handstreich aufs Kapitol gescheitert war, mit Gold loskaufen von ihren Belagerern. Was dem Brennus auch lieber war, denn er wollte ordentlich Kohle machen und kein Weltreich gründen. Dafür fehlte ihm, wie allen Kelten, jeglicher Ehrgeiz. Von Staatenbildung hielten sie gar nichts, vom angenehmen Leben sehr viel. Was wäre uns Mitteleuropäern erspart geblieben, wenn damals statt der ehrgeizigen Römer die lebenslustigen Kelten die Oberhand gewonnen hätten!
Daß Brennus beim Taxieren des Lösegelds falsche Gewichte benutzt hat und sich sein Schwert noch zusätzlich in Gold aufwiegen ließ, ist durchaus glaubhaft. Und warum soll er bei dieser Gelegenheit nicht »vae victis«, »der Sieger hat immer recht«, gesagt haben? Schließlich war Keltisch eine dem Lateinischen sehr nahe verwandte indoeuropäische Sprache.
Noch etliche Male kamen die Kelten aus Oberitalien in den folgenden Jahren beim Rauben und Plündern an Rom vorbei. Aber hinein kamen sie höchstens noch als Kriegsgefangene. Denn in Rom war man aus Schaden klug geworden und hatte beim Wiederaufbau eine feste Mauer um die neue Stadt gezogen. Die hielt nicht nur den Kelten stand, sondern dem Zahn aller folgenden Zeiten. Einige Überbleibsel dieser servianischen Mauer kann der heutige Mittelmeertourist immer noch bewundern.

Der Bauer von Manching und seine Frau
oder
Die hundertjährige Stadt an der Donau

Weit über ein Jahrhundert lang wütete die keltische Wanderlust. Außer Italien waren Spanien, die Britischen Inseln, Böhmen (das seinen Namen wie Bologna von den Bojern bekam), die Balkanländer, Griechenland und Anatolien bevorzugte Ziele keltischer Beutetouristik.

Man kann sich vorstellen, wie die daheim Sitzengebliebenen am Ende dieser Epoche Lug, Belen, Ogmi und allen anderen keltischen Gottheiten auf den Knien dankten, daß sämtliche Sauf- und Raufbolde, tatendurstigen Großmäuler und arroganten Brennusse in den Süden oder sonstwohin abgezogen waren. Und wie meist am Ende historisch bedeutsamer Zeiten war man nun wieder bescheiden, kleinkariert und fromm geworden. Rittergutsbesitzer und Druiden gaben den Ton an, Landwirtschaft, Handwerk und Handel florierten, und der Horizont reichte meist nicht über die nächste Stammesgrenze hinaus.

Es wären friedliche Zeiten für die Kelten gekommen, seitdem sie nicht mehr ins Grenzenlose aufbrachen, wären da nicht die wilden Völkerschaften im Norden gewesen (die von Cäsar später Germanen genannt wurden). Diese drohten immer wieder mit Überfällen und Durchmärschen, denn inzwischen waren Reisefieber und Südsehnsucht wie die Windpocken auf sie übergesprungen. Mit einem Nordwall vom Hunsrück bis zum Fichtelgebirge und mit der Anlage

befestigter Städte, sogenannter Oppida (auch diese Bezeichnung stammt von Cäsar), suchten sich die Kelten gegen die Gefahr aus dem Norden zu schützen.
Es herrschte also rege Bautätigkeit im Lande, und ein keltischer Bauer vom Stamme der Vindeliker, dessen Name wir natürlich nicht kennen, denn selbst heutzutage verirren sich die Namen kleiner Leute höchstens aus Versehen in die Geschichtsbücher, war nur mäßig erstaunt, als er einige Geometer durch sein Getreide stapfen und Pflöcke in den Boden schlagen sah. Sein Pachthof lag in der Nähe der heutigen Marktgemeinde Manching bei Ingolstadt, südlich der Donau, etwa zwischen Militärflugplatz und MBB. Er schob an diesem Nachmittag den Ochsen mit der Mähmaschine (einer echt keltischen Erfindung übrigens, nicht einmal Rom oder Griechenland kannten dergleichen) über den Gerstenacker.
»Was tut ihr hier in meinem Acker?« fragte er die Geometer. Juristisch war diese Frage nicht ganz korrekt, denn Besitzer des Bodens war der Grundherr. Aber da schon die Vorvorderen des Pächters hier gepflügt und geackert hatten, zeugte sie zumindest von einer gewissen Heimat- und Traditionsverbundenheit des Fragenden. Und so etwas galt schon damals als durchaus positiver Wert, selbst bei Niedriggestellten.
»Wir stecken die Trasse ab für die Mauer um die neue Stadt, die hier entstehen soll«, sagte der Obergeometer in dem hier an der Donau etwas fremd klingenden Dialekt der Kelten von der unteren Rhone. Wo Oppida schon seit langem gebaut wurden und woher man deshalb Fachkräfte für den Städtebau zu beziehen pflegte. Dann fragte er den Bauern, ob er in dem Hof dort drüben wohne. Der Bauer nickte. »Dann schau zu, daß du deine Siebensachen in Sicherheit bringst. Dein Hof liegt unserer Mauer im Wege und wird noch vor Neujahr, also vor dem 1. November, abgerissen.«
Das ging dem Bauern nun doch zu weit. »Was?« schrie er.

MC CELTIX'S

»Das Haus abbrechen, uns von Hof und Feldern vertreiben? Bevor das geschieht, schlage ich euch Tagediebe mit dem Dreschflegel tot.«
Die Geometer lachten und sagten: »Das erzähl mal dem da«, und deuteten auf den Grundherrn, der eben auf seinem Rapphengst herbeigesprengt kam. Obwohl er aus einer der ältesten Adelsfamilien der Vindeliker stammte, zu den Reichsten im Lande gehörte und alle Aussicht hatte, nach dem Ableben seines schwerkranken Onkels von der Ritterversammlung zu dessen Nachfolger als Stammesfürst gewählt zu werden, kennen wir auch von ihm weder den Namen noch sonstige Daten. Woraus man ersieht, wie unbefriedigend die mitteleuropäische Quellenlage aus jener Zeit ist.
»Baron«, sagte der Bauer, »das kann doch nicht stimmen! Daß diese Hereingeschmeckten da mir meinen Hof abbrechen dürfen.«
Der junge Baron lächelte von seinem Rapphengst herab. »Diese Männer tun nur ihre Pflicht«, sagte er, und da wurde dem Bauern unbehaglich. »Die allgemeine Lage zwingt uns zu Städtebaumaßnahmen. Das geht nicht ohne Härten ab. Um unserer nationalen Sicherheit willen müssen wir alle Opfer bringen. Aber fürchte dich nicht, du wirst entschädigt und umgesiedelt.«
»Umgesiedelt, was ist das?«
»Schau her«, der Fürst stieg ab. Denn er war sehr leutselig. »Hier, in weitem Umkreis«, er machte eine so ausladende Armbewegung, daß der Bauer sich rasch bücken mußte, »bauen wir die neue befestigte Stadt der Vindeliker. In ihr bekommst du eine moderne Wohnung, größer und komfortabler als dein alter Hof, der dem Mauerbau weichen muß.«
»Ich brauche keine neue Wohnung«, bockte der Bauer, »ein größerer Stall und ein neuer Heustadel wären wichtiger.«
»Du brauchst gar keinen Stall mehr in der Stadt. Und auch

keinen Stadel. Du wirst einen sicheren Arbeitsplatz in einer der neuen Werkstätten bekommen. Das verspreche ich dir.«
»Ich will aber keinen Arbeitsplatz. Ob er sicher ist oder nicht. Ich will Bauer bleiben, auf meinem Hof, wo schon der Vater und der Großvater geackert haben.«
Der Baron verlor immer noch nicht die Geduld. »Wir können nicht immer tun und lassen, was wir wollen. Schwere Zeiten stehen uns bevor. Da muß jeder Opfer bringen.«
»Wieso schwere Zeiten? Es ist doch alles friedlich ringsum.«
»Die Nordvölker sind aufgebrochen und bedrohen uns.«
»Wer sagt das?«
Die Geometer aus dem westlichen Gallien staunten. »Was dieser Kuhbauer da sich gegen seinen Grundherrn herausnimmt«, sagten sie untereinander, »bei uns zu Hause wäre so einer schon längst den Göttern geopfert worden oder kieloben die Rhone abwärts geschwommen.«
»Von unsern Nachbarn im Osten, den Bojern, habe ich es erfahren«, sagte der Baron, ohne sich um das Gerede der Geometer zu kümmern. »Dort sind schon Nordleute aufgetaucht. Ganze Völker sollen unterwegs sein. Wer weiß, wann sie bei uns einmarschieren. Und dann, wie willst du dann dich, deine Frau, und deine Habe schützen?«
»Uns zu schützen seid ihr Ritter da. Dafür zahlen wir Zins und Pacht, auch in Friedenszeiten.«
»Ich kann euch aber nur hinter einer starken Mauer schützen. Die wird jetzt gebaut. Jeder opfert einen Teil seines Besitzes, seiner Arbeitskraft, seiner Zeit, um nicht alles und das Leben zu verlieren. Da wirst du nicht als einziger beiseite stehen und mir Schande bereiten wollen.«
Was sollte der Bauer darauf erwidern? Sagte er, was er dachte, so änderte das nichts an dem Unglück, das ihn zum Wohle des Vaterlandes traf, verärgerte aber den Grundherrn. Also schwieg er.
Keineswegs aber schwieg seine Frau, als er ihr bei der Brot-

zeit das vom Baron Erfahrene brühwarm erzählte. Sie fuhr fast aus der Haut, hieß ihren Gatten einen Schlappschwanz, der sich nicht für Haus, Hof und Frau einsetzen könne, raffte an Geselchtem, an Eiern und Speck zusammen, was in der Vorratsgrube war, und rannte, so schnell sie ihre Füße trugen, dorthin, wohin die Bauersfrauen zwischen Donau und Alpen heute noch eilen, wenn sie vom Schicksal geschlagen werden: zum geistlichen Herren.

Ihr Beichtvater war wie alle keltischen Druiden ein schon angegrauter, würdiger älterer Herr. Nach über 20 Lehrjahren (ein Druide mußte länger und mehr lernen als seine heutigen Nachfahren in den Pfarr- und Dekanatsämtern) und nach weiteren gut zehn Wanderjahren war er seit geraumer Zeit Bezirksdruide der Hallertau. In den damals noch dichten Eichenwäldern südlich von Manching, nahe beim Kilometer 467 der heutigen Bundesautobahn, stand seine bescheidene Hütte am Rande der heiligen Lichtung, auf welcher er mit den Göttern Zwiesprache zu halten pflegte und deren über 20 m tiefer Opferschacht die irdische Welt mit der außerirdischen der Götter verband.

Als die Bäuerin am Zaun zum heiligen Hain ankam, kauerte sie nieder, bettete ihre Mitbringsel auf ein sauberes weißes Leintuch, das sie zu diesem Zwecke mitgebracht hatte, und rief zu den mistelbewachsenen heiligen Eichen hinauf: »Der den Schmerz lindert, der dem Ratlosen rät, der das Unrecht richtet, der die zehntausend Verse kennt, der Weise vom Baum, der segnet und der flucht: ihn bitte ich um sein Ohr.« Nach diesen uralten, vom Anfang der Welt her überlieferten Worten wartete sie geduldig auf den geistlichen Zuspruch. Der Druide meditierte unterdessen im heiligen Hain in Gemütsruhe zu Ende. Dann, als die Sonne schon gesunken war, ging er hinaus und fragte, was die Frau wolle. Sie erzählte ihm die Geschichte von der neuen Stadt und der Mauer, die quer durch ihren Hof gebaut werden solle.

Der Druide nickte, schaute sie lange an und sagte dann: »Nimm getrocknete Brombeerblätter, Schafgarbe, Ackerwinde, Tausendgüldenkraut und Huflattich, brühe alles zusammen auf, lasse den Sud ziehen, bis er dunkelbraun geworden ist, und trinke dann abends und morgens je eine Tasse davon. Das vertreibt die Würmer, die dich plagen.«
»Ich bin nicht der Würmer wegen gekommen«, sagte sie.
Der Druide sah sie ernst an. »Wenn die Würmer weg sind, sind auch die Zweifel weg«, sagte er.
Die Frau wußte, daß Druiden meist in Rätseln reden und daß es unklug ist, einem Druiden zu widersprechen oder ihn mehr als einmal dasselbe zu fragen.
Als sie schon gehen wollte, bekam sie doch noch klareren Bescheid. »Ob du deinen Hof behalten sollst oder nicht, kann nur der höchste Druide des Stammes entscheiden.«
Man sieht, schon die keltischen Geistlichen hatten das Grundprinzip jeder hierarchischen Ordnung begriffen: die Abwälzung der Verantwortung auf die nächsthöhere Instanz.
Da sie nicht aufgeben wollte, begab sich die Bäuerin rechtzeitig zum nächsten Neumondfest, versehen mit neuen Opfergaben, auf den beschwerlichen Fußmarsch zum Hauptheiligtum des Stammes der Vindeliker. Dieses lag in der Nähe von Holzhausen, Gemeinde Großdingharting, südlich von München, und verfügte über die tiefsten Opferschächte östlich des Rheins. Dort wurde ihr vom Stellvertreter des Stellvertreters des höchsten Druiden der Vindeliker, nachdem er sich über die Geringfügigkeit ihrer Opfergaben nicht sehr freundlich geäußert und sich dann in Trance versetzt hatte, feierlich verkündet: »Es ist der Wille der Götter, daß die Stadt und die Mauer darum gebaut werden. Dein Baron muß den Bau leiten. Dein Hof wird ein Teil der Schutzmauer der Vindeliker werden. Du selbst wirst dort bleiben, wo du bisher gewesen bist.«

Diesem Spruch hatte sie sich zu fügen, wollte sie nicht nach altem Brauch vom gemeinsamen Gebet und Opfer ausgeschlossen werden.

Als sie nach zehntägiger Wallfahrt zurückkam, kannte sie ihre Heimat kaum wieder. Die ersten Trupps von Pachtbauern und Knechten aus der weiteren Umgebung waren angerückt und hatten auf den eben erst abgeernteten Feldern ihre Notunterkünfte und Zelte aufgeschlagen. Von ihrem Hof fand sie nur noch Trümmer, ihren Mann mußte sie lange suchen, bis sie ihn in einer Würstchenbude bei den Wohnzelten der Arbeiter entdeckte. Er hielt Fladenbrot feil, aus dem Saatgetreide fürs kommende Jahr zubereitet, Bratwürste und Steaks aus dem geschlachteten Zugochsen.

Er hatte vom Grundherren eine Schankkonzession erworben und verdiente nun an den nur mäßig mit Essen und Trinken versehenen Bauleuten an einem Tag mehr als bisher in einem Jahr. »Endlich kommst du zurück von deiner blöden Wallfahrt«, sagte er, »komm und hilf, ich werde mit der Arbeit nirgends fertig.«

Wohl oder übel band sie sich rasch eine Schürze um, buk Brot, grillte Koteletts und Bouletten, schenkte Bier und Met aus und bediente die Gäste bis spät in die Nacht.

Wobei sie es nicht lassen konnte, trotz des großen Umsatzes gegen die neue Stadt zu stänkern. »Das ist doch nur ein Sparren von unserm jungen Herrn. Weil er Herzog werden will, meint er, er brauche so eine neumodische Stadt wie die im Westen. Und ruiniert das ganze Land damit. Ihr macht unsern Hof kaputt, und derweil verfault euch zu Hause das Korn auf dem Halm, weil niemand mehr daheim ist, es zu schneiden«, schimpfte sie an ihre Gäste hin. Ob sie denn nicht froh sei, in Notzeiten eine feste Mauer als Schutz zu haben, fragten diese die Frau. »Aber die Mauer gibt es doch schon«, erwiderte sie, »donauabwärts, wo die Altmühl in den Strom mündet. Groß genug, um allen Vindelikern Platz

zu bieten. Und unerreichbar für Angreifer auf steilem Bergsporn, nicht im flachen Gelände und zwischen sumpfigen Auen wie hier.«
Aber auf der falschen Seite, überm Strom drüben, meinten die Gäste, und wie, bitteschön, im Ernstfall Zigtausende mit Vieh und Wagen über die Donau setzen sollten? Außerdem verdiene doch niemand so gut am Manchinger Bauboom wie sie mit ihrer Kneipe.
Das hielt ihr auch ihr Mann vor, als die Zecher gegangen waren, und schimpfte, sie vertreibe die Gäste mit ihrer Miesmacherei, und wenn es der Grundherr erfahre und ihnen die Konzession entziehe, was dann?
»Und was machst du mit deiner Konzession in ein paar Jahren, wenn Mauer und Stadt gebaut und die vielen tausend Fronarbeiter wieder zu Hause sind?« wollte sie wissen.
»Entweder kommen die Nordmänner wirklich, dann wimmelt es innerhalb der Mauer von Flüchtlingen, und wir können täglich mehr fürs Essen und Trinken verlangen, oder die Zeiten werden friedlich, dann treffen sich hier in der neuen Stadt Kaufleute, die vom Westen nach Böhmen oder Ungarn ziehen, mit Händlern, die zwischen den Alpenpässen und dem Thüringer Wald unterwegs sind. Dann wird aus unserer Bude ein richtiges Hotel mit Nachtquartier und Vollpension, Ställen für die Tragtiere, Bad, Sauna und was Reisende sonst noch brauchen. Dann blüht unser Weizen erst recht!«
»Mein alter Hof wäre mir lieber als solche Hirngespinste«, schnitt sie seine Zukunftspläne ab. Denn sie konnte sich nun einmal mit der neuen Zeit nicht abfinden.
Diese aber schritt unaufhaltsam fort. Fast täglich trafen neue Arbeitskräfte ein. Der Wald wurde gerodet, die Felder wurden planiert. Dem Igelsbach, der nahe am alten Hof vorbeigeflossen war, und dem Flüßchen Paar wurden mit Schaufel und Hacke ein neues Bett gegraben. An der Donau wurde eine Anlegerampe für die Holzflöße gezimmert, auf denen

die Mauersteine aus den donauaufwärts bei Neuburg gelegenen Jurasteinbrüchen herantransportiert wurden.
Rund wie das Sonnenrad oder wie das Rad der ewigen Wiederkehr sollte die Riesenmauer werden, deren Fundamente schon ausgehoben wurden. Über sieben Kilometer lang nach heutigen Maßen sollte sie werden, fast doppelt so lang wie die mittelalterliche Stadtmauer von Nürnberg, eine Fläche von 380 ha umfassend, größer als 500 Fußballfelder.
Die Fronarbeiter waren stolz, an diesem Jahrhundertbauwerk mitzuwirken, und das Gemecker der neugebackenen Wirtin stieß auf Unverständnis, wurde allenfalls als kuriose Abendunterhaltung hingenommen. Dennoch hörte sie nicht auf, die guten alten Zeiten vor dem Mauerbau zu preisen und der noch gar nicht gebauten Stadt als einer gotteslästerlichen Neuerung großes Unglück zu prophezeien. »Wer auf guten Ackerboden unfruchtbare Steine setzt, versündigt sich wider die göttliche Natur«, pflegte sie zu sagen. Auch dann noch, als ihr der Grundherr und der Bezirksdruide solche Reden verboten hatten. Denn was für und was wider die Götter sei, darüber hätten allein sie zu befinden, nicht aber das Weib eines Schankwirts und gewesenen Pachtbauern, belehrten sie die Aufsässige.
So rückte die Neujahrsnacht heran, die Nacht zum 1. November, das höchste Fest im keltischen Kalender. In dieser Nacht sollte der Grundstein zu den vier Toren, jeweils über zwei Kilometer voneinander entfernt, mit Opferblut feierlich geweiht werden. Drei Tore mit dem Blut weißer Stiere, eines aber, das am meisten gefährdete im Norden (denn der Feind stand für die Kelten so sicher im Norden wie für die Nato bis 1989 im Osten), mit dem stärksten Opferblut, das es gab, mit menschlichem.
Zahllose Vindeliker standen bei Einbruch der Nacht zum 1. November auf dem riesigen Gelände, das zur Stadt bestimmt war, und harrten des höchsten Druiden. Unter feier-

lichen Gongschlägen und dumpfen Trommelwirbeln schritt dieser, gefolgt von einer Schar gleich ihm weißgekleideter Druiden, durch die Menge, den Wink des Gottes Lug erwartend, wer der Auserwählte sei, wer zum Opfer für Stadt, Stamm und Land bestimmt werde.
Und wie es Lugs unerforschlicher Ratschluß wollte: Ausgerechnet vor der Frau unseres Pächters fiel der höchste Druide wie vom Blitz getroffen zu Boden, erhob sich wieder, umschritt sie, mit dem rechten Fuß beginnend von links nach rechts, und bezeichnete sie so als das vom Gott auserwählte Opfer.
Sogleich wurde sie von den anderen Druiden ergriffen und, sie mochte sich wehren so sehr sie wollte, zum Opferplatz beim Nordtor gezerrt.
Dort sollte sie, so wollte es alter Brauch, Gott Lug für die Ehre danken und ihn durch ihr Blut zwingen, das Tor und die Mauer zu schützen. Sie aber schrie, sie wolle leben, nicht sinnlos für eine unnütze Stadt sterben, und stieß drei entsetzliche Schreie aus, lauter als das Röhren der Düsenjäger, das heute täglich an dieser Stelle die Stille zerstört. Dann verfluchte sie die Stadt, »dreimal 30 Jahre und nicht viel länger soll es dauern, bis wieder Gras und Eichen aus ihren Trümmern wachsen, und kein Mensch soll ihren Platz noch ihren Namen mehr wissen, und wer wieder an ihrer Stelle baut, soll wieder vom Unglück verfolgt sein alle Zeit . . .«
Mehr hörte man nicht, denn die Druiden warfen ein dunkles Tuch über sie und trugen sie vom Nordtor weg, ehe ihr Fluch zum Himmel aufsteigen konnte. Der jüngste der Druiden aber opferte sich an ihrer Stelle selbst, und sein Blut versöhnte den Gott Lug, so daß anderntags die Bauarbeiten weitergeführt werden konnten.
Von der Frau des Pachtbauern sprach niemand mehr in dieser Nacht. Sie war von den Druiden ans Südende der Mauer getragen worden, dorthin, wo von außen keine Gefahr zu

befürchten war. Dort hatte man sie erdrosselt und nicht weit von ihrem ehemaligen Hof verscharrt. So war sie wie geweissagt dort geblieben, wo sie immer gewesen war.
Ihr Mann hatte starr vor Schrecken ihr Fehlverhalten miterleben müssen. Da die Kelten damals aber keine Sippenhaft in religiösen Dingen kannten, geschah ihm weiter nichts. Nur der Umsatz in seiner Würstchenbude stieg weiterhin, denn jeder wollte nun den Gatten der schlimmen Frau sehen, über die man nicht mehr sprach, und bei ihm einkehren.
Nach wenigen Jahren war die große Mauer vollendet, dieses gewaltige, etwa fünf Meter hohe und drei Meter dicke Bauwerk aus zugehauenen Kalksteinen. Horizontal fest vernagelte Balken hielten das Mauerwerk zusammen und machten es gegen Rammstöße unempfindlich, eine 12 Meter breite Erdrampe schloß sich im Innern an. Über 250 000 Kubikmeter Steine und Erde waren zugehauen, transportiert und verbaut worden, etwa 60 000 Eichbäume hatte man in weitem Umkreis gefällt und in die Mauer eingefügt, siebeneinhalb Tonnen Raseneisenerz waren im nahen Feilenmoos und in den Eisenwerken der Keltenstadt beim heutigen Kelheim (da, wo die Befreiungshalle steht) gewonnen, verhüttet und zu Nägeln für das Balkenwerk in der Mauer geschmiedet worden.
Hinter der großen Mauer begann nicht gleich die neue Stadt. Zunächst kamen einige hundert Meter Weideland, genug zur Aufnahme riesiger Herden und großer Flüchtlingsmassen in Notzeiten, dann erst kamen die Holzhäuser der Handwerker und Händler, die Werkstätten der Glasbläser, der Töpfer, der Weber, kamen die Fabrikhallen der metallverarbeitenden Betriebe, die Münze, in welcher die vindelizischen Goldstücke geprägt wurden, die spätere Finder »Regenbogenschüsselchen« nannten, kamen die Wohnviertel, die Handelshöfe, Vorratshallen und Gasthäuser, kam endlich das Stadtpalais des Herzogs.

Unser ehemaliger Pachtbauer hatte seine Imbißbude aufgegeben und war Hotelier und Gastwirt geworden. »Zum heiligen Opfer« hieß seine Schildwirtschaft, im Gedenken an das längst verklärte und zum Opfertod für das Gemeinwesen stilisierte grausige Geschehen an jenem 1. November im Jahre 1 der neuen Stadt.
Es dauerte nicht lange, und die Stadt und ihre Bewohner hatten ihre erste Bewährungsprobe zu bestehen. Die Nordvölker, die Kimbern und Teutonen aus Jütland, waren tatsächlich unterwegs nach Süden. Im Jahre 113 v. Chr. besiegten sie die Römer bei Noreia (wahrscheinlich in der Nähe von Klagenfurt), zogen dann aber wieder donauaufwärts. Die Vindeliker retteten sich hinter die neuerbauten Mauern, Kimbern und Teutonen marschierten, das Land ringsum ausplündernd, dran vorbei, überquerten die Donau, hinterließen etliche Spuren im Maingebiet und schlugen sich dann zehn Jahre lang mit den Römern im südlichen linksrheinischen Gallien herum, bis Marius endlich 102 v. Chr. die Teutonen bei Aix en Provençe und im folgenden Jahr die Kimbern bei Vercellae in Oberitalien vernichtete.
Unter den Leuten vom Lande, die hinter der Stadtmauer Schutz gesucht hatten, war auch der Sohn unseres Bauern und jetzigen Gastronomen. Von ihm haben wir bisher noch nichts gehört, weil er, wie im Keltenlande immer noch üblich, kurz nach der Geburt zu Pflegeeltern weggegeben worden war. Nun fand er nebst Pflegeeltern und Stiefgeschwistern beim leiblichen Vater Unterschlupf. Und dieser erzählte ihm gar wundersame Geschichten vom heldenhaften Opfertod der Mutter, und wie ihr Blut sie nun alle schütze. Der Fluch der Sterbenden war längst verdrängt und vergessen; Vater, Sohn und alle Verwandten und Bekannten waren sehr stolz auf Mama und ihretwegen angesehen.
Bei Lug und den anderen Göttern aber war ihr Fluch anscheinend nicht vergessen. Denn keine 100 Jahre währte das

Glück der Stadt. Kurz ehe römische Armeen unter Tiberius und Drusus im Jahre 15 v. Chr. der vindelikischen Unabhängigkeit ein Ende bereiteten, hatte ein anderer Feind – wir wissen nicht, welcher – das Oppidum überfallen, besetzt und niedergebrannt. Wer dem Gemetzel entgehen konnte, der floh. Aber die meisten kamen nicht weit. Auch der Ururenkel unseres Wirts schaffte den Weg in die Freiheit nicht mehr. Bei Irsching, gut zwei Wegstunden nordöstlich von Manching, vergrub er rasch noch einen Fellsack mit den Ersparnissen der Familie, etwa 1000 Goldstücke, dann schnappten ihn die Gegner und brachten ihn um. Seine Goldstücke allerdings fanden sie nicht, die entdeckte erst 1873 n. Chr. ein Irschinger Taglöhner.

Von der Stadt selbst blieb nicht einmal der Name. Und was im Boden die Zeiten überdauert hatte, das fiel, bis auf weniges eilends Geborgene, dem Kriegswahn des 20. Jahrhunderts zum Opfer, dem Bau eines Militärflugplatzes.

So wirkte der Fluch der Bäuerin von Manching fort bis in unsere Tage hinein.

Hermann und Thusnelda
oder
Handel oder Krieg, das war die Frage

Endlich stoßen wir beim Erzählen alter Geschichten aus Mitteleuropa auf eine allseits bekannte und schon von den Autoren des Altertums sehr unterschiedlich beschriebene Persönlichkeit: auf Armin den Cherusker, den wir irrtümlich Hermann nennen. Im Jahre 9 n. Chr., nur gut eine Generation nach dem Untergang von Manching, hat er die frech gewordenen Römer aus dem Teutoburger Wald verjagt und damit dazu beigetragen, daß wir deutsch und nicht eine Variante des Französischen oder Rumänischen unsere Muttersprache nennen. Auf einem 26 Meter hohen Sockel bei Detmold winkt er zur Strafe dafür mit seinem Schwert seit 115 Jahren unentwegt nach Westen. Wo seinerzeit die Römer hergekommen sind und wo 1875, als man das protzige Monument errichtet hat, der Erbfeind dräute. Heute kurven in besagter Richtung nur noch alliierte Panzer durch den Sand der Senne. Was gottlob auch schon ziemlich antiquiert ist.

Dieser Armin vom germanischen Stamme der Cherusker also kam aus ziemlich gutem Hause und hatte eine für germanische Verhältnisse überdurchschnittliche Erziehung genossen. Wie mancher germanische Adlige hatte es sein Vater Segimer satt, als ungebildeter Barbar zu gelten. Er schloß sich deshalb dem fortschrittlichen Zeitgeist an, den Römern, die seit Tiberius und Drusus auch in Germanien als zukunftsweisend galten. Römischer way of life war in – so oder ähnlich kauderwelschten damalige Trendsetter, nur standen sie statt auf Anglizismen eben auf Romanizismen.

Segimer schickte seinen Sprößling auf die römische Kriegsschule, wie 1900 Jahre später jeder indische Maharadscha, der etwas auf sich hielt, seinen Kronprinzen nach Sandhurst geschickt hat. Armin rückte rasch auf, wurde Offizier, gehörte eine Zeitlang zum Stabe des Feldherrn und späteren Kaisers Tiberius, erwarb sich 7 n. Chr. im pannonischen Feldzug gegen die Partisanen auf dem Balkan hohe Auszeichnungen und außer dem römischen Bürgerrecht auch den Rang eines römischen Ritters. Wofür Papa Segimer nach einem neuen Gebot des Kaisers Augustus ein ordentliches Vermögen, bare 400 000 Sesterzen, hinblättern mußte. Er konnte das, schließlich gehörte man nicht zu den Ortsarmen, sondern zur obersten Führungsschicht Germaniens. Außerdem holte der Junge, clever, wie er war, ein Mehrfaches dieses Betrages als Kriegsbeute im Balkanfeldzug wieder herein.

Alles schien darauf hinzudeuten, daß Arminius, wie er lateinisch hieß, nach dem Ableben seines Vaters dessen Führungsrolle im Cheruskerland übernehmen und dann die Romanisierung seines Stammes und damit weiter Teile Germaniens bis zur Elbe vollenden würde. Es war abzusehen, daß in wenigen Jahren dank Armin das rechtsrheinische Germanien wie zu Cäsars Zeiten das linksrheinische Gallien, römische Ordnung, römisches Recht, römische Gesittung und Verwaltung und damit auch römische Sprache annehmen würde. Mit all den kulturellen Folgen bis in die nächsten paar Jahrtausende hinein.

Was hätte aus uns werden können, wenn damals schon bis zur Elbe oder zur Oder nur noch römisch gesprochen worden wäre, wenn das spätere Deutsch mehr mit dem Italienischen als mit dem Isländischen verwandt gewesen wäre! Selbst die Suche nach einer gemeinsamen europäischen

Sprache im 21. Jahrhundert hätte dies wesentlich erleichtert. Leider ist es ganz anders gekommen. Und das verdanken wir nur diesem Armin, den manche Gelehrten für das Ur-Vorbild von Siegfried halten, dem Drachentöter und Helden der (viel späteren) Nibelungensage. Weil Armin, wie so viele vor und nach ihm, beim Militär in schlechte Gesellschaft und auf dumme Gedanken gekommen ist, und weil er später nicht auf seine Frau gehört hat, verlief die Weltgeschichte so verquer.

An allen Fehlern Armins freilich, das sei zugegeben, war nicht der römische Kommiß schuld. So war er zum Beispiel schon in zartem Kindesalter, wie sein Bruder Flavius erzählt haben soll, vom Ehrgeiz befallen wie andere Kinder von den roten Flecken. Nur daß der nicht mehr wegging. Wenn er, erzählt Flavius, beim Mensch-ärgere-dich-nicht verlor, dann warf er nicht nur das Spiel um, nein, dann drosch er so lange auf sämtliche Mitspieler ein und schrie dazu wie am Spieß, bis sie den Verlierer freiwillig zum Sieger erklärten.

Auch das Saufen hatte er sich schon im Konfirmandenalter zu Hause angewöhnt. Wobei es nicht an schlechten Vorbildern fehlte. Denn auch an seines Vaters Hof herrschte der schöne alte Germanenbrauch, jeden wichtigen Beschluß zweimal zu fällen: einmal bei nächtlicher Beratung in volltrunkenem Zustand, ein zweites Mal am andern Morgen, nach Kaltwassergüssen und Waldlauf wieder ernüchtert. Sein größtes Laster aber, die Spielleidenschaft, die ihn dann auch auf den Hund und uns um unsere Romanisierung gebracht hat, die hat er sich beim Lotterleben in der bosnischen Etappe angeeignet. Und im entscheidenden Jahre 9 n. Chr. verhängnisvoll weitergepflegt.

Da kehrte er nämlich, weil sein Vater gestorben war, nach Hause zurück, um im Cheruskerlande, zu beiden Seiten der Weser, die Nachfolge des Verblichenen anzutreten. Im Sommer schickte er zu den verschiedenen Sippen und Clans seines Stammes und bat alle waffenfähigen Männer, sich in der ersten Vollmondnacht nach der herbstlichen Tagundnachtgleiche, sie fiel in jenem Jahr auf den 23. September, bei den heiligen Steinen einzufinden, den Externsteinen in der Nähe von Detmold, um ihn daselbst nach alter Väter Sitte zum Herzog zu küren.

Ganz in der Nähe der Externsteine, vielleicht dort, wo heute die Stadt Horn steht, vielleicht auch woanders – die Forschung nennt inzwischen weit mehr als 20 verbürgte und allein zutreffende Schauplätze – hatte der Oberkommandierende der römischen Rheinarmee, ein gewisser Publius Quinctilius Varus, mit drei Legionen sein Sommerlager bezogen. Bei ihm quartierte sich Armin ein, denn römisches Lagerleben lag ihm mehr als die heimische Bärenhaut. Varus galt als mäßiger Stratege, guter Jurist und gefürchteter Würfelspieler. Da es in diesem Sommer relativ ruhig war zwischen Rhein und Elbe, widmete er sich tagsüber hauptsächlich seinem juristischen Hobby und sprach auf römische Art Recht: entweder Prügelstrafe oder Kopf ab und in jedem Fall eine saftige zusätzliche Geldstrafe. In seine Privatschatulle natürlich.

Die an ganz andere Formen von Gerechtigkeit gewöhnten germanischen Völkerschaften rundum behandelte er wie römische Untertanen. Was diesen überhaupt nicht gefiel, denn sie hielten sich für freie Menschen. Übrigens ein in Geschichte und Gegenwart erstaunlich oft auftretender Irrtum. Besonders die Prügelstrafe und das Zahlenmüssen widersprachen ihrem empfindlichen Ehrgefühl. Zorn und Wut gegen Varus und seine Römer waren darum unterschwellig im Lande weit verbreitet.

Davon aber bekam dieser nichts mit. Denn jeden Abend, kaum hatte er aufgehört, Recht zu sprechen, wurde sein silbernes Tafelgeschirr aufgetragen, das er ins Sommerlager mitgebracht hatte, und wurde nach Römerart gebechert und

geschmaust. Es fehlte an nichts, selbst Asti spumante, Austern und Langusten wurden per Eilboten auf dem Hellweg bis hinter den Teutoburger Wald gebracht. War man satt und angesäuselt, begann das Pokern und Würfeln.
Außer Armin gehörte noch ein Cherusker zu diesem halblegalen Spielclub. Das war Segestes, ein Onkel fünften Grades von Armin und um einiges älter. Segestes war einziger Konkurrent bei der bevorstehenden Herzogswahl. Daß sie einander so wohlgesonnen waren wie zwei Kanzlerkandidaten kurz vor der Bundestagswahl, liegt auf der Hand. Auch wenn sie in wesentlichen Punkten durchaus übereinstimmender Ansicht waren. Sie hielten beide dieses neue römische Recht, auf das ihre Landsleute so sauer waren, für recht vernünftig. Denn es brachte zahlreiche Vorteile für Gutsituierte mit. Zum Beispiel konnten sich Adlige nun Stammesland unter den Nagel reißen, das bisher als Gemeineigentum gegolten hatte. Und wenn man nicht mehr wie bisher im Thing auf Zeit zum Herzog gewählt wurde (und den Leuten dafür Gott weiß was alles versprechen mußte), sondern von Rom auf Lebenszeit als verbündeter König anerkannt wurde, so war das durchaus erstrebenswert. Um so kontroverser freilich war ihre Ansicht darüber, wer von beiden dies werden sollte.
Bis Mitte September allerdings ging es – zumindest vordergründig – weniger um politische Fortune als ums allabendliche Glück im Spiel. Und das war – wie in jedem Kasino – recht wetterwendisch und unberechenbar. Unterm Strich freilich sahnte der junge Armin weitaus am meisten ab. Was seinen Ehrgeiz befriedigte, den Segestes aber sehr verdroß.
So nahte der 23. September, und der wurde im Lager gewaltig gefeiert. Denn das war Kaisers Geburtstag: der zweiundsiebzigste von Augustus. Als sich die allabendliche Spielrunde traf, war niemand im Lager mehr nüchtern, von den Wachtposten bis zum Oberkommandierenden.

»Ein besonderer Einsatz!« lallte Varus. »Ich setze mein komplettes Silberservice, 240 Teile, vier Maultierladungen. Die syrischen Steuereinnahmen eines ganzen Jahres.«
Dort war er Landpfleger gewesen vor seinem rheinischen Kommando. »Als armer Mann kam er in ein reiches Land, als reicher verließ er ein armes«, hat ein neidischer Kavallerieoffizier namens Velleius Paterculus über diese syrischen Lehrjahre des Feldherrn gelästert.
»Und was setzt ihr?« fragte er seine beiden Mitspieler. »Die Einkünfte der nächsten zehn Jahre aus ganz Germanien«, bot Armin dagegen. »Angeber«, sagte Segestes, »sie gehören dir nicht.« – »Wer gewinnt, dem gehört Germanien, samt allem, was es bietet«, trumpfte Armin dagegen auf, und so begann das denkwürdige Spiel Armin contra Segestes plus Varus um die Zukunft Germaniens und des sagenhaften Silbergeschirrs.
Kurz vor Mitternacht hatte Armin eine tolle Glücksserie.
»Noch ein Spiel, und dein Service gehört mir«, sagte er. Varus war am Schwitzen, denn sein Silber liebte er mehr als Kaiser und Vaterland. Er war bereit, auf Germanien zu verzichten, um sein Service zu retten. Aber Armin war unerbittlich. »Alles oder nichts«, nuschelte er und mischte zum letzten Spiel. »Vorsicht, er spielt falsch!« rief Segestes, der schon einige Zeit davor aus dem Spiel ausgestiegen war. »Halt's Maul, Verleumder«, schrie Armin, und im Nu war die schönste Keilerei im Gange. Varus kippte einen Humpen Salerner Armin dem Cherusker mitten ins Gesicht, dieser sah rot und hieb sein Trinkgefäß mit aller Wut dem Feldherrn auf die Glatze.
Varus sank um und verschied.
»Mann o Mann, was hast du getan!« sagte Segestes zu Armin, und der erwiderte etwas ziemlich Unanständiges. Was man so zu sagen pflegt, wenn man aus Versehen einen Feldmarschall der ersten Weltmacht ins Jenseits befördert hat.

»Dieser 23. September wird dein letzter Tag sein«, sinnierte Segestes, »eigentlich schade um dich. Aber damit wäre die Wahl zwischen uns ja wohl entschieden.«
Da dämmerte es Armin: der 23. September, die Wahlnacht, das Wahlvolk bei den nahen Externsteinen! Ja, hatten sie denn alles vergessen gehabt wegen des blöden Spiels? Blitzschnell, wie es sich für einen geübten Soldaten geziemt, faßte er einen historischen Entschluß, sagte ein zweites Mal »alles oder nichts«, trat vor das Zelt und röhrte dreimal laut und durchdringend den Brunftschrei des Wisents in die Herbstnacht hinaus, das uralte germanische Signal für »alle Mann ran, der Boß ist in Gefahr«.
Und dann geschah, was die Welt seitdem als die Schlacht im Teutoburger Wald kennt. Schwerbewaffnete Cherusker überrannten die volltrunkenen Wachen an den Lagertoren, schlugen Legionäre nieder, wo sie welche antrafen, die meisten in den Schlafzelten, und drängten diejenigen, die noch zu den Waffen greifen konnten, im hintern Teil des Lagers zusammen. Ihre ganze Wut über die römische Gerichtsbarkeit ließen die Cherusker in dieser Nacht, die den Überlebenden wie drei wüste Nächte voller Donner, Blitz und Wolkenbruch vorkamen, an den eingekesselten Legionären aus. Nur die Kavallerie konnte entkommen und das Debakel in der Etappe melden; alles andere, drei Legionen samt Hilfstruppen, Troßbuben und Marketenderinnen wurde niedergemetzelt oder gefangengenommen.
Die sieges- und beuteweintrunkenen Cherusker ließen Armin, der dies eigentlich auch nicht so gewollt hatte, hochleben und wählten ihn noch auf dem Schlachtfeld einstimmig zum Nachfolger seines Vaters.
»Machen wir das Beste daraus«, sagte er zu dem völlig verdutzten Segestes und bot ihm die Hälfte vom Tafelsilber an.
»Aber ich habe es gesehen, du hast tatsächlich falsch gespielt«, sagte Segestes, der ein unheilbar ehrlicher Mann

war, nahm seinen Beuteanteil zu sich und ging grollend von dannen.
Im nachhinein tat es Armin um das schöne Silber leid. Um wieder in seinen Besitz zu kommen, machte er Thusnelda, der mit einem anderen Cheruskerprinzen verlobten Tochter des Segestes, schöne Augen. Ihr imponierte der schneidige Volksheld, der in ganz Germanien gefeiert wurde, als habe er eine Weltmeisterschaft gewonnen und nicht bloß die Schlacht im Teutoburger Wald. Sie war noch sehr jung und ließ sich nur zu gern von ihm erst ver- und dann samt Vatis neuem Tafelsilber entführen. Was wiederum die Abneigung von Segestes gegen Armin nicht gerade minderte.
Als die Römer vier Jahre später unter Germanicus darangingen, die Scharte vom 23. September 9 wieder auszuwetzen, schlug er sich alsbald auf die Seite der wenn nicht stärkeren, so doch jedenfalls zahlreicheren Bataillone.
Den Arminius kümmerte dies zunächst wenig. Er feierte auf seiner Burg in der Nähe der späteren Stadt Hildesheim rauschende Feste und schwadronierte vor seiner geliebten Thusnelda von kommenden Siegen und einem geeinten germanischen König- wenn nicht gar Kaiserreich unter seinem Zepter. »Bis zur Elbe wollte Rom sein Reich ausdehnen. Nun gilt der Rhein als Grenze. Bald werden es Rhone, Po oder gar Tiber sein«, prahlte er.
»Armin, bleib auf dem Teppich«, sagte die nüchterne Thusnelda, von Armins Überheblichkeit angewidert. Denn sie war nun vier Jahre älter und reifer geworden, eine kluge Frau. Was Helden selten schätzen.
»Ach, sei still, Thussie, das verstehst du nicht«, bekam sie deshalb zu hören. »So wahr dieses silberne Service, das einst dem Varus gehört hat, nun mir gehört, so wahr wird demnächst auch erst das germanische, dann das römische Reich mir gehören.«
»Wer zu viel will, hat am Ende gar nichts«, gab sie zu beden-

ken, und außerdem sei das nicht sein Tafelsilber, sondern ihres, das sie mit in die Ehe gebracht habe.

Über dieses Silbergeschirr gerieten sie nun in einen so wilden Streit, daß Thusnelda am Ende alle 120 Stück, eines nach dem andern, durchs Fenster und in die vor der Burg befindliche Jauchegrube warf. Aus welcher sie erst 1855 Jahre später, am 17. Oktober 1868, von einem Kommando des 3. Hannoverschen Infanterieregiments Nr. 79 beim Bau eines Schießstandes wieder ans Tageslicht befördert worden sind.

»Alles, was du hast, und alles, was du bist, wirst du verlieren wie dieses Silber, wenn du nicht vernünftig wirst und dich mit den Römern arrangierst«, schrie sie dabei.

»Du redest so blöd wie dein Vater«, schrie er noch lauter zurück.

Sie aber, reizbar und launisch wie fast jede Schwangere (denn sie war im 6. Monat), giftete: »Dann kann ich ja wieder nach Hause gehen«, schwang sich aufs nächstbeste Pferd und galoppierte trotz ihrer gesegneten Umstände davon. Die Germaninnen hielten schon etwas aus damals.

Armin trommelte eine Handvoll Recken zusammen und setzte ihr nach, konnte sie aber nicht mehr erreichen. So belagerte er die Villa des Schwiegervaters und verlangte die Auslieferung seiner Thussie. Der tat der Krach schon wieder leid, sie winkte vom Balkon ihrem Armin zu und rief: »Sorry, Darling, morgen komm ich. Hab' solange Geduld.«

Aber zu spät! Der Feldherr Germanicus hatte von der Affäre Wind bekommen. Seine Kohorten nahten im Gleichschritt und mit klingendem Spiel, den Rebellen Arminius zu fangen.

Dieser meinte, man habe ihm eine Falle gestellt und zog sich fluchend und Verwünschungen ausstoßend in seine Wälder zurück. Segestes fiel dem Germanicus um den Hals, pries ihn als Befreier und schwor, er sei schon immer ein treuer Anhänger Roms gewesen. Nur habe er das unter der Gewaltherrschaft des Arminius nicht offen sagen können. Aber seinen Anteil am Silberschatz des Varus habe er standhaft verweigert. Das könne jede Hausdurchsuchung bestätigen. Seine Tochter Thusnelda knurrte nur verächtlich: »Du Wendehals!«, verschränkte die Arme über ihrem makellosen Busen, blickte nicht ohne Stolz auf ihren gesegneten Leib nieder und sagte zu Germanicus: »Ich bin schwanger. Wer mir zu nahe tritt, den strafen die Götter.« Das war ein weitverbreiteter Aberglaube damals, der so manche kluge Maid vor den Belästigungen durchziehender Truppenteile bewahrt hat.

Germanicus nahm sie darum auch nur in Gewahrsam und ließ sie nach Ravenna bringen. Mit der Frau von Arminius glaubte er, eine besonders wichtige Geisel in der Hand zu haben.

Armin aber tobte und begann nun, ungehemmt von seiner Thusnelda, noch fanatischer als bisher die Römer zu bekämpfen und nach der Vorherrschaft in Germanien zu streben. Thusnelda gebar in Ravenna ihren Sohn Thumelicus und versuchte, so gut es ging, ihn zu einem ordentlichen Menschen zu erziehen. Daß aus ihm nicht mehr als ein mittelmäßiger Sportler und Schwertkämpfer geworden ist, lag nicht an ihr.

Auch in der Gefangenschaft verkehrte sie nur in den besten Kreisen Ravennas. Sie galt als eine der interessantesten und schönsten Frauen der Stadt. Ein bekannter Bildhauer, der ihr nahestand (Schandmäuler sagten, sogar sehr nahe), porträtierte sie in einer Skulptur, die er »trauernde Germanin« nannte und die man in der Loggia dei Lanzi in Florenz immer noch bewundern kann.

Als sich eine Römerin einmal bitter bei ihr beklagte, alle Männer drehten sich nach ihrem Blondhaar um, soll sie geantwortet haben: »Nun ja, Blonde halten eben, was Schwarze nur versprechen.« Sicher aber ist, daß sie aus der damals schon beträchtlichen Vorliebe römischer Männer für Blondinen ein sehr lukratives Geschäft gemacht hat. Ganz sittsam, indem sie ihren südländischen Mitfrauen blonde Perücken verkaufte. Mit echtem germanischem Haar. Das Rohmaterial für ihren Verkaufsschlager importierte sie direkt aus der alten Heimat. Und dort, in den wenig ertragreichen Landstrichen zu beiden Seiten der Weser, wurde blondes Frauenhaar auf lange Zeit hinaus zum einzig sicheren und einträglichen Exportartikel.

Wenn man sich nun fragt, wer mehr Positives für Germanien geleistet hat, der ehrgeizige Draufgänger Arminius, der in zahlreichen weiteren Schlachten gegen die Römer und gegen den Markomannenkönig Marbod Tausende von jungen Männern in den Tod gehetzt hat, bis ihn fünf oder sechs Jahre später die eigene Verwandtschaft um die Ecke brachte (weil kein Mensch, keine Sippe und kein Volk auf die Dauer solch einen Helden aushalten kann), oder seine Thusnelda, die aus der Kriegsgefangenschaft heraus mit ihrem Blondhaarhandel ein kleines Wirtschaftswunder ins ausgepowerte Cheruskerland gebracht hat, so dürfte die Antwort nicht schwerfallen.

Es ist deprimierend, daß dennoch bis in unsere Zeit Historiker, Patrioten und andere Wirrköpfe den Armin über den Schellenkönig verherrlicht haben, für seine Thussie aber, die eigentliche Heldin der Cheruskergeschichte, meist nicht mehr als ein müdes Lächeln übrig hatten.

Man kann, lehrt diese Geschichte, also nicht mißtrauisch genug sein gegenüber den sogenannten Heroen. Viele von ihnen waren noch viel miesere Typen als unser Armin.

Veleda
oder
Die Hellseherin vom Niederrhein

Chateaubriand hat sie für eine Keltin gehalten, heutzutage meint man zuweilen, sie sei eine Käsesorte aus dem Allgäu oder sie mixe Kräutertinkturen und siede Seife in Schwäbisch Gmünd. In Wahrheit aber war sie eine Germanin von der Lippe, aus dem Stamme der Brukterer, und lebte etwa zwei Generationen nach der Hermannschlacht. Wie schon ihr Name sagt, war sie eine Art Nölle-Neumann in der Zeit des Kaisers Nero. Denn das brukterische Wort Veleda heißt auf neudeutsch etwa »die in die Zukunft sehen und zutreffende Prognosen aufstellen kann«. Oder so ähnlich.

Sie hatte die Figur einer rheinischen Walküre, den Charme einer Lageraufseherin und den Humor einer westfälischen Finanzbeamtin. Schon mit knapp 14 Jahren hatte sie das Gardemaß von knapp 1,90 Meter erreicht und sämtliche Jungmannen der Brukterer durch ihr herrschsüchtiges Wesen erschreckt. Männer hielt sie grundsätzlich für Waschlappen – nicht bedenkend, daß Waschlappen in einem normalen bürgerlichen Haushalt weitaus nützlicher sind als zum Beispiel Schwerter aus Kruppstahl. Aber nichts lag dieser Jungfrau auch ferner als der Gedanke an ein gutbürgerliches Dasein. So blieb sie eine solche, hüllte sich in wallende weiße Gewänder und weihte sich den Göttern. Das heißt, sie wurde Priesterin und rückte dank der Überzeugungskraft ihrer Ellbogen rasch auf zur Chefin des Hauptheiligtums der istväo-

nischen Kultgemeinschaft, der alle germanischen Stämme am Niederrhein angehörten. Auch die linksrheinischen Ubier im römischen Köln und die mit Rom verbündeten Bataver auf ihrer Insel zwischen Lek und Waal. Ihr Sprengel war also größer als der des heutigen Erzbischofs von Köln. Wobei es allerdings schwer vorstellbar ist, daß dieser, wie seine Kollegin vor 1900 Jahren, weiblichen Geschlechtes sein könnte. Woran man einmal mehr erkennt, wie primitiv die alten Germanen waren. Nicht einmal in Glaubensdingen hatten sie ordentliche patriarchalische Verhältnisse. Kein Wunder war ihnen Rom damals schon überlegen.
Besagtes Heiligtum, zu welchem die Frommen im Frühling und im Herbst zum Fest der Tagundnachtgleiche von weither gepilgert kamen, lag versteckt in den Wäldern nördlich der unteren Lippe. Im südlichen Münsterland also, das bis heute eine Landschaft besonders intensiver Religiosität geblieben ist.
Das Jahr über, wenn außerhalb der Feiertage das Heiligtum geschlossen war, befand sich ihr Allensbach im Dachgeschoß eines alten Turmes am Ufer der Lippe. Wahrscheinlich war es ein stehengebliebener Wachtturm des ehemaligen Legionslagers Haltern nördlich von Recklinghausen. Wo allerdings längst kein römischer Landser mehr Wache schob. Die Grenze lag am Rhein. In der Veleda-Höhle östlich von Meschede hat sie nie gewohnt.
Nicht jedermann freilich konnte sich von Veleda wahrsagen lassen. Das war, wie heutzutage auch, eine ziemlich kostspielige Sache und stand nur bedeutenden Führungspersönlichkeiten zu. Entsprechend ihrem Kundenkreis bezogen sich ihre Voraussagen meist auf Haupt- und Staatsaktionen wie Siege oder Niederlagen, fette oder magere Beute bei einem Raubzug, seltener auf gute oder schlechte Ernten (denn es galt unter Germanen als unfein, durch Schweiß zu erringen, was man auch mit Blutvergießen bekommen

konnte) und schon gar nicht auf so profane Lappalien wie Glück in der Liebe, ein gebrochenes Schienbein, Kindersegen oder frühzeitiges Ableben.

Ihrer nationalen Bedeutung entsprechend war es nicht leicht, Veleda persönlich zu sprechen. Wer mit einer Frage oder Bitte zu ihr kam, trug sein Anliegen vor dem Turm ihrem Vetter vor, der ging dann hinauf zur Seherin und überbrachte nach angemessener Wartezeit ihren Bescheid, ohne daß der Bittsteller die hohe Frau zu Gesicht bekommen hätte.

Nur sehr bedeutende Persönlichkeiten wurden direkt zu ihr vorgelassen. Um eine solche mußte es sich wohl bei dem Schimmelreiter handeln, der, gefolgt von einer Eskorte ebenfalls sehr gut Berittener, am 23. Juni 68 n. Chr. auf den Veledaturm zusprengte. Er trug die Uniform eines römischen Reitergenerals.

Kaum war er vom Schimmel gestiegen, so wurde er vom Heiligenpfleger Dietwart, dem Vetter der Veleda, zu ihr hinauf ins Oberstübchen geführt.

Beim Anblick der hünenhaften Seherin in ihrem persilweißen Arbeitsgewand stand er auf römische Weise still und rief nach alter Gewohnheit zackig: »Salve!«

»Heil!« fauchte ihn Veleda an. »Bei mir spricht man germanisch, nicht welsch.«

»Nero ist tot«, keuchte atemlos der Reitergeneral, der übrigens ebenso groß, blondhaarig und blauäugig war wie Veleda.

»Ich weiß«, sagte diese gelassen. »Vor 14 Tagen hat er sich umgebracht.«

Der Uniformträger staunte. Was nicht für seinen Verstand sprach. Denn sie wäre eine miserable Hellseherin gewesen, hätte sie nicht einmal 14 Tage Zurückliegendes gewußt.

»Ich wußte es schon eine Woche zuvor«, behauptete sie. Was reichlich übertrieben war. Erst vorgestern hatten ihr

ihre Kölner Informanten die Nachricht über den Rhein gefunkt.

Der General staunte immer mehr und schien sie für eine Art höheres Wesen zu halten, als sie lässig fortfuhr: »Du bist Sibilo, Kommandeur der batavischen Husaren im römischen Heer, und die Welschen nennen dich Gaius Julius Civilis . . .«

»Ich heiße so«, warf er ein.

»Schon gut. Unterbrich mich nicht«, knurrte die Seherin. »Du kommst, um mich zu fragen, was nun zu tun sei. Ich will's dir sagen.«

»Losschlagen! Losschlagen gegen Rom, das ist zu tun«, rief der General in echt germanischem unüberlegtem Tatendrang.

»Daß es dir geht wie deinem Bruder Paulus bei dieser sinnlosen Vindex-Übung vor einem Vierteljahr.«

»Ich werde ihn rächen«, schwor Civilis.

Paulus hatte sich Anfang des Jahres dem Aufstand eines gallischen Fürsten namens Vindex angeschlossen. Bei Besançon waren sie besiegt worden. Vindex hatte sich umgebracht. Paulus war um einen Kopf kürzer gemacht worden.

»Wenn du ihn rächen willst, mußt du mehr Verstand zeigen als er.«

»Und was rätst du mir?«

»Abwarten und Met trinken.«

»Ein Feigling, wer in diesen Zeiten hinterm Lagerfeuer hokken bleibt.«

»Ein Idiot, wer unüberlegt losschlägt. Siehe Paulus.«

»Ist das dein ganzer Rat?«

»Nein.« Veleda holte ihre Hühnerknöchelchen und ihre Schafgarbenstengel und schaute in die Zukunft. »Du kannst erreichen, was Armin vor 60 Jahren verfehlt hat«, sagte sie dann. »Ein neues Imperium wird entstehen nördlich der Alpen. Wie es ein Druide, ein keltischer Kollege von mir, prophezeit hat. Und du wirst der Imperator werden. Wenn du die Gallier gewinnst. Mit Germanen allein kann man keinen Staat machen. Keiner denkt über seine Sippe oder seinen Stamm hinaus. Sie haben zu viel Familiensinn, und die Familie ist der Ruin jeden Staates. Daran ist schon Armin gescheitert.«

Civilis war ergriffen und geschmeichelt von den Visionen der Seherin. »Veleda befiehl, ich folge!« rief er aus. Und von Stund an führte er mit der getreuen Sturheit eines germanischen Gefolgsmannes alles aus, was sie ihn anwies. Ohne sich Gedanken darüber zu machen.

Fürs erste befahl sie ihm, sich ruhig zu verhalten, möglichst wenig in die Nachfolgekämpfe um Neros Thron einzugreifen und möglichst viel insgeheim mitzumischen. Also soff er in den folgenden Wochen mit zahlreichen gallischen Stammesfürsten zwischen Trier, Paris und Lyon Bruderschaft, unterstützte pro forma die Kandidatur von Galba, dem siebzigjährigen Gouverneur von Spanien, animierte zugleich den Oberkommandierenden der Rheinarmee, Vitellius, sich ebenfalls um die Kaiserkrone zu bemühen, korrespondierte mit Vespasian, der weit weg in Palästina Krieg gegen die Juden führte, fragte bei den Prätorianergarden in Rom an, ob es nicht sinnvoll sei, noch einen vierten Thronaspiranten aufzustellen, und bemühte sich, seine Mitbataver und die umliegenden Germanenvölker von der Notwendigkeit eines großgermanisch-gallischen Reiches zu überzeugen. Bei letzterer Tätigkeit unterstützte ihn Veleda durch unaufhörliches Voraussagen großer Siege und gewaltiger Beute. Was auf damalige Völkerschaften so stimulierend wirkte wie später das Versprechen der ewigen Seligkeit auf christliche Krieger. Und ebensoviel mit der Realität zu tun hatte.

Die folgenden Monate liefen ab, wie es die schlaue Veleda vorausgesehen hatte: Galba wurde zum Kaiser ausgerufen, fand aber nur wenig Unterstützung beim Militär. Die Rheinarmee erhob zu Neujahr 69 ihren Chef Vitellius zum Kaiser. Dieser rekrutierte rasch weitere Truppen zum Marsch auf Rom, und das machte bei den Batavern, Treverern und anderen Stämmen Ärger und böses Blut. In Rom erschlugen noch im Januar die Prätorianer Galba und kürten ihren Kandidaten Otho zum Kaiser. Nun marschierte Vitellius mit seiner Armee nach Italien, besiegte Otho und wurde am 19. April vom Senat als Kaiser anerkannt.

Julius Civilis war mit seinen batavischen Reitern zu Hause geblieben, hatte kräftig gegen Vitellius gehetzt, sich mit seinem Reiterkameraden Julius Classicus von der treverischen Kavallerie verbrüdert und an Vespasian nach Palästina telegrafiert, nur er komme für ihn als Neros Nachfolger in Frage.

In dem extrem trockenen und heißen Sommer 69 deutete Veleda ihren germanischen Völkern auf eilends einberufenen Sonderthingen die Dürre als besonderes Zeichen der Götter zum Losschlagen. Nicht einmal mehr römische Versorgungsschiffe konnten auf dem zu einem mickrigen Rinnsal eingetrockneten Rhein verkehren.

Die meisten römischen Soldaten waren mit Vitellius nach Italien abgezogen. So fiel es leicht, ihren Predigten zum Aufstand zu folgen. Bataver und Brukterer, Cannanefaten und Friesen, rechts- und linksrheinische Völker samt den Treverern, Lingonen und anderen gallischen Stämmen erhoben sich gegen Rom, ganz Nordgallien an Mosel, Maas und Schelde war im Aufruhr, die verbliebenen Legionen kapitulierten oder gingen zu Civilis über, die Kastelle von Xanten bis Mainz fielen.

So etwas hatte es seit Armins Zeiten nicht mehr gegeben, das Land jubelte, überall tuteten die Auerochsenhörner, läuteten die Glocken, dröhnten die Gongs, fanden Sedansfeiern statt und knallten die Böllerschüsse; nur die linksrheinischen Ubier in und um Köln hielten sich zurück. Wer weiß, wie lange der vaterländische Wahnsinn anhält, auf jeden Vollrausch folgt ein Kater, dachten sie und erklärten sich neutral. Das ärgerte ihre Nachbarn, die Tenkterer, so, daß sie die Zerstörung Kölns und die Tötung aller nichtgermanischen Kölner forderten. Notgedrungen entdeckten die Kölner nun wieder ihr Germanentum und schlossen sich der allgemeinen Volkserhebung an. Eilends schickten sie eine Delegation zu Veleda und baten sie, die Zerstörung der Stadt und die Tötung der vielen in Köln hängengebliebenen Veteranen aus aller Herren Länder zu verhindern, die längst ihre Männer, Schwiegersöhne und Vettern geworden waren.

Da sie der Seherin zugleich ein wohlbestücktes Nummernkonto bei der Kölner Bank einrichteten, erließ sie aus ihrem Turme den Orakelspruch: »Alles, was in Köln jetzt noch lebt, ist gut germanisch und steht, egal woher es stammt, unter meinem Schutz. Die Stadt darf weder geplündert noch zerstört werden. Anstelle des bisherigen römischen Zentralheiligtums für die Rheinlande wird dort ein germanisch-gallisches Heiligtum für die befreiten Gebiete mit Veleda als Kardinal-Erzpriesterin errichtet.« Die Kölner waren's zufrieden.

Als Material für ihre Zukunftsdeutungen schickte ihr Civilis den kriegsgefangenen Legionskommandeur Munius Lupercus, auf daß sie aus seinen Eingeweiden noch präziser deute als zuvor. Leider kam er schon unterwegs zu Tode, dafür bekam sie jede Menge weniger bedeutenden Gefangenenmaterials frei Turm geliefert. Entsprechend positiv für Civilis fielen ihre Orakel aus.

Was freilich nicht mehr ganz der Wirklichkeit entsprach. Seit sich die bisher im Thronfolgerstreit neutrale Donauarmee für Vespasian entschieden, den Vitellius in Oberitalien besiegt und Rom erobert hatte, seit Vespasian am 22. Dezember 69 vom Senat als Kaiser bestätigt worden war, wen-

dete sich auch am Niederrhein das Blatt. Der Anschluß der mittel- und südgallischen Stämme war ausgeblieben, dafür hatten die germanischen Horden des Civilis zu grausam in Nordgallien gehaust: Allen Galliern erschien Rom als das kleinere Übel. Veledas Traum von einem germano-gallischen Nordreich sollte sich erst ein halbes Jahrtausend später, bei den Franken, erfüllen.
Vespasian schickte nun alsbald den Petillius Cerialis mit sechs Legionen an den Rhein, um Ruhe und Ordnung wiederherzustellen. Unterwegs besiegte dieser im Sommer 70 die Treverer an Nahe und Mosel und zog in Trier ein. Die Ubier zu Köln wechselten daraufhin wieder rasch das Fähnlein, schlugen ihre germanischen Brüder und Schwestern aus dem Rechtsrheinischen kurzerhand tot und begrüßten Cerialis als Befreier.
Civilis zog sich nach Norden zurück auf seine angestammte Bataverinsel zwischen Lek und Waal. Verloren aber gaben Veleda und er ihre Sache noch nicht. Sie streute unermüdlich Durchhalteparolen unters Volk, er ließ die Deiche durchstechen und setzte halb Holland unter das in diesem Jahr wieder reichlich fließende Rheinwasser. Dann stieg er zu Boot und versuchte, in einer Nachtundnebel-Aktion mit seiner Marineinfanterie den feindlichen Oberbefehlshaber zu kidnappen.
In stockdunkler Nacht enterte er mit seinen Mannen die Schiffe der römischen Rheinflotte, überwältigte die Wachen und entführte das Flaggschiff, auf dem er den Petillius Cerialis vermutete. Schiff und General wollte er anderntags der Veleda als Mitbringsel zu Füßen legen.
Leider aber war Cerialis nicht an Bord. Seine Pflichtvergessenheit hatte ihn gerettet. Ganz wider die Dienstordnung war er nämlich in jener Nacht nicht in der Kajüte in die Hängematte, sondern an Land ins Bett einer Kölner Bürgerin namens Claudia Sacrata gestiegen. Daß er in der entscheiden-

den Nacht nicht Krieg, sondern Liebe gemacht hatte, entschied das Schicksal des römischen Weltreichs und damit unseres heutigen Abendlandes und beschleunigte das Ende des Bataveraufstandes. Auch dabei zeigte dann Cerialis mehr Schläue als seine Gegner und siegte deshalb.
Als erstes überfiel er im Spätherbst 70 die Bataver auf ihrer Insel. Er zerstörte viele Dörfer und Gehöfte, ohne das aufständische Heer anzugreifen. Nur das Schloß und das Rittergut des Julius Civilis ließ er ungeschoren, so daß es aussah, als habe dieser klammheimlich die Seinen verraten und mit den Römern getechtelt. Zugleich schickte Cerialis eine Botschaft an Veleda. So wie die Lage sei, ließ er ihr sagen, hätten weder Civilis noch sie eine Chance zu siegen. Sie solle also realistisch denken und beim bevorstehenden Julfest den Sieg der Römer und einen milden Frieden prophezeien. Er, Cerialis, werde, wenn es ihrer Kunst gelinge, die Rebellen zum Aufgeben zu bestimmen, die rechtsrheinischen Germanen ungeschoren lassen, dem Julius Civilis und seinen Batavern aber verzeihen und ihnen Steuerbefreiung und ihre alten Rechte als Verbündete Roms wieder einräumen. Sie möge dieses Angebot bitte auch an Civilis weiterleiten.
Veleda, nicht unempfindlich gegen die Geschenke, die er ihr hatte zukommen lassen, vollzog eine Wende und weissagte zum Julfest 70 Frieden und Versöhnung mit Rom. Ihr Konto bei der Kölner Bank soll in diesen Tagen stark angewachsen sein.
Auch Civilis gab bei seinen Batavern die Parole aus, einem Herren müsse schließlich jeder dienen, und es sei immer noch ehrenvoller, dem römischen Kaiser als einer Furie von der Lippe untertan zu sein. Nachdem so jeder jeden verraten hatte, konnte Cerialis zu Neujahr 71 nach Rom melden, Ruhe und Ordnung seien wie Ende September in Jerusalem so nun auch am Niederrhein wiederhergestellt.
Julius Civilis hat dieselben noch längere Zeit auf seinen un-

versehrt gebliebenen Landgütern in Batavien genossen. Veleda ging es nicht so gut. Sieben Jahre später kamen die Römer zu einem Rachefeldzug gegen die Brukterer über den Rhein. Die Bevölkerung wurde ausgerottet, Veleda eingefangen, nach Rom verschickt und dort auf einem Triumphzuge den staunenden Römern vorgeführt. Anschließend erwarb sie ein Schausteller. Als Wahrsagerin wollte er sie auf Jahrmärkten verwerten. Aber das gab wenig her, denn durch die soldatenübliche Behandlung nach der Gefangennahme hatte sie ihre prophetischen Fähigkeiten eingebüßt. Ihre Trefferquote sank auf mickrige 18,7 Prozent, und am Ende war sie nur noch als Putzfrau in einem Marktflecken in Latium zu gebrauchen.
Merke: Auch die größten Propheten tappen, was die eigene Zukunft betrifft, zumeist im dunkeln.

Der Falschmünzer von Rißtissen oder Handel und Wandel im römischen Reich

Rißtissen, ein Dorf im nördlichen Oberschwaben, gehört zur Großen Kreisstadt Ehingen an der Donau und liegt etwa 20 Kilometer südwestlich von Ulm. Über diesen Ort wäre kaum Nennenswertes zu berichten, hätte dort nicht vor rund 1800 Jahren ein gewisser Primanus gelebt, der es dank einer beachtlichen kriminellen Energie zu Wohlstand und Ansehen gebracht und im Jahre 213 n. Chr. wesentlich zum Siege des Kaisers Caracalla über die damals entstandenen germanischen Alamannen beigetragen hat.

In der Bahnhofstraße zu Rißtissen, die damals wahrscheinlich noch anders hieß, aber schon genauso schnurgerad wie heute von Südwesten nach Nordosten verlief, lag die Werkstätte, in der er fast 20 Jahre lang, von 201 bis 220 n. Chr., dem wenig ehrbaren, dafür um so lukrativeren Gewerbe eines Falschmünzers nachging.

Daß er dies konnte, ohne je dafür gerichtlich belangt oder gar abgestraft zu werden, verdankte er den Zeitläuften und seiner Intelligenz. Denn bekanntlich werden nur Dumme bestraft, Kluge dagegen, die es vorziehen, nicht gegen, sondern mit den Behörden gesetzesbrecherisch tätig zu sein, in aller Regel in Ruhe gelassen, ja oft sogar mit Orden und Ehrenzeichen überhäuft. Francis Drake hat es so gehalten, als er im Namen der britischen Majestät seeräuberte, seine heutigen Nachfolger machen ihre Millionen mit Immobilien,

Giftgasanlagen oder Schadstoffbeseitigung, und jeder gewiefte Sadist überfällt nicht wahllos ältere Damen im Park, sondern geht seinen perversen Gelüsten je nach herrschender Ordnung als Sturmbannführer, als Bediensteter der Staatssicherheit oder als Versuchstierhalter nach. So auch unser Primanus aus Rißtissen, der gescheit genug war, nicht nur in die eigene Tasche falsch zu münzen, sondern auch in die von Vater Staat.
Was damals das Römische Weltreich war. Dessen 150 Jahre zuvor nahe der Einmündung der Riß in die Donau erbautes Kastell längst von Truppen verlassen war und nur noch als Soldaten- und Übernachtungsheim diente, dessen Zivilsiedlung aber ein etablierter Marktflecken und Handwerkerdorf geworden war. Dorthin war Primanus im Jahre 200 auf dem Wege der Strafversetzung gekommen. Er entstammte der durch Textilhandel und Heereslieferungen reich gewordenen Großgrundbesitzerfamilie der Secundinier aus Igel bei Trier. Sie waren treverischer, also halb keltischer, halb germanischer Herkunft, aber schon seit den Zeiten des Julius Cäsar romanisiert.
Was ein späterer Trierer Bürger in anderem Zusammenhang so treffend gesagt hat, könnte auch der Stammvater der Secundinier über die neuen Herren aus dem fernen Rom gedacht haben:

> »Den du im Kriege schwerlich bezwingen kannst, vermagst du rächend zu überwinden im Umgang mit Geld und Gewinn.«

Primanus hatte es in Trier, damals einer der wichtigsten Städte im Reich und wie Antiochia oder Lyon mit eigenem Münzrecht, etwas zu bunt getrieben. Er hatte dem Militär geliefertes Weizenmehl mehr als handelsüblich mit Sägemehl gestreckt und leichtfertigerweise den Kontrolloffizier

nur ungenügend bestochen. So schickte man ihn zur Strafe, wie dies heute noch mit unbequemen Schulmeistern gelegentlich geschehen soll, ins abgelegene Oberschwaben. Wo sich damals schon Fuchs und Hase gute Nacht gesagt haben. Für Primanus, von der Sippe auf ein äußerst bescheidenes Jahressalär gesetzt, gab es nur zwei Möglichkeiten: entweder in dem abgelegenen Nest zu versauern, oder sich – auf welche Weise auch immer – das angenehme Leben zurückzugewinnen, das er in Trier hatte verlassen müssen.

Er entschied sich zu letzterem. Weil er dazu aber größerer Mittel bedurfte, als seine Familie ihm zugestanden hatte, warf er sein Auge auf eine junge Dame namens Pulsatilla, deren Vater sich mit Sklaven-, Metall- und Olivenhandel beschäftigte und als relativ wohlhabend galt. Er machte ihr so lange den Hof, bis das gute Kind ihn restlos bewunderte und alles herrlich zu finden schien, was er sagte oder tat. Als sie dann glücklich im fünften Monat war, hatte ihr Vater keine Einwände mehr gegen eine Heirat mit dem Zugezogenen. Schließlich stammte er aus angesehener und wohlhabender Familie, dessen hatte er sich rechtzeitig versichert.

»Aber, o teurer Primanus, wie gedenkst du meine Tochter zu ernähren?« fragte ihn doch der angehende Schwiegervater.

»Nur mit dem Allerbesten«, antwortete Primanus, »welches ich mir als dein Schwiegersohn reichlich zu erwerben gedenke.«

»Was dir allerdings nicht leichtfallen wird«, lächelte der Schwiegervater hinterhältig. »Denn meine Firma ist pleite, und wir sind auf Zuwendungen von unseren neuen Verwandten aus Trier angewiesen.«

»Wer hofft nicht auf Zuwendung?« sprach Primanus weise und begann zu überlegen, ob es vielleicht nicht nur Bewunderung und Liebe gewesen war, was Pulsatilla in seine Arme getrieben hatte.

Ein Blick in die schlampig geführten Bücher des schwiegerväterlichen Unternehmens zeigte, daß hier rasch etwas geschehen mußte. Doch das war nicht leicht. Denn die Zeiten waren schlecht für einen Handelsmann in den nördlichen Provinzen des Reiches. Die Germanen gaben seit der Niederwerfung der Markomannen durch Kaiser Marc Aurel Ruhe; der nach dem Fünfkaiserjahr 193 n. Chr. übriggebliebene Kaiser Septimius Severus kriegte im fernen Osten mit Parthern und Arabern herum, und in den Provinzen an Rhein und Donau stand nur noch wenig Militär, das man gewinnbringend hätte beliefern können. Der Metallhandel lag brach, weil weit und breit niemand zum Krieg rüstete, und selbst mit Oliven war kein Butterbrot mehr zu verdienen: Die Einheimischen blieben ihrem schwerverdaulichen Schweineschmalz und Rindertalg treu. Mit dem Sklavenhandel sah es fast noch hoffnungsloser aus: Mangels Krieg kam kaum noch marktfähiges Material aus Germanien. Zudem verdarben die restriktive Wirtschaftspolitik im Reich, die Aufhebung der Gewerbefreiheit und immer höhere Steuern jede Lust am Geschäft.

Primanus wußte sich dennoch zu helfen. Vor allen Einwohnern von Rißtissen tat er ein öffentliches Gelübde: Sobald es gelungen sei, das schwiegerväterliche Unternehmen wieder flottzumachen, stifte er dem Reichsgott Jupiter und dem hiesigen Lokalgott Danuvius einen imposanten Votivstein. Das machte Eindruck bei den damals schon sehr frommen Oberschwaben.

Daraufhin erinnerte er sich dankbar eines Lebensabschnittes, den er wohlweislich Ehefrau, Schwiegervater und Mitbürgern verschwiegen hatte: der einjährigen Arbeitsstrafe, die er wegen Unterschlagung, Betrug, Raufhändel und ähnlicher läßlicher Jugendsünden schon vor Erreichen des 20. Lebensjahres in Trier (damals Augusta Treverorum) hatte absitzen müssen. Wegen guter Führung (seinen Onkel, den Familienvorstand der Secundinier, hatte das an die 1000 Denare gekostet) war er nach kurzer Zeit von den schrecklichen Tretmühlen zu einer relativ angenehmeren und leichteren Tätigkeit versetzt worden, zum Metallschmelzen in der staatlichen Münze.

Daß man ausgerechnet dort Strafgefangene zur Arbeit eingesetzt hat, mag manchen geneigten Leser verwundern, aber die verschlungenen Wege staatlicher Verwaltung waren schon zu römischer Zeit unerforschlich, der Mangel an Fachkräften war beträchtlich und der finanzielle Einfluß der Secundinier allgemein bekannt. Onkels Behauptung, Primanus sei gelernter Graveur, wurde nie nachgeprüft. Und weil er manuell geschickt und technisch begabt war, machte er sich in der Münze so unentbehrlich, daß ihm nach Ablauf des Strafjahrs Weiterbeschäftigung als Münzmeister angeboten worden war.

Das hatte er aber dankend abgelehnt. Denn er wußte wohl, daß ein kleiner Finger voll Handel mehr einbringt als zwei Hände voll Arbeit.

Nun allerdings war mehr als ein Finger voll Handel gefragt, und so zitierte Primanus das altkeltische Sprichwort: »Was man in der Jugend gelernt hat, kann man im Alter versaufen« und fragte den Schwiegervater, ob unter den vor dem Gerichtsvollzieher in Sicherheit gebrachten Waren zufällig auch ein paar Kupferbarren seien. Es waren. »Und wenn du mir jetzt noch 20 Silberdenare leihen kannst, bekommst du in einer Woche zweihundert zurück«, sagte er dann zu ihm.

»Schade, der Knabe dreht schon beim ersten Konkurs durch. Ich hätte mehr Kaufmannsgeist in ihm vermutet«, dachte der Alte und sagte: »Woher nehmen und nicht stehlen?«

»Gute Idee«, dachte Primanus nun und ging eilends nach Hause. Dort, in dem von ihm angemieteten Gebäude in der heutigen Bahnhofstraße, hatte sich inzwischen seine junge Frau in Erwartung baldiger Niederkunft mit der Rißtissener Hebamme im Schlafzimmer eingeschlossen. »Um so besser«, dachte Primanus, durchsuchte erfolgreich die Privatschatulle seiner Gemahlin und schloß sich seinerseits mit den gefundenen Denaren (Septimius-Severus-Prägung), den Kupferbarren, diversen Geräten, Tiegeln, Pfannen, einem kleinen Ton- und einem größeren Holzkohlenvorrat in seinen Hobbykeller ein.

Fast zur selben Zeit kamen sie nieder: Pulsatilla mit einem Knäblein, Primanus mit der ersten wohlgelungenen Gußform eines Denars. Und noch hatte die junge Mutter das Wochenbett nicht verlassen, da lagen die 20 Denare wieder in der Schatulle. Und daß sie nun statt eines silbernen einen kupfernen Kern hatten und nur noch einen hauchdünnen silbernen Überzug, so daß das Silber der 20 alten für gut 200 neue Denare gereicht hatte, wer außer einem kaiserlichen Münzmeister hätte das bemerken sollen? Solche aber amtierten zu Trier oder zu Lyon, und das war weit weg von Rißtissen.

Als Primanus die restlichen 180 versilberte Denare dem Schwiegervater hinzählte, verflogen alle Bedenken des glücklichen Großvaters. Daß er auf die Frage »Woher?« nur die ebenso kurze Antwort »Geschäftsgeheimnis« erhielt, verstärkte nur das neugewonnene Vertrauen in die Fähigkeiten des Schwiegersohns.

Zum Streit kam es allerdings noch einmal wegen der Verwendung der Denare. Der Alte wollte damit beginnen, die dringendsten Schulden zurückzustottern, Primanus aber nahm das Geld rasch wieder zu sich und sagte: »Die Gläubiger können warten.« Er finanzierte damit ein rauschendes Geburtstagsfest für den Stammhalter, was ihm vom Schwiegervater den Vorwurf unangemessener Verschwendung eintrug. Außerdem beauftragte er den örtlichen Bildhauer, einen großen Votivstein aus Jurakalk zu meißeln mit der Inschrift!

»Zu Ehren des Kaiserhauses hat nach einem Gelübde an Jupiter den besten und größten und an Danuvius der Primanus, Sproß der Secundinier, den Weihestein aufstellen lassen und damit sein Gelübde eingelöst froh und freudig im Konsulatsjahr des Mucianus und Fabianus (= 201 n. Chr.).«

Schnell sprach es sich herum, die Firma sei wieder liquide und zahle bar, Primanus aber, der neue Teilhaber, sei ein ebenso frommer wie festesfroher Mitbürger. Die Gläubiger hörten auf zu drängeln, die rätische Bank hob die Sperrung des Kontos auf und gewährte neuen Kredit, das Geschäft begann wieder zu florieren.

Der Schwiegervater sprach: »Primanus, ich habe dir Unrecht getan und dich unterschätzt« und vollzog vor dem Notar, was faktisch schon geschehen war: Er setzte den Schwiegersohn zum Teilhaber ein und erteilte ihm Prokura.

Primanus aber eilte, kaum war der sein Renomee begründende Weihestein gesetzt, zornentbrannt zum Bildhauer und nannte ihn einen Deppen und einen Analphabeten. »Du Idiot«, schrie er ihn an, »Sproß der Secundinier habe ich dir diktiert, und was hast du in den Stein gehauen?: Sohn des Secundus!«

Dem Künstler war der Schreibfehler peinlich, und er erbot sich, einen neuen Stein zu hauen. Aber davon wollte Primanus nichts wissen. Das bringe Unglück, sagte er. Und so blieb dem Steinmetzen nichts übrig, als auf das Honorar zu verzichten. Damit Primanus nicht übel von ihm rede, zahlte er freiwillig die Opfergebühren, und so kam Primanus, was sonst nur Cäsaren und siegreichen Feldherrn zustand, zu einem kostenlosen Votivstein. Und da niemand in Rißtissen die Trierer Secundinier kannte, fiel dieser Fehler bis auf den heutigen Tag nicht auf.

Primanus war in den folgenden Jahren klug genug, nicht auf

Teufel komm raus falsche Denare zu prägen. Das wäre selbst an der oberen Donau mit der Zeit aufgefallen. Nein, er machte aus dem maroden Betrieb ein gut florierendes Unternehmen, indem er nicht länger mit Metallen, Oliven und Sklaven allein handelte, sondern, wie die Seinen zu Hause in Trier, ins Textilgeschäft einstieg und Woll- und Webwaren, Herren- und Damenoberbekleidung sowie nicht zuletzt Uniformen aller Art ins Programm aufnahm. Besonders mit letzteren machte er bis weit hinter dem Limes glänzende Geschäfte. Denn die Germanen standen damals schon wie ihre späteren Nachfahren auf jede Art von Einheitskleidung, und wenn's die von Feuerwehrmännern oder Motorradfahrern war.

Nur bei akuter Liquiditätskrise verschwand Primanus für ein paar Tage im sonst wohlverschlossenen Hobbykeller. Worauf alsbald wieder Bargeld lachte, Eigenprägung sorgfältig gemischt mit echter Valuta.

Aber der Krug geht bekanntlich so lange zum Brunnen, bis er zerbricht. Das war im Winter 212/213. Im vorausgegangenen Jahr 212 n. Chr. war es, nach langer Ruhe, hinter dem Limes wieder unruhig geworden. Germanische Räuberbanden, Horden rauflustiger Jugendlicher, die sich Alamannen nannten, hatten sich zusammengerottet, an verschiedenen Stellen unerlaubt den Limes überstiegen, Dörfer überfallen und friedliche Dorfbewohner drangsaliert. Gerüchte über ungeheuren Zulauf zu diesen Alamannen-Gangs ließen für das kommende Jahr das Allerschlimmste befürchten.

Da kam aus Rom die Nachricht, Kaiser Caracalla habe einen Feldzug gegen diese Halbstarken und ihre Drahtzieher und Hintermänner beschlossen. Aus allen Provinzen strömten römische Truppen nach Rätien, die mit Winteruniformen versehen werden mußten. Der Kaiser persönlich wurde zum Jahresende an der oberen Donau erwartet.

Um so viel Militär, dazu die ganzen Hilfstruppen und die

Neuausgehobenen in der Provinz gewinnträchtig beliefern zu können, mußten in aller Eile große Vorräte aufgekauft werden, ehe die Preise, wie in Kriegszeiten üblich, ins Unbezahlbare stiegen. Auch für den Ankauf der zu erwartenden Sklavenmengen nach dem Sieg waren größere Barbeträge bereitzustellen. Dies alles überstieg die Liquidität des Handelshauses beträchtlich.

Primanus also prägte und prägte Nacht für Nacht seine Blüten, ein solches Geschäft vor Augen, ließ er jede Vorsicht beiseite.

Und so geschah es, daß eine dieser Schnellprägungen in die Hände des P. Quintus Expressor geriet, Quästor und leitender Finanzbeamter bei der rätischen Provinzialverwaltung. Ihm als erfahrenem Numismatiker kam dieser Denar auffällig vor, er legte ihn auf eine Waage und siehe, der Denar war zu leicht.

Nun klopfte er den Silberling auf (das heißt, er ließ ihn aufklopfen, denn ein Beamter des höheren Dienstes klopft natürlich nicht selbst), und der kupferne Betrug kam an den Tag.

Rasch wurde von der Geheimpolizei herausgefunden, woher der Fälschling stammte, in Rißtissen gab es nicht weniger Denunzianten und Zuträger als sonstwo, und so marschierte denn eines Morgens, gefolgt von fünf Konstablern, P. Quintus Expressor die Bahnhofstraße von Rißtissen hinauf zum Hause des Primanus.

Sobald dieser erfahren hatte, um was es ging, ließ er die Hausmagd Wein holen und die fünf Konstabler bewirten, den P. Quintus Expressor aber bat er in seinen Hobbykeller. Dort zeigte er ihm seine Prägeanstalt samt den inzwischen über 100 Tiegeln mit den verschiedenen Münzformen. Quintus war beeindruckt von der Größe und technischen Perfektion der Anlage, aber auch etwas irritiert über die Offenheit, mit welcher der Falschmünzer ihm alles vorwies.

»Das kann dich den Kopf kosten«, sagte er zu Primanus.
»Oder dir den deinen retten«, erwiderte dieser.
Äußerst befremdet schaute ihn der leitende Quästor an.
Primanus erläuterte: »Die rätische Provinzverwaltung muß mehrere tausend Mann einkleiden, verpflegen und besolden. Dazu in vier Wochen den Kaiser würdig empfangen. Hat sie genügend Geld dafür, oder wird sie mit leeren Händen vor Caracalla stehen, wenn dieser die Mittel für den Alamannenfeldzug verlangt?«
P. Quintus nickte versonnen: »Du scheinst unsere Sorgen sehr genau zu kennen.«
»Römische Kaiser können sehr ungnädig werden, wenn kein Geld in der Kriegskasse ist«, bohrte Primanus weiter. »Das hat schon mancher Quästor nicht überlebt. Wäre da nicht rätisches Geld, rätisches Notgeld sozusagen, besser als gar keins?«
Der redliche Beamte erschauerte. »Du willst sagen: Falschgeld, in deiner Werkstatt hergestellt . . .?«
»In unserer. Fifty-fifty schlage ich vor.«
»Wie soll ich das verstehen?«
»Ich präge. Auf meine Kosten. Aber unter staatlicher Aufsicht und Duldung. Immer je einen Denar für die Provinz, einen für mich.«
»Niemals! Dein Ansinnen ist ungeheuerlich!«
»Die Kreuzigung eines unfähigen Quästors wäre nicht ungeheuerlich. Eher selbstverständlich.«
P. Quintus Expressor war grau geworden im Gesicht. »Fünfzig zu fünfzig ist völlig unvereinbar mit der Würde des Staates«, murmelte er. »Gut. Sagen wir 60:40. Mein letztes Wort.« Primanus hielt ihm die rechte Hand hin.
P. Quintus überlegte. Die Münzen in Trier und Lyon hatten seine Forderungen nach Vorauszahlungen oder gar Sonderzuweisungen für den Feldzug abgelehnt. Was passieren würde, wenn der kaiserliche Krieg, zu dem Caracalla schon

aufgebrochen war, wegen Geldmangels abgeblasen werden müßte, war nicht auszudenken. Er schlug ein.
Nun folgten die arbeitsreichsten neun Monate im Leben des Primanus. Er schaffte es. Der Sold für alle Truppen konnte rechtzeitig ausbezahlt werden, und am 11. August 213 überschritt Caracalla mit einem großen Heer den rätischen Limes nördlich von Aalen. Nach dem Sieg wurde Primanus nach Augsburg befohlen, dem damaligen Augusta Vindelicum. Dort hängte ihm der Kaiser den goldenen Verdienstadler mit Band und Schleife um den Hals, die höchste militärische Ehrung für einen Zivilisten.
Doch er wurde, und das zeugt für seinen vorbildlichen Charakter, nicht übermütig im Erfolg. »Als kaiserlicher Hoflieferant verdiene ich so viel, daß ich die Schmutzarbeit an den Tiegeln nicht mehr nötig habe«, sagte er, als er nach Rißtissen zurückkam, und schloß den Hobbykeller zu. Nur noch in Ausnahmefällen und bei öffentlicher Bestellung benützte er seine Prägeanstalt. So zum Beispiel im Jahre 218 n. Chr., als er im Auftrage der Munizipalverwaltung von Sumelocenna in Obergermanien (dem heutigen Rottenburg am Nekkar) mehrere hundert Denare mit dem Bild des neuen Kaisers Macrimus anfertigte.
Mehr zum eigenen Vergnügen als um des Erwerbes willen stellte er von jedem neuen Denar, bis zu den Elagabal-Münzen der Jahre 219 und 220, eigene Falschmünzformen her. Am Ende waren es 267 Stück, als er am 22. September 220 n. Chr. den Hobbykeller endgültig verriegelte.
Schon zu Lebzeiten ließ er sich sein Grabmonument errichten. Nach alter Familientradition war es eine turmartige Säule, wie wir sie vom secundinischen Stammsitz in Igel bei Trier kennen. Einige Reliefs seines Grabmals und der Weihestein von 201 sind in die Außenmauer der heutigen katholischen Pfarrkirche eingemauert und bewahren so das Andenken an Primanus, den Falschmünzer von Rißtissen.

Vom heiligen Saba
oder
Gotische Familienbande

Begeben wir uns ins Jahr 368 n. Chr., in das Land zwischen unterer Donau, Karpaten und Pruth und zu einem Kleinbauern namens Saba. Er lebte in einem Dorfe am Ufer des Flusses Musaeus, der heute Buzău heißt und nicht weit von Galatz und dem Donaudelta in den Sereth mündet. Seine Sippe war seit Urgroßvaters Zeiten in diesem fruchtbaren Gebiet ansässig und gehörte zum Volk der terwingischen Goten, die später als Westgoten bezeichnet worden sind. Mit jenen gotischen oder gutonischen Vorfahren, die vielleicht 15 Generationen zuvor von Skandinavien an die untere Weichsel und von dort über Wolhynien in die heutige Ukraine und ans Schwarze Meer gezogen waren, hatten Saba und seine Terwinger so viel oder so wenig gemein wie Henry Ford mit den Pilgervätern oder Muhammed Ali mit dem Königreich Benin. Aus den vielen unterwegs aufgenommenen Völkern, Kulturen, Lebensgewohnheiten, Fertigkeiten und Techniken hatte sich ein vom Ursprung weit entferntes neues Gotenvolk entwickelt, das dennoch seine Identität aus dem Mythos einer germanischen Herkunft aus dem Norden bezog.

Als Freier unter Freien, wenn auch als Verarmter unter teilweise recht Wohlhabenden, lebte der um 334 n. Chr. geborene Saba in seinem Heimatdorf, mit fast jedermann im Ort versippt oder verschwägert. Und weil gegenseitige Hilfe unter Verwandten bei den Goten so selbstverständlich war wie

Geburt oder Tod, hatte auch einer wie Saba sein Auskommen, der nur ein paar kümmerliche Ackerstücke, eine bescheidene Hütte und zwei oder drei Geißen besaß. Der Junggeselle Saba brauchte ja auch nicht viel, und für das Schweinehüten in den Eichenwäldern bekam er von der Verwandtschaft, was ihm zum Nötigsten fehlte.
Saba gehörte zu den wenigen Christen im Dorf, die sich vom Opfer für die gemeinsamen Ahnen fernhielten und statt dessen in die Bethütte des Presbyters Sansala gingen, der nicht einmal Gote war, sondern so ein Hereingeschmeckter oder Hängengebliebener aus dem Römerreich südlich der Donau. Das sahen Sabas Onkel und Tanten, Vettern und Basen nicht gerne, aber irgendwie verstanden sie es und nahmen es hin. In jeder Sippe mußte man den einen oder anderen Christen mitschleppen wie den einen oder anderen Armen.
Schließlich war schon Sabas Vater ein guter Gote und doch Christ gewesen. Als diesen der Stammesgott Teiws, den man in Schwertgestalt verehrte, für seinen Übertritt zum Christenglauben mit dem Verlust von Äckern und Vieh bestrafte, war er dennoch stur beim einmal angenommenen Glauben geblieben. Der Teiws mit seinem Schwert habe eh nicht mehr viel zu melden, meinte er, seit man seßhaft geworden sei, und wenn einer ihm übel mitgespielt habe, dann sei dies Donaws gewesen, der terwingische Fluß- und Wassergott, der ihm bei dem großen Unwetter, als der Musaeus sich ein neues Bett gesucht hatte, seine Äcker, seine Weiden und sein Vieh genommen habe. Aber grad zum Trotz bleibe er Christ. Ein freier Gote stehe zu dem, was er glaube, da könne kommen, was will.
Alle im Dorf hatten das gutgeheißen und Sabas Vater dafür geachtet. Und so respektierten sie auch, daß der Sohn dem Glauben des Vaters treu blieb. Denn was vom Vater überkommen ist, hält ein Gote heilig – auch wenn es nicht der alte Väterglauben ist.

Sabas 34. Lebensjahr, das Jahr 368 n. Chr., brachte wieder einmal viel Regen, große Unwetter und Überschwemmungen in den Flußtälern. Ein Teil der Ernte ging verloren, dafür erlebte aber der seit Jahren tobende Krieg des Kaisers Valens gegen die terwingischen Goten eine Unterbrechung, weil die Römer die weit über ihre Ufer getretene Donau nicht überschreiten konnten. Nach allem, was man in den vergangenen Jahren erlebt hatte, waren ein Mißjahr und Überschwemmungen weniger schlimm als der Durchzug der römischen Armee.

Viele Goten hatten in den Kriegsjahren Haus, Hof und Angehörige verloren. Nun hatten sie eine verständliche Wut auf die Römer, mit denen man früher verbündet gewesen war, und forderten die Bestrafung oder doch wenigstens die Ausweisung aller »Römlinge«, wie man bei ihnen die Christen nannte. In Sabas Dorf freilich wollte man von so radikalen Parolen wenig wissen. Außerdem gehörten der Presbyter Sansala und seine paar Schäfchen gar nicht der offiziellen, vom Kaiser geförderten arianischen Konfession an. Sie glaubten an die Gottgleichheit Christi in der alten, katholischen, vom Konzil zu Nicäa bestätigten Weise und hielten die derzeit den christlichen Ton angebenden Arianer für schlimme Ketzer. Was freilich im einzelnen den guten Saba wenig kümmerte. Ihm genügte es, ein rechtgläubiger frommer Gote zu sein, der mit den Römern und dem, was bei denen in Konstantinopel drunten Glaubensmode war, nichts zu tun hatte.

Im folgenden Jahr, im September 369, als man sich grade über eine gute Ernte ebenso freute wie über das Glück, daß die Römer im Sommer nach Bessarabien statt an den Fuß der Karpaten marschiert waren, kam von der Donau herauf die Nachricht, der Krieg gegen die Römer sei zu Ende. Athanarich, der von den Häuptlingen aller terwingischen Teilstämme gewählte Kindis, der oberste Gotenrichter, hatte auf

einem in der Donaumitte verankerten Schiff bei Noviodunum am Anfang des Deltas Frieden mit Kaiser Valens geschlossen. Der Kaiser, so wurde erzählt, habe Athanarich »König der Goten« genannt. Da habe ihm Athanarich widersprochen. Nein, er sei nicht rex, sondern iudex, Richter der Goten. Ein König habe nur Macht, ein Richter aber Weisheit. Wäre er König der Goten, so hätte er den Kaiser im römischen Reiche bekriegt und würde den Frieden mit ihm zu Konstantinopolis schließen und nicht auf einer Donauinsel. Als Richter der Goten aber dürfe er, so schreibe es gotisches Gesetz vor, das Gotenland, die Gotia, nicht verlassen.
Sie freuten sich alle, daß ihr Gotenrichter so von gleich zu gleich mit dem allmächtigen Kaiser gesprochen und ihn zu einem ehrenvollen Frieden gezwungen hatte. Am ersten Tage nach dem nächsten Vollmond, so wurde beschlossen, sollte überall in den terwingischen Landen ein großes Dank- und Opferfest stattfinden.
Am Tag vor dem Opferfest kam zum Dorfältesten von Sabas Heimatort ein Mann aus dem Gefolge von Atharid, dem Häuptling ihres Teilstammes. »Der Reiks Atharid läßt dir sagen, daß alle gotischen Christen im Dorf morgen am Opfermahl teilnehmen sollen«, sagte er zum Dorfältesten. »Wieso das?« fragte der Dorfälteste. »Atharid weiß so gut wie ich, daß Christen kein Opferfleisch essen.«
»Sie müssen aber«, sagte Atharids Bote, »es ist ein Befehl des Gotenrichters. Athanarich hat Frieden mit dem Kaiser geschlossen. Nun darf sich Valens nicht mehr in das einmischen, was in der Gotia nördlich der Donau geschieht. Und wir können endlich den Römlingen in unserer Mitte, die ihr Gotentum verraten, das Handwerk legen.«
»Die paar Christen in unserm Dorf sind keine Römlinge.«
»Das eben sollen sie beweisen. Wer das den Ahnen geweihte Fleisch verweigert, ist kein echter Gote mehr und gehört aus unserer Gemeinschaft entfernt.«

»Hat das Athanarich gesagt?«
»Es ist der Befehl des Gotenrichters, alle Reiks haben ihm zugestimmt. Und da wird so ein kleiner Dorfältester wie du sich nicht dagegen auflehnen wollen.«
Der Dorfälteste kratzte sich am Kopfe. Er wollte keinen Streit im Dorf, er wollte aber auch nicht offen gegen seine Gotenpflicht verstoßen. »Wenn die Herren auf ihren Burgen so beschlossen haben, werden wir Dörfler nicht anders können . . .«, meinte er abschließend und ließ den Dienstmann Atharids gut bewirten. Heimlich aber schickte er zu den Mitgliedern des Dorfrats und bat sie zu sich. »Wie sollen wir es anfangen«, fragte er sie, »um unsere christlichen Verwandten zu schützen und doch den Treueid gegen Atharid und Athanarich nicht zu brechen?«
Sie berieten lange, und stimmten endlich alle, auch der gotische Opferpriester Eriulf, dem Kompromiß zu, den sie gemeinsam ausgeheckt hatten.
Noch in der Nacht ließen sie die Christen des Dorfs zu sich kommen. »Der Reiks verlangt, daß ihr an der Dulps, dem gotischen Opfermahl, teilnehmt«, sagte der Dorfälteste zu ihnen. »Das können wir nicht, das wäre Sünde«, sagte Saba. »Hört zuerst an, was wir beschlossen haben, und dann redet«, wies ihn der Dorfälteste zurecht. »Wir werden morgen zwei Opfertiere schlachten. Den einen Hammel segnet Eriulf wie immer und weiht ihn unseren gotischen Ahnen.« »Ja«, ergänzte Eriulf, »und davon essen alle rechtgläubigen Goten. Ihr Christen aber bekommt Fleisch vom andern Hammel, das weder geweiht noch gesegnet ist. Dann könnt ihr ohne Gewissensbeschwerden davon essen, die Oberen sind zufrieden, und wir haben weder die Christen aus unserer Sippe noch unseren heiligen gotischen Ahnenkult verraten. Weder euer Gott noch unsere Götter werden beleidigt oder in irgendeiner Weise gegen uns aufgebracht.«
Alle waren mit dieser salomonischen – oder auch schlicht

bauernschlauen – Lösung des Problems einverstanden. Bloß Saba machte Schwierigkeiten. »Nein«, sagte er, »das ist ein schmutziger Trick, da mache ich nicht mit. Ich bin ein aufrechter Christ.«

»Du bist nicht aufrecht, du bist bloß stur, Saba«, entgegnete ihm der Dorfälteste. »Und wenn du morgen bei der Dulps Schwierigkeiten machst, dann können wir dir nicht mehr helfen. Dann müssen wir dich aus dem Dorf verbannen, ob wir wollen oder nicht.«

»Das ist mir gleich! Ich muß meinen Christenglauben bekennen, koste es, was es wolle«, rief Saba und bekam einen merkwürdig starren Glanz in die Augen. In dem Murren, mit dem die geheime Dorfversammlung auseinanderging, lag ebenso Ärger wie Hochachtung vor Sabas »echt gotischer« Starrköpfigkeit.

Anderntags beim Opferfest geschah, was geschehen mußte. Saba verweigerte öffentlich den heiligen Braten, obwohl er genau wußte, daß das ihm vorgelegte Stück Hammelkeule religiös unbehandelt war, und der Verzehr dieses Bratens ihm die ewige Seligkeit nicht streitig machen konnte. Er sei Christ, rief er mit überlauter Stimme, und im Gegensatz zu anderen bekenne er sich auch dazu und rühre solch sündhaftes Heidenfleisch nicht an! Lieber sterbe er, als daß auch nur ein Bissen dieses Teufelsbratens durch seine Kehle rutsche.

Nun konnte der Dorfälteste nicht mehr anders, als ihn wegen »erwiesener antigotischer Zauberei« (so die hierfür gebräuchliche juristische Formel) aus dem Heimatdorf zu verbannen.

Als Saba hocherhobenen Hauptes und fromme Gebete murmelnd aus der Versammlung schritt, nahm ihn der Gotenpriester Eriulf beiseite und flüsterte ihm zu: »Versteck dich in den Auwäldern am Fluß. Der Dorfälteste hat klugerweise vergessen zu sagen, wohin und für wie lange du verbannt bist. In ein paar Tagen, wenn Atharids Aufpasser fort ist, holen wir dich zurück.«

Der Dorfälteste beruhigte indessen den Boten von Atharid und versicherte, daß dieser Saba ein Einzelgänger sei, ein harmloser Spinner. Kein Mensch höre auf ihn, und weil er zu den Ortsarmen gehöre und, obwohl ein Freier, nicht viel mehr besitze als er auf dem Leibe trage, habe sein abartiges Verhalten keinerlei Einfluß auf die anderen Dorfbewohner. Dieser Sauhirt könne weder schaden noch nützen und stelle keine Gefahr für das Gotenvolk, die Mächtigen und die Götter dar.

Das Opfermahl konnte nun seinen ungetrübten Fortgang nehmen. Anderntags zog der Bote weiter, um auch in den anderen Dörfern des Sippenverbandes, dessen Häuptling Atharid war, zu beiden Seiten des Flusses Musaeus nach Christen zu suchen.

Als die Luft rein war, kehrte Saba aus den Auwäldern zurück, und Heiden und Christen lebten wie bisher gemeinsam weiter in ihrem Dorf. Die Familie war nah und Atharid war weit. Selbst der Presbyter Sansala blieb den Christen im Dorf erhalten. Er war ja kein Gote, verletzte also durch sein Christsein kein gotisches Tabu. Und das ihm gewährte Gastrecht im Dorf schloß eine Vertreibung oder ein Verbot seines Priesteramts aus. Er konnte weiterhin mit seinem Kollegen, dem heidnischen Gotenpriester Eriulf, manchen Schoppen Landwein bechern und dabei Erfahrungen über den nicht immer einfachen Umgang mit dickschädligen gotischen Bauern austauschen. Wenn in dieser Zeit nicht vom obersten Gotenrichter Athanarich für alle Kunja der Terwingen neue, immer schärfere Gebote zur Christenverfolgung ausgegangen wären, die Nachwelt hätte nie etwas von Saba und seiner heidnischen Verwandtschaft erfahren.

So aber verlangte einige Monate später Athanarich im Stammesrat, jeder Dorfälteste müsse in der Dorfversammlung und vor Vertretern der terwingischen Obrigkeit durch Eid bekennen, ob und wie viele Christen es noch im Dorfe gebe. Sabas Dorfältester besprach die neue Lage umgehend mit Eriulf, dem Gotenpriester. Dieser meinte, daß erstens diese ganze Christenverfolgung eine Sache der Stammesoberen sei und ihn als Priester nichts angehe. Er beteilige sich auch nicht daran. Und zweitens müsse man doch sehr genau überlegen, was wohl die gotischen Götter und Ahnen mehr erzürne, der Verrat an anständigen und echt gotischen nächsten Verwandten, wie etwa Saba, nur weil sie in Glaubensdingen etwas abwichen, oder das Umgehen eines Befehls der Stammesoberen. Wobei solche Barone wie Atharid und Konsorten sich mit ihrem Reichtum und ihrer Besitzgier viel ungotischer aufspielten als der arme Saba. Aus Gemeinbesitz Privatbesitz zu machen und aufgrund von Reichtum statt von Tapferkeit zu herrschen, das sei viel römlinghafter und den Göttern viel widerwärtiger als alles, was Saba je angestellt habe.

Der Dorfälteste nahm sich den Rat zu Herzen und schwor in besagter Dorfversammlung beim Gotte Donaws, beim Gotte Teiws, bei allen Ahnen einen heiligen Eid, in ihrem Dorfe gebe es keinen einzigen gotischen Christen mehr. Wobei er die Rechte zum Schwur gen Himmel erhob, die Linke aber zur Ableitung in Richtung auf die der Dorfgemeinschaft gehörende Erde tief hinabsenkte.

»Protest!« rief da Saba, die Augen noch glänzender, den Blick noch starrer und verklärter wie beim ersten Mal. »Ich bin Christ und ich bleibe Christ, ihr könnt mit mir anfangen, was ihr wollt.«

»Ja so, der Saba. Den hab' ich ganz übersehen, so unbedeutend ist der«, sagte der Dorfälteste rasch. »Donaws und unsere Ahnen werden mir verzeihen. Doch außer ihm gibt es ehrlich keinen Christen unter uns. Und weil Saba sich durch seine Sturheit selbst aus unserer Mitte ausgeschlossen hat und gar nicht mehr zu uns gehört, stimmt mein Eid, und ich kann ihn guten Gewissens wiederholen: Außer diesem Saba gibt es keinen Christen im Ort.«

Nach diesem doppelten Meineid waren die andern Christen gerettet, Saba aber wurde der Haarknoten abgeschnitten, die Zierde eines freien Goten, und er wurde erneut aus dem Dorf gejagt. »Auf ewige Zeiten!« rief ihm der Dorfälteste laut nach. »Oder wenigstens, bis dein Gotenschopf nachgewachsen ist«, setzte er leiser hinzu.

Nun war Saba also vogelfrei, und es blieben ihm nur zwei Möglichkeiten: entweder über die Donau nach Süden ins Römerreich zu den christlichen Kleingoten zu fliehen, oder hinaufzusteigen in die unwirtlichen Karpaten, um dort als Einsiedler von frommen Gaben und von Beeren zu leben, ständig bedroht von Bären, Wölfen, Schlangen und anderem Ungetier. Zu den Kleingoten zu gehen, wo es neuerdings sogar eine von Bischof Wulfila übersetzte Bibel in der gotischen Muttersprache geben sollte, das hätte ihn schon sehr verlockt. Aber seine orthodoxe katholische Seele sträubte sich dagegen, denn die dort unten, auch Bischof Wulfila, waren arianische Ketzer! Rechtgläubig und stur, wie er war, zog er Wolf, Bär und kümmerliche Beerenkost dem Sündenleben unter Ketzern vor und verbarg sich in den Karpaten, bis sein Haupthaar wieder lang genug geworden war, um einen Gotenknoten daraus flechten zu können.

Dann kehrte er, Heimweh im Herzen, ins Dorf und zur Familie zurück. Ohne Bedenken wurde er dort wieder aufgenommen. Man war inzwischen richtig stolz auf den »sturen Saba«, wie er landauf, landab genannt wurde, und schon gespannt, wie er wohl auf die nächste obrigkeitliche Herausforderung reagieren würde.

Die ließ nicht lange auf sich warten und kam auf vier Rädern ins Dorf. Auf einem Karren wurde – das war die jüngste Idee des in seine Christenverfolgung vernarrten Gotenrichters

Athanarich – ein Idol des Stammesgottes Teiws von Ort zu Ort gefahren. Alle freien Goten, die des Christentums verdächtigt wurden, mußten diesem Pfahlgötzen opfern und ihn als Sinnbild des Stammes und seiner Gesetze anbeten. Wer dies verweigerte, sollte als Verräter am Gotentum getötet, sein Besitz eingezogen, sein Haus verbrannt werden.
Dieser Karren kam also auch in Sabas Heimatdorf gerollt, und von weit her strömten die Leute herbei, um mitzuerleben, wie sich Saba verhalten würde. Er tat, was alle Welt von ihm erwartete. »Nein!« schrie er laut. »Diesen Götzendienst mache ich nicht mit! Euer Teiws ist einer der tausend Teufel der Hölle, auch unsere Ahnen waren Menschen und keine Götter, sie anzubeten wäre Gotteslästerung. Lieber erleide ich alle Martern, als diesen Schwindel mitzumachen.«
Das war nicht nur Lästerung der gotischen Götter, das war Befehlsverweigerung und Hochverrat befand Häuptling Atharid und kam am Abend des 11. April 372 n. Chr. mit etlichen Reitern selbst ins Dorf, um den Saba abzustrafen. Sein Haus fanden sie leer, aber beim Presbyter Sansala entdeckten sie den Volksverräter. Er schlief. Nackt zogen sie ihn unter einer Decke hervor. Und so wie er war ließ ihn Atharid von seinen Dorfgenossen auspeitschen und durch eine Dornenhecke schleifen. Als man den Missetäter anschließend wieder dem gestrengen Herrn Baron vorführte, zeigte sich – o Wunder! – nicht die geringste Schramme an Sabas Körper. Wie das komme? herrschte Atharid den Dorfältesten an. Ob sie nicht richtig zugehauen hätten? Ob sie gar insgeheim immer noch zu diesem Lumpen hielten?
»O doch, wir haben zugehauen, so gut wir nur konnten«, beeilte sich der Dorfälteste angesichts der Spieße der obrigkeitlichen Reiter zu versichern. An ihnen habe es nicht gelegen. Da müsse schon der Christengott die Hand im Spiel gehabt haben. »Und gegen Götter richten so kleine Dörfler wie wir nichts aus«, setzte er hinzu.

Atharid glaubte ihm kein Wort und ließ den Saba streng bewachen. Man legte eine Wagenachse an seinen Hals, band ihn mit Händen und Füßen daran fest und warf ihn so zur Warnung aller auf den Dorfanger.
Vor Tagesanbruch, als seine Wächter nach reichlichem Weingenuß eingenickt waren, kam eine Frau aus dem Dorf (übrigens keine Christin), band Saba los und versteckte ihn bei sich zu Hause. Als es Tag wurde, ließ sie ihn das Frühstücksmus kochen, dann ermunterte sie ihn zur Flucht. Aber Saba blieb und stellte sich, so sehr ihn die Frau und die dazugekommenen Dorfbewohner auch schalten und einen hartschlägigen Dummkopf nannten, selbst dem Atharid und seinen Reitern. »Mißgönnt mir nicht mein Martyrium«, soll er ausgerufen haben.
Atharid hatte nun endgültig genug von dem renitenten Schweinehirten und befahl seinen Reitern: »Schnürt ihn mit Riemen zusammen und werft ihn in den Fluß. Der Wassergott soll ihn töten, nicht ihr. So wird sich sein Christengott an Donaws rächen, statt an uns.«
Die Reiter zerrten Saba ans Ufer des Musaeus. Dort sagten sie zu ihm: »Du hast dich tapfer gehalten, Kumpel. Auf, lauf zu in den Wald und laß dich nicht mehr blicken. Dann melden wir dem Häuptling deinen Tod.«
Saba aber hatte keinen anderen Wunsch mehr als das Martyrium, blieb am Ufer liegen und sagte zu seinen Bewachern: »Warum wollt ihr nicht tun, was euch befohlen ist? Ich sehe, was ihr nicht sehen könnt: die Heiligen stehen schon am andern Ufer bereit und erwarten mich, um mich aufzunehmen in ihre Herrlichkeit.«
Da gaben es die Männer auf und warfen den Martyriumssüchtigen in den Fluß. Das war am Vormittag des 12. April 372. Er ging unter wie ein Stein.
Sein Leichnam wurde später weiter unten ans Ufer gespült. Sansala, dem als Nichtgoten nur wenig geschehen war, und

die anderen Christen, die sich nicht so halsstarrig wie Saba benommen hatten, bestatteten ihn.
Wunder gewirkt hat Saba zu Lebzeiten nie. Damit hätte er auf seine nüchternen gotischen Dorfgenossen wohl auch wenig Eindruck gemacht. In den Heiligenkalender aufgenommen wurde er wegen seines Martyriums. Aber wie so mancher Märtyrer ist der heilige Saba eigentlich nicht seines Glaubens, sondern seiner Sturheit wegen umgebracht worden.

Bissula
oder
Das alamannische Fräuleinwunder

Zur selben Zeit, da der heilige Saba östlich von Bukarest sich seinen ersehnten Märtyrertod erzwang, erlebte in Trier, der damaligen Hauptstadt des Weströmischen Reiches, ein lebensfroher und nur wenig christlicher (wenn überhaupt) Dichter, Professor der Rhetorik und Prinzenerzieher namens Decimus Magnus Ausonius seinen überaus genußreichen zweiten Frühling.

Ausonius war schon 55 Jahre alt und ein bekannter Poet und Gelehrter, als ihn der Westkaiser Valentinian I. 365 n. Chr. aus seiner Heimatstadt Bordeaux holte, die damals Burdigala hieß, und zum Erzieher seines sechsjährigen Sohnes Gratian berief. Seit Oktober 367 lebte er mit der kaiserlichen Familie in der neuen Hauptstadt Trier.

Schon im folgenden Jahr gab es große Aufregung. Die Alamannen waren wieder einmal zum Plündern über den Rhein gekommen. Ein gewisser Rando hatte mit seinen Randolierern an einem hohen christlichen Feiertage die Stadt Mainz überfallen. Aus den Quellen geht nicht hervor, ob es an Ostern oder an Fastnacht war, letzteres erscheint in Mainz wahrscheinlicher. Denn kein Wachsoldat war auf dem Posten, die Alamannen konnten ungehindert in die Stadt eindringen und zahlreiche Bürger samt ihren Wertsachen mit sich ins Rechtsrheinische verschleppen.

Valentinian fand das nicht gut und trommelte alsbald seine Truppen zusammen zu einer Strafexpedition.

Im Hochsommer marschierte die römische Armee mit klingendem Spiel, der Kaiser vorneweg auf einem Araberschimmel, irgendwo bei Worms oder Mainz über den Rhein. Der noch nicht zehnjährige Kronprinz Gratian mußte mit. »Bub«, sagte der Kaiser, »du kannst nicht früh genug lernen, wie man Barbaren besiegt und die Zivilisation verteidigt, denn das ist unser Job als Kaiser.«
Daß der Knabe sich nicht so verloren vorkam unter den Soldaten, mußte auch sein Erzieher Ausonius mit ins Feld rükken. Was dem Rheuma des älteren Herren gar nicht gut bekam.
Wo die Marschkolonnen hinkamen, wurden die Eingeborenendörfer niedergebrannt, Menschen und Vieh abgeschlachtet (soweit sie sich nicht in die Wälder in Sicherheit gebracht hatten), und sogar das schnittreife Getreide auf den Feldern wurde angezündet. Ein Berichterstatter namens Ammian hat behauptet, auf diese Weise sei die ganze Ernte der Alamannen auf dem Halm vernichtet worden. Entweder hat Ammian gelogen, oder aber der Sommer 368, der in Rumänien bei Saba erwiesenermaßen sehr naß und voller Unwetter war, gab sich in Südwestdeutschland extrem trocken. Denn Getreide auf dem Halm abbrennen ist gar nicht so einfach. Den Alliierten, die das eben in dieser Gegend 1944 versucht haben, ist es trotz Einsatz zahlloser Brandbomben und vieler Tonnen Phosphor nicht gelungen.
In der Nähe einer Ortschaft, die Solicinium hieß und wahrscheinlich Sülchen bei Rottenburg am Neckar war, kam es zum Kampf. Die römischen Kohorten stürmten den Wurmlinger Kapellenberg (von Uhland und Lenau später bedichtet, von Silcher u. a. vertont), der damals freilich noch keine Kapelle trug, schlugen die Alamannen und machten zahlreiche Gefangene. Bei der anschließenden Beuteverteilung zeigte sich der Kaiser sehr spendierfreudig und schenkte dem Prinzenerzieher, um ihn von seinem Rheuma abzulen-

ken, eine soeben lebendfrisch gefangene alamannische Sklavin. Sie hieß Bissula, stammte aus Oberflacht bei Tuttlingen, war grade 19 Jahre alt, blond, hochgewachsen und wohlproportioniert, allerdings durch die vorausgegangenen Kampfhandlungen etwas ramponiert.

»Ach du lieber Donar, so ein alter Knacker«, dachte sie im ersten Schreck, als sie Ausonius ausgehändigt wurde. Aber dann sprach sie zu sich: »Bissula, sei nicht dumm und deinem Geschick nicht undankbar. Der Alte ist besser als die jungen Schnösel, die dich gefangen haben. Und Privatsklavin bei einem Professor ist am kleinen Finger angenehmer als Mädchen für alles bei der Armee.«

Also schlug sie züchtig die Augen nieder, machte einen Knicks, erinnerte sich dunkel an das in der Lateinschule Gelernte und sagte: »Salve, Dominus.« Denn sie wußte, daß dies die lateinische Form von »Grüezi, Chef« ist. »Domine«, korrigierte sie der Rhetor, nahm sie bei der Hand, bedankte sich beim Kaiser und führte sie in sein Zelt. Als V.I.P. hatte er ein Einzelzelt. Dort brachte sie erst einmal Ordnung in das Chaos des von Weib und Dienerschaft getrennten Ausonius, räumte auf, saugte Staub, machte erst das Feldbett ihres neuen Herrn und Meisters und dann sich frisch, und als er immer noch nicht vom Appell zurückkam, fing sie an zu kochen: Kalbsgeschnetzeltes mit Pilzsoße und Rösti, ein nahrhaftes Abendbrot nach alamannischer Art, dazu Sellerie- und Gurkensalat.

Ausonius erkannte sein Zelt kaum wieder, als er es nach dem feierlichen Siegesappell betrat. So aufgeräumt und heimelig war ihm sein Kriegsquartier noch nie erschienen. Bissula führte ihn zum gedeckten Tisch. Etwas skeptisch kostete der Feinschmecker. Was konnte man von der Kochkunst dieser Halbwilden besonderes erwarten? Er war aufs Angenehmste überrascht. Bissula, das kaiserliche Gunstgeschenk, erwies sich als wahrer Schatz. Die zwar fremde,

doch wohlmundende Kost nahm ihn nicht weniger für seinen neuen Besitz ein wie die gemütliche Atmosphäre im Zelt. Und erfreulich anzusehen war sie dazuhin. Ausonius fühlte sich rundum wohl und nach gehabter Mahlzeit auf angenehme Weise müde. Zufrieden streckte er sich ins gemachte Feldbett.

Als nun freilich Bissula, ihrer neuen Sklavinnenpflichten eingedenk, sich ihrer wenigen Hüllen entledigte und zu ihm ins schmale Feldbett steigen wollte, da wehrte er sie sanft ab und sagte: »Heute nicht, meine Tochter. Ich bin schon alt, und der Tag war sehr anstrengend für mich.« Sprach's und schlummerte ein. Bissula war nicht unglücklich darüber, legte sich auf ein Schaffell zu Füßen des Betts, dankte Wotan und Freya, daß dieser Tag bei allem nationalen Unglück für sie so glimpflich endete und schlief den Tiefschlaf der Jugend, bis der erste Morgenstrahl sie weckte.

Still erhob sie sich, um ihrem Herrn den Morgenkaffee zu bereiten. Aber der, schon erwacht, zog sie sanft zu sich, erlabte Augen und Sinne an der jugendlichen Dienerin und holte ausgiebig nach, was er am Abend zuvor versäumt hatte.

»Welch ein Unterschied zu den rohen Soldaten von gestern«, dachte Bissula, »wie angenehm ist doch wahre römische Kultur.«

Und von Stund an bemühte sie sich, römische Lebensart zu erlernen und ihrem Herrn eine eifrige Schülerin zu sein. Was diesen wiederum seine 59 Lenze vergessen ließ und zum glücklichsten Manne im Feldlager des Kaisers Valentinian I. machte.

Sie war sehr gelehrig, und schon auf dem Rückmarsch sprach sie leidlich Latein. Er aber, in lange nicht mehr gekanntem Hochgefühl, begann unterwegs, genauer gesagt beim Blick von der Niederemmeler Höhe auf die Weinberge von Neumagen (damals Noviomagus Treverorum) an der

Mosel, sein episches Gedicht »Mosella«, einen Lobpreis der Mosellandschaft und ihrer Bewohner, zu konzipieren.
Ausonius gedachte des Kaisers Konstantin des Großen, dem der Sage nach hier auf dem Kronenberg bei Neumagen 56 Jahre zuvor beim Aufbruch gegen Maxentius jenes berühmte Kreuz mit der Inschrift »in hoc signo vinces« erschienen sein soll. »In hoc vince«, in diesem siege, wiederholte er im Geiste, umfaßte seine Bissula und küßte sie innig. Den Göttern aber – und zur Sicherheit auch dem einen Gotte der Christen – dankte er zutiefst, daß sein Kreuz so viel menschlicher, den Sinnen zuträglicher und genußreicher war als jenes des großen Konstantin. Wohl wissend, daß kein Mensch zugleich ein bedeutendes und ein angenehmes Leben führen könne, entschied er sich einmal mehr (sein Naturell ließ ihm da keine andere Wahl) fürs Angenehme.

»Bissula, Wonne, Zeitvertreib, Liebe und Lust,
Barbarenkind, du, stellst doch Latiums Mädchen in Schatten«,

dichtete er wonnetrunken vor sich hin.
Doch kein Glück währt ewig ungetrübt, und was des einen Nachtigall, ist bekanntlich des anderen Uhl. Dieser, richtiger: diese andere war seine ihm rechtmäßig angetraute Gattin Laetitia. Sie erwartete ihn zu Trier – freilich keineswegs in Ungeduld. Darüber waren sie beide längst hinaus. Und für allfällige Ungeduld hatte sie ihren syrischen Masseur Abderrachmanus, wie Ausonius schon lange diese oder jene kleine Sklavin fürs Menschliche, Allzumenschliche hatte. Man hatte sich arrangiert, und man war tolerant, wie sich das für Angehörige der gebildeten Oberschicht in der Reichshauptstadt gehörte.
Darum gab es wegen Bissula zunächst auch keine größeren

Probleme. Ein solches Mitbringsel aus dem Feldzug kam für Laetitia nicht allzu unverhofft. Die Alamannin wurde von der Hausherrin bei der Ankunft in Trier mehr spöttisch als kritisch gemustert, ins Bad gesteckt, neu eingekleidet und im Dienertrakt gleich neben den Gemächern des Herrn einquartiert. »Übernimm dich nicht, du bist nicht mehr der Jüngste«, ermahnte sie diesen noch, und damit war der Fall Bissula für sie zunächst erledigt.

Dachte sie. Doch daß sich der Hausherr fast nur noch zur Tafel bei ihr sehen ließ, daß auf dieser Tafel immer öfter ungenießbare barbarische Gerichte aufgetragen wurden, von denen Ausonius, dieser stadtbekannte Feinschmecker, behauptete, sie seien vorzüglich und seine Leibspeisen, daß dieser alte Narr sich vom ersten Schneider Triers germanische Hosen schneidern ließ, in denen er zur Schande des Hauses öffentlich auftrat, daß er zu privaten Einladungen des Kaisers diese kleine blonde Hexe aus dem Schwarzwald mitnahm und nur noch bei offiziellen Anlässen am Arme der Gemahlin erschien: Das ging zu weit, das war degoutant.

»Ausonius!« stellte sie den Rhetor endlich zur Rede, »du solltest dich schämen. Sich wie ein pubertärer Pennäler zu benehmen, sich wegzuwerfen an diese hergelaufene Person . . .«

»Nicht hergelaufen! Vom Kaiser geschenkt«, unterbrach sie Ausonius. »Ein Schuft, wer ein kaiserliches Geschenk nicht in Ehren hält!«

»Ein Narr, wer sich so zum Diener eines barbarischen Sklavenmädchens macht!«

»Was stört dich an ihr? Die Sklavin oder die Barbarin?«

»Beides. Es ist eines gebildeten Römers nicht würdig.«

»Gut, ändern wir beides. Ich lasse sie frei und bringe ihr römische Manieren bei. Soweit nicht schon geschehen«.

»Untersteh dich!«

»Was soll mich daran hindern?«

»Ich werde mich beim Kaiser über dich beschweren.«
»Es wird ihn sehr amüsieren. Und du würdest zum Gespött bei Hofe, nicht ich.«
Sie wußte, daß er recht hatte, und dies machte sie noch wütender. »Es ist unerträglich! Von dieser Analphabetin an die Wand gedrängt zu werden. Sie kann nichts, sie weiß nichts, sie hat nichts außer Frechheit und Sex, sie stinkt nach Köhlerhütte, ihr Reden ist ein Schnarren und Knarzen, ihr Lachen ist schrill wie das Kreischen des Schlüssels in rostigem Schloß, ihr Benehmen gleicht dem eines Bären und ihr Verstand dem einer Ameise.«
»Laetitia!« rief er aus. »Du übertriffst dich selbst. Wozu freilich nicht viel gehört. Deine Eifersucht verleiht deiner Sprache Bildkraft . . .«
»Eifersucht«, unterbrach nun sie ihn, »du machst dich lächerlich, Ausonius. Wie könnte ich eifersüchtig sein auf solch ein Nichts.«
Ausonius hatte das Gekeife satt. Er ging ohne weiteren Wortwechsel, kaufte der Sklavin einen goldenen Fingerring mit der Inschrift »vivas mi, pia Bissula« (lebe für mich, treugesinnte Bissula) und mietete eine Wohnung an für sich und die Alamannin, die im Haushalt der Laetitia immer weniger zu lachen gehabt hatte. Dann betrieb er die Freilassung der Sklavin. Laetitia sah ihn nun auch bei den Mahlzeiten nicht mehr. Gemeinsam mit Abderrachmanus trat sie dem Kampfbund zur Reinhaltung römischer Rasse bei und unterstützte den erst kurz zuvor gegründeten Verein christlicher Matronen zur Bekämpfung von Unzucht und Sinnenlust mit größeren Geldbeträgen. Was ihr nicht schwerfiel, da Ausonius weiterhin für ihren aufwendigen Lebensunterhalt aufzukommen hatte.
Die Affäre des Ausonius mit der 40 Jahre jüngeren Alamannin wurde Stadtgespräch. Höhepunkt der Saison für alle hauptstädtischen Klatschmäuler war die Veröffentlichung

eines Gedichtes von Ausonius auf Bissula in den Trierischen Nachrichten, in dem es unter anderem hieß:

> Bissula, drüben zu Haus, dort über dem eisigen Rheinstrom,
> Bissula, die oft belauscht heimlich der Donau Quell;
> Kriegsgefangne, dann frei vom Feind gelassen, sie herrscht nun
> in dem Bereiche des Manns, dem sie der Kriegsgott geschenkt.

Manche rieten Laetitia zur Scheidung. Aber sie war nicht so unklug. »Der Wahn ist kurz, die Reu ist lang«, zitierte sie aus Schillers Glocke, dachte an das nicht unbeträchtliche Erbe, das nur ungeschieden ihr allein zustand und dem sie die Bemühungen der kleinen Alamannin, wie sie hoffte, rasch näherbrachten, rechnete also mit baldigem Erbfall und schrieb inzwischen möglichst viele Schecks aus, die er einlösen mußte.

So lernte Ausonius wie nach ihm noch so mancher Professor bis in unsere Tage, daß eine Zweitfrau zwar angenehm sein kann und das im Alter nachlassende Selbstwertgefühl zu heben vermag, daß sie aber auch sehr ins Geld läuft und zusammen mit der ersten, die man ja nicht so einfach los wird, leicht mehr kostet als selbst ein reichbemessenes Akademikersalär hergibt.

Nach sechs Jahren war er schon reichlich verschuldet, und es war ein Geschenk des Himmels (der Götter, hätte er lieber gesagt, aber inzwischen war das Christentum auch bei Hofe schon so etabliert, daß selbst ein Altheide wie Ausonius vorsichtshalber unverbindlich vom Himmel sprach), ein Geschenk von oben also war es für ihn, daß Kaiser Valentinian I. am 17. November 375 in der Nähe von Budapest an Herzversagen verschied und Gratian, der sechzehnjährige Schüler von Ausonius, Kaiser wurde.

Der Lehrer wurde zum Ratgeber des jungen Monarchen und damit zum hochdotierten Staatsbeamten ernannt. Und um ein übriges zu tun, erließ Gratian am 23. Mai 376 eine neue Vergütungsordnung für Rhetoren und Professoren der Grammatik, nach der ein Gelehrter in der Provinz vierundzwanzigmal soviel bekam wie ein Soldat, Rhetoren in Trier aber dreißigmal so viel.

Nun reichte es bequem für beide Haushalte, und da der alte Genießer Ausonius nichts weniger schätzte als Streit und Zank, und da sie alle, auch Bissula, mehr und mehr in die Jahre kamen und der Aufregungen überdrüssig wurden, kam es zu einer gewissen Aussöhnung.

Nach Jahren des Waffenstillstands gelang es Ausonius bei der Feier seiner Erhebung zum Konsul im Jahre 379, beide, Laetitia zu seiner Rechten, Bissula zu seiner Linken, an die Festtafel zu bringen.

Vier Jahre lebten sie dann schiedlich friedlich zusammen in der gleichen Stadt, nicht aber im selben Hause, und beide Damen bemühten sich, dem wohlhabenden Alten den Lebensabend so angenehm wie möglich zu machen. Gemeinsam sorgten sie dafür, daß neue Sklavinnen, die der unverbesserliche Ausonius wie seltene Manuskripte auf dem Markte erstand und nach Hause brachte, nach angemessener Zeit wieder weiterveräußert wurden. Diese Art des Zusammenlebens bereitete auch ihnen ein Höchstmaß an Annehmlichkeiten, und das gebildete Trier bewunderte die Lebenskunst dieser unheiligen Trinität. Die immer mehr zunehmende Fraktion der Christen allerdings verdammte – zumindest öffentlich – den in ihren Augen sündigen Lebenswandel der drei. Daß weder Ausonius noch seine beiden Damen Neigung zur Reue zeigten, entrüstete sie sehr.

Leider nur vier glückliche Jahre währte diese Idylle, dann wurde Gratian ermordet. Die Tage Triers als Hauptstadt neigten sich ihrem Ende zu, Aufstände und neue Alamanneneinfälle drohten, und Ausonius zog sich mit seinen beiden Frauen in die alte Heimat Bordeaux zurück. Sie lebten nun auf seinem, wie er sagte, »bescheidenen Erbe«, einem Weingut mit etwa 260 ha Rebfläche, um dessen Lage ihn der Baron Rothschild 1600 Jahre später beneidet hätte.

Dort verbrachten sie ihre Tage in bukolischer Zurückgezogenheit. Jeden Morgen pflegte Ausonius, wie er einem Freunde schrieb, in seiner Privatkapelle zu beten. Denn er war, um Schwierigkeiten aus dem Wege zu gehen, inzwischen nominell auch Christ geworden. Dann aber, »nachdem Gott genügend verehrt worden war«, begab er sich »mit großer Erleichterung« in die Küche, um dort das Mittagsmahl festzulegen.

83 Jahre alt ist der Genießer geworden, bis zum Tode mit den Annehmlichkeiten des Daseins beschäftigt. Wer ihm am Ende die Augen schloß, Bissula oder Laetitia, ist nicht überliefert. Wahrscheinlich schlossen sie beide: Laetitia das rechte, Bissula das linke.

Nach der Testamentseröffnung mußte Bissula die Koffer packen. So weit ging die Freundschaft nicht, daß Laetitia sie über den endlich eingetretenen Erbfall hinaus hätte bei sich behalten wollen. Für die inzwischen Vierundvierzigjährige war der Neuanfang nicht leicht. Doch da es bei dem einen erwähnten Freundschaftsring nicht geblieben war, hatte sie genügend Erspartes und Beiseitegebrachtes, um in Bordeaux ein Spezialitätenrestaurant zu eröffnen. Mit germanischer Vollwertkost. Das lag im Trend und sicherte ihr Auskommen bis ins hohe Alter.

Ist es nicht absonderlich und ungerecht, daß die Verse des Ausonius, der sein Leben auf wahrhaft heidnische Weise genossen hat, heute noch zitiert werden, während vom Sauhirten Saba, der sich im Leben nichts gegönnt und seinen Märtyrertod erzwungen hat, nicht einmal mehr die Heiligenlegenden erzählen?

Attila und Leo
oder
Das Arbeitsessen von Mantua

Das Gespräch zwischen Attila, dem Hunnenkönig, den man später die »Geißel Gottes« genannt hat (die Sage kennt ihn als König Etzel), und dem Papst Leo dem Großen hat tatsächlich stattgefunden. Im Sommer des Jahres 452 n. Chr. in einem Landhaus an dem Flüßchen Mincio, zwischen Gardasee und Po, nicht weit von der Stadt Mantua.

Die Hunnen waren ein überaus kriegstüchtiges Reitervolk aus Zentralasien. Schon Jahrhunderte zuvor hatten die Chinesen, um sich ihrer Überfälle zu erwehren, die Große Mauer gebaut. Dennoch hatten hunnische Stämme um 300 n. Chr. Nordchina erobert. Hunnische Fürsten regierten dort 329 bis 352 n. Chr. als Kaiser der späteren Chao-Dynastie. Andere hunnische Stämme waren weit nach Westen gezogen und nomadisierten in den Steppen zwischen Aralsee, Wolga und Dnjepr. Nach einem besonders strengen Winter, der große Teile ihrer Herden vernichtet hatte, waren sie weiter nach Westen aufgebrochen und hatten 375 n. Chr., drei Jahre nach Sabas Märtyrertod, die Ostgoten besiegt.

Mit ihren Reflexbogen, mit denen man mehrere hundert Meter weit treffen konnte, waren sie allem Militär im damaligen Europa überlegen. Sie warfen den letzten Rest von Ordnung über den Haufen, schoben die Völker Ost- und Mitteleuropas wie ein Schneepflug vor sich her und machten sie sich untertan.

In der ungarischen Tiefebene, am Theiss, errichteten sie das Zentrum ihrer Macht, und ihr König Attila überschritt 451 n. Chr. mit einer Armee von angeblich einer halben Million Soldaten den Rhein bei Oggersheim, um bis zum Atlantik durchzumarschieren und die reichen Ebenen Galliens auszuplündern.

Dort stellte sich ihm der weströmische Feldherr Aëtius auf den katalaunischen Feldern bei Châlons-sur-Marne zur Entscheidungsschlacht. Was seitdem als Sieg des römisch-christlichen Abendlandes über asiatische Barbarei gefeiert wird, ging nach mehrtägigem Kampf unentschieden aus. Und außer dem Feldherrn waren nur wenige Römer und auch nicht allzu viele Hunnen an dem Gemetzel beteiligt. Auf beiden Seiten kämpften und starben in der Mehrzahl germanische Helden. Bei Attila die mit ihm verbündeten Ostgoten, Gepiden, Skiren, Rugier, Heruler, Quaden, Thüringer und die ripuarischen Franken, auf römischer Seite die Westgoten, die Burgunder, gallische Sachsen, salische Franken sowie nichtgermanische Kontingente der Bretonen und der bei Orleans angesiedelten Alanen. Von allen sich zu jener Zeit völkerwandernd betätigenden Stämmen fehlten bei dieser Völkerschlacht eigentlich nur die Vandalen, die in ihrem Nordafrika zu weit weg waren, aber Attila politisch und wirtschaftlich unterstützten, und die Alamannen, die sich damals schon neutral erklärten und in ihrer Alpenfestung versteckten.

Attila zog sich ins Winterquartier an den Theiss zurück. Aber schon im folgenden Frühjahr war er in alter Frische wieder am Werk, fiel mit den Seinen in Oberitalien ein, plünderte Mailand und viele andere Städte und rüstete sich zum direkten Marsch auf Rom.

Statt der römischen Armee – die sich verlaufen hatte – stellte sich ihm der Heilige Vater persönlich in den Weg. In der Nähe von Mantua, wie schon erwähnt. Attila war wie die

meisten Hunnen sehr abergläubisch und fürchtete, der »oberste christliche Schamane«, wie er den Papst zu bezeichnen liebte, werde ihm mit seinen Zauberkünsten schaden. Andererseits war es nützlich, mit einer Führungskraft aus Rom zu verhandeln. Denn der Weg dort hinunter war ihm nicht geheuer. Mit seinen Reitern die Poebene unsicher zu machen war eine Sache, mit ihnen durch die Schluchten und über die Pässe des Apennin zu steigen eine andere. Kavalleristen mögen Bergtouren nicht. Vielleicht war da ein Gipfelgespräch mit dem römischen Chefpriester ganz nützlich.

Also empfing er ihn mit allen diplomatischen Ehren: präsentierender Garde, Nationalhymnen blasender Kapelle, gehißten Fahnen, Böllerschüssen und dem sonstigen Klimbim, mit dem Staatsmänner sich gegenseitig zu langweilen pflegen.

Als man dann in kleinem Kreise in der requirierten Villa (die Besitzer hatte Attila tags zuvor vorsorglich beseitigen lassen) einen Aperitif zu sich nahm, kam es zum üblichen Austausch bedeutsamer Banalitäten, den alle Persönlichkeiten der Weltgeschichte so sehr schätzen. »Haben Sie eine gute Reise gehabt?« – »Was für eine reizvolle Aussicht!« (wie wenn es das in der Poebene gäbe). »Hübsch, das Amulett, das Sie mir mitgebracht haben.« – »Es ist eine kostbare Reliquie.« – »Ein Knöchelchen, wenn ich recht sehe.« – »Der linke Zeigefinger des heiligen Brimborius.« – »Wie charmant. Und wogegen wirkt er?« – »Angenehm kühl, dieser Cinzano.« – »Nach Gorgonzola träumt man besonders schwer«, und was dergleichen Wahrworte mehr sind.

Dann wurde die Suppe aufgetragen und Attila bat, sich zum Arbeitsessen zu Tisch zu legen.

»Wie aufmerksam«, sagte Leo, »nach römischer Sitte zu servieren. Man hat uns erzählt, an Ihrem Hofe sitze man zum Mahl auf diesen unbequemen gräßlichen Holzstühlen. Ich hoffe, Sie nehmen mir das Wort nicht übel.«

Attila lachte: »Gar nicht, mein Lieber. Ich mag dieses Stuhlgehocke auch nicht. Ein dummer germanischer Brauch. Der junge Odoaker, der Sohn meines Premiers Edekon – dort drüben sitzt er« – Edekon verbeugte sich höflich –, »hat das letztes Jahr so eingeführt, als ich meinen Ausflug nach Gallien machte. Eine langweilige Gegend übrigens. Und weil ich doch nur selten zu Hause bin – ich muß ja kreuz und quer durch euer Europa reiten, bis endlich wieder Ruhe und Ordnung herrschen und alles auf mein Kommando hört – warum sollen die zu Hause so lange nicht nach Barbarenart auf Holzstühlen hocken? Mir genügt's, daß ich heute endlich wieder einen gebildeten und kultivierten Gast habe, mit dem man sich zu Tische legen kann und nicht sitzen muß.«
Während der Suppe erzählte Leo von der Reise. Wie schlecht die Straßen seien, wie steil die Pässe, wie unwegsam die Schluchten, wie tief die Abgründe. Attila lächelte: »Und wie unpassierbar für Reiter, hast du vergessen anzumerken.«
»Vielleicht auch: wie unrentabel zu reiten, wenn man gleich viel auch ungeritten bekommen kann«, lächelte Leo zurück.
»Darüber sollte sich mein Edekon nach Tisch mit dem römischen Finanzminister unterhalten. Klug, daß du den gleich mitgebracht hast.« Attila prostete seinem Gast zu. Leo behielt den goldgetriebenen Pokal in der Hand und deutete auf den Holzbecher Attilas: »Du bewirtest deine Gäste in goldenem Geschirr und trinkst und ißt aus hölzernem wie ein einfacher Reiter.«
Attila strahlte. »Freut mich, daß der oberste Schamane der Christen zum du gefunden hat.« Leo zuckte, denn das war ihm wider Willen herausgerutscht. »Ich lege keinen Wert auf Prunk«, fuhr Attila fort, »ich brauche Gold und Silber, um meine Macht zu zeigen und um es unter meine Leute zu verteilen. Das hält sie bei Laune. Aber ich benütze es nicht selbst. Mir genügt das Eßgeschirr meiner Vorfahren. Ver-

schwendung bringt Unglück, sagt man bei uns. Ich bin da sehr abergläubisch.«
Leo nahm das Stichwort alsbald auf: »Vor etwas über 40 Jahren, ich war damals noch ein Kind, plünderte Alarich mit seinen Westgoten die Stadt Rom. Noch im selben Jahre starb er. Denn nach einer alten Prophezeiung – sie geht, wenn ich recht informiert bin, noch auf Romulus und Remus zurück –, stirbt jeder, der Rom entweiht, noch im selben Jahr.«
»Ich kenne die Geschichte. Sie geht auf Tarquinius Superbus zurück, nicht auf Romulus.«
Leo staunte. Attila erklärte »Als damals die Goten nach Rom kamen, war ich selbst, fünfzehnjährig, dort als hunnische Geisel.« – »Daher dein gutes Latein. Und du glaubst an die Prophezeiung?«
»Ich weiß nicht. Vielleicht stimmt es. Man müßte einen Gegenzauber haben.« Attilas gute Laune war verflogen. Leo sah, wie er die Semmel, die zur Suppe gereicht worden war, in der linken Faust zerquetschte. Er lenkte ab: »Sehr eindrucksvoll, dieses Wandbild hinter dir.« – »Erkennst du es?« – »Ich glaube, mich zu erinnern. In Mailand hing es. Aber da waren zwei Throne draufgemalt und auf jedem ein Kaiser. Der des Ost- und der des Weströmischen Reiches. Und hier ist nur ein Cäsarensitz. Und Attila thront darauf.«
Dieser hatte seine gute Laune wiedergefunden und ließ sich den Holzbecher nachfüllen. »Stimmt, in Mailand hing es. Und zu Füßen der beiden Kaiser knieten Hunnen und brachten Geschenke. Wie unsinnig, wie geschichtsverfälschend. Ich ließ das Bild ändern. Nun throne ich – wie es der Wirklichkeit entspricht –, und Rom und Byzanz knien vor mir und bringen mir Tribut.«
»Ändern?« fragte Leo. »Es kommt mir mehr wie ein anderes Bild vor.« – »Scharf beobachtet«, lobte Attila, »das gefällt mir. Es ist erst gestern fertig geworden. Das alte habe ich in Mailand verbrennen lassen. Mitsamt der Stadt.«

»Nachdem ihr sie ausgeplündert und viele Wehrlose erschlagen habt.«
Die Tafelrunde erstarrte. Wie konnte dieser römische Priester das dem Herrn der Welt ins Gesicht sagen? Attila brüllte: »Den Fisch!«. Und der nächste Gang wurde aufgetragen.
Beim Entgräten knurrte Attila: »Wenn wir nicht mehr die Güter anderer plündern und Widerspenstige totschlagen dürfen – wovon, bitteschön, sollen meine Völker leben?«
»Tribut zu verlangen ist oft einträglicher als totschlagen«, gab Leo zu bedenken. Aber da war er schon wieder ins Fettnäpfchen getreten. »Der oströmische Kaiser hat den Tribut gekündigt«, fauchte Attila, »und lauert, bis ich in Rom bin, um mir in den Rücken zu fallen.«
»Das ist freilich ärgerlich für dich«, gab sich Leo unwissend, »wo ihr in den letzten 20 Jahren so unermeßlich viel Gold aus Ostrom bekommen habt.« Es waren in der Tat über 9000 Kilo reinen Goldes gewesen, zumeist in geprägter Münze.
»So viel wird Rom kaum bieten können«, fuhr er mit freundlicher Stimme fort.
»Rom wird bald gar nichts mehr bieten können, wenn sich unsere Experten nicht einigen und wir die Stadt anzünden müssen«, sagte Attila genüßlich und rief nach dem dritten Gang.
Leo blieb unbeirrt freundlich. »Keiner schlachtet die Kuh, die ihm Milch gibt.«
»Sofern das Fleisch nicht mehr einträgt als die Milch«, gab Attila zu bedenken, säbelte ein saftiges Stück vom Rinderfilet und legte es Leo eigenhändig vor.
»Das ist eine Zeitfrage«, sagte dieser und ließ es sich schmecken. »Schlachten kann man nur einmal, melken jeden Tag zweimal, solange die Kuh lebt.«
Attila griff zum Becher und brachte einen Toast auf das lange Leben der heiligen römischen Kuh aus.

»Man nennt sie nicht umsonst die Ewige Stadt«, beschloß Leo die Diskussion, und Rom war noch vor dem Salat gerettet.
Als guter Seelenhirte kam Leo nun zum Wesentlichen. »Würde der Melker zum richtigen Glauben finden, er hätte viele weitere Milchkühe im Stall. Und mit des Herrn Hilfe würde der Milchertrag jeder Kuh sich verdoppeln.«
Attila hatte den Mund voll junger Bohnen. So schüttelte er nur den Kopf und wehrte mit beiden Händen ab. »Ich nicht«, sagte er, als er geschluckt hatte, »ich mag den transzendentalen Zauber eurer Religion nicht.« Leo zuckte zusammen. »Ich halte mich da lieber an die Lehre des alten Kung Fu. Ein Chinese, vor gut 1000 Jahren oder so hat er gelebt, du wirst ihn nicht kennen. Er ist dort, was bei euch euer Moses ist. ›Man soll die Götter ehren und ihnen fernbleiben‹, hat er gesagt. Das ist klug und realistisch. Aber meine Hunnen, die werde ich taufen lassen. In ein, zwei Jahren etwa.«
Leos Miene hellte sich wieder auf. »Wenn Europa befriedet ist und ich sie seßhaft machen muß«, fuhr Attila fort, »denn eure Religion ist gut für Seßhafte und für Untertanen, die auf Kriegszüge und Plünderungen verzichten und arbeiten müssen.« Leo nickte. »Arianisch werde ich sie taufen lassen«, dämpfte Attila seine Hoffnungen, »denn fast alle meine Alliierten sind Arianer.«
»Arianer sind Ketzer, schlimmer als Heiden«, sagte Leo dumpf.
»Das gehört zum Absonderlichsten bei euch Christen: Abweichende Glaubensbrüder bekämpft ihr mehr als Ungläubige.«
»Es gibt nur eine richtige Lehre«, sagte Leo, »und das ist die vom Stuhle Petri gelehrte. Auf diesen Felsen werde er bauen, hat der Herr gesagt.«
»Ja, ich weiß«, sagte Attila, wischte sich den Mund und befahl, die Früchte und das Dessert zu bringen. »Und der

Nachfolger Petri bist du. Dieser Petrus«, fuhr er fort, »das ist doch der, der seinen Herrn, als es brenzlig wurde, verleugnet hat, nicht wahr.«
»Das ist wohl nicht der richtige Ort für einen theologischen Disput«, meinte Leo pikiert. »Arianismus mag recht sein für germanische Krieger. Aber für den Herrn der Welt ist das doch etwas zu primitiv, meine ich.«
Der »Herr der Welt« gefiel Väterchen Attila. »Euer ganzer Christenglaube ist primitiv«, gab er zu bedenken. »Welcher Vater opfert schon seinen eigenen Sohn, bloß weil er die Menschen so unvollkommen gemacht hat? Wie kann ein allmächtiger Gott so inkonsequent sein?« Leo bekreuzigte sich inwendig.
»Aber es läßt sich gut regieren mit eurem Glauben, das gefällt mir an ihm«, fuhr Attila fort. »Er macht demütige Untertanen. Und gute Krieger macht er auch. Versprich ihnen die ewige Seligkeit, und sie sterben lieber als zu fliehen.«
»Nur wer um des Glaubens willen stirbt, ist ein Märtyrer und hat Anspruch auf Erlösung, nicht jeder, der im Kampfe fällt.«
»So genau braucht man das den Leuten ja nicht zu erklären«, meinte Attila, wischte sich den Saft einer Melone aus dem Bart und lächelte Leo kollegial zu. »Es genügt, daß sie an ein gutes Fortleben nach dem Tode glauben. Und an einen gemeinsamen Gott. Das erleichtert die Führung großer gemischter Truppenverbände ungemein. Wenn nicht mehr jede Unterabteilung ihrem Stammesgott gehorcht, sondern alle einem, dem Gott ihres Herrschers. Herr der Welt kann man nur mit einer Ideologie wie der euren werden. Das hat schon dieser, wie hieß er?, ja, Konstantin, der hat das schon genau richtig erkannt.«
»Wir glauben nicht an einen Gott der Herrschenden. Christus lehrt uns, den Gott der Liebe zu verehren.«
Attila lachte dröhnend. »Ich weiß. Liebe deine Feinde wie

dich selbst. Und so benehmt ihr euch auch. Nein, nein, mein Lieber, mit dieser Dienstmädchenparole – sie ist ausgezeichnet, um Löhne und Gehälter einzusparen, das stimmt –, aber mit eurer christlichen Nächstenliebe und Demut habt ihr noch kein Scharmützel, geschweige denn eine Schlacht oder gar einen Krieg gewonnen. Eine Schwadron Soldaten, jeder bewaffnete Räuberhaufen bewirken mehr als eine Armee betender Pilger oder Mönche.«

»Du irrst . . .«, setzte Leo an, aber Attila war so in Fahrt, daß er den Gast nicht mehr zu Wort kommen ließ. »Zum Glück – für euch, nicht für mich! – habt ihr euch selbst noch nie an eure Demut und Nächstenliebe gehalten. Oder glaubst du, euer Aëtius hätte mir letztes Jahr den Zug an den Atlantik durch Gebete und Psalmensingen vermasselt? Das war geschickte Taktik, und das war der todesmutige Elan seiner Westgoten, die mir zu schaffen gemacht haben. Aber eben das schätze ich an euch Christen. Daß das, was ihr lehrt, und das, wie ihr handelt, so meilenweit auseinanderklaffen. Zum Segen für die Menschheit. Will mir scheinen. Denn eine Welt, von euren Idealen beherrscht, wäre viel unerträglicher und unmenschlicher als eine von uns aus dem Sattel regierte.«

Attila schien mehr zu sich als zu seinem Gast zu sprechen. Um die Unterhaltung wieder in gewohnte Bahnen zu lenken, bemerkte Leo zum Abschluß, bei Kaffee und Kognak; »Alles Geschehen auf Erden hat nur eine Ursache . . .«

»Das zu behaupten«, unterbrach ihn der Hunne und rülpste, »widerspricht jeder Vernunft und Erfahrung.«

». . . und das ist der Wille unseres Herrn«, ließ sich Leo nicht aus dem Konzept bringen.

Attila lachte schon wieder. »Unsinn«, sagte er, »aber ein trefflicher Unsinn, wenn die Leute dran glauben. Um so problemloser lassen sie sich regieren. Und nehmen alles als den ›Willen des Herrn‹. Ich wette, Leo, wenn ich morgen abziehe

aus Italien und Rom verschone ...«, Leos Gesicht begann zu leuchten, »... und ich ziehe ab, ich schwöre es dir, sobald unsere Experten sich über eine vernünftige Summe geeinigt haben: Dann wirst du lauthals sagen – und am Ende sogar selbst glauben –, dies alles habe nur eine einzige Ursache, und die heiße Leo!«
»Nein, der Wille des Herrn ist es, nicht mein Verdienst.«
»Egal was, es ist falsch, denn es sind viele, mindestens sechs Ursachen sind es. Ich will sie dir nennen. Obwohl mein Edekon abwinkt und mir Zeichen macht, das sei undiplomatisch und unklug.«
Was es in der Tat auch war, denn es schwächte Edekons Position bei dem bevorstehenden Feilschen um die Höhe der jährlichen Tribute. Aber Attila, dem der schwere Chianti am schwülen Mittag zu Kopfe gestiegen war, ließ sich nicht mehr bremsen.
»Erstens einmal ist da das Fieber, das diese Woche bei meinen Gepiden ausgebrochen ist und von dem du noch gar nichts weißt, zweitens ist Oberitalien leergeplündert und kann uns nicht mehr lange ernähren, drittens traue ich dem Ostkaiser Marcian nicht über den Weg, viertens bin ich nicht willens, das Schicksal Alarichs zu teilen, fünftens sind die Wege nach Rom in der Tat hundsmiserabel und wenig tauglich für meine Reiter, und sechstens – wohlgemerkt erst an sechster Stelle! – ist es mir lieber, Leos heilige römische Kuh zu melken als zu schlachten. Geschlachtet wird sie erst, wenn sie keine Milch mehr gibt. Oder zu wenig. Ich hoffe, nun sind alle Probleme zwischen uns beseitigt. Skål, wie meine aus Skandinavien stammenden Goten zu sagen pflegen.«
Leo und Attila prosteten sich zu und tranken ex. Das Arbeitsessen war verzehrt, der Handel war perfekt, während eines Verdauungsspaziergangs der beiden Großen machten die Fachleute den Tributvertrag unterschriftsreif.

Man trennte sich freundschaftlich.
Attila, nach dem Gipfeltreffen über Leo befragt, urteilte: »Seine Lehre ist Lüge. Er betet einen Gekreuzigten an, um zu kreuzigen. Er predigt die Liebe, um zu herrschen. Er preist die Armut und behängt sich mit Gold und Edelsteinen. Er verweist auf ein besseres Jenseits, um im Diesseits nicht zahlen zu müssen. Konfuzius hätte dies Betrug genannt. Ich werde Leo, wenn Europa befriedet is, zu meinem Ministerpräsidenten machen.«
Leo aber, nach dem Diskurs über den Hunnenkönig befragt, antwortete: »Ein Attila kommt wie der Sturm, verheert wie der Sturm, ist unbeständig wie der Sturm und verlöscht wie der Sturm. Die Kirche aber ist wie die Luft: unentbehrlich zum Leben, gleich vor wie nach dem Sturme, von ewiger Beständigkeit. Sie wird tausend Stürme und zehntausend Attilas überdauern und vergessen.«
Zumindest Leo hat Attila überdauert. Denn Attila starb schon im folgenden Jahre, 453, nicht ganz sechzigjährig, an den Folgen einer Liebesnacht mit der minderjährigen Ildiko. (Aus der die Sage später die Kriemhild gemacht hat.) Leo aber konnte 455 beim Vandalenkönig Geiserich eine vergleichsweise schonende und unblutige Plünderung Roms heraushandeln, noch viele abweichende theologische Lehrmeinungen erfolgreich bekämpfen und den Vorrang der römischen Bischöfe für alle Zeiten festschreiben, ehe er am 10. November 461 gestorben ist.
Ihn, nicht Attila, nennt die Geschichte »den Großen«.

Der heilige Severin
oder
Vom Mut, der keine Waffen braucht

Was Attila für unmöglich gehalten hatte, das ereignete sich schon kurz nach seinem Tode. Nämlich, daß christliche Demut und Nächstenliebe stärker waren als bewaffnete Macht, daß ein unbewaffneter Mönch über Räuber und Soldaten, Kriegsherren, Stammeshäuptlinge und Provinzobere gebot. Und das fast 30 Jahre lang in einem der unruhigsten und verlassensten Winkel des untergehenden Weströmischen Reiches, in der Provinz Noricum ripense, zwischen Passau und Wien, Donau, Inn und den Alpen.
Dort tauchte in der Stadt Asturis, nicht weit von Vindobona, dem heutigen Wien, ein frommer Pilgersmann namens Severin auf. Aus dem fernen Orient sei er gekommen, hieß es, aus Ägypten oder Syrien. Und nach seinem gepflegten Latein zu schließen, stammte er aus der gebildeten Oberschicht des Reiches. Er selbst redete nie über seine Herkunft und untersagte es auch seinen Mitbrüdern, darüber zu spekulieren. Manche Historiker meinen heute, er sei von dem sich rasch auflösenden Hofe Attilas gekommen, aus dem Kreise, der nach dem Tode des Königs arbeitslos gewordenen römischen und germanischen Höflinge und Berater. Nur so sei seine genaue Kenntnis der verschiedenen Stämme und Völkerschaften an der mittleren Donau und sein vertrauter Umgang mit deren Anführern zu erklären.
Woher er auch immer kam, er hatte sich keine sehr einla-

dende Gegend zur Bleibe ausgesucht. Noricum war zu Attilas Zeiten Durchzugsgebiet der Hunnen und ihrer Verbündeten gewesen, nun tobten im östlich angrenzenden Pannonien die Kämpfe um Attilas Erbe zwischen hunnischen, ostgotischen und gepidischen Heerhaufen, bedrohten von Norden die germanischen Rugier die Provinz, die einst aus Rügen ausgewandert waren und nun in »Rugiland« saßen, dem heutigen Waldviertel nördlich der Donau, durchstreiften marodierende Reste von Attilas Truppen das Land und überfielen immer wieder alamannische und thüringische Räuberbanden den Westen und Nordwesten von Noricum. Die Bevölkerung der Provinz bestand überwiegend aus seit Jahrhunderten romanisierten Kelten, die wie in Gallien längst Lateinisch sprachen und sich als Römer fühlten. Sie lebten in den Städten im zweifelhaften Schutz schwacher Garnisonen, auf die nur wenig Verlaß war, weil meist kein Nachschub und kein Sold mehr über die Alpenpässe kam und die ausgepowerte Provinz nichts mehr hergab. Die Landbevölkerung außerhalb der befestigten Städte war den Beutezügen der wenig zivilisierten Nachbarn und den Marodeuren ziemlich schutzlos ausgeliefert. Begehrtes Raubgut waren außer landwirtschaftlichen Produkten und den Erzeugnissen der Handwerker vor allem die Menschen selbst. Teils zum eigenen Verbrauch, teils zum Versilbern auf den immer noch wohlfunktionierenden Sklavenmärkten südlich der Alpen, teils um Lösegelder zu erpressen.
Seit dem 4. Jahrhundert hatte mehr und mehr der christliche Glaube römischer Konfession die bisherigen Götterkulte abgelöst. Bescheidene Kirchen waren allenthalben entstanden. In diese einst reiche, nun nur noch dahinvegetierende Randprovinz des Römischen Reiches also verschlug es um 453 besagten Severin. Und in Asturis sorgte er alsbald für Aufsehen, weil er nicht nur einen Überfall der Rugier voraussagte, sondern auch als sicherste Abwehr dagegen Beten, Fasten,

Barmherzigkeit und Nächstenliebe empfahl. Ersteres war nicht schwierig vorherzusagen, denn rugische Räuberbanden kamen alle paar Wochen über die Donau, letzteres nahmen ihm nicht einmal die Frömmsten ab.

»Wenn die wilden Rugier doch kommen«, meinten die Asturianer, »dann hat Beten so wenig Sinn wie sich Wehren. Da ist es am besten, wir leben die paar uns verbliebenen Tage noch gut und essen und trinken die bescheidenen Vorräte rasch selber auf, ehe sie in die Hände der Barbaren fallen.«

Severin aber sagte: »Pfui über euch und eure Stadt! In drei Tagen wird sie zerstört werden, und ihr werdet es nicht überleben.« Und ging westwärts von hinnen, in die wenige Stunden entfernte Stadt Comagenis. Vier Tage später kam der Mann, bei dem Severin in Asturis gewohnt hatte, abgerissen und angeschlagen nach Comagenis und berichtete, am dritten Tag, wie vorausgesagt, sei Asturis überfallen, ausgeplündert und angezündet worden. Und jetzt komme Comagenis dran. Da taten die römischen Christen in Comagenis, was der Mönch Severin geraten hatte, versammelten sich in der Kirche statt im Zeughaus, beteten, fasteten und bekannten ihre Sünden, statt die wenigen Wachsoldaten auf den Wehrgängen zu verstärken. In der Stadt lebten aber auch zahlreiche Rugier von drüben, die sich zum arianischen Christentum bekannten. Denen kam das Verhalten der Römischkatholischen absonderlich vor, und sie beschlossen, um die eigene Haut zu retten, die Stadttore heimlich von innen zu öffnen, wenn ihre unzivilisierten Brüder von drüben anrücken sollten. Am Abend wiederum des dritten Tages aber, als sich Severin mit der rechtgläubigen (nach ihrer Ansicht) Gemeinde in der Kirche versammelt hatte, ereignete sich ein Erdbeben. Welches Severin übrigens nicht vorhergesagt hatte. Von diesem Beben in Furcht versetzt, rannten die arianischen Rugier zur Stadt hinaus, um nicht von ein-

stürzenden Mauerteilen verschüttet zu werden. Dort trafen sie in stockfinsterer Nacht auf die Rugier von drüben. Die hielten das für einen Ausfall und ihre städtischen Brüder für Feinde, und in der alllgemeinen Verwirrung und Finsternis hieben sie gegenseitig aufeinander ein, bis nur noch wenige übrigblieben. Und die machten sich noch in selbiger Nacht über die Donau auf und davon.
Severin und seine Gemeinde aber beteten und lobpreisten bis zum anderen Morgen, wo sie überrascht feststellten, daß Stadt und Bewohner ohne eigenes Zutun gerettet waren. Auch das Erdbeben hatte keine größeren Schäden angerichtet.
In Windeseile verbreitete sich der Ruhm des Gottesmannes, der ohne Waffen und Wehr zu siegen verstand, in der ganzen geplagten Provinz Noricum ripense. Von überall her kamen die Leute zu ihm, und wer noch kein Christ war, ließ sich von ihm taufen. Er hatte die Gabe zuzuhören und die richtigen Fragen zu stellen, und so erfuhr er viel von seinen Besuchern und war bald der Bestinformierte in der Provinz. Was seinen Handlungen, Wundertaten und Voraussagen sehr zugute kam.
Gegen Ende eines strengen Winters brach in der westlich von Comagenis gelegenen Stadt Favianis, welche die Lateiner auch Fabianae nannten und die Österreicher später Mautern, eine schlimme Hungersnot aus. Weil rugische Räuberbanden das Land ringsum leergefressen hatten, weil Lebensmittellieferungen aus Rätien ausgeblieben waren und weil die Kaufleute der Stadt ihre Lebensmittelvorräte nur zu Wucherpreisen an die Reichen verkauften. Wer arm war, kaute gemahlene Baumrinde, Heu und am bewährten Hungertuch. In ihrer Not schickte die Gemeinde zu Favianis an den Gottesmann Severin, er möge sich ihrer annehmen und ein Wunder tun.
Severin kam, und weil er erfahren hatte, daß Frachtschiffe

mit Getreide aus Rätien, das für Favianis bestimmt war, im Inn im Eis festsaßen, konnte er Ende Februar mit ziemlicher Sicherheit prophezeien, ihre Not habe bald ein Ende. Um die Zeit bis zur Eisschmelze zu überbrücken, hieß er die Favianer zu beten und zu büßen. Eine reiche Kaufmannswitwe namens Procula aber rief er zu sich und sagte ihr auf den Kopf zu, große Lebensmittelvorräte beiseite geschafft zu haben. Er nannte sie eine Magd ihrer Begierden und eine Sklavin ihrer Habsucht und kündigte ihr ewige Höllenqualen an, wenn sie nicht auf der Stelle all ihre Vorräte unter die Armen verteile.

Procula erschrak sehr, ging in sich und verteilte. Ihr Beispiel steckte die anderen Kaufleute an, keiner wollte von dem wortgewaltigen Heiligen verdammt werden, und so hatten auch die Ärmsten in Favianis genug und kostenlos zu essen, bis das Eis gebrochen war und die Lebensmittelschiffe ankamen.

Kurz darauf suchten wieder einmal Räuber das Land vor der Stadt heim. Severin forderte den Tribunen Mamertius auf, die Banden zu verjagen. Aber der sagte: »Meine paar schlecht bewaffneten Soldaten können gegen die vielen Räuber nichts ausrichten.« Da ließ der Heilige die Soldaten antreten, Choräle anstimmen und unbewaffnet den Räuberbanden entgegenmarschieren. »Waffen werden euch unterwegs eure Feinde liefern«, sagte er.

Und weil bisher alles eingetroffen war, was Severin gesagt hatte, so marschierten sie, unverdrossen psalmodierend und der Heilige vornedraus, den Räubern aus den finstern böhmischen Wäldern entgegen.

Als diese die singenden Soldaten kommen sahen und bemerkten, daß bei ihnen der berühmte Wundertäter war, ergriff sie große Furcht, sie warfen ihre Waffen weg und machten sich aus dem Staub. Severins Soldaten nahmen die Waffen auf und verfolgten die Räuber. Viele derselben ließen sich fangen und taufen und vergrößerten die Schar der dem Heiligen bedingungslos Ergebenen.

In wenigen Jahren wurde Severin, ohne je ein offizielles Amt zu übernehmen, zum einflußreichsten Mann in der Provinz, und nichts lief mehr ohne seinen Segen. In der Nähe von Favianis gründete er ein Kloster, in welchem seine eifrigsten Anhänger in strenger Zucht nach seinem Vorbild lebten. Er selbst aber zog sich, wann immer er konnte, in eine einsame Holzhütte zurück, die zugleich sein Bethaus war und nicht weit entfernt vom Kloster im Walde lag. Dort lebte er fastend und betend, kleidete sich in ein sehr einfaches wollenes Gewand, ging auch im strengsten Winter barfuß, schlief nachts auf dem nackten Fußboden, nur mit einer härenen Decke bedeckt, und nahm nur einmal am Tage, nach Sonnenuntergang, wenige und einfache Speisen zu sich.

Wenn die Besucher ihn seines asketischen Lebens und seiner Bedürfnislosigkeit wegen bewunderten, dann pflegte er zu sagen: »Glaubt nicht, daß dies mein Verdienst ist. Nein, es ist ein Vorbild für euer Heil. Die menschliche Leichtfertigkeit soll aufhören, und die stolze Überhebung möge sich beugen. Wir sind auserwählt, damit wir Gutes tun, nicht, damit wir Großes tun. Bewundert mich nicht. Betet lieber für mich, daß mir die Gaben des Heilands nicht zur ewigen Verdammnis, sondern zu sich mehrender Gerechtigkeit dienen. Hochmut führt in den Tod, Demut aber zum ewigen Leben.«

Solche Worte erschienen Flacciteus, dem König der Rugier, so ungewöhnlich, daß er im Jahre 468, als die Ostgoten ihm auf den Leib rückten und die Rugier hart bedrängten, ohne großes Gefolge und unbewaffnet über die Donau kam, Severin in seiner Einsiedelei aufsuchte und ihn um Rat bat. Severin empfing ihn wie einen Glaubensbruder, obwohl die Rugier doch Arianer waren und damit für einen Rechtgläubigen jener Zeit weit Schlimmeres als Heiden, er bewirtete ihn und sprach lange mit ihm. Er solle sich wegen der Goten

nicht beunruhigen, meinte er, »bald werden sie weit weg ziehen, und du wirst ruhig und in Frieden regieren können. Nur vergiß dann nicht, dich mehr um das ewige Leben zu sorgen als um dein irdisches Wohlergehen. Verachte es nicht, nach Frieden auch mit den Geringsten zu trachten (damit meinte er die schutzlose Bevölkerung Noricums), und verlasse dich nur auf Gott und auf deine eigene Kraft.«
Drei Jahre später räumten die Ostgoten Pannonien und zogen auf den Balkan hinunter, wo sie dann Theoderich zu ihrem Heerkönig erhoben. Flacciteus war vom Eintreffen der Voraussage Severins so beeindrukt, daß er von da an Noricum in Ruhe ließ und sich ganz auf die Ratschläge Severins verließ. Auch sein Sohn Fewa, der nach seinem Tode König der Rugier wurde, bemühte sich in seinen ersten Regierungsjahren um die Freundschaft des Gottesmannes, so daß Noricum etliche Jahre lang von den Raubüberfällen der Rugier verschont blieb. Severin veranlaßte dafür die Städte in der Provinz, dem Rugierkönig ein jährliches Schutzgeld zu zahlen.
Dafür wurde die Provinz nun von Nordwesten her bedroht. Gibold, der Anführer eines Alamannenhaufens, wollte die an der Grenze zu Rätien liegende Stadt Batavis, das heutige Passau, plündern. Severin, der zufällig in der Nähe war, ging ihm barfuß und unbewaffnet allein entgegen und redete so lange auf den Räuberhauptmann und seine bis an die Zähne bewaffneten Mannen ein, bis Gibold vor solcher Wortgewalt zu zittern anfing und sagte, so habe er noch nie in einer Schlacht oder in schwerster Gefahr geschlottert. Er bat Severin, zu fordern, was immer er wolle, nur solle er endlich aufhören, ihm die ewige Verdammnis so drastisch und furchterregend zu schildern. Severin sagte zu ihm: »Sorge für dein eigenes Heil! Laß die Stadt Batavis in Ruhe, halte deine Kerle vom Plündern ab, und laß alle deine Gefangenen frei, ohne Lösegeld für sie zu fordern. Nur dann kann ich für dich beten.«

Gibold tat, was Severin gefordert hatte. Aber bald tauchten andere Alamannenhorden auf, auch Sueben und Thüringer zogen raubend und plündernd über den Inn und die Donau nach Noricum. Severin riet, das flache Land und die kleineren Städte zu räumen und alles, die Menschen, das Vieh und die Vorräte, in die gut befestigte Stadt Lauriacum zu schaffen, das heutige Lorch bei Enns in Oberösterreich. Kein Huhn, kein Fisch, kein Halm sollte zurückbleiben. Die Räuber, die gekommen waren, das Land auszuplündern, sollten selbst Hunger leiden und so vertrieben werden.

So geschah es, und nur ganz wenige Unbelehrbare, die Severin nicht gefolgt hatten und daheim blieben, wurden von den Räuberbanden aufgegriffen und fortgeführt. Mit knurrendem Magen und leeren Packpferden zogen sich die Plünderer wieder über den Inn zurück in ihre heimischen Gaue.

Aber nun näherte sich von Nordosten König Fewa, der, alle guten Vorsätze vergessend, Lauriacum samt den Flüchtlingen und den Vorräten in seine Gewalt bringen wollte. Alsbald zog ihm Severin entgegen. »Was tust du denn hier?« fragte Fewa, der den heiligen Mann im fernen Favianis wähnte und dem es gar nicht paßte, daß ihn Severin bei seinem gar nicht heiligen Vorhaben ertappte.

»Du bist nicht nur ein großer Sünder, sondern auch ein noch weit größerer Dummkopf«, herrschte ihn der Heilige an. »Um einer einmaligen Beute willen verspielst du dein Seelenheil und schlachtest die Henne, die dir noch jahrelang gute Eier gelegt hätte.« Das mit der Henne verstehe er nicht, meinte Fewa, denn er war wie viele Helden nicht nur zu seiner Zeit nicht sehr rasch im Denken. »Zieh wieder ab in dein Waldviertel«, sagte Severin, »dann werden dir die Bürger von Lauriacum und den umliegenden Städten ebenso Tribut zahlen wie es die Favienser tun. Und davon hast du auf die Dauer doch viel mehr, als wenn du sie einmal ausplünderst und umbringst oder verkaufst.«

Fewa kratzte sich am Kopfe, sagte: »Severin ist eben doch der Klügste« und machte mit den Lauriacern und mit den Flüchtlingen in der Stadt einen Schutzvertrag, so daß sie unter rugischer Oberherrschaft in Frieden leben, arbeiten und rentierliche Tribute erwirtschaften konnten.

Als so ein gewisser Schutz auch für das westliche Noricum erreicht war, kümmerte sich Severin besonders intensiv um die Armen, die Kranken und die Gefangenen. Also all jene, welche die Akteure der Weltgeschichte gemeinhin und zu allen Zeiten zu übersehen pflegen. Solange es sich um Minderheiten handelt.

Severin setzte durch Vorbild, ständige Predigt und Überredung durch, daß alle Bürger in den Städten und alle Bauern auf dem Lande ein Zehntel ihrer Erträge abgaben. Aber dieser Zehnte kam nicht, wie sonst überall in der Christenheit, der Kirche oder den Klöstern, ihrer Macht und ihrem Reichtum zugute, auch nicht dem Einkommen der Kleriker, sondern er wurde zur Unterstützung der Armen, der Kranken und zum Rückkauf von in Gefangenschaft und Sklaverei geratenen Gemeindemitgliedern verwendet. Und reichte dieser Zehnte dafür nicht aus, so bat Severin die Kaufleute und die wenigen Reichen der Provinz vermehrt zur Kasse. Fehlte es am Bargeld, dann organisierte der Heilige provinzweite oder lokale Lebensmittel- und Kleiderspenden.

Severin, der selbst ärmlicher als ein Bettler lebte, überzeugte eine ganze Provinz davon, daß Opfern und Spenden nicht Krönung, sondern Anfang und Fundament christlichen Lebens sei.

Im Jahre 469 kam einmal eine Gruppe abgerissener, zerlumpter Germanen in seine Einsiedelei, um ihn um seinen Segen zu bitten. Es waren Skiren, die von den Ostgoten aus dem Gebiet zwischen den kleinen Karpaten und der Waag, östlich vom späteren Preßburg, vertrieben worden waren. Sie befanden sich auf der Durchreise nach Italien, um dort

als Söldner in römischen Militärdienst zu treten. Einer von ihnen war so hochgewachsen, daß er sich bücken mußte, um nicht ans Dach von Severins bescheidener Klause zu stoßen. Zu diesem sagte der Heilige: »Du wirst es noch weit bringen. Jetzt ziehst du in abgerissenen Fellen nach Italien, bald aber wirst du dort vielen reiche Geschenke machen können.« Der junge Mann war Odoaker, der an Attilas Hof aufgewachsene Sprößling der skirischen Königsfamilie. Möglicherweise kannte ihn Severin aus jener Zeit.
Sieben Jahre später setzte er als Söldnerführer den letzten weströmischen Kaiser Romulus Augustulus, das Kaiserlein, ab und wurde vom Heer zum König der weströmischen Gebiete ausgerufen. Severin hatte also auch hier, wie so oft, die Zukunft richtig vorausgesagt. Nicht weniger erstaunlich waren seine Erfolge als Wunderheiler. Sogar Erweckungen vom Tode werden ihm nachgesagt. Aber nicht jeden Kranken machte er unbesehen gesund. So sagte er einmal zu einem Mönch namens Bonosus, der fast blind war und um Heilung bat: »Es frommt dir nicht, mein Sohn, alle Schärfe körperlichen Sehens zu haben und mit dem klaren Blick des äußeren Auges zu prahlen. Bitte lieber darum, daß dir ein inneres Schauen voll Kraft und Leben gegeben werde.«
Bei einer seiner Wundertaten wuchs er fast über sich selbst hinaus, als er auf das Wundertun verzichtete. Silvanus, ein alter Presbyter, war gestorben, und Severin wollte ihn durch inbrünstiges Gebet wieder zum Leben erwecken. Silvanus schlug auch die Augen auf, sagte dann aber: »Bei unserem Herrn beschwöre ich dich, halte mich hier nicht länger fest und bringe mich nicht um die ewige Ruhe, die ich schon genossen habe.« Und verstarb wieder.
Severin war mitfühlend genug, ihm die ewige Ruhe zu lassen. Eine Tugend, die so manchem heutigen Wiederbeleber abgeht. Leib- und Seelsorger aller Zeiten könnten da viel vom heiligen Severin lernen.

Als er sein eigenes Ende nahen fühlte, rief er den Rugierkönig Fewa, dessen Frau Giso und Bruder Ferderuch zu sich und redete ihnen ins Gewissen, die Frommen in Noricum zu schonen. »Bis jetzt hat eure Herrschaft durch Gottes Güte geblüht, von nun an, da ich euch nicht mehr mahnen kann, müßt ihr selbst auf euch aufpassen.«
Am Tage seines Hinscheidens, am 8. Januar 482, sagte er den Christen in Noricum voraus, daß Gott sie bald aus der Bedrängnis führen werde wie einst die Kinder Israels aus Ägypten.
Sechs Jahre später erfüllte sich auch diese letzte Prophezeiung Severins. König Odoaker ließ nach einem siegreichen Krieg gegen die Rugier die Provinz Noricum ripense räumen und führte die römisch-christliche Bevölkerung nach Italien. Den Leichnam ihres Heiligen nahmen sie mit. Nach einem Zwischenaufenthalt in der Nähe von San Marino fand Severin seine letzte Ruhestätte im Castellum Lucullanum, zwischen Pozzuoli und Neapel.
In Österreich aber, der Stätte seines waffenlosen Wirkens, und in Bayern ist er bis heute Schutzpatron für Land und Leute geblieben.

Die königliche Wette
oder
Gott mit uns

Seit den Zeiten des heiligen Martin von Tours war Gallien weitgehend christlich. Martin selbst stammte bekanntlich aus dem heutigen Szombathely in Ungarn und wurde 316 oder 317 n. Chr. als damals achtzehnjähriger römischer Offizier vom heiligen Hilarius von Poitiers zum Christen und zum Kriegsdienstverweigerer bekehrt.

Er trat aus der Armee aus, dafür organisierte er die Kirche in Gallien so straff und effizient, wie er das beim römischen Militär gelernt hatte. Selbst als ein gutes Jahrhundert später die römische Macht in Gallien zusammenbrach und der Südwesten um Toulouse unter westgotische, der Osten unter burgundische und der Norden unter fränkische Herrschaft geraten waren, blieben dank der Kirche und ihrer Diözesanverwaltung römische Rechts- und Ordnungsformen sowie ein Minimum an klassischer Bildung und an technischem Wissen erhalten.

Ende des 5. Jahrhunderts boxte sich der junge Franke Chlodwig aus der Familie der Merowinger an die Spitze Galliens. Mit 16 Jahren war er im Jahre 482 n. Chr. seinem Vater Childerich als Gaukönig der Landschaft um Tournai gefolgt. Mit List, Tücke und Brutalität schaffte er andere fränkische Teilkönige beiseite, 486 besiegte er bei Soissons den letzten römischen Statthalter Syagrius.

Mit knapp 20 Jahren war er Herr über das nördliche Gallien bis zur Loire und bis zur Rhone. Er heimste ungeheure

Beute ein und verteilte die besten Rittergüter Galliens unter seine heidnischen Franken.
Der junge Chlodwig war klug genug, zu erkennen, daß allein mit dem Schwert seiner paar Franken auf die Dauer das große Gallien nicht zu regieren, geschweigen denn lukrativ zu verwalten war. Sein Berater, der Galloromane Remigius, Bischof von Reims, legte ihm nahe, sich des einzigen funktionierenden Verwaltungsapparats im Lande zu bedienen, der katholischen Kirche. »Aber dann mußt du dich auch selbst taufen lassen«, war seine Bedingung, »für einen Heiden kann die Kirche weder beten noch Steuern eintreiben.« Das leuchtete dem aufgeweckten Chlodwig ein.
»Mal sehen, was sich machen läßt«, sagte er, »aber so einfach, wie du glaubst, ist das nicht, mein lieber Remigi.« Denn seine Franken folgten ihm ja nur deshalb so bedingungslos, weil er Erfolg hatte und weil er vom sagenhaften König Merowech abstammte, der seinerseits wieder göttlichen Ursprungs war. Seine Mutter, die Ururgroßmutter Chlodwigs, hatte ein Techtelmechtel mit dem Göttervater Odin gehabt, die Folgen davon waren die Merowinger. »Schaffe ich den alten Odin ab, so gilt auch meine göttliche Abstammung nichts mehr, und beim ersten Mißgeschick lassen mich meine Franken fallen wie eine heiße Kartoffel. Ich kenne meine Brüder«, gab er zu bedenken.
Man sieht, Chlodwig hatte ähnliche Probleme wie Mitte des 20. Jahrhunderts der Kaiser von Japan. Weil er aber, im Gegensatz zum Tenno 1945, am Anfang und nicht am Ende einer sehr langen dynastischen Entwicklung stand, nämlich der des fränkischen und später des französischen Königtums, dessen 18 Ludwige alle nach ihm geheißen haben, konnte er viel unbefangener und unbekümmerter mit seiner Göttlichkeit umspringen.
Zunächst einmal schob er das Christwerden auf die lange Bank. Das Verwalten und Steuereintreiben in Gallien aber

mußten Remigius und seine Mitbischöfe unverzüglich besorgen.
»Den Rest bekommen wir auch noch«, sagte sich Remigius und suchte nach einer geeigneten Frau für seinen jungen König. Er fand sie 493 in der burgundischen Prinzessin Chlothilde. Die war gut katholisch, und vermögend war sie auch.
Im gleichen Jahr heiratete der mächtigste Mann jener Zeit, der Ostgotenkönig Theoderich der Große in Ravenna, in der Sage bekannt als Dietrich von Bern, die Schwester von Chlodwig, Audofleda. Welch eine Ehre für die neureichen Merowinger! Bei den Hochzeitsfeierlichkeiten legte Theoderich seinem neugebackenen Schwager nahe, dem arianischen Christentum beizutreten, dem fast alle wichtigen Germanenvölker, die Ost- und die Westgoten, die Vandalen in Nordafrika und selbst die Langobarden angehörten. Dies erhebe sie als Herrenvolk über die römisch-katholischen Untertanen rings ums Mittelmeer, meinte Theoderich.
»Mal sehen, was sich machen läßt«, sagte Chlodwig wieder einmal. Und insgeheim war ihm nicht wohl bei dem Gedanken, auch in Glaubensdingen vom übermächtigen Schwager in Ravenna vereinnahmt zu werden. Außerdem hatte er sich schon an seinen katholischen Remigius zu Hause gewöhnt und schätzte die Art, wie dieser den Laden in Gallien so in Ordnung hielt, daß immer genug Steuergelder für den nächsten Eroberungszug in die merowingische Staatskasse flossen, mochte Remigius für seine Kirche auch abzweigen, soviel er wollte.
Also blieb Chlodwig fürs erste, um niemandem wehe zu tun, bei seinem angestammten Heidenglauben und wurde weder katholisch noch arianisch.
Unterdessen kam seine Chlothilde zu Hause im Reims mit einem Stammhalter nieder. Als gute Katholikin ließ sie den Säugling alsbald in der mit Teppichen und Tüchern festlich

geschmückten Kirche auf den Namen Ingomer taufen. Was dem Knäblein wenig bekam, denn noch in der Taufwoche verstarb er.
Chlodwig tobte, als er heimkam und das Malheur vernahm, mit seiner Chlothilde herum wie ein Feldwebel mit einem Rekruten. Sie mit ihrer saublöden Tauferei sei schuld am Tode des Stammhalters, sagte er. Man tauche doch nicht ein Neugeborenes dreimal in eiskaltes Wasser! Natürlich habe das Kind sich da erkälten müssen, wenn es nicht schon im Taufwasser erstickt sei. Bei seinen anständigen alten Germanengöttern wäre so etwas nicht passiert, und er verbitte sich für die Zukunft diesen barbarischen christlichen Unfug.
Der Haussegen hing beträchtlich schief, und wenn Remigius das Wort Taufe auch nur in den Mund nahm, bekam der König einen Tobsuchtsanfall und warf ihn zum Palast hinaus.
Chlothilde aber ließ ihn toben und sich es nicht verdrießen, blieb fromm, freute sich, daß ihr Erstgeborener so rasch in den Himmel gekommen war, und wurde wieder schwanger. Auch der Zweite wurde ein Junge. Die Mutter nannte ihn Chlodomer und ließ ihn taufen. Chlodwig hatte es aufgegeben, gegen ihre sanfte Halsstarrigkeit in Glaubensdingen anzustreiten. Kurz nach der Taufe bekam Chlodomer den Keuchhusten. »Was hab' ich gesagt«, brummte der Vater, »Taufen ist tödlich. Aber man hört ja nicht auf mich in diesem Haus!« – »Abwarten«, sagte dieses Mal Chlothilde und betete so inbrünstig, daß der Kleine wieder gesund wurde.
»Eins zu eins«, sagte Chlodwig, denn er hatte Sportsgeist.
Und weil ihm die Unterstützung der führenden katholischen Kreise Galliens zur Regierung des Landes immer wichtiger wurde, suchte er nach einer Gelegenheit, seinen Franken eine Christianisierung schmackhaft zu machen. Die kam bald darauf, im Jahr 496 oder kurz danach, beim Krieg gegen die Alamannen östlich des Rheins. Am Abend vor der Ent-

scheidungsschlacht rief er vor versammelter Frankenmannschaft: »Ich rufe alle unsere alten Götter und Ahnen auf, uns morgen in der Schlacht beizustehen. Haben wir bis Mittag gesiegt, so haben auch sie gesiegt, und wir bleiben beim alten Glauben, taugen sie aber nichts, und steht der Kampf am Mittag immer noch unentschieden, so soll uns der Gott der Christen am Nachmittag den Sieg geben. Dann bete ich zu Chlothildes Christus, und siegen wir dann mit ihm, so glaube ich von da an nur noch an ihn. Denn dann ist er der Stärkere, und der Kluge glaubt immer an den Stärkeren.«
Am Abend und in der Nacht brach ein wahres Wettfieber aus unter den Frankenkriegern. Jeder setzte sein ganzes Hab und Gut, und alles, was er zu erbeuten hoffte, je nach Glauben und Intelligenzgrad aufs Spiel: Die Konservativen und die Beschränkteren tippten auf den Sieg der alten Asen am Vormittag; die Zukunftsorientierten und Spekulationsfreudigen auf den des Christengottes am Nachmittag, keiner auf den Sieg der Feinde.
Doch anderntags sah es gegen Mittag schon so aus, als würden die Alamannen gewinnen. Da erhob Chlodwig seine Stimme und brüllte ins Getümmel: »Jetzt, Christengott, bist du dran!«
Und tatsächlich, unter dem seitdem noch unzählige Male mißbrauchten Rufe »Gott mit uns!« verdoppelten sich die Aggressionen der Franken, und es gelang ihnen, die Alamannen vernichtend zu schlagen und ihren König zu töten.
Die auf die Asen gesetzt hatten waren am Abend trotz des Sieges bettelarm, die auf Christus getippt hatten aber waren steinreich geworden und bildeten folglich die neue merowingische Führungsschicht, bei der die Umstellung vom alten auf den christlichen Glauben auf keine Widerstände mehr stieß.
Bei den Tauffeierlichkeiten in Reims erzählte Remigius dem König die Leidensgeschichte Christi. »Was?« fuhr Chlodwig

auf. »Eingesperrt und vor Gericht gestellt haben sie ihn? Schade, daß ich und meine Franken nicht dabei gewesen sind. Wir hätten ihn herausgehauen und den Pilatus samt den Hohepriestern ans Kreuz geschlagen.« Jeder nahm ihm das ab. So ein guter Christ war er in kurzer Zeit geworden.

Und daß er gleich richtig christlich, also katholisch, geworden ist, das kam ihm und seinen Franken neun Jahre später sehr zustatten. Da setzten sie sich über die Loire nach Süden in Bewegung, um den Westgoten ihr reiches Aquitanien wegzunehmen. Der Schlachtruf hieß aber nun nicht mehr wie zuvor bei Germanen üblich »Heil und Sieg und reiche Beute«, sondern: »Gott mit uns gegen die ketzerischen Goten.« Und das zahlte sich aus. Denn weil es auf katholische Weise gegen die arianischen Goten ging, unterstützte auch die Bevölkerung Galliens ihren rechtgläubigen Chlodwig, und ihm fiel es nicht schwer, schon wieder mal zu siegen.

In Tours ernannte er ausgerechnet den Kriegsdienstverweigerer Martin zum Nationalheiligen der fränkischen Krieger und Räuber und ließ fortan dessen geteilten Mantel in allen Schlachten mitführen.

Aber die Geschichte liebt ja solch hirnrissigen Widersinn. Chlodwigs Kampfspruch »Gott mit uns« zum Beispiel zierte noch die Koppelschlösser der deutschen Soldaten, die für Hitler halb Europa zerstörten. Und Gott hat sich in den dazwischenliegenden 1430 Jahren wohl sehr oft sehr wundern müssen, für was alles er vereinnahmt wurde. Und wird.

Hätte sich freilich Chlodwig damals nicht katholisch, sondern arianisch taufen lassen, wer weiß, wie die europäische Weltgeschichte dann weiterverlaufen wäre. Denn dann wäre die römisch-katholische Kirche auf lange hinaus nur noch Kirche der Unterdrückten, der Schwachen und Armen gewesen und nicht Kirche der Mächtigen und Reichen. Nicht auszudenken, wie anders sich unser Glaubensleben (und nicht nur dieses) in einem solchen Falle entwickelt hätte.

Rosamunde
oder
Die Rache der Gepidin

Der Langobardenkönig Alboin war zwar arianischer Christ, als er am 2. April, den Tag nach dem Osterfest des Jahres 568, auf einer allgemeinen Volksversammlung den Marsch nach Italien beschließen ließ, aber er und seine »Langobärte« haben sich bei dieser neuerlichen Invasion Italiens noch weniger christlich benommen als ihre gotischen Vorgänger.
Sie kamen aus Pannonien, der ungarischen Tiefebene westlich der Donau, dem Burgenland sowie den angrenzenden Landschaften Sloweniens und Kroatiens, wohin sie 42 Jahre zuvor aus dem ehemaligen Rugierland nördlich der Donau eingefallen waren. Und sie galten selbst in der damaligen rauhen Zeit als besonders üble Rabauken. In den Jahrzehnten zuvor hatten sich langobardische Söldner in byzantinischen Diensten in Italien den zweifelhaften Ruhm erworben, alles einzusacken, was sie nur erbeuten konnten, und sogar Frauen und Mädchen, die sich in Kirchen geflüchtet hatten, nicht zu schonen. Was schon damals als unfein galt, weil wahrhaft christliche Soldaten an geweihter Stätte bekanntlich dem Herrn für ihren Sieg danken und nicht die Zivilbevölkerung notzüchtigen sollen. Dazu gibt es schließlich außerhalb der Kirchen genügend Gelegenheit.
Ihrem Italienzug hatten sich unter anderem 20 000 noch nicht getaufte Sachsen, auch etliche Sueben, Gepiden, Bulgaren, Sarmaten, Hunnen und was sonst noch schnell reich werden wollte, angeschlossen. Da sie nur wenig Widerstand

fanden, hatten sie nach wenigen Monaten den größten Teil von Venetien besetzt, ein Jahr später zogen sie in Mailand ein, nahmen den italienischen Besitzern die großen Landgüter in der Poebene ab und ließen sich häuslich in Oberitalien, in Tuscien, in der Emilia und bald auch südlich von Rom in Spoleto und Benevent nieder.
Alboin residierte mit seiner Königin Rosamunde in Verona. Diese hatte er erst ein Jahr vor dem Einmarsch in Italien unter für ihn besonders günstigen Bedingungen geheiratet. Sie war die Tochter des Gepidenkönigs Kunimund, der mit seinen germanischen Gepiden im östlichen Ungarn, zwischen Theiss und Siebenbürgen, Karpaten und der Batschka saß. Alboin hatte 567 mit ihm Händel angefangen und ihn besiegt. König Kunimund wurde von Alboin eigenhändig erschlagen und geköpft, sein Töchterchen geriet in langobardische Gefangenschaft. Bei der Siegesfeier ließ Alboin von einem eilends herbeigeschafften Kunsthandwerker aus der Schädeldecke des besiegten Gepidenkönigs eine prunkvolle Trinkschale machen. Als man die Gefangenen zum Weiterverkauf aussortierte, ließ sich der Sieger Rosamunde vorführen. Und weil sie ihm gefiel und er kurz zuvor Witwer geworden war, machte er ihr kurzentschlossen einen Heiratsantrag, den sie sogleich annahm.
Nun mag man einwenden, es sei nicht jedermanns (oder hier besser: jederfrau) Sache, mit dem Mann ins Bett zu steigen, der sich noch kaum die Hände gewaschen hatte vom Köpfen ihres Vaters. Aber was blieb dem guten Kind anderes übrig? Die Alternative wäre gewesen, in irgendein byzantinisches Offiziersbordell verkauft zu werden. Und danach stand der stolzen Königstochter auch nicht der Sinn.
Beide machten sie ein gutes Geschäft mit dieser Schnellehe. Alboin kam zu einer Frau aus bester königlicher Familie, ohne teure Mitgift und ohne den den Tatendrang eines Draufgängers hemmende Paragraphen im Ehevertrag wie bei sei-

ner kurz zuvor zum Glück verschiedenen ersten, der Merowingerin Chlodswinda, und er gewann zusätzlich die übriggebliebenen Gepiden als Gefolgsleute der Königstochter Rosamunde für den schon geplanten Italientrip. Rosamunde aber stieg trotz des väterlichen Falls zur Königin, dazu noch zur Königin der Sieger auf. Herz, was begehrst du mehr, den ekelhaften Pokal aus Vaters Schädel konnte man da – fürs erste wenigstens – schon vergessen.

Aber nicht für immer, wie der Fortgang unserer Geschichte zeigt. Schon am Hochzeitsmorgen soll sie ihrer gepidischen Kammerjungfer zugeflüstert haben: »Das mit Vatis Kopf soll er mir noch büßen!«

Fünf Jahre später, im Sommer 572 zu Verona, tat er es. Da saß man zu später Stunde noch fröhlich im königlichen Palaste und feierte. Man könnte auch einfacher sagen: Alboin und sein Gefolge tranken immer noch eins. Ungewässerten Wein, was die Südländer an den Germanen schon immer entsetzt hatte. Der König, zum Gaudium seiner Paladine, soff aus besagtem Hirnschal-Pokal vom Schwiegervater Kunimund selig. Im Vollrausch gab er seinem Schildträger und Milchbruder Helmichis den Befehl, die Königin zu holen. Was dieser mit sehr gemischten Gefühlen tat. Denn er fürchtete, Alboin habe gespannt, daß er seit einiger Zeit vom Schildträger des Königs zum Tröster der zu oft allein gelassenen Königin avanciert war.

Aber Befehl ist Befehl, und so ging er den ihm wohl bekannten Weg zum Schlafzimmer der Königin. »Oh, Süßer, das nenn ich mutig!« empfing ihn Rosamunde. »Zu kommen, wenn der alte Säufer im Schloß ist.«

»Er hat mir befohlen, dich zu holen, Rosi«, ernüchterte sie Helmichis.

»Wenn's sein muß. Hilf mir beim Anziehen.« Nicht ungern schloß Helmichis die beiden Brustbroschen ihres leinenen Unterhemdes, half ihr beim Anlegen des schweren gold-

durchwirkten Oberkleides, legte den perlenbesetzten Gürtel um ihre Taille und befestigte liebevoll das silberbeschlagene Gürtelgehänge mit den beiden Bügelfibeln überm Schoß. Dann schritten sie, er ehrerbietig und züchtig zwei Schritte hinter der Königin, zurück in den Festsaal.
»Na endlich«, rülpste Alboin, »komm her, Kleines, und trink auf mein Wohl. Ex. Aus dieser Schale. Kennst du sie noch?«
Rosamunde war sehr bleich geworden. »Die Schädeldecke des Gepidenkönigs.«
»Ist alles, was von deinem Papi geblieben ist!« lachte Alboin. »Wir Langobarden saufen draus. Trink!«
»Ich bin eine Gepidin.«
»Halt's Maul!« Der angetrunkene König geriet in Rage. »Gepidin bist du gewesen. Jetzt bist du Langobardin und gehörst mir. Wie dieser Pokal. Trink ihn aus!«
»Und wenn ich's nicht tue?«
In der Tafelrunde war es totenstill geworden. Alboins freie Hand griff zum Kurzschwert. »Du trinkst. Sonst ist es zu Ende mit dem Gepidengesindel an meinem Hof. Und mit den Gepidenfreunden.« Er wandte sich an den hinter Rosamunde stehenden Helmichis. »Warum trägst du nicht weiße Wickelgamaschen wie jeder anständige Langobarde, sondern diese widerlichen gepidischen Schlotterhosen?«
»Gib die Schale her«, machte Rosamunde dem Streit ein Ende. »Ich trinke auf meinen Gemahl, den König der Langobarden. Möge ihm all das Gute widerfahren, welches sein treues Weib ihm wünscht.« Sie leerte die Schale, ohne abzusetzen. Dann sagte sie. »Mir wird übel. Der Schildträger bringe mich zurück.«
Alboin lachte, bis ihm die Tränen kamen, und ließ sich die Schale wieder füllen. Rosamunde aber sagte zu Helmichis, als sie den Saal verlassen hatten: »Der Kerl muß sterben. Bring ihn um. Dann mache ich dich zum König der Langobarden.«

»Allein schaffe ich das nicht«, sagte Helmichis, der nicht weniger praktisch dachte als seine Rosi, »außerdem sollte es ein anderer tun. Einen Königsmörder wählen die Langobarden nicht zum König.«
»Wer?«
»Laß mich überlegen. Nur einer ist am Hofe stärker als der König: Peredeo, der Herzog von Vicenza.«
»Gut. Dann soll's Peredeo tun.«
»Den werden wir nie dazu bekommen. Er ist dem König treu ergeben.«
»Er wird es tun. Ich sorge dafür.«
Und sie sorgte. Auf ihre Weise. Sie wußte, daß Peredeo der heimliche Liebhaber ihrer oben schon erwähnten Kammerjungfer war. Die hatte schon manchmal vor der Königin dessen bärenhaften Kräfte gerühmt. Also befahl sie der Jungfer, in der kommenden Nacht nicht in ihrer Kammer zu schlafen, dem Peredeo aber nichts davon zu sagen. Sie legte sich selbst ins Bett der Jungfer, und als Peredeo wie gewohnt in stockdunkler Nacht in die Kammer schlich, hielt er das weibliche Wesen in seinen Armen für die geliebte Jungfer. Erst gegen Morgen, nachdem sich Rosamunde ausgiebig davon hatte überzeugen können, daß ihre Dienerin mit dem Lobe Peredeos nicht übertrieben hatte, zündete sie eine Kerze an. Der brave Peredeo war zu Tode erschrocken, als er sah, mit wem er sich die Nacht über vergnügt hatte.
»Du hast die Wahl, mein Lieber«, sagte Rosamunde, »entweder du tust, was ich dir sage, oder der König erfährt, was du ihm angetan hast.«
Da Peredeo wenig Lust verspürte, als Treuloser gefesselt in den nächsten Sumpf geworfen zu werden, erklärte er sich zum Königsmord bereit. »Wenn keine andre Wahl bleibt, lieber er als ich«, brummte er.
Die Königin versprach ihm dafür eine Wiederholung dieser auch für ihn recht angenehmen Nacht sowie besondere Pro-

tektion beim Alboin-Nachfolger Helmichis. Außerdem erleichterte sie ihm sein Vorhaben beträchtlich.
Schon am folgenden Nachmittag, es war der 28. Juni 572, sollte die Tat geschehen. Alboin legte sich wie üblich nach ausgiebigem Mittagsmahl zur Siesta nieder. Die Königin befahl zum Wohle des Königs absolute Ruhe im Palast und schickte die Leibgarde zur Entenjagd an die Etsch. Als der König eingeschlafen war, band sie sein Schwert, das er wie üblich ans Kopfende des Bettes gelehnt hatte, mit Stricken so fest, daß er es nicht ergreifen, nicht einmal aus der Scheide ziehen konnte. Dann gab sie das verabredete Zeichen. Peredeo und Helmichis stürmten waffenklirrend ins königliche Schlafgemach. Alboin fuhr auf, brachte das Schwert nicht aus der Scheide und schlug in seiner Not Peredeo mit einem Fußschemel so kräftig aufs Haupt, daß es krachte. Aber das nützte ihm nichts mehr, die beiden säbelten ihren König nieder, und der Eroberer Italiens verröchelte in den Unterhosen.
Danach verlief nicht mehr alles nach Plan. Zwar wurde Helmichis seiner Rosamunde unverzüglich angetraut, noch während die Anhänger Alboins ihren König feierlich unter den Stufen der Palasttreppe bestatteten. Aber bei den anschließenden Vorbereitungen zur Königswahl zeigte es sich rasch, daß die Mehrzahl der wahlberechtigten freien Langobarden in Oberitalien den neuen Ehemann der Königin nicht zum König haben wollten. Die Gefolgsleute von Helmichis und Peredeo sowie Rosamundes Anhang unter den Gepiden, den Sachsen und sonstigen nicht langobardischen Rekken blieben in der Minderzahl. So mußte die Königin samt Gemahl und Peredeo das Weite suchen, ehe man ihnen den Prozeß machte. Zu Schiff flohen sie etschabwärts und dann über Land nach Ravenna, das noch im Besitz der Byzantiner war. Dort kamen sie Anfang August an, und der Präfekt Longinius nahm sie freundlich auf. Nicht zuletzt, weil sie den

ganzen reichen Königsschatz der Langobarden und Albswinda mitbrachten, die Tochter Alboins aus erster Ehe mit Chlodswinda, die einzige legitime Erbin des Königs.
Longinus bat Rosamunde alsbald zu sich und legte ihr nahe, den unbrauchbar gewordenen Helmichis fallenzulassen und ihn zu ehelichen, um mit byzantinischer Hilfe die Macht in Oberitalien zurückzugewinnen. Es kann sein, daß es auch umgekehrt war und dieser Vorschlag von ihr kam, kurzum, man wurde sich rasch handelseinig und konnte zum gemütlichen Teil im Bette des Prokurators übergehen.
Das Abservieren von Helmichis besorgte sie eigenhändig, sie wollte sich nicht mehr auf unzuverlässige fremde Hilfe verlassen. Beim gemeinsamen Bade kredenzte sie ihm einen, wie sie sagte, »besonders gesunden, Herz und Nerven stärkenden« Trunk. Der tumbe Helmichis merkte erst, als er schon einen kräftigen Schluck genommen hatte, an wessen Gesundheit Rosamunde bei diesem Gebräu gedacht hatte. Rasch, ehe das Gift wirkte, griff er zum Schwert (das er als wackerer Germane auch beim Duschen nicht abgelegt hatte), setzte es seiner Eheliebsten an die Gurgel und zwang sie, den Pokal vollends auszutrinken. Zur Sicherheit stieß er ihr, ehe er selbst umsank, das Schwert in den Hals. Worauf man sie beide entseelt in der Sauna fand.
Longinus schickte als treuer Beamter den Rest vom Schützenfest, nämlich den lombardischen Königsschatz, die kleine Albswinda und Peredeo zu seinen Vorgesetzten nach Byzanz. Peredeo ließ man dort als Löwenbändiger im Zirkus auftreten, was aus Albswinda geworden ist, vermeldet kein Chronist.
Die Langobarden hatten inzwischen in Pavia Cleph, den Anführer eines der zahlreichen langobardischen Heerhaufen, zum König gewählt. Ihm gelang es in kurzer Zeit durch Enteignung und Ausplünderung der Romanen, den verloren gegangenen Königsschatz zu erneuern. Aber auch gegen

seine Mitlangobarden ging er wenig rücksichtsvoll vor, und so war es kein Zufall, daß er schon nach anderthalb Jahren von einem seiner Untertanen ermordet wurde. Nun konnten sich die langobardischen Herzöge auf keinen neuen König mehr einigen, und das langobardische Italien wurde für etwa zehn Jahre unregierbar.

Was ihm gar nicht schlecht bekommen zu sein scheint. Denn als 584 Clephs Sohn Authari zum König gewählt wurde, da waren die halbwilden Eroberer von ihrer neuen Umgebung schon so weit zivilisiert worden, daß Flavius Authari, wie er sich nun zweisprachig nannte, einen geordneten Staat für alle, Langobarden wie Einheimische, aufbauen konnte. Aus langobardischer Beute war etwas Neues, war die Lombardei geworden. Paulus Diaconus, ein gelehrter langobardischer Zeitgenosse Karls des Großen, dem wir die Überlieferung der hier erzählten Geschichte von Rosamunde verdanken, schrieb über dieses neue Lombardenreich Autharis:

»... das war in der Tat wunderbar im Reich der Langobarden: Keine Gewalttätigkeit wurde begangen, keine geheimen Anschläge gemacht, niemand wurde unrechtmäßig zur Fronarbeit gezwungen, niemand plünderte, Diebstahl und Räubereien fielen nicht vor, jeder konnte ohne Furcht und Sorge gehen, wohin es ihm gefiel.«

Libussa
oder
Der weibliche Siegfried der Tschechen

Was Siegfried für die Deutschen, das ist Libuše oder Libussa, wie man sie in alter Zeit genannt hat, für die Tschechen: eine sagenhafte, historische Figur, edel, tapfer und gut, eine aus unbestimmbarer Vorzeit aufglänzende, nie wieder erreichte Idealgestalt, positives Vorbild der Nation.
Aber welch ein Unterschied! Hier der harte Held des Kampfes, stark durch sein Schwert, der schier unverletzliche Drachentöter, getreuer Gefolgsmann seines Herrn in Schlacht und Bett, besiegbar nur durch Niedertracht und Verrat; dort die weise, sanftmütige und gerechte Richterin, verletzlich durch böses Gerede und Dummheit. Er ein Sujet für Richard Wagner, sie für Smetana.
So verschieden wie Krieg und Frieden – und doch entstammen sie beide derselben Zeit: der so ungemein sagenträchtigen Epoche zwischen Hunneneinfall und Konsolidierung des Frankenreiches, zwischen Altertum und Mittelalter am Ende der großen europäischen Völkerwanderung.
Damals waren slawische Stämme in das von Markomannen und Quaden verlassene spätere Böhmen und Mähren eingewandert. Sie fanden dort, wie ihr späterer Chronist Cosmas von Prag (1045–1125) schreibt, ein Land vor, das »von einer ausgedehnten Waldfläche bedeckt und menschenleer« war. Cosmas berichtet, ihre ersten Wohnsitze hätten sie in der fruchtbaren Gegend zwischen den Flüssen Eger und Moldau errichtet. Dort stellten sie die Holzbilder ihrer Hausgötter

auf, die sie von weit her mitgebracht hatten, und genossen nach vorheriger Abhängigkeit von Hunnen und Goten, Gepiden und Langobarden ein freies Leben, niemandem untertan, keiner Obrigkeit zu irgendwelchen Diensten verpflichtet, in einem Lande mit glasklaren Gewässern voller Fische, »reich an Wild und Geflügel, wo Milch und Honig flossen und eine angenehme Luft wehte«.
Stundenlang könnte man darüber meditieren, was der Mensch in den folgenden 1300 Jahren bis heute aus diesem Paradies gemacht hat – und nicht nur aus diesem!
Die damaligen allerersten Tschechen wußten, in welch gesegnetem Land sie sich niedergelassen hatten: »Hier wird es uns an nichts fehlen, weil uns niemand in die Quere kommt«, sagten sie laut Cosmas. Eine beherzigenswerte Erkenntnis übrigens, wie sehr Wohlbefinden und Regiertwerden einander ausschließen. Und so befleißigten sie sich – sehr zum neidvollen Abscheu des christlich verklemmten Cosmas von Prag – eines recht paradiesischen Verhaltens. Sie waren sanftmütig, kannten keine anderen Waffen als Pfeil und Bogen für die Jagd und hatten keinen Herrn über sich noch neben sich. Das Wort »mein« – so moniert Cosmas – war ihnen unbekannt, sie kannten nur »unser«.
Wie die Sonnenstrahlen und das frische Wasser gehörten ihnen Felder, Weiden und Wälder gemeinsam. Die jungen Frauen wählten sich nach Neigung den Mann, den sie liebten, und die Männer das Mädchen, zu dem es sie zog; jeder gehörte jedem, nichts gehörte einem allein.
Erst später wandelte sich »Glück in Unglück, Gemeingut in Eigentum«, und der Ärger um Besitzrechte, gebrochene Verträge und Ehen, Raub und Diebstahl zwang auch die bisher so glücklichen Menschen hinunter in die Niederungen des menschlichen Alltags.
In dieser Niedergangszeit, als auch die ersten Tschechen den Gifthauch höherer menschlicher Kultur zu spüren bekamen,

lebte unsere Libussa. Ihr Vater war gewählter Richter – denn das brauchte man jetzt schon – eines Landstrichs an der Moldau gewesen. Sie folgte ihm im Richteramte nach. Ihre älteste Schwester Kazi war kräuterkundig, eine erfolgreiche Ärztin, Wettermacherin und Zauberin; Tetka, die zweite, hielt es mehr mit der Religion und lehrte die Leute, in Hainen, an alten Bäumen und Quellen die Naturgötter anzubeten und sie durch Opfer freundlich zu stimmen; Libussa aber galt als die klügste und die gerechteste der drei Schwestern. Auch in schwierigsten Fällen urteilte sie so gerecht und weise, daß jedermann zufrieden war. Wird erzählt.

Bis eines Tags zwei wohlhabende und einflußreiche Grundbesitzer (das gab es also seit neuestem) sich über die Grenzen ihrer Besitztümer in die Haare gerieten und zu Libussa auf ihre Burg Libošin stapften. Jeder war – wie bei Rechtshändeln üblich – felsenfest davon überzeugt, selber allein im Recht zu sein. Nur er!

Libussa empfing die beiden auf ihrer Couch ruhend. Das wird ein Möbelstück gewesen sein, recht ähnlich jenem, das wir etwa 1200 Jahre zuvor auf dem Hohenasperg kennengelernt haben. Auf ihrem Pfühle sich räkelnd sprach Libussa Recht. Sie tat es ohne Ansehen der Person so gerecht, wie sie vermochte. Und das erschien dem Reicheren der beiden verständlicherweise so ungerecht wie einem Mercedesfahrer der Überholversuch eines Trabi.

Also stampfte er dreimal zornig auf den Boden und fiel, weil es an der objektiven Gerechtigkeit des Spruches nichts auszusetzen gab, über das Recht der Richterin her.

»Schmach und Schande für jeden Mann«, schrie er, »eine Frau spricht Recht. Was doch allein die Sache eines Mannes wäre. Und bleibt dazu, die Würde des Gerichtes und der Geladenen grob verletzend, auf dem Bette liegen! Statt vor den versammelten Männern aufzustehen. Natürlich gehört ein Weib ins Bett. Aber doch nicht, um dort über uns zu richten,

sondern um uns zu dienen und uns angenehm zu sein. Ha-ha-ha.«
Und alle Männer, die zum Gerichtstag gekommen waren, lachten dreckig mit. »Endlich sagt einer die Wahrheit über dieses Weiberregiment«, johlten sie. Und skandierten im Chor: »Weiber raus . . . Weiber raus . . . der Wahrheit eine Gasse!«
Libussa stand auf, sehr bleich, aber äußerlich ganz ruhig. Sie machte eine kurze Handbewegung. Da wurden alle Männer still. Nur der Reiche schrie noch einmal: »Eine Schande ist das, eine Schande!« Und die andern nickten.
»Du hast recht«, sagte Libussa. »Ich bin eine Frau, ich lebe wie eine Frau, und ich richte wie eine Frau. Das scheint euch zu sanft und zu friedlich zu sein. Wenn ihr es unbedingt wollt, wenn ihr Furcht mehr schätzt als Liebe, so sollt ihr einen Mann zum Richter bekommen, hart, unerbittlich und stolz, stärker als jede Frau.«
Und sie berief auf den folgenden Tag eine Versammlung des ganzen Volkes ein. Die Männer aber gingen in der Nacht zu ihren Frauen und ihren Freundinnen und bestimmten sie – die einen durch Liebe, die anderen durch Gewalt – anderntags nicht zur Versammlung zu gehen, sondern Haus, Hof und Kinder zu hüten und das Abstimmungsrecht den Männern zu überlassen. Viele Frauen waren so unklug und gingen darauf ein.
Zur bestimmten Zeit sagte Libussa zu den versammelten Männern: »Ihr sollt haben, was ihr begehrt. Einen Herrn über euch. Wenn ihr unfähig seid, frei zu leben, wenn ihr dieses höchste Gut freiwillig von euch werfen wollt, so wird dies euer letzter freier Wille gewesen sein. Aber beklagt euch dann nicht, wenn es euch ergeht wie den Fischen, als sie sich die Wasserschlange zum König gewählt hatten und diese anfing, jeden Tag einen Fisch zu fressen. Es ist kinderleicht, einen Herrn einzusetzen, aber fast unmöglich, ihn

wieder loszuwerden. Ihr seid frei, ihn zu wählen. Habt ihr ihn aber einmal gewählt, so kann er mit euch machen, was er will. Den einen wird er zu seinem Leibeigenen machen, den andern zu seinem Musikanten, den dritten zu seinem Büttel, den vierten zum Feldhauptmann – oder er läßt ihn einen Kopf kürzer machen und zieht sein Eigentum ein. Grad wie es ihm beliebt. Und von eurem Hof, eurem Vieh, eurer Ernte, euren Kindern, euren Fischen, eurem Geflügel und Gesinde werdet ihr ihm das Beste geben müssen. Grad wie es ihm beliebt.«

»Alles Lüge«, schrie da ihr Kontrahent vom Tage zuvor. »Weiberherrschaft führt unters Joch und macht ehrlos. Das erleben wir jeden Tag. Ein starker Mann als Herzog und Führer aber macht uns frei!« Da schrien sie alle nach einem starken Mann.

Libussa wurde traurig. »So kann ich nur noch eines für euch tun«, sagte sie, »euch den besten Herzog zu geben, der sich finden läßt.« Und ihre beiden Schwestern, die Heilkundige zur Linken und die Priesterin zur Rechten, nickten.

»Wie willst du den finden?« fragten die Männer.

»Geht am Ufer des Flusses Bila entlang, bis ihr zum Dorfe Stadice kommt. Dort seht ihr ein frisch gerodetes Feld, das Herrenfels heißt. Auf ihm ackert ein Mann namens Przemysl mit seinen zwei Ochsen. Er soll euer Herzog und mein Ehemann werden, seine und meine Nachkommen sollen für alle Zeiten eure Herren sein.«

»Wie können wir sicher sein, den richtigen Przemysl zu finden?« fragten die Männer. Denn der Name Przemysl war damals unter tschechischen Bauern so häufig wie heute bei uns Maier oder Müller.

»Nehmt mein Reitpferd und folgt ihm, denn es kennt den Weg genau«, sagte Libussa.

»Aha!« schrie der reiche Grundbesitzer. »Da kommt es heraus. Dorthin also reitet Libussa jede Nacht und kommt erst

heim, wenn schon die Hähne krähen.« Und alle Männer schrien: »Aha! Ins Dorf Stadice reitet sie, zu einem gewissen Przemysl.«
Da sagte Kazi, die Ärztin: »Was geht das euch an? Hat nicht jede und jeder das Recht, nach eignem Belieben zu lieben?«
»Ihr Weiber nicht mehr, wenn wir erst einen Herzog haben«, riefen die Männer. »Der wird euch schon Sitten lehren!«
»So rede keiner schlecht über den künftigen Herzog und seine Braut«, sagte darauf Tetka, die Priesterin, »sonst werden ihn die Götter durch den Herzog für solche Lästerung der Obrigkeit furchtbar bestrafen!«
Da bekamen die Männer Angst, sagten nichts mehr und wählten sieben Boten aus. Die trabten hinter Libussas Reitpferd her über die Hügel zum Dorf Stadice. Dort trafen sie, wie Libussa es gesagt hatte, auf dem frisch gerodeten Feld den Bauern Przemysl mit seinen zwei Ochen beim Pflügen an.
»Grüß Gott, Przemysl«, sagten die sieben Boten, »du sollst unser Herzog sein. Komm mit, läßt dir die Richterin Libussa sagen, und regiere uns so, wie du es für richtig hältst.«
Przemysl hielt seine Ochsen an, beschaute sich die sieben Boten genau und sagte: »Wollt ihr mich und meine Nachkommen für alle Zeiten zum Herzog, zu eurem Beschützer, Anführer und Richter, so gebt euch mit allem, was ihr habt, in meine Hand.«
Sie beschworen es bei allen Göttern im Wald, auf der Heide, im Feld und in den Gewässern. »Auch bei euren mitgebrachten Hausgöttern«, verlangte er. Und erst, als sie auch bei diesen geschworen hatten, spannte er seine beiden Ochsen aus, schlug ihnen mit der flachen Hand auf den Rücken und sagte: »Geht hin, wo ihr hergekommen seid.« Sie gingen, und niemand hat sie je mehr gesehen.
Przemysl aber setzte sich auf den frisch umgebrochenen Akkerboden, holte aus seiner Basttasche einen Ranken alten

Brotes und einen Käselaib, legte beides auf die Tasche und lud die sieben Boten ein, sich zu ihm zu setzen und zu vespern.

Als sie gegessen hatte, zog Przemysl die Herrenkleidung an, die sie ihm mitgebracht hatten. Seine alten, mit Bast zusammengeschnürten Bauernstiefel aber wickelte er in ein Tuch und nahm sie mit sich. Dann setzte er sich auf das Reitpferd Libussas, das ganz von selbst den richtigen Heimweg nach Libušin einschlug.

Unterwegs fragte ihn einer der Boten, warum er die alten Bauernschuhe nicht weggeworfen habe. Er brauche sie doch jetzt nicht mehr.

»Ich werde sie aufbewahren«, antwortete er, »damit unsere Nachkommen immer daran erinnert werden, woher wir stammen, und nicht in Hochmut verfallen, ihre Untertanen unterdrücken und sich für etwas Besseres halten. Da wir doch von Natur aus alle gleich sind.«

Da sagten die Boten untereinander: »Libussa hat uns den richtigen Herzog ausgewählt«, und waren sehr froh. Denn insgeheim hatten sie Angst, sie würden einen Herrn bekommen wie den reichen Grundbesitzer, der dies alles angezettelt hatte. Denn sie bereuten es schon wieder, daß sie seinen Worten gefolgt und sich einem Fremden unterworfen hatten. Obwohl dies doch ihr freier Wille gewesen war.

Aber so ist der Mensch. Auch heute noch.

Libussa eilte ihnen mit ihren Frauen entgegen, begrüßte Przemysl sehr herzlich, bewirtete alle reichlich und nahm dann den Herzog mit auf ihre Kammer.

Herzog Przemysl und Herzogin Libussa lebten noch lange Zeit sehr glücklich miteinander. Sie gaben dem Volk gerechte Gesetze und brachten es in jene Abhängigkeiten, aus denen es sich nie mehr ganz befreien konnte. Und immer, wenn es glaubte, sich zu befreien, geriet es am Ende in noch größere Knechtschaft. Das aber bewirkten die Zaubersprü-

che von Libussas Schwestern ... sagten und sagen alle, die nicht zugeben können, daß sie selber schuld daran sind.
Zwanzig Meilen von Libušin gründeten Libussa und ihr Herzog an der Moldau an einer Stelle, die Libussa selbst bestimmt hatte, eine neue Stadt und nannten sie Praha, das heißt: »die Schwelle«.
Alle wichtigen Entscheidungen traf weiterhin Libussa. Erst nach ihrem Tode ging die Herrschaft endgültig an die Männer über. Erst an Przemysl, dann an ihren Sohn Neamisl, dann an dessen Sohn und so weiter bis zu ihrem Nachfahren im 10. Gliede, dem heiligen Wenzel, der Anfang des 10. Jahrhunderts regiert hat und ein Christ gewesen ist. Seine Nachkommen haben als die Przemysliden noch lange Zeit über Böhmen geherrscht.
Nicht nur tschechische Frauen aber trauern noch heute der Libussa nach. Denn nie wieder herrschten so viel Freiheit und Frieden, Gleichheit unter den Geschlechtern und Gerechtigkeit zwischen Moldau und Eger wie unter ihrer weisen Herrschaft.
Wohl dem Volke, das eine solche Frau und nicht einen rauflustigen Totschläger zum Nationalhelden hat.

Der Apostel der Deutschen
oder
Winnie gegen Weib und Wald

Unsere Geschichte spielt fünf oder sechs Generationen vor der Erfindung der Deutschen. Dennoch nennt man nicht ohne Grund den heiligen Bonifatius, den Helden dieser Geschichte, den Apostel der Deutschen. Eigentlich war er aber Angelsachse und hieß Winfried. Wie viele seiner Landsleute war er vom Missionswahn besessen, der kurz vor 700 n. Chr. über die Bewohner Britanniens gekommen war. Wie zwölfhundert Jahre später Livingstone und die Seinen nach Afrika, so schwärmten damals die Angelsachsen aufs nahe Festland hinüber, um die weitläufige Verwandtschaft, die germanischen Friesen, Sachsen, Baiern, Thüringer und Hessen auf den rechten Pfad des Glaubens zu führen.

Vor allem im naheliegenden Friesland, dem heutigen Holland nördlich von Rhein und Lek, wirkten die Frommen von der Insel. Freilich mit nur mäßigem Erfolg. Obwohl sie, im Gegensatz zu ihrer fränkischen Missionskonkurrenz und ganz anders als ihre Nachfahren im 19. Jahrhundert, fast uneigennützig ihr Kreuz schwangen und weder Handels- noch Militärkolonien gründeten. Nicht einmal nach guten Pfründen stand ihr redlicher Sinn, sie meinten es ernst mit ihrem Glauben.

Winfried war schon über 40 Jahre alt, als er sich im Frühjahr 716 n. Chr. auf den Missionstrip begab. Er stammte aus einer vornehmen Familie in Wessex und war ein sehr gebildeter und frommer Mönch. Mit allen christlichen Ge-

boten, besonders auch mit dem Zölibat, nahm er es sehr genau. Was auch damals eher eine Ausnahme war als die Regel.
Er trampte mit einigen Ordensbrüdern nach London, dort nahmen sie die Fähre nach Holland. Im friesischen Hauptumschlagplatz Dorestad, an der Gabelung von Lek und Altem Rhein, südöstlich von Utrecht, gingen sie an Land. Winfried erkundigte sich wie die Missionsaktien stünden und erfuhr: sehr schlecht. Es herrschte Glaubensbaisse. Zwar waren die Landschaften um Dorestad und Utrecht in den vergangenen Jahrzehnten unter fränkischem Schutz missioniert worden. Aber nun waren die Schutztruppen wegen eines Thronfolgestreites abgezogen, und der Friesenkönig Radbod hatte die Gunst der Stunde genützt, alle Missionare heimgeschickt, alle Kirchen angezündet und seine Residenz in Utrecht aufgeschlagen. Mit ihren schnellen Booten waren die heidnischen Friesen den Rhein bis Köln hinaufgefahren und hatten dort den Franken Karl Martell aufs Haupt geschlagen. Das war ein Hammer für Winfried, und wohlmeinende Kaufleute in Dorestad rieten ihm, das nächste Schiff – falls noch eines ging – nach London zu nehmen und die Friesen sich selbst zu überlassen. Mit Missionieren solle er zuwarten, bis der alte Heide Radbod das Zeitliche gesegnet habe. Was wohl nicht mehr lange dauere, immerhin sei er schon 37 Jahre im Amt und folglich nicht mehr der Jüngste.
Aber Winfried war ungeduldig. Gerade wenn er schon so alt sei, habe Radbod ein Anrecht auf die Frohe Botschaft, meinte er und machte sich unverzüglich auf den Weg nach Utrecht.
»Ich bin gerade noch rechtzeitig gekommen«, sagte er dort zu dem verdutzten König, »dich vor deinem baldigen Ableben zu taufen und damit vor der ewigen Verdammnis zu erretten.«
»Ich habe aber keine Lust dazu«, sagte Radbod. »Dann laß

mich wenigstens all die Friesen taufen, die getauft werden wollen.«

»Da wirst du keinen finden, junger Mann, denn was König Radbod nicht tut, das tut auch keiner seiner Friesen. Sie sind treu bis zum Umfallen.« – »Ja, so hat man sie mir geschildert.« – »Und trotzdem bist du herübergekommen? Ausgerechnet jetzt, wo wir die Missionare verjagt und ihre Kirchen angezündet haben? Du bist entweder sehr mutig oder sehr dumm.«

»Dumm ist er nicht«, sagte einer der Berater Radbods und zeigte dem König die Erkenntnisse des friesischen Geheimdienstes über Winfried. »Aha«, sagte Radbod, »so jung schon Professor geworden und beinahe Abt. Und nun die ganze Karriere an den Nagel gehängt und zu uns herübergekommen. Mann, du bist schneidig. Das gefällt mir. Dafür werde ich dich heute noch besonders belohnen. Das Missionieren in Friesland aber, das mußt du dir aus dem Sinn schlagen, mein Lieber. Ich weiß dir was Besseres.« Und dann lud er den Missionar ein, ein Bierchen mit ihm zu trinken. Winfried, der wie jeder gelernte Glaubensbote wußte, daß man zuweilen und in Maßen mit den Wölfen heulen muß, ehe man sie zähmen kann, trank mit und leerte fleißig einen Humpen nach dem anderen.

Als sie beide schon nicht mehr nüchtern waren, forderte Radbod seinen Gast auf, ihm einen Psalm vorzusingen. Winfried triumphierte inwendig, meinte, den alten Sünder schon halb bekehrt zu haben und stimmte einen Lobgesang an. Radbod hielt sich den Bauch vor Lachen und schrie: »Das klingt wie junge Hunde, wenn ihr Mönche so losheult.« Dann gebot er Winfried, still zu sein und erzählte: »Einer, ich glaube er hieß Willibrord oder so ähnlich, der hat mich, lang, lang ist's her, mit seinem Gewimmere fast so weit gebracht, daß ich in das Taufbecken gestiegen bin. Er hatte schon Wasser in einen Bottich geschüttet und gesagt: ›Rad-

bod‹, hat er gesagt, ›wenn du jetzt nicht in den Zuber steigst und dich taufen läßt, kommst du in die Hölle und wirst brennen bis zum jüngsten Tag.‹ Nun, ich bin ja nicht wasserscheu, und brennen wollte ich nicht, also habe ich mir die Hose ausgezogen und stieg schon, mit dem linken Fuß zuerst, in den Bottich. Da haben mir im letzten Moment Odins Raben noch eingegeben, den Mönch zu fragen, wo denn im Jenseits mein Vater sei, wo mein Großvater und wo all meine erlauchten Ahnen? ›Sie waren Heiden, darum sind sie nun alle in der Hölle und schmoren‹, hat der Schwachkopf gesagt. ›So?‹ hab ich gesagt. ›Dann will ich auch dorthin. Lieber mit meinen edlen Ahnen in der Hölle braten, als mit euch winselnden Mönchen im Himmel Psalmen singen müssen‹, hab' den linken Fuß schnell wieder aus dem Taufbottich gezogen, bin in meine Büx gestiegen, und aus war's mit der Tauferei.«
Mit solchen und ähnlichen Geschichten quälte der Heide den frommen Mann, bis es Zeit war zu Bett zu gehen. Winfried begab sich leicht schwankenden Schrittes in die ihm zugewiesene Kammer, schlüpfte aus der Kutte, verrichtete ein längeres Nachtgebet, legte sich nieder, blies die Kerze aus und fiel alsbald in tiefen Schlaf.
Doch nicht für lange. Er erwachte an einem Knarzen der Tür. Etwas Warmes, Weiches legte sich zu ihm, rührte ihn an, roch gut, und versetzte ihn noch im Halbschlaf in einen Zustand genüßlicher Seligkeit, der den guten Winfried dahinriß wie das Frühlingshochwasser einen zu nahe am Ufer gebauten Hühnerstall. Denn er hatte bislang streng nach den mönchischen Regeln und den allem Irdischen abholden Lehren des Apostels Paulus gelebt. Was ihm nun widerfuhr, war ebenso neu wie überwältigend.
Sie heiße Wunnehild, erfuhr er mit der Zeit, sei 18 Jahre alt, frei geboren und gehöre dem Hofstaat König Radbods an. Dieser habe sie zu ihm geschickt als Geschenk, den Gast zu

erquicken. Aber sie tue es nicht, weil der König es gewünscht habe, sondern aus freien Stücken. Weil der Mönch ihr schon am Mittag, bei seiner Ankunft, so gut gefallen und so großen Eindruck gemacht habe. »Denn so etwas kann kein König und kein Kaiser befehlen«, hauchte sie und liebkoste den Mönch, daß diesem die letzten Sinne schwanden . . . oder erwachten, wie man es ansehen will.
Mitten in dieser Nacht fuhr Winfried auf und rief: »Aber es ist Sünde doch, was wir tun!« Wunnehild mahnte ihn, still zu sein, und flüsterte: »Ich weiß ja nicht viel von deinem Glauben, Winnie, aber es stimmt doch, daß euer Gott den Menschen geschaffen hat, so wie er ist?«
Erfreut, selbst in dieser Situation noch missionarisch gefordert zu sein, nickte Winfried eifrig und sprach: »Gewiß, mein Kind, Gott hat uns geschaffen, ganz und gar.«
»Dann kann er uns auch nicht strafen dafür, daß wir uns so verhalten, wie er uns geschaffen hat, und uns an dem vergnügen, was er uns zum Vergnügen gegeben hat«, sagte die kluge Maid und war nicht untätig dabei mit allem, was ihr der Herr gegeben hatte.
Winfried seufzte tief auf, war unfähig, seiner Wunnehild zu widersprechen und ließ sich wohlig treiben auf den Wogen, die sie entfacht hatte. »Wenn Gott das nicht gewollt hätte, dann hätte er es auch nicht in uns gelegt«, meinte sie, und ihr Winnie fand diese Logik überzeugend und herrlich, bis die Hähne krähten und die Sonne aufging über dem sommerlichen Friesland.
König Radbod war gut gelaunt beim gemeinsamen Frühschoppen und sagte: »Die Wunnehild gehört zum Besten, was die Natur und Friesland hervorgebracht haben. Ich sehe es dir an, Mönchlein. Du darfst sie behalten und mitnehmen nach England. Euer Schiff geht übrigens um 14.30 Uhr. Die Kleine ist schon beim Packen.«
Winfried war von allem, was mit ihm geschehen war, noch

so benommen, daß er nicht widersprechen noch sich widersetzen konnte. Erst während der Überfahrt und im Kreise seiner Gefährten kam er wieder zu sich, schauderte und sprach: »Wehe, was habe ich getan«, schwur, es niemals zu wiederholen und fortan bis an sein Ende einen unerbittlichen Kampf zu führen gegen die sündige Unzucht (wie er das nannte, was ihm Stunden zuvor noch als das Erhabenste unter der Sonne erschienen war), gegen die Frauen ganz allgemein und gegen die heidnische Natur, die ihn so weit gebracht, im Besonderen: und verbot aller Welt, ihn jemals wieder Winnie zu nennen.
Das erste Opfer seines Schwurs war die unschuldige Wunnehild, die er fortan nicht mehr anrührte und gleich nach der Ankunft in England in ein Kloster steckte. In welchem sie vertrocknete und einging wie eine Pflanze, der das Wasser entzogen wird.
Sein weit größeres Opfer aber wurden die Hessen, die Thüringer und die Baiern. Denn auf diese noch nicht, oder – nach seiner Ansicht – nicht richtig christianisierten Völker am Ostrand des Frankenreiches stürzte er sich in den folgenden Jahrzehnten, um ihnen jegliche Lust – am Heidentum ebenso wie am Leben und erst recht an der Liebe – auszutreiben und ihnen mit paulinischer Unerbittlichkeit beizubringen, was ein Jammertal ist.
Bevor er zu solch großen Taten schritt, reiste er nach Rom (was damals noch zu Fuß geschah und deshalb ziemlich beschwerlich war), um sich den päpstlichen Segen für sein Missionswerk zu holen. Den bekam er und einen neuen Namen noch obendrein. Das war 719 n. Chr., und seitdem hieß er Bonifatius. Wohl versehen mit einer größeren Anzahl von Reliquien, die er unter die Heiden zu verteilen gedachte wie Kaufleute ihre Glasperlen, ging er nun erst in Hessen, dann auch in Thüringen ans Roden der heiligen Haine. Denn dort, in den wuchernden Wäldern Germaniens, erkannte er den

Erzfeind christlicher Zivilisation. Waren die Bäume erst einmal gefällt, die Wälder abgeholzt, war die Natur besiegt, gab es auch in der Heide keinen Unterschlupf mehr für Heiden, dann war, so glaubte er, der Kampf gegen das Reich des Bösen gewonnen.

Durch etliche angelsächsische Landsleute wurde er in seinem Bemühen unterstützt, und wo immer die englischen Holzhackerbuam eine Lichtung geschlagen hatten, erbauten sie alsbald ein Klösterlein oder doch eine Kapelle. So entstanden in wenigen Jahren Fritzlar, Tauberbischofsheim, Ochsenfurt, Kitzingen, Fulda, Ohrdruf bei Gotha, Amöneburg, Erfurt und viele weitere Glaubensniederlassungen. Und die Heiden fanden bald keinen richtigen heiligen Hain mehr zum Opfermahl, so kahlgeschlagen wurde das Land an Fulda und Werra.

Besonders berühmt geworden ist Bonifatius durch das Fällen der Donarseiche in Geismar bei Fritzlar. Dort lag das alte Zentralheiligtum für das nördliche Hessenland: eine riesengroße, jahrhundertealte, dem Gotte Donar geweihte Eiche. In ihrem Schatten hatten seit Menschengedenken alle großen Volksversammlungen stattgefunden, waren alle wichtigen politischen Entscheidungen, alle einschneidenden Urteile gefällt worden, hatte das Los über die Zukunft entschieden, war das Opferfest gefeiert, das geweihte Pferdefleisch verzehrt worden, waren alle bindenden Eide geschworen, die tapfersten Krieger gezeugt, die wichtigsten Verträge geschlossen worden.

Zahlreiche Hessen waren um diese Donarseiche versammelt, als Bonifatius im Sommer 723, versehen mit einem Schutzbrief des mächtigen Franken Karl Martell, zur Abholzung anrückte.

»Das bricht diesem angelsächsischen Finsterling das Genick«, sagten die Hessen. Sie waren felsenfest davon überzeugt, Donar werde sich das Fällen seines heiligen Baumes

nicht gefallen lassen. »Entweder erschlägt ihn ein Ast oder der Blitz«, sagten sie. Und »sobald dieser Sauertopf, der uns Singen, Tanzen und jedes harmlose Vergnügen verbieten will, hinüber ist, steigt eine rauschende Fete zu Ehren Donars«, ging die Parole von Mund zu Mund.
Keine Hand rührte sich deshalb, als Bonifaz zur Axt griff. Eine fröhliche Volksfeststimmung machte sich breit, denn alle Welt war froh, daß nun Donar selbst das Abservieren des Baumfrevlers übernehmen mußte, und niemand sich die Hände schmutzig zu machen und die Rache Karl Martells zu befürchten brauchte.
Bonifatius, introvertiert wie alle Missionare, hielt die frohe Stimmung der Anwesenden für Zustimmung, rief laut: »Christus ist stärker als Donar«, und setzte die Axt an den meterdicken Stamm. Kaum aber hatte er ein paar kräftige Axthiebe getan, da brach – o Wunder! – der in der Nacht zuvor klammheimlich angesägte morsche Stamm zusammen und stürzte krachend zu Boden.
Kein Ast, kein Zweig und kein Blitz trafen Bonifatius. Der stand hocherhobenen Hauptes da und sprach mit verkniffenem Munde zu den perplexen Hessen: »So geht's all euren Bäumen. Den heiligen und den unheiligen. Bis die ganze heidnische Natur zerstört und der Sieg Christi vollendet ist.« Ein wahrhaft prophetisches Wort. Seit damals arbeiten wir fleißig an seiner Realisierung.
Seine angelsächsische Holzpartie wollte ein großes Freudenfeuer aus der Donarseiche machen. Aber Bonifaz wußte etwas Besseres: Er ließ das Holz, soweit es noch verwendbar war, zu Brettern sägen und ein Kirchlein daraus zimmern.
In dieses gingen von da an viele Hessen. Denn sie waren praktische Leute. Als sie gesehen hatten, daß sich Donar nicht wehrte gegen Bonifatius, hielten sie nichts mehr von ihm. »Dem Bonifaz sein Christus ist stärker«, sagten sie und glaubten von nun an an diesen.

Bis auf einige wenige Unbelehrbare. Zu diesen gehörte die Seherin Edelgard, die sich standhaft weigerte zur Taufe zu gehen. Obwohl Massentaufen nun zum guten Ton gehörten in Hessen. »Du hast doch gesehen, daß mir nichts geschehen ist, als der Baum fiel«, sagte Bonifatius zu ihr, »daß Christus also stärker ist als Donar.«

»Mag sein, daß er stärker ist. Aber ein Verbrechen ist ein Verbrechen, auch wenn's vom Stärkeren begangen wird und lange ungestraft bleibt. Irgendwann trifft es den Frevler doch.«

»Was soll am Fällen eines morschen Baumes unrecht sein?«

»Er hat noch gelebt. Du hast ihm das Recht zu leben abgesprochen. Als ob du der Herr der Bäume wärst.«

»Gott hat den Menschen zum Herrn der Bäume gemacht. ›Mach dir die Erde untertan‹, hat er gesagt.«

»Ein schlechter Gott, wenn er das gesagt hätte. Sind wir nicht alle seine Geschöpfe, sind wir nicht alle Bewohner desselben Hauses, Mensch und Baum, Wolf und Schlange, Christ und Heide, wie ihr uns nennt? Wir haben kein Recht, andere Bewohner aus dem Haus zu treiben oder es zu demolieren. Auch unsere Kinder und Enkel wollen noch darin leben.«

Bonifatius lächelte milde. »Dein Bild stimmt nicht. Dein Mitbewohner Wolf reißt den Mitbewohner Schaf.«

»Nur bis sein Hunger gestillt ist. Wollte er sich zum Herrn der Schafe machen und sie alle töten, hätte er bald nichts mehr zu fressen und seine Nachkommen würden verhungern.«

»Lehrt dich das dein Donar?«

»Nein, mein Verstand. Wenn der letzte Baum gefällt ist und die letzte Quelle verschüttet, werdet auch ihr vertrocknen.«

»Du irrst. Da wir dem Gebote Gottes folgen bei unserem Kampf wider die Natur, werden die Folgen unseres Tuns gut sein für uns und unsere Nachkommen bis an den jüngsten Tag. Denn der Herr verläßt die Seinen nicht.«

»Man könnte sich fürchten vor dir. Du bist so sicher, im Recht zu sein.«
»Das Böse fürchtet zu Recht die Kraft des Guten.«
»Der Baum fürchtet die Axt, die Blüte fürchtet den Frost, das Leben fürchtet den Tod. Ich möchte dich nicht fürchten müssen, Bonnie, ich möchte dich lieben können.«
»Liebe den Herrn, nicht mich!«
»Ich möchte deine sanften Hände spüren, Bonnie, nicht deine harten Worte.«
»Hebe dich von mir, Versucherin!«
»Oder sollte ich nicht besser Winnie zu dir sagen als Bonnie?«
»O du Abgrund der Sünde! Du hast dir selbst dein Urteil gesprochen.« Der gute Bonifatius wurde sehr zonig. Er beendete die Unterhaltung. Er mochte solche Gespräche nicht. Unterweisungen waren ihm angenehmer.
Bald darauf, als fast ganz Hessen getauft war und von den wenigen Heiden keine Gefahr mehr drohte, ließ er der Edeltraut kurzen Prozeß machen und sie als Hexe verbrennen. Aus angeborener Güte und Tierliebe nach vorheriger Erdrosselung, so daß sie die Qual des Feuers erst posthum in der Hölle zu spüren bekam.
Im hohen Greisenalter – er war über 80 Jahre alt – zog es Bonifatius in einer nostalgischen Regung noch einmal an den Ort seiner frühesten Missionsversuche, nach Friesland. Wobei er sich nicht damit begnügte, die inzwischen längst gut christlich gewordenen Stätten einstiger Wirksamkeit wie Utrecht oder Dorestad aufzusuchen. Nein, sein Altersstarrsinn trieb ihn, von wenigen Getreuen begleitet, hinauf in den immer noch heidnischen friesischen Norden.
Dort, am Flüßchen Boorn, das damals Bordne hieß, bei Dokkum, stellte sich den frommen Wallern am 5. Juni 754 ein Haufen friesischer Halbstarker entgegen und fragte sie nach Paß und Visum.

»Was?« schrie plötzlich einer der Jungfriesen. »Der Winfried Bonifaz aus Wessex bist du? Der vor 38 Jahren meine Großtante Wunnehild verführt und in ein englisches Kloster gesperrt hat! Das sollst du mir büßen, du Lump, du verkommener!« Und zückte sein Fahrtenmesser.

Seine Gefährten wollten dem greisen Bonifatius zu Hilfe kommen. Aber er verwehrte es ihnen und gebot in christlicher Sanftmut, sich nicht zu verteidigen. So wurden Bonifatius und seine Begleiter nieder und zu Märtyrern gemacht.

Den friesischen Rowdies ist diese Untat schlecht bekommen. Im Streit um die vermeintliche Beute – die, wie sich nachher herausstellte, nur aus Büchern bestand und deshalb für die Analphabeten wertlos war – brachten sie sich gegenseitig um.

Irgend jemand muß dabei aber noch am Leben geblieben sein und die schreckliche Mär weitererzählt haben. Denn drei Tage später überfiel – wenn wir dem Bonifatius-Biographen Willibald glauben wollen – eine große Zahl über den Tod des heiligen Mannes ergrimmter Christen die heidnischen Friesen, die unschuldigerweise nun die Schandtat ihrer schon toten Stammesgenossen büßen mußten und »in gewaltigem Metzeln niedergemacht wurden«. Sie verloren »das Leben samt Habe, Hausrat und Erben«. Die Christen aber »kehrten mit den erbeuteten Weibern, Kindern, Knechten und Mägden der Götzendiener heim«.

Woraus man ersieht, daß auch Bonifatius nur mit dem unfrohen Teil der Frohen Botschaft bei seinen Schäflein auf Widerhall gestoßen war, und sie noch recht weit entfernt waren von einer wahrhaft christlichen Lebensart. Wie der Heilige sie durch seinen Tod bezeugt hat.

Widukind
oder
Von den faulen Sachsen

Unter allen Stämmen, aus denen 100 Jahre nach Karl dem Großen das deutsche Volk hervorgehen sollte, zeichneten sich die Sachsen durch besondere Sturheit aus. Sie lebten im heutigen Niedersachsen zwischen Elbe und Ems. Ihr Stammesgebiet reichte von der Nordsee bis etwa zur Linie Halle – Kassel – Rothaargebirge – Niederrhein im Süden. Was wir heute Sachsen nennen, das Land zwischen Plauen und Meißen, war damals noch von slawischen Stämmen bewohnt.
Der unternehmungslustigere Teil dieser Sachsen war schon seit Anfang des 5. Jahrhunderts zusammen mit den jütländischen Angeln nach Britannien ausgewandert. Die Daheimgebliebenen aber verharrten auf ihren Höfen mit den hölzernen Pferdeköpfen überm Giebel stur beim Althergebrachten und pfiffen auf den jeweiligen Zeitgeist. Selbst als die Franken ganz West- und Mitteleuropa, soweit es christlich war, unter ihre Herrschaft gebracht hatten, wollten sie weder christlich noch fränkisch werden. Nicht einmal von ihren eigenen sächsischen Adligen ließen sie sich herumkommandieren. Ihnen genügte als Obrigkeit wie den Urvätern ein Häuptling für jede Großsippe. Alles, was über den Familienverband hinausging, lehnten sie in schöner altgermanischer Anarchie ab. Für den Staat oder ähnliche größere Organisationsformen hatten sie so viel Sympathien wie die Mäuse für eine Katze.
Auch noch ein oder zwei Generationen nach Bonifatius zeig-

ten sie keine Lust, sich taufen zu lassen. »Und wenn die Welt voll Christen wär«, sagten sie, »wir bleiben doch Phol ende Uodan treu.« Wie zu Zeiten Armin des Cheruskers lagen sie auf Bärenhäuten, hielten Bildung und Kultur für unnötigen Schnickschnack, arbeiteten nur das Allernötigste, ließen Donar, Wotan, Saxnot und die anderen alten Götter gute Männer sein und vergnügten sich in heiligen Hainen bei Pferdefleisch und Met, Tanz und »obszönen Liedern«, wie die christlichen Missionare wetterten.

Der Christenglaube war den Sachsen schon deshalb suspekt, weil man nach der Taufe den Zehnten zahlen mußte: zehn Prozent vom Ertrag für die Kirche. Welcher Bauer aber gibt freiwillig etwas her vom mühsam Erwirtschafteten? Oder arbeitet mehr, um damit einen nicht arbeitenden Prediger zu ernähren? Das wäre doch hinausgeworfenes Geld, und von einer Religion, die solches verlangt, konnte für ihn nichts Gutes kommen.

Die benachbarten Christen im Frankenreiche nannten die heidnischen Dickköpfe ob solcher Verweigerung die »faulen Sachsen« (so noch eine Reichenauer Handschrift Mitte des 9. Jahrhunderts). Jeder Missionar – gleich, ob er religiös oder kulturell bekehrt – weiß, daß Unbekehrte und Heiden von Natur faul sind. Denn sie weigern sich, den für Religion oder Kultur benötigten Mehrwert durch erhöhten Fleiß zu erwirtschaften. Ergo sind sie faul. Nach den Sachsen waren das die Slawen (bei manchem germanischem Chauvi bis auf den heutigen Tag, auch wenn er längst kein Christ mehr ist), dann die Indianer im neuentdeckten Amerika, später die Afrikaner und heute noch ganz allgemein die Bewohner der Dritten Welt, wenn sie sich weigern, uns ordentlich was abzugeben vom Ertrag ihrer Arbeit.

Diese faulen Sachsen endlich eines Besseren, nämlich des christlichen Fleißes, zu belehren, entschloß sich der Frankenkönig Karl, den man später den Großen genannt hat, im

A
JETZT
ODER
NIE
ANARCHIE

Jahre 772 n. Chr. Er war damals 30 Jahre alt und im ersten Jahre der Alleinregierung, nachdem sein Bruder Karlmann gestorben worden war. Er gedachte, diese Belehrung der Sachsen in einem Blitzkrieg zu tun, eroberte die Eresburg, die größte der sächsischen Volksburgen, südlich von Paderborn an der Diemel gelegen, und zerstörte unweit davon das sächsische Heiligtum, die Irminsul. Das war eine große Holzsäule unter freiem Himmel, vielleicht der Stamm eines riesigen Baumes. Nach sächsischem Glauben stellte sie die Weltsäule dar, welche das Himmelsgewölbe trägt.

Drei Tage nahm ihre Zerstörung in Anspruch; der dortige Opferschatz, große Mengen an Gold und Silber, vermehrte Karls Privatbesitz. Die Sachsen waren damit geschlagen, Karl ließ einige Burgen bauen, verteilte Besatzungen und Missionare übers Land und hielt den Sachsenkrieg nach wenigen Wochen für siegreich beendet.

Womit sich der große Karl sehr getäuscht hatte. Denn dieser Sachsenkrieg wurde zum »blutigsten und langwierigsten aller von den Franken geführten Kriege«, wie Karls Biograph Einhard hinterher vermelden mußte. Er dauerte rund 33 Jahre. Auch warum er so lange gedauert und so viel Blut und Tränen gekostet hat, wußte Einhard zu erklären. Die Sachsen seien eben »von Natur wild, dazu Heiden, gesetzlos und ungebunden«.

Der Krieg gegen die Sachsen spielte sich mit schöner Regelmäßigkeit so ab: Karl besetzte mit einer fränkischen Armee das Land, schlug die Sachsentruppen aufs Haupt, die Sachsen ergaben sich, schwuren Treue, ließen sich in Massen taufen, Karl ernannte ihre Adligen zu Grafen und ließ sie, um sie für sich zu gewinnen, am Zehnten teilhaben. Dann verließ er das befriedete Land, um gegen die Langobarden, die Araber in Nordspanien, die Awaren oder gegen Aufständische irgendwo in seinem großen Reich zu Feld zu ziehen. Und alsbald vergaßen die Sachsen alle Schwüre, alle Verträge und alle Taufgelübde, jagten die fränkischen Grafen samt Besatzern und Priestern über den Rhein und ergaben sich wohlig wieder ihren alten Göttern und ihrer altsächsischen faulen Anarchie.

Seele des Widerstands war lange Zeit ein westfälischer Häuptling namens Widukind. Was Waldeskind bedeutet. Immer wenn Karl wieder mal gesiegt hatte und die sächsischen Grundbesitzer angekrochen kamen und sich lieber taufen ließen und den Zehnten zahlten, als enteignet zu werden und alles zu verlieren, emigrierte er zur Verwandtschaft seiner Frau, dem dänischen König. Sobald Karl dann wieder abgezogen war, um woanders law and order wiederherzustellen, kam Widukind flugs aus Kopenhagen zurück und sagte zu seinen Sachsen: »Freunde, ich habe mich Karl gegenüber zu nichts verpflichtet. Wer sich mir anschließt, kämpft gegen Karl und den Zehnten, die alten Götter sind mit uns.«

Besonders wegen des Zehnten fand er immer wieder genug Anhänger. Wenn nicht mehr beim Adel, so doch bei den freien Bauern und den kleinen Leuten. Denen paßte es am wenigsten, im Schweiße ihres Angesichts Christen zu werden, und sie fragten sich vergeblich, warum eigentlich sie ihre Heiden und Wälder kaputtmachen, ihre Äcker auspowern sollten, wenn sie selber doch nichts davon hätten als ein ungewisses besseres Jenseits?

Mit der Zeit wurde Karl das Katz-und-Maus-Spiel mit Widukind zu dumm, und als die Sachsen 782 n. Chr. eine fränkische Truppeneinheit am Süntel überfallen und abgemurkst hatten, verlangte er die Auslieferung aller, die an diesem Überfall teilgenommen hatten. Viele von ihnen ließ er bei Verden an der Aller köpfen. Vielleicht waren es tatsächlich 4500 Sachsen, wie in einer Handschrift steht, vielleicht waren es 500, vielleicht auch nur 45 – auf jeden Fall waren es zu viele. Die schon recht kriegsmüde gewordenen

Sachsen wurden durch dieses Strafgericht von Verden verbittert. Widukind, der wieder einmal zur dänischen Verwandtschaft ausgewichen war, fand bei kleinen Bauern und Unfreien großen Zulauf für weiteren Widerstand. Seine alten Kameraden freilich, die sächsischen Adligen und Grundbesitzer, hatten sich nach Verden endgültig gewendet. Der unter den neuen christlichen Anschauungen wachsende Fleiß auf ihren Gütern machte sie von Jahr zu Jahr wohlhabender; und das förderte wesentlich ihre eigene christliche und profränkische Gesinnung.
Für Widukind, den Anführer des Widerstand der Habenichtse und der Altgläubigen, wurden die Aussichten immer geringer, auf seine unter fränkischer Verwaltung stehenden Güter in Westfalen zurückkehren zu können. So wird er nach drei weiteren Jahren im niederelbischen Maquis recht froh gewesen sein, als er im Sommer 785 einen persönlichen Brief Karls bekam. Nicht eigenhändig geschrieben natürlich, denn Karl konnte fast so wenig schreiben wie Widukind lesen. Doch jeder hatte seine Schreibknechte, Widukind einen kriegsgefangenen Mönch, der froh war, daß ihn dieser Job vor dem Opfertod unter einer heiligen Eiche bewahrt hatte.
Dieser las nun also seinem Chef vor:
»Carolus Magnus an den sächsischen Räuperhauptmann Widukind. Lieber Widu, ist es nicht eine Schande, daß ein Mann wie Du, aus der vornehmsten und reichsten Familie Westfalens, sein Leben in den Sümpfen fristet als Anführer von hinterwäldlerischen Schützenvereinen, kornsaufenden Kleinbauern und unbelehrbaren Holzköpfen? Eure alten Asen sind passé, das Teufelsmoor ist nicht der Mittelpunkt der Welt, auch der sturste Sachse kann den Lauf der Weltgeschichte nicht verändern: Ich halte Widukind nicht für so beschränkt, das nicht längst eingesehen zu haben.
Schade um Deine schönen Besitztümer in Westfalen, die Du nicht mehr betreten kannst. Deine Bauern sind seit einigen

Jahren getauft und gehen fleißig in die Kirche und auf den Acker. Der Hektarertrag ist um über 30 Prozent gestiegen. Was könntest Du zu Hause für ein Leben führen!
Jetzt führt es der Graf Gero, welcher Deine Güter verwaltet und in dessen Besitz sie am ersten Januar nächsten Jahres übergehen werden. Falls Widukind bis dahin nicht zurückkehrt, sich taufen läßt und Karl als seinen König anerkennt.
Dieser Gero ist ein aufgeblasener, eitler Kerl, der ein Gefecht gegen die Sarazenen, das Du mit der linken Hand gewonnen hättest, schändlich verloren hat. Deine westfälischen Besitzungen gönne ich ihm nicht. Dich aber, lieber Widukind, würde ich mit eigenen Händen aus der Taufe heben, wenn Du nur wolltest. Eine wertvolle Reliquie als Taufpräsent wäre Dir sicher. Überlege es Dir also gut, es ist Deine letzte Chance. Ich hoffe, bald wieder von Dir zu hören.
Dein Dich trotz allem, was zwischen uns vorgefallen ist, hoch schätzender Karl der Große.
PS: Hänge dieses Schreiben bitte nicht an die große Glocke. Die Welt ist voll von kleinkarierten Korinthenkackern, die es mir wie Dir verübeln würden, daß wir miteinander korrespondieren. K.«
Widukinds Antwort war von sächsischer Kürze. Sie lautete: »Schicke bis Herbst zwei Geiseln, damit nichts Unrechtes passiert, wenn ich zum Taufen zu Dir komme. Wähle einen würdigen Platz aus, ich bin mir meines Wertes bewußt. Auch die Reliquie muß entsprechend wertvoll sein, ebenso der Kasten, in dem sie steckt. Widu.«
Die Geiseln kamen, der Taufort wurde bestimmt. Es war die königliche Pfalz in Attigny an der Aisne, halbwegs zwischen Reims und Sedan. Zu Weihnachten 785 fand die Taufe statt. Da Karl Widukinds Abneigung gegen alles Lateinische kannte, hatte er extra einen Geistlichen aus dem Rechtsrheinischen kommen lassen, der den Taufakt in der Landesspra-

che Widukinds vornahm. Er fragte den Täufling mit den schon von Bonifatius festgelegten Worten:
»Forsàchistu diobolae?« Was auf neudeutsch heißt: »Entsagest du dem Teufel?« Und Widukind antwortete: »Ec forsacho diobolae.« Der Kleriker fuhr fort: »End allum dioboles wercum?« Worauf Widukind antwortete: »End ec forsacho allum dioboles wercum and wordum thunaer ende woden ende saxnote ende allum them unholdum the hira genotas sint.«
Worauf der Geistliche fragte: »Gelobistu in got alamehtigan fadaer, gelobistu in christ godes suno, gelobistu in halogan gast?« Und Widukind beschwor, es zu glauben.
Karl ließ sich als Taufpate nicht lumpen. Widukind bekam die versprochene Reliquie in einem sehr kunstvoll gearbeiteten goldenen Reliquiar. Er nahm den Heiligenschrein mit nach Hause und gab ihn der von ihm gestifteten Kirche in Enger (Kr. Herford), in der er später auch selbst bestattet worden ist.
Sein Mitbringsel für Karl war mehr weltlicher Natur: eine wohlgewachsene junge Sächsin namens Gesuinda aus seinem Privatbesitz. Widukind kannte seinen Karl, und der reihte das liebenswerte Geschenk auch alsbald mit Vergnügen ein in die stattliche Herde seiner königlichen Gespielinnen und Nebenfrauen.
Widukind hielt von da an still und widmete sich bis ans Lebensende nur noch dem christlichen Mehrwert seiner Besitzungen, die ihm Karl ohne Abzug zum 1. 1. 786 zurückerstattet hatte.
Anders die sächsischen Kleinbauern zu beiden Seiten der Elbe. Sie schalteten noch 19 Jahre lang auf stur und weigerten sich, Karl und seiner Kirche den Zehnten zu zahlen. »Lieber faul und frei, als fromm und fleißig«, lauteten die damals berüchtigten vier sächsischen F. Erst als Karl, nun schon Kaiser Karl, über 20 000 von ihnen mit Weib und Kind deportie-

ren und in anderen Teilen seines Reiches ansiedeln ließ, kehrten an der unteren Elbe Ruhe, Fleiß und Gottesfurcht ein. Zahlreiche Ortsnamen, von Sachsenhausen bei Weimar und Sachsenheim in Württemberg bis Sachsenburg bei Spittal in Kärnten erinnern heute noch an dieses bittere Ende von Sachsens Frei- und Faulheit.

Auf Heidenjagd in Masuren
oder
Wer kennt schon Herkus Monte?

Markgraf Otto III., ein Urenkel von Albrecht dem Bären, war ein gütiger und gottesfürchtiger Landesvater, ein erhabenes Vorbild an Friedfertigkeit. 46 Jahre lang, von 1220 bis 1266, regierte er die Mark Brandenburg gemeinsam mit seinem Bruder Johann I., ohne daß einer den andern umgebracht oder vertrieben hätte, wie das in Führungskreisen sonst üblich gewesen ist. Er galt als Förderer von Handel und Wandel in seinem Land, gründete fleißig Städte – darunter Berlin – und sorgte für die Ansiedlung deutscher Bauern und Handwerker im ehedem slawischen Gebiet zwischen Elbe und Oder.
Eines seiner liebsten Hobbys war die Heidenjagd. Das lag im Trend der Zeit, das schätzten fast alle Potentaten. Nur gingen die Heiden in Mitteleuropa allmählich aus. Und wie heutzutage betuchte Nimrode in die Karpaten fahren, um sich die letzten Bärenfelle zu erjagen, so mußte man zu Ottos Zeiten ins abgelegene Land der Prußen reiten, wenn man noch echte Heiden aufspüren wollte. Und doch die jahrelangen Strapazen eines Kreuzzuges ins Heilige Land scheute.
Zwischen Weichsel und Memel, Haff und Masurischen Seen lebten, in zahlreiche Stämme zersplittert, diese sturen Westbalten. Sie züchteten ihre Pferde, fischten, betrieben Ackerbau und sammelten Bernstein (den die Samländer schon in der Antike nach Ägypten und Griechenland verscherbelt hatten), verehrten ihre Naturgötter und lebten re-

lativ friedlich vor sich hin. Allen polnischen, deutschen, dänischen und sonstigen Bekehrungs- und Eroberungsversuchen widersetzten sie sich standhaft. Im 13. Jahrhundert waren sie so zum letzten heidnischen Schandfleck im sonst brav christlichen Mitteleuropa geworden und lockten Heidenjäger und Kreuzfahrer an wie alter Käse die Fliegen.
Kaiser Friedrich II. hatte mit der Goldenen Bulle von Rimini 1226 die Draufgänger vom 1190 gegründeten Deutschen Orden in diesen Winkel fern von Palermo abgeschoben und ihnen das Prußenland, das ihm gar nicht gehörte, zur Eroberung und Christianisierung geschenkt. Man beachte die Reihenfolge. Sie war für den Orden und seine Finanzen sehr wichtig, als er sich 1231 im Kulmer Land, am Ostufer der unteren Weichsel, niederließ.
Denn solange die Prußen noch Heiden waren, galten sie nach damaligem Brauch nicht als eigentliche Menschen, sondern als Sachen. Wie bei uns bis vor kurzem Versuchsaffen oder Wach- und Schoßhunde. Wer sie in seinen Besitz brachte, konnte mit ihnen anfangen, was er wollte: sie gleich töten oder weiterverkaufen, oder in Reservaten für sich arbeiten lassen. »Arbeit macht fromm«, hieß das wie später bei den Nazis »Arbeit macht frei«.
Es hatte also guten Grund, daß sich der Orden mit dem Christianisieren sehr viel mehr Zeit ließ als mit dem Kolonisieren. Vor beidem zogen sich die Prußen hinter ihre Sümpfe zurück, in denen die gepanzerten Ritter mit ihren schweren Rössern sommers elend steckenblieben und von zahllosen Stechmückenschwärmen zu raschem Rückzug in trockenere Gefilde gezwungen wurden. Die Naturgötter taten also ihr möglichstes, um ihre letzten Anhänger zu schützen. Aber es war vergebens. Stück um Stück nahm der Orden alles gute Land in Besitz und ließ es von den eingefangenen Einheimischen bewirtschaften, denen auch die Taufe am Ende nicht mehr brachte als kümmerliches Überleben.

In den strengen Wintern, wenn Seen und Sümpfe hart gefroren waren, luden die Ordensritter befreundete Adlige mit ihren Mannen zur Heidenhatz ein, einem ritterlichen Männervergnügen, das, als Kreuzzug deklariert, zusätzlich mit Ablaß im Jenseits belohnt wurde.
Womit wir wieder bei unserem Brandenburger Otto wären. Mindestens viermal hat er sich, beginnend im Winter 1248/49, an solchen frommen Lustbarkeiten beteiligt. Da konnte man für ein paar Wochen seiner angetrauten Beatrix und allen häuslichen Sorgen entfliehen, ein fröhliches Lagerleben im Kreise harter Männer genießen, auf gefrorenem Morast meilenweit um die Wette reiten, Prußendörfer anzünden, die tollsten Spielchen mit den Heiden treiben, die Überlebenden zugunsten des eigenen Seelenheils zwangstaufen lassen und sogar, wenn man wollte, selber die Patenschaft für solche unfreiwilligen Täuflinge übernehmen. Von zwei prußischen Adligen ist überliefert, daß sie bei solcher Gelegenheit den Namen ihres hohen Paten verpaßt bekamen und von Stund an Otto hießen.
Nach ein paar ereignisreichen Wochen kehrte man dann heim, beladen mit reicher Beute. Wertvolle Pelze und selbstgefangene Sklaven waren die beliebtesten Souvenirs.
Dem Deutschen Orden nahmen solche winterlichen Jagdgäste einen Großteil der Schmutzarbeit ab. Die Ordensritter konnten sich auf das erträglichere Feld der Organisation und Administration konzentrieren. Dank der so gut wie kostenlosen Arbeitskraft der unterworfenen Prußen begann der Weizen des Ordens zu blühen. Wortwörtlich. Das Ordensland produzierte auf den Großgütern bald weit über den Eigenbedarf hinaus und exportierte Getreide bis nach Holland und England. Das Bernsteinregal von 1260, nach dem aller Bernstein im Samland dem Orden gehörte, und jedermann, der ohne Genehmigung Bernstein sammelte, aufgeknüpft wurde, vergrößerte den Reichtum des Ordens.

Alle prußischen Stämme mußten Söhne aus den führenden Familien als Geiseln stellen. Einige davon schickte man zur Gehirnwäsche und christlichen Erziehung auf die Moritzschule in Magdeburg. Auf daß sie im Umgang mit deutschem Adelsnachwuchs ihre heidnische Vergangenheit vergessen und als wahre Christenmenschen später einmal dem Orden bei der Beherrschung ihrer Stammesgenossen zur Seite stehen konnten.

Deutsche und polnische Siedler wurden ins Land geholt, und als 1255 der böhmische König Ottokar II., ein Nachkomme von Libussa und Przemysl, zur Heidenjagd aus Prag angereist kam, waren kaum noch Heiden für die Jagd aufzutreiben. Um den prominenten tschechischen Jagdgast nicht zu verärgern, gründete man ihm zu Ehren am Pregel rasch eine Stadt und nannte sie nach ihm Königsberg. So hieß sie dann bis 1945.

Fünf Jahre nach Ottokars Besuch aber, 1260, ging die Friedhofsruhe zwischen Weichsel, Samland und Masuren zu Ende. Am 13. Juli wurde ein Ordensheer, das Litauen erobern wollte, an dem Flüßchen Durbe in Kurland von den Litauern in die Flucht geschlagen. Bei den Prußen regte sich Hoffnung. »Die eisernen deutschen Ritter sind also doch nicht so unbesiegbar, wie sie behaupten«, sagten sie untereinander.

Der Ordensvogt der Lenzenburg am Frischen Haff, zuständig für die Stammesgebiete der Warmier und der Natanger, erfuhr, daß die Eingeborenen während der Fronarbeit zur Erntezeit respektlose Reden über den Orden führten, gedachte der Anweisung im Schulungsbrief für Besatzungsoffiziere, man müsse den Anfängen wehren, lud 50 angesehene Prußen aus diesen beiden Stämmen zu sich und ließ sie anläßlich eines Gastmahls, das er ihnen gab, lebendig verbrennen. Prophylaktisch, bei Eingeborenen kann man ja nie wissen, auch wenn sie schon ein paar Jahre getauft sind.

Volrad Mirabilis hieß dieser edle Ritter, und die Folgen seines Heldenstücks waren in der Tat recht wundersam. Denn die geschundenen Prußen hatten nun endgültig genug. Und urplötzlich waren, vom Orden trotz aller Spitzel unbemerkt, fünf junge Geiseln, aus Magdeburg entflohen, wieder im Land. Sie pfiffen auf alle deutschchristliche Umerziehung und organisierten den Aufstand.

Als erstes legten sie ihre deutschen Taufnamen ab: Aus dem Junker Nikolaus wurde so wieder Auttume, der Jungfürst der Pogesanier im Ermland, aus Carolus der Fürstensohn Glappe aus Warmien am Frischen Haff, Ritter Otto aus dem Bartenland nannte sich wieder Diwane, Ricardus wurde zu Glande, Herzog des Samlands, und ihr Anführer Henrikus verwandelte sich zurück in den prußischen Herkus Monte vom Stamme der Natanger, die südlich des Pregel zu Hause waren.

Mit den Namen warfen sie die deutsche Sprache, ritterliche Sitten und christlichen Glauben von sich und forderten bei geheimen Zusammenkünften in den Wäldern ihre Stammesgenossen auf, es ihnen nachzutun. Als Herkus Monte beim Schein der neuentflammten Opferfeuer seinen Landsleuten zurief: »Laßt uns wieder den großen Curche verehren, den Gott der Felder, der Liebe und des Lebens, und nicht länger den christlichen Gott des Todes und der Zerstörung«, da fanden er und seine Mitverschwörer ungeteilte Zustimmung. Aus den Sümpfen, in die sie sich versteckt hatten, kamen die Waidelotten, die alten heidnischen Priester, und segneten das Unternehmen.

Der 20. September 1260 wurde zum Tage X bestimmt; und niemand verriet den Deutschen etwas, bis an diesem 20. September bei Morgengrauen das große Christenjagen im Prußenlande begann, die grausame Antwort auf jahrzehntelanges Heidenjagen.

Wie hatten Kolonialisierung und Christianisierung die Prußen verändert! Nun waren sie keine friedfertigen und hilfsbereiten Wilden mehr, wie sie der Pfarrer Helmold aus Bosau 90 Jahre zuvor in seiner Slawenchronik geschildert hatte: »Sie sind sehr menschenfreundlich gegen Notleidende und fahren sogar denen, welche auf dem Meere in Gefahr geraten oder von Seeräubern angefallen werden, entgegen und helfen ihnen.« Nun zeigten sie, was sie von ihren christlichen Lehrmeistern gelernt hatten.

Die vom Orden ins Land geholten Neusiedler wurden mit Weib und Kind erschlagen, ihre Häuser und fast alle Kirchen im Land wurden niedergebrannt, zahlreiche Burgen und feste Orte überrumpelt und dem Erdboden gleichgemacht.

Wie die Christen mit ihren heiligen Hainen und Quellen, so verfuhren nun die wieder zu Heiden gewordenen Prußen mit den Kirchen und Kapellen; wie die Ordensritter prußische Dörfer zerstört hatten, so vernichteten nun diese die Ansiedlungen des Ordens.

Nur die Hauptburgen konnten sich halten. Ein den Ordensrittern eilends zu Hilfe geschicktes Kreuzheer wurde im Januar 1261 bei Pokarben am Frischen Haff in einer acht Tage währenden Schlacht geschlagen. Hier zeigte sich, wieviel Herkus Monte und seine Prußen von ihren Kolonisatoren gelernt hatten. Noch Helmold hatte geschrieben, daß sie »keinen Herrn über sich dulden wollten«, nun siegte Herkus Monte mit einem wohldisziplinierten und straff geführten Heer, das den aus Deutschland angerückten Berufssoldaten überlegen war.

In dieser Schlacht gerieten etliche deutsche Ritter in natangische Gefangenschaft. Bei der Siegesfeier stellte man sie in Reih und Glied auf. Dann wurde einer von ihnen ausgelost, um als Dankopfer an die Götter verbrannt zu werden.

Herkus Monte betrachtete den Auserwählten und rief dann – wobei er sich zum ersten Mal seit seiner Flucht aus Magde-

burg wieder der deutschen Sprache bediente: »Dich kenne ich doch! Bist du nicht der Ritter Hirtzhals aus Magdeburg?«
Der nickte und sagte: »Ja, der bin ich. Und wenn mich nicht alles täuscht, dann bist du der Junker Heinrich aus der Moritzschule, den ich vor ein paar Jahren aus der kalten Elbe gezogen habe, als er sich zu früh aufs Eis gewagt hatte.«
»Mein Lebensretter!« – Die beiden lagen sich in den Armen. Sehr zum Erstaunen der umstehenden Natanger. Der Priester wurde ärgerlich und schimpfte: »Mit einem Opfer redet man nicht. Schon gar nicht auf deutsch. Das ist Götterlästerung und ein Frevel gegen den Glauben.«
Da sind sich die Priester so ziemlich aller Religionen einig: Wer mit menschlichen Gefühlen ihre heiligen Handlungen durcheinanderbringt, ist ein überaus gottloser Mensch.
»Freunde«, sagte Herkus unbeirrt, »wir müssen noch einmal losen. Dieser Ritter hier hat in Magdeburg sein Leben gewagt, um meines zu retten. Nun ist es an mir, ihm das seine zu erhalten.«
Der Waidelotte tobte. Was Herkus verlange, erzürne die Götter.
Aber Herkus fragte seine Natanger: »Wer hat euch zum Sieg geführt? Dieser Priester da, den man in den acht Kampftagen nicht ein einziges Mal gesehen hat, oder ich?«
»Ich habe die Götter günstig gestimmt. Sonst hättet ihr nicht siegen können«, sagte der Waidelotte zwar, aber die Natanger hielten zu ihrem Herzog und bestimmten mehrheitlich, ein zweites Mal das Los zu werfen.
Der Priester wußte es so einzurichten, daß das Los auch dieses Mal auf Hirtzhals fiel. Als aber Herkus Monte nun einen dritten Loswurf verlangte, meuterten sie. Auch ein siegreicher Feldherr dürfe nicht beliebig gegen Sitte und Brauch verstoßen. Dem durch das Los zweimal offenbarten Willen der Götter müsse nun auch Herkus Monte gehorchen. Selbst wenn es seinen besten Freund treffe.

Herkus entschuldigte sich bei Hirtzhals. Er müsse sich der Mehrheit seines Stammes fügen. Hirtzhals aber sagte voller Verachtung zu ihm, das habe er jetzt von seiner heidnischen Demokratie. Einem christlichen Fürsten dürfe sein Volk so nicht mitspielen.

Der Waidelotte aber sagte: »Endlich«, und ließ einen Holzstoß errichten. Dann wurde Hirtzhals in voller Rüstung aufs Roß gebunden und mit diesem den Göttern zu Ehren geröstet.

Nun zog sich der Krieg in die Länge, und immer wieder bekam der Orden Nachschub und Hilfe aus dem Reich. Im Winter 1265 erschien Herzog Albrecht von Braunschweig mit einem Kreuzheer auf der Bilfdläche, 1266 wieder einmal Markgraf Otto III. von Brandenburg, 1267 sogar König Ottokar II. von Böhmen, der sehr ungehalten war, von seiner Stadt Königsberg nur noch verkohlte Trümmer vorzufinden. Nach bewährter Methode wollten sie jeweils in einem Winterfeldzug die Prußen besiegen. Aber noch waren die Naturgötter mit den Ihren. Die Winter waren extrem mild, weder See noch Fluß, noch Sumpf froren zu. Die deutschen und böhmischen Kreuzzügler blieben im Dreck stecken. Und da den frommen Kriegern jeweils für ein halbes Jahr Kampf gegen die Heiden Ablaß aller Sünden und die ewige Seligkeit zugesagt worden war (nur zu solch günstigen Konditionen konnten Freiwillige aufgetrieben werden), kehrten die Glaubenskämpfer immer im Frühjahr, wenn die Schlammperiode zu Ende ging, nach Hause an Elbe, Rhein und Moldau zurück.

Dennoch wendete sich allmählich das Blatt. Der Krieg erschöpfte sich in kleineren Gefechten, bei denen die meisten von Montes Magdeburger Freunden den Tod fanden. Das Samland wurde von den deutschen Rittern Ort um Ort zurückerobert und »befriedet«. Anfang der siebziger Jahre gingen die milden Winter zu Ende. Ein neues, großes Kreuzheer mit über 2000 Panzerreitern unter dem Markgrafen Dietrich von Meißen zog Ende 1272 auf nun wieder hartgefrorenem Boden von der Passarge an den Pregel. Herkus Monte wurde mit seinen Natangern erst bei Braunsberg, dann bei Brandenburg südwestlich von Königsberg geschlagen, das Land wurde besetzt. Monte mußte in die Wälder fliehen.

Was nun folgte, war die Rache an den Abtrünnigen, nicht weniger grausam als der Aufstand. Jeder heidnische Ritus wurde verboten, Zwingburgen und Kirchen wurden wiederaufgebaut.

Hermann von Schönberg, der Komtur von Christburg, überraschte auf der Jagd zusammen mit einem Ordensritter den in einem Zelt im Wald schlafenden Herkus Monte. Ehe er sich zur Wehr setzen konnte, warfen die beiden ein Fischernetz über den Schlafenden. Dann hängten sie ihn an einem Baum auf und durchbohrten seinen Körper mit ihren Schwertern.

Doch noch einmal fast zehn Jahre sollte es dauern, bis als letzter Stamm auch die Sudauer, jenseits von Goldap und Gumbinnen, unterworfen und »bekehrt« waren.

Nun endlich war das ehemalige Prußenland fest in deutscher Hand, und aus allen Teilen des Reiches strömten Kolonisten herbei. Von den Prußen selbst blieb nicht viel mehr als der Name Preußen. Gut 200 Jahre lang hielten sich hinter den Sümpfen noch ein paar unverbesserliche Hinterwäldler, die klammheimlich den heiligen Bock schlachteten, ihr verbotenes Prußisch sprachen und dem Waidelotten mehr glaubten als dem geistlichen Herren. Im 16. Jahrhundert erzählte der Bettelmönch Simon Grunau, er habe noch ein paar wenige selbst angetroffen. Seitdem sind wieder nur einige Jahrhunderte vergangen, und nun hört man im ehemaligen Prußenlande zwischen Weichsel und Memel, Haff und Masurischen Seen auch kein Deutsch mehr.

Nichts, was Menschen planen und tun, sei's im Bösen, sei's im Guten, währt länger als eine sehr kurze Spanne Zeit. Wenigstens das könnte man, wenn man wollte, aus der Geschichte oder aus den Geschichten lernen.

Zeittafel

Die Zeittafel mit Eckdaten der europäischen Vorgeschichte und Geschichte (mittlere Spalte) soll helfen, die Ereignisse und Personen der hier erzählten Geschichten (rechte Spalte) historisch einzuordnen.

v. Chr.

ca. 8000	erste Bauern- und Stadtkulturen im Orient	
ca. 5000		Bandkeramiker in Talheim
ab ca. 3000	erste Hochkulturen im Orient	
ca. 1000		Beginn des Salzbergbaus in Hallstatt
ca. 753	Gründung Roms	
um 600	griechische Kolonie in Massalia/Marseille	
um 500		Keltenfürst auf dem Hohenasperg

490	Miltiades siegt bei Marathon	
470–399	Sokrates	
387		Brennus vor Rom
384–322	Aristoteles	
281–275		Keltenzüge nach Griechenland und Anatolien (Galater)
113–101	Kimbern und Teutonen bedrohen Rom und Gallien	
58–51	Cäsars Gallischer Krieg	
27–14 n. Chr.	Kaiser Augustus	
15	Tiberius und Drusus erobern das Voralpengebiet bis zur Donau	

n. Chr.

6–9	Dalmatinisch-pannonischer Aufstand	
9		Varusschlacht
68	Tod von Nero	
69	Vierkaiserjahr	
69–70		Bataveraufstand des Julius Civilis

213		Caracalla besiegt die Alamannen
ca. 316–397	hl. Martin von Tours	
324–337	Konstantin der Große Alleinherrscher	
325	Konzil von Nicäa	
365		Ausonius wird Prinzenerzieher
368	Rando überfällt Mainz	Ausonius erhält Bissula
372		Märtyrertod des hl. Saba
375	Gratian wird Kaiser des Westreichs in Trier	
375	Die Hunnen besiegen die Ostgoten	
393		Ausonius stirbt auf seinem Landsitz bei Bordeaux
410	Alarich plündert Rom	
429–534	Wandalenreich in Nordafrika	
451	Schlacht auf den Katalaunischen Feldern	
452		Begegnung Leos des Großen mit Attila

um 453		St. Severin kommt nach Asturis
481		Chlodwig folgt seinem Vater Childerich
482		Tod des heiligen Severin
493–526	Theoderich der Große	
um 496		Chlodwig schlägt die Alamannen und wird Christ
568	Die Langobarden in Oberitalien	
nach 568	Nord- und Westwanderung slawischer Stämme; Awaren an Donau und Theiß	
572		Die Rache der Rosamunde
688–741	Karl Martell	
nach 700		Libussa und Przemysl in Böhmen
716		Winfried-Bonifatius in Friesland
722	Sieg der Araber über die Westgoten in Spanien	

723		Bonifatius fällt die Donarseiche in Geismar
732	Karl Martell besiegt die Mauren bei Tours und Poitiers	
754		Märtyrertod des hl. Bonifatius in Dokkum
747–814	Karl der Große	
772		Beginn von Karls Sachsenkriegen
785		Taufe von Widukind
928/29	Heinrich I. besiegt die Slawen zwischen Elbe und Oder	
1190	Gründung des Deutschen Ordens	
1226	Goldene Bulle von Rimini	
1231		Der Deutsche Orden im Kulmer Land
1260–1282		letzter Prußenaufstand

Die Alamannen

Archäologie eines lebendigen Volkes. Von Rainer Christlein. 298 Seiten mit 112 Tafeln, davon 54 in Farbe, 135 Zeichnungen und Karten im Text. Diese erste Archäologie der Alamannen bringt in Text und Bild einen Überblick über ihre Besiedlung und Erschließung Südwestdeutschlands.

Die Kelten in Baden-Württemberg

Hrsg. von Kurt Bittel, Wolfgang Kimmig und Siegwalt Schiek. 536 Seiten mit 438 Abbildungen, davon 30 in Farbe, Plänen, Karten, Zeichnungen. Die Gesamtdarstellung der Kelten in Südwestdeutschland, ihrer Geschichte, Kultur und Kunst mit einer Übersicht aller wichtigen Grabungen, Funde und Bodendenkmäler.

Frühgeschichte Bayerns

Römer und Germanen – Baiern und Schwaben – Franken und Slawen. Von Wilfried Menghin. 206 Seiten mit 101 Abbildungen und 72 Farbtafeln. Die erste große Gesamtschau der spätantiken und frühmittelalterlichen Geschichte und Archäologie Bayerns in Text und Bild.

Die Vorgeschichte Hessens

Hrsg. von Fritz-Rudolf Herrmann und Albrecht Jockenhövel. 560 Seiten mit 386 Abbildungen und 24 Farbtafeln. Die erste systematische Darstellung der Vorgeschichte Hessens – ein reichillustriertes Handbuch und Nachschlagewerk.

Ur- und Frühgeschichte in Niedersachsen

Hrsg. von Hans-Jürgen Häßler. 600 Seiten mit 345 Abbildungen und 24 Farbtafeln. Das große Handbuch zur Ur- und Frühgeschichte in Niedersachsen von der Altsteinzeit bis zum frühen Mittelalter.

Bill Gates

in Zusammenarbeit mit Nathan Myhrvold
und Peter Rinearson

DER WEG NACH VORN

Die Zukunft der Informationsgesellschaft

Aus dem Amerikanischen von
Friedrich Griese und Hainer Kober

Hoffmann und Campe

Die Originalausgabe erscheint unter dem Titel
The Road Ahead bei Viking Penguin
(ein Unternehmen von Penguin Books, USA, Inc.), New York

Die Deutsche Bibliothek – CIP-Einheitsaufnahme
Gates, Bill:
Der Weg nach vorn: die Zukunft der Informationsgesellschaft / Bill Gates.
Aus dem Amerikan. von Friedrich Griese und Hainer Kober. In Zusammenarbeit mit
Nathan Myhrvold und Peter Rinearson.
– 3. Aufl. – Hamburg : Hoffmann und Campe, 1995
ISBN 3-455-11044-4

Schutzumschlaggestaltung: Buchholz/Hinsch/Hensinger
unter Verwendung eines Fotos von Annie Leibovitz/Contact Press Images
Satz: Utesch Satztechnik GmbH, Hamburg
Druck und Bindung: Graphischer Großbetrieb Pößneck
Printed in Germany

Für meine Eltern

Inhalt

Danksagungen

Um ein größeres Softwareprojekt auf den Markt zu bringen, sind manchmal die vereinten Kräfte Hunderter von Menschen erforderlich. Nicht ganz so viele waren es, die mir bei diesem Buch geholfen haben, doch allein hätte ich es sicherlich nicht zustande gebracht. Falls ich in den folgenden Zeilen jemanden unabsichtlich vergessen haben sollte, so tut es mir aufrichtig leid, und ich danke auch ihm.

Für die Unterstützung auf allen Stationen des Weges vom ersten Entwurf bis zur endgültigen Fassung gilt mein Dank Jonathan Lazarus und seinem Team: Kelli Jerome, Mary Engstrom, Wendy Langen und Debbie Walker. Ohne Jonathans Rat und Ausdauer wäre dieses Buch nie fertig geworden.

Besonderen Dank schulde ich Tren Griffin, Roger McNamee, Melissa Waggener und Ann Winblad für ihre hilfreichen Anregungen während der ganzen Dauer des Projekts.

Für ihre kritischen und scharfsinnigen Kommentare danke ich Stephen Arnold, Steve Ballmer, Harvey Berger, Paul Carroll, Mike Delman, Kimberly Ellwanger, Brian Fleming, Bill Gates sen., Melinda Gates, Bernie Gifford, Bob Gomulkiewicz, Meg Greenfield, Collins Hemingway, Jack Hitt, Rita Jacobs, Erik Lacitis, Mitch Matthews, Scott Miller, Craig Mundie, Rick Rashid, Jon Shirley, Mike Timpane, Wendy Wolf, Min Yee und Mark Zbikowski.

Kerry Carnahan, Ina Chang, Peggy Gunnoe, Christine Shannon, Sean Sheridan und Amy Dunn Stephenson bin ich für die Hilfe bei den Recherchen, der Herstellung der Manuskripte und der Beschaffung von Hintergrundmaterial verpflichtet. Dankbar bin ich auch Elton Welke und seinen tüchtigen Mitarbeitern bei

Microsoft Press: Chris Banks, Judith Bloch, Jim Brown, Sally Brunsman, Mary DeJong, Jim Fuchs, Dail Magee jr., Erin O'Connor, JoAnne Woodcock und Mark Young.

Dank schulde ich weiterhin den Mitarbeitern meines Verlags Viking Penguin für ihre Hilfe und Geduld. Besondere Erwähnung verdienen Peter Mayer, Marvin Brown, Barbara Grossman, Pamela Dorman, Cindy Achar, Kate Griggs, Theodora Rosenbaum, Susan Hans O'Connor und Michael Hardart.

Auch Nancy Nicholas und Nan Graham sei Dank für ihre redaktionelle Hilfe.

In besonderem Maße bin ich meinen Mitarbeitern am Buch selbst, Peter Rinearson und Nathan Myhrvold, verpflichtet.

Vorwort

Die letzten 20 Jahre waren für mich ein unglaubliches Abenteuer. Es begann an dem Tag, als ich mit meinem Freund Paul Allen auf dem Harvard Square stand und wir eifrig die Beschreibung eines Selbstbau-Computers in der Zeitschrift *Popular Electronics* studierten. Erregt lasen wir von dem ersten echten Personalcomputer, und obwohl wir noch keine genaue Vorstellung davon hatten, wozu er zu gebrauchen wäre, war uns doch schon klar, daß er uns und die Welt des Computing verändern würde. Wir sollten recht behalten. Die Revolution des Personalcomputers ist eingetreten, und sie hat das Leben von Millionen Menschen verändert. Wohin sie uns geführt hat, konnten wir uns damals kaum vorstellen.

Nun stehen wir alle vor einer weiteren großen Reise. Auch diesmal wissen wir nicht genau, wohin sie uns führen wird, aber auch jetzt bin ich sicher, daß diese Revolution das Leben von noch mehr Menschen verändern und uns alle zu noch ferneren Zielen bringen wird. Vor allem wird sich die Art und Weise verändern, wie Menschen miteinander kommunizieren. Die Vor- und Nachteile dieser kommenden Kommunikationsrevolution werden noch einschneidender sein als die der PC-Revolution.

Es kann keine verläßliche Landkarte von noch unerforschten Gebieten geben, doch aus der Entstehung und Entwicklung der PC-Industrie, die heute rund 200 Milliarden Dollar umsetzt, können wir wichtige Lehren ziehen. Der PC – seine sich entwickelnde Hardware, die kommerziellen Anwendungen, die Online-Systeme, die Internet-Verbindungen, E-Mail, Multimediatitel, Authoring Tools und Spiele – bildet die Grundlage für die nächste Revolution.

In den Anfängen der PC-Industrie hat das Geschehen in dem jungen Wirtschaftszweig bei den Massenmedien kaum Beachtung gefunden. Wir, die wir vom Computer und seinen Möglichkeiten fasziniert waren, blieben außerhalb unserer engeren Kreise unbeachtet, auf jeden Fall galten wir nicht als schick.

Diese nächste Reise, die auf den sogenannten Information Highway führt, ist dagegen zum Thema zahlloser Zeitungs- und Zeitschriftenartikel, Fernseh- und Rundfunksendungen, Konferenzen und wilder Spekulationen geworden. Innerhalb wie außerhalb der Computerbranche hat sie ein unglaubliches Interesse geweckt, und das nicht nur in den entwickelten Ländern und weit über die ohnehin schon sehr ansehnliche Zahl von PC-Benutzern hinaus.

Über den Information Highway ergehen sich Tausende von informierten und weniger informierten Menschen in öffentlichen Spekulationen. Dabei überrascht mich, wie sehr diese Technologie und ihre möglichen Fallstricke mißverstanden werden. Weil der Highway auch als Netzwerk bezeichnet wird, verstehen einige darunter das heutige Internet oder die gleichzeitige Bereitstellung von 500 Fernsehkanälen. Andere hoffen oder befürchten, daß dadurch Computer entstehen werden, die so intelligent wie Menschen sind. Diese Entwicklungen werden kommen, sind aber nicht mit dem Information Highway gleichzusetzen.

Die Revolution in der Kommunikation steht erst am Anfang. Sie wird sich über ein paar Jahrzehnte hinziehen, und es werden neue Anwendungen sein, die sie vorantreiben, neue Werkzeuge, die Bedürfnisse befriedigen werden, von denen wir heute noch nichts wissen. Regierungen, Unternehmen und Bürger werden in den nächsten Jahren wichtige Entscheidungen zu treffen haben, die sich auf die Entwicklung des Information Highway und die dadurch zu erzielenden Vorteile auswirken. An der Diskussion über die Gestaltung dieser Technologie sollten möglichst viele teilnehmen, nicht nur die Praktiker und Leute aus der Computerbranche. Dann wird der Highway auch den Wünschen der Benutzer dienen und als Realität akzeptiert werden.

Mit diesem Buch möchte ich zur gegenwärtigen Debatte beitragen, und ich hoffe in aller Bescheidenheit, daß es als Reiseführer für die bevorstehende Reise dienen kann. Mir ist dabei schon ein bißchen mulmig, denn viele Vorhersagen von einst wirken heute einfach nur noch komisch. In alten Ausgaben von *Popular Science* liest man von künftigen Annehmlichkeiten wie dem Familienhubschrauber und Atomenergie »zum Nulltarif«. Die Geschichte ist voll von Beispielen, über die wir heute lächeln, wie über den Oxford-Professor, der das elektrische Licht 1878 als billigen Trick abtat, oder den Leiter des US-Patentamts, der 1899 die Schließung seiner Behörde verlangte, weil »alles, was erfunden werden kann, erfunden ist«. Dies ist ein ernsthaftes Buch, auch wenn man es in zehn Jahren vielleicht anders sehen wird. Die von mir vorhergesagten Dinge, die dann eingetroffen sind, wird man als Selbstverständlichkeit betrachten, und was sich nicht erfüllt hat, wird man belächeln.

Die Errichtung des Information Highway wird nach meiner Überzeugung in ihrem Ablauf viele Parallelen zur Entwicklung der Computerbranche aufweisen. Um gewisse Vorstellungen und Lehren aus der Vergangenheit zu erläutern, werde ich ein wenig auf meine eigene Geschichte – ja, ich erzähle auch von meinem Haus – und die des Computing im allgemeinen eingehen. Diejenigen, die eine Autobiographie erwarten oder eine Abhandlung darüber, wie man sich fühlt, wenn man so viel Glück gehabt hat wie ich, muß ich enttäuschen. Vielleicht komme ich ja dazu, darüber zu schreiben, wenn ich einmal im Ruhestand bin. Dieses Buch blickt vor allem in die Zukunft.

Wer eine technologische Abhandlung erwartet, der wird ebenfalls enttäuscht sein. Zukünftig wird jeder in seinem Leben irgendwie mit dem Information Highway in Berührung kommen. Und daher sollte jeder in der Lage sein zu begreifen, was er bedeutet. Deshalb hatte ich von Beginn an die Absicht, ein Buch zu schreiben, das so viele Menschen wie möglich verstehen.

Die Arbeit an *Der Weg nach vorn* hat länger gedauert, als ursprünglich angenommen. Die Abschätzung des erforderlichen Zeitaufwands war ebenso schwierig wie die Planung des Entwicklungsfahrplans für ein größeres Softwareprojekt. Und trotz der Unterstützung durch Peter Rinearson und Nathan Myhrvold hat sich dieses Buch dann als ein noch anspruchsvolleres Unternehmen erwiesen. Einfach war nur das Umschlagfoto von Annie Leibovitz, das weit vor dem Abgabetermin des Texts fertig war. Ich schreibe gern Reden, und ich hatte gedacht, ein Buch zu schreiben, sei etwas Ähnliches. In meiner Ahnungslosigkeit glaubte ich, ein Kapitel ließe sich genauso schreiben wie eine Rede. Mir unterlief dabei ein Denkfehler, wie ihn Softwareentwickler häufig machen: Ein zehnmal so langes Programm zu schreiben ist etwa hundertmal komplizierter. Ich hätte es eigentlich wissen müssen. Damit das Buch fertig wurde, mußte ich Urlaub nehmen und mich mit meinem PC in mein Sommerhaus zurückziehen.

Jetzt ist es da. Ich hoffe, es trägt zum Verständnis bei, stößt die Debatte an und provoziert kreative Ideen darüber, wie wir uns all das, was in den nächsten zehn Jahren sicherlich passieren wird, zunutze machen können.

1. Der Beginn einer Revolution

Mein erstes Softwareprogramm habe ich mit 13 Jahren geschrieben. Es diente dazu, Tic-tac-toe zu spielen. Der Computer, den ich benutzte, war riesig und sperrig und langsam und absolut faszinierend.

Eine Horde Teenager auf einen Computer loszulassen war die Idee des Müttervereins an der Lakeside School, die ich besuchte. Die Mütter beschlossen, den Ertrag eines Wohltätigkeitsbasars dafür zu verwenden, ein Terminal einzurichten und Rechnerzeit für die Schüler zu kaufen. In den späten sechziger Jahren in Seattle war es eine ziemlich ausgefallene Idee, Schüler einen Computer benutzen zu lassen, eine Idee, für die ich ihnen ewig dankbar sein werde.

Dieses Computerterminal hatte keinen Bildschirm. Um zu spielen, tippten wir unsere Züge in eine schreibmaschinenartige Tastatur ein und warteten, bis die Ergebnisse von einem ratternden Drucker auf Papier ausgegeben wurden. Dann liefen wir hin, um nachzusehen, wer gewonnen hatte, oder über den nächsten Zug zu entscheiden. Ein Tic-tac-toe-Spiel, das mit Papier und Bleistift vielleicht eine halbe Minute dauerte, konnte auf dem Computer fast die ganze Mittagspause in Anspruch nehmen. Aber das war uns egal. Die Maschine war für uns einfach etwas Tolles.

Später wurde mir klar, daß die Faszination zum Teil darauf beruhte, daß wir, die Kinder, so eine riesige, teure Maschine der Erwachsenen steuern konnten. Zum Autofahren oder anderen Aktivitäten der Erwachsenen, die offenbar Spaß machten, waren wir zu jung, aber hier konnten wir einer großen Maschine Befehle geben, und sie gehorchte immer. Computer sind großartig, denn wenn man mit ihnen arbeitet, erhält man sofort Ergebnisse, die einem zeigen, ob das Programm funktioniert. Es gibt viele Dinge, bei denen man eine solche Rückmeldung nicht erhält. Deshalb begann mich die Software zu faszinieren. Bei einfachen Programmen ist die Rückmeldung besonders eindeutig. Noch heute begeistert mich der Gedanke, daß ein korrekt geschriebenes Programm immer und zu jeder Zeit hundertprozentig funktionieren wird und genau das tut, was ich ihm gesagt habe.

Als meine Freunde und ich selbstsicherer wurden, fingen wir an, mit dem Computer zu experimentieren; wenn wir es schafften, ließen wir die Dinge schneller ablaufen, oder wir machten die Spiele schwieriger. Ein Freund in Lakeside entwickelte ein Programm in BASIC, das das Monopoly-Spiel simulierte. BASIC (Beginner's All-purpose Symbolic Instruction Code) ist, wie schon der Name sagt, eine relativ leicht erlernbare Programmiersprache, die wir benutzten, um immer komplexere Programme zu entwickeln. Der Freund fand einen Weg, wie man den Computer dazu bringen konnte, Hunderte von Spielen wirklich schnell zu spielen. Wir gaben Befehle ein, um verschiedene Spielmethoden auszuprobieren. Wir wollten die Strategien herausfinden, die am ehesten gewannen. Und ratternd gab uns der Computer Antwort.

Wie alle Kinder spielten wir nicht nur mit unseren Spielsachen, wir veränderten sie auch. Wenn Sie jemals erlebt haben, wie ein Kind aus einem Pappkarton und einer Schachtel Buntstifte ein Raumschiff mit tollen Bedienungsfeldern macht, oder wie Kinder aus der Situation heraus Regeln erfinden wie zum Beispiel »Rote Autos dürfen alle anderen überholen«, dann ist Ihnen klar, daß der Impuls, mehr aus einem Spielzeug zu machen, das Innovative am kindlichen Spiel ausmacht. Er ist auch der Kern der Kreativität.

Wir haben damals – jedenfalls glaubten wir das – natürlich nur unsere Zeit am Computer vertrödelt. Unser Spielzeug entpuppte sich jedoch als etwas ganz Großartiges. Einige von uns in Lakeside wollten gar nicht mehr aufhören, damit zu spielen. Viele an der

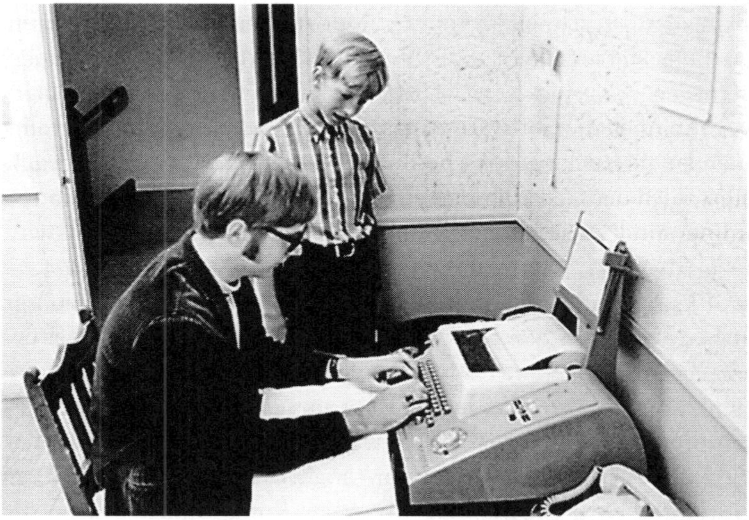

Bill Gates (stehend) und Paul Allen am Computerterminal der Lakeside School (1968)

Schule meinten, wir seien fest mit dem Computer verwachsen und er mit uns. Ein Lehrer bat mich, ihm beim Unterricht in Computerprogrammierung zu helfen, und allen erschien das selbstverständlich. Als ich jedoch in der Schüleraufführung von *The Black Comedy* die Hauptrolle erhielt, murrten einige Schüler: »Warum ausgerechnet der Computertyp?« Der bin ich für manche bis heute geblieben.

Es scheint, daß eine ganze Generation von uns in allen Ländern der Erde dieses Lieblingsspielzeug ins Erwachsenenleben mitgenommen hat. Wir haben damit eine Art Revolution ausgelöst, die überwiegend friedlich verlief, und heute hat der Computer in unseren Büros und Wohnungen seinen festen Platz. Die Größe der Maschinen ist geschrumpft, ihre Leistung ist gestiegen, und die Preise sind dramatisch gefallen. Das alles ist ziemlich schnell gegangen. Nicht so schnell, wie ich zuerst gedacht hatte, aber trotzdem ziemlich schnell. Computerchips stecken in Motoren, Uhren, Antiblockiersystemen, Faxgeräten, Fahrstühlen, Benzinpumpen, Kameras, Thermostaten, Fitneß-Steppern, Verkaufsautomaten, Alarmanlagen und tönenden Glückwunschkarten. Schulkinder machen heute unglaubliche Sachen mit Personalcomputern, die nicht größer sind als Lehrbücher, aber die größten Computer von vor einer Generation an Leistung übertreffen.

Jetzt, wo das Arbeiten mit dem Computer erstaunlich billig geworden ist und Computer in alle Lebensbereiche Einzug gehalten haben, stehen wir vor einer neuen Revolution. Diesmal geht es um eine beispiellos billige Kommunikationsform. Alle Computer werden zusammengeschlossen, um mit uns und für uns zu kommunizieren. Weltweit verbunden, werden sie ein Netzwerk bilden, und dieses Netzwerk ist der Information Highway. Ein direkter Vorläufer ist das derzeitige Internet, in dem eine Gruppe von Computern zusammengeschlossen ist und mit Hilfe der derzeit verfügbaren Technologie Informationen austauscht.

Um die Reichweite und den Nutzen dieses Netzwerks, seine Chancen und Risiken, geht es in diesem Buch. Das, was sich da anbahnt, scheint in jeder Hinsicht aufregend zu sein. Als ich 19 war, erhaschte ich einen flüchtigen Blick auf die Zukunft, baute meine Karriere darauf auf, und wie sich gezeigt hat, war meine Intuition richtig. Doch der 19jährige Bill Gates war in einer anderen Lage, als ich es heute bin. Zwar besaß ich damals die typische Selbstsicherheit eines supergescheiten Teenagers, aber ich wurde von niemandem beachtet – was machte es also, wenn ich scheiterte? Heute bin ich eher in der Situation der Computergiganten der siebziger Jahre, doch hoffe ich, einige Lektionen von ihnen gelernt zu haben.

Eine Zeitlang dachte ich, ich sollte vielleicht Wirtschaftswissenschaften als Hauptfach studieren. Ich änderte dann meine Meinung, doch in einem gewissen Sinne waren all meine Erfahrungen mit der Computerbranche nichts anderes als Lektionen in

Ökonomie. Ich beobachtete die Auswirkungen von positiven Spiralen und inflexiblen Unternehmensmodellen direkt an der Quelle. Ich sah, wie die Industriestandards sich entwickelten. Mir wurde die Bedeutung von technischer Kompatibilität, von Feedback und ständiger Innovation klar. Und jetzt werden wir vielleicht bald erleben, daß Adam Smiths idealer Markt endlich Wirklichkeit wird.

Mir dienen diese Lektionen jedoch nicht nur dazu, über die Zukunft zu spekulieren – ich setze auf sie. Schon als Teenager stellte ich mir vor, wie sich preisgünstige Computer auswirken könnten: »Ein Computer auf jeden Schreibtisch und in jeden Haushalt« ist zur Mission der Firma Microsoft geworden, und wir haben daran mitgewirkt, das möglich zu machen. Jetzt werden diese Computer miteinander verbunden, und wir schaffen die Software – Befehle, die der Computerhardware sagen, was sie zu tun hat –, die den Menschen helfen wird, sich dieses Kommunikationsnetz zunutze zu machen. Wie die Nutzung dieses Netzwerks genau aussehen wird, läßt sich nicht vorhersagen. Wir werden mit Hilfe verschiedener Geräte mit ihm kommunizieren, und einige werden den heutigen Fernsehgeräten, andere den Personalcomputern von heute ähneln, einige werden wie Telefone aussehen, und andere werden ungefähr die Größe und Form einer Brieftasche haben. In jedem Fall wird der Kern ein leistungsstarker Computer sein, der unsichtbar mit Millionen anderer Computer verbunden ist.

Eines nicht allzu fernen Tages wird es Ihnen möglich sein, Geschäfte zu betreiben, zu lernen, die Welt und ihre Kulturen zu erkunden, ein beliebiges Unterhaltungsprogramm aufzurufen, Freunde kennenzulernen, in der Nachbarschaft einzukaufen und Verwandten in der Ferne Bilder zu zeigen, ohne daß Sie Ihren Schreibtisch oder Ihren Lehnstuhl verlassen müssen. Sie werden Ihre Netzwerkverbindung aber auch nicht im Büro oder in der Schule zurücklassen. Sie wird eher so etwas sein wie ein Gegenstand, den man bei sich trägt, oder ein Gerät, das man kauft. Sie wird Ihr Paß in eine neue, vermittelte Lebensweise sein.

Unmittelbare Erfahrungen und freudige Erlebnisse sind etwas Persönliches und Unvermitteltes. Niemand wird Ihnen im Namen des Fortschritts das Erlebnis rauben, am Strand zu liegen, durch den Wald zu wandern, ein Theater zu besuchen oder über einen Flohmarkt zu bummeln. Doch nicht jede unmittelbare Erfahrung ist erstrebenswert. Eine solche Erfahrung ist es zum Beispiel, in einer Schlange zu warten, aber seit wir uns das erste Mal angestellt haben, versuchen wir diese Erlebnis zu meiden.

Der menschliche Fortschritt beruht zum großen Teil darauf, daß jemand ein besseres und wirkungsvolleres Werkzeug erfunden hat. Mechanische Werkzeuge erhöhen die Leistung und ersparen den Menschen Schwerarbeit. Der Pflug und das Rad, der Kran und der Bulldozer verstärken die körperlichen Fähigkeiten ihrer Benutzer.

Informationswerkzeuge sind symbolische Vermittler, die nicht die Muskeln, sondern den Intellekt ihrer Benutzer verstärken. Sie machen, wenn Sie dieses Buch lesen, eine vermittelte Erfahrung: Obwohl wir nicht im selben Raum sitzen, können Sie dennoch herausfinden, was ich denke. Heute besteht die Arbeit zu einem großen Teil darin, Entscheidungen zu treffen und Informationen zu beschaffen, und deshalb beschäftigen sich die Erfinder vorwiegend mit Informationswerkzeugen und werden es künftig in wachsendem Maße tun. War es bislang möglich, jeden beliebigen Text durch eine Folge von Buchstaben darzustellen, so werden diese Werkzeuge erlauben, Informationen aller Art in digitaler Form zu repräsentieren, durch eine Folge von elektrischen Pulsen, die zu verarbeiten für jeden Computer ein Kinderspiel ist. Heute gibt es weltweit Hunderte Millionen Computer, deren Zweck es ist, Information zu manipulieren. Jetzt helfen sie uns, indem sie es sehr viel einfacher machen, Information, die bereits in digitaler Form vorliegt, zu speichern und zu übertragen, doch in naher Zukunft werden sie es uns ermöglichen, auf praktisch jede Information in der Welt zuzugreifen.

In den USA hat man die Vernetzung all dieser Computer mit einem anderen gewaltigen Projekt verglichen: der Schaffung eines bundesweiten Netzes von Schnellstraßen *(highways)*, die in der Eisenhower-Ära begann. Deshalb hat man das neue Netzwerk »Information Highway«* getauft. Der Ausdruck wurde von dem damaligen Senator Al Gore unter die Leute gebracht, dessen Vater 1956 beim Gesetz über den Bundesfernwegebau (Federal Aid Highway Act) Pate stand.

Allerdings stimmt das Bild vom Highway nur bedingt. Man denkt dabei an Landschaft und Geographie, an eine Entfernung zwischen zwei Punkten, und dahinter steckt die Vorstellung, daß man reisen muß, um von einem Ort zum anderen zu gelangen. Einer der bemerkenswertesten Aspekte dieser neuen Kommunikationstechnik ist aber, daß sie die Entfernung aufhebt. Es spielt keine Rolle, ob derjenige, mit dem Sie kommunizieren, sich im Zimmer nebenan oder auf einem anderen Kontinent befindet, weil Meilen oder Kilometer für dieses hochgradig vermittelte Netzwerk belanglos sind. Beim Begriff Highway stellt man sich außerdem vor, daß alle auf derselben Strecke unterwegs sind. Dieses Netzwerk erinnert jedoch mehr an eine Vielzahl von Landstraßen, wo jeder sich umschauen oder seinen persönlichen Interessen folgen kann. Dahinter steckt ferner die Vorstellung, daß der Staat für den Bau zuständig sei; das wäre, glaube ich, in den meisten Ländern ein schwerer Fehler.

Der eigentliche Haken ist jedoch, daß die bildhafte Formulierung Highway auf die Infrastruktur abstellt und nicht auf die Anwendungen. Bei Microsoft sprechen wir von »Information auf Knopfdruck« – da steht mehr der Nutzen und weniger das Netzwerk selbst im Mittelpunkt. Ich finde, daß den vielen Aktivitäten,

*) Siehe Glossar, S. 401 ff.

die sich dort abspielen werden, eine andere Metapher näher kommt: der vollendete Markt. Märkte sind, vom Börsensaal bis zum Einkaufszentrum, eine grundlegende Institution der menschlichen Gesellschaft, und ich bin überzeugt, daß dieser neue Markt schließlich zum Zentralkaufhaus der Welt werden wird. Dort werden wir, soziale Wesen, die wir sind, verkaufen, handeln, investieren, feilschen, etwas ergattern, diskutieren, neue Leute kennenlernen und uns treffen. Denken Sie, wenn vom Information Highway (oder der Datenautobahn) die Rede ist, weniger an eine Straße, sondern stellen Sie sich einen Marktplatz oder eine Börse vor. Denken Sie an den Wirbel der New Yorker Wall Street, an einen Gemüsemarkt oder einen Buchladen, in dem sich Leute drängen, die nach faszinierenden Geschichten und Informationen suchen. Alle möglichen Aktivitäten laufen hier ab, vom Milliarden-Dollar-Deal bis zum Flirt. Bei vielen Transaktionen ist Geld im Spiel, das nicht in bar, sondern in digitaler Form übergeben wird. Digitale Information jeglicher Art, nicht nur in Form von Geld, wird das neue Tauschmittel auf diesem Markt sein.

Der weltweite Informationsmarkt wird gewaltig sein, und er wird all die verschiedenen Wege zusammenfassen, auf denen Güter, Dienstleistungen und Ideen zwischen Menschen ausgetauscht werden. Praktisch werden Sie dadurch in fast jeder Hinsicht eine breitere Auswahl erhalten, zum Beispiel, auf welche Weise Sie Geld verdienen und investieren, was Sie kaufen und wieviel Sie dafür bezahlen, wer Ihre Freunde sind und wie Sie Ihre Zeit mit ihnen verbringen und wo und wie sicher Sie und Ihre Familie leben. Ihr Arbeitsplatz und Ihre Vorstellung von »Bildung« werden sich so verändern, daß sie nicht mehr wiederzuerkennen sind. Vielleicht wird Ihre Identität, Ihr Gefühl, wer Sie sind und wo Sie hingehören, sich beträchtlich erweitern. Alles wird praktisch anders ablaufen. Ich kann diese Zukunft kaum erwarten, und ich tue mein möglichstes, um sie zu verwirklichen.

Sie sind sich nicht sicher, ob Sie daran glauben sollen? Es kann durchaus sein, daß Sie nicht mitmachen möchten. So geht es vielen, wenn eine neue Technik ihre vertrauten Gewohnheiten bedroht. Das Fahrrad galt anfangs als ein komischer Apparat, das Auto als ein lärmender Störenfried, der Taschenrechner als eine Gefahr für das Erlernen der Mathematik und das Radio als das Ende der Lesekultur. Aber mit der Zeit finden diese Maschinen ihren Platz in unserem Alltagsleben, weil sie nicht nur Bequemlichkeiten bieten und Arbeit sparen, sondern uns auch zu neuen kreativen Höhenflügen ansporen. Wir freunden uns mit ihnen an. Sie bekommen einen vertrauten Platz neben unseren anderen Werkzeugen. Eine neue Generation wächst mit ihnen auf, sie verändert und humanisiert sie, indem sie mit ihnen spielt.

Das Telefon war ein großer Fortschritt in der Kommunikation. Doch selbst ihm blieb es anfangs nicht erspart, als ein bloßer Unfug angeprangert zu werden. Dieses mechanische Ding, das in ihre Privatzone eindrang, bereitete den Menschen Unbehagen. Doch mit der Zeit begriffen sie, daß sie nicht bloß eine neue Maschine erhalten hatten – sie lernten, auf eine neue Art zu kommunizieren. Ein Schwätzchen am Telefon war nicht so lang oder so förmlich wie ein direktes Gespräch von Mensch zu Mensch. Die Maschine besaß eine ungewohnte Effizienz, die viele aus dem Konzept brachte. Vor der Einführung des Telefons bedeutete ein wichtiges Gespräch, daß man zu jemandem hinging, vielleicht noch mit ihm aß, und dafür konnte man einen ganzen Nachmittag oder Abend veranschlagen. Seit die meisten Firmen und Haushalte ein Telefon hatten, entwickelten die Benutzer neue Wege, sich die besonderen Eigenschaften dieses Kommunikationsmittels zunutze zu machen. Es entstanden eigene Spezialausdrücke, Gewohnheiten, eine eigene Etikette und Kultur. Alexander Graham Bell hätte sich gewiß nicht träumen lassen, daß leitende Angestellte das alberne Spielchen spielen, sich Gespräche von ihrer Sekretärin vermitteln zu lassen. Denselben Prozeß durchläuft gegenwärtig eine neuere Form der Kommunikation, die elektronische Post oder E-Mail: Auch hier bilden sich eigene Regeln und Gewohnheiten aus.

»Nach und nach wird die Maschine zu einem Teil der Menschheit werden«, schrieb 1939 der französische Pilot und Schriftsteller Antoine de Saint-Exupéry in *Wind, Sand und Sterne*. Er schrieb davon, wie die Menschen auf eine neue Technik zu reagieren pflegen, und zeigte das am Beispiel der Eisenbahn, die im 19. Jahrhundert allmählich akzeptiert worden war. Zunächst wurden die qualmenden, teuflisch lärmenden Dampfmaschinen der Lokomotiven als eiserne Ungeheuer verunglimpft. Als dann die Schienenverbindungen wuchsen, bauten die Städte Bahnhöfe. Waren und Dienstleistungen gingen hin und her. Neue interessante Arbeitsplätze entstanden. Es entwickelte sich eine eigene Kultur um dieses neue Verkehrsmittel, und aus Geringschätzung wurde Akzeptanz, mehr noch, Zustimmung. Aus dem vormaligen eisernen Ungeheuer wurde der mächtige Träger der schönsten Güter des Lebens. Die veränderte Wahrnehmung drückte sich auch in unserer Sprache aus. Man sprach vom »Dampfroß«. »Was ist es für den Dorfbewohner heute anderes als ein ergebener Freund, der jeden Abend um sechs vorbeikommt?« fragt Saint-Exupéry.

Es gibt nur ein anderes Ereignis, das in der Geschichte der Kommunikation von vergleichbarer Wirkung war: Um 1450 erfand Johannes Gutenberg, ein Goldschmied aus Mainz, die beweglichen Lettern und schuf die erste Druckerpresse in Europa (in China und Korea gab es bereits welche). Dieses Ereignis hat die abendländische Kultur nachhaltig verändert. Gutenberg brauchte zwei Jahre, um seine erste Bibel zu setzen, aber danach konnte er beliebig viele Exemplare drucken. Bis dahin waren alle Bücher von Hand kopiert worden. In der Regel hatten Mönche diese Aufgabe ausgeführt und gewöhnlich für einen Text ein Jahr benötigt. Dagegen war Gutenbergs Presse ein schneller Laserdrucker.

Die Druckerpresse bedeutete für das Abendland mehr als nur ein schnelleres Verfahren zur Vervielfältigung von Büchern. Bis dahin war das Leben in die Gemeinschaft eingebunden gewesen und hatte sich, vom Wechsel der Generationen abgesehen, praktisch nicht verändert. Die meisten Menschen kannten nur das, was sie selbst gesehen oder erzählt bekommen hatten. Einige wenige verirrten sich in die Fremde, schon deshalb, weil es ohne verläßliche Landkarten oft unmöglich war, wieder nach Hause zu finden. James Burke, einer meiner Lieblingsautoren, schrieb: »In dieser Welt war jegliche Erfahrung persönlich: Die Horizonte waren eng, die Gemeinschaft nach innen gekehrt. Die Außenwelt kannte man nur vom Hörensagen.«

Das alles änderte sich mit dem gedruckten Wort. Es war das erste Massenmedium; erstmals konnten Informationen, Meinungen und Erfahrungen in tragbarer, dauerhafter und leicht verfügbarer Form weitergegeben werden. Als sich dank des schriftlichen Wortes der Horizont über die Grenzen des Dorfes hinaus weitete, begannen die Menschen, sich für das zu interessieren, was anderswo geschah. Bald entstanden Druckereien in den Handelsstädten, die zu Zentren des geistigen Austauschs wurden. Lesen und Schreiben wurden zu wichtigen Fähigkeiten, die die Erziehung revolutionierten und das gesellschaftliche Gefüge veränderten.

Vor Gutenberg gab es in ganz Europa nur rund 30000 Bücher, fast ausschließlich Bibeln und Bibelkommentare. Um das Jahr 1500 gab es über neun Millionen, über alle möglichen Themen. Flugschriften und sonstige Druckwerke beeinflußten Politik, Religion, Wissenschaft und Literatur. Erstmals hatten Menschen, die nicht zur geistlichen Elite gehörten, Zugang zu schriftlicher Information.

Der Information Highway wird unsere Kultur ebenso dramatisch verändern wie Gutenbergs Druckerpresse die Welt des Mittelalters.

Personalcomputer haben bereits die Arbeitsgewohnheiten verändert, aber auf unser Leben haben sie sich bislang nicht nennenswert ausgewirkt. Wenn sich die potenten Informationsmaschinen von morgen auf dem Highway treffen, wird alles erreichbar sein: Menschen, Maschinen, Unterhaltung und Informationsdienste. Sie werden mit jedem, der mit Ihnen in Verbindung bleiben möchte, in Kontakt bleiben können; Sie werden in Tausenden von Bibliotheken herumstöbern können, bei Tag und Nacht. Ihre Kamera, die Sie vielleicht verlegt haben oder die Ihnen gestohlen wurde, wird Ihnen eine Nachricht schicken und Ihnen mitteilen, wo genau sie ist, auch aus einer anderen Stadt. Sie werden vom Büro aus einem Privatbesucher über die Haussprechanlage Ihrer Wohnung antworten können, Sie können aber auch von zu Hause aus all Ihre Post beantworten. An Informationen, die heute schwer zu beschaffen sind, werden Sie leicht herankommen:

- Fährt Ihr Bus pünktlich?
- Haben sich auf Ihrem alltäglichen Weg zur Arbeit gerade Unfälle ereignet?
- Hat jemand Theaterkarten für Donnerstag, die er gegen Ihre Karten für Mittwoch tauschen möchte?
- Wie oft hat Ihr Kind in der Schule gefehlt?
- Wo kriegt man ein gutes Rezept für Heilbutt her?
- Welches Geschäft, egal in welchem Ort, kann Ihnen bis morgen früh zum niedrigsten Preis eine Armbanduhr liefern, die Ihnen den Puls mißt?
- Was würde jemand für Ihr altes Mustang-Kabrio zahlen?
- Wie wird ein Nadelöhr gefertigt?
- Sind Ihre Hemden in der Wäscherei schon fertig?
- Wo bekommt man das günstigste Abonnement für das *Wall Street Journal*?
- Was sind die Symptome eines Herzinfarkts?
- Gab es heute vor dem Bezirksgericht eine interessante Zeugenaussage?
- Sehen Fische farbig?
- Was ist im Augenblick auf den Champs-Élysées los?
- Wo waren Sie letzten Donnerstag um 21.02 Uhr?

Nehmen wir an, Sie möchten ein neues Restaurant ausprobieren und seine Speisekarte, seine Weinkarte und die Tagesgerichte sehen. Vielleicht möchten Sie auch wissen, was Ihr bevorzugter Restaurantkritiker darüber geschrieben hat. Außerdem interessiert Sie möglicherweise, wie die Gewerbeaufsicht die sanitären Einrichtungen bewertet. Die Gegend, in der das Restaurant liegt, ist Ihnen nicht ganz geheuer, und Sie möchten vielleicht wissen, wie die Sicherheitslage auf der Grundlage von Polizeiberichten eingeschätzt wird. Haben Sie noch Interesse? Dann müssen Sie sich einen Tisch reservieren, Sie brauchen einen Stadtplan und Fahrtanweisungen, die sich auf die aktuelle Verkehrslage stützen. Sie können die Anweisungen in gedruckter Form haben oder sie sich während der Fahrt – ständig aktualisiert – vorlesen lassen.

All diese Informationen werden ohne weiteres abrufbar und ganz und gar persönlich sein, denn Sie können jeden Teilaspekt in jeder erdenklichen Weise erforschen, und dies so ausführlich, wie Sie wünschen. Sie können sich eine Sendung ansehen, wann es Ihnen paßt, und nicht dann, wenn ein Sender sie auszustrahlen beliebt. Sie können einkaufen, sich Essen ins Haus bestellen, sich mit Leuten, die Ihr Hobby teilen, in Verbindung setzen, oder Informationen, die für andere brauchbar sind, publizieren, wann und wie es Ihnen paßt. Sie können festlegen, wann die Abendnachrichten beginnen und wie lange sie dauern sollen. Die Themen der Sendung bestimmen Sie oder ein Service, der weiß, was Sie interessiert. Sie können Berichte aus Tokio oder Boston oder Seattle abrufen, sich zu einem bestimmten Thema die Hintergründe darstellen lassen oder nachfragen, ob Ihr bevorzugter politischer Kommentator sich zu einem Ereignis geäußert hat. Und wenn Sie wollen, erhalten Sie Ihre Nachrichten auch auf Papier.

Auf so weitreichende Veränderungen reagieren die Menschen mit Ängstlichkeit. Täglich kommen teilweise bange Anfragen aus aller Welt nach den Auswirkungen des Netzwerks. Was wird aus unseren Arbeitsplätzen? Werden sich die Menschen aus ihrer natürlichen Umgebung zurückziehen und über den Computer ein Leben aus zweiter Hand leben? Wird sich die Kluft zwischen den Besitzenden und den Besitzlosen unwiderruflich vertiefen? Wird ein Computer den Entrechteten in East St. Louis oder den Hungernden in Äthiopien helfen? Das Netzwerk und die Veränderungen, die es nach sich zieht, werden uns vor große Herausforderungen stellen. Auf die vielen berechtigten Sorgen, die immer wieder vorgetragen werden, gehe ich im zwölften Kapitel ausführlich ein.

Ich habe mir über die Schwierigkeiten Gedanken gemacht und bin alles in allem zuversichtlich und optimistisch. Das liegt zum einen daran, daß ich einfach so veranlagt bin, zum anderen, daß ich begeistert darüber bin, was meine Generation, die zur gleichen Zeit wie der Computer erwachsen geworden ist, alles schaffen kann. Wir werden den Menschen Werkzeuge in die Hand geben, mit denen sie zu neuen Ufern aufbrechen können. Ich gehöre zu denen, die glauben, daß der Fortschritt so oder so nicht aufzuhalten ist und wir deshalb das Beste daraus machen müssen. Das Gefühl, daß ich in die Zukunft schaue und die erste vielsagende Andeutung revolutionärer Möglichkeiten erblicke, elektrisiert mich noch immer. Ich denke, ich habe ein unglaubliches Glück, daß es mir ein weiteres Mal vergönnt ist, eine Rolle am Beginn eines epochalen Wandels spielen zu können.

Dieses eigentümliche Gefühl von Euphorie habe ich zum ersten Mal als Teenager empfunden, als mir klar wurde, wie billig und leistungsfähig Computer einmal sein würden. Der Computer, auf dem wir 1968 Tic-tac-toe spielten – ein Mainframe-Rechner –, war wie die meisten damaligen Computer ein unberechenbares Monstrum, das in einer klimatisierten Schutzhülle steckte. Nachdem das Geld des Müttervereins aufgebraucht war, hatten mein Schulfreund Paul Allen, mit dem ich später Microsoft gründete, und ich große Mühe, Zugang zu Computern zu bekommen. Deren Leistung war nach heutigen Maßstäben bescheiden, aber wir fanden sie beeindruckend, weil sie groß und kompliziert waren und Millionen von Dollars kosteten. Sie waren über Telefonleitungen mit ratternden Fernschreibern verbunden, so daß sie von Leuten an unterschiedlichen Orten mitbenutzt werden konnten. An die eigentlichen Mainframe-Computer kamen wir kaum heran. Computerzeit war sehr teuer. Als ich auf der High-School war, kostete der Zugriff über Telex auf einen im Timesharing genutzten Computer rund 40 Dollar die Stunde – für diese 40 Dollar bekam man ein Häppchen von der kostbaren Aufmerksamkeit des Computers. Heute, wo manche nicht bloß einen PC haben und sich nichts dabei denken, wenn die Maschinen die meiste Zeit ungenutzt sind, kommt einem das merkwürdig vor. Genaugenommen konnte man auch damals schon seinen eigenen Computer haben. Wenn man 18 000 Dollar erübrigen konnte, bekam man den PDP-8 von Digital Equipment Corporation (DEC). Man nannte ihn zwar einen »Minicomputer«, aber nach heutigen Maßstäben war er riesig. Der Turm von 60 mal 60 Zentimeter wog bei einer Höhe von 1,80 Meter rund 110 Kilo. Eine Zeitlang hatten wir einen an unserer High-School, und ich spielte viel damit herum. Verglichen mit den Großrechnern, an die wir über Telefonleitung herankamen, war er sehr begrenzt; er hatte weniger Rechenleistung als heute manche Armbanduhr. Man konnte ihn aber genauso wie die großen, teuren Computer über die Software programmieren. Er ließ uns trotz seiner Beschränkungen von der Möglichkeit träumen, daß eines Tages Millionen von Menschen ihren eigenen Computer hätten. Von Jahr zu Jahr wuchs meine Gewißheit, daß Computer und ihre Nutzung einmal billig und allgegenwärtig sein würden. Einer der Gründe, warum ich so entschlossen war, an der Entwicklung des Personalcomputers mitzuwirken, war sicherlich mein Wunsch, selbst einen zu haben.

Die Software war damals ebenso teuer wie die Computerhardware. Sie mußte eigens für jeden Computertyp geschrieben werden. Und sobald sich die Computerhardware änderte, was sie regelmäßig tat, mußte die Software für sie weitgehend umgeschrieben werden. Die Computerhersteller lieferten zusammen mit ihren Maschinen einige Standardsoftware-Programmbausteine (zum Beispiel Bibliotheken mit mathematischen Funktionen), doch die meiste Software wurde geschrieben, um bei der Lösung spezieller Probleme eines bestimmten Unternehmens zu helfen. Es gab Software, die auf mehreren Maschinen lief, und einige Firmen lieferten Universalsoftware, doch gab es kaum Software, die man als Standardpaket fertig kaufen konnte.

Meine Eltern zahlten für mich das Schulgeld in Lakeside und gaben mir Geld für Bücher, aber die Rechnungen für meine Computerzeit mußte ich selbst begleichen. Das brachte mich dazu, mich der kommerziellen Seite des Softwaregeschäfts zuzuwenden. Einige von uns, darunter Paul Allen, bekamen einfache Software-Programmieraufträge. Die Bezahlung war für Schüler außergewöhnlich – jeden Sommer an die 5000 Dollar, teils in bar und teils in Rechnerzeit. Mit einigen Firmen kamen wir außerdem überein, daß wir ihre Computer umsonst benutzen durften, wenn wir Probleme in ihrer Software lokalisierten. Eines der Programme, die ich schrieb, teilte die Schüler auf Klassen auf. Durch ein paar Befehle, die ich heimlich hinzufügte, kam ich in eine Klasse, in der ich fast der einzige Junge unter lauter Mädchen war. Es fiel mir, wie schon gesagt, schwer, mich von einer Maschine loszureißen, an der ich so unbezweifelbare Erfolge verzeichnete. Ich war süchtig.

Über Computerhardware wußte Paul sehr viel besser Bescheid als ich. Eines Tages im Sommer 1972, als ich 16 war und Paul 19, zeigte er mir einen Artikel, der auf Seite 143 der Zeitschrift *Electronics* versteckt war. Darin hieß es, eine junge Firma namens Intel habe einen Mikroprozessorchip auf den Markt gebracht, den 8008er.

Ein Mikroprozessor ist ein einfacher Chip, auf dem das ganze Gehirn eines Computers untergebracht ist. Es war Paul und mir klar, daß dieser erste Mikroprozessor sehr begrenzt war, aber er war sich sicher, daß die Leistung der Chips steigen würde und daß Computer auf Chipbasis sich sehr schnell verbessern würden.

Damals dachte die Computerindustrie nicht daran, einen echten Computer um einen Mikroprozessor herum zu bauen. In dem *Electronics*-Artikel hieß es zum Beispiel über den 8008er, er eigne sich für »ein Rechen-, Steuerungs- oder Entscheidungssystem, etwa ein intelligentes Terminal«. Die Autoren sahen nicht, daß aus einem Mikroprozessor ein Universalcomputer werden konnte. Die Mikroprozessoren waren langsam und konnten nur eine ganz begrenzte Informationsmenge verarbeiten. Von den Sprachen, mit denen die Programmierer vertraut waren, stand keine für den 8008er zur Verfügung, so daß es fast unmöglich war, komplexe Programme für ihn zu schreiben. Jede Anwendung mußte mit den wenigen Dutzend einfacher Befehle programmiert werden, die der Chip verstehen konnte. Der 8008er war zu einem Leben als Lasttier verurteilt, das immer wieder dieselben simplen Aufgaben ausführt. Er wurde oft in Fahrstühlen und Taschenrechnern eingesetzt.

Mit anderen Worten: Ein einfacher Mikroprozessor, der etwa die Steuerung eines Fahrstuhls regelt, ist wie ein einzelnes Instrument, etwa eine Trommel oder ein Horn, in den Händen eines Amateurs – es taugt für den Grundrhythmus oder unkomplizierte Melodien. Ein leistungsstarker Mikroprozessor mit Programmiersprachen ist dagegen wie ein perfektes Orchester. Es kann mit der richtigen Software, den richtigen Noten, praktisch alles spielen.

Paul und ich fragten uns, wie wir den 8008er programmieren könnten. Er rief bei Intel an und bat um ein Handbuch für den 8008er, und wir waren ziemlich überrascht, als sie ihm tatsächlich eines schickten. Wir beschäftigten uns gründllich damit. Ich hatte eine BASIC-Version entwickelt, die auf dem begrenzten PDP-8 von DEC lief, und ich brannte darauf, das gleiche für den kleinen Intel-Chip zu tun. Doch beim Studium des Handbuchs wurde mir

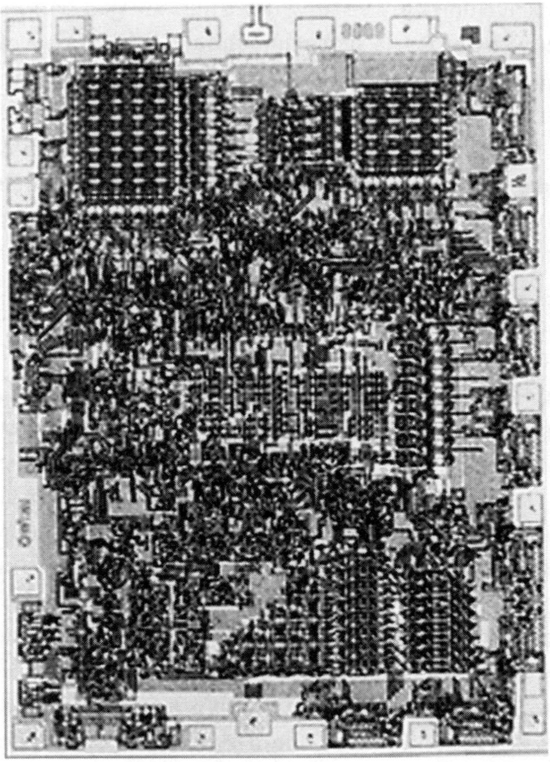

Der 8008er-Mikroprozessor von Intel (1972)

klar, daß es die Mühe nicht wert war. Der 8008er hatte einfach nicht genug Leistung, zu wenige Transistoren.

Wir fanden jedoch einen Weg, wie wir den kleinen Chip in einer Maschine einsetzen konnten, die in der Lage war, die Informationen eines Verkehrszählgeräts zu analysieren. Viele Stadtverwaltungen verlegten zur Messung des Verkehrsflusses Gummischläuche über ausgewählte Straßen. Wenn ein Auto darüberfuhr, wurde ein Papierband in einer Metallschachtel am Ende des

Schlauchs gelocht. Wir erkannten, daß man den 8008er benutzen konnte, um diese Bänder auszuwerten, Kurven und Statistiken anzufertigen. Wir tauften unsere erste Firma auf den Namen »Traf-O-Data«. Damals klang das wie Poesie.

Einen Großteil der Software für die Traf-O-Data-Maschine schrieb ich während der Busfahrten quer durch den Staat Washington, von Seattle nach Pullman, wo Paul studierte. Unser Prototyp funktionierte gut, und wir malten uns schon aus, daß wir viele von unseren neuen Maschinen landesweit verkaufen würden. Wir werteten damit für einige Kunden das Verkehrsaufkommen aus, aber keiner wollte so recht die Maschine kaufen, jedenfalls nicht von zwei Teenagern.

Trotz der Enttäuschung waren wir nach wie vor überzeugt, daß unsere Zukunft, wenn sie auch nicht in der Hardware liegen sollte, dennoch etwas mit Mikroprozessoren zu tun haben würde. Nachdem ich 1973 mit dem Studium in Harvard begonnen hatte, schaffte Paul es irgendwie, mit seinem klapprigen alten Chrysler quer durch die Staaten von Washington bis nach Boston zu kommen, wo er bei Honeywell anfing, Minicomputer zu programmieren. Oft kam er herüber nach Cambridge, so daß wir die langen Gespräche über unsere Zukunftspläne fortsetzen konnten.

Im Frühjahr 1974 kündigte die Zeitschrift *Electronics* den neuen 8080er Chip von Intel an – er hatte die zehnfache Leistung des 8008er, der in der Traf-O-Data-Maschine steckte. Der 8080er war nicht viel größer als der 8008er, enthielt aber 2700 Transistoren mehr. Wir sahen sofort das Herz eines richtigen Computers vor uns, und er kostete weniger als 200 Dollar. Wir nahmen uns das Handbuch vor. »DEC kann jetzt keinen PDP-8 mehr verkaufen«, sagte ich zu Paul. Wenn ein kleiner Chip seine Leistung dermaßen steigern konnte, dann war es mit den großen, unhandlichen Maschinen vorbei – das war uns klar.

Doch die Computerhersteller sahen in dem Mikroprozessor keine Gefahr. Es war für sie unvorstellbar, daß ein kümmerlicher

Chip es mit einem »richtigen« Computer aufnehmen könnte. Selbst die Wissenschaftler bei Intel bemerkten nicht, was in ihm steckte. Für sie war der 8080er bloß eine Verbesserung der Chiptechnologie. Kurzfristig behielt das Computerestablishment recht. Der 8080er war bloß ein weiterer kleiner Fortschritt. Doch Paul und ich sahen über die Beschränkungen des neuen Chips hinweg und skizzierten für uns eine andere Art von Computer, der genau das Richtige für uns und für jedermann sein würde – persönlich, erschwinglich und vielseitig verwendbar. Uns war vollkommen klar, daß die neuen Chips angesichts ihres niedrigen Preises bald überall sein würden.

Die Computerhardware, die früher so knapp gewesen war, würde bald überall erhältlich sein, und für den Zugang zu Computern würde man nicht mehr hohe Stundensätze berappen müssen. Dann könnte man alle möglichen neuen Anwendungen dafür finden. Um die Möglichkeiten dieser Maschinen voll zu nutzen, würde es entscheidend auf die Software ankommen. Paul und ich überlegten, daß die Hardware wahrscheinlich zum größten Teil von den Japanern und von IBM kommen würde. Wir waren überzeugt, eines Tages eine neue und innovative Software vorstellen zu können. Warum auch nicht? Der Mikroprozessor würde die Struktur der ganzen Branche verändern. Da konnte doch irgendwo vielleicht auch ein Platz für uns beide sein.

Um solche Dinge drehen sich die Gespräche von Studenten. Man macht allerlei neue Erfahrungen, und man träumt verrückte Träume. Wir waren jung, und wir glaubten, wir hätten unbegrenzt Zeit. Ich schrieb mich für ein weiteres Jahr in Harvard ein, dachte aber ständig daran, wie wir eine Softwarefirma auf die Beine stellen könnten. Bald hatte ich dafür einen Plan entworfen: Wir verschickten von meinem Zimmer im Studentenheim aus Briefe an alle großen Computerfirmen und boten ihnen an, eine BASIC-Version für den neuen Intel-Chip zu schreiben. Wir fanden keine Abnehmer. Im Dezember waren wir reichlich entmutigt. Ich hatte vor, über die Feiertage heim nach Seattle zu fliegen, während Paul in Boston blieb. An einem schneidend kalten Morgen, einige Tage vor meinem Abflug, standen Paul und ich am Zeitungsstand auf dem Harvard Square herum, und Paul kaufte die Januar-Nummer von *Popular Electronics*. Das ist der Moment, den ich zu Beginn des Vorworts erwähnte. Damit nahmen unsere Zukunftsträume Gestalt an.

Das Titelblatt der Zeitschrift zeigte einen sehr kleinen Computer, nicht viel größer als ein Toaster. Sein Name war nur ein klein bißchen hochtrabender als Traf-O-Data: Altair 8800 (»Altair« stand für ein Flugziel in einer *Star Trek*-Episode). Er wurde für 397 Dollar als Bausatz angeboten. Zusammengebaut hatte er weder

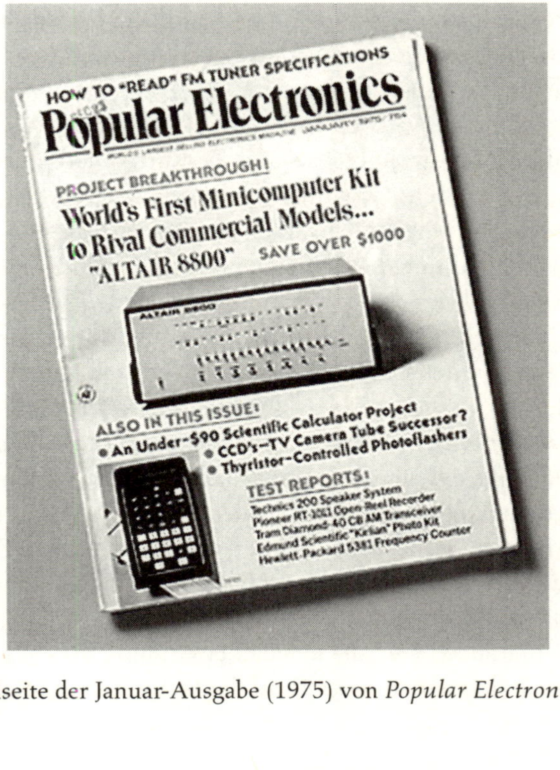

Titelseite der Januar-Ausgabe (1975) von *Popular Electronics*

Tastatur noch Display. Statt dessen verfügte er über 16 Adreß-Schalter und die gleiche Anzahl von Lichtern. Man konnte ihn dazu bringen, daß die Lichter an der Vorderseite blinkten, und das war's auch schon. Das Problem war, daß der Altair 8800 keine Software enthielt. Er konnte nicht programmiert werden und war so eher eine billige Neuheit als ein richtiges Werkzeug.

Was der Altair aber enthielt, war ein Intel-8080-Mikroprozessor als Gehirn. Als wir das sahen, gerieten wir in Panik. »Mensch, das läuft ohne uns! Die schreiben echte Software für diesen Chip!« Ich war sicher, daß das früher oder später passieren würde, und ich wollte von Anfang an dabeisein. Ich erkannte in der Möglichkeit, in den Anfängen der PC-Revolution gleich einzusteigen, eine einmalige Chance, und ich ergriff sie.

Die derzeitige Entwicklung sehe ich ähnlich. Damals befürchtete ich, daß andere dieselbe Vision haben könnten wie ich, heute weiß ich, daß es Tausenden so geht. Als Folge der ersten Revolution werden heute weltweit jedes Jahr 50 Millionen PCs verkauft, und in der Computerindustrie sind die Karten völlig neu verteilt worden. Es hat viele Gewinner und Verlierer gegeben. Diesmal wollen viele Firmen möglichst früh einsteigen, während der Wandel sich vollzieht und die Chancen unbegrenzt sind.

Ein Rückblick auf die letzten 20 Jahre zeigt deutlich, daß etliche große Unternehmen zu unflexibel geworden waren, um sich auf die neue Lage einzustellen, und deshalb verloren haben. In weiteren 20 Jahren werden wir dasselbe Bild sehen. Ich weiß, daß es in diesem Augenblick irgendwo da draußen mindestens einen jungen Menschen gibt, der eine bedeutende neue Firma gründen wird, aus der Überzeugung heraus, daß er (oder sie) das Wesen der Revolution im Bereich der Kommunikation richtig erfaßt hat. Es werden Tausende von innovativen neuen Firmen entstehen, die die kommenden Veränderungen nutzen werden.

Als Paul und ich 1975 die naive Entscheidung trafen, eine Firma zu gründen, handelten wir wie all die Figuren in den Filmen mit

Judy Garland und Mickey Rooney, die mit dem Entschluß beginnen: »Komm, laß uns in der Scheune ein Ding aufziehen!« Es war keine Zeit zu verlieren. Unser erstes Projekt war, BASIC für den kleinen Computer zu schaffen.

Wir mußten in den kleinen Speicher des Computers eine Menge hineinpressen. Der typische Altair hatte eine Speichergröße von rund 4000 Zeichen. Was uns die Aufgabe erschwerte, war die Tatsache, daß wir keinen Altair besaßen, ja noch nicht einmal einen gesehen hatten. Das war zwar unerheblich, denn was uns wirklich interessierte, war der neue Intel-8080-Mikroprozessorchip, aber auch den hatten wir noch nicht gesehen. Unverdrossen studierte Paul ein Handbuch für den Chip und schrieb dann ein Programm, das einen großen Computer in Harvard das Verhalten des kleinen Altair simulieren ließ. Es war, als hätte man ein ganzes Orchester zur Verfügung und ließe es ein einfaches Duett spielen, aber es klappte.

Man muß sich sehr konzentrieren, wenn man gute Software machen will, und es war eine Strapaze, BASIC für den Altair zu schreiben. Ich habe die Angewohnheit, mit dem Stuhl zu wippen oder auf und ab zu gehen, wenn ich nachdenke, denn das hilft mir, mich auf einen Gedanken zu konzentrieren und Ablenkungen auszuschließen. Im Winter 1975 habe ich in meiner Studentenbude viel gewippt und bin lange herumgetigert. Paul und ich schliefen nicht sonderlich viel, und wir wußten nicht mehr, ob es Tag oder Nacht war. Oft bin ich einfach am Schreibtisch oder auf dem Boden eingeschlafen. Es gab Tage, an denen ich nichts aß und niemanden sah. Aber nach fünf Wochen war unser BASIC-Programm fertig – und die erste Firma, die Software für Mikrocomputer schrieb, war geboren. Später nannten wir sie »Microsoft«.

Wir wußten, daß es uns einiges abverlangen würde, eine neue Firma zu gründen. Uns war aber auch klar, daß wir es jetzt tun mußten – andernfalls wäre die Chance, in der Mikrocomputer-Software mitzumischen, für immer dahin gewesen. Im Frühjahr

1975 gab Paul seine Stelle als Programmierer auf, und ich ließ mich von Harvard beurlauben.

Ich sprach über die Sache mit meinen Eltern, die sich beide in Geschäftsdingen ziemlich gut auskennen. Sie sahen, wie sehr mir daran lag, eine Softwarefirma zu gründen, und sie bestärkten mich. Mein Plan war, mich fürs erste beurlauben zu lassen, die Firma zum Laufen zu bringen und anschließend mein Studium zu beenden. Eine bewußte Entscheidung, auf einen Abschluß zu verzichten, habe ich nie getroffen. Eigentlich bin ich also nur für eine nun schon ziemlich lange Zeit beurlaubt. Die Uni hat mir, anders als einigen anderen Studenten, wirklich gefallen. Es machte mir Spaß, unter so vielen intelligenten jungen Leuten zu sein und mit ihnen zu diskutieren. Ich hatte jedoch das Gefühl, daß sich die Gelegenheit, eine Softwarefirma zu gründen, nicht noch einmal ergeben würde. Und so stürzte ich mich mit 19 Jahren ins Geschäftsleben.

Paul und ich haben alles von Anfang an selbst finanziert. Jeder hatte ein bißchen Geld auf der hohen Kante: Paul hatte bei Honeywell ein gutes Gehalt bezogen, das Geld, das ich hatte, stammte dagegen zum Teil aus nächtlichen Pokerspielen im Studentenheim. Zum Glück erforderte die Finanzierung unserer Firma keine großen Mittel.

Ich werde oft gebeten, den Erfolg von Microsoft zu erklären. Was steckt für ein Geheimnis dahinter, daß aus einem Zwei-Mann-Unternehmen, das praktisch mit nichts angefangen hat, eine Firma mit 17000 Angestellten und einem Jahresumsatz von über sechs Milliarden Dollar wurde? Das ist natürlich nicht einfach zu beantworten. Wir haben Glück gehabt, aber das wichtigste war wohl unsere ursprüngliche Vision.

Wir sahen voraus, was nach dem Intel-8080-Chip kommen würde, und wir haben entsprechend gehandelt. Wir fragten uns: »Was wird sein, wenn Rechenleistung fast umsonst zu haben sein wird?« Wir waren überzeugt, daß der Computer sich durchsetzen würde, durch billige Rechenleistung und durch gute neue Software, die diese ausnutzen würde. Wir setzten auf die erstere und produzierten die letztere, als sonst niemand daran dachte. Unsere Grunderkenntnis machte alles andere ein bißchen einfacher. Wir waren zur rechten Zeit am rechten Ort. Wir waren als erste da, und unser Anfangserfolg gab uns die Möglichkeit, viele gescheite Leute anzuheuern. Wir bauten ein weltweites Vertriebsnetz auf und steckten den Gewinn in neue Produkte. Wir hatten von Anfang an die richtige Richtung eingeschlagen.

Jetzt tut sich ein neuer Horizont auf, und die Frage lautet entsprechend: »Was wird sein, wenn Kommunikation fast umsonst zu haben sein wird?« Die Idee, alle Haushalte und Büros an ein Hochgeschwindigkeitsnetzwerk anzuschließen, hat die Phantasie Amerikas entflammt wie sonst nichts anderes seit dem Raumfahrtprogramm. Und nicht nur in unserem Land, sondern weltweit hat die Phantasie Feuer gefangen. Da sich Tausende von Firmen ein und derselben Vision verschrieben haben, wird ihr Erfolg davon abhängen, daß sie den richtigen Schwerpunkt setzen, die Zwischenschritte richtig erfassen und klug vorgehen.

Ich denke häufig ans Geschäft, weil meine Arbeit mir viel Spaß macht. In diesen Tagen beschäftige ich mich oft mit dem Highway. Vor 20 Jahren, als ich mir über die Zukunft der Mikrochip-Personalcomputer Gedanken machte, konnte ich auch nicht sicher sein, was daraus werden würde. Doch ich hielt an meinem Kurs fest und war zuversichtlich, daß wir die richtige Richtung gewählt hatten, daß wir dort sein würden, wo wir hinwollten, wenn die Dinge sich geklärt hätten. Es geht heute zwar um einen sehr viel höheren Einsatz, doch habe ich das gleiche Gefühl wie damals. Es ist zwar nervenaufreibend, aber es macht ungeheuer Spaß.

Die unterschiedlichsten Menschen und Firmen setzen ihre Zukunft auf den Bau der Elemente, die aus dem Information Highway eine Realität machen werden. Wir bei Microsoft prüfen ständig, wie wir uns weiterentwickeln müssen, um von dem

Punkt, an dem wir heute stehen, zu jenem Punkt zu gelangen, an dem wir das volle Potential der neuen technischen Fortschritte freisetzen können. Dies ist eine spannende Zeit, nicht nur für die beteiligten Unternehmen, sondern für alle, denen die Vorteile dieser Revolution zugute kommen werden.

2. Anfänge des Informationszeitalters

Als ich zum ersten Mal den Ausdruck »Informationszeitalter« hörte, war ich fasziniert. Eisenzeit und Bronzezeit waren mir bekannt – historische Epochen, benannt nach dem Material, das die Menschen zur Herstellung ihrer Werkzeuge und Waffen verwendeten. Dann las ich in wissenschaftlichen Prognosen, es werde in künftigen zwischenstaatlichen Konflikten nicht mehr um die Verfügung über natürliche Ressourcen, sondern um die Verfügung über Information gehen. Auch das klang interessant, aber was war mit Information gemeint?

Die Behauptung, Information werde die Zukunft prägen, erinnerte mich an die bekannte Partyszene in dem Film *Die Reifeprüfung* aus dem Jahr 1967. Ein Geschäftsmann schnappt sich den frischgebackenen Collegeabsolventen Benjamin, der von Dustin Hoffman gespielt wird, und wirft ihm, als ungebetene Berufsempfehlung, ein einziges Wort an den Kopf: »Plastik!« Ich fragte mich, ob wohl der Rat des Geschäftsmanns, wäre die Szene ein paar Jahrzehnte später geschrieben worden, gelautet hätte: »Ich sage nur ein einziges Wort, Benjamin – Information.«

Absurde Gespräche fielen mir ein – an einem Kaffeeautomaten in einem Büro, irgendwann in der Zukunft: »Wieviel Information haben Sie?« – »Großartiges Land, die Schweiz. Wenn man bedenkt, was die an Information haben!« – »Ich habe gehört, der Preisindex für Information geht nach oben.«

Das klingt absurd, weil Information nicht so greifbar und meßbar ist wie die Materialien, die frühere Zeitalter geprägt haben, aber Information hat für uns eine immer größere Bedeutung gewonnen. Dabei hat die Revolution der Information gerade erst begonnen. Die Kosten für die Datenübertragung werden ebenso drastisch sinken, wie wir es im Bereich der Datenverarbeitung bereits erlebt haben. Wenn sie niedrig genug sind und sich mit anderen technischen Fortschritten verbinden, wird der Information Highway, die Datenautobahn, mehr als nur ein Schlagwort für übereifrige Manager und aufgeregte Politiker werden. Er wird so real und so allgegenwärtig sein wie Elektrizität. Um zu verstehen, warum Information eine so zentrale Bedeutung gewinnen wird, müssen wir uns klar machen, wie die Technik unseren Umgang mit Information verändert.

Der größte Teil des vorliegenden Kapitels ist einer solchen Erklärung gewidmet. Die folgenden Ausführungen sollen Lesern, die mit den Grundlagen und der Geschichte des Computers nicht besonders vertraut sind, genügend Kenntnisse vermitteln, damit sie den Rest des Buches mit Vergnügen lesen können. Sollten Sie jedoch wissen, wie digitale Rechner arbeiten, so ist Ihnen das Folgende vermutlich sattsam bekannt, und Sie können getrost zu Kapitel drei springen.

Künftige Information wird sich vor allem dadurch auszeichnen, daß sie fast vollständig in digitaler Form vorliegt. Derzeit scannt man schon ganze Bibliotheken und speichert sie in Form elektronischer Daten auf Disketten und CD-ROMs. Häufig werden Zeitungen und Zeitschriften ausschließlich in elektronischer Form hergestellt und nur noch zu Vertriebszwecken auf Papier gedruckt. Diese elektronische Information kann man auf Dauer – oder solange man es wünscht – in elektronischen Datenbanken speichern – riesige Bestände an journalistischen Daten, die sich über Online-Dienste abrufen lassen. Auch Fotografien, Filme und Videos werden in digitale Information umgewandelt. Jahr für Jahr läßt man sich bessere Verfahren einfallen, um Information zu quantifizieren und sie in unzähligen winzigen Datenpaketen abzulegen. Sobald die digitale Information gespeichert ist, kann jeder, der Zugang und einen Personalcomputer besitzt, sie augenblicklich abrufen, vergleichen und verändern. Die besonderen Merkmale unserer Epoche sind die völlig neuartigen Verfahren, die uns zur Verfügung stehen, um Information zu verändern und zu handhaben, und das immer raschere Tempo, mit dem wir das bewerkstelligen können. Die Fähigkeit des Computers, eine kostengünstige und äußerst schnelle Verarbeitung und Übertragung von digitalen Daten zu gewährleisten, wird die konventionelle Nachrichtenübertragung zu Hause und am Arbeitsplatz grundlegend verändern.

Der Gedanke, ein Gerät zum Umgang mit Zahlen zu benutzen, ist nicht neu. In Asien war der Abakus schon fast 5000 Jahre alt, als der 19jährige Franzose Blaise Pascal 1642 eine mechanische Rechenmaschine erfand. Das war ein reines Zählgerät. Dreißig Jahre später verbesserte der deutsche Gelehrte Gottfried Wilhelm von Leibniz Pascals Konstruktion. Seine »Staffelwalzenmaschine« konnte multiplizieren, dividieren und Quadratwurzeln berechnen. Zuverlässige mechanische Rechenmaschinen, angetrieben von rotierenden Scheiben und Zahnrädern, Nachkommen des Leibniz-Rechners, prägten dann das Bild, bis sie durch ihre elektronischen Vettern ersetzt wurden. In meiner Kindheit bestand eine Registrierkasse im wesentlichen aus einer mechanischen Rechenmaschine, die mit der Kassenschublade verbunden war.

Vor mehr als anderthalb Jahrhunderten erahnte ein weitsichtiger englischer Mathematiker das Prinzip des Computers und erlangte mit diesem Blick in die Zukunft schon zu Lebzeiten Berühmtheit. Charles Babbage war Mathematikprofessor an der Cambridge University und entwarf das Prinzip eines Rechengerätes, das in der Lage ist, eine Kette verwandter Rechnungen durchzuführen. Bereits in den dreißiger Jahren des vorigen Jahrhunderts fesselte ihn der Gedanke, daß man Information mittels einer Maschine bearbeiten könne, wenn es zuvor gelänge, die Information in Zahlen umzuwandeln. Die dampfbetriebene Maschine, die Babbage ersann, sollte mit Bolzen, Zahnrädern, Zylindern und anderen mechanischen Teilen arbeiten, den Gerätschaften des heraufziehenden industriellen Zeitalters. Babbage war der Überzeugung, seine »Analysemaschine« werde die Rechnerei von Mühsal und Ungenauigkeit befreien.

Natürlich fehlten ihm die modernen Bezeichnungen, als er die Teile seiner Maschine benannte. Die Zentraleinheit, das Herzstück seiner Anlage, war bei ihm die »Weberei«, während er den Speicher als »Lager« bezeichnete. Babbage stellte sich nämlich vor, Information werde verarbeitet wie Baumwolle – aus einem Lagerhaus geholt und zu etwas Neuem verwebt.

Seine Analysemaschine wäre zwar mechanisch gewesen, trotzdem sollte sie in der Lage sein, wechselnden Befehlen Folge zu leisten und damit verschiedenen Aufgaben zu dienen – das wesentliche Merkmal von Software. Sie ist ein umfassendes System von Regeln, die man einer Maschine vorgeben kann; auf diese Weise »befiehlt« man ihr, bestimmte Aufträge zu erledigen. Babbage erkannte, daß er eine völlig neue Sprache benötigte, um solche Befehle zu formulieren, und er entwickelte sie unter Verwendung von Zahlen, Buchstaben, Pfeilen und anderen Symbolen. Die Sprache hätte Babbage gestattet, seine Analysemaschine mit einer langen Folge von bedingten Befehlen dergestalt zu »programmieren«, daß das Gerät sein Verhalten unter Berücksichtigung veränderter Situationen hätte modifizieren können. Als erster hat er erkannt, daß eine einzige Maschine einer Reihe verschiedener Zwecke dienen kann.

Noch ein Jahrhundert lang arbeiteten Mathematiker an den Ideen, die Babbage umrissen hatte, bis es Mitte der vierziger Jahre unseres Jahrhunderts endlich gelang, einen Elektronenrechner nach den Prinzipien der Analysemaschine zu erbauen. Nur schwer läßt sich die Vaterschaft des modernen Computers klären, weil ein Großteil der Entwicklungs- und Konstruktionsarbeit in den Vereinigten Staaten und England während des Zweiten Weltkriegs geleistet wurde und der militärischen Geheimhaltung unterlag.

Wesentlichen Anteil daran hatten jedenfalls Alan Turing, Claude Shannon und John von Neumann.

Mitte der dreißiger Jahre dieses Jahrhunderts schlug der Engländer Alan Turing, wie Babbage ein hervorragender, in Cambridge ausgebildeter Mathematiker, ein System vor, das man heute als Turing-Maschine bezeichnet.

Ende der dreißiger Jahre, noch während seines Studiums, hatte Claude Shannon nachgewiesen, daß eine Maschine, die logische Befehle ausführt, Information verarbeiten kann. In seiner Magisterarbeit erläuterte er, wie Rechnerschaltkreise – geschlossen für wahr und offen für falsch – logische Operationen ausführen können, wobei die Zahl 1 für »wahr« steht und 0 für »falsch«.

Das ist ein binäres System, ein Code. Binär ist auch das Alphabet von Elektronenrechnern, die Grundlage für die Sprache, in die alle Information im Computer übersetzt, gespeichert und gebraucht wird. Das Prinzip ist einfach, aber grundlegend für das Verständnis von Computern, so daß es sich lohnt, einen Augenblick innezuhalten und es etwas vollständiger zu erklären.

Stellen Sie sich vor, Sie haben in Ihrer Wohnung oder Ihrem Büro ein Zimmer, das Sie mit 250 Watt beleuchten möchten, wobei das elektrische Licht von 0 Watt (völlige Dunkelheit) bis zur vollen Wattstärke stufenlos verstellbar sein soll. Eine Möglichkeit besteht darin, einen drehbaren Dimmerknopf an eine 250-Watt-Glühlampe anzuschließen. Völlige Dunkelheit herrscht, wenn Sie den Knopf gegen den Uhrzeigersinn bis zum Anschlag drehen: 0 Watt. Um das hellste Licht zu erhalten, drehen Sie den Knopf im Uhrzeigersinn bis zum Anschlag, dann haben Sie eine Leistung von 250 Watt. Für Helligkeitsabstufungen dazwischen bringen Sie den Knopf auf Zwischenstellungen.

Das System ist leicht zu benutzen, stößt aber rasch an seine Grenzen. Wenn sich der Knopf auf einer Zwischenposition befindet – wenn Sie die Beleuchtung beispielsweise für ein stimmungsvolles Abendessen herabgedreht haben –, können Sie nur vermuten, was für eine Leuchtstärke vorliegt. Sie wissen nicht wirklich, wieviel Watt die Leistung beträgt, und Sie können die Einstellung nicht exakt beschreiben. Ihre Information ist vage und damit schwer zu speichern oder zu reproduzieren. Wie stellen Sie es an, nächste Woche wieder für genau die gleiche Beleuchtung zu sorgen? Sie könnten auf dem Schalter eine Markierung anbringen, so daß Sie wissen, wie weit Sie ihn drehen müssen, aber das ist nicht sehr genau. Und was ist, wenn Sie eine andere Einstellung wiederfinden wollen? Oder wenn ein Freund von Ihnen genau diese Lichtverhältnisse herstellen möchte? Sie können sagen: »Führe mit dem Knopf ungefähr eine fünftel Drehung im Uhrzeigersinn aus«, oder: »Dreh den Knopf, bis der Pfeil etwa auf zwei Uhr steht«, doch der Freund wird Ihre Einstellung nur ungefähr wiederholen können. Was ist, wenn Ihr Freund die Information an einen anderen Freund weitergibt, der sie seinerseits einem dritten übermittelt? Jedesmal, wenn die Information weitergereicht wird, ist mit einem Verlust an Genauigkeit zu rechnen.

Das ist ein Beispiel für Informationsspeicherung in analoger Form. Der Dimmerknopf bildet eine Analogie zur Lichtstärke der Glühlampe. Dreht man ihn halb herum, so hat man wahrscheinlich ungefähr die halbe Wattleistung. Wenn Sie messen oder beschreiben, wie weit der Knopf gedreht worden ist, dann speichern sie in Wirklichkeit Information über die Analogie (den Knopf) und nicht über die Lichtstärke. Analoge Informationen lassen sich sammeln, speichern und reproduzieren, sind in der Regel aber ungenau – und laufen Gefahr, mit jeder Übermittlung noch ungenauer zu werden.

Betrachten wir jetzt ein völlig anderes Verfahren, die Beleuchtung des Zimmers zu beschreiben, eine Methode zur digitalen und nicht analogen Informationsspeicherung und -verwendung. Jede Art von Information läßt sich in Zahlen umwandeln, wozu man nur Nullen und Einsen braucht. Das sind sogenannte binäre Zahlen – Zahlen, die sich ausschließlich aus Nullen und Einsen zusammensetzen. Jede Null oder Eins bezeichnet man als Bit. Sobald die Information umgewandelt ist, läßt sie sich in Form langer Bitfolgen in den Computer eingeben und speichern. Nichts anderes als diese Zahlen ist mit »digitaler Information« gemeint.

Nehmen wir an, Sie haben statt einer einzigen 250-Watt-Lampe acht Lampen, wobei jede die Wattzahl ihrer Vorgängerin verdoppelt – also eine Folge von 1 bis 128 Watt. Jede hat einen eigenen Schalter; rechts ist der für die Lampe mit der niedrigsten Wattzahl. Diese Anordnung läßt sich wie folgt abbilden:

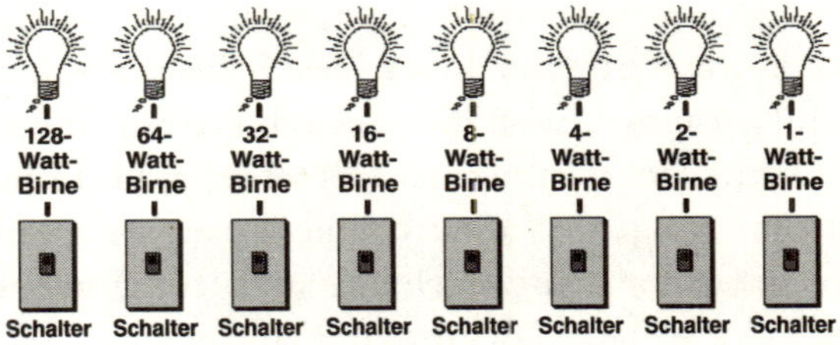

Durch Ein- und Ausstellen dieser Schalter können Sie die Lichtstärke in Ein-Watt-Schritten von 0 Watt (alle Schalter aus) bis 255 Watt (alle Schalter an) regeln. Bei dieser Anordnung haben Sie 256 Möglichkeiten. Wenn Sie eine Lichtleistung von einem Watt wünschen, betätigen Sie nur den Schalter ganz rechts, der die 1-Watt-Lampe einschaltet. Wenn Sie zwei Watt Licht haben möchten, schalten Sie nur die 2-Watt-Lampe ein. Wünschen Sie eine Lichtstärke von drei Watt, betätigen Sie die Schalter für die 1-Watt- und die 2-Watt-Lampe, da 1 und 2 die gewünschten drei Watt ergeben. Für 4-Watt-Licht schalten Sie die 4-Watt-Lampe ein, für fünf Watt die 4-Watt- und die 1-Watt-Lampe. Wollen Sie eine Lichtstärke von 250 Watt haben, so betätigen Sie alle Schalter bis auf die beiden für die 4-Watt- und die 1-Watt-Lampe.

Wenn Sie zu dem Schluß gekommen sind, die idealen Lichtverhältnisse für das Abendessen seien 137 Watt, dann schalten Sie die

128-, die 8- und die 1-Wattlampe ein, so daß sich folgendes Bild ergibt:

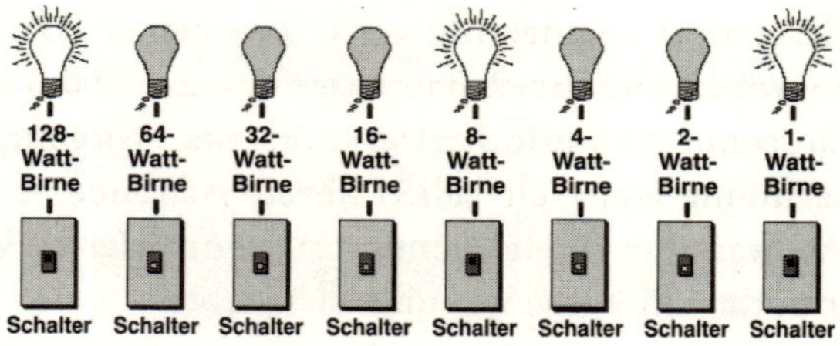

Mit Hilfe dieses Systems fällt es leicht, die exakten Lichtverhältnisse für spätere Verwendungszwecke festzuhalten oder sie anderen mitzuteilen, wenn diese über das gleiche Lichtschalter-Arrangement verfügen. Da die Art und Weise, wie wir binäre Information aufzeichnen, universell ist – die niedrigere Zahl rechts, die höhere links, bei jedem Schritt eine Verdoppelung –, brauchen Sie die Wattwerte der Glühlampen noch nicht einmal aufzuschreiben. Sie halten nur das Schaltermuster fest: »an, aus, aus, aus, an, aus, aus, an«, was heißen soll, daß die erste, vierte und achte der acht Lampen ein- und die anderen auszuschalten sind. Die gleiche Information läßt sich in der Form 1, 0, 0, 0, 1, 0, 0, 1 wiedergeben oder als die binäre Zahl 10001001 schreiben. In diesem Fall beträgt sie 137. So können Sie Ihren Freund anrufen und sagen: »Ich habe die ideale Lichtstärke gefunden. Sie ist 10001001. Versuch es mal!« Und Ihr Freund stellt genau die richtigen Lichtverhältnisse her, indem er für jede Eins einen Schalter an- und für jede Null einen ausstellt.

Vielleicht erscheint diese Methode, die Helligkeit einer Lichtquelle zu beschreiben, etwas kompliziert, aber sie liefert ein Beispiel für die Theorie hinter der binären Ausdrucksweise, der Grundlage aller modernen Computer.

Dank der binären Ausdrucksweise war es möglich, Rechner mit

elektrischen Schaltkreisen zu bauen. Das geschah während des Zweiten Weltkriegs, als eine Gruppe von Mathematikern unter Leitung von J. Presper Eckert und John Mauchly an der Moore School of Electrical Engineering der University of Pennsylvania anfing, eine elektronische Rechenmaschine zu entwickeln, den ENIAC *(Electronic Numerical Integrator And Calculator)*. Er sollte die Berechnung von Zieltabellen für die Artillerie beschleunigen. ENIAC war eher eine elektronische Rechenmaschine als ein Computer, doch statt nach Art von mechanischen Rechenmaschinen eine binäre Zahl mit An- und Aus-Einstellungen auf Rädern zu präsentieren, arbeitete er mit »Schaltern« in Form von Vakuumröhren.

Die Armee hatte extra Soldaten für die riesige Maschine abgestellt, die quietschende Gemüsekarren voller Vakuumröhren umherschoben. Wenn eine durchbrannte, fiel ENIAC aus, und es begann eine verzweifelte Suche nach der durchgebrannten Röhre, um sie rasch zu ersetzen. Angeblich mußten die Röhren so häufig ersetzt werden, weil sie durch ihre Wärme und Helligkeit Nachtfalter anlockten, die in die Riesenmaschine hineinflogen und Kurzschlüsse verursachten. Falls das stimmt, bekommt die Bezeichnung »Bugs« (Käfer) für die kleinen Fehler, von denen Computerhardware und -software so häufig heimgesucht werden, eine ganz neue Bedeutung.

Wenn alle Röhren funktionierten, konnte ein ganzer Stab von Technikern den ENIAC für die Lösung eines Problems präparieren, indem er 6000 Kabel von Hand in die richtigen Buchsen steckte. Sollte die Maschine eine andere Aufgabe leisten, mußte die Verdrahtung jedesmal entsprechend verändert werden. John von Neumann, ein hervorragender amerikanischer Mathematiker ungarischer Herkunft, der sich mit vielen Dingen einen Namen gemacht hat, unter anderem mit der Entwicklung der Spieltheorie und seinen Beiträgen zur Atombombe, gilt als der Mann, dem es gelungen ist, dieses Problem zu lösen. Er entwickelte das Paradigma, nach dem sich immer noch alle Digitalrechner richten. Die »Neumann-Architektur«, wie sie heute heißt, beruht auf den Prinzipien, die er 1945 formuliert hat – unter anderem dem, daß ein Computer Änderungen seiner Verdrahtung vermeiden kann, indem er Befehle in seinem Speicher verwahrt. Sobald man diesen Gedanken in die Tat umgesetzt hatte, war der moderne Computer geboren.

Heute sind die Gehirne der meisten Computer Nachkommen jenes Mikroprozessors, der Paul Allen und mich in den siebziger Jahren so beeindruckte, und PCs werden häufig danach beurteilt, wie viele Datenbits (Schalter in unserem Lampenbeispiel) ihr Mikroprozessor in einer bestimmten Zeit verarbeiten oder wie viele Bytes (Folgen von acht Bits) der Arbeitsspeicher oder die Festplatte speichern können. Der ENIAC wog 30 Tonnen und füllte einen großen Raum. In seinem Inneren rasten die Rechenimpulse durch 1500 elektromechanische Relais und strömten durch 17 000 Vakuumröhren. Sein Betrieb verschlang eine Energie von 150 000 Watt. Doch die Maschine speicherte nur das Äquivalent von ungefähr 80 Informationszeichen.

Anfang der sechziger Jahre hatten Transistoren die Vakuumröhren in der Unterhaltungselektronik ersetzt. Das geschah mehr als zehn Jahre, nachdem man in den Bell Laboratories entdeckt hatte, daß eine winzige Siliziumscheibe das gleiche leistet wie eine Vakuumröhre. Wie diese arbeiten Transistoren als elektrische Schalter, verbrauchen dabei aber erheblich weniger Energie, deshalb erzeugen sie weit weniger Wärme und beanspruchen weniger Raum. Mehrere Transistorschaltkreise ließen sich auf einem einzigen Chip zusammenfassen, wodurch ein integrierter Schaltkreis entstand. Heute sind Computerchips integrierte Schaltkreise, die das Äquivalent von Millionen Transistoren enthalten, untergebracht auf sechs Quadratzentimeter Silizium.

1977 hat Bob Noyce, einer der Gründer von Intel, in der Zeitschrift *Scientific American* den 300-Dollar-Mikroprozessor mit

Teilansicht vom Inneren des ENIAC-Rechners (1946)

ENIAC, dem falteranfälligen Koloß aus den Anfängen des Computerzeitalters, verglichen. Danach war der winzige Mikroprozessor nicht nur leistungsfähiger, sondern auch, wie Noyce ausführte, »zwanzigmal schneller, hat einen größeren Speicher, ist tausendmal zuverlässiger, verbraucht die Energie einer Glühlampe statt die einer Lokomotive, beansprucht nur 1/30000 des Volumens und kostet 1/10000 soviel. Sie können ihn per Post bestellen oder in Ihrem Elektronikladen bekommen.«

Natürlich kommt uns der Mikroprozessor von 1977 heute wie ein Spielzeug vor. Tatsächlich enthalten viele preisgünstige Spielsachen inzwischen Computerchips, die leistungsfähiger sind als die Chips der siebziger Jahre, mit denen die Revolution der Mikrocomputer begann. Doch alle heutigen Computer, gleich welcher Größe oder Leistungsklasse, verarbeiten Information, die in Form binärer Zahlen gespeichert ist.

Mit binären Zahlen speichert man Text in einem Personalcomputer, Musik auf einer CD und Geld im Automatennetz einer Bank. Bevor Information in einen Computer Eingang finden kann, muß sie in binäre Form umgewandelt werden. Maschinen, digitale Geräte, verwandeln die Information dann wieder zurück in ihre ursprüngliche, verwendbare Gestalt. Man kann sich vorstellen, wie jedes Gerät bestimmte Schalter in Bewegung setzt und so den Elektronenfluß steuert. Doch die beteiligten Schalter, die in der Regel aus Silizium bestehen, sind extrem klein und lassen sich durch Anlegen elektrischer Ladungen außerordentlich rasch betätigen – woraufhin ein Text auf dem Bildschirm eines PCs erscheint, Musik aus einem CD-Player ertönt oder ein Geldautomat die Anweisung erhält, eine bestimmte Summe auszuzahlen.

Das Beispiel der Lichtschalter hat gezeigt, daß sich jede Zahl binär ausdrücken läßt. Gleiches gilt für die binäre Darstellung eines Textes. Man hat festgelegt, daß die Zahl 65 für den Großbuchstaben A steht, die Zahl 66 für den Großbuchstaben B und so fort. Im Computer wird jede dieser Zahlen durch einen binären Code wiedergegeben: Der Großbuchstabe A, 65, wird zu 01000001, der Großbuchstabe B, 66, zu 01000010. Für einen Zwischenraum steht die Zahl 32 oder 00100000. Auf diese Weise verwandelt sich der Satz »*Socrates is a man*« (»Sokrates ist ein Mensch«) in eine 136stellige Kette aus Einsen und Nullen:

01010011 01101111 01100011 01110010 01100001 01110100
01100101 01110011 00100000 01101001 01110011 00100000
01100001 00100000 01101101 01100001 01101110

Wie eine Textzeile zu einer binären Zahlenfolge wird, ist leicht zu begreifen. Um zu verstehen, wie Informationen anderer Art digitalisiert werden, wollen wir ein weiteres Beispiel für analoge Information betrachten. Eine Vinylplatte ist eine analoge Aufzeichnung von Schallwellen. Die akustische Information speichert sie in mikroskopisch kleinen Schnörkeln, die sich in der langen, spiralförmigen Rille der Platte befinden. Bei lauten Musikpassagen sind die Schnörkel tiefer in die Rille eingeschnitten, während sie bei einem hohen Ton dichter zusammenrücken. Die Schnörkel der Rille sind den ursprünglichen Schwingungen analog – Schallwellen, von einem Mikrofon eingefangen. Wenn die Nadel eines Plattenspielers in der Rille entlangfährt, schwingt sie in Resonanz mit den winzigen Schnörkeln. Diese Schwingung, immer noch eine analoge Wiedergabe des ursprünglichen Tons, wird verstärkt und erklingt aus dem Lautsprecher als Musik.

Wie jede analoge Vorrichtung zur Informationsspeicherung hat auch die Schallplatte Nachteile. Staub, Fingerabdrücke oder Kratzer auf der Plattenoberfläche können die Nadel zu unangemessenen Schwingungen veranlassen und ein Knacken oder andere störende Geräusche verursachen. Wenn die Platte nicht mit genau der richtigen Geschwindigkeit kreist, wird die Tonhöhe der Musik entstellt. Bei jedem Abspielen der Platte schleift die Nadel die Schnörkel in der Rille ein wenig ab, so daß die Qualität der Musikwiedergabe im Lauf der Zeit nachläßt. Wenn Sie einen Song von einer Vinylplatte auf eine Musikkassette überspielen, wird jede Unvollkommenheit der Platte dauerhaft auf die Kassette übertragen, außerdem kommen neue Mängel hinzu, weil herkömmliche Kassettenrekorder ihrerseits analoge Geräte sind. Jeder erneute Aufzeichnungsvorgang, jede Übertragung, bedeutet einen Qualitätsverlust.

Auf einer CD wird die Musik in Form von binären Zahlenfolgen gespeichert; dabei wird jedes Bit (jeder Schalter) durch ein mikroskopisches *Pit* (»Grube«) auf der Oberfläche der Disk wiedergegeben. Moderne CDs haben mehr als fünf Milliarden Pits. Das reflektierte Laserlicht im Inneren des CD-Players – eines digitalen Geräts – liest jedes Pit und stellt fest, ob es auf die 0- oder 1-Position geschaltet ist. Anschließend setzt der CD-Player diese Information wieder zur ursprünglichen Musik zusammen, indem er festgelegte elektrische Signale erzeugt, die durch Lautsprecher in Schallwellen umgewandelt werden. Jedesmal, wenn die Disc abgespielt wird, sind die Töne absolut gleich.

Zwar ist es bequem, alles in digitale Daten umzuwandeln, doch dabei kann die Bitzahl lawinenartig anwachsen. Zu viele Datenbits können den Speicher des Computers überlasten oder lange Übertragungszeiten zwischen Computern in Anspruch nehmen. Deshalb ist die Fähigkeit des Computers, digitalisierte Daten zu komprimieren, sie in dieser Form zu speichern oder zu übertragen und sie anschließend wieder zu dekomprimieren, das heißt, in ihre ursprüngliche Gestalt zurückzuverwandeln, von großer Bedeutung – und wird in Zukunft sicherlich noch wichtiger werden.

Betrachten wir ganz kurz, wie der Computer diese Wundertaten vollbringt. Das Verfahren geht zurück auf Claude Shannon, den Mathematiker, der in den dreißiger Jahren erkannte, wie sich Information in binärer Form ausdrücken läßt. Im Zweiten Weltkrieg begann er, eine mathematische Beschreibung der Information zu entwickeln, und begründete eine Disziplin, die man später Informationstheorie nannte. Dabei definierte Shannon Information als Verringerung von Ungewißheit. Nach dieser Definition erhalten Sie keine Information, wenn Sie bereits wissen, daß Samstag ist, und ihnen jemand mitteilt, daß Samstag ist. Sind Sie hingegen nicht sicher, daß Samstag ist, und jemand teilt Ihnen mit, daß Samstag ist, dann haben Sie eine Information erhalten, denn Ihre Ungewißheit hat sich verringert.

Später entwickelten sich aus Shannons Informationstheorie wichtige Technologien. Eine war eine effektive Datenkompression, gleich wichtig für die Datenverarbeitung und die Datenübertragung. Deren Grundthese ist leicht zu verstehen: Daten, die keine eigene Information liefern, sind redundant und können weggelassen werden. Wer Schlagzeilen formuliert, verzichtet auf unwichtige Wörter – ebenso jemand, der nach Anzahl der Wörter zur Kasse gebeten wird, etwa bei einem Telegramm oder einer Zeitungsanzeige. Ein Beispiel, das von Shannon stammt, ist der Buchstabe *u*, der im Englischen (und Deutschen) immer dann redundant ist, wenn er auf den Buchstaben *q* folgt. Da Sie wissen, daß auf jedes *q* ein *u* folgt, muß das *u* nicht unbedingt in die Nachricht aufgenommen werden.

Shannons Prinzipien hat man bei der Kompression von Tönen und von Bildern angewendet. In den 30 Bildern, aus denen eine Sekunde Videofilm besteht, gibt es einen hohen Prozentsatz an redundanter Information. Diese Information läßt sich zu Übertragungszwecken von ungefähr 27 Millionen Bit auf rund eine Million Bit komprimieren, ohne daß der Sinn oder das Vergnügen beim Betrachten verlorengeht. Allerdings hat die Kompression ihre Grenzen, und schon in naher Zukunft werden wir immer größere Bitmengen von Ort zu Ort transportieren. Dabei werden sie sich größtenteils durch Kupferkabel, durch die Luft oder über den meist aus Glasfaserkabeln bestehenden Information Highway bewegen. Das Glas oder der Kunststoff, aus dem die Glasfaserkabel bestehen, ist so klar und rein, daß man durch eine 100 Kilometer dicke Mauer aus diesem Material eine Kerze brennen sehen könnte. Als moduliertes Licht überwinden binäre Signale in diesen Kabeln große Entfernungen. Dabei bewegt sich ein Signal in einem Glasfaserkabel nicht schneller als in einem Kupferkabel – in beiden Fällen breitet es sich mit Lichtgeschwindigkeit aus. Der enorme Vorteil des Glasfaserkabels liegt in seiner Bandbreite. Diese gibt an, wieviel Bit pro Sekunde übertragen werden können. Das erinnert wirklich an einen Highway oder eine Autobahn. Denn natürlich können mehr Autos auf einer sechsspurig ausgebauten Autobahn vorankommen als auf einer engen, staubigen Landstraße. Je größer die Bandbreite, desto mehr Spuren stehen zur Verfügung – so daß weit mehr Autos, oder Datenbits, jeden Schaltkreis pro Sekunde durchlaufen können. Bei Kabeln mit großer Bandbreite, das heißt, bei Kabeln, die eine große Informationsmenge einschließlich vielfältiger Video- und Audiosignale bewältigen können, spricht man von Breitbandkapazität.

Obwohl der Information Highway die Kompression nutzen wird, werden die Anforderungen an seine Bandbreite beträchtlich sein. Wir haben vor allem deshalb noch keinen funktionierenden Highway, weil die heutigen Datenübertragungsnetze keine ausreichende Bandbreite für all die neuen Anwendungen bieten. Das wird erst dann der Fall sein, wenn wir eine flächendeckende Versorgung mit Glasfaserkabeln haben.

Das Glasfaserkabel ist ein Beispiel für eine technische Entwicklung, die über alles hinausgeht, was Babbage oder selbst Eckert und Mauchly vorhersagen konnten. Das gleiche gilt für das Tempo, mit dem sich Leistung und Kapazität der Chips entwickelt haben.

1965 hat Gordon Moore, der später mit Bob Noyce Intel gründete, die Prognose abgegeben, die Kapazität eines Computerchips werde sich jedes Jahr verdoppeln. Zu diesem Ergebnis kam er, nachdem er das Preis-Leistungs-Verhältnis von Computerchips für die letzten drei Jahre untersucht und in die Zukunft projiziert hatte. In Wahrheit glaubte Moore nicht, daß dieses Entwicklungstempo lange anhalten werde. Doch noch zehn Jahre später erwies sich seine Prognose als zutreffend, woraufhin er vorhersagte, die Kapazität werde sich fortan alle zwei Jahre verdoppeln. Bis auf den heutigen Tag haben sich seine Vorhersagen bestätigt, und ihr Mittelwert – eine Verdoppelung alle anderthalb Jahre – wird unter Informatikern als Mooresches Gesetz bezeichnet.

Nichts in unserer alltäglichen Erfahrung bereitet uns auf die Ereignisse vor, die eintreten, wenn wir eine Zahl sehr häufig verdoppeln – den exponentiellen Anstieg. Vielleicht kann die folgende Legende zum Verständnis beitragen:

Als einer seiner Minister das Schachspiel erfand, war König Shirham von Indien so beglückt, daß er versprach, ihm jeden Wunsch zu erfüllen.

»Majestät«, sagte der Minister, »gebt mir ein Weizenkorn für das erste Feld des Schachbretts, zwei für das zweite, vier für das

Entwicklung der Intel-Mikroprozessoren

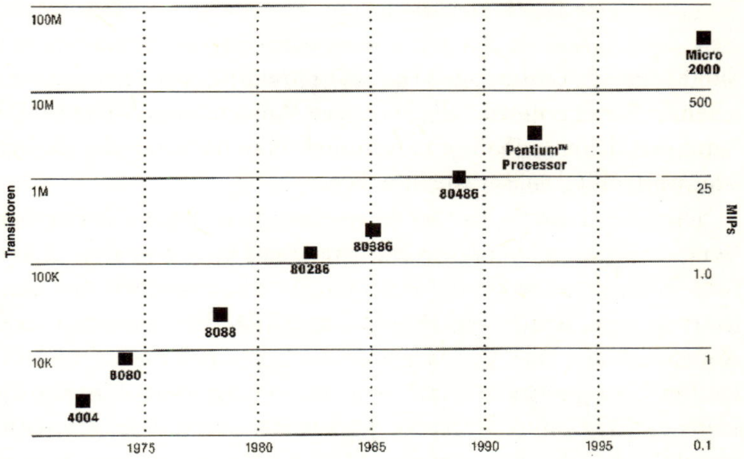

Wie es das Mooresche Gesetz vorhersagt, hat sich die Zahl der Transistoren auf den Mikroprozessoren von Intel alle 18 Monate verdoppelt

dritte und so fort, wobei Ihr jeweils die Zahl verdoppelt, bis Ihr alle vierundsechzig Felder abgegolten habt.« Gerührt von der Bescheidenheit dieser Bitte ließ der König einen Beutel Weizen bringen und befahl, daß man die versprochenen Körner auf das Brett zählte. So wurde auf das erste Feld in der ersten Reihe ein bescheidenes Körnchen gelegt. Auf das zweite Feld kamen zwei Weizenkörner. Auf dem dritten Feld lagen vier, dann acht, 16, 32, 64, 128. Nach Feld acht, am Ende der ersten Reihe, hatte der Aufseher der königlichen Kornkammern insgesamt 255 Körner ausgezählt.

Wahrscheinlich empfand der König noch keine Besorgnis. Vielleicht lag ein bißchen mehr Weizen auf dem Brett, als er erwartet hatte, aber eine Überraschung hatte es noch nicht gegeben. Wenn wir annehmen, daß es eine Sekunde dauert, um ein Korn zu zählen, hatte das Zählen bisher vier Minuten gedauert. Vier Minuten für eine Reihe – raten Sie einmal, wie lange es dauern würde, den

Weizen für alle vierundsechzig Felder des Bretts zu zählen. Vier Stunden? Vier Tage? Vier Jahre?

Als die zweite Reihe fertig war, hatte der Hofbeamte schon 18 Stunden zählen müssen, um die 65535 Körner aufs Brett zu legen. Am Ende der dritten von acht Reihen waren es 194 Tage Zählarbeit, 16,8 Millionen Körner und 24 Felder. Und immer noch stander 40 leere Felder aus.

Wir dürfen mit Sicherheit davon ausgehen, daß der König sein Versprechen gegenüber dem Minister nicht hielt. Mit dem letzten Feld hätten 18446744073709551615 Weizenkörner auf dem Brett gelegen, wofür sein Hofbeamter 584 Milliarden Jahre hätte zählen müssen. Das Alter der Erde wird gegenwärtig auf 4,5 Milliarden Jahre geschätzt. Nach einer weitverbreiteten Version der Legende hat König Shirham irgendwann während der Prozedur bemerkt, daß ihn sein schlauer Minister hereingelegt hatte, was diesen den Kopf kostete.

Exponentieller Anstieg wirkt, selbst wenn man ihn erklärt, wie ein Trick.

Wahrscheinlich wird das Mooresche Gesetz noch weitere 20 Jahre gelten. Wenn das richtig ist, wird ein Rechenvorgang, der heute einen Tag dauert, dann 10000mal so schnell ablaufen, das heißt, keine zehn Sekunden mehr brauchen.

Bereits heute arbeiten Forschungslabors mit »ballistischen« Transistoren, die Schaltzeiten in der Größenordnung von einer Femtosekunde haben. Das ist 1/1000000000000000 Sekunde, womit diese Schaltelemente rund zehnmillionenmal schneller als die Transistoren in heutigen Mikroprozessoren sind. Das Kunststück besteht darin, die Größe des Chip-Schaltkreises und den Stromdurchfluß so zu verringern, daß die Elektronen mit nichts mehr, außer sich selbst, kollidieren. Die nächste Stufe ist der »Ein-Elektron-Transistor«, in dem ein Datenbit durch ein einzelnes Elektron repräsentiert wird. Das ist die höchste Form energiesparender Datenverarbeitung, jedenfalls nach unserem derzeitigen

Physikverständnis. Um die unvorstellbaren Geschwindigkeitsvorteile auf molekularer Ebene zu nutzen, müßten die Computer sehr klein werden, ja, auf mikroskopische Ausmaße schrumpfen. Über die wissenschaftlichen Voraussetzungen zum Bau solcher superschnellen Rechner verfügen wir bereits. Nur an den technischen Bedingungen fehlt es noch, aber die entwickeln sich manchmal sehr rasch.

Sobald wir über entsprechende Geschwindigkeiten verfügen, bereitet es keine Schwierigkeiten mehr, all diese Bits zu speichern. Im Frühjahr 1983 hat IBM seinen PC/XT auf den Markt gebracht, den ersten Personalcomputer des Unternehmens mit einer internen Magnetplatte. Sie diente als Festplatte mit einer Speicherkapazität von 10 Megabyte (»MB«) Information – rund zehn Millionen Zeichen oder 80 Millionen Bit. Kunden, die ihren alten Computer um diese 10 MB aufstocken wollten, konnten das zwar, mußten dafür aber einen stolzen Preis bezahlen. Für 3000 Dollar bot IBM einen Bausatz zur Speichererweiterung an – komplett mit eigener Stromversorgung. Das macht 300 Dollar pro Megabyte. Dank des exponentiellen Anstiegs, den das Mooresche Gesetz beschreibt, kosten heute PC-Festplatten mit einer Speicherkapazität von einem Gigabyte – einer Milliarde Informationszeichen – 350 Dollar. Das sind 15 Cent pro Megabyte! Inzwischen warten wir auf eine ganz außerordentliche Entwicklung, den holographischen Speicher, der bei einem Volumen von weniger als 16 Kubikzentimetern (einem Würfel mit einer Kantenlänge von knapp 2,5 Zentimetern) eine Kapazität von mehreren Terabyte besitzt. Bei dieser Leistungsfähigkeit könnte ein holographischer Speicher von der Größe Ihrer Faust den Inhalt der Library of Congress speichern.

Durch die Digitalisierung wird die Datenübertragungstechnik den gleichen exponentiellen Anstieg erleben, der bei den Computern dafür gesorgt hat, daß heute ein Laptop für 2000 Dollar leistungsfähiger ist als vor 20 Jahren ein IBM-Großrechner im Wert von 10 Millionen Dollar.

In nicht allzu ferner Zukunft wird ein einziges Kabel den Haushalt mit allen digitalen Daten versorgen. Dabei wird es sich entweder um ein Glasfaserkabel handeln, das gegenwärtig Ferngespräche überträgt, oder um ein Koaxialkabel, das uns zur Zeit das Kabelfernsehen ins Haus bringt. Werden die Bits als Sprachkommunikation interpretiert, klingelt das Telefon. Handelt es sich um Videobilder, tauchen sie auf dem Fernsehschirm auf. Sind es Online-Nachrichten, gibt sie der Bildschirm des Computers als geschriebenen Text oder Bilder aus.

Doch dieses eine Kabel, das die Verbindung zum Datennetz herstellt, wird sicherlich noch viel mehr als Telefonanrufe, Filme und Nachrichten liefern. Nur sind wir heute ebensowenig in der Lage, uns vorzustellen, was der Information Highway in 25 Jahren transportieren wird, wie ein Steinzeitmensch, der einen roh behauenen Faustkeil benutzte, eine Ahnung von Ghibertis Türen zum Baptisterium in Florenz haben konnte. Erst wenn wir den Highway haben, werden wir all seine Möglichkeiten begreifen. Die 20 Jahre Erfahrung mit der rasanten digitalen Entwicklung, die hinter uns liegen, erleichtern es uns indessen, einige Grundzüge und Möglichkeiten der künftigen Entwicklungen vorwegzunehmen.

3. Lektionen aus der Computerindustrie

Der Erfolg ist ein schlechter Lehrmeister. Er läßt gescheite Leute glauben, sie könnten nicht verlieren. Außerdem ist er kein verläßlicher Führer in die Zukunft. Was heute als der perfekte Unternehmensplan oder die neueste Technik erscheint, kann bald schon so veraltet sein wie die Achtspur-Tonbandmaschine, der Röhrenfernseher oder der Mainframe-Computer. Ich habe es selbst erlebt. Doch wenn man viele Unternehmen sorgfältig über längere Zeit beobachtet, lassen sich daraus Prinzipien ableiten, die einem Strategien für die kommenden Jahre an die Hand geben.

Unternehmen, die in den Highway investieren, dürften bestrebt sein, die Fehler, die die Computerindustrie in den letzten 20 Jahren gemacht hat, nicht noch einmal zu begehen. Die meisten dieser Fehler sind erklärlich, wenn man auf einige entscheidende Faktoren achtet, zum Beispiel negative und positive Spiralen, die Notwendigkeit, Trends zu setzen, statt ihnen hinterherzulaufen, die Bedeutung der Software im Gegensatz zur Hardware und die Rolle der Kompatibilität und der positiven Rückkopplung, die sie erzeugen kann.

Auf konventionelle Erkenntnisse kann man sich nicht verlassen. Die gelten nur auf konventionellen Märkten, und der Markt für Computerhard- und -software war in den letzten 30 Jahren entschieden unkonventionell. Große, alteingeführte Unternehmen, die einmal Jahresumsätze von einigen hundert Millionen Dollar und einen großen Stamm zufriedener Kunden hatten, sind innerhalb kurzer Zeit verschwunden. Neue Unternehmen wie Apple, Compaq, Lotus, Oracle, Sun und Microsoft haben im Handumdrehen praktisch aus dem Stand Einnahmen in Milliardenhöhe erzielt. Der Erfolg beruhte teilweise auf der »positiven Spirale«, wie ich sie nenne.

Wenn Sie ein aufregendes Produkt haben, werden die Investoren auf Sie aufmerksam, und sie sind bereit, ihr Geld in Ihr Unternehmen zu stecken. Intelligente Leute überlegen sich: Mensch, alle reden von dieser Firma, dort würde ich gern arbeiten. Und wenn ein intelligenter Mensch in die Firma eintritt, folgt bald ein weiterer, weil talentierte Leute gern mit anderen talentierten Leuten zusammenarbeiten. So entsteht der Eindruck, daß dort etwas Aufregendes passiert. Potentielle Partner und Kunden werden aufmerksam, und die Spirale dreht sich weiter und erleichtert den nächsten Erfolg.

Umgekehrt können Firmen auch in eine negative Spirale geraten. Eine Firma, die in einer positiven Spirale ist, wirkt zukunftsorientiert, während eine, die in einer negativen Spirale ist, den Eindruck macht, zum Scheitern verurteilt zu sein. Wenn ein Unternehmen anfängt, Marktanteile zu verlieren, oder auch nur ein einziges mangelhaftes Produkt herausbringt, beginnt das Gerede: »Wieso arbeitest du dort?«, »Warum möchten Sie in dieses Unternehmen investieren?« oder: »Ich finde, bei denen solltest du nicht mehr kaufen.« Die Presse und die Beobachter riechen Blut und streuen Insidergeschichten, wer mit wem über Kreuz und wer für welche Managementfehler verantwortlich ist. Die Kunden beginnen sich zu überlegen, ob sie weiterhin die Produkte dieser Firma kaufen sollten. Bei einer angeschlagenen Firma wird alles in Frage gestellt, auch gelungene Produkte. Es kann sogar passieren, daß eine ausgezeichnete Strategie mit dem Argument abgetan wird: »Du verteidigst doch nur die herkömmliche Methode«, und das kann weitere Fehler nach sich ziehen. Dann geht die Abwärtsspirale los. Führer wie Lee Iacocca, die eine negative Spirale umkehren konnten, verdienen höchste Anerkennung.

In meiner Jugendzeit war Digital Equipment Corporation, kurz DEC, *die* ganz große Computerfirma. 20 Jahre lang schien es, als sei ihre positive Spirale nicht zu stoppen. Ken Olsen, der Firmengründer, war ein legendärer Hardwaredesigner und für mich ein Held, ein ferner Gott. 1960 hatte er die Minicomputerindustrie geschaffen, indem er die ersten »kleinen« Computer auf den Markt brachte. Der erste war der PDP-1, der Vorläufer des an meiner High-School benutzten PDP-8. Statt bei IBM Millionen für deren »Big Iron« hinzulegen, konnte der Käufer bei Olsen für 120000 Dollar einen PDP-1 bekommen. Er war nicht annähernd so leistungsstark wie die großen Maschinen, aber dennoch konnte er für viele Anwendungen eingesetzt werden. Durch ein breitgefächertes Angebot an Computern unterschiedlicher Größe stieg der Umsatz von DEC innerhalb von acht Jahren auf 6,7 Milliarden Dollar.

Zwanzig Jahre später versagte Olsens Vorstellungsvermögen. Er sah nicht, daß kleinen Desktop-Computern die Zukunft gehörte. Schließlich wurde er bei DEC hinausgedrängt, und jetzt hängt ihm der Ruf an, daß er wiederholt und öffentlich den Personalcomputer als eine vorübergehende Modetorheit abgetan habe. Geschichten wie die von Olsen machen mich nachdenklich. Er besaß ein hervorragendes Gespür, wenn es darum ging, neue Wege zu beschreiten, doch nachdem er jahrelang als Neuerer gewirkt hatte, übersah er, daß die Straße eine große Kurve machte.

Ein anderer Visionär, dem die Phantasie ausging, war der aus China eingewanderte An Wang, der Wang Laboratories in den sechziger Jahren zum führenden Anbieter elektronischer Rechenmaschinen machte. In den siebziger Jahren setzte er sich über die Ratschläge seiner gesamten Umgebung hinweg und ging aus dem Rechnermarkt, kurz bevor dort Billigkonkurrenten auftraten, die ihn ruiniert hätten. Es war ein glänzender Schachzug. Wang machte aus seinem Unternehmen den führenden Anbieter von Textverarbeitungsmaschinen. In den siebziger Jahren begannen überall auf der Welt Wang-Textverarbeitungsterminals die Schreibmaschine aus den Büros zu verdrängen. Die Maschinen enthielten einen Mikroprozessor, waren aber keine echten Personalcomputer, weil sie nur auf eine Aufgabe ausgelegt waren, die Textverarbeitung.

Wang war ein Ingenieur mit Weitblick. Die Einsicht, die ihn veranlaßte, das Rechnergeschäft aufzugeben, hätte in den achtziger Jahren auf dem Gebiet der PC-Software zum Erfolg führen können, aber er erkannte nicht den nahenden Umschwung der Branche. Er entwickelte zwar hervorragende Software, aber nur für Wang-Textverarbeitungsmaschinen. Sie war zum Scheitern verurteilt, als universal einsetzbare Personalcomputer aufkamen, auf denen Textverarbeitungssoftware wie WordStar, WordPerfect und MultiMate liefen (letztere imitierte die Wang-Software). Hätte Wang die Bedeutung kompatibler Softwareanwendungen erkannt, gäbe es heute vielleicht Microsoft nicht. Ich wäre irgendwo als Mathematiker oder Anwalt tätig, und mein Ausflug in die Welt des Personalcomputers wäre bloß noch eine blasse Jugenderinnerung.

Auch IBM gehörte zu den bedeutenden Unternehmen, die es zu Beginn der PC-Revolution versäumten, sich technisch umzustellen. Der Unternehmenschef Thomas J. Watson war ein ungemütlicher Bursche, der aus dem Registrierkassenvertrieb kam. Watson war zwar nicht der Gründer von IBM, doch dank seines aggressiven Führungsstils wurde IBM Anfang der dreißiger Jahre zum Marktführer bei Buchhaltungsmaschinen.

Mitte der fünfziger Jahre stieg IBM bei Computern ein, als eines von zahlreichen Unternehmen, die auf diesem Gebiet um die Führung rangen. Bis 1964 hatten alle Computermodelle, auch solche vom selben Hersteller, eine unterschiedliche Architektur, und jedes benötigte ein eigenes Betriebssystem und eigene Anwendungssoftware. Das Betriebssystem ist die grundlegende Software, die die Systemkomponenten eines Computers koordiniert, ihnen sagt, wie sie zusammenarbeiten müssen, und einige weitere Aufgaben erfüllt. Ohne Betriebssystem ist mit einem Computer nichts anzufangen. Das Betriebssystem ist die Grundlage, auf der alle Softwareprogramme für besondere Anwendungen, wie Buchführung, Lohnabrechnung, Textverarbeitung oder E-Mail, aufbauen.

Die Architektur der Computer hing vom Preis ab: Es gab Modelle für die wissenschaftliche Forschung und andere für den Handel. Es bereitete, wie ich feststellte, als ich BASIC für verschiedene Personalcomputer schrieb, erhebliche Mühe, Software von einem Computermodell auf ein anderes zu übertragen, und zwar selbst dann, wenn die Software in einer gängigen Sprache wie COBOL oder FORTRAN verfaßt war. Unter der Leitung des kleinen Tom, wie man Watsons Sohn und Nachfolger nannte, setzte die Firma fünf Milliarden Dollar für die neuartige Idee einer skalierbaren Architektur ein: Alle Computer der Familie System/360 sollten, unabhängig von ihrer Größe, auf denselben Befehlssatz hören. Modelle, die auf einer unterschiedlichen Technologie basierten – von den langsamsten bis zu den schnellsten, von kleinen Maschinen, die in ein normales Büro paßten, bis zu wassergekühlten Giganten, die unter klimatisierten Glasgehäusen steckten –, konnten mit demselben Betriebssystem laufen. Die Kunden konnten Anwendungen und Peripheriegeräte wie Disketten, Bandlaufwerke und Drucker von dem einen Modell ungehindert an ein anderes anschließen. Die skalierbare Architektur stellte die ganze Branche völlig auf den Kopf.

System/360 war ein Riesenerfolg und machte IBM für die nächsten 30 Jahre zum absoluten Spitzenreiter bei den Mainframe-Computern. Die Kunden steckten viel Geld in den 360er, darauf vertrauend, daß ihre Festlegung auf die entsprechende Software und Ausbildung kein Mißgriff war. Wenn sie einen größeren Computer benötigten, konnten sie einen IBM bekommen, der mit demselben System lief und die gleiche Architektur hatte. 1977 führte auch DEC eine Palette von Geräten mit skalierbarer Architektur ein, den VAX. Die VAX-Computerfamilie reichte letztlich von Desktopsystemen bis zu Maschinenaggregaten von Mainframe-Format, und sie leistete für DEC, was das System/360 für IBM leistete. DEC wurde zum unangefochtenen Führer auf dem Minicomputermarkt.

Die skalierbare Architektur des IBM-Systems 360 und seines Nachfolgers, des Systems 370, zwang etliche Konkurrenten von IBM zur Aufgabe und schreckte potentielle Wettbewerber ab. 1970 gründete Eugene Amdahl, der zuvor bei IBM Chefingenieur gewesen war, ein Konkurrenzunternehmen. Die auf seinen Namen lautende Firma hatte ein neuartiges Unternehmensziel: Sie sollte Computer bauen, die mit der Software von IBM 360 vollkommen kompatibel waren. Amdahl lieferte Hardware, die nicht nur mit denselben Betriebssystemen und Anwendungen lief wie IBM, sondern dank technischer Neuerungen den preislich vergleichbaren IBM-Systemen überlegen war. Bald boten auch Control Data, Hitachi und Intel Großrechner an, die mit IBM »steckerkompatibel« waren. Mitte der siebziger Jahre war unübersehbar, wie wichtig die Kompatibilität mit dem System 360 war: Erfolgreich waren nur jene Mainframe-Anbieter, deren Hardware mit IBM-Betriebssystemen lief.

Vor dem System 360 machten die Hersteller ihre Computer absichtlich inkompatibel mit den Produkten anderer Firmen, um die Kunden, die viel Geld in den eigenen Computer gesteckt hatten, durch die entmutigenden Kosten und Schwierigkeiten davon abzuhalten, zu einer anderen Marke zu wechseln. Hatte sich ein Kunde für eine bestimmte Maschine entschieden, war er vom Angebot des Herstellers abhängig, weil ein Wechsel der Software zwar möglich, aber ungemein schwierig war. Damit machten Amdahl und die anderen Schluß. Die vom Markt geforderte Kompatibilität ist eine wichtige Lektion für die Personalcomputerindustrie der Zukunft. Das sollten auch jene bedenken, die am Highway bauen. Die Kunden bevorzugen Systeme, die ihnen hinsichtlich der Hardware und der Softwareanwendungen die freie Auswahl lassen.

Als diese Entwicklungen sich abspielten, ging ich noch zur Schule und experimentierte derweil mit Computern. Im Herbst 1973 ging ich nach Harvard. Auf der Uni ist Angeben angesagt, und daß man cool war, konnte man besonders dadurch beweisen, daß man das Studium nachlässig betrieb. Also habe ich im ersten Studienjahr bewußt die meisten Vorlesungen geschwänzt und erst am Ende fieberhaft gelernt. Man versuchte – und dieses Spiel spielten viele –, mit möglichst geringem Zeitaufwand möglichst gute Noten zu erreichen. In der freien Zeit habe ich viel gepokert, was für mich eine besondere Attraktion hatte. Beim Pokern sammelt der Spieler kleine Informationsbrocken – zum Beispiel, wer kühn pokert, welche Karten auf dem Tisch sind, wie ein Typ gewöhnlich pokert und blufft – und kombiniert diese Informationen, um daraus einen Plan für sein eigenes Spiel abzuleiten. In dieser Art von Informationsverarbeitung wurde ich ziemlich gut.

Das strategische Denken, das ich beim Pokern lernte, und das Geld, das ich dabei gewann, halfen mir später, als ich ins Geschäft einstieg. Mit dem anderen Spiel, das ich spielte, nämlich Aufgaben hinauszuschieben, tat ich mir dagegen gar keinen Gefallen. Aber das wußte ich damals nicht. In meiner Angewohnheit, mir mit den Dingen Zeit zu lassen, wurde ich dadurch bestärkt, daß auch mein neuer Freund Steve Ballmer sie teilte. Er studierte im Hauptfach Mathematik, und ich lernte ihn im ersten Studienjahr kennen, als wir im selben Studentenheim wohnten, dem Currier House. Steve und ich hatten zwar eine ganz unterschiedliche Lebensweise, doch versuchten wir beide, mit möglichst geringem Zeitaufwand die besten Noten zu erzielen. Steve ist ein Mensch von unendlicher Energie, der rastlos aktiv ist. Seine Nebenbeschäftigungen verschlangen viel Zeit. Im zweiten Studienjahr war er bereits Manager des Footballteams, Werbeleiter der Hochschulzeitung *Harvard Crimson* und Herausgeber eines literarischen Magazins. Außerdem gehörte er einer Studentenverbindung an.

Wir gaben beide wenig auf unsere Vorlesungen und Kurse, um

dann kurz vor einer Prüfung hastig die wichtigsten Bücher durchzuarbeiten. Einmal belegten wir zusammen einen schwierigen wirtschaftswissenschaftlichen Kurs für Fortgeschrittene: Economics 2010. Wenn man wollte, konnte man die Benotung ausschließlich vom Ergebnis der Abschlußprüfung abhängig machen. Also beschäftigten Steve und ich uns das ganze Semester über mit anderen Dingen und taten absolut nichts für den Kurs, bis die Prüfung in einer Woche anstand. Dann büffelten wir wie die Wahnsinnigen und bekamen beide eine Eins.

Nachdem Paul Allen und ich Microsoft gegründet hatten, merkte ich jedoch, daß diese Art von Verschleppungstaktik nicht die beste Vorbereitung für die Leitung eines Unternehmens gewesen war. Unter den ersten Kunden von Microsoft waren japanische Firmen, die so auf Pünktlichkeit achteten, daß sie, kaum hatten wir den Termin um eine Minute überschritten, einen Mann herüberschickten, der wie ein Babysitter auf uns aufzupassen hatte. Sie wußten, daß ihr Mann eigentlich nicht helfen konnte, aber er saß 18 Stunden täglich in unserem Büro, nur um uns zu zeigen, wie besorgt sie waren. Diese Kerle meinten es ernst! Sie fragten: »Wieso hat sich der Termin geändert? Nennen Sie uns den Grund. Wir werden dann die Ursache abstellen.« Ich erinnere mich noch an das peinliche Gefühl, wenn wir mit einem dieser Projekte im Verzug waren. Wir haben uns gebessert. Gelegentlich kommt es noch vor, daß wir mit Projekten beim Terminplan Probleme haben, aber dank dieser ängstlichen Babysitter von damals geschieht das heute viel seltener.

Microsoft startete 1975 in Albuquerque, Neu-Mexiko, weil dort der Sitz von MITS war. Das war die kleine Firma, deren Altair-8800-Computerbausatz auf dem Titelblatt von *Popular Electronics* abgebildet gewesen war. Wir arbeiteten mit ihr zusammen, weil sie die erste Firma war, die einen preiswerten Personalcomputer für das breite Publikum anbot. Bis 1977 waren außerdem Apple, Commodore und Radio Shack in dieses Geschäft eingestiegen. Wir lieferten BASIC für die meisten der frühen Personalcomputer. Das war damals der entscheidende Softwarebaustein, weil die Benutzer keine fertigen Anwendungen kauften, sondern sie sich selbst in BASIC schrieben.

Am Anfang war es eine meiner zahlreichen Aufgaben, BASIC zu verkaufen. In den ersten drei Jahren erledigte ich, während die übrigen Profis bei Microsoft sich ausschließlich mit technischen Dingen befaßten, neben dem Schreiben von Software zum größten Teil den Vertrieb, die Finanzen und das Marketing. Ich war knapp 20, und das Verkaufen schreckte mich. Microsoft verfolgte die Strategie, Computerfirmen wie Radio Shack dazu zu bewegen, Lizenzen von uns zu erwerben, um den Personalcomputern, die sie verkauften (zum Beispiel dem TRS-80 von Radio Shack), unsere Software beizugeben und dafür eine Lizenzgebühr zu zahlen. Zu diesem Vorgehen bewog uns unter anderem die Softwarepiraterie.

Angesichts der weiten Verbreitung unserer Software hätten wir in den ersten Jahren eigentlich viel mehr BASIC für den Altair verkauft haben müssen, als es tatsächlich der Fall war. Ich veröffentlichte einen »Offenen Brief an die Hobbyprogrammierer«, in dem ich die ersten Benutzer von Personalcomputern aufforderte, nicht länger unsere Software zu stehlen; wenn sie das unterließen, würden wir Geld verdienen und könnten weitere Software erstellen. »Nichts wäre mir angenehmer, als zehn Programmierer einstellen und den Hobbymarkt mit guter Software überschwemmen zu können«, schrieb ich. Doch viele Computerfans ließen sich durch mein Argument nicht dazu bewegen, für unsere Arbeit etwas zu bezahlen, sie schätzten sie und benutzten sie offenbar gern, zogen es aber vor, sie untereinander »auszuborgen«.

Glücklicherweise haben die meisten Benutzer heute begriffen, daß Software urheberrechtlich geschützt ist. Ein größeres Problem ist die Softwarepiraterie noch in den internationalen Handelsbeziehungen, weil es einige Länder gibt, die noch kein Urheberrechtsgesetz haben – oder es nicht anwenden. Die USA fordern, daß einige Regierungen das Urheberrecht für Bücher, Filme, CDs und Software energischer durchsetzen. Wir müssen besonders darauf achten, daß der künftige Highway nicht zu einem Paradies für Piraten wird.

Unser Geschäft mit amerikanischen Hardwarefirmen lief sehr gut, doch machten wir 1979 fast die Hälfte unseres Umsatzes mit Japan, dank eines erstaunlichen Menschen namens Kazuhiko (Kay) Nishi. 1978 rief Kay mich an und stellte sich auf englisch vor. Er hatte von Microsoft gelesen und dachte, er könne mit uns ins Geschäft kommen. Wie sich herausstellte, gab es zwischen Kay und mir viele Gemeinsamkeiten. Wir waren zum Beispiel gleich alt, und auch er hatte sich wegen seiner Leidenschaft für Personalcomputer vom Studium beurlauben lassen.

Einige Monate später trafen wir uns auf einer Tagung in Anaheim, Kalifornien, und anschließend flog er mit mir nach Albuquerque, wo wir einen anderthalbseitigen Vertrag unterzeichneten, der ihm das Alleinvertriebsrecht für BASIC in Ostasien übertrug. Juristen waren nicht beteiligt, nur Kay und ich, verwandte Seelen. Wir machten mit diesem Vertrag Umsätze von über 150 Millionen Dollar, mehr als das Zehnfache dessen, was wir erwartet hatten.

Kay trat in der japanischen Geschäftswelt ebenso gewandt auf wie in der amerikanischen. Seine extravagante Art wirkte sich in Japan zu unseren Gunsten aus, denn sie verstärkte bei japanischen Geschäftsleuten den Eindruck, wir seien junge Genies. Als ich in Japan war, teilten wir uns das Hotelzimmer, und er bekam die ganze Nacht über Anrufe und verbuchte Aufträge in Millionenhöhe. Es war unglaublich. Einmal kam zwischen drei und fünf Uhr morgens kein Anruf, und als es um fünf dann doch noch klingelte, sagte Kay, während er zum Telefon griff: »Heute nacht läuft das Geschäft schleppend.« Sein Erfolg war schon sehr beeindruckend.

In den nächsten acht Jahren ließ Kay sich nicht eine Chance entgehen. 1981 saß er auf dem Flug von Seattle nach Tokio zufällig neben Kazuo Inamori, dem Präsidenten der Kyocera Corporation, die einen Jahresumsatz von 650 Millionen Dollar machte. Kay, der seine Firma ASCII in vertrauensvoller Abstimmung mit Microsoft führte, brachte Inamori auf eine neue Idee – einen kleinen Laptopcomputer mit eingebauter einfacher Software. Kay und ich entwarfen die Maschine. Microsoft war noch so klein, daß ich mich an der Softwareentwicklung beteiligen konnte. Die Maschine wurde 1983 von Radio Shack als Modell 100 für nur 799 Dollar auf den Markt gebracht. In Japan wurde sie als NEC PC-8200, in Europa als Olivetti M-10 verkauft. Es war, dank Kays Enthusiasmus, der erste erschwingliche Laptop, jahrelang der Liebling der Journalisten.

Als Kay 1986 beschloß, mit ASCII eine andere Richtung einzuschlagen, als ich sie für Microsoft vorgesehen hatte, errichtete Microsoft eine eigene Niederlassung in Japan. Kays Firma ist nach wie vor ein sehr wichtiger Softwarevertreiber auf dem japanischen Markt. Kay, mit dem ich eng befreundet bin, ist noch immer so extravagant und der Aufgabe verschrieben, den Personalcomputer zu einem Universalwerkzeug zu machen.

Die Tatsache, daß der PC-Markt ein globaler Markt ist, wird auch in der Entwicklung des Information Highway eine entscheidende Rolle spielen. Kooperationen zwischen amerikanischen, europäischen und japanischen Unternehmen werden für den PC in der Zukunft noch wichtiger sein als in der Vergangenheit. Länder und Firmen, die nicht global arbeiten, werden keine führende Rolle mehr spielen können.

Im Januar 1979 verlegte Microsoft seinen Sitz von Albuquerque in einen Vorort von Seattle, Washington. Paul und ich kehrten nach Hause zurück, und von dem Dutzend Angestellten, die wir hatten, gingen fast alle mit. Die PC-Produktion kam in Schwung, und wir konzentrierten uns darauf, Programmiersprachen für die Vielzahl der Maschinen zu schreiben, die auf den Markt kamen. Man kam mit allen möglichen interessanten Projekten zu uns, aus denen etwas Großes zu werden versprach. Die Nachfrage nach den Diensten von Microsoft überstieg unsere Liefermöglichkeiten.

Ich brauchte Hilfe für die Geschäftsleitung und wandte mich an Steve Ballmer, meinen alten Freund aus dem Harvard-Kurs Economics 2010. Steve hatte nach dem Studium bei Procter & Gamble in Cincinnati angefangen, wo es zu seinen Aufgaben gehörte, kleine Lebensmittelgeschäfte in New Jersey zu besuchen. Nach einigen Jahren beschloß er, an der Stanford Business School weiterzustudieren. Als ich ihn anrief, hatte er erst ein Jahr hinter sich, und er wollte fertigstudieren. Als ich ihm dann aber anbot, Miteigentümer bei Microsoft zu werden, wurde aus ihm ein weiterer Student, der auf unbestimmte Zeit beurlaubt ist. Miteigentum durch die Aktienbezugsrechte, die Microsoft der Mehrheit seiner Angestellten angeboten hat, hat sich als so bedeutsam und erfolgreich erwiesen, wie es niemand hätte vorhersehen können. Den Mitarbeitern sind buchstäblich Milliardenwerte zugewachsen. Die weithin mit Begeisterung aufgenommene Praxis, den Mitarbeitern Bezugsrechte zu gewähren, ist einer der Vorzüge der Vereinigten Staaten, und er wird es ihnen erlauben, im Vertrauen auf die Chancen, die die kommende Ära mit sich bringen wird, eine überdurchschnittlich hohe Zahl von erfolgversprechenden Neugründungen zu finanzieren.

Steve war kaum drei Wochen bei Microsoft, als wir unseren ersten Streit hatten, was sonst sehr selten vorkommt. Microsoft hatte damals rund 30 Angestellte, und Steve war zu dem Schluß gekommen, daß wir unverzüglich 50 weitere einstellen mußten.

»Auf keinen Fall«, sagte ich. Viele unserer ersten Kunden hatten Bankrott gemacht, und meine naheliegende Befürchtung, in einer Aufschwungphase pleite zu gehen, hatte mich in finanzieller Hinsicht äußerst vorsichtig werden lassen. Ich wollte, daß Microsoft schlank und hungrig blieb. Doch da Steve sich nicht umstimmen ließ, gab ich schließlich nach. »Fang du nur an, gute Leute einzustellen«, sagte ich. »Wenn es mehr werden, als wir uns leisten können, sage ich dir Bescheid.« Das war nicht nötig, weil unsere Einnahmen genauso schnell wuchsen, wie Steve gute Leute finden konnte.

Meine größte Befürchtung in den ersten Jahren war, daß eine andere Firma aufkreuzen und uns den Markt wegschnappen könnte. Speziell machten mir einige kleinere Firmen Sorge, die Mikroprozessorchips beziehungsweise Software herstellten, aber zum Glück beurteilte keine den Softwaremarkt genauso wie ich.

Außerdem bestand immer noch die Gefahr, daß einer der großen Computerhersteller die Software seiner größeren Maschinen an die kleinen Computer auf Mikroprozessorbasis anpassen würde. IBM und DEC hatten Bibliotheken mit leistungsfähiger Software. Doch Microsoft hatte auch in dieser Hinsicht Glück, denn die großen Akteure dachten nicht daran, die Architektur und Software ihrer Computer in der PC-Produktion anzuwenden. Nur einmal, im Jahr 1979, hätte es fast ins Auge gehen können, als DEC die Architektur seines PDP-11-Minicomputers in einem von HeathKit vermarkteten PC-Bausatz anbot, doch war DEC nicht restlos von der Zukunft des Personalcomputers überzeugt und warb nicht genug für das Produkt.

Das Ziel von Microsoft war, die Software für die meisten Personalcomputer zu schreiben und zu liefern, ohne sich direkt in der Herstellung und im Verkauf von Computerhardware zu engagieren. Microsoft gab die Software zu extrem niedrigen Lizenzgebühren ab. Wir waren überzeugt, daß die Masse das Geld bringen würde. Wir paßten unsere Programmiersprachen, zum Beispiel unsere BASIC-Version, den einzelnen Maschinen an. Wir gingen auf alle Forderungen der Hardwarehersteller ein. Wir wollten erreichen, daß man, wenn es um die Wahl der Software ging, ohne lange zu überlegen an Microsoft dachte.

Unsere Strategie schlug ein. Praktisch alle PC-Hersteller nahmen eine Programmiersprache von uns unter Lizenz. Selbst wenn die Maschinen zweier Hersteller sich in der Hardware unterschieden, bedeutete die Tatsache, daß beide mit Microsoft-BASIC liefen, daß sie doch einigermaßen kompatibel waren. Diese Kompatibilität wurde zu einem wichtigen Bestandteil dessen, was die Leute mit ihrem Computer kauften. Viele Hersteller warben damit, daß Microsoft-Programmiersprachen, darunter BASIC, für ihre Computer zur Verfügung standen.

Im Lauf der Zeit wurde Microsoft-BASIC in Sachen Software zum Industriestandard.

Es gibt Technologien, deren Wert nicht davon abhängt, daß sie allgemeine Anerkennung finden. Eine wunderbare antihaftbeschichtete Bratpfanne ist auch dann wertvoll, wenn Sie der einzige bleiben, der je eine gekauft hat. Wenn es jedoch um Kommunikation und andere Produkte geht, die auf Zusammenarbeit angelegt sind, hängt der Wert des Produkts sehr wohl von seiner weiten Verbreitung ab. Wenn Sie die Wahl haben zwischen einem schönen, handgefertigten Briefkasten, in den nur Briefe von einer bestimmten Größe passen, und einem alten Karton, in den jeder routinemäßig sämtliche Briefe und Nachrichten für Sie einwirft, werden Sie sich für den breiteren Zugang entscheiden. Sie werden die Kompatibilität vorziehen.

In manchen Bereichen werden zur Förderung der Kompatibilität Normen oder Standards von Regierungen und Kommissionen festgelegt. Dies sind De-jure-Standards, die Gesetzeskraft haben. Viele der erfolgreichsten Standards sind jedoch De-facto-Standards, die der Markt herausfindet. Bei den meisten analogen Uhren laufen die Zeiger im Uhrzeigersinn. Bei englischen Schreibmaschinen- und Computertastaturen sind die Tasten der oberen Buchstabenreihe so angeordnet, daß sich von links nach rechts die Folge QWERTY ergibt. Das ist in keinem Gesetz festgelegt. Es funktioniert einfach, und die meisten Kunden werden bei diesen Standards bleiben, solange nichts entscheidend Besseres auftaucht.

Daß De-facto-Standards nicht gesetzlich, sondern vom Markt

festgelegt werden, bedeutet, daß es gute Gründe für sie geben muß und daß sie ersetzt werden, wenn etwas auftaucht, das wirklich besser ist – so hat die Compact Disc die alte Vinylschallplatte fast völlig verdrängt.

Auf dem Markt entwickeln sich De-facto-Standards oft durch einen ökonomischen Mechanismus, der sehr an die positive Spirale erinnert, die erfolgreiche Unternehmen vorantreibt: Erfolg verstärkt den Erfolg. Es liegt am Effekt der positiven Rückkopplung, wenn sich beim Bemühen um Kompatibilität De-facto-Standards durchsetzen.

Wenn auf einem wachsenden Markt ein bestimmtes Verfahren gegenüber seinen Konkurrenten einen leichten Vorsprung bekommt, setzt ein positiver Rückkopplungseffekt ein. Am ehesten passiert das bei High-Tech-Produkten, die bei geringem Mehraufwand in großen Mengen hergestellt werden können und deren Wert teilweise auf ihrer Kompatibilität beruht. Ein Beispiel dafür ist ein Heim-Videospiel-System. Dabei handelt es sich um einen Computer, der einem besonderen Zweck dient und mit einem speziellen Betriebssystem arbeitet, das die Plattform für die Software des Spiels bildet. Auf Kompatibilität kommt es deshalb an, weil die Maschine für den Verbraucher um so wertvoller wird, je mehr Anwendungen – in diesem Fall Spiele – zur Verfügung stehen. Und je mehr Maschinen die Verbraucher kaufen, desto mehr Anwendungen werden von den Softwareentwicklern bereitgestellt. Sobald eine Maschine eine gewisse Popularität erreicht hat, setzt ein positiver Rückkopplungseffekt ein, und der Absatz steigt weiter an.

Das wohl berühmteste Beispiel für die Wirkung der positiven Rückkopplung war die Schlacht um das Format von Videorekordern, die Ende der siebziger und Anfang der achtziger Jahre ausgefochten wurde. Ein hartnäckiger Mythos behauptet, das VHS-Format habe sich nur dank positiver Rückkopplung gegen Beta durchgesetzt, obwohl Beta, technisch gesehen, besser war. Tatsächlich war die Aufzeichnungskapazität von Beta-Bändern auf eine

Stunde beschränkt – nicht genug für einen ganzen Film oder ein Footballspiel –, während mit VHS-Bändern bis zu drei Stunden aufgezeichnet werden konnten. Den Verbrauchern ist die Aufnahmekapazität wichtiger als ein paar technische Feinheiten. Das VHS-Format erlangte einen kleinen Vorsprung vor dem Beta-Format, das Sony in seinem Betamax-Gerät benutzte. JVC, das den VHS-Standard entwickelt hatte, erlaubte anderen Videoherstellern, gegen eine sehr geringe Lizenzgebühr den VHS-Standard zu benutzen. In dem Maße, wie die VHS-kompatiblen Geräte sich ausbreiteten, wurden von den Videoverleihern mehr VHS- als Beta-Bänder auf Lager genommen. Dadurch fand der Besitzer eines VHS-Geräts im Videoverleih einen gewünschten Film eher als der Besitzer eines Beta-Geräts, was den VHS-Geräten einen sehr viel größeren Nutzwert verlieh und noch mehr Käufer veranlaßte, sich ein VHS-Gerät anzuschaffen. Das war für die Videoverleiher ein zusätzlicher Anstoß, VHS-Videos ins Sortiment zu nehmen. Beta verlor, weil die Leute VHS bevorzugten, in dem Glauben, es sei ein bleibender Standard. VHS kam in den Genuß eines positiven Rückkopplungseffekts. Erfolg erzeugt Erfolg. Aber nicht auf Kosten der Qualität.

Solange das Duell zwischen dem Betamax- und dem VHS-Format unentschieden war, lief der Verkauf von bespielten Videokassetten an amerikanische Videoverleiher sehr flau. Nachdem sich um 1983 VHS als scheinbarer Standard durchgesetzt hatte, wurde eine Akzeptanzschwelle überschritten, und nach dem Verkauf von Bändern zu schließen, stieg auch die Verwendung der Rekorder steil an. 1983 wurden über 9,5 Millionen Bänder verkauft, über 50 Prozent mehr als im Vorjahr. 1984 stieg die Zahl der verkauften Bänder auf 22 Millionen, in den folgenden Jahren auf 52 Millionen, 84 Millionen und 1987 schließlich auf 110 Millionen; das Ausleihen von Filmen war inzwischen eine der beliebtesten Formen der häuslichen Unterhaltung geworden, und der VHS-Maschine begegnete man überall.

An diesem Beispiel zeigt sich, daß eine quantitative Änderung des Akzeptanzniveaus einer neuen Technologie zu einer qualitativen Änderung in der Rolle dieser Technologie führen kann. Ein weiteres Beispiel liefert das Fernsehen. 1946 wurden in den USA 10 000 Fernsehgeräte verkauft, im folgenden Jahr nur 16 000. Dann aber wurde eine Schwelle überschritten, und 1948 stieg die Verkaufszahl auf 190 000. In den folgenden Jahren wuchs sie auf eine, dann vier, dann zehn und 1955 auf 32 Millionen. Als mehr Geräte verkauft wurden, wurde auch mehr Geld in TV-Programme investiert, und das war wiederum ein Anreiz, Fernsehgeräte zu kaufen.

In den ersten Jahren nach der Einführung der Audio Compact Disc lief der Absatz von CD-Playern und CDs nicht sonderlich gut, auch weil sich nur schwer Musikläden fanden, die viele Titel führten. Dann auf einmal wurden genügend Player verkauft, es standen Titel zur Verfügung, und eine Akzeptanzschwelle wurde überschritten. Es wurden mehr Player verkauft, weil mehr Titel angeboten wurden, und die Plattenfirmen machten mehr Titel auf CD zugänglich. Musikliebhaber bevorzugten die neue Klangqualität und die bequeme Handhabung der CD, die zum De-facto-Standard wurde und die Langspielplatte aus den Plattenläden vertrieb.

Die Computerindustrie lernte eine wichtige Lektion: Der Wert eines Computers für seinen Benutzer hängt weitgehend von der Qualität und Vielfalt der für den Computer verfügbaren Anwendungssoftware ab. Wir alle in der Branche haben diese Lektion gelernt – einige von uns gern, andere widerstrebend.

Im Sommer 1980 kamen zwei Unterhändler von IBM zu Microsoft, um über einen Personalcomputer zu diskutieren, den sie vielleicht bauen würden, vielleicht auch nicht.

Im Hardwarebereich hatte IBM damals eine unangefochtene Position mit einem Marktanteil von über 80 Prozent bei den großen Computern. Bei den kleinen Computern sah der Erfolg eher mager aus. IBM war es gewohnt, große, teure Maschinen an große

Kunden zu verkaufen. Das Management glaubte, daß IBM mit seinen 340 000 Angestellten auf Hilfe von außen angewiesen war, wenn die Firma in absehbarer Zeit kleine, erschwingliche Maschinen an Privatpersonen wie an Firmen verkaufen wollte.

IBM wollte seinen Personalcomputer in weniger als einem Jahr auf den Markt bringen. Um diesen Termin einzuhalten, mußte die Firma ihre bisherige Haltung aufgeben, die ganze Hard- und Software selbst zu machen. Ihr PC sollte überwiegend aus Standardkomponenten gebaut werden, die sich jeder kaufen konnte. Er stellte also eine grundsätzlich offene Plattform dar, die leicht zu kopieren war.

Obwohl IBM die Mikroprozessoren in den eigenen Produkten gewöhnlich selbst herstellte, sollte der Mikroprozessor für den PC von Intel kommen. Was für Microsoft das Wichtigste war: IBM beschloß, das Betriebssystem von uns in Lizenz zu nehmen, statt selbst für die Software zu sorgen.

Wir setzten uns mit den IBM-Konstrukteuren zusammen und schlugen vor, daß sie einen der ersten Personalcomputer bauen sollten, der einen 16-Bit-Mikroprozessor benutzt, den 8088. Mit dem Übergang von 8 zu 16 Bits würde der PC von einem Spielzeug für Computerfans zu einem seriösen Gerät für den Büroalltag werden. Die Computer der 16-Bit-Generation konnten bis zu einem ganzen Megabyte Arbeitsspeicher ansprechen – 256mal soviel wie ein 8-Bit-Computer. Dieser Vorteil blieb aber zunächst Theorie, weil IBM anfangs vorhatte, nur 16K Speicher anzubieten, 1/64 der möglichen Speicherkapazität. Der Vorteil des Übergangs zu 16 Bit wurde weiter eingeschränkt durch die Entscheidung von IBM, einen Chip einzusetzen, der für die Verbindungen mit den übrigen Komponenten lediglich 8 Bits nutzte. Das hieß, daß der Chip sehr viel schneller denken als kommunizieren konnte. Dennoch war es eine sehr kluge Entscheidung, einen 16-Bit-Chip zu benutzen, denn das erlaubte dem IBM-PC, sich weiterzuentwikkeln und bis heute der Standard für PCs zu bleiben.

Mit seinem Ruf und der Entscheidung, eine offene Architektur zu verwenden, hatte IBM eine echte Chance, einen neuen allgemeinen Standard für Personalcomputer zu schaffen. Und da wollten wir dabeisein. Deshalb nahmen wir den Auftrag an, das Betriebssystem zu schreiben. Wir kauften Software von einer anderen, in Seattle ansässigen Firma und gewannen deren Chefingenieur, Tim Paterson, für uns. Mit vielen Modifikationen wurde aus dem System schließlich das Microsoft Disk Operating System, kurz MS-DOS. Tim wurde praktisch der Vater von MS-DOS.

IBM, unser erster Lizenznehmer, nannte das System PC-DOS; PC stand für Personalcomputer. Der IBM-PC kam im August 1981 auf den Markt und war ein Riesenerfolg. Die Firma vermarktete ihn gut und bürgerte den Ausdruck »PC« ein. Die Idee zu dem Projekt kam von Bill Lowe, und Don Estridge überwachte seine Durchführung. Es spricht für die Tüchtigkeit der beteiligten IBM-Leute, daß es ihnen in weniger als einem Jahr gelang, ihren Personalcomputer von der Idee bis zur Markteinführung zu bringen.

Heute wissen nur noch wenige, daß der erste IBM-PC mit einer Auswahl von drei Betriebssystemen auf den Markt kam: unserem PC-DOS, CP/M-86 und dem UCSD Pascal P-System. Uns war klar, daß nur eines sich durchsetzen und zum Standard werden konnte. Wir wollten, daß dieselben Kräfte, die VHS-Kassetten in jeden Videoladen brachten, auch MS-DOS zum Standard beförderten. Es gab für uns drei Wege, MS-DOS an die Spitze zu bringen. Der erste war, MS-DOS zum besten Produkt zu machen. Der zweite war, anderen Softwarefirmen zu helfen, Software auf MS-DOS-Basis zu schreiben. Der dritte war, MS-DOS preisgünstig anzubieten.

Wir schlugen IBM ein sagenhaftes Geschäft vor: Die Firma erhielt gegen eine geringe einmalige Gebühr das Recht, das Betriebssystem von Microsoft auf allen Computern, die sie verkaufen konnte, zu installieren. Das war für IBM ein Anreiz, MS-DOS massenhaft anzubieten und preisgünstig zu verkaufen. Unsere Strategie schlug ein. IBM verkaufte das UCSD Pascal P-System

Der IBM-Personalcomputer (1981)

für rund 450 Dollar, CP/M-86 für rund 175 Dollar und MS-DOS für rund 60 Dollar.

Unser Ziel war, nicht direkt an IBM zu verdienen, sondern davon zu profitieren, daß wir MS-DOS in Lizenz an andere Computerfirmen vergaben, die Maschinen anbieten wollten, die mit dem IBM-PC mehr oder weniger kompatibel waren. IBM konnte unsere Software umsonst nutzen, hatte aber keine ausschließliche Lizenz und keinen Einfluß auf künftige Versionen. Damit wurde Microsoft der Lizenzgeber für eine Softwareplattform für die PC-Industrie. Schließlich gab IBM die Betriebssysteme UCSD Pascal P-System und CP/M-86 einschließlich ihrer verbesserten Versionen auf.

Die Verbraucher kauften den IBM-PC voller Zuversicht, und 1982 brachten die Softwareentwickler nach und nach Anwendungen heraus, die auf ihm liefen. Jeder neue Kunde und jede neue Anwendung stärkten die Position des IBM-PC als potentieller Industriestandard. Die beste neue Software wurde bald überwiegend für ihn geschrieben, zum Beispiel Lotus 1-2-3. Mitch Kapor und Jonathan Sachs schufen 1-2-3 und revolutionierten damit die Tabellenkalkulation. Dan Bricklin und Bob Frankston, die die elektronische Tabellenkalkulation erfunden hatten, verdienen für ihr Produkt VisiCalc uneingeschränkte Anerkennung, doch 1-2-3 war einfach moderner. Mitch ist ein faszinierender Mensch, dessen ungewöhnliche berufliche Laufbahn – er war Diskjockey und Lehrer für transzendentale Meditation – typisch ist für die besten Softwaredesigner.

Der PC-Markt geriet in den Sog eines positiven Rückkopplungseffekts. Nachdem der einmal eingesetzt hatte, erschienen Tausende von Softwareanwendungen, und unzählige Firmen produzierten Steckkarten, die die Hardwaremöglichkeiten des PC erweiterten. Die Verfügbarkeit von Software- und Hardwareerweiterungen wiederum ließ die Verkaufszahlen des PC weit stärker in die Höhe schnellen, als IBM erwartet hatte – um einen Faktor von Millionen. Der positive Rückkopplungseffekt brachte IBM Milliardenerträge. Jahrelang kam über die Hälfte aller kommerziell genutzten Personalcomputer von IBM, und der Rest waren überwiegend IBM-kompatible Maschinen.

Der IBM-Standard wurde zur Norm, die von allen nachgeahmt wurde. Das lag vor allem am Timing und an der Verwendung eines 16-Bit-Prozessors. Richtiges Timing und Marketing sind entscheidend für die Akzeptanz von technischen Produkten. Der PC war einfach eine gute Maschine, doch den Standard hätte ebensogut jede andere Firma setzen können, wenn sie genügend erwünschte Anwendungen bereitgestellt und genügend Maschinen verkauft hätte.

Die grundsätzliche Entscheidung von IBM, den PC aus bereits vorhandenen Elementen zu bauen, um ihn schnell herauszubringen, machte es anderen Firmen sehr leicht, kompatible Maschinen zu bauen. Die Architektur konnte man kaufen. Die Mikroprozessoren von Intel und das Betriebssystem von Microsoft konnte jeder erwerben. Diese Offenheit war für Komponentenbauer, Softwareentwickler und andere in der Branche ein mächtiger Anreiz zur Nachahmung.

Innerhalb von drei Jahren waren fast alle konkurrierenden Standards für Personalcomputer verschwunden. Die einzigen Ausnahmen waren der Apple II und der Macintosh von Apple. Hewlett-Packard, DEC, Texas Instruments und Xerox erlitten trotz ihrer guten technischen Fundamente, ihres Rufs und ihres Kundenstamms in den frühen achtziger Jahren Schiffbruch auf dem PC-Markt, weil ihre Maschinen nicht kompatibel waren und gegenüber der IBM-Architektur keine hinreichenden Verbesserungen boten. Viele neugegründete Firmen, darunter Eagle und Northstar, boten Maschinen an, die ein bißchen besser und anders waren als der IBM-PC. Sie alle gingen schließlich dazu über, kompatible Hardware zu bauen, oder scheiterten. Der IBM-PC wurde zum Hardwarestandard. Mitte der achtziger Jahre gab es schon Dutzende von IBM-kompatiblen PCs. Vielleicht haben die PC-Käufer es nicht ausdrücklich gesagt, aber was sie suchten, war die Hardware, auf der die meiste Software lief, und was sie wollten, war dasselbe System, das die Leute hatten, die sie kannten und mit denen sie arbeiteten.

Gewisse revisionistische Historiker verbreiten gern, IBM habe einen Fehler gemacht, als es bei der Schaffung seines PC mit Intel und Microsoft zusammenarbeitete; IBM hätte besser bei einer nicht übertragbaren, firmeneigenen Architektur bleiben sollen, und IBM sei von Intel und Microsoft irgendwie übervorteilt worden. Das ist aber gar nicht der springende Punkt. IBM wurde gerade deshalb zur maßgebenden Kraft in der PC-Branche, weil es unglaublich viele innovative Talente und unternehmerische Energien bündeln und für die Förderung seiner offenen Architektur einspannen konnte. IBM setzte die Standards.

Im Mainframe-Geschäft war IBM unbestritten führend, und den Umsatzzahlen sowie den hohen Aufwendungen für Forschung und Entwicklung hatten Konkurrenten kaum etwas entgegenzusetzen. Wenn einer sich anschickte, IBM die Führung streitig zu machen, konnte IBM seine Stärken ausspielen und dem Konkurrenten das Leben sehr schwer machen. In der wandelbaren Welt des Personalcomputers hatte IBM dagegen eher die Position des Marathonläufers, der gerade das Feld anführt. Solange er genauso schnell oder schneller läuft als die anderen, behält er die Führung, und die Konkurrenten müssen sich Mühe geben, ihn einzuholen. Wenn er aber nachläßt oder sich nicht mehr anstrengt, wird er von den anderen überholt. Das mußte IBM bald erfahren.

Um 1983 überlegte ich mir, daß wir als nächsten Schritt ein grafisches Betriebssystem entwickeln sollten. Ich war überzeugt, daß wir unsere Position in der ersten Reihe der Softwarebranche verlieren würden, wenn wir an MS-DOS festhielten, weil MS-DOS auf Tastatureingaben basierte: Der Benutzer mußte oft kaum verständliche Befehle eintippen, die dann auf dem Monitor erschienen. MS-DOS bot dem Benutzer, da es keine grafischen Möglichkeiten, also Bilder oder andere optische Elemente, hatte, keine Hilfe im Umgang mit den Anwendungen. Die Zukunft gehörte nach meiner Ansicht der grafischen Oberfläche, und Microsoft mußte über MS-DOS hinausgehen und einen neuen Standard setzen, der Bilder und Schriftzeichen in einer leichter zu bedienenden Oberfläche zusammenfaßte. Damit unsere Vision Wirklichkeit werden konnte, mußte der Umgang mit dem PC erleichtert werden, nicht nur um den schon vorhandenen Benutzern zu helfen, sondern auch, um neue Kunden zu gewinnen, die nicht bereit waren, den Umgang mit einer komplizierten Schnittstelle umständlich zu erlernen.

Um den Unterschied zwischen einem tastaturgestützten und einem grafischen Computerprogramm zu verdeutlichen, stellen Sie sich bitte vor, Sie spielten am Computerbildschirm ein Brettspiel wie Schach, Dame, Go oder Monopoly. Bei einem tastaturgestützten System tippen Sie Ihre Züge über die Tastatur ein. Sie schreiben »Verschiebe die Figur auf Feld 11 nach Feld 19« oder, etwas kryptischer, »Bauer nach QB3«. In einem grafischen Computersystem sehen Sie das Brett dagegen auf dem Bildschirm. Sie verschieben die Figuren, indem Sie darauf zeigen und sie an die gewünschte Stelle ziehen.

Forscher im mittlerweile berühmten Palo Alto Research Center von Xerox erkundeten neue Möglichkeiten der Interaktion zwischen Mensch und Computer. Sie zeigten, daß ein Computer einfacher zu steuern war, wenn man auf Dinge auf dem Bildschirm zeigen und Bilder sehen konnte. Sie benutzten dazu ein Zeigegerät

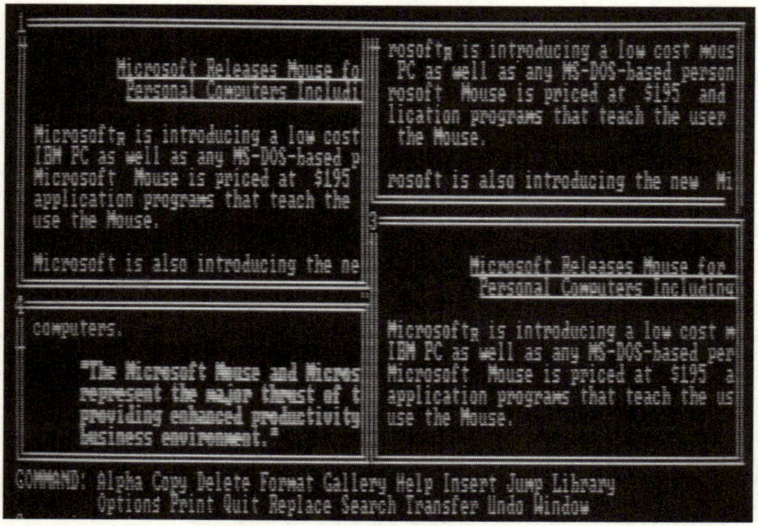

Textorientierte Benutzeroberfläche einer frühen Version von Microsoft Word für DOS (1984)

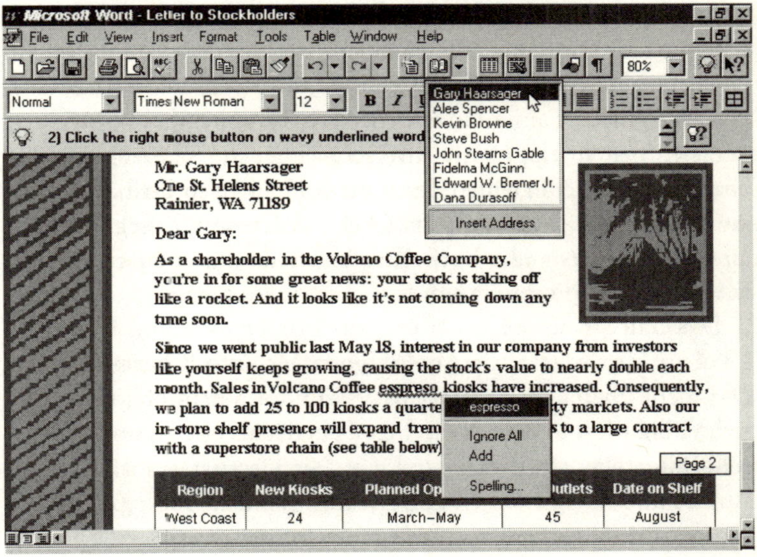

Grafische Benutzeroberfläche von Microsoft Word für Windows (1995)

namens »Maus«, mit dem man, wenn man es auf dem Tisch verschob, einen Zeiger auf dem Bildschirm bewegen konnte. Xerox tat sich mit der kommerziellen Nutzung dieser bahnbrechenden Idee schwer, weil ihre Maschinen teuer waren und nicht mit gängigen Mikroprozessoren arbeiteten. Für viele Firmen ist es immer noch ein großes Problem, phantastische Forschungsergebnisse in Produkte umzusetzen, die sich auch verkaufen lassen.

1983 gab Microsoft sein Vorhaben bekannt, den IBM-PC mit einer grafischen Oberfläche namens Windows auszustatten. Wir wollten eine Software zur Erweiterung von MS-DOS kreieren. Die Benutzer sollten eine Maus verwenden können, der Bildschirm sollte grafische Symbole zeigen und verschiedene »Fenster« bereitstellen, von denen jedes ein anderes Computerprogramm startete. Von den damals auf dem Markt befindlichen Computern hatten zwei grafische Fähigkeiten: der Xerox Star und der Apple Lisa. Beide waren teuer, in ihrer Fähigkeit begrenzt und beruhten auf einer Architektur, die auf diese Maschinen beschränkt war. Andere Hardwarefirmen konnten die Betriebssysteme nicht in Lizenz übernehmen, um kompatible Maschinen zu bauen, und keiner der beiden Computer erschien den Softwarefirmen so verlockend, um Anwendungen dafür zu entwickeln. Microsoft dagegen wollte einen offenen Standard schaffen und jeden Computer, der mit MS-DOS lief, mit grafischen Fähigkeiten ausstatten.

Die erste grafische Plattform, die breiten Anklang fand, kam 1984 auf den Markt, als Apple seinen Macintosh herausbrachte. Das nicht übertragbare Betriebssystem des Macintosh versteckte sich völlig hinter einer grafischen Oberfläche, und es war ein Riesenerfolg. Die Hardware und die Betriebssystemsoftware, die Apple zunächst entwickelt hatte, waren ziemlich begrenzt, zeigten aber eindringlich, was man mit einer grafischen Oberfläche machen konnte. Diese Möglichkeiten wurden realisiert, als Hard- und Software besser wurden.

Wir haben während der Entwicklung des Macintosh eng mit Apple zusammengearbeitet. Steve Jobs leitete das Macintosh-Team. Es war die reine Freude, mit ihm zu arbeiten. Steve hat eine phantastische Intuition, was Technik und Architektur angeht, und seine Fähigkeit, Leute zu motivieren, ist einsame Spitze.

Für die Entwicklung grafischer Computerprogramme brauchte man eine Menge Phantasie. Wie sollte so was überhaupt aussehen? Wie sollte es sich verhalten? Die Ideen stammten teils von uns selbst, einiges übernahmen wir auch von Xerox. Zunächst probierten wir alle Möglichkeiten durch. Wir ließen fast keine Schriftart, fast kein Icon aus. Dann sortierten wir alles aus, was unübersichtlich war, und gingen zu einfacheren Menüs über. Wir kreierten ein Programm zur Textverarbeitung, Microsoft Word, und ein Programm zur Tabellenkalkulation, Microsoft Excel, für den Macintosh. Das waren die ersten grafischen Produkte von Microsoft. Der Macintosh hatte eine großartige Systemsoftware, aber Apple ließ es (bis 1995) nicht zu, daß jemand anderer Computer baute, auf dem sie laufen würde. Das war das traditionelle Denken einer Hardwarefirma: Wenn man die Software wollte, mußte man einen Apple-Computer kaufen. Microsoft war daran gelegen, daß der Macintosh sich gut verkaufte und breite Akzeptanz fand, nicht nur, weil wir in die Anwendungen für ihn eine Menge Arbeit gesteckt hatten, sondern auch, weil wir uns wünschten, daß das Arbeiten mit einer grafischen Oberfläche allgemeine Anerkennung fände.

Fehler wie die Entscheidung von Apple, seine Betriebssystemsoftware nur zusammen mit der eigenen Hardware zu verkaufen,

Der Apple-Macintosh (1984)

werden sich in den kommenden Jahren noch oft wiederholen. Einige Telefon- und Kabelgesellschaften sprechen bereits davon, daß sie nur mit hauseigener Software kommunizieren werden. Die Fähigkeit, ungeachtet der Konkurrenzsituation zu kooperieren, wird immer wichtiger werden, aber das erfordert eine beträchtliche Reife.

Die Trennung zwischen Hardware und Software war ein großes Problem in der Zusammenarbeit zwischen IBM und Microsoft bei der Entwicklung von OS/2. Die Trennung zwischen Hardware und Softwarestandards ist bis heute problematisch. Softwarestandards schaffen gleiche Spielbedingungen für die Hardwarefirmen, doch viele Hersteller benutzen den Zusammenhang zwischen ihrer Hardware und ihrer Software, um die eigenen Systeme von anderen abzuheben. Manche Firmen behandeln Hardware und Software als getrennte Dinge, andere nicht. Diese unterschiedlichen Haltungen wird man auch auf dem Highway wieder antreffen.

In den achtziger Jahren war IBM nach allen Maßstäben, die der Kapitalismus kennt, ehrfurchtgebietend. 1984 verdiente die Firma mehr, als eine Firma jemals in einem einzigen Jahr verdient hat: Der Rekordgewinn von IBM betrug damals 6,6 Milliarden Dollar. In diesem Spitzenjahr führte IBM seinen Personalcomputer der zweiten Generation ein, eine sehr leistungsfähige Maschine namens PC/AT, in der der Mikroprozessor 80286 von Intel steckte (der »286er«). Er war dreimal so schnell wie der erste IBM-PC. Der AT war ein großer Erfolg und erzielte innerhalb eines Jahres einen Anteil von über 70 Prozent an allen PCs, die von Unternehmen gekauft wurden. IBM hatte bei der Markteinführung des ersten PC nicht damit gerechnet, daß die Maschine den Absatz der großen IBM-Systeme beeinträchtigen würde, obwohl ein erheblicher Anteil der verkauften PCs an die alten Kunden ging. Die Unternehmensleitung dachte, die kleineren Maschinen würden ihren Platz am unteren Ende des Marktes finden. Damit die PCs, als sie leistungsfähiger wurden, nicht den größeren Systemen aus dem eigenen Haus das Wasser abgruben, hielt IBM sich mit der PC-Entwicklung zurück.

Im Großrechnergeschäft hatte IBM immer die neuen Standards bestimmen können. Wenn eine neue Hardwarelinie herauskam, drückte die Firma das Preis-Leistungs-Verhältnis, um nicht den Absatz von teureren Produkten aus dem eigenen Hause zu gefährden. Wenn sie zur Übernahme neuer Versionen ihrer Betriebssysteme ermutigen wollte, brachte die Firma Hardware auf den Markt, die die neue Software benötigte, und umgekehrt. Bei Mainframes hätte diese Strategie vielleicht gut geklappt, doch auf dem sich rasch ändernden Markt der Personalcomputer war sie verheerend. IBM konnte für die gleiche Leistung immer noch etwas höhere Preise verlangen, doch die Welt hatte entdeckt, daß viele Firmen kompatible Maschinen bauten und daß, wenn IBM nicht die angemessene Leistung bot, jemand anders es tun würde.

Drei Ingenieure, die die Möglichkeiten erkannten, die sich damit eröffneten, daß IBM im PC-Geschäft aktiv wurde, gaben ihre Jobs bei Texas Instruments auf und gründeten eine neue Firma – Compaq Computer. Sie bauten Hardware, die mit denselben Steckkarten bestückt werden konnte wie der IBM-PC, und sie erwarben eine Lizenz für MS-DOS, so daß auf ihren Computern dieselben Anwendungen liefen wie auf dem IBM-PC. Die Maschinen von Compaq machten alles, was der IBM-PC machte, und sie waren handlicher. Daraus wurde im Handumdrehen eine der unerhörtesten Erfolgsstorys des amerikanischen Wirtschaftslebens – Compaq verkaufte im ersten Geschäftsjahr Computer im Wert von über 100 Millionen Dollar. Zwar konnte IBM für die Lizenzierung seiner zahlreichen Patente noch Gebühren einstreichen, aber sein Marktanteil ging zurück, als kompatible Systeme auf den Markt kamen und die Hardware von IBM nicht mehr konkurrenzfähig war.

Die Firma verzögerte die Markteinführung ihrer PCs mit dem leistungsfähigen 386er-Chip von Intel, dem Nachfolger des Intel 286, um den Absatz ihrer kleineren Minicomputer nicht zu gefährden, die nicht sehr viel leistungsfähiger waren als ein 386er-PC. Das gab Compaq Gelegenheit, als erste Firma 1986 einen 386er-Computer auf den Markt zu bringen. Compaq erhielt dadurch eine Aura von Prestige und Führung, wie sie bis dahin allein IBM besessen hatte.

IBM gedachte seine alte Stellung durch einen doppelten Schachzug zurückzugewinnen, zum einen in der Hardware, zum anderen in der Software. Die Firma wollte Computer bauen und Betriebssysteme schreiben, aber so, daß die neuen Features vollständig auf beide angewiesen waren. Das würde die Konkurrenz kaltstellen, oder sie würde saftige Lizenzgebühren zahlen müssen. Alle »IBM-kompatiblen« PCs anderer Hersteller sollten durch diesen Schachzug überflüssig werden.

In der Strategie von IBM steckten ein paar gute Ideen. So sollte der Aufbau des PC dadurch vereinfacht werden, daß viele Schaltungen, die bis dahin auswählbare Optionen waren, in die Maschine eingebaut wurden. Damit ließen sich nicht nur die Kosten senken, man konnte auch den Anteil von IBM-Komponenten am Endprodukt erhöhen. Außerdem sollte die Hardwarearchitektur erheblich verändert werden: neue Anschlüsse und Standards für Steckkarten, Tastaturen, Mäuse und sogar Bildschirme. Um sich einen zusätzlichen Vorteil zu verschaffen, ließ IBM keinerlei Angaben über diese Anschlüsse nach außen dringen, bis die ersten Systeme ausgeliefert waren. Das würde die Kompatibilitätsstandards neu definieren. Andere PC-Hersteller und die Produzenten von Peripheriegeräten müßten von vorn anfangen – und IBM hätte wieder die Führung.

1984 machte Microsoft schon erhebliche Umsätze mit der Lieferung von MS-DOS an Hersteller, die PCs bauten, welche mit den Systemen von IBM kompatibel waren. Wir begannen, mit IBM an einem Ersatz für MS-DOS zu arbeiten, der schließlich den Namen OS/2 erhielt. Unser Vertrag gestattete Microsoft, dasselbe Betriebssystem, das IBM mit seinen Rechnern auslieferte, auch an andere Hersteller zu verkaufen. Beide Seiten durften das Betriebssystem über das, was wir gemeinsam entwickelten, hinaus erweitern. Diesmal war es anders als bei MS-DOS. IBM wollte Einfluß auf die Standards haben, um seine PC- und Mainframe-Hardware zu unterstützen. IBM engagierte sich direkt in der Gestaltung und Implementierung von OS/2.

OS/2 war das Kernstück der Pläne, die IBM für eine eigene Software hatte. Es sollte die erste Realisierung des IBM-Systems Application Architecture sein, die letztendlich eine gemeinsame Entwicklungsumgebung für sämtliche IBM-Computer bilden sollte, vom Mainframe über Maschinen mittlerer Größe bis zum PC. Die IBM-Verantwortlichen glaubten, die Verwendung der Mainframe-Technologie auf dem PC wäre für Großkunden, die immer mehr Funktionen von Großrechnern und Minicomputern auf PCs verlagerten, unwiderstehlich. Sie glaubten außerdem, dadurch einen Riesenvorsprung gegenüber der PC-Konkurrenz zu gewinnen, die keinen Zugang zur Mainframe-Technologie hatte. IBMs eigene Erweiterungen von OS/2, *Extended Edition* genannt, umfaßte Kommunikations- und Datenbankdienste. Geplant war außerdem ein Paket mit allen Büroanwendungen, das *Office Vision* heißen und auf der Basis der *Extended Edition* laufen sollte. Nach dem Plan würde IBM dank dieser Anwendungen, unter denen auch eine Textverarbeitung war, zu einem wichtigen Mitspieler auf dem Gebiet der PC-Anwendungssoftware werden und mit Lotus und WordPerfect konkurrieren können. Für die Entwicklung von *Office Vision* waren Tausende zusätzlicher Mitarbeiter nötig. OS/2 war nicht bloß ein Betriebssystem, es war Teil eines umfassenden Kreuzzugs.

Die Entwicklung von *Extended Edition* und *Office Vision* wurde erschwert durch die Vorgaben von IBM, nach denen das Projekt einer Reihe widersprüchlicher Anforderungen genügen sollte, und durch den Zeitdruck. Microsoft entwickelte weiter OS/2-Anwendungen, um mitzuhelfen, daß der Absatz in Gang kam.

Doch mit der Zeit bröckelte unser Glaube an OS/2 ab. Wir waren in das Projekt eingestiegen, weil wir glaubten, daß IBM eine hinreichende Ähnlichkeit zwischen OS/2 und Windows zulassen würde, so daß ein Softwareentwickler höchstens kleinere Modifikationen vorzunehmen brauchte, um eine Anwendung sowohl auf der Grundlage von OS/2 als auch von Windows zum Laufen zu bringen. Da IBM aber darauf bestand, daß die Anwendung mit seinen Mainframe- und mittleren Systemen kompatibel sein müsse, ähnelte das Endprodukt schließlich mehr einem unhandlichen Mainframe-Betriebssystem als einem PC-Betriebssystem.

Die Geschäftsbeziehung zu IBM war für uns lebenswichtig. In jenem Jahr, 1986, war Microsoft zugunsten jener Mitarbeiter, die Bezugsrechte für die Aktien des Unternehmens hatten, an die Börse gegangen. Es war ungefähr zu jener Zeit, daß Steve Ballmer und ich IBM vorschlugen, 30 Prozent von Microsoft zu einem günstigen Preis zu übernehmen, um so am Schicksal unseres Unternehmens im Guten wie im Bösen teilzuhaben. Wir dachten, das könne zu einer freundlicheren und produktiveren Zusammenarbeit beider Unternehmen beitragen. IBM war nicht daran interessiert.

Wir legten uns mächtig ins Zeug, um sicherzustellen, daß unsere Arbeit an dem Betriebssystem für IBM zu einem Erfolg würde. Ich war überzeugt, daß das Projekt für beide Unternehmen eine Eintrittskarte in die Zukunft würde. Doch am Ende sorgte es dafür, daß wir uns völlig entzweiten. Ein neues Betriebssystem ist ein Großprojekt. Unser Team arbeitete in der Nähe von Seattle. IBM hatte Teams in Florida, in Hursley Park, England, und später in Austin, Texas. Die Tatsache, daß an vier verschiedenen Orten daran gearbeitet wurde, erschwerte die Koordination des Projekts.

Doch die geographischen Probleme waren nicht so schlimm wie die, die aus IBMs Mainframe-Vergangenheit herrührten. IBMs frühere Softwareprojekte gingen fast immer an den Wünschen der PC-Kunden vorbei, gerade weil ihnen während der Entwicklung ein Mainframe-Kunde vorschwebte. Eine Version von OS/2 benötigte zum Beispiel fürs »Booten« (das »Hochfahren« in den Bereitschaftszustand nach dem Anschalten des Rechners) geschlagene drei Minuten. Die IBM-Leute fanden nichts dabei, weil das Booten bei einem Großrechner auch eine Viertelstunde dauern konnte.

Was IBM mit seinen mehr als 300 000 Mitarbeitern außerdem lähmte, war die Notwendigkeit, sich mit allen Unternehmensbereichen abzustimmen. Alle Abteilungen von IBM wurden aufgefordert, Änderungswünsche am Entwurf einzureichen, die in der Regel darauf hinausliefen, daß die PC-Systemsoftware so abgeändert werden sollte, daß sie den Erfordernissen der Großrechnerprodukte besser entsprach. Wir erhielten über zehntausend solcher Änderungswünsche, und dann setzten sich die besten Leute von IBM und Microsoft zusammen, um tagelang darüber zu diskutieren. Ich erinnere mich an den Änderungswunsch Nr. 221: »Fonts aus dem Produkt entfernen. Grund: Vergrößerung im Produktkern.« Irgend jemand bei IBM wollte nicht, daß das PC-Betriebssystem vielfältige Schriftarten ermöglichte, weil ein spezieller Mainframe-Drucker von IBM nicht damit umgehen konnte.

Schließlich wurde klar, daß eine gemeinsame Entwicklung nicht funktionieren würde. Wir baten IBM, uns das neue Betriebssystem allein entwickeln lassen; wir würden es IBM dann für eine geringe Lizenzgebühr überlassen und unseren Gewinn durch seinen Verkauf an andere Computerhersteller erzielen. IBM aber bestand darauf, mit eigenen Programmierern an der Entwicklung jeder Software von strategischer Bedeutung beteiligt zu sein – und das traf auf Betriebssystemsoftware unzweideutig zu.

IBM war ein phantastisches Unternehmen. Weshalb hatte es solche Schwierigkeiten mit der Entwicklung von PC-Software? Das lag zum einen daran, daß bei IBM alle guten Programmierer ins Management aufstiegen und die weniger talentierten übrigblieben. Vor allem aber war IBM ein Opfer seiner erfolgreichen

Vergangenheit. Seine traditionellen Entscheidungsprozeduren taugten nicht für den raschen Wandel der Anforderungen an PC-Software.

Im April 1987 enthüllte IBM seine integrierte Hard- und Software, die Nachahmer abwehren sollte. Die als »Clone-Killer« gedachte Hardware hieß PS/2, und sie lief mit dem neuen Betriebssystem OS/2.

Der PS/2 enthielt eine Reihe von Neuerungen. Am meisten wurde die neue »Mikrokanal-Bus«-Architektur gefeiert, über die Steckkarten an das System angeschlossen werden konnten. Über diese Steckkarten ließ sich die Hardware des Personalcomputers je nach Wunsch des Kunden erweitern, zum Beispiel durch eine Soundkarte oder die Möglichkeit der Kommunikation mit einem Großrechner. Jeder kompatible Computer enthielt einen eingebauten »Bus«, der die Zusammenarbeit dieser Karten mit dem PC ermöglichte. Der Mikrokanal des PS/2 war eine Erweiterung des Anschluß-Bus des PC/AT. Doch er löste Probleme, die die meisten Kunden gar nicht hatten. Potentiell war er sehr viel schneller als der Bus des PC/AT, doch in der Praxis hatte niemand das Gefühl gehabt, daß der alte Bus zu langsam sei, und so hatten die Kunden nicht viel von der neuen Geschwindigkeit. Entscheidender war jedoch, daß der Mikrokanal nicht mit den Tausenden von Steckkarten kompatibel war, die im PC/AT und in mit ihm kompatiblen PCs funktionierten.

Schließlich war IBM bereit, Herstellern von Steckkarten und PCs den Mikrokanal gegen eine Lizenzgebühr zu überlassen. Doch inzwischen hatte ein Verbund von Herstellern bereits einen neuen Bus angekündigt, der viele der Fähigkeiten des Mikrokanals besaß, aber mit dem PC/AT-Bus kompatibel war. Die Kundschaft lehnte den Mikrokanal ab und bevorzugte Maschinen mit dem alten PC/AT-Bus. Die Zahl der für den PS/2 verfügbaren Steckkarten kam nie auch nur annähernd an die der für PC/AT-kompatible Systeme vorhandenen heran. IBM mußte deshalb weiterhin

Rechner herausbringen, die den alten Bus unterstützten. Der größte Schaden aber bestand darin, daß IBM die Kontrolle über die PC-Architektur einbüßte. Das Unternehmen sollte nie wieder in der Lage sein, die Industrie eigenmächtig auf eine neue Architektur festzulegen.

Obwohl IBM und Microsoft sehr viel Werbung für OS/2 machten, hielt die Kundschaft das System für unhandlich und kompliziert. Je schlechter OS/2 dastand, desto besser sah es für Windows aus. Da nun keine Aussicht mehr auf Kompatibilität zwischen OS/2 und Windows bestand und OS/2 nicht auf kleineren Maschinen laufen würde, war es für uns sinnvoll, weiter an der Entwicklung von Windows zu arbeiten. Windows war »kleiner« – es benötigte weniger Platz auf der Festplatte und kam mit einem kleineren Arbeitsspeicher aus –, und so würde es Platz auf Maschinen finden, auf denen OS/2 niemals laufen könnte. Wir sprachen von einer »Familienstrategie«: OS/2 würde das High-end-System sein und Windows das jüngere Mitglied der Familie für kleinere Maschinen.

IBM war nicht glücklich über unsere Familienstrategie und hatte eigene Pläne. Im Frühling 1988 gründete IBM zusammen mit anderen Computerherstellern die *Open Software Foundation*, um UNIX zu fördern, ein 1969 von den Bell Laboratories entwickeltes Betriebssystem, das sich aber mit der Zeit in etliche Versionen aufgesplittert hatte. Einige Versionen waren an Universitäten entwickelt worden, die UNIX als Labor für die Betriebssystemtheorie benutzten. Andere Versionen wurden von Computerherstellern entwickelt. Jede Firma erweiterte UNIX für ihre eigenen Maschinen, wodurch deren Betriebssysteme untereinander inkompatibel wurden. UNIX war also, statt ein einziges offenes System zu sein, zu einer Ansammlung konkurrierender Betriebssysteme geworden. All die Unterschiede erschwerten die Softwarekompatibilität und verhinderten, daß ein breites Angebot von Anwendungssoftware für UNIX entstand. Nur wenige Softwarefirmen konnten es sich leisten, Anwendungen für ein Dutzend verschiedene UNIX-Versionen zu entwickeln und zu testen. Und die Softwarehändler konnten es sich auch nicht leisten, alle Versionen vorrätig zu halten.

Die *Open Software Foundation* war der aussichtsreichste von mehreren Versuchen, UNIX zu vereinheitlichen und eine gemeinsame Softwarearchitektur zu schaffen, die auf der Hardware unterschiedlicher Hersteller laufen könnte. Theoretisch hätte ein vereinheitlichtes UNIX einen positiven Rückkopplungseffekt in Gang setzen können. Doch trotz erheblicher finanzieller Investitionen erwies sich die *Open Software Foundation* als unfähig, einem Ausschuß von Verkäufern, die um jeden einzelnen Verkauf konkurrierten, Kooperation vorzuschreiben. Seine Mitglieder, darunter auch IBM und DEC, warben weiterhin für die Vorzüge ihrer jeweiligen UNIX-Version. Die UNIX-Anbieter redeten den Kunden ein, sie hätten dank UNIX eine größere Auswahl. Doch wenn man das UNIX-System von einem Anbieter kaufte, lief die eigene Software nicht automatisch auf anderen Systemen. Man war also an diesen Anbieter gebunden, während man in der PC-Welt normalerweise die Wahl hat, wo man seine Hardware kaufen will.

Die Schwierigkeiten der *Open Software Foundation* machen deutlich, wie schwer es ist, auf einem Gebiet, wo die Innovation rasch fortschreitet und die Mitgliedsfirmen des Normenausschusses miteinander konkurrieren, einen De-jure-Standard festzulegen. Der Markt (von Computern oder Verbraucherelektronik) erkennt Standards an, weil die Kunden Standards verlangen. Standards sollen dafür sorgen, daß Anwendungen auf verschiedenen Maschinen eingesetzt werden können, daß die Benutzer möglichst wenig umlernen müssen, und natürlich auch dafür, einen möglichst großen Markt für die Softwareindustrie schaffen. Wer einen Standard durchsetzen möchte, muß ihn zu einem sehr annehmbaren Preis anbieten, sonst wird er nicht akzeptiert. Im Endeffekt wählt der Markt einen Standard aus, der zu einem vernünftigen

Preis angeboten wird, und er verwirft ihn, wenn er veraltet oder zu teuer ist.

Microsoft-Betriebssysteme werden heute von über 900 Herstellern angeboten, wodurch die Kunden Auswahlmöglichkeiten haben. Microsoft konnte dadurch für Kompatibilität sorgen, daß die Hardwarehersteller sich verpflichteten, keine Modifikationen an unserer Software vorzunehmen, die zu Inkompatibilität führen könnten. Hunderttausende von Softwareentwicklern brauchen sich also nicht mehr den Kopf darüber zu zerbrechen, auf was für einem PC ihre Software laufen wird. Das Wort »offen« hat viele Bedeutungen, doch für mich bedeutet es, daß dem Kunden bei der Hardware und den Softwareanwendungen die Wahl gelassen wird.

Auch die Verbraucherelektronik hat von Standards profitiert, die von Privatfirmen geschaffen wurden. Vor Jahren versuchten die Firmen vielfach, Konkurrenten die Benutzung ihrer Technologie zu verwehren, doch inzwischen sind alle größeren Hersteller bereit, Lizenzen auf ihre Patente und Betriebsgeheimnisse zu vergeben. Die Lizenzgebühren betragen in der Regel weniger als fünf Prozent der Kosten des Geräts. Audiokassetten, VHS-Bänder, Compact Discs, Fernsehgeräte und Mobiltelefone sind Beispiele für Technologien, die von Privatfirmen geschaffen wurden, welche von den Herstellern der entsprechenden Geräte Lizenzgebühren erhalten. Die Algorithmen von Dolby Laboratories sind zum Beispiel der De-facto-Standard für die Rauschunterdrückung.

Im Mai 1990, wenige Wochen vor der Markteinführung von Windows 3.0, versuchten wir mit IBM zu einer Vereinbarung zu kommen, nach der IBM Windows für den Einsatz auf seinen Personalcomputern unter Lizenz nehmen sollte. Mit OS/2 würde es wohl irgendwann klappen, wenn es einmal seine Nische gefunden habe, Windows aber verspreche augenblicklich Erfolg.

1992 stellten IBM und Microsoft die gemeinsame Entwicklungsarbeit an OS/2 ein. IBM arbeitete allein an der Entwicklung des Betriebssystems weiter. Der ehrgeizige Plan der *Office Vision* wurde schließlich aufgegeben.

Nach Ansicht von Beobachtern hat IBM mehr als zwei Milliarden Dollar in OS/2, *Office Vision* und ähnliche Projekte hineingesteckt. Hätten IBM und Microsoft einen Weg der Zusammenarbeit gefunden, wären Tausende von Arbeitszeitjahren – die besten Jahre für einige der besten Mitarbeiter in beiden Unternehmen – nicht vergeudet worden. Wären OS/2 und Windows kompatibel gewesen, hätte die grafische Benutzeroberfläche Jahre früher zum allgemeinen Standard werden können.

Die Akzeptanz grafischer Oberflächen wurde auch dadurch verzögert, daß die Mehrzahl der großen Firmen, die Softwareanwendungen liefern, nicht in sie investierten. Sie ignorierten den Macintosh weitgehend, und sie ignorierten oder belächelten Windows. Lotus und WordPerfect, die Marktführer bei Tabellenkalkulations- und Textverarbeitungsprogrammen, haben sich nur mäßig um OS/2 bemüht. Heute kann man sagen, daß das ein Fehler war, und ein kostspieliger dazu. Als Windows schließlich von einem positiven Rückkopplungseffekt profitierte, der durch Anwendungsprogramme von vielen kleinen Softwareanbietern erzeugt wurde, fielen die großen Firmen zurück, weil sie nicht schnell genug zu Windows übergingen.

Windows entwickelt sich ständig weiter, genau wie der PC. Microsoft hat die verschiedenen Versionen ständig um neue Möglichkeiten erweitert. Jeder kann Anwendungssoftware entwickeln, die auf der Windows-Plattform läuft, ohne Microsoft davon in Kenntnis zu setzen oder um Genehmigung zu bitten. Tatsächlich gibt es heute im Handel Zehntausende von Softwarepaketen für die Plattform, darunter konkurrierende Angebote zu fast allen Microsoft-Anwendungen.

Kunden haben sich mir gegenüber besorgt gezeigt, daß Microsoft, weil es naturgemäß die einzige Quelle von Microsoft-Betriebssystemsoftware ist, im Tempo der Innovationen nachlassen oder diese ganz einstellen könnte. Wenn das der Fall wäre, könnten wir unsere neuen Versionen nicht verkaufen. Bisherige Benutzer würden keine Upgrade-Versionen kaufen, und wir würden keine neuen Kunden hinzugewinnen. Unsere Einnahmen würden sinken, und sehr viel mehr Firmen würden darum kämpfen, unseren Platz einzunehmen. Der positive Rückkopplungseffekt kommt den Herausforderern ebenso zugute wie dem Titelverteidiger. Man kann sich nicht auf seinen Lorbeeren ausruhen, weil die Konkurrenz ständig hinter einem her ist.

Ein Produkt hält sich nur so lange an der Spitze, wie es verbessert wird. Auch der VHS-Standard wird verdrängt werden, wenn bessere Formate zu annehmbaren Preisen auftauchen. Seine große Zeit ist praktisch vorbei. In ein paar Jahren wird es digitale Bandformate geben, digitale Filmdiscs, auf denen Spielfilme gespeichert sind wie Musik auf der CD, und schließlich wird der Information Highway neue Dienste wie Video-auf-Abruf ermöglichen, und VHS wird überflüssig sein.

MS-DOS wird derzeit verdrängt. Trotz seiner unglaublich starken Position als führendes Betriebssystem für Personalcomputer wird es durch ein System ersetzt, das eine grafische Benutzeroberfläche hat. Die Macintosh-Software könnte der Nachfolger von MS-DOS oder OS/2 oder UNIX werden. Allem Anschein nach hat Windows im Augenblick die Nase vorn. Das ist aber keine Garantie dafür, daß es noch in naher Zukunft so sein wird.

Wir mußten allerdings unsere Software schon deshalb verbessern, um mit den Verbesserungen der Hardware Schritt zu halten. Neuere Versionen werden bei neuen Benutzern nur dann ankommen, wenn auch die bisherigen Benutzer sie annehmen. Microsoft muß alles tun, um neue Versionen im Preis-Leistungs-Vergleich so attraktiv zu machen, daß die Leute den Wechsel wirklich wollen. Das ist schwierig, weil ein Wechsel sowohl für die Softwareentwickler als auch für die Kunden mit großen Kosten verbunden ist. Nur ein beträchtlicher Fortschritt wird hinreichend viele Benutzer überzeugen, daß ein Wechsel sich lohnt. Doch mit entsprechender Innovationsbereitschaft ist das zu schaffen. Ich gehe davon aus, daß alle zwei bis drei Jahre eine neue Generation von Windows entstehen wird.

In Forschungsstätten und Hobbyräumen überall auf der Welt wachsen ständig neue Konkurrenten nach. Das Internet zum Beispiel wird so wichtig, daß Windows nur dann erfolgreich sein kann, wenn es der beste Weg ist, Zugang zum Internet zu bekommen. Alle Firmen, die Betriebssysteme anbieten, suchen jetzt fieberhaft nach Möglichkeiten, schneller als die Konkurrenz Internet-Unterstützung bereitzustellen. Zu einem weiteren großen Wandel bei den Betriebssystemen wird es kommen, wenn die Spracherkennung wirklich zuverlässig funktioniert.

In unserer Branche verändern sich die Dinge so rasch, daß man sich mit der Rückschau nicht lange aufhalten kann. Dennoch beobachte ich unsere Fehler genau und versuche, künftige Chancen zu erfassen. Man muß seine Fehler erkennen und Lehren daraus ziehen. Man muß auch sicherstellen, daß die Leute nicht denken, sie würden für das, was gewesen ist, bestraft, oder das Management tue nichts, um die Probleme zu beheben. Wirklich fatale Fehler sind selten.

Unter der neuen Führung von Lou Gerstner ist IBM sehr viel effizienter geworden; es ist wieder in die Gewinnzone gekommen und hat seine positive Ausrichtung auf die Zukunft zurückgewonnen. Der weiterhin rückläufige Erlös im Mainframe-Geschäft bleibt zwar ein Problem, doch wird IBM ohne Zweifel eine der großen Firmen sein, die Produkte für Büroanwendungen und für den Information Highway bereitstellen.

In den letzten Jahren hat Microsoft absichtlich einige Manager eingestellt, die Erfahrungen in Unternehmen gesammelt haben, die vom Scheitern bedroht waren. In einer solchen Situation muß man kreativ sein, muß man gründlich nachdenken, Tag und Nacht. Ich möchte Leute haben, die das durchgemacht haben. Microsoft wird bestimmt noch Fehlschläge einstecken müssen, und dann möchte ich Leute um mich haben, die gezeigt haben, daß sie mit schwierigen Situationen fertig werden.

Auch einen Marktführer kann unerwartet der Ruin ereilen. Wenn man nicht mehr vom positiven Rückkopplungseffekt getragen wird, ist es oft für eine Änderung des bisherigen Kurses zu spät, und alle Elemente einer negativen Spirale kommen voll zum Tragen. Wenn das eigene Unternehmen vor Gesundheit zu strotzen scheint, ist es schwierig, zu erkennen, daß man in einer Krise steckt, und darauf zu reagieren. Das wird einer der Widersprüche sein, mit denen die Unternehmen, die am Information Highway bauen, zu leben haben. Er hält mich wach. Ich hatte nie damit gerechnet, daß Microsoft einmal so groß werden würde, und jetzt, am Beginn dieser neuen Ära, entdecke ich auf einmal, daß ich zum Establishment gehöre. Ich möchte beweisen, daß ein erfolgreiches Unternehmen sich selbst erneuern und seinen Platz an der vordersten Front behaupten kann.

4. Anwendungen und Apparate

In meiner Kindheit lief im Fernsehen am Sonntagabend um acht Uhr die *Ed Sullivan Show*. Die meisten Amerikaner, die einen Fernsehapparat hatten, versuchten, sie zu sehen, weil es kaum eine andere Gelegenheit gab, sich die Beatles, Elvis Presley, die Temptations oder den Burschen anzuschauen, der gleichzeitig zehn Teller auf den Schnauzen von zehn Hunden rotieren lassen konnte. Pech hatte man, wenn man gerade auf der Rückfahrt von einem Besuch bei den Großeltern oder von einem Pfadfinderlager war. Wer am Sonntagabend um acht nicht zu Hause war, konnte am Montagmorgen nicht mitreden.

Beim herkömmlichen Fernsehen können wir entscheiden, was wir sehen, aber nicht, wann wir es sehen. Der wissenschaftliche Ausdruck für diese Sendeform ist »synchron«. Die Zuschauer müssen ihren Zeitplan mit einer Sendung synchronisieren, die für alle ausgestrahlt wird. Auf diese Weise habe ich vor 30 Jahren die *Ed Sullivan Show* gesehen, und so gucken die meisten von uns noch heute die Abendnachrichten.

Anfang der achtziger Jahre verschaffte uns der Videorekorder größere Flexibilität. Wenn einem soviel an einer Sendung lag, daß man bereit war, sich vorher mit Timern und Kassetten herumzuschlagen, konnte man sie sich anschauen, wann man wollte. Man konnte sich gegenüber den Sendern die Freiheit und den Luxus herausnehmen, sein Programm selbst zu gestalten – heute tun das Millionen Menschen. Auch ein Telefongespräch ist synchron, weil beide Teilnehmer gleichzeitig am Apparat sein müssen. Wenn Sie eine Fernsehshow aufzeichnen oder einen eingehenden Anruf mit dem Anrufbeantworter entgegennehmen, verwandeln Sie synchrone Kommunikation in eine bequemere Form: in »asynchrone« Kommunikation.

Es liegt in der Natur des Menschen, daß er nach Möglichkeiten sucht, synchrone Kommunikation in asynchrone Formen umzuwandeln. Vor 5000 Jahren, vor der Erfindung der Schrift, war die einzige Kommunikationsform das gesprochene Wort, und die Zuhörer mußten sich in Gegenwart des Sprechers befinden, wenn sie die Nachricht nicht versäumen wollten. Sobald die Nachricht schriftlich festgehalten werden konnte, ließ sie sich speichern und später von jedem lesen, wann immer es ihm paßte. Ich schreibe diese Worte Anfang 1995 bei mir zu Hause, habe aber keine Ahnung, wann oder wo Sie sie lesen werden.

Einer der vielen Vorteile, die uns der Information Highway bringen wird, liegt darin, daß wir freier über unsere Zeit verfügen können. Wenn Sie eine bestimmte Kommunikationsart asynchron machen, können Sie auch für größere Vielfalt und Auswahl sorgen. Selbst Fernsehzuschauer, die selten Sendungen aufzeichnen, leihen sich häufig Filme aus. Für ein paar Mark kann man in den Videotheken am Ort unter Tausenden von Filmen wählen. So hat man die Möglichkeit, sich jeden Abend Elvis, die Beatles oder Greta Garbo in die Wohnung zu holen.

Noch keine 60 Jahre gibt es das Fernsehen, aber in dieser Zeit hat es das Leben in fast allen Industriestaaten nachhaltig beeinflußt. Doch in gewisser Weise hat es nur den Rundfunk ersetzt, der damals schon seit 20 Jahren elektronische Unterhaltung ins Haus brachte. Weder Rundfunk noch Fernsehen sind jedoch mit dem zu vergleichen, was der Highway leisten wird.

Der Highway wird uns mit Fähigkeiten ausstatten, die, wenn man sie beschreibt, nach Zauberei klingen, in Wirklichkeit aber nur angewandte Technik sind, dazu bestimmt, unser Leben leichter und angenehmer zu machen. Da Verbraucher Filme bereits zu schätzen wissen und daran gewöhnt sind, zu zahlen, um sie zu sehen, wird *Video-on-demand* eine wichtige Anwendung des

Information Highway sein. Allerdings nicht die erste. Wir wissen bereits, daß PCs lange vor den Fernsehapparaten ans Netz gehen werden und daß die ersten Systeme nicht in der Lage sein werden, Filme in Fernsehqualität zu liefern. Dafür haben sie andere Anwendungen zu bieten: Spiele, E-Mail, Homebanking. Sobald Videobilder von hoher Qualität übertragen werden können, braucht man keinen Videorekorder mehr zwischenzuschalten; dann wird man einfach aus einer langen Liste verfügbarer Sendungen auswählen. In einigen Hotels der gehobenen Preisklasse gibt es schon begrenzte *Video-on-demand*-Systeme, in denen Videos auf Abruf die üblichen Fernsehprogramme ersetzen oder ergänzen. Hotelzimmer, Flughäfen und sogar Flugzeuge sind ideale Versuchslabors für all die neuen Highway-Dienste, die wir später auch zu Hause in Anspruch nehmen werden. Für solche Experimente bieten sie eine kontrollierte Umgebung und eine geeignete Zielgruppe.

Auch weiterhin wird man Fernsehsendungen für den synchronen Konsum ausstrahlen. Danach werden sie – neben Tausenden von Filmen und praktisch jeder anderen Videoart – jederzeit abrufbar sein. Sie können *RTL Samstag Nacht* am Donnerstagabend um 21 Uhr, um 21 Uhr 13, um 21 Uhr 45 oder am Sonntagvormittag um elf Uhr anschauen. Und wenn Sie mit dieser Art von Humor nichts anfangen können, haben Sie Tausende von Alternativen. Ihre Bitte um einen bestimmten Film oder eine Fernsehsendung wird aufgezeichnet, und die Bits werden Ihnen über das Datennetz zugeleitet. Der Information Highway wird Ihnen den Eindruck vermitteln, als gäbe es zwischen Ihnen und dem Gegenstand Ihres Interesses überhaupt keine vermittelnden technischen Einrichtungen mehr. Sie teilen Ihren Wunsch mit, und sogleich geht er in Erfüllung.

Auf »Servern«, Computern mit besonders umfangreichen Speichern, wird man Filme, Fernsehprogramme und jede Art sonstiger digitaler Information vorrätig halten. Die von Servern gelieferte Information kann man an jedem Punkt des Netzes nutzen. Wenn Sie einen bestimmten Film sehen, eine Tatsache überprüfen oder ihre elektronische Post abrufen möchten, wird Ihr Wunsch durch Knotenrechner an den oder die Server geleitet, die die entsprechende Information gespeichert haben. Dabei werden Sie nicht wissen, ob die Daten, die bei Ihnen zu Hause eintreffen, auf einem Server ein paar Häuser weiter oder am anderen Ende des Landes gespeichert sind. Das wird auch keine Rolle spielen.

Die verlangten digitalen Daten werden vom Server abgerufen und über Knotenrechner zurück zu Ihrem Fernsehapparat, PC oder Telefon geleitet – Ihren Informationsgeräten. Diese digitalen Apparate werden sich aus dem gleichen Grund durchsetzen wie ihre analogen Vorgänger – weil sie einen Teil unseres alltäglichen Lebens erleichtern. Im Unterschied zu den zweckgebundenen Textverarbeitungssystemen, die die ersten Mikroprozessoren in viele Büros gebracht haben, werden diese Informationsgeräte programmierbare Mehrzweckcomputer sein, die mit dem Information Highway verbunden sind.

Selbst wenn die Sendung live ausgestrahlt wird, werden Sie sie mit Ihrer Infrarotfernbedienung jederzeit anhalten, starten oder wiederholen können. Kommt jemand zu Besuch, dann können Sie die Sendung beliebig lange unterbrechen. Ihnen steht jede Möglichkeit offen, mit einer Ausnahme natürlich: Sie können eine Sendung, die gerade ausgestrahlt wird, nicht vorlaufen lassen.

Die Lieferung von Filmen und Fernsehsendungen gehört zu den technisch einfacheren Leistungen. Die meisten Fernsehzuschauer werden das Video-auf-Abruf-System verstehen und die Freiheit begrüßen, die es bietet. Diese Anwendung erfüllt alle Voraussetzungen, um für den Information Highway das zu werden, was im Computerjargon Killer-Applikation (»Killeranwendung«) heißt. Eine Killer-Applikation (oder einfach *Killer App*) ist eine Verwendungsweise eines Produkts, die für den Verbraucher so attraktiv ist, daß sie riesige Marktkräfte mobilisiert und die Erfindung nahezu unentbehrlich werden läßt, selbst wenn der Erfinder sie so gar nicht beabsichtigt hat. *Skin-So-Soft* war nur eine Lotion unter vielen auf einem überfüllten Markt, bis jemand entdeckte, daß man damit Insekten vertreiben kann. Auch jetzt wird sie vielleicht noch wegen ihres ursprünglichen Verwendungszwecks gekauft – zur Hautpflege –, aber die Verkaufszahlen sind in die Höhe geschnellt, weil man ihre *Killer App* entdeckt hat.

Die Bezeichnung ist neu, die Sache nicht. Thomas Edison war als Geschäftsmann genauso erfolgreich wie als Erfinder. Als er 1878 die Edison General Electric Company gründete, wußte er, daß er Elektrizität nur verkaufen konnte, wenn ihm gelang, den Konsumenten deren Wert vor Augen zu führen – er mußte die Idee verkaufen, daß man mit einer bloßen Schalterdrehung ein Haus Tag und Nacht beleuchten konnte. Mit dem Versprechen, elektrisches Licht werde so billig werden, daß nur noch reiche Leute sich den Luxus von Kerzen leisten könnten, beflügelte er die Phantasie der Öffentlichkeit. Er sah voraus, daß die Menschen Geld ausgeben würden, um die elektrische Energie in ihre Häuser zu holen und in den Genuß einer großartigen Anwendung der Elektrizität zu kommen – des Lichts.

So fand die Elektrizität Eingang in die meisten Häuser und sorgte dort für Licht, doch rasch kamen noch weitere Anwendungen hinzu. Der Hoover Company gelang es, die ersten elektrischen Kehrmaschinen erheblich zu verbessern. Der elektrische Kochherd setzte sich durch, und bald gab es elektrische Heizungen, Toaster, Kühlschränke, Waschmaschinen, Bügeleisen, Werkzeuge, Haartrockner und eine Vielzahl anderer arbeitssparender Geräte. Die Elektrizität wurde zu einem der wichtigsten Energieträger.

Killer-Applikationen machen aus technischen Neuerungen, die zunächst nur Kuriositäten sind, einträgliche und unentbehrliche Konsumartikel. Ohne sie würde keine Erfindung einschlagen. So erklären sich einige bemerkenswerte Flops in der Unterhaltungselektronik – 3-D-Filme, Bildtelefone und Quadrosound.

In Kapitel drei war die Rede davon, daß in den siebziger Jahren die Textverarbeitungssysteme die Mikroprozessoren im Büro eingeführt haben. Zunächst waren es zweckgebundene Geräte, wie sie etwa Wang lieferte, die ausschließlich dazu dienten, Dokumente anzufertigen. Der Markt für zweckgebundene Textverarbeitungssysteme wuchs unvorstellbar rasch, bis mehr als 50 Hersteller auf ihm vertreten waren, die einen Umsatz von insgesamt gut einer Milliarde Dollar jährlich erzielten.

Nach wenigen Jahren erschienen die PCs auf der Bildfläche. Ihre Fähigkeit, verschiedene Anwendungen zu ermöglichen, war neu. Das war ihre *Killer App*. Ein PC-Benutzer konnte WordStar verlassen (jahrelang eines der meist verwendeten Textverarbeitungsprogramme) und ein anderes Anwendungsprogramm starten, etwa VisiCalc zur Tabellenkalkulation oder dBase für die Datenbankverwaltung. Gemeinsam waren WordStar, VisiCalc und dBase attraktiv genug, um einen Benutzer zum Kauf eines Personalcomputers zu veranlassen. Die Programme waren die Killer-Applikationen.

Die erste Killer-Applikation für den ursprünglichen IBM-PC war Lotus 1-2-3, ein Tabellenkalkulationsprogramm, das diesem Gerät auf den Leib geschneidert war. Die kommerziellen Killer-Applikationen des Apple Macintosh waren Aldus Pagemaker fürs Desktop Publishing, Microsoft Word für die Textverarbeitung und Microsoft Excel für die Tabellenkalkulation. In früheren Jahren wurde ein Drittel der Macintoshs im gewerblichen (und viele im privaten) Bereich für das, was später als Desktop Publishing bekannt wurde, gekauft.

Der Highway wird durch das Zusammenwirken technischer Neuerungen auf dem Gebiet der Datenübertragung und der Datenverarbeitung zustande kommen. Keine Neuerung allein wäre in der Lage, die notwendige Killer-Applikation zu liefern, gemeinsam aber sind sie es. Der Information Highway wird unentbehrlich sein, weil er eine Kombination aus Information, Bildung, Unterhaltung, Einkauf und privater Kommunikation bieten wird. Noch wissen wir nicht genau, wann die erforderlichen Voraussetzungen zur Verfügung stehen werden. Entscheidende Teilelemente werden bedienungsfreundliche Informationsgeräte sein. In den nächsten Jahren wird eine Fülle von digitalen Geräten auf den Markt drängen – in verschiedener Gestalt und mit verschiedenen Übertragungsgeschwindigkeiten. Ich komme später eingehender auf sie zurück. Im Augenblick genügt der Hinweis, daß eine Vielzahl PC-ähnlicher Geräte uns allen erlauben wird, über den Highway mit anderen Menschen und den neuesten Informationen in Kontakt zu bleiben. Dazu wird es nötig sein, digitalen Ersatz für viele der analogen Geräte zu schaffen, die uns heute umgeben – nicht zuletzt für Fernsehapparate und Telefone. Sicher können wir sein, daß diejenigen, die wir behalten, unentbehrlich sein werden. Zwar wissen wir noch nicht, welche Formen sich durchsetzen werden, aber wir wissen, daß es sich um programmierbare Mehrzweckcomputer handeln wird, die mit dem Highway verbunden sind.

Viele Privathaushalte sind bereits an zwei zweckgebundene Kommunikationsinfrastrukturen angeschlossen: ans Telefonnetz und ans Kabelfernsehen. Wenn diese spezialisierten Kommunikationssysteme zu einer einzigen digitalen Informationsversorgung zusammengewachsen sind – dann haben wir den Information Highway.

Ihr Fernsehapparat wird nicht wie ein Computer aussehen und keine Tastatur haben, aber die zusätzliche Elektronik, ob eingebaut oder außen angebracht, wird ihn von der Architektur her zum PC machen. Eine Settop-Box, ähnlich wie man sie heute fürs Kabelfernsehen verwendet, wird den Fernsehapparat an den Highway anschließen. Allerdings wird sich im Inneren dieser neuen Settop-Box ein sehr leistungsfähiger Mehrzweckcomputer befinden. Die Box kann in einem Fernseher, hinter ihm, auf ihm, an einer Kellerwand oder sogar außerhalb des Hauses angebracht sein. Sowohl

PC als auch Settop-Box werden mit dem Information Highway verbunden sein und im »Dialog« mit den Knotenrechnern und Servern des Datennetzes stehen, die Informationen abrufen und programmieren und die Entscheidungen des Teilnehmers weiterleiten.

Mag die Settop-Box dem PC auch noch so ähnlich werden, ein entscheidender Unterschied zwischen der Verwendungweise von PCs und Fernsehern wird bleiben: Die Entfernung vom Gesicht beziehungsweise den Augen. Heute gibt es in mehr als einem Drittel der US-amerikanischen Haushalte Personalcomputer (Spielgeräte nicht eingerechnet). Irgendwann wird fast jeder Haushalt mindestens einen PC besitzen, der direkt mit dem Information Highway verbunden ist. Auf den PC werden Sie zurückgreifen, wenn es auf Einzelheiten ankommt oder schriftliche Arbeiten zu

Ein PC-gestützter Server für interaktive Medien (1995)

erledigen sind. Sein hochauflösender Monitor befindet sich 30 bis 60 Zentimeter vor Ihrem Gesicht, so daß die Augen Texte oder andere kleine Bilder leicht erfassen können. Ein großer Fernsehschirm am anderen Ende des Zimmers verträgt sich nicht mit der Verwendung einer Tastatur und überschreitet die reine Privatsphäre, ist aber ideal für Anwendungen, bei denen mehrere Leute gleichzeitig zuschauen.

Die Settop-Boxen und die PC-Schnittstellen werden so konstruiert sein, daß selbst älteste Fernsehapparate und gängigste PCs für den Highway verwendet werden können, aber es wird auch neue Fernseher und PCs mit besseren Bildern geben. Die Bilder auf heutigen Fernsehapparaten sind ziemlich unzulänglich, verglichen mit den Bildern in Zeitschriften oder Kinos. Während PAL-Geräte 625 Zeilen Information und Bilder bieten, haben die handelsüblichen Kassettenrekorder bei Aufzeichnung und Wiedergabe nur eine Auflösung von rund 300 Zeilen. Infolgedessen ist es schwierig, den Abspann eines Kinofilms auf dem Fernsehschirm zu lesen. Herkömmliche Fernsehschirme unterscheiden sich auch in der Form von den meisten Kinoleinwänden. Unsere Fernsehapparate haben ein »Seitenverhältnis« (die Beziehung zwischen Bildbreite und Bildhöhe) von vier zu drei, das heißt, das Bild ist um ein Drittel breiter, als es hoch ist. Spielfilme werden in der Regel mit dem Seitenverhältnis zwei zu eins produziert – doppelt so breit wie hoch.

Hochauflösende Fernsehsysteme (*High-Definition Television*-Systeme, HDTV) mit einer Auflösung von mehr als 1000 Zeilen, einem Seitenverhältnis von 16 zu 9 und besserer Farbwiedergabe, sind in Tests bereits vorgeführt worden und liefern sehr schöne Bilder. Doch trotz massiver Anstrengungen seitens der Regierung und der Industrie ist es in Japan, wo HDTV entwickelt wurde, nicht gelungen, das System einzuführen, weil für Sendung und Empfang kostspielige neue Ausrüstungen erforderlich sind. Werbekunden sind nicht bereit, mehr für HDTV zu zahlen, weil es

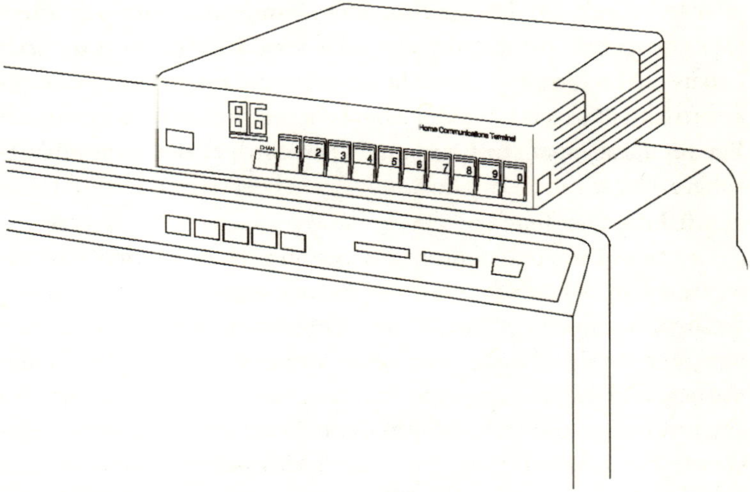

Prototyp einer Settop-Box für ein Fernsehgerät

keinen erkennbaren zusätzlichen Werbeeffekt bringt. Doch mit dem Highway könnte sich das hochauflösende Fernsehen durchsetzen, weil dann ein Videoempfang mit unterschiedlichen Auflösungen und Seitenverhältnissen möglich ist. Mit dem Prinzip einer veränderbaren Auflösung sind PC-Benutzer längst vertraut, denn sie können neben der üblichen Auflösung von 480 waagerechten Zeilen (VGA genannt) je nach der Qualität ihres Monitors und ihrer Videokarte auch höhere Auflösungen von 600, 768, 1024 oder 1200 Zeilen wählen.

Sowohl Fernsehschirme wie PC-Bildschirme werden immer besser werden – ihre Größe wird ab- und ihre Qualität zunehmen. In den meisten Fällen wird es sich um Flachbildschirme handeln. Eine neue Form wird die digitale Tafel *(digital white board)* sein: ein großer Bildschirm an der Wand, zwei bis drei Zentimeter dick, der die herkömmlichen Wandtafeln ablöst. Er zeigt Bilder, Filme und andere visuelle Informationen, dazu Texte und ähnliche Details. Man wird auf der Tafel zeichnen und Listen führen können. Der Computer, der die digitale Tafel steuert, erkennt die handgeschriebene Liste und verleiht ihr eine lesbare Form in Maschinenschrift. Zunächst werden diese Geräte in Konferenzräumen Einzug halten, dann in Büros und schließlich auch in Privathaushalten.

Die heutigen Telefone werden an die gleichen Datennetze wie die PCs und Fernseher angeschlossen sein. Viele künftige Telefone werden kleine Flachbildschirme und winzige Kameras besitzen. Ansonsten werden sie mehr oder weniger wie die heutigen Geräte aussehen. In den Küchen wird man weiterhin Wandapparate benutzen, weil sie platzsparend sind. Man wird unmittelbar vor dem Telefon sitzen und den anderen Teilnehmer sehen – oder ein gespeichertes Bild von ihm, das er der Übermittlung der Livebilder vorzieht. Technisch wird der Telefonapparat, der in nicht allzu ferner Zukunft über dem Geschirrspüler hängen wird, vieles mit der Settop-Box im Wohnzimmer und dem PC im Arbeitszimmer gemein haben, nur die Form des Telefons wird er behalten. Unter ihrer Hülle werden alle Informationsgeräte mehr oder weniger die gleiche Computerarchitektur besitzen. Sie werden sich nur in ihrer äußeren Form unterscheiden, um ihren besonderen Aufgaben gerecht werden zu können.

In einer mobilen Gesellschaft müssen die Menschen ihre Arbeit auch dann effizient fortsetzen können, wenn sie unterwegs sind. Vor zwei Jahrhunderten führten Reisende häufig ein »Schoßpult« *(lap desk)* mit sich, ein aufklappbares Schreibbrett, das ein kleines Mahagonikästchen mit einer Schublade für Federhalter und Tinte besaß. Zusammengeklappt nahm es nicht viel Platz ein, während es geöffnet eine umfangreiche Schreibunterlage bot. Beispielsweise wurde die amerikanische Unabhängigkeitserklärung auf einem Schoßpult in Philadelphia geschrieben, weit entfernt von Thomas Jeffersons Wohnort in Virginia. Dem Bedürfnis nach einem tragbaren Schreibplatz trägt heute der Laptop

Rechnung, ein zusammenklappbarer PC, der bequem auf dem Schoß Platz findet. Viele Menschen, die, wie zum Beispiel ich, oft unterwegs sind, arbeiten vorwiegend mit einem Laptop (oder einem noch etwas kleineren Computer, einem sogenannten Notebook). Diese Kleincomputer können an einen großen Monitor und das betriebsinterne Datennetz im Büro angeschlossen werden. Im Laufe der Zeit werden die Notebooks immer dünner werden, bis sie wirklich fast auf die Größe eines Notizblocks geschrumpft sind. Heute stellen Notebooks die kleinsten echten Computer dar und sind am leichtesten zu tragen, doch bald wird es Wallet-PCs (»Brieftaschen-PCs«) geben, taschenrechnergroße Computer mit Bildschirmen in Fotogröße, die nicht mehr Aufsehen erregen werden als heute eine Brieftasche. Wenn Sie einen solchen Computer aus der Tasche ziehen, wird niemand sagen: »Donnerwetter! Was für ein Computer!«

Was tragen Sie heute bei sich, wenn Sie unterwegs sind? Wohl zumindest Schlüssel, Ausweis, Geld und Uhr. Möglicherweise schleppen Sie außerdem mit sich herum: Kreditkarten, ein Scheck-

Multimedia-Notebook der
Digital Equipment Corporation (1995)

buch, Reiseschecks, ein Adreßbuch, einen Terminkalender, einen Notizblock, Lesestoff, eine Kamera, ein Diktiergerät, ein Handy, einen Pager (Piepser), Konzertkarten, eine Stadtkarte, einen Kompaß, einen Taschenrechner, eine elektronische Ausweiskarte, Fotos und vielleicht eine schrille Pfeife, um Hilfe herbeizurufen.

All das und viel mehr können Sie in dem Informationsgerät unterbringen, das wir Wallet-PC nennen. Wie erwähnt und wie der Name sagt, ist es nicht größer als eine Brieftasche, so daß Sie es bequem in die Tasche stecken können. Es wird Ihnen Nachrichten und Termine präsentieren, elektronische Briefe und Faxe entgegennehmen und verschicken, Wetter- und Börsenberichte aufzeichnen und einfache wie komplizierte Spiele gespeichert haben. Auf einer Tagung können Sie sich Aufzeichnungen machen, Ihre Termine prüfen, die neuesten Informationen durchsehen oder, sollte es Ihnen langweilig werden, unter Tausenden leicht abrufbarer Bilder Ihrer Kinder wählen.

Statt Papiergeld wird die neue Brieftasche fälschungssicheres Digitalgeld enthalten. Wenn Sie heute jemandem einen Zehnmarkschein, einen Scheck, eine Schenkungsurkunde oder ein anderes Wertpapier aushändigen, so bedeutet der Austausch von Papier einen Austausch von Finanzmitteln. Geld muß aber nicht unbedingt in Papierform vorliegen. Bei Abbuchungen von Kreditkarten und Geldüberweisungen wird digitale finanzielle Information ausgetauscht. Bald wird der Wallet-PC es jedermann ermöglichen, digitales Geld auszugeben und entgegenzunehmen. Ihr Wallet wird Sie mit dem Computer eines Geschäfts verbinden, ohne daß noch die materielle Geldübergabe an einer Kasse erforderlich ist. Auch bei privaten Transaktionen wird man sich der digitalen Währung bedienen. Wenn Ihr Sohn Geld braucht, schikken Sie ihm einfach einen Zehner von Ihrem Wallet auf seinen.

Sobald der Wallet-PC allgemein eingeführt ist, können wir all die Engpässe vermeiden, über die wir uns heute auf Flughäfen, in Theatern und an anderen Orten ärgern, wo man sich ausweisen

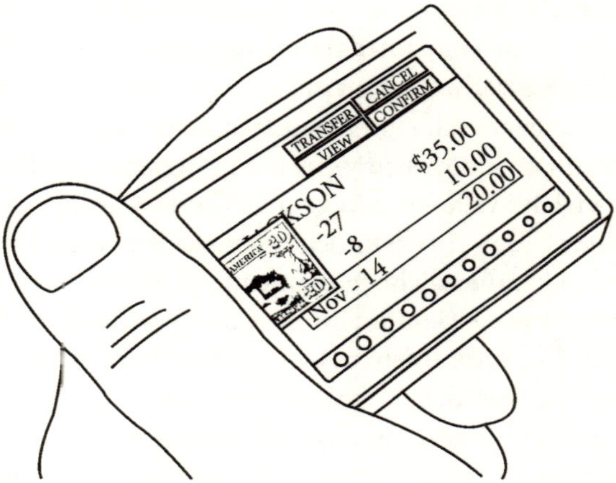

Prototyp eines Wallet-PC

oder Karten vorzeigen muß. Wenn Sie beispielsweise durch eine Flughafenkontrolle müssen, stellt Ihr Wallet-PC die Verbindung zu den Flughafencomputern her und zeigt an, daß Sie ein Ticket bezahlt haben. Auch um Türen zu öffnen, brauchen Sie weder Schlüssel noch Magnetkarten. Ihr Wallet-PC wird Sie gegenüber dem Computer ausweisen, der das Schloß kontrolliert.

Wenn man Geldautomaten- und Kreditkarten nach und nach aus dem Verkehr zieht, werden sich kriminelle Elemente sicherlich der Wallet-PCs annehmen, deshalb wird man Sicherheitsvorkehrungen entwickeln müssen, um zu verhindern, daß mit einem Wallet-PC der gleiche Mißbrauch getrieben werden kann wie mit einer gestohlenen Kreditkarte. Der Wallet-PC wird die »Schlüssel« speichern, mit denen Sie sich selbst ausweisen. Problemlos können Sie diese Schlüssel ungültig machen, außerdem wird man sie regelmäßig verändern. Wenn es um sehr wichtige Transaktionen geht, wird der Schlüssel in Ihrem Wallet-PC nicht genügen. Eine Möglichkeit ist, daß man zur Transaktion nur über ein Paßwort Zugang erhält. An Geldautomaten wird man heute schon aufgefordert, eine Geheimzahl einzugeben, die nichts anderes als ein sehr kurzes Paßwort ist. Eine andere Möglichkeit, bei der Sie nicht gezwungen sind, ein Paßwort zu behalten, wäre irgendeine Form biometrischer Messung. Sie ist sicherer und wird eines Tages gewiß in vielen Wallet-PCs vorhanden sein.

Bei einem biometrischen Sicherheitssystem wird ein körperliches Merkmal aufgezeichnet, ein Stimmprofil oder ein Fingerabdruck. Beispielsweise könnte Ihr Wallet-PC Sie auffordern, ein beliebiges Wort laut zu lesen, das er auf dem Bildschirm zeigt, oder den Daumen gegen die Seitenfläche des Geräts zu drücken, wenn Sie eine größere finanzielle Transaktion vornehmen wollen. Der Wallet wird dann das, was er »gehört« oder »gefühlt« hat, mit der digitalen Aufzeichnung Ihrer Stimme oder Ihres Daumenabdrucks vergleichen.

Wallet-PCs werden Ihnen, wenn sie entsprechend ausgerüstet sind, überall auf der Erde genau angeben können, wo Sie sich befinden. Die Satelliten des Global Positioning System (GPS), eines elektronischen Navigationssystems, umkreisen die Erde und senden Signale, die Verkehrsflugzeugen, Kreuzfahrtschiffen, Marschflugkörpern und Wanderern mit tragbaren GPS-Empfängern gestatten, ihre Position bis auf 100 Meter genau zu bestimmen. Gegenwärtig kosten solche Geräte ein paar hundert Dollar, sie werden aber künftig in viele Wallet-PCs eingebaut sein.

Der Wallet-PC wird Sie mit der Datenautobahn verbinden, während Sie auf einer richtigen Autobahn fahren, und Sie darüber informieren, wo Sie sich befinden. Über einen eingebauten Lautsprecher gibt er Ihnen Richtungen vor und teilt Ihnen mit, daß eine Abfahrt kommt oder daß der nächste Abschnitt sehr unfallträchtig ist. Ständig zeichnet er die digitalen Verkehrsnachrichten auf und empfiehlt Ihnen, eine frühere Abfahrt oder einen anderen Weg zu nehmen, wenn Sie rechtzeitig auf dem Flughafen eintreffen wollen. Die farbigen Karten des Wallet-PC werden für Ihre gegenwärtige Position alle Informationen ausweisen, an denen Sie interessiert sind – Straßen und Wetterverhältnisse, Campingplätze, Aussichtspunkte, sogar Schnellrestaurants. So könnten Sie beispielsweise fragen: »Wo ist das nächste noch geöffnete Chinarestaurant?«, und die verlangte Information wird dem Wallet durch das drahtlose Datennetz zugeleitet. Im Gelände, bei einer Wanderung im Wald, wird der Wallet Ihr Kompaß sein, ebenso unentbehrlich wie das Schweizer Armeemesser.

Tatsächlich glaube ich, daß der Wallet-PC die neue Form des Schweizer Armeemessers sein wird. Als Junge hatte ich ein solches Messer – nicht die einfachste Ausführung mit lediglich zwei Klingen, aber auch keines von den ganz tollen, die eine ganze Werkstatt ersetzen. Es hatte den klassischen glänzend roten Griff mit weißem Kreuz und eine Vielzahl von Klingen und Zubehör, unter anderem einen Schraubenzieher, eine winzige Schere und sogar einen Korkenzieher (obwohl ich damals noch keine Verwendung für dieses besondere Teil hatte). Genauso werden einige Wallet-PCs einfach und elegant sein und nur über die wichtigsten Elemente verfügen – einen kleinen Bildschirm, ein Mikrofon, ein sicheres System zur Abwicklung von digitalen Geldgeschäften und die Fähigkeit, grundlegende Informationen zu lesen oder anders zu nutzen. Andere werden mit allem möglichen technischen Schnickschnack ausgerüstet sein: Kameras, Scannern, die gedruckte und handgeschriebene Texte lesen können, und GPS-Empfängern. Die meisten werden einen Notknopf haben, den Sie drücken, wenn Sie dringend Hilfe benötigen. Zu einigen Modellen werden auch Thermometer, Barometer, Höhenmesser und Pulsmesser gehören.

Entsprechend unterschiedlich werden die Preise ausfallen, doch im allgemeinen werden Wallet-PCs soviel kosten wie heute Kameras. Für einfache Chipkarten, die nur für den digitalen Geldverkehr zuständig sind, wird man soviel zahlen wie heute für Einwegkameras, während ein raffinierter Wallet-PC, wie zur Zeit eine teure Kamera, durchaus 1000 Dollar und mehr kosten kann, dafür aber auch leistungsfähiger sein wird als die besten Computer noch zehn Jahre zuvor. Chipkarten, die einfachste Form des Wallet-PC, sehen wie Kreditkarten aus und erfreuen sich in Europa schon großer Beliebtheit. Ihre Mikroprozessoren sind in den Kunststoff eingebettet. Die Chipkarte der Zukunft wird ihren Eigentümer erkennen und digitales Geld, Eintrittskarten und medizinische Daten speichern. Allerdings wird sie keinen Bildschirm, keine Audiogeräte und keine der raffinierteren Möglichkeiten kostenaufwendigerer Wallet-PCs besitzen. Sie wird sicherlich ein bequemes Reisegerät und eine gute Gedächtnisstütze sein und manchen Leuten deshalb auch genügen.

Wenn Sie keinen Wallet-PC bei sich haben, können Sie sich immer noch über eine Datenzelle Zugang zum Information Highway verschaffen. Einige dieser Zellen werden kostenlos, andere gebührenpflichtig sein, und man wird sie in Bürogebäuden, Einkaufszentren und Flughäfen finden – so wie es heute überall Telefonzellen gibt. Dabei werden sie nicht nur diese ersetzen, sondern auch Geldautomaten, deren Funktion sie mitübernehmen werden, dazu werden sie noch all die anderen Highway-Anwendungen ermöglichen: In ihnen wird man Nachrichten empfangen und verschicken, Karten scannen und Eintrittskarten kaufen können. Der Zugang zu Datenzellen wird wichtig und überall möglich sein. Einige Zellen werden aus Werbegründen zunächst Verbindungen zu bestimmten Dienstleistungsanbietern herstellen – nicht anders als zur Zeit einige Telefone auf Flughäfen, die direkt mit bestimmten Hotels oder Autoverleihfirmen verbinden. Wie die Geldautomaten, die wir heute auf Flughäfen antreffen, werden sie ziemlich einfach und robust aussehen, in ihrem Inneren aber ebenfalls PCs enthalten.

Ganz gleich, welche Gestalt der PC annimmt, die Benutzer werden immer in der Lage sein, sich in seinen Anwendungen zurechtzufinden. Denken Sie daran, wie Sie heute die Fernbedienung Ihres Fernsehers benutzen, um den Kanal zu wählen, den Sie sehen möchten. Künftige Systeme mit mehr Wahlmöglichkeiten werden bessere Methoden zu bieten haben. Sie müssen Ihnen ersparen, alle Wahlmöglichkeiten Schritt für Schritt durchzuprobieren. Dann brauchen Sie sich nicht zu erinnern, auf welchem Kanal Sie einen bestimmten Sender finden, sondern werden ein grafisches Menü vor Augen haben und müssen nur noch auf ein leichtverständliches Bildsymbol zeigen.

Und noch nicht einmal das Zeigen wird unbedingt erforderlich sein. Am Ende werden wir in der Lage sein, mit unseren Fernsehapparaten, PCs und den übrigen Informationsgeräten zu sprechen. Dabei müssen wir uns zunächst an einen begrenzten Wortschatz halten, aber schließlich wird es zu regelrechten Unterhaltungen kommen. Dazu ist sehr leistungsfähige Hardware und Software nötig, denn Gespräche, die ein Mensch mühelos verstehen kann, bereiten einem Computer große Schwierigkeiten. Heute schon funktioniert die Spracherkennung fehlerlos bei einer kleineren Anzahl von vorher festgelegten Befehlen, etwa: »Ruf meine Schwester an!« Viel schwerer ist es für einen Rechner, einen beliebigen Satz zu verstehen, doch auch das wird in den nächsten zehn Jahren möglich werden.

Einige Benutzer werden es bequemer finden, dem Computer handschriftliche Anweisungen zu geben, statt zu sprechen oder zu tippen. Viele Unternehmen, auch Microsoft, beschäftigen sich seit Jahren mit der Entwicklung von sogenannten »Pen-Computern« (»Schreibstift-Computern«), die handschriftlichen Text erkennen können. Ich war zu optimistisch, als ich davon ausging, daß es nicht mehr lange dauern könne, bis eine Software entwickelt sei, die die Handschrift einer Vielzahl von Menschen erkennen könne. Die Schwierigkeiten fielen nicht sofort ins Auge. Als wir das System selbst testeten, arbeitete es einwandfrei, doch neue Benutzer hatten ständig Probleme damit. Schließlich bemerkten wir, daß wir unwillkürlich sauberer und leserlicher schrieben als normalerweise. Wir paßten uns dem Gerät an und nicht umgekehrt. Ein andermal war das Entwicklungsteam der Meinung, es habe ein Programm geschaffen, das funktioniere. Stolz kam es, um mir vorzuführen, was es vollbracht hatte. Bei der Vorführung klappte es nicht. Zufällig waren alle an dem Projekt Beteiligten Rechtshänder, und der Computer, der programmiert war, auf die Striche in der Handschrift zu achten, konnte meine ganz anderen, linkshändigen Striche nicht interpretieren. Es stellte sich heraus, daß es ebenso schwer ist, einem Computer beizubringen, handschriftliche Aufzeichnungen zu lesen, wie ihn zu lehren, Sprache zu erkennen. Doch mein Optimismus ist ungebrochen: Mit wachsender Rechnerleistung werden wir irgendwann auch Computer haben, die dazu in der Lage sind.

Egal, ob Sie den Befehl per Stimme, Handschrift oder Zeigen eingeben, die Auswahl, die Sie vornehmen möchten, wird kompliziertere Entscheidungen erforderlich machen als nur die Überlegung, welchen Film Sie sehen wollen, und es wird Ihnen daran gelegen sein, sie ohne Schwierigkeiten zu treffen. Verwirrung, Frust oder Zeitverschwendung werden die Benutzer nicht hinnehmen. Deshalb muß die Softwareplattform des Highway unter allen Umständen dafür sorgen, daß die Information leicht zu finden ist, selbst wenn der Benutzer nicht weiß, wonach er sucht. Es wird eine Fülle von Information geben. Der Highway wird Zugang zu Hunderten von Bibliotheken und allen Arten von Waren haben.

Im Zusammenhang mit dem Highway wird sehr häufig das Schreckgespenst der »Informationsüberlastung« beschworen. Gewöhnlich hört man diese Sorge von Menschen, die die nicht einmal so abwegige Vorstellung hegen, die Glasfaserkabel des Information Highway würden wie riesige Rohrleitungen funktionieren, die ununterbrochen gewaltige Informationsmengen ausspeien.

Informationsüberlastung ist keine Besonderheit des Highways und muß nicht unbedingt ein Problem sein. Schon heute bewältigen wir erstaunliche Informationsmengen, indem wir uns einer umfangreichen Infrastruktur bedienen, die uns hilft, wählerisch vorzugehen. Dazu gehören Bibliothekskataloge, Filmkritiken, Branchenverzeichnisse, Empfehlungen von Freunden und vieles mehr. Wenn Menschen über das Problem der Informationsüberlastung klagen, fordern Sie sie doch einfach einmal auf, sich zu überlegen, wie sie ihren Lesestoff auswählen. Wenn wir eine Buchhandlung oder Bibliothek betreten, befürchten wir ja auch nicht, wir müßten jedes Buch lesen. Das ersparen wir uns, indem wir Orientierungshilfen benutzen, die die Information eingrenzen und uns helfen, den Lesestoff zu finden, der uns interessiert. Dazu gehören der Zeitungskiosk an der Ecke, die Dezimalklassifikation in Bibliotheken und Buchkritiken in der Tageszeitung.

Auf dem Information Highway wird uns eine Verbindung aus technischen und redaktionellen Dienstleistungen in vielfältiger Weise erleichtern, die gewünschten Informationen zu finden. Das ideale Navigationssystem wird uns scheinbar unbegrenzte Information anbieten und trotzdem leicht zu nutzen sein. Wichtige Selektionstechniken der Software werden Abfragen *(queries)*, Filter, räumliche Navigation, Hyperlinks und Berater *(agents)* sein.

Man kann die verschiedenen Auswahlverfahren leichter verstehen, wenn man sie sich bildlich vorstellt. Denken Sie an bestimmte Informationen – eine Reihe von Fakten, eine sensationelle Nachricht, eine Liste mit Filmen –, alle in einem imaginären Lagerhaus untergebracht. Eine Abfrage überprüft für jeden Gegenstand im Lager, ob er einem von Ihnen festgelegten Kriterium entspricht. Ein Filter untersucht alle neu eintreffenden Waren, ob sie diesem Kriterium gerecht werden. Die räumliche Navigation bietet Ihnen die Möglichkeit, im Lagerhaus umherzugehen und den Bestand nach dem Ort seiner Unterbringung zu erfassen. Am interessantesten – und wohl auch am leichtesten zu benutzen – wird das Verfahren des persönlichen Beraters sein, der Sie auf dem Highway vertreten wird. Tatsächlich wird der Berater Software sein, ein Geschöpf des Computerprogramms, trotzdem wird er eine Persönlichkeit besitzen, mit der Sie sich in der einen oder anderen Form unterhalten können. In ihm haben Sie gewissermaßen einen Gehilfen, den Sie an Ihrer Stelle ins Lager schicken können, damit er nach dem Bestand sieht.

Sehen wir uns mal an, wie die verschiedenen Systeme arbeiten. Eine Abfrage ist, wie der Name sagt, eine Frage. Sie werden eine Vielzahl verschiedener Fragen stellen und vollständige Antworten erhalten können. Wenn Ihnen der Titel eines Films nicht einfällt, Sie sich aber erinnern, daß Spencer Tracy und Katharine Hepburn darin mitspielen und daß es eine Szene gibt, in der er viele Fragen stellt, während sie vor Kälte zittert, dann können Sie eine Abfrage eintippen und alle Filme verlangen, die folgende Bedingungen erfüllen: »Spencer Tracy«, »Katharine Hepburn«, »kalt« und »Fragen«. Daraufhin wird ein Server des Highway Ihnen die Liebeskomödie *Eine Frau, die alles weiß* aus dem Jahr 1957 angeben, in der Tracy mitten im Winter auf einer Dachterrasse eine fröstelnde Hepburn mit Fragen überschüttet. Sie können sich die Szene anschauen, den ganzen Film sehen, das Drehbuch lesen, Filmkritiken studieren und jede Bemerkung nachlesen, die Tracy oder Hepburn öffentlich zu dieser Szene haben verlauten lassen. Wenn für das Ausland synchronisierte oder untertitelte Fassungen hergestellt worden sind, können Sie auch diese Versionen sehen. Möglicherweise sind sie auf Servern in verschiedenen Ländern gespeichert, werden Ihnen aber augenblicklich zur Verfügung stehen.

Das System wird sich auf einfache Fragen einstellen können wie: »Zeige mir alle Zeitungsartikel, die irgendwo auf der Welt über das erste Retortenbaby erschienen sind«, »Nenne alle Geschäfte, die zwei oder mehr Sorten Hundefutter führen und in der Lage sind, mir in einer Stunde eine Kiste nach Hause zu liefern«, oder: »Zu welchen Verwandten habe ich seit mehr als drei Monaten keinen Kontakt mehr gehabt?« Es wird aber auch weit kompliziertere Fragen beantworten können, etwa: »Welche Großstadt hat den höchsten Prozentsatz an Einwohnern, die sich Rockvideos ansehen und regelmäßig Welthandelsnachrichten lesen?« Im allgemeinen werden solche Abfragen in relativ kurzer Zeit beantwortet werden, weil die meisten wahrscheinlich schon gestellt worden sind und das System die Antworten längst gefunden und gespeichert hat.

Sie werden auch »Filter« einrichten können, die im Prinzip nichts anderes als ständige Abfragen sind. Filter werden rund um die Uhr aktiv sein, neue Informationen auf Dinge durchsehen, die für Sie interessant sind, und alles andere ausfiltern. Sie sind in der Lage, einen Filter so zu programmieren, daß er Informationen sammelt, die für Sie von besonderem Interesse sind, über lokale Sportmannschaften zum Beispiel oder wissenschaftliche Entdeckungen aus bestimmten Bereichen. Ist das Wetter für Sie von vorrangiger Bedeutung, wird Ihr Filter dieses Thema an die erste Stelle Ihrer persönlichen Zeitung setzen. Einige Filter wird Ihr Computer automatisch einrichten, ausgehend von den Informationen, die er über Ihren Werdegang und Ihre Interessen besitzt. Ein solcher Filter kann Sie auf wichtige Ereignisse aufmerksam machen, die eine Person oder Institution aus Ihrer eigenen Lebensgeschichte betreffen: »Meteorit stürzt auf Lakeside School.« Sie können aber auch einen speziellen Filter einsetzen. Damit verlangen Sie ständige Information über einen bestimmten Aspekt, etwa: »Suche Teile für Nissan Maxima, Bj. 1990«, »Nenne mir alle Leute, die Erinnerungsstücke an die letzte Fußball-WM verkaufen«, »Wer sucht jemanden zum Radfahren an Sonntagnachmittagen, bei jedem Wetter?« Der Filter wird die Suche fortsetzen, bis Sie sie abbrechen. Wenn ein Filter beispielsweise einen potentiellen Begleiter für sonntägliche Radtouren findet, wird er automatisch alle anderen Daten prüfen, die diese Person im Netz veröffentlicht hat. Er wird sich bemühen, eine Antwort zu finden auf die Frage: »Was für ein Mensch ist das?« – wohl die erste Frage, die Sie in bezug auf einen neuen Bekannten stellen würden.

Die räumliche Navigation wird sich nach dem Prinzip richten, nach dem wir auch heute Information finden. Wenn wir uns gegenwärtig über ein bestimmtes Thema informieren wollen, gehen wir natürlich in die entsprechend ausgewiesene Abteilung einer Bibliothek oder Buchhandlung. Zeitungen haben Sport-, Immobilien- und Wirtschaftsteile, an die man sich hält, wenn man Nachrichten bestimmter Art sucht. In den meisten Zeitungen werden Wetterberichte Tag für Tag an der gleichen Stelle abgedruckt.

Die räumliche Navigation, die bereits in einigen Softwareprodukten Anwendung findet, ermöglicht Ihnen, durch Interaktion mit dem visuellen Modell einer wirklichen oder fiktiven Welt den Ort aufzusuchen, wo sich die Information befindet. Ein solches Modell können Sie sich als eine Karte vorstellen – ein bebildertes, dreidimensionales Inhaltsverzeichnis. Besonders wichtig wird die räumliche Navigation für die Interaktion mit Fernsehapparaten und kleinen, tragbaren PCs sein, die wahrscheinlich keine konventionellen Tastaturen haben werden. Um ein Bankgeschäft zu tätigen, könnten Sie beispielsweise die Zeichnung einer Geschäftsstraße wählen und dann mit einer Maus, einer Fernbedienung oder vielleicht sogar dem Finger auf die Zeichnung einer Bank deuten. Auf ein Gerichtsgebäude zeigen Sie, wenn Sie wissen möchten, welche Richter für welche Fälle zuständig sind und welche Prozesse noch ausstehen. Wenn Sie auf den Fährhafen zeigen, erscheint der Fahrplan vor Ihren Augen und Sie erfahren, ob die Schiffe Verspätung haben. Falls Sie nach einem Hotel suchen, können Sie in Erfahrung bringen, ob Zimmer frei sind, den Grundriß betrachten und – wenn das Hotel eine an den Highway angeschlossene Videokamera besitzt – einen Blick auf Empfang und Restaurant werfen, um zu sehen, wie voll es im Augenblick ist.

Sie werden in der Lage sein, in die Karte hineinzugehen, so daß Sie einer Straße folgen oder sich durch die Zimmer eines Gebäudes bewegen können. Mühelos können Sie Einzelheiten vergrößern, wieder in die Totale gehen oder auf andere Bereiche umschwenken.

Nehmen wir an, Sie möchten einen Rasenmäher kaufen. Wenn

auf dem Bildschirm das Innere eines Hauses aufgetaucht ist, können Sie zur Hintertür hinausgehen. Dort sehen Sie einige Gebäude, unter anderem eine Garage. Durch Anklicken der Garage gelangen Sie in diese hinein, wo Sie neben anderen Gartengeräten auch einen Rasenmäher entdecken. Wenn Sie nun den Rasenmäher anklicken, erhalten Sie eine Reihe einschlägiger Informationen – Anzeigen, Testergebnisse, Bedienungsanleitungen, Verkaufsräume im Cyberspace. Auf denkbar einfache Weise können Sie Produkt- und Preisvergleiche anstellen und sich in jeder gewünschten Ausführlichkeit informieren. Während Sie das Bild der Garage anklicken und scheinbar in diese eintreten, werden hinter den Kulissen Server aktiviert, die Tausende von Kilometern über den Highway verstreut liegen und Ihren Bildschirm mit Informationen über die Gegenstände im »Inneren« der Garage versorgen.

Wenn man ein Objekt auf dem Bildschirm nur anzuklicken braucht, um Informationen über dieses Objekt abzurufen, hat man es mit einer Form von »Hyperlinks« zu tun. Hyperlinks bieten Benutzern die Möglichkeit, augenblicklich von Informationsplatz zu Informationsplatz zu springen, so wie Raumschiffe in Science-fiction-Filmen durch den »Hyperraum« von einem geographischen Ort zum anderen springen. Auf dem Information Highway verschaffen Ihnen Hyperlinks umgehend Antworten, sobald Sie bestimmte Fragen stellen. Nehmen wir an, Sie sehen Nachrichten, und bei einer Pressekonferenz fällt Ihnen eine Frau neben dem Bundeskanzler auf, die Sie nicht kennen. Sie möchten wissen, wer das ist. Mit Ihrer Fernbedienung zeigen Sie auf diese Frau. Dieser Vorgang ruft eine Biographie und eine Liste der Ereignisse ab, bei denen sie in letzter Zeit eine Rolle gespielt hat. Nun zeigen Sie auf einen Punkt dieser Liste und können das Ereignis sehen oder etwas darüber lesen. So haben Sie die Möglichkeit, von Thema zu Thema zu springen, um Video-, Audio- und Textinformationen aus der ganzen Welt zusammenzutragen.

Mit Hilfe der räumlichen Navigation sind Ihnen auch Besichtigungen möglich. Wenn Sie Reproduktionen der Kunstwerke in einem Museum oder einer Galerie sehen möchten, haben Sie die Möglichkeit, durch eine visuelle Wiedergabe der Räumlichkeiten zu »gehen«, von Kunstwerk zu Kunstwerk zu schlendern, als wären Sie wirklich dort. Einzelheiten über ein Gemälde oder eine Plastik erhalten Sie per Hyperlink. Keine Menschenmengen, kein Gedränge, und Sie können fragen, was Sie wollen, ohne Angst haben zu müssen, als ungebildet zu erscheinen. So werden Sie, wie in einer echten Galerie, auf interessante Dinge stoßen. Durch eine virtuelle Galerie zu navigieren wird nicht wie der Gang durch eine reale Kunstgalerie sein, aber doch eine annehmbare Annäherung – wie ein Ballett oder ein Basketballspiel im Fernsehen sehr unterhaltsam sein kann, obwohl es nicht das Live-Erlebnis im Theater oder im Stadion ersetzt.

Wenn andere Menschen das gleiche »Museum« besuchen, liegt es in Ihrem Ermessen, ob Sie mit ihnen Kontakt aufnehmen wollen oder nicht. Ihre Besuche müssen keine einsamen Erlebnisse sein. Einige Orte werden Sie nur aufsuchen, um die Cyberspace-Geselligkeit zu genießen, an anderen werden Sie niemanden antreffen. An manchen Orten wird es notwendig sein, daß Sie bis zu einem gewissen Maß als der Mensch in Erscheinung treten, der Sie wirklich sind, an anderen nicht. Wie Sie anderen Benutzern erscheinen, wird von Ihrer Entscheidung und den Regeln dieses Ortes abhängen.

Bei der Verwendung von räumlicher Navigation muß der Ort, an dem Sie sich befinden, nicht einmal irgendwo wirklich existieren. Sie haben die Möglichkeit, imaginäre Orte zu erfinden und an sie zurückzukehren, wann immer Ihnen der Sinn danach steht. In Ihrem eigenen Museum können Sie die Wände verschieben, Phantasiegalerien anbauen und die Kunstwerke nach Belieben umhängen. Sie können sich alle Stilleben nebeneinander zeigen lassen, selbst wenn eines das Fragment eines pompejianischen Freskos ist, das in einer Galerie für antike römische Kunst hängt, und das andere ein kubistischer Picasso aus einer Galerie mit Werken des 20. Jahrhunderts. So sind Sie in der Lage, Museumsdirektor zu spielen und Bilder Ihrer Lieblingsmaler aus der ganzen Welt zusammenzutragen, um sie in Ihrer Privatgalerie »aufzuhängen«. Vielleicht erinnern Sie sich lebhaft an ein Gemälde, auf dem ein Löwe seinen Kopf an einem schlafenden Mann reibt, aber Sie wissen nicht mehr, wer es gemalt hat und wo Sie es gesehen haben. Der Information Highway wird Ihnen ersparen, sich selbst auf die Suche nach dieser Information zu begeben. Sie brauchen nur in Form einer Abfrage zu beschreiben, woran Sie interessiert sind. Die Abfrage wird Ihren Computer oder andere Informationsgeräte dazu veranlassen, den vorhandenen Datenbestand auf die von Ihnen geforderte Information zu durchforsten.

Sogar Museumsführungen für Freunde können Sie veranstalten, egal, ob die neben Ihnen sitzen oder sich von der anderen Seite der Erde zugeschaltet haben. »Hier, zwischen dem Raffael und dem Modigliani«, werden Sie sagen, »hängt eine von mir außerordentlich geschätzte Fingermalerei, die ich im Alter von zwölf Jahren angefertigt habe.«

Die letzte Form der Orientierungshilfe, und in vielerlei Hinsicht die nützlichste, wird die des Beraters sein. Hier handelt es sich um einen Filter, der eine bestimmte Persönlichkeit angenommen hat und Eigeninitiative an den Tag zu legen scheint. Aufgabe des Beraters ist es, Ihnen zu helfen. Im Informationszeitalter heißt das, der Berater ist da, um Ihnen beim Auffinden von Information zu helfen.

Um zu verstehen, auf welche Weise und bei welchen Aufgaben der Berater helfen kann, versuchen Sie sich vorzustellen, wie sehr er heutige Benutzeroberflächen verbessern könnte. Die neueste Entwicklung in diesem Bereich ist die grafische Benutzeroberfläche wie beim Macintosh von Apple oder in Windows von Microsoft, die auf dem Bildschirm Informationen und Beziehungen abbildet, statt sie lediglich mit Worten zu beschreiben. Bei grafischen

Benutzeroberflächen kann man auch Objekte oder Bilder auf dem Bildschirm anklicken und bewegen.

Allerdings ist die grafische Benutzeroberfläche für künftige Systeme nicht bedienungsfreundlich genug. Wir haben so viele Möglichkeiten auf dem Bildschirm untergebracht, daß Programme oder Merkmale, die nicht regelmäßig angewendet werden, viele Leute einschüchtern. Die Merkmale sind hervorragend und zeitsparend für Menschen, die mit der Software vertraut sind, doch der durchschnittliche Benutzer erhält nicht genügend Anleitung vom Computer, um mühelos damit umgehen zu können. Diese Probleme können Berater verringern.

Unter anderem wird der Berater auch deshalb wissen, wie er Ihnen helfen kann, weil er sich an Ihre früheren Aktivitäten erinnert. So wird er in der Lage sein, Verwendungsmuster zu erkennen, die ihm erlauben, produktiver mit Ihnen zusammenzuarbeiten. Auf geradezu magische Weise wird die Software dafür sorgen, daß Informationsgeräte, die an den Highway angeschlossen sind, aus Ihren Interaktionen lernen und Ihnen entsprechende Vorschläge unterbreiten. Diese geschmeidigere Software nenne ich *Softer Software.*

Die Software ermöglicht der Hardware, eine Reihe von Funktionen wahrzunehmen, aber sobald das Programm geschrieben ist, verändert es sich nicht mehr. Softer Software wird den Eindruck erwecken, daß sie im Laufe ihrer Verwendung immer intelligenter wird. Auf die gleiche Weise wie ein menschlicher Assistent wird sie Ihre Bedürfnisse besser kennenlernen, und wie ein menschlicher Assistent wird sie um so hilfreicher sein, je eingehender sie über Sie und Ihre Arbeit Bescheid weiß. An dem Tag, an dem ein neuer Assistent seine Arbeit bei Ihnen aufnimmt, können Sie ihn schlecht bitten, ein Schriftstück aufzusetzen, wie in einer Aktennotiz, die Sie vor ein paar Wochen geschrieben haben, vermerkt ist. Sie können auch nicht sagen: »Schicken Sie eine Kopie an jeden, der davon Kenntnis haben muß.« Doch im Laufe der Monate und Jahre wird der Assistent immer wertvoller, denn er lernt, wie die normalen Abläufe in Ihrer Abteilung oder Ihrem Betrieb aussehen und wie Sie bestimmte Dinge erledigt haben möchten.

Heute ist der Computer wie ein Assistent am Tag seiner Arbeitsaufnahme. Ständig braucht er ausführliche Anweisungen. Und er gelangt nie über den ersten Tag hinaus. Nie wird er sich aufgrund der Erfahrung, die er mit Ihnen gemacht hat, im mindesten anpassen. Gegenwärtig arbeiten wir an der Vervollkommnung von der Softer Software. Niemand soll mit einem Assistenten geschlagen sein, der nichts aus seinen Erfahrungen lernt.

Gäbe es bereits den lernfähigen Berater, würde ich ihm gern einen Teil meiner Aufgaben übertragen. Beispielsweise wäre es sehr hilfreich, wenn er jede Projektplanung scannen, die Veränderungen festhalten und zwischen Projekten unterscheiden könnte, die meine Aufmerksamkeit erfordern, und Projekten, bei denen das nicht nötig ist. Er würde lernen, welche Kriterien darüber entscheiden, ob meine Aufmerksamkeit angebracht ist oder nicht: der Umfang des Projekts, welche anderen Projekte von ihm abhängen, Grund und Länge einer Verzögerung. Er würde lernen, wann ein zweiwöchiger Rückstand keine Rolle spielt und wann er ein ernsthaftes Problem signalisiert, um das ich mich besser gleich kümmern muß, damit es nicht noch wächst. Es wird Zeit kosten, dieses Ziel zu erreichen, nicht zuletzt, weil es, wie bei einem menschlichen Assistenten, schwierig ist, das richtige Maß zwischen Initiative und Routine zu finden. Denn wir wollen nicht übertreiben: Wenn der eingebaute Berater zu schlau sein will, wenn er Benutzern, die gewöhnt sind, ihre Computer völlig im Griff zu haben, seine Dienste ungefragt und unerwünscht aufdrängt, wird er leicht zum Ärgernis.

Wenn Sie einen Berater verwenden, befinden Sie sich im Dialog mit einem Programm, das sich bis zu einem gewissen Grad wie ein Mensch verhält. Möglicherweise ahmt die Software das Verhalten einer berühmten Persönlichkeit oder einer Comicfigur nach, während sie Ihnen hilft. Wenn der Berater eine solche Persönlichkeit annimmt, sorgt er für eine »soziale Benutzeroberfläche«. Eine Reihe von Firmen, darunter auch Microsoft, entwickeln gegenwärtig Berater, die für soziale Benutzeroberflächen geeignet sind. Allerdings wird der Berater die Software für grafische Benutzeroberflächen nicht ersetzen, sondern nur ergänzen: Sie haben dann zusätzlich eine Softwarefigur Ihrer Wahl zu Ihrer Unterstützung. Die Figur wird verschwinden, wenn Sie zu den Programmteilen kommen, die Sie sehr gut kennen. Doch sobald Sie zögern oder um Hilfe bitten, wird der Berater wieder auftauchen und seine Unterstützung anbieten. Im Laufe der Zeit wird er Ihnen vielleicht wie ein Mitarbeiter vorkommen, der in die Software eingebaut ist. Er wird sich ins Gedächtnis rufen, welche besonderen Stärken Sie haben und was Sie in der Vergangenheit getan haben, und er wird versuchen, Probleme im vorhinein zu erkennen und Lösungen vorzuschlagen. Er wird Sie auf ungewöhnliche Ereignisse aufmerksam machen. Wenn Sie einige Minuten an einer Aufgabe gearbeitet haben und dann beschließen, sie beiseite zu legen, wird der Berater Sie unter Umständen fragen, ob Sie das wirklich wollen. Einige Programme tun das bereits heute. Wenn Sie gar zwei Stunden lang an einem Projekt gearbeitet haben und dann den Befehl geben, alles zu löschen, wird die soziale Benutzeroberfläche erkennen, daß das ein ungewöhnlicher Vorgang und möglicherweise ein schwerwiegender Fehler Ihrerseits ist. Folglich würde sie Ihnen mitteilen: »Daran arbeiten Sie seit zwei Stunden. Wollen Sie das wirklich löschen?«

Manche Leute, die von Softer Software und sozialer Benutzeroberfläche hören, empfinden die Vorstellung von einem Computer mit menschlichen Zügen als unheimlich. Doch ich glaube, sogar sie werden ihn nicht mehr missen wollen, sobald sie ihn ausprobiert haben. Wir neigen dazu, unsere Umwelt mit menschlichen Eigenschaften auszustatten. Diese Tendenz machen sich Zeichentrickfilme zunutze. *Der König der Löwen* ist weder sehr realistisch, noch gibt er vor, es zu sein. Jeder könnte den kleinen Simba aus einem Video von wirklichen Löwenjungen mühelos unterscheiden. Wenn ein Auto eine Panne hat oder ein Computer abstürzt, kommt es nicht selten vor, daß wir diese unbelebten Maschinen anschreien, sie verfluchen oder gar fragen, warum sie uns im Stich lassen. In den Labors von Universitäten und Softwareunternehmen suchen Forscher nach Möglichkeiten, die Benutzeroberflächen von Computern durch Berücksichtigung dieser menschlichen Neigung zu verbessern. Programme wie »Bob« von Microsoft haben gezeigt, daß Benutzer Beratern, die mit menschlichen Zügen ausgestattet sind, überraschend viel Aufmerksamkeit entgegenbringen. Ferner hat man festgestellt, daß die Reaktionen der Benutzer unterschiedlich ausfielen, je nachdem, ob die Stimme des Beraters weiblich oder männlich war. In einer kürzlich durchgeführten Studie forderten wir Benutzer auf, ihre Erfahrung mit einem Computer zu bewerten. Als wir den Benutzern durch den Computer, mit dem sie gearbeitet hatten, die Aufforderung übermitteln ließen, ihre Leistung zu beurteilen, waren die Reaktionen überwiegend positiv. Doch als wir einen zweiten Computer veranlaßten, dieselben Versuchspersonen aufzufordern, eine Bilanz ihrer Arbeit mit dem ersten Gerät zu ziehen, zeigten sie sich erheblich kritischer. Ihr Widerstreben, dem ersten Computer ihre Kritik »ins Gesicht« zu sagen, läßt darauf schließen, daß sie seine Gefühle nicht verletzen wollten, obwohl sie wußten, daß es nur eine Maschine war. Soziale Benutzeroberflächen sind vielleicht nicht für alle Benutzer und alle Situationen geeignet, aber ich denke, daß wir ihnen in Zukunft häufig begegnen werden, weil sie den Computer vermenschlichen.

Wir haben eine ziemlich klare Vorstellung von den Navigationsmethoden, die uns auf dem Highway zur Verfügung stehen werden. Weniger klar ist, durch welche Gewässer wir navigieren werden, obwohl wir einige plausible Vermutungen anstellen können. Viele Anwendungen auf dem Highway werden ausschließlich der Unterhaltung dienen. Dabei kann es sich um so simple Vergnügungen handeln wie eine Partie Bridge oder Schach mit Ihren besten Freunden, wobei die allerdings in weit entfernten Städten sitzen können. Bei Fernsehübertragungen von Sportereignissen werden Sie die Möglichkeit haben, die Kameraeinstellung, die Wiederholungen und sogar den Kommentator zu wählen. Jeden Song, der irgendwann irgendwo dargeboten wurde, können Sie aus dem größten Plattengeschäft der Welt beziehen: dem Information Highway. Vielleicht fällt Ihnen selbst eine kleine Melodie ein, die Sie in ein Mikrofon summen – sogleich können Sie erleben, wie sie sich anhört, wenn sich ein Orchester oder eine Rockgruppe Ihrer musikalischen Eingebung annimmt. Oder Sie sehen sich *Vom Winde verweht* an und ersetzen das Gesicht von Vivian Leigh oder Clark Gable durch Ihr eigenes. Möglicherweise ziehen Sie es auch vor, einen Laufsteg entlangzuschweben und die neuesten Kreationen aus Paris zu tragen, die Ihnen auf den Leib geschneidert sind – oder auf den Leib, den Sie gerne hätten.

Wißbegierige Benutzer werden von der Fülle der Informationen fasziniert sein. Sie möchten wissen, wie eine mechanische Uhr funktioniert? Bitte, aus jedem Blickwinkel können Sie in das Uhrwerk hineinblicken und dürfen sogar Fragen stellen. Schließlich bietet Ihnen eine Cyberspace-Anwendung noch die Möglichkeit, in der Uhr herumzuklettern. Ihnen steht es aber auch frei, in die Rolle eines Herzchirurgen zu schlüpfen oder das Schlagzeug bei einem ausverkauften Rockkonzert zu spielen – das alles dank der Fähigkeit des Information Highway, komplexe Simulationen auf Hobbyrechner zu überspielen. Einige der Möglichkeiten, die der Highway zu bieten hat, werden sich auf heute schon existierende Programme stützen, allerdings werden Grafik und Animation weit besser sein.

Andere Anwendungen werden ausschließlich praktischen Erfordernissen Genüge tun. Wenn Sie beispielsweise in den Urlaub fahren, wird ein Programm zur Hauswirtschaftsführung die Heizung herunterdrehen, das Postamt informieren, damit es die Post einbehält, den Zeitungsboten benachrichtigen, damit er die Tageszeitung nicht ausliefert, die Innenbeleuchtung so betätigen, daß es aussieht, als seien Sie zu Hause, und die üblicherweise anfallenden Rechnungen automatisch bezahlen.

Wieder andere Anwendungsprogramme werden von größter Bedeutung sein. Mein Vater hatte sich einmal am Wochenende einen schlimmen Fingerbruch zugezogen und fuhr in die nächste Notaufnahme. Zufällig war es das Kinderkrankenhaus in Seattle. Angeblich konnte man nichts für ihn tun, weil er ein paar Jahrzehnte zu alt war. Hätte es damals schon einen Information Highway gegeben, hätte der ihm einiges Ungemach ersparen können, indem er ihm rechtzeitig geraten hätte, keine Zeit mit dem Kinderkrankenhaus zu verschwenden. Ein mit dem Highway verbundenes Anwendungsprogramm hätte ihm mitgeteilt, welche nahegelegenen Notaufnahmen ihm zu diesem Zeitpunkt am besten hätten helfen können.

Sollte sich mein Vater in ein paar Jahren noch einmal den Finger brechen, könnte er mit Hilfe einer Highway-Anwendung nicht nur ein geeignetes Krankenhaus finden, sondern wäre unter Umständen auch in der Lage, sich schon auf dem Weg dorthin elektronisch anzumelden und damit den zeitraubenden Papierkrieg gänzlich zu vermeiden. Der Krankenhauscomputer fände den richtigen Arzt für die Behandlung der Verletzung, der seinerseits die Krankengeschichte meines Vaters von einem Server auf dem Information Highway abrufen könnte. Hielte der Arzt eine Röntgenaufnahme für erforderlich, würde sie digital auf einem Server gespeichert, so daß sie jeder bevollmächtigte Arzt oder Spezialist im Krankenhaus oder an irgendeinem anderen Ort der Erde augenblicklich zu Rate ziehen könnte. Jeder ärztliche Kommentar, der bei der Prüfung der Röntgenaufnahme mündlich oder schriftlich gemacht würde, erschiene augenblicklich im Krankenbericht meines Vaters. Er könnte sich die Röntgenaufnahme ansehen und die medizinischen Gutachten lesen. Vielleicht würde er die Aufnahmen seiner Familie zeigen: »Seht mal, wie massiv der Bruch ist! Und hört mal, was die Ärzte dazu sagen!«

Die meisten dieser Anwendungen, von der Auswahl auf einer Speisekarte in einer Pizzeria bis zum kollektiven Zugriff auf zentral geführte Krankenberichte, sind heute schon auf vielen PCs möglich. Interaktive Informationsnutzung nimmt rasch Gestalt an und wird bald zu unserem Alltag gehören. Bis dahin bleibt allerdings noch viel am Highway zu tun.

5. Wege zum Highway

Bevor wir die Vorteile der Anwendungen und Geräte genießen können, die im vorigen Kapitel beschrieben wurden, muß der Information Highway erst einmal zustande kommen. Noch existiert er nicht. Das mag manchen überraschen – wird denn nicht jetzt schon alles, vom landesweiten Telefonnetz bis zum Internet, als Information Superhighway oder Datenautobahn bezeichnet? In Wahrheit wird es wohl mindestens noch zehn Jahre dauern, bis der vollständige Highway Privatleuten zur Verfügung steht.

Personalcomputer, Multimedia-CD-ROM-Software, Kabelfernsehnetze mit hoher Kapazität, leitungsgebundene und Funk-Telefonnetze und das Internet – das alles sind wichtige Vorläufer des Information Highway. Alle deuten auf die Zukunft hin, aber keiner stellt den eigentlichen Information Highway dar.

Es wird eine gewaltige Aufgabe sein, den Highway zu errichten. Dafür muß nicht nur die materielle Infrastruktur in Gestalt von Glasfaserkabeln, Hochgeschwindigkeitsschaltern und Servern geschaffen, sondern es müssen auch Softwareplattformen entwickelt werden. Im dritten Kapitel habe ich die Entwicklung der Hardware und der Softwareplattform erörtert, die den PC ermöglichte. Anwendungen für den Information Highway, wie ich sie im vierten Kapitel beschrieben habe, werden auf einer Plattform errichtet werden müssen, einer Plattform, die sich aus dem PC und dem Internet entwickeln wird. Derselbe Wettbewerb, der sich in den achtziger Jahren in der PC-Industrie abspielte, spielt sich jetzt bei der Schaffung der Softwarekomponenten ab, aus denen sich die Plattform des Information Highway zusammensetzen wird.

Die Software, auf der der Highway läuft, wird vieles bieten müssen: Navigationsmöglichkeiten und Sicherheit, elektronische Post und Schwarze Bretter (Nachrichtenbretter), Verbindungen zu konkurrierenden Softwarekomponenten sowie Möglichkeiten der Rechnungserstellung und Buchführung.

Anbieter von Highway-Komponenten werden Tools und Benutzerschnittstellen-Standards zur Verfügung stellen, damit die Entwickler es leichter haben, Anwendungen und Setup-Formen zu kreieren sowie Informationsdatenbanken im System zu verwalten. Um ein reibungsloses Zusammenspiel von Anwendungen zu ermöglichen, wird die Plattform einen Standard für Benutzerprofile definieren müssen, so daß Informationen über Benutzerpräferenzen von einer Anwendung zur anderen weitergeleitet werden können. Dank dieser Informationsübermittlung werden die verschiedenen Anwendungen die Bedürfnisse des Benutzers im höchsten Maße befriedigen.

Im Vertrauen darauf, daß die Bereitstellung von Software für den Highway ein gewinnbringendes Geschäft wird, konkurrieren verschiedene Firmen, darunter auch Microsoft, um die Entwicklung der Komponenten für die Plattform. Diese Komponenten werden das Fundament bilden, auf dem die Anwendungen des Information Highway errichtet werden können. Es wird mehr als einen erfolgreichen Anbieter von Software für den Highway geben, und ihre Software wird untereinander verbunden sein.

Die Plattform des Highway wird außerdem viele verschiedene Arten von Computern unterstützen müssen, darunter Server und die zahlreichen Informationsgeräte. Die Kunden für einen Großteil dieser Software werden Kabelsysteme, Telefonnetze und andere Netzwerkanbieter sein und nicht Privatpersonen, doch letzten Endes werden die Verbraucher darüber entscheiden, wem der Erfolg gehört. Die Netzwerkanbieter werden zu der Software neigen, die den Verbrauchern die besten Anwendungen und das breiteste Informationsangebot bietet. In dem vorausgehenden Konkurrenzkampf zwischen den Firmen, die die Plattformsoftware entwickeln, geht es also darum, die Herzen und Seelen der Anwendungsentwickler und Informationsanbieter zu erobern, weil deren Arbeit den überwiegenden Teil des Wertes erzeugen wird.

In dem Maße, wie sich Anwendungen entwickeln, werden sie potentiellen Investoren den Wert des Information Highway demonstrieren – ein entscheidender Schritt angesichts der Summen, die der Bau des Highway erfordern wird. Die Kosten für den Anschluß eines Informationsgeräts (etwa eines Fernsehers oder eines PC) in jedem US-Haushalt werden heute, je nach Architektur und Gerät, auf 1200 Dollar plus/minus einige hundert Dollar geschätzt. Darin enthalten sind die Verlegung von Glasfaserkabel in jeden Stadtteil, die Server, die Schaltzentralen und die Elektronik im Haushalt. Bei rund 100 Millionen Haushalten in den Vereinigten Staaten beläuft sich das auf eine Investition von rund 120 Milliarden Dollar in nur einem Land.

Niemand wird eine solche Summe ausgeben, bevor nicht klar ist, daß die Technik wirklich funktioniert und die Verbraucher bereit sind, genug für die neuen Anwendungen zu bezahlen. Die Gebühren, die die Verbraucher für Fernsehdienste einschließlich Video-auf-Abruf zahlen werden, reichen wahrscheinlich nicht, um den Bau des Highway zu finanzieren. Um die Mittel aufzubringen, wird man Investoren davon überzeugen müssen, daß die neuen Dienstleistungen ungefähr soviel Einnahmen bringen werden wie das Kabelfernsehen heute. Wenn nicht klar ist, daß die Investition in den Highway sich rentieren wird, werden die erforderlichen Einlagen nicht zusammenkommen, und der Bau des Highway wird sich verzögern. Das ist auch ganz in Ordnung. Es wäre lächerlich, mit dem Bau zu beginnen, bevor Privatfirmen die Chance sehen, daß ihre Investition sich bezahlt macht. Ich denke, die Investoren werden darauf vertrauen, daß eine Rendite möglich ist, wenn die Innovatoren neue Ideen zur Testreife bringen und die Investoren die neuen Anwendungen und Dienste zu verstehen beginnen. Ist erst einmal bewiesen, daß die Errichtung der Highway-Infrastruktur sich rentieren könnte, wird es nicht schwer sein, das erforderliche Kapital aufzubringen. Es wird nicht mehr sein als die Kosten für andere Infrastrukturen, die wir als selbstverständlich betrachten. Die Straßen, Hauptwasserrohre, Abwasserkanäle und Stromleitungen, die zu einem Haus führen, kosten ja auch ziemlich viel.

Ich bin optimistisch. Das Wachstum des Internet in den letzten Jahren läßt vermuten, daß Highway-Anwendungen in kurzer Zeit sehr populär sein werden und große Investitionen rechtfertigen. Mit »Internet« meine ich eine Gruppe von untereinander verbundenen Computern, die für den Informationsaustausch Standard-»Protokolle« (Beschreibungen der verwendeten Technologien) benutzen. Das ist noch himmelweit vom Highway entfernt, aber es ist die größte Näherung, die wir heute haben, und es wird sich zum Highway entwickeln.

Die Ausbreitung des Internet ist die wichtigste Entwicklung in der Computerwelt seit der Einführung des IBM-PC im Jahre 1981. Der Vergleich mit dem PC ist aus mehreren Gründen treffend: Der PC war nicht perfekt. Er war in mancher Beziehung unzuverlässig oder sogar mangelhaft. Trotzdem fand er so starke Verbreitung, daß er zum Standard für die Entwicklung von Anwendungen wurde. Firmen, die die PC-Standards bekämpften, hatten dafür oft gute Gründe, aber ihre Bestrebungen scheiterten, weil so viele andere Firmen sich um Verbesserungen beim PC bemühten.

Das Internet von heute ist eine lockere Ansammlung von untereinander verbundenen kommerziellen und nichtkommerziellen Computernetzwerken, darunter Online-Informationsdienste. Die Server sind über die ganze Welt verteilt und über vielfältige Leitungen von hoher und geringer Kapazität mit dem Internet verknüpft. Je größer die Kapazität einer Leitung für die Informationsübertragung ist, desto größer, sagt man, ist ihre Bandbreite. Die meisten Verbraucher benutzen einen Personalcomputer, um sich über das Telefonnetz, das eine geringe Bandbreite hat (und daher nicht viele *Bits per second* übertragen kann), in das System einzuwählen. Modems (abgekürzt für MOdulator-DEModulator) heißen die Geräte, die die Verbindung zwischen Telefonleitung und PC herstellen. Über Modems, die Nullen und Einsen in unterschiedliche Töne umsetzen, können Computer per Telefonleitung Verbindung miteinander aufnehmen. In den Anfängen des IBM-PC übertrugen Modems Daten mit 300 oder 1200 Bits pro Sekunde (bps; man spricht auch von 300 bzw. 1200 »Baud«). Die mit diesen »Geschwindigkeiten« übertragenen Daten bestanden überwiegend aus Text, weil die Übertragung von Bildern quälend langsam verlief, wenn so wenig Information pro Sekunde übertragen werden konnte. Erschwingliche Modems sind sehr viel schneller geworden. Heute können viele Modems, die Personalcomputer über das Telefonnetz mit anderen Computern verbinden, 14400 (14,4K) oder 28800 (28,8K) bps senden und empfangen. Praktisch ist dies für viele Arten von Übertragungen noch immer eine vollkommen unzureichende Bandbreite. Eine Seite Text wird in einer Sekunde verschickt, doch ein bildschirmgroßes Foto erfordert – selbst wenn es komprimiert ist – bei diesen Baud-Raten vielleicht zehn Sekunden. Ein Farbfoto mit einer Auflösung zu verschicken, die es erlaubt, ein Dia daraus zu machen, nimmt schon Minuten in Anspruch. Die Übertragung bewegter Videobilder würde so lange dauern, daß es bei diesen Geschwindigkeiten einfach uninteressant ist.

Schon heute kann jeder jedem über das Internet eine Nachricht schicken – aus geschäftlichen Gründen, zu Bildungszwecken oder einfach zum Spaß. Studenten können einander rund um die Welt Nachrichten zukommen lassen. Menschen, die ans Haus oder Bett gefesselt sind, können sich angeregt mit Freunden unterhalten, mit denen sie sich nie treffen könnten, weil sie ihre Wohnung nicht verlassen können. Korrespondenzpartner, denen schon ein persönliches Gespräch Unbehagen bereitet, haben über ein Netzwerk Bande geknüpft. Der Information Highway wird Video hinzufügen – damit wird leider auch die Blindheit für soziale, rassische und geschlechtliche Unterschiede, die bei ausschließlicher Textkommunikation möglich ist, verschwinden.

Das Internet und andere über das Telefonnetz laufende Informationsdienste lassen erahnen, wie der Information Highway funktionieren wird. Wenn ich Ihnen eine Nachricht sende, wird diese von meinem Computer über die Telefonleitung zum Server übertragen, auf dem mein elektronischer Briefkasten, meine Mailbox ist, und von dort geht sie direkt oder indirekt zu dem Server, der Ihre Mailbox enthält. Wenn Sie sich über das Telefonnetz oder

»Im Internet weiß niemand, daß du 'n Hund bist.«

ein firmeninternes Computernetzwerk mit Ihrem Server in Verbindung setzen, können Sie dort den Inhalt Ihrer Mailbox, darunter auch meine Nachricht, abholen (»herunterladen«). So funktioniert die elektronische Post. Sie können eine Mitteilung einmal tippen und an eine oder auch an 25 Personen schicken, oder Sie können sie an einem sogenannten Schwarzen Brett anbringen.

Ein elektronisches Nachrichtenbrett oder Schwarzes Brett ist, wie sein »realer« Namensvetter, ein Ort, wo man Nachrichten hinterläßt, die jeder lesen kann. Es kommt zu öffentlichen Gesprächen, denn auf die Nachrichten antwortet dieser oder jener und auf diese Antwort wieder ein anderer. Dieser Austausch vollzieht sich gewöhnlich asynchron. Schwarze Bretter haben gewöhnlich ein bestimmtes Thema und dienen bestimmten Interessengemeinschaften, wodurch sie einen effektiven Weg bieten, Zielgruppen zu erreichen. Kommerzielle Dienste bieten Schwarze Bretter für Piloten, Journalisten, Lehrer und noch weit kleinere Gemeinschaften an. Im Internet, wo die oft unredigierten und unmoderierten Schwarzen Bretter als »Usenet Newsgroups« bezeichnet werden, gibt es Tausende von Gemeinschaften, die sich um so spezifische Themen wie Koffein und Gesundheit, Ronald Reagan oder Krawatten gebildet haben. Sie können sich alles nach Belieben herunterladen, zum Beispiel alle Nachrichten über ein Thema oder nur die neuesten Nachrichten oder alle Nachrichten von einer bestimmten Person oder diejenigen, die auf eine bestimmte andere Nachricht antworten oder die in ihrer Betreff-Zeile ein bestimmtes Wort enthalten usw.

Außer der E-Mail und der Datenfernübertragung unterstützt das Internet auch das »Web-Browsing«, eine seiner beliebtesten Anwendungen. Das *World Wide Web* (abgekürzt als das Web oder WWW) bezeichnet jene mit dem Internet verbundenen Server, die grafische Informationsseiten anbieten. Wenn Sie sich mit einem dieser Server in Verbindung setzen, erscheint ein Informationsbildschirm mit einer Reihe von Hyperlinks. Wenn Sie ein Hyperlink durch Anklicken mit Ihrer Maus aktivieren, gelangen Sie auf eine andere Seite, die zusätzliche Informationen und weitere Hyperlinks enthält. Diese Seite kann auf demselben, aber auch auf einem anderen Server im Internet gespeichert sein.

Die Hauptseite einer Firma oder Privatperson nennt man *Home Page*. Mit der Erstellung einer Home Page melden Sie deren Adresse an, die Internet-Benutzer nur einzutippen brauchen, um sie zu finden. In Werbeanzeigen sieht man heute immer häufiger die Home Page des Inserenten als Bestandteil der Adresse angegeben. Die Software für die Installation eines Web-Servers ist ganz billig und für praktisch alle Computer zu haben. Die Software, mit der man im Web herumstöbern kann (das sogenannte Web-Browsing), ist ebenfalls für alle Rechner zu haben, zumeist gratis. Die Funktionen, mit denen man im Internet »surfen« kann, werden künftig in Betriebssysteme integriert sein.

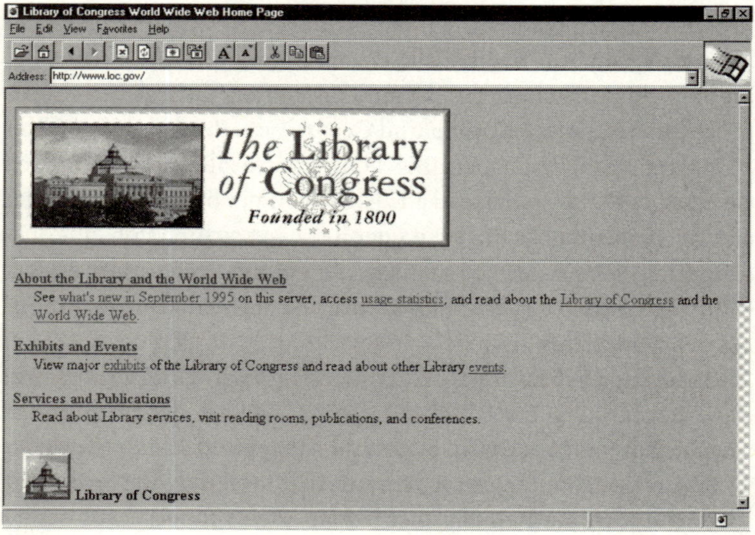

Home Page mit Hyperlinks der Library of Congress
im World Wide Web (1995)

Die Leichtigkeit, mit der Firmen und Privatpersonen im Internet Informationen veröffentlichen können, vermittelt uns eine völlig neue Vorstellung von der Bedeutung des »Publizierens«. Das Internet hat sich ohne äußeres Zutun in einen Platz verwandelt, wo man Inhalte publiziert. Es hat hinreichend viele Benutzer, um von einer positiven Rückkopplung zu profitieren: Je mehr Abonnenten es bekommt, desto mehr Inhalte bekommt es, und je mehr Inhalte es bekommt, desto mehr Abonnenten bekommt es.

Seine herausragende Position verdankt das Internet verschiedenen Umständen. Die TCP/IP-Protokolle, die den Datentransfer regeln, unterstützen verteiltes Computing und stellen sich hervorragend auf die jeweiligen Endgeräte ein. Die Protokolle für das Web-Browsing sind extrem einfach und erlauben den Servern, mit riesigen Datenmengen einigermaßen gut fertig zu werden. Viele der Vorhersagen über interaktive Bücher und Hyperlinks, die Pioniere wie Ted Nelson vor Jahrzehnten geäußert haben, werden im Web wahr.

Das heutige Internet ist nicht der Information Highway, wie ich ihn mir vorstelle, doch kann man es als den Anfang des Highway bezeichnen. Es ist vergleichbar mit dem »Oregon Trail«: Zwischen 1841 und den frühen sechziger Jahren des 19. Jahrhunderts brachen über 300000 verwegene Kerle von Independence, Missouri, aus in Wagenkolonnen zu einer 3000 Kilometer langen Reise durch die Wildnis auf, um zu den Oregon-Territorien oder zu den Goldfeldern Kaliforniens zu gelangen. Rund 20000 fielen Wegelagerern, der Cholera, dem Hungertod oder der Kälte zum Opfer. Ihre Fahrtroute nannte man den »Oregon Trail«. Man könnte ohne weiteres sagen, daß der »Oregon Trail« den Beginn des heutigen Fernstraßensystems bildete. Er überquerte viele Grenzen von Bundesstaaten (damals Territorien) und bot Reisenden in Pferdegespannen einen Fahrweg in beide Richtungen. Der heutige Verlauf der Interstate 84 und mehrerer anderer Bundesstraßen folgt weitgehend dem »Oregon Trail«. Manche Schlußfolgerung, die man aus Beschreibungen des »Oregon Trail« ziehen könnte, würde jedoch in die Irre führen, wenn man sie auf das künftige System überträgt. Cholera und Hungertod sind auf der Interstate heute keine Probleme mehr. Andererseits dürften zu dichtes Auffahren und Trunkenheit am Steuer für die damaligen Wagenkolonnen kein sonderliches Risiko bedeutet haben.

Der Weg, den das Internet weist, deutet auf etliche Elemente des künftigen Information Highway hin. Das Internet ist eine wunderbare, wichtige Entwicklung und ganz offensichtlich ein Element des Systems in seiner endgültigen Gestalt, doch es wird sich in den kommenden Jahren erheblich verändern. Das Fehlen eines Sicherheits- und Abrechnungssystems im heutigen Internet und viele Züge der Internet-Kultur werden künftigen Benutzern des Information Highway ebenso merkwürdig vorkommen wie uns heute die Geschichten von Wagenkolonnen und Pionieren auf dem »Oregon Trail«.

Das Internet von heute hat sich schon gegenüber seiner jüngsten Vergangenheit erkennbar gewandelt. Die Entwicklung verläuft so rasch, daß eine Beschreibung des Internet von vor einem Jahr oder auch nur sechs Monaten heute bereits weitgehend überholt ist. Das sorgt für zusätzliche Unklarheit. Bei einer derart dynamischen Entwicklung fällt es schwer, Schritt zu halten. Viele Firmen, darunter Microsoft, arbeiten gemeinsam an der Definition von Standards, um das Internet zu erweitern und seine Beschränkungen zu überwinden.

Weil das Internet ursprünglich ein computerwissenschaftliches Vorhaben und nicht eine Kommunikationseinrichtung war, hat es seit jeher die Hacker angezogen – Programmierer, die ihre Talente dazu mißbrauchen, in fremde Computersysteme einzudringen und dort Unfug anzurichten.

Am 2. November 1988 begannen viele Computer, die mit dem Netzwerk verbunden waren, langsamer zu fahren. Viele kamen schließlich vorübergehend zum Stillstand. Es wurden keine Daten zerstört, doch Millionenwerte an Rechnerzeit gingen verloren, während die Systemverwalter mühsam versuchten, ihre Maschinen wieder unter Kontrolle zu bringen. Viele werden vielleicht zum ersten Mal vom Internet gehört haben, als über diesen Vorfall berichtet wurde. Als Ursache entpuppte sich ein mutwillig eingeschleustes Computerprogramm, ein sogenannter »Wurm«, der sich über das Netzwerk von einem Computer zum anderen ausbreitete und sich dabei vermehrte. (Man sprach von einem Wurm und nicht von einem Virus, weil andere Programme nicht infiziert wurden.) Er benutzte eine unbemerkte »Hintertür« in der Software des Systems, um direkt auf den Arbeitsspeicher der von ihm befallenen Computer zuzugreifen. Dort versteckte er sich und verbreitete irreführende Informationen, die seine Entdeckung und Bekämpfung erschwerten. Binnen weniger Tage identifizierte die *New York Times* den Hacker als Robert Morris jr., einen 23jährigen Studenten der Cornell-Universität. Morris sagte später aus, er habe den Wurm entworfen und losgelassen, um zu sehen, wie viele Computer er erreichen könnte, doch habe sich der Wurm durch einen Programmierfehler viel schneller vermehrt, als er erwartet hatte. Morris kam wegen Verstoßes gegen das 1986 geschaffene »Gesetz über Computerbetrug und -mißbrauch« vor ein Bundesgericht. Er wurde zu einer dreijährigen Bewährungsfrist, einer Geldbuße von 10000 Dollar und 400 Stunden gemeinnütziger Arbeit verurteilt.

Es hat im Internet gelegentlich Abstürze und Sicherheitsprobleme gegeben, aber nicht oft, und so ist es für Millionen von Menschen zu einem einigermaßen zuverlässigen Kommunikationskanal geworden. Es stellt weltweit Verbindungen zwischen Servern her, die die Übermittlung von E-Mail, Mitteilungen für ein Schwarzes Brett und sonstigen Daten erleichtern. Dabei werden kurze Nachrichten übertragen, die nur ein paar Dutzend Zeichen enthalten, aber auch Fotos, Programme und andere Daten im Umfang von einigen Millionen Bytes. Ob der Server, von dem man

Daten abruft, Tausende von Kilometern entfernt ist oder gleich um die Ecke – die Kosten sind die gleichen.

Die Preisstruktur des Internet hat bereits die uns vertraute Vorstellung verändert, daß man für Kommunikation nach Dauer und Entfernung bezahlen muß. Mit dem Computer ging es genauso. Wenn man sich selbst keinen großen Computer leisten konnte, bezahlte man früher stundenweise für die Rechnerzeit. Auch das hat sich durch den PC geändert.

Weil es nicht viel kostet, das Internet zu benutzen, glauben manche, es werde staatlich subventioniert. Das ist nicht der Fall. Allerdings ist es ein Ableger eines staatlichen Projekts aus den sechziger Jahren. Das sogenannte ARPANET wurde anfangs nur für Computerforschung und technische Projekte genutzt. Es wurde zu einem wichtigen Kommunikationsmittel zwischen weit voneinander entfernten Projektmitarbeitern, während Außenseiter praktisch nichts darüber wußten.

1989 stellte die US-Regierung die Finanzierung des ARPANET ein, und es wurden Pläne für einen kommerziellen Nachfolger entwickelt, der »Internet« heißen sollte. Der Name ging auf das zugrundeliegende Kommunikationsprotokoll zurück. Auch als kommerzieller Service wurde das Internet anfangs überwiegend von Wissenschaftlern an den Universitäten und von Firmen der Computerbranche benutzt, die darauf ihre elektronische Post abwickelten.

In der Tat ist das finanzielle Modell, dank dem das Internet so verdächtig billig sein kann, einer seiner interessantesten Aspekte. Wenn Sie heute das Telefon benutzen, gehen Sie davon aus, daß die Gespräche nach Dauer und Entfernung berechnet werden. Unternehmen, die viel mit einer weitentfernten Filiale telefonieren, vermeiden die hohen Kosten, indem sie eine Standleitung mieten, die ausschließlich die beiden Orte verbindet. Auf dieser Leitung fallen keine Gesprächsgebühren an – allmonatlich wird der gleiche Betrag fällig, unabhängig von der Ausnutzung der Leitung.

Das Internet besteht im Grunde aus einem Bündel solcher Standleitungen, verbunden durch Schaltstationen, die die Daten weiterleiten. Die Fernverbindungen des Internet werden in den USA von fünf Firmen bereitgestellt, die jeweils Leitungen von den Telekommunikationsgesellschaften mieten. Seit der Zerschlagung des Monopolisten AT&T sind die Preise für Standleitungen sehr unter Druck geraten. Angesichts der großen Datenmenge, die im Internet befördert wird, dürften die Tarife der fünf Firmen nicht mehr zu unterbieten sein, sie stellen also für einen geringen Preis eine enorme Bandbreite zur Verfügung.

Der Ausdruck Bandbreite muß näher erläutert werden. Er bezieht sich, wie schon gesagt, auf die Geschwindigkeit, mit der ein Netzwerk Information zu angeschlossenen Geräten befördern kann. Die Bandbreite hängt zum Teil von der Technik ab, die für das Senden und Empfangen der Information benutzt wird. Telefonnetze sind auf private Gegensprechanschlüsse mit geringer Bandbreite ausgelegt. Telefone sind analoge Geräte, die durch fluktuierende elektrische Ströme, analoge Entsprechungen der Stimmlaute, mit dem Gerät der Telefongesellschaft kommunizieren. Wird ein analoges Signal von einer im Fernübertragungsbereich tätigen Telefongesellschaft digitalisiert, enthält das digitale Signal rund 64000 Bits Information pro Sekunde.

Die von Kabelfernsehstationen verwendeten Koaxialkabel haben eine sehr viel größere Bandbreite als die üblichen Telefonleitungen, weil sie höherfrequente Signale übertragen können. Doch die Kabel-TV-Systeme übertragen heute keine Bits – sie verwenden eine analoge Technologie, um 30 bis 35 Videokanäle zu übertragen. Koaxialkabel können ohne weiteres hundert Millionen, ja sogar Milliarden bps übertragen, doch müssen dafür zunächst neue Schaltzentralen gebaut werden, die die digitale Informationsübertragung unterstützen. Ein Glasfaserfernkabel, das 1,7 Milliarden Bits Information von einer Relaisstation (einer Art Verstärker) zur anderen überträgt, hat eine Bandbreite, die für

25 000 gleichzeitig laufende Telefongespräche ausreicht. Die Zahl der möglichen Gespräche steigt erheblich, wenn man die Gespräche komprimiert, indem man redundante Information wie die Pausen zwischen Wörtern und Sätzen entfernt, wodurch das einzelne Gespräch weniger Bits verbraucht.

Die meisten Unternehmen benutzen für die Verbindung zum Internet eine spezielle Telefonleitung mit der Bezeichnung T-1, die 1,5 Millionen bps (Bits pro Sekunde) überträgt, eine relativ hohe Bandbreite. Abonnenten zahlen für die T-1-Leitung (die ihre Daten zum nächstgelegenen Internet-Zugang befördert) eine monatliche Gebühr an ihre örtliche Telefongesellschaft und dann einen Pauschalbetrag von 20 000 Dollar jährlich an die Firma, die sie mit dem Internet verbindet. Mit diesem Jahresbetrag, der auf der Übertragungskapazität der Verbindung basiert, ist die gesamte Inanspruchnahme des Internet abgedeckt, egal, ob sie das Internet dauernd benutzen oder nie, und unabhängig davon, ob ihr Internet-Verkehr nur ein paar Kilometer weit oder über den ganzen Globus geht. Die Summe dieser Zahlungen deckt den Finanzbedarf des gesamten Internet-Netzwerks.

Das funktioniert, weil die Kosten von der Kapazität abhängen und die Preisgestaltung dem ganz einfach folgt. Um Dauer und Entfernung der hergestellten Verbindungen festzuhalten, müßten die beteiligten Firmen einen enormen technischen und organisatorischen Aufwand treiben. Warum sollten sie das tun, wenn sie auch so Gewinn machen können? Aus dieser Preisstruktur folgt, daß, wenn ein Kunde erst einmal einen Internet-Anschluß hat, die ausgiebige Nutzung nicht zusätzlich berechnet wird, was die intensive Inanspruchnahme ermutigt. Privatpersonen können sich die Miete einer T-1-Leitung gewöhnlich nicht leisten. Sie lassen sich über einen lokalen Serviceanbieter in der Region mit dem Internet verbinden. Das ist eine Firma, die für die Verbindung zum Internet via T-1 oder sonstige schnelle Übertragungswege die Jahresgebühr von 20 000 Dollar zahlt. Privatpersonen melden sich über ihre normale Telefonleitung beim lokalen Serviceanbieter, der sie dann mit dem Internet verbindet. Für eine durchschnittliche Monatsgebühr von 20 Dollar bekommt man 20 Stunden Zugang in der Hauptgeschäftszeit.

Die Bereitstellung eines Internet-Zugangs wird in den nächsten Jahren unter einen verschärften Konkurrenzdruck geraten. Große Telefongesellschaften aus allen möglichen Ländern werden in das Geschäft einsteigen. Die Preise werden beträchtlich sinken. Online-Dienste wie CompuServe oder America Online werden den Internet-Zugang in ihre Basisdienste aufnehmen. Das Internet wird sich in den nächsten Jahren verbessern und leichten Zugang, breite Verfügbarkeit, eine einheitliche Benutzeroberfläche, einfache Navigationsmöglichkeiten und Integration mit anderen kommerziellen Online-Diensten bereitstellen.

Eine große technische Herausforderung für das Internet wird die Handhabung von Echtzeit-Inhalten sein, speziell Audio (einschließlich Sprache) und Video. Die Technologie, auf der das Internet basiert, bietet keine Gewähr dafür, daß Daten mit konstanter Rate von einem Punkt zum anderen übertragen werden. Es hängt von der Verstopfung des Netzes ab, wie schnell Pakete verschickt werden. Zwar gibt es clevere Methoden, die eine zweiseitige Audio- und Videoübertagung von hoher Qualität ermöglichen, doch für eine uneingeschränkte Audio- und Videounterstützung sind erhebliche Veränderungen im Netz erforderlich, mit denen in den nächsten Jahren wohl nicht gerechnet werden kann.

Wenn es zu diesen Veränderungen kommt, werden sie das Internet in die Lage versetzen, direkt mit den Sprachübertragungsdiensten der Telefongesellschaften zu konkurrieren. Angesichts der unterschiedlichen Preismodelle kann man sich auf einen spannenden Wettbewerb einstellen.

Durch das Internet ändert sich bereits die Zahlungsweise für Kommunikation, und die Art, wie wir für Information bezahlen, könnte sich gleichfalls ändern. Manche meinen, das Internet habe bewiesen, daß Information ganz oder doch weitgehend gratis sein wird. Viele Informationen, von NASA-Fotos bis zu Mitteilungen auf Schwarzen Brettern, die von Benutzern unentgeltlich bereitgestellt werden, wird man wohl weiterhin gratis beziehen können, doch bin ich überzeugt, daß die attraktivsten Informationen, seien es Hollywoodfilme oder enzyklopädische Datenbanken, auch künftig mit Gewinnabsicht produziert werden.

Eine spezielle Art von Information sind Softwareprogramme. Im Internet gibt es heute eine Menge freier Software, und manches davon ist ganz brauchbar. Vielfach handelt es sich um Software, die im Rahmen eines studentischen Projekts oder in einem staatlich finanzierten Labor geschrieben wurde. Da man jedoch von einem so wichtigen Werkzeug, wie es die Software darstellt, Qualität, Support und Verständlichkeit verlangt, wird die Nachfrage nach kommerzieller Software wohl weiterhin steigen. Studenten und Dozenten, die an der Uni freie Software geschrieben haben, sind inzwischen eifrig dabei, Geschäftspläne für neu zu gründende Firmen aufzustellen, die ihre Software, um zusätzliche Features erweitert, in kommerziellen Versionen vertreiben sollen. Für Softwareentwickler – sowohl diejenigen, die daran verdienen wollen, als auch diejenigen, die sie verschenken wollen – wird die Distribution ihrer Produkte einfacher werden, als sie heute ist.

Das alles verspricht Gutes für den künftigen Information Highway. Doch bevor es soweit ist, werden verschiedene Übergangstechnologien uns neue Anwendungen bringen. Sie reichen zwar nicht an das heran, was möglich sein wird, wenn erst einmal der Highway mit voller Bandbreite zur Verfügung stehen wird, doch führen sie uns einen Schritt über das hinaus, was wir heute schon können. Diese evolutionären Verbesserungen sind so billig, daß ihre Kosten bei Anwendungen, die bereits funktionieren und nachgefragt werden, gerechtfertigt sind.

Einige Übergangstechnologien werden sich auf das Telefonnetz stützen. 1997 werden die schnellsten Modems in der Lage sein, über die bestehenden Telefonleitungen gleichzeitig Sprache und Daten zu übertragen. Angenommen, Sie wollen verreisen und rufen beim Reisebüro an. Wenn bei Ihnen zu Hause und dort ein PC steht, kann die Dame Ihnen Fotos der Hotels zeigen, die Sie in Erwägung ziehen, oder eine kleine Tabelle mit Preisvergleichen. Oder Sie möchten von einem Freund wissen, wie er es geschafft hat, daß seine Torte so hoch geworden ist. Wenn Sie beide einen PC an die Telefonleitung angeschlossen haben, kann er Ihnen, während Ihr Teig geht, im Laufe des Gesprächs eine Zeichnung übermitteln, aus der Sie ersehen, wie er den Teig geschichtet hat.

Die Technologie, die das ermöglichen wird, läuft unter dem Akronym DSVD, und dahinter steckt *Digital Simultaneous Voice Data*, gleichzeitige digitale Übertragung von Sprache und Daten. Sie wird deutlicher als alles, was es bisher gab, die Möglichkeiten demonstrieren, Informationen über ein Netz zu verbreiten. Ich bin überzeugt, daß sie in den nächsten drei Jahren breite Aufnahme finden wird. Sie ist billig, weil am bestehenden Telefonsystem nichts geändert zu werden braucht. Die Telefongesellschaften brauchen ihre Schaltzentralen nicht zu modifizieren und auch Ihre Telefonrechnung nicht zu erhöhen. Damit DSVD funktioniert, brauchen nur die Geräte an beiden Enden einer Gesprächsverbindung mit entsprechenden Modems und geeigneter PC-Software ausgestattet zu sein.

Für einen anderen Zwischenschritt, der das Telefonnetz in Anspruch nimmt, sind allerdings spezielle Telefonleitungen und Schaltzentralen erforderlich. Es handelt sich um ISDN (für *Integrated Services Digital Network*). Diese Technologie überträgt Sprache und Daten, zunächst mit 64000 oder 128000 bps, und das heißt, daß sie alles kann, was DSVD auch tut, nur fünf- bis zehnmal so schnell. Text und Standbilder, Anwendungen für die mittlere Bandbreite, werden rasch übertragen. Bewegte Videobilder können übertragen werden, doch die Qualität ist mäßig – nicht gut genug, um einen Film anzuschauen, aber ausreichend für eine normale Videokonferenz. Der vollständige Highway erfordert Video in hoher Qualität.

Hunderte von Microsoft-Mitarbeitern benutzen täglich ISDN, um sich mit ihrem Computer von zu Hause aus in unser Firmennetzwerk einzuklinken. ISDN wurde vor über zehn Jahren erfunden, doch ohne die Nachfrage von PC-Anwendungen wurde es praktisch nicht benötigt. Es ist erstaunlich, daß Telefongesellschaften Riesensummen in Schaltzentralen für ISDN investierten, obwohl man von der Nutzung kaum Vorstellungen hatte. Inzwischen sorgt der PC für einen explosiven Nachfrageschub. Eine ISDN-Steckkarte für den PC kostet 1995 rund 500 Dollar, doch dürfte der Preis in den nächsten Jahren auf unter 200 Dollar sinken. Die Gebühren für den Anschluß sind örtlich verschieden, liegen aber in den Vereinigten Staaten generell bei 50 Dollar pro Monat. Ich erwarte, daß sie auf unter 20 Dollar sinken werden, nicht viel mehr als ein normaler Telefonanschluß. Wir versuchen zusammen mit anderen Firmen, die Telefongesellschaften in aller Welt dazu zu bewegen, diese Gebühren zu senken, um PC-Besitzer zu ermutigen, über ISDN online zu gehen.

Kabelgesellschaften haben ihre eigenen Technologien des Übergangs und verfolgen ihre eigenen Strategien. Sie möchten ihre bestehenden Koaxialkabelnetze nutzen, um in Konkurrenz zu den Telefongesellschaften lokale Telefondienste anzubieten. Sie haben auch schon demonstriert, daß spezielle Kabelmodems Personalcomputer mit Kabelnetzen verbinden können. Auf diesem Weg können Kabelgesellschaften eine Bandbreite offerieren, die etwas größer ist als ISDN.

Ein weiterer Zwischenschritt von Kabelgesellschaften wird darin bestehen, die Zahl der von ihnen übertragenen Fernsehkanäle auf das Fünf- bis Zehnfache zu erhöhen. Um mehr Kanäle in die vorhandenen Kabel hineinzupressen, werden sie sich der digitalen Komprimierung bedienen.

Dieser sogenannte 500-Kanal-Approach, der in Wirklichkeit oft nur über 150 Kanäle verfügen wird, ermöglicht in absehbarer Zeit *Video-on-demand*, wenn auch nur für eine begrenzte Zahl von TV-Shows und Filmen. Man wird, statt einen numerierten Kanal zu wählen, aus einer auf dem Bildschirm eingeblendeten Liste auswählen. Ein beliebter Film läuft dann möglicherweise auf 20 Kanälen, wobei die Anfangszeit in Fünf-Minuten-Abständen gestaffelt ist, so daß man sich aussuchen kann, wann man ihn sehen will. Wenn man sich unter den verfügbaren Anfangszeiten von Filmen und Fernsehprogrammen eine ausgesucht hat, schaltet die mit dem Fernseher verbundene Settop-Box auf den entsprechenden Kanal um. Die halbstündige Nachrichtensendung von CNN wird dann statt auf einem Kanal vielleicht auf sechs Kanälen angeboten, und die 18-Uhr-Sendung kann man erneut um 18 Uhr 05, 18 Uhr 10, 18 Uhr 15, 18 Uhr 20 und 18 Uhr 25 sehen. Jede halbe Stunde kommt dann eine neue Livesendung, so wie es heute ist. Auf diese Weise werden 500 Kanäle ziemlich schnell aufgebraucht sein.

Es ist auch die Konkurrenz, die die Kabelgesellschaften zwingt, mehr Kanäle anzubieten. Direkte Fernsehsatelliten wie »DIRECTV« von Hughes Electronics übermitteln bereits Hunderte von Kanälen direkt ins Haus. Wenn sie nicht Kunden verlieren wollen, müssen die Kabelgesellschaften rasch die Zahl der Kanäle erhöhen. Bestünde der einzige Grund für den Information Highway darin, eine begrenzte Zahl von Filmen zu liefern, wäre ein 500-Kanal-System ausreichend.

Auch ein 500-Kanal-System wird überwiegend synchron sein, Ihre Auswahlmöglichkeiten begrenzen und bestenfalls einen Rückmeldekanal von nur geringer Bandbreite bereitstellen. Ein Rückmeldekanal ist ein Informationsweg, auf dem Befehle und sonstige Informationen vom Informationsgerät des Verbrauchers über das Kabel an den Sender zurückbefördert werden. In einem 500-Kanal-System können Sie vielleicht mit dem Rückmeldekanal über die Settop-Box Ihres Fernsehers Produkte oder Programme bestellen, auf TED-Umfragen oder Fragen in Spielshows antworten und an bestimmten Arten von Spielen mit mehreren Spielern teilnehmen. Ein Rückmeldekanal mit geringer Bandbreite wird aber nicht die volle Flexibilität und Interaktivität bieten, die die interessantesten Anwendungen verlangen. Er wird es Ihnen nicht ermöglichen, ein Video Ihrer Kinder an die Großeltern zu schicken oder wirklich interaktive Spiele zu spielen.

Kabel- und Telefongesellschaften werden weltweit vier parallele Strategien verfolgen. Erstens werden beide versuchen, in das Geschäft des jeweils anderen hineinzukommen. Kabelgesellschaften werden Telefondienste anbieten, und Telefongesellschaften werden Videodienste einschließlich Fernsehen anbieten. Zweitens werden beide Systeme bessere Möglichkeiten schaffen, PCs entweder über ISDN oder über Kabelmodems ans Internet oder andere Online-Dienste anzuschließen. Drittens werden beide zur digitalen Technologie übergehen, um mehr Fernsehkanäle beziehungsweise Signale von besserer Qualität bereitzustellen. Viertens werden beide Versuche mit Breitbandsystemen machen, die mit Fernsehgeräten und PCs verbunden sind. Alle vier Strategien werden Investitionen in digitale Netzwerkkapazität anregen.

Am Ende werden das Internet und die anderen Übergangstechnologien in den eigentlichen Information Highway eingebunden werden. Der Highway wird die Vorzüge des Telefonnetzes mit denen des Kabelnetzes vereinen: Er wird wie das Telefonnetz private Anschlüsse bieten, so daß jeder Netzteilnehmer, seinem individuellen Zeitplan entsprechend, seine individuellen Interessen verfolgen kann. Er wird wie das Telefonnetz ganz und gar auf Gegensprechverkehr ausgelegt sein, was vielfältige Formen der Interaktion ermöglicht. Er wird wie das Kabelnetz eine hohe Kapazität aufweisen, so daß eine ausreichende Bandbreite zur Verfügung stehen wird, um gleichzeitig mehrere Fernseher oder Personalcomputer in einem Haushalt an verschiedene Videoprogramme oder Informationsquellen anzuschließen.

Die Leitungen, die die einzelnen Server untereinander und mit allen Weltgegenden verbinden, werden überwiegend durch extrem reine Glasfaserkabel hergestellt, den »Asphalt« des Information Highway. Schon heute sind die großen Telefonfernleitungen in den USA aus Glasfaser, doch die Hausanschlüsse an diese Datenfernstraßen sind immer noch aus Kupferdraht. Die Telefongesellschaften werden die Kupferleitungen, Mikrowellen- und Satellitenverbindungen innerhalb ihrer Netze durch Glasfaserkabel ersetzen, und damit wird eine ausreichende Bandbreite verfügbar sein, um so viele Bits zu übertragen, daß Video in hoher Qualität möglich wird. Kabelfernsehgesellschaften werden verstärkt Glasfaser verwenden. Mit der Verlegung von Glasfaserkabeln werden Telefon- und Kabelgesellschaften neue Schaltzentralen in ihre Netze einbauen, so daß digitale Videosignale und andere Informationen von jedem Punkt zu jedem anderen Punkt weitergeleitet werden können. Die Modernisierung der vorhandenen Netze, die der Vorbereitung des Highway dient, wird weniger als ein Viertel dessen kosten, was zur Verlegung neuer Leitungen in jeden Haushalt erforderlich wäre.

Sie können die Glasfaserfernleitungen mit dem 30 Zentimeter starken Hauptversorgungsrohr vergleichen, das das Wasser bis in Ihre Straße bringt. Es geht nicht direkt bis zu Ihrem Haus, sondern Sie werden von einem kleineren Rohr versorgt, das am Straßenrand abzweigt. Anfangs wird die Glasfaser wahrscheinlich nur bis zu Stadtteilverteilungspunkten reichen, und von dort werden die Signale entweder durch die Koaxialkabel weitergeleitet, die Ihnen das Kabelfernsehen ins Haus bringen, oder durch die verdrallten Kupferleitungen des Telefonnetzes. Schließlich wird man die Glasfaserverbindungen bei hohem Datenanfall möglicherweise direkt bis zu Ihrem Haus verlegen.

Schaltzentralen werden die modernen Computer sein, die Datenströme von einem Gleis aufs andere rangieren, wie die Güterwagen auf einem Rangierbahnhof. In den großen Netzwerken werden gleichzeitig Millionen von Kommunikationspaketen unterwegs sein, und jedes einzelne Bit muß, egal wie viele Zwischenstationen dafür erforderlich sind, zu seinem Ziel befördert werden, mit einer gewissen Sicherheit, daß es rechtzeitig am rechten Ort ankommt. Um sich von der Größe der Aufgabe im Zeitalter des Information Highway einen Begriff zu machen, stellen Sie sich vor, daß eine Milliarde Güterwagen über ein weitverzweigtes Gleisnetz geleitet werden müssen und fahrplanmäßig ihre Zielbahnhöfe erreichen sollen. Weil die Wagen aneinandergekoppelt sind, kommt es auf Rangierbahnhöfen zu Verstopfungen, wenn die Durchfahrt langer Güterzüge abgewartet werden muß. Es gäbe weniger Stillstand, wenn die Güterwagen sich einzeln ihren Weg durch das Gleisnetz suchen könnten, um am Zielort wieder zu einem Zug zusammengestellt zu werden.

Die Information, die über den Highway fließt, wird in winzige Pakete zerlegt werden, und man wird jedes Paket einzeln durch das Netzwerk lotsen, genau wie sich einzelne Autos auf den Straßen bewegen. Ein Film, den Sie sich bestellen, wird in Millionen winzige Teile zerlegt werden, und jedes einzelne wird seinen Weg durch das Netzwerk in Ihr Fernsehgerät finden.

Grundlage dieser Paketbeförderung wird ein Übertragungsprotokoll sein, das man als asynchrone Übertragung (englisch: *Asynchronous Transfer Mode*, kurz ATM) bezeichnet. Es wird einer der Bausteine des Information Highway sein. Die Telefongesellschaften verschiedener Länder setzen bereits zunehmend ATM ein, weil es die enorme Bandbreite der Glasfaser sehr gut ausnutzt. Eine der Stärken von ATM ist, daß es eine pünktliche Zustellung der Information garantieren kann. ATM zerlegt den Datenstrom in gleichförmige Pakete, die jeweils 48 Bytes der zu übertragenden Information und 5 Bytes Kontrollinformation enthalten, die es den Schaltzentralen des *Highway* erlaubt, die Pakete sehr schnell an ihren Bestimmungsort zu dirigieren. Dort werden die Pakete wieder zu einem Strom zusammengefügt.

ATM überträgt Informationsströme mit sehr hoher Geschwindigkeit – zunächst mit bis zu 155 Millionen bps, doch soll sie auf 622 Millionen bps und am Ende auf zwei Milliarden bps steigen. Mit dieser Technologie wird man Bildtelefon ebenso leicht übertragen wie Sprache, und das bei sehr geringen Kosten. So wie Fortschritte der Chiptechnologie die Kosten des Computing gedrückt haben, wird ATM, weil es in der Lage sein wird, eine riesige Zahl von altmodischen Telefongesprächen zu übertragen, die Kosten von Ferngesprächen herunterdrücken.

Die meisten Informationsgeräte werden über Kabelanschlüsse von hoher Bandbreite an den Highway angeschlossen sein, einige aber auch drahtlos. Wir benutzen bereits eine Reihe von drahtlosen Kommunikationsgeräten – das Mobiltelefon, den Pager und verschiedene Fernbedienungen für Unterhaltungselektronik. Sie ermöglichen uns Mobilität, aber mit begrenzter Bandbreite. Die drahtlosen Netze der Zukunft werden schneller sein, doch erst ein technischer Durchbruch wird ihnen eine sehr viel größere Bandbreite verschaffen. Mobile Geräte werden Nachrichten senden und empfangen, allerdings zu hohen Kosten, und man wird sie nicht gerade benutzen, um einen individuellen Videostrom zu empfangen.

Die drahtlosen Netze, die uns eine Kommunikation von unterwegs aus ermöglichen, werden aus den heutigen Mobiltelefonsystemen und dem neuen alternativen Funktelefondienst namens PCS hervorgehen. Wenn Sie, wo immer Sie sich gerade befinden, eine Information aus Ihrem Heim- oder Bürocomputer benötigen, wird eine Schaltstelle den drahtlosen Teil des Highway mit dem leitungsgebundenen verknüpfen und von dort die Verbindung zu dem Computer/Server bei Ihnen zu Hause oder in Ihrem Büro und der von Ihnen angeforderten Information herstellen.

Außerdem wird es lokale, weniger kostspielige drahtlose Netze innerhalb von Unternehmen und in den meisten Haushalten geben. Dadurch können Sie innerhalb eines bestimmten Radius ohne Taktgebühren eine Verbindung zum Highway oder zu Ihrem eigenen Computersystem herstellen. Die lokalen drahtlosen Netze werden auf einer anderen Technologie beruhen als die regionalen Funknetze. Tragbare Informationsgeräte werden jedoch automatisch das kostengünstigste Netz auswählen, zu dem sie eine Verbindung herstellen können, so daß der Nutzer von den technischen Unterschieden gar nichts merkt. Mit den Hausfunknetzen wird man statt verschiedener Fernbedienungen einen Wallet-PC benutzen können.

Bei drahtlosen Diensten stellt sich natürlich das Problem der Geheimhaltung und der Sicherheit, denn Funksignale können leicht abgefangen werden. Selbst leitungsgebundene Netze können angezapft werden. Um ein Abhören auszuschließen, wird die Highway-Software die Sendungen verschlüsseln müssen.

Regierungen wissen seit jeher, wie wichtig es ist, Informationen geheimzuhalten, sei es aus wirtschaftlichen, sei es aus militärischen Gründen. Die Notwendigkeit, persönliche, kommerzielle, militärische oder diplomatische Mitteilungen zu sichern (oder zu knacken), hat schon immer scharfsinnige Leute angezogen. Eine verschlüsselte Nachricht zu knacken, verschafft hohe Befriedigung. Charles Babbage, der Mitte des 19. Jahrhunderts in der Kunst des Codeknackens dramatische Fortschritte erzielte, schrieb: »Das Dechiffrieren ist in meinen Augen eine der faszinierendsten Künste, und ich fürchte, damit mehr Zeit vergeudet zu haben, als es verdient.« Ich habe diese Faszination als Kind entdeckt, als wir mit einfachen Chiffren spielten. Wir verschlüsselten Nachrichten dadurch, daß wir Buchstaben des Alphabets durch andere ersetzten. Wenn ein Freund mir eine Nachricht schickte, die mit »ULFW NZXX« begann, war leicht zu erraten, daß das »DEAR BILL« heißen sollte und daß U für D, L für E stand usw. Mit diesen sieben Buchstaben war es nicht mehr schwer, den Rest der Geheimbotschaft ziemlich schnell zu enträtseln.

In der Vergangenheit sind Kriege gewonnen oder verloren worden, weil die mächtigsten Regierungen der Erde nicht die kryptologischen Möglichkeiten hatten, die jedem jüngeren Gymnasiasten mit einem Personalcomputer heute zu Gebote stehen. Bald wird jedes Kind, das alt genug ist, einen Computer zu benutzen, in der Lage sein, verschlüsselte Nachrichten zu verschicken, die keine Regierung der Erde so leicht wird knacken können. Das ist eine der weitreichenden Konsequenzen der weiten Verbreitung phantastischer Rechenleistung.

Wenn Sie auf dem Information Highway eine Nachricht verschicken, wird sie von Ihrem Computer oder sonstigen Informationsgeräten mit einer digitalen Signatur »unterschrieben«, die nur Sie anbringen können, und die Nachricht wird so verschlüsselt, daß nur der von Ihnen gemeinte Empfänger sie entschlüsseln kann. Die Sendung kann Informationen jeder Art enthalten, auch Sprache, Video oder digitales Geld. Der Empfänger wird vollkommen sicher sein können, daß die Nachricht wirklich von Ihnen ist, daß sie genau zu der angegebenen Zeit abgeschickt wurde, daß sich niemand daran zu schaffen gemacht hat und daß andere sie nicht entschlüsseln können.

Der Mechanismus, der das ermöglicht, beruht auf mathematischen Prinzipien, darunter sogenannte »Einwegfunktionen« und die »Verschlüsselung durch einen öffentlichen Schlüssel« (*public-key encryption*). Das sind sehr technische Konzepte, auf die ich daher nur oberflächlich eingehen werde. Für Sie kommt es nur darauf an, daß das System, mag es technisch auch noch so kompliziert sein, ganz einfach zu bedienen ist. Sie brauchen Ihrem Informationsgerät nur zu sagen, was es tun soll, und es wird scheinbar mühelos ausgeführt.

Eine Einwegfunktion ist etwas, das sehr viel leichter zu tun als rückgängig zu machen ist. Das Zerschlagen einer Glasscheibe ist zum Beispiel eine Einwegfunktion, die zu verschlüsseln aber nicht sinnvoll ist. Für die Kryptographie wird eine Einwegfunktion benötigt, die leicht rückgängig zu machen ist, wenn Sie über eine zusätzliche Information verfügen, die aber ohne diese Information sehr schwer rückgängig zu machen ist. In der Mathematik gibt es eine Reihe solcher Einwegfunktionen. Eine davon betrifft die Primzahlen. Was eine Primzahl ist, lernen die Kinder in der Schule. Eine Primzahl ist eine Zahl, die nur durch 1 und sich selbst teilbar ist. Von den ersten zwölf Zahlen sind 2, 3, 5, 7 und 11 Primzahlen. Die Zahlen 4, 6, 8 und 10 sind keine Primzahlen, weil sie durch 2 teilbar sind. Die Zahl 9 ist keine Primzahl, weil sie durch 3 geteilt werden kann. Es gibt unendlich viele Primzahlen, und außer daß sie Primzahlen sind, haben sie keine Gemeinsamkeiten. Wenn Sie zwei Primzahlen miteinander multiplizieren, erhalten Sie eine Zahl, die nur durch diese zwei Primzahlen teilbar ist. 35 zum Beispiel kann nur durch 5 und 7 geteilt werden. Ob eine Zahl eine Primzahl ist, stellt man fest, indem man sie in Faktoren zerlegt.

Es ist leicht, die Primzahlen 11 927 und 20 903 miteinander zu multiplizieren, doch sehr viel schwerer, aus dem Produkt 249 310 081 die beiden Primzahlen, die seine Faktoren sind, wiederzugewinnen. Diese Einwegfunktion – die Schwierigkeit, Zahlen in Faktoren zu zerlegen –, liegt einem genialen Chiffriersystem zugrunde, der raffiniertesten Verschlüsselung, die man heute kennt. Selbst die größten Computer brauchen lange, um ein wirklich großes Produkt wieder in die Primzahlen zu zerlegen, aus denen es gebildet wurde. Ein darauf basierendes Codierungssystem verwendet zwei verschiedene Decodierungsschlüssel, einen zur Verschlüsselung und einen anderen, jedoch verwandten zur Entschlüsselung einer Nachricht. Wenn man nur den Chiffrierschlüssel kennt, kann man eine Nachricht zwar leicht verschlüsseln, aber ihre Entschlüsselung ist innerhalb einer vernünftigen Zeitspanne nahezu unmöglich. Das Dechiffrieren erfordert einen eigenen Schlüssel, den nur der berechtigte Empfänger der Nachricht besitzt beziehungsweise sein Computer. Der Dechiffrierschlüssel basiert auf dem Produkt zweier riesiger Primzahlen, der

Chiffrierschlüssel auf den Primzahlen selbst. Ein Computer kann zwei einmalige Schlüssel im Handumdrehen generieren, weil es einem Computer leichtfällt, zwei große Primzahlen zu generieren und sie miteinander zu multiplizieren. Es ist kein großes Risiko, wenn der so erzeugte Chiffrierschlüssel bekannt wird, weil es selbst einem anderen Computer schwerfallen würde, ihn in Faktoren zu zerlegen und so den Dechiffrierschlüssel zu erhalten.

Die praktische Umsetzung dieses Prinzips wird dem Sicherheitssystem des Information Highway zugrunde liegen. Da sich die ganze Welt auf dieses Netzwerk verlassen wird, ist es wichtig, daß die Sicherheitsfrage kompetent gelöst wird. Stellen Sie sich den Information Highway als ein Postnetz vor, in dem jeder einen Briefkasten hat, in den keiner hineinpfuschen kann und dessen Schloß nicht zu knacken ist. Der Briefkasten hat einen Schlitz, durch den jeder Informationen hineinschieben kann, doch den Schlüssel, um Informationen herauszuholen, hat nur der Besitzer des Briefkastens. (Vielleicht wird die eine oder andere Regierung verlangen, daß jeder Briefkasten noch eine zweite Tür hat, mit einem besonderen Schlüssel, den die Regierung besitzt, doch übergehen wir diese politische Überlegung einstweilen und befassen uns nur mit der Sicherheit, die die Software bietet.)

Der Computer oder das sonstige Informationsgerät eines jeden Benutzers wird aus Primzahlen einen Chiffrierschlüssel herstellen, der in ein öffentlich zugängliches Verzeichnis aufgenommen wird, und einen entsprechenden Dechiffrierschlüssel, den nur der Benutzer kennt. In der Praxis funktioniert das folgendermaßen: Ich habe eine Information, die ich Ihnen zukommen lassen möchte. Mein Computersystem sucht sich Ihren öffentlichen Schlüssel heraus und benutzt ihn, um die Information vor dem Absenden zu verschlüsseln. Obwohl Ihr Schlüssel öffentlich bekannt ist, kann niemand die Nachricht lesen, weil Ihr öffentlicher Schlüssel nicht die zur Entschlüsselung erforderliche Information enthält. Sie erhalten die Nachricht, und Ihr Computer entschlüsselt sie mit einem privaten Schlüssel, der Ihrem öffentlichen Schlüssel entspricht.

Sie wollen antworten. Ihr Computer sucht meinen öffentlichen Schlüssel heraus und benutzt ihn zur Verschlüsselung Ihrer Antwort. Niemand sonst kann die Nachricht lesen, obwohl sie mit einem Schlüssel chiffriert wurde, der allgemein bekannt ist. Nur ich kann sie lesen, weil nur ich den privaten Dechiffrierschlüssel besitze. Das ist sehr praktisch, weil man nicht vorher Schlüssel auszutauschen braucht.

Wie groß müssen die Primzahlen und ihre Produkte sein, um eine effektive Einwegfunktion zu garantieren?

Das Konzept der »Public-Key-Verschlüsselung« wurde 1977 von Whitfield Diffie und Martin Hellman erfunden. Eine andere Gruppe von Computerwissenschaftlern, Ron Rivest, Adi Shamir und Leonard Adelman, präsentierte kurz darauf die Idee, die Primzahlzerlegung als Teil dessen zu benutzen, was man heute nach den Anfangsbuchstaben ihrer Nachnamen als RSA-Kryptosystem bezeichnet. Um eine 130stellige Zahl, die das Produkt zweier Primzahlen ist, in Faktoren zu zerlegen, würden nach ihrer Schätzung Millionen Jahre erforderlich sein, egal, wieviel Rechenleistung man dafür einsetzt. Um das zu beweisen, forderten sie alle Welt auf, die beiden Faktoren der folgenden 129stelligen Primzahl zu finden, die unter Fachleuten als die »RSA 129« bekannt ist:

114 381 625 757 888 867 669 235 779 976 146 612 010 218
296 721 242 362 562 561 842 935 706 935 245 733 897 830
597 123 563 958 705 058 989 075 147 599 290 026 879 543
541

Sie waren überzeugt, daß eine Nachricht, die mit dieser Zahl als öffentlichem Schlüssel verschlüsselt wurde, für alle Zeiten vollkommen sicher sei. Sie hatten aber entweder nicht damit gerechnet, daß Moores Gesetz, das ich im zweiten Kapitel erörtert habe und das die Computer sehr viel leistungsfähiger werden ließ, voll zum Tragen kommen würde, oder sie hatten nicht den Erfolg des Personalcomputers vorhergesehen, der die Zahl der Computer und Computerbenutzer in der Welt dramatisch ansteigen ließ. 1993 machte sich eine Gruppe von über 600 Akademikern und Hobbyisten aus aller Welt daran, die 129stellige Zahl zu knacken, wobei sie die Arbeit mehrerer Computer über das Internet koordinierten. Es verging kein Jahr, bis sie die Zahl in zwei Primzahlen zerlegt hatten, eine mit 64 und eine mit 65 Stellen. Die Primzahlen lauten:

3 490 529 510 847 650 949 147 849 619 903 898 133 417
764 638 493 387 843 990 820 577

und

32 769 132 993 266 709 549 961 988 190 834 461 413 177
642 967 992 942 539 798 288 533

Und die verschlüsselte Botschaft besagt: »The magic words are ›squeamish‹ and ›ossifrage‹.« (Zu deutsch: Die Zauberwörter sind »überempfindlich« und »Fischadler«.)

Daraus kann man die Lehre ziehen, daß ein 129stelliger öffentlicher Schlüssel nicht lang genug ist, wenn die zu verschlüsselnde Information wirklich wichtig und vertraulich ist. Und man kann daraus lernen, daß man, was die Sicherheit der Verschlüsselung angeht, nie allzu sicher sein sollte.

Man braucht den Schlüssel nur um einige Stellen zu verlängern, und er ist schon sehr viel schwerer zu knacken. Mathematiker nehmen heute an, daß ein 250stelliges Produkt zweier Primzahlen mit jeder noch zu erwartenden Rechenleistung selbst in Millionen Jahren nicht in Faktoren zu zerlegen ist. Aber wer kann das heute wirklich sagen? Aus dieser Ungewißheit – und der unwahrscheinlichen, aber denkbaren Möglichkeit, daß jemand ein einfaches Verfahren findet, große Zahlen in Faktoren zu zerlegen – folgt, daß eine Softwareplattform für den Information Highway so gestaltet werden muß, daß ihr Verschlüsselungsverfahren von einer Minute auf die andere geändert werden kann.

Über eines brauchen wir uns bestimmt keine Sorgen machen: daß uns die Primzahlen ausgehen könnten und daß zwei Computer zufällig dieselben Zahlen als Schlüssel benutzen. Es gibt sehr viel mehr Primzahlen von geeigneter Länge, als es Atome im Universum gibt, und somit ist die Wahrscheinlichkeit von zufälligen Doppelungen verschwindend klein.

Die Verschlüsselung dient nicht nur der Geheimhaltung. Sie kann auch die Echtheit eines Dokuments sicherstellen, weil man einen privaten Schlüssel zur Codierung einer Nachricht verwenden kann, die nur mit dem öffentlichen Schlüssel zu decodieren ist. Das funktioniert folgendermaßen: Wenn ich eine Information habe, die ich signieren möchte, bevor ich sie Ihnen schicke, verwendet mein Computer meinen privaten Schlüssel zum Chiffrieren. Die Nachricht kann jetzt nur gelesen werden, wenn zum Dechiffrieren mein öffentlicher Schlüssel verwendet wird, den Sie und alle Welt kennen. Diese Nachricht ist nachprüfbar von mir, weil niemand sonst den privaten Schlüssel hat, mit dem sie auf diese Weise verschlüsselt wurde.

Mein Computer nimmt nun diese verschlüsselte Nachricht und verschlüsselt sie nochmals, diesmal mit Ihrem öffentlichen Schlüssel. Danach schickt er diese doppelt verschlüsselte Nachricht über den Information Highway an Sie.

Ihr Computer erhält die Nachricht und benutzt Ihren privaten Schlüssel, um sie zu entschlüsseln. Dadurch wird die zweite Chiffrierebene aufgehoben, doch die Ebene, die ich mit meinem privaten Schlüssel bewirkt habe, bleibt bestehen. Daraufhin verwendet Ihr Computer meinen öffentlichen Schlüssel, um die Nachricht nochmals zu dechiffrieren. Weil sie wirklich von mir ist, wird die Nachricht korrekt entschlüsselt, und Sie wissen, daß sie authentisch ist. Wenn an der Information auch nur ein Bit geändert wäre, würde die Nachricht sich nicht korrekt entschlüsseln lassen, und es läge auf der Hand, daß jemand daran herumgepfuscht hat oder daß ein Übertragungsfehler vorliegt. Diese außergewöhnliche Sicherheitsstufe wird es Ihnen erlauben, Geschäfte mit Personen abzuwickeln, die Ihnen persönlich unbekannt sind, ja sogar mit solchen, denen Sie mißtrauen, weil Sie sicher sein können, daß digitales Geld gültig ist und daß Unterschriften und Dokumente nachweisbar authentisch sind.

Die Sicherheit läßt sich weiter erhöhen, indem man in verschlüsselte Dokumente Stempel einfügt. Versucht nun jemand, an dem Zeitpunkt, zu dem das Dokument geschrieben oder verschickt wurde, herumzubasteln, wird die Bastelei zu erkennen sein. Dadurch werden Fotos und Videos wieder zu gerichtlich verwertbaren Beweisen, woran Zweifel aufgekommen waren, weil sie elektronisch so leicht zu manipulieren sind.

Ich habe die technischen Einzelheiten der Public-Key-Verschlüsselung bewußt vereinfacht dargestellt. Weil dieses System relativ langsam ist, wird es nicht die einzige auf dem Highway benutzte Form des Chiffrierens bleiben. Dennoch wird die Verschlüsselung durch einen öffentlichen Schlüssel das Verfahren sein, mit dem Dokumente signiert, die Authentizität nachgewiesen und die Schlüssel für andere Formen der Verschlüsselung auf sichere Weise verteilt werden.

Der größte Vorzug der PC-Revolution bestand darin, daß sie den Menschen neue Möglichkeiten erschlossen hat. Die kostengünstige Kommunikation über den Highway wird ihnen noch fundamentalere Chancen eröffnen. Nutznießer werden nicht nur technikbegeisterte Menschen sein. Wenn immer mehr Computer an Netzwerke von hoher Bandbreite angeschlossen werden und Softwareplattformen eine Grundlage für phantastische Anwendungen bieten, wird jedermann Zugang zu fast allen Informationen der ganzen Welt erhalten.

6. Die Revolution der Inhalte

Seit mehr als 500 Jahren speichert die Menschheit ihren Bestand an Wissen und Information in Form von Papierdokumenten. Eines haben Sie gerade in der Hand (wenn Sie diese Zeilen nicht von einer CD-ROM oder einer künftigen Online-Ausgabe beziehen). Papier wird sicher ein wichtiger Bestandteil unseres Lebens bleiben, aber seine Bedeutung als Mittel zur Informationssuche, -erhaltung und -verteilung ist bereits im Schwinden.

Wenn Sie das Wort »Dokument« hören, stellen Sie sich wahrscheinlich bedrucktes Papier vor, doch der Begriff ist damit zu eng gefaßt. Ein Dokument kann Information in ganz verschiedener Form sein. Gewiß, ein Zeitungsartikel ist ein Dokument, im weitesten Sinne aber auch eine Fernsehshow, ein Song oder ein interaktives Videospiel. Da sich jede Art von Information digital speichern läßt, werden Dokumente leicht zu finden, zu speichern und auf dem Highway zu übermitteln sein. Papier läßt sich schwerer verschicken und stößt sehr rasch an die Grenzen seiner Verwendbarkeit, wenn es um mehr Inhalte geht als nur Texte mit Zeichnungen und Bildern. Zu digital gespeicherten Dokumenten werden künftig Bilder, Audiodaten, Programmbefehle für die Interaktivität, Animation oder eine Kombination aus diesen und anderen Elementen gehören.

Auf dem Information Highway werden vielseitige elektronische Dokumente Dinge leisten, zu denen kein Blatt Papier imstande ist. Dank der leistungsfähigen Datenbanktechniken des Highway wird man sie indizieren und mit Hilfe interaktiver Suchverfahren wiederfinden können. Ihr Vertrieb wird außerordentlich billig und leicht sein. Kurz, diese digitalen Dokumente werden viele gedruckte ersetzen, weil sie uns ganz neue Dienste leisten können.

Das wird allerdings noch eine Zeitlang dauern. Noch besitzen Buch, Zeitschrift oder Zeitung in gedruckter Form viele Vorteile gegenüber ihrer digitalen Verwandtschaft. Um ein digitales Dokument zu lesen, brauchen Sie ein Informationsgerät wie einen PC. Im Vergleich zu einem Computer ist ein Buch klein, leicht, besitzt eine hohe Auflösungsqualität und ist kostengünstig. Noch mindestens zehn Jahre lang wird es bequemer sein, lange, zusammenhängende Dokumente auf Papier zu lesen als auf einem Computer. Die ersten digitalen Dokumente, die größere Verbreitung finden, werden das dem Umstand zu verdanken haben, daß sie neue Funktionen bieten, statt die älteren Medien einfach nachzuahmen. Auch ein Fernsehapparat ist größer, kostspieliger, sperriger und von schlechterer Auflösung als ein Buch oder eine Zeitschrift, das hat seiner Beliebtheit aber keinen Abbruch getan. Das Fernsehen brachte bewegte Bilder in unsere Wohnstuben, und das war so faszinierend, daß die Fernsehapparate sich längst neben Büchern und Zeitschriften etabliert haben.

Nach und nach werden Verbesserungen in der Computer- und Bildschirmtechnik zu einem leichten und universell verwendbaren elektronischen Buch führen, einem »E-Buch«, das dem heutigen auf Papier gedruckten ähneln wird. In einem Kasten von annähernd der gleichen Größe und dem gleichen Gewicht, wie sie heute eine gebundene oder eine Taschenbuchausgabe aufweist, wird sich ein Display befinden, das in hoher Auflösung Texte, Bilder und Filme zeigen kann. Sie werden die Seiten auf herkömmliche Weise umblättern oder durch gesprochene Befehle nach bestimmten Abschnitten suchen können. Mit Hilfe eines solchen Geräts wird man Zugang zu jedem Dokument im Netz haben.

Dabei ist der entscheidende Aspekt elektronischer Dokumente nicht einfach darin zu sehen, daß man sie auf einem geeigneten Gerät lesen kann. Der Übergang vom herkömmlichen Buch zum

E-Buch ist nur der letzte Schritt eines Prozesses, der längst im Gange ist. Die digitale Dokumentation ist deshalb so interessant, weil sie das Dokument selbst neu definiert.

Das wird weitreichende Auswirkungen haben. Nicht nur in bezug auf den Begriff »Dokument« werden wir umdenken müssen, sondern auch, was die Bedeutung von »Autor«, »Verleger«, »Büro«, »Unterricht« und »Lehrbuch« anbelangt.

Wenn heute zwei Unternehmen einen Vertrag aushandeln, wird der erste Entwurf meist in einen Computer eingetippt und dann auf Papier ausgedruckt. Vermutlich wird er anschließend an die andere Partei gefaxt, die ihn bearbeitet, ergänzt und verändert, indem sie Anmerkungen auf dem Papier notiert oder das Dokument abermals in einen Computer eingibt, von dem es dann ausgedruckt wird. Daraufhin faxt diese Partei den Vertrag zurück, und der Bearbeitungsprozeß beginnt von neuem. Im Verlauf dieses Hin und Her ist schwer zu entscheiden, wer welche Veränderungen vorgenommen hat. Die Koordination all dieser Modifikationen und Übermittlungsvorgänge verursacht nicht unerhebliche Kosten. Durch elektronische Dokumente läßt sich der Prozeß vereinfachen, da man eine Version des Vertrags hin- und herschicken kann, während die Verbesserungen und Anmerkungen nebst Hinweisen, durch wen und wann sie vorgenommen wurden, neben dem Originaltext erscheinen.

In wenigen Jahren wird das digitale Dokument mit rechtsgültigen digitalen Unterschriften das Original sein, während Papierausdrucke nur noch zweitrangige Bedeutung haben werden. Schon heute ist in vielen Firmen neben Papier und Faxgeräten der Austausch digitalisierter Dokumente per E-Mail üblich, also die Datenübertragung von Computer zu Computer.

Die Abfassung dieses Buchs wäre ohne E-Mail sehr viel schwieriger gewesen. Ich verschickte nämlich erste Fassungen des Buches per elektronischer Post an Leser und bat sie um ihre Meinung dazu. Sie antworteten ebenfalls per E-Mail, und ich empfand es als sehr angenehm, die vorgeschlagenen Änderungen lesen und gleichzeitig sehen zu können, wer sie wann vorgenommen hatte.

Am Ende des Jahrzehnts wird sich ein erheblicher Prozentsatz der Dokumente, selbst in Büros, nicht mehr vollständig auf Papier ausdrucken lassen. Zwar wird man noch einen zweidimensionalen Inhaltsüberblick drucken können, aber das wird sein, als läse man Noten, statt eine Tonaufzeichnung zu hören.

Einige Dokumente sind in digitaler Form um so viel besser nutzbar, daß die Papierversion kaum noch benutzt wird. So beschloß der Flugzeugbauer Boeing, für die Entwicklung seines neuen Modells 777 ein riesiges elektronisches Dokument anzulegen, das alle technischen Daten enthielt. Um die Zusammenarbeit zwischen den einzelnen Konstruktionsteams, Herstellungsgruppen und Zulieferbetrieben zu koordinieren, waren für die Entwicklung früherer Boeing-Typen Tausende von Konstruktionszeichnungen und der Bau eines kostspieligen Modells in Originalgröße erforderlich. Das Modell brauchte man, um sich davon zu überzeugen, daß die Teile des Flugzeugs, die von verschiedenen Ingenieuren entworfen worden waren, auch wirklich zusammenpaßten. Bei der Entwicklung der 777 verzichtete Boeing auf Konstruktionszeichnungen und Modell und verwendete statt dessen von Anfang an ein elektronisches Dokument, das digitale 3-D-Modelle aller Teile enthielt und zeigte, wie sie sich ineinanderfügten. An ihren Terminals konnten sich die Ingenieure den Entwurf aus verschiedenen Blickwinkeln ansehen. Sie konnten prüfen, wie die Arbeit in den einzelnen Bereichen vorankam, nach aufschlußreichen Testergebnissen suchen, Anmerkungen zur Kostenentwicklung machen und jeden Teil des Entwurfs in einer Weise verändern, die auf Papier nicht möglich gewesen wäre. Jeder, der an dem Entstehungsprozeß beteiligt war, arbeitete mit den gleichen Daten und konnte sich die Dinge ansehen, die ihn besonders betrafen. So erfuhren alle von jeder Veränderung und wer sie wann und warum vorgenommen hatte. Durch die Entscheidung für digitale Dokumente war Boeing in der Lage,

Hunderttausende von Papierbögen und Arbeitsstunden für Zeichnen und Kopieren einzusparen.

Darüber hinaus läßt sich mit digitalen Dokumenten schneller arbeiten als mit Papier. Sie können alle Daten augenblicklich übermitteln und fast genauso schnell wiederbekommen. Wer mit digitalen Dokumenten arbeitet, weiß, wieviel leichter man sich in ihnen zurechtfindet und wie einfach sie sich umstrukturieren lassen.

Das Reservierungsbuch in einem Restaurant beispielsweise ist nach Datum und Zeit geordnet. Eine Tischbestellung für neun Uhr steht weiter unten auf der Seite als eine Bestellung für acht Uhr. Auf die Reservierungen für Samstag mittag folgen die für Samstag abend. Der Oberkellner oder wer auch immer kann rasch herausfinden, wer für welchen Tag und welche Zeit einen Tisch bestellt hat, weil die Informationen des Buches nach diesem Schema organisiert sind. Doch wenn jemand aus irgendeinem Grund die Information auf andere Weise herausziehen möchte, erweist sich die einfache chronologische Anordnung als nutzlos.

Stellen Sie sich die Hilflosigkeit eines geplagten Oberkellners vor, wenn ich ihn anriefe und erklärte: »Mein Name ist Gates. Meine Frau hat irgendwann im nächsten Monat einen Tisch für uns reservieren lassen. Sind Sie so nett und gucken mal nach, wann das ist?«

»Tut mir leid, wissen Sie nicht, wann Sie reserviert haben?« würde der Kellner vermutlich fragen.

»Nein, das versuche ich ja gerade herauszufinden.«

»Wissen Sie, ob es an einem Wochenende war?« fragt er weiter.

Da er weiß, daß er das Buch Seite für Seite durchblättern muß, hofft er, sich die Arbeit leichter machen zu können, indem er das Datum irgendwie eingrenzt.

Restaurants können herkömmliche Reservierungsbücher benutzen, weil die Zahl ihrer Reservierungen sich in Grenzen hält. Das Reservierungssystem einer Fluggesellschaft ist kein Buch, sondern eine Datenbank, die eine enorme Zahl von Daten über

Hunderte von weltweit stattfindenden Flügen umfaßt – Flugzeiten, Preise, Buchungen, Platzreservierungen, Passagierlisten. Das Reservierungssystem SABRE der amerikanischen Fluggesellschaften speichert seine Daten – 4,4 Billionen Byte, also mehr als 4000 Milliarden Zeichen – auf Computer-Magnetplatten. Wollte man die Informationen aus dem SABRE-System in ein Reservierungsbuch aus Papier übertragen, brauchte man mehr als zwei Milliarden Seiten.

Solange wir Papierdokumente oder Sammlungen solcher Dokumente haben, rufen wir Informationen linear ab – durch Register, Inhaltsverzeichnisse und Querverweise verschiedener Art. Das alles sind jeweils unterschiedliche Orientierungshilfen. In den meisten Büros sind die Akten nach Kunden, Anbietern oder Projekten in alphabetischer Reihenfolge geordnet, doch für den raschen Zugriff ist häufig ein zweiter Satz der Korrespondenz in chronologischer Folge abgelegt. Es gibt berufsmäßige Registerverfasser, die den Wert eines Buches für den Benutzer dadurch erhöhen, daß sie alternative Wege entwickeln, an seine Informationen heranzukommen. Und bevor die Bibliothekskataloge mit EDV erfaßt wurden, waren die Bücher auf verschiedenen Karteikarten in den Papierkatalogen enthalten, so daß ein Leser ein Buch über den Titel, seinen Autor oder seine Autoren und über das jeweils behandelte Thema finden konnte. Diese Redundanz sollte die Information leichter zugänglich machen.

Als Kind war ich vernarrt in die *World Book Encyclopedia* meiner Eltern aus dem Jahr 1960. Die gebundenen Bände enthielten nur Text und Bilder. Sie zeigten, wie Edisons Phonograph ausgesehen hatte, aber dessen kratzigen Ton ließen sie nicht erklingen. Auf einigen Fotografien der Enzyklopädie war zu sehen, wie sich eine haarige Raupe in einen Schmetterling verwandelte, aber es gab keinen Film, der diese Metamorphose lebendig werden ließ. Schön wäre es auch gewesen, wenn das Buch mir Fragen gestellt hätte zu dem, was ich gelesen hatte, oder wenn die Informationen immer auf dem neuesten Stand gewesen wären. Natürlich waren mir diese Mängel damals nicht bewußt. Mit acht Jahren begann ich, den ersten Band zu studieren, und war entschlossen, alle Bände in einem Zug durchzulesen. Dabei hätte ich den Stoff leichter aufnehmen können, wenn mir alle Artikel über das 16. Jahrhundert oder über Medizin hintereinander präsentiert worden wären. Statt dessen las ich über »Garter Snakes« (eine nordamerikanische Schlange), dann die Stadt »Gary, Indiana« und »Gas«. Trotzdem fand ich die Enzyklopädie toll, und ich blieb ihr fünf Jahre treu, bis ich zum Band mit den Anfangsbuchstaben »Ps« gelangt war. Da entdeckte ich die Encyclopaedia Britannica, die gründlicher und genauer in ihren Darstellungen war. Allerdings wußte ich, daß meine Ausdauer nicht ausreichen würde, um sie ganz zu lesen. Außerdem begann meine Begeisterung für Computer bereits den größten Teil meiner Freizeit aufzuzehren.

Gedruckte Enzyklopädien umfassen heute meist zwei Dutzend Bände, enthalten Millionen von Wörtern, Tausende von Abbildungen und kosten Hunderte oder Tausende von Dollars. Das ist keine ganz unbedeutende Investition, vor allem, wenn man bedenkt, wie rasch die dort gelieferten Informationen überholt sind. Die Microsoft Encarta, die sich besser verkauft als alle gedruckten oder anderen Multimedia-Enzyklopädien, ist auf einer einzigen CD-ROM von wenigen Gramm untergebracht. 26000 Themen behandelt sie mit neun Millionen Wörtern Text, acht Stunden Ton, 7000 Fotografien und Abbildungen, 800 Karten, 250 interaktiven Schaubildern und Tabellen und 100 Animationen und Videoclips. Dabei kostet sie keine 100 Dollar. Wenn Sie wissen möchten, wie der ägyptische »Ud« (ein Musikinstrument) klingt, die Abdankungsrede des englischen Königs Edward VIII. aus dem Jahr 1936 hören wollen oder gern eine Animation sehen würden, die erklärt, wie ein Motor arbeitet, dann können Sie dort alle diese Informationen bekommen – etwas, das ihnen keine gedruckte Enzyklopädie je wird bieten können.

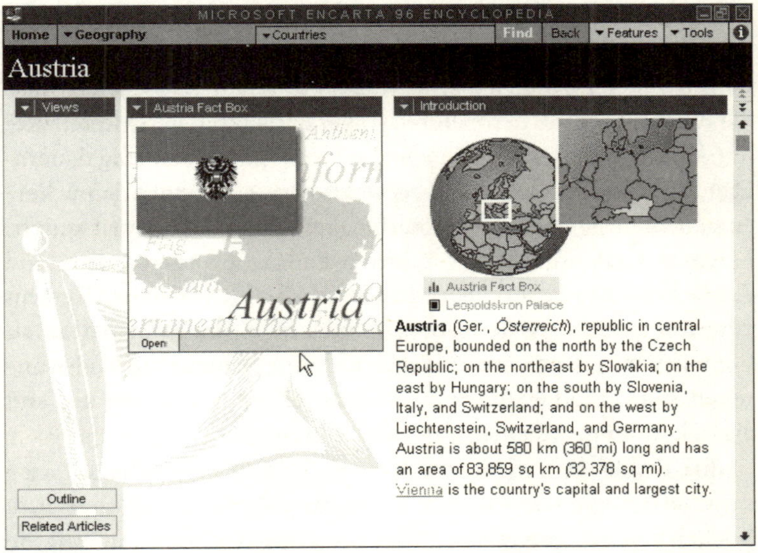

Bildschirmseite aus der elektronischen Multimedia-Enzyklopädie *Encarta* von Microsoft (1995)

Artikel in einer gedruckten Enzyklopädie führen im Anhang häufig eine Liste von Artikeln über verwandte Themen auf. Um sie zu lesen, müssen Sie unter Umständen zu anderen Bänden greifen. Bei einer CD-ROM brauchen Sie nur den Verweis anklikken, und schon erscheint der Artikel. Auf dem Information Highway werden Enzyklopädieartikel Links zu verwandten Artikeln enthalten – nicht nur in der gleichen Enzyklopädie, sondern auch in anderen Quellen. Mit jedem Thema, das Sie interessiert, können Sie sich so eingehend beschäftigen, wie Sie wollen. So wird eine Enzyklopädie auf dem Highway mehr als nur ein Nachschlagewerk sein – sie wird, wie der traditionelle Bibliothekskatalog, ein Tor zum gesamten menschlichen Wissen sein.

Heute ist es sehr mühsam, gedruckte Informationen zu filtern. Es ist fast unmöglich, zu einem bestimmten Thema die besten

Informationen zu entdecken – in Büchern, Zeitungsartikeln und Filmen. Und die Informationen, auf die man stößt, zusammenzutragen ist ungeheuer zeitraubend. Wenn Sie beispielsweise die Biographien aller Nobelpreisträger der letzten Jahre lesen wollen, könnte das Zusammenstellen gut und gern einen Tag dauern. Dagegen werden elektronische Dokumente interaktiv sein. Verlangen Sie irgendeine Information, und das Dokument reagiert. Machen Sie deutlich, daß Sie ihre Meinung geändert haben, und das Dokument reagiert abermals. Sobald Sie sich an dieses System gewöhnt haben, werden Sie feststellen, daß die Information an Wert gewinnt, wenn man sie sich auf unterschiedliche Weise ansehen kann. Die Flexibilität fordert zu Erkundungen heraus, und die Erkundungen werden mit Entdeckungen belohnt.

Ihre täglichen Nachrichten werden Sie sich auf ähnliche Weise verschaffen können. Dabei können Sie angeben, wie lange Ihre Nachrichtensendung dauern soll. Das wird möglich sein, weil Sie sich jeden Nachrichtenbeitrag individuell aussuchen lassen können. Die nur für Sie zusammengestellte und ausgestrahlte Nachrichtensendung könnte Nachrichten von NBC, BBC, CNN und aus der *Los Angeles Times* enthalten, während der Wetterbericht von Ihrem Lieblingsmeteorologen bei einem regionalen Sender stammt – oder von einem privaten Meteorologen, der seine Dienste über das Netz anbietet. Sie haben die Möglichkeit, lange Beiträge über Themen zu verlangen, die Sie besonders interessieren, und Kurznachrichten über andere Ereignisse. Wenn Sie beim Anschauen der Nachrichtensendung über bestimmte Geschehnisse mehr erfahren wollen, als Ihnen angeboten wird, können Sie ohne Schwierigkeiten weitere Hintergrundinformationen oder Einzelheiten anfordern – entweder von einem anderen Nachrichtensender oder von einer Datenbank.

Unter den verschiedenen Gattungen, die heute auf Papier dokumentiert werden, gehört die der erzählenden Literatur zu den wenigen, die von ihrer Umwandlung in die elektronische Gestalt nicht profitieren wird. Im Gegensatz zu fast allen Nachschlagewerken besitzen Romane keine Register, weil es keine Veranlassung gibt, in einem Roman etwas nachzuschlagen. Romane sind linear. Aus dem gleichen Grund sehen wir uns auch die meisten Filme vom Anfang bis zum Ende an. Das ist kein technisch bestimmter Gesichtspunkt, sondern ein künstlerischer: Die Linearität ist untrennbar mit dem Erzählprozeß verknüpft. Vielleicht wird man neue Formen der interaktiven Erzählweise erfinden, die sich die elektronische Welt zunutze machen, trotzdem werden sich linear aufgebaute Romane und Filme auch weiterhin großer Beliebtheit erfreuen.

Auf dem Highway werden sich digitale Dokumente, gleich welcher Art, leichter und kostengünstiger vertreiben lassen. Millionen von Menschen und Firmen werden Dokumente herstellen und sie über das Netz veröffentlichen. Dabei werden einige Dokumente für ein zahlendes Publikum bestimmt und andere allen daran Interessierten frei zugänglich sein. Digitale Speicherung ist unglaublich kostengünstig. Auf Festplatten in PCs wird eine Speicherkapazität von einem Megabyte (einer Million Bytes) bald nur noch 0,15 Dollar kosten. Um das richtig einzuordnen: Ein Megabyte enthält ungefähr 700 Seiten Text, so daß die Kosten bei etwa 0,00021 Dollar pro Seite liegen werden – das ist ungefähr ein Zweihundertstel dessen, was der Copyshop an der Ecke für eine Seite berechnet. Und da man die Möglichkeit hat, den Speicherplatz wieder für neue Informationen zu nutzen, handelt es sich bei den genannten Beträgen in Wirklichkeit um Speicherplatz pro Zeiteinheit – mit anderen Worten um Platzmiete. Wenn wir für die Festplatte lediglich eine Lebensdauer von drei Jahren zugrunde legen, dann beträgt der Restbuchwert pro Seite pro Jahr 0,00007 Dollar. Und Speicherplatz wird ständig billiger. In den letzten Jahren sind die Preise für Festplatten pro Jahr um 50 Prozent gesunken.

Text läßt sich besonders leicht speichern, weil er in digitaler Form sehr kompakt ist. Das Sprichwort: Ein Bild sagt mehr als tausend Worte, ist in der digitalen Welt nur allzu wahr. Fotografien von hoher Qualität beanspruchen weit mehr Raum als Text, und noch mehr Platz brauchen Filme (die sich ja aus einer Sequenz von bis zu 30 unterschiedlichen Bildern pro Sekunde zusammensetzen). Dennoch sind die Vertriebskosten für Daten dieser Art immer noch relativ niedrig. Ein Spielfilm nimmt in komprimierter digitaler Form ungefähr vier Gigabyte (4000 Megabyte) in Anspruch, was einem Festplattenwert von ungefähr 1600 Dollar entspricht.

Tausendsechshundert Dollar, um einen einzigen Film zu speichern – das klingt nicht gerade billig. Aber bedenken Sie, daß eine Videothek von einem beliebten Film in der Regel mindestens acht Kopien zu 80 Dollar das Stück einkauft. Mit diesen acht Kopien kann das Geschäft nur acht Kunden pro Tag versorgen.

Sobald die Magnetplatte und der Computer, der sie verwaltet, mit dem Highway verbunden sind, ist nur eine Kopie des Dokuments erforderlich, um allen Interessenten Zugang zu ihm zu bieten. Von besonders beliebten Dokumenten wird man Kopien auf mehreren Servern haben, um Verzögerungen zu vermeiden, wenn eine besonders große Zahl von Benutzern Zugang dazu haben möchte. Mit einer einzigen Investition – etwa soviel, wie heute eine Videothek für einen gefragten Videotitel ausgibt – kann ein Server von seiner Magnetplatte aus Tausende von Kunden gleichzeitig bedienen. Dafür muß jeder Kunde nur die Kosten für die kurzzeitige Nutzung des Speicherplatzes und die Übertragungsgebühr bezahlen. Und diese Aufwendungen werden außerordentlich gering sein, so daß die Extrakosten pro Benutzer praktisch gleich null sein werden.

Das soll nicht heißen, daß man die Information umsonst erhält, aber die Vertriebskosten werden sehr gering sein. Wenn Sie ein gedrucktes Buch kaufen, bezahlen Sie einen erheblichen Teil Ihres Geldes für Herstellungs- und Vertriebskosten und nicht für die Arbeit des Autors. Bäume müssen gefällt, zu Grundstoff gemahlen und zu Papier verarbeitet werden. Das Buch muß gedruckt und gebunden werden. Die meisten Verleger investieren Kapital in eine erste Auflage, deren Umfang eine sehr optimistische Einschätzung der Verkaufschancen widerspiegelt, weil der Druck um so kostengünstiger wird, je höher die Zahl der Exemplare ist. Das Kapital, das in diesen Lagerbeständen gebunden ist, bedeutet ein finanzielles Risiko für die Verlage – alle Exemplare können sie nie verkaufen, und selbst wenn es gelingt, braucht das seine Zeit. Inzwischen lagert der Verlag sie, dann müssen sie zum Grossisten transportiert werden, bis sie endlich beim Einzelhändler landen. Auch diese investieren Kapital in ihren Lagerbestand und erwarten finanzielle Erträge.

Wenn schließlich der Kunde zum Buch greift und die Kasse klingelt, macht der Verdienst des Autors unter Umständen einen ziemlich kleinen Teil des Kuchens aus im Vergleich zu dem Geld, das in den materiellen Prozeß der Informationsverbreitung auf dem verarbeiteten Holzgrundstoff fließt. Diesen Vorgang bezeichne ich gern als »Reibung« des Vertriebs, denn er verhindert Angebotsvielfalt und sorgt dafür, daß ein Großteil des Geldes nicht dem Autor, sondern anderen Menschen zufließt.

Der Information Highway wird weitgehend »reibungslos« arbeiten, ein Thema, auf das ich in Kapitel acht noch näher eingehen werde. Diese Reibungslosigkeit spielt beim Informationsvertrieb eine unglaublich wichtige Rolle. Es werden mehr Autoren zu Wort kommen, weil vom Geld der Kunden nur noch ein sehr geringer Teil für den Vertrieb aufgewendet werden muß.

Als Gutenberg die Druckerpresse erfand, brachte das die erste wirkliche Veränderung für die Vertriebsreibung – damit ließ sich nämlich Information zu jedem Thema rasch und relativ kostengünstig verteilen. Die Druckerpresse schuf ein Massenmedium, weil sie Vervielfältigung mit geringer Reibung ermöglichte. Das sprunghaft steigende Buchangebot veranlaßte die breite Öffentlichkeit, zu lesen und zu schreiben, doch sobald die Menschen über die entsprechenden Fertigkeiten verfügten, konnten sie noch viele andere Dinge mit dem geschriebenen Wort anstellen. Geschäftsleute konnten Inventarlisten führen und Verträge aufsetzen. Liebespaare konnten sich Briefe schicken. Jeder konnte sich Notizen machen und Tagebuch führen. Für sich genommen hätten diese Anwendungen die Menschen wohl kaum in großer Zahl dazu bewegen können, sich dem mühsamen Prozeß des Lesen- und Schreibenlernens zu unterziehen. Solange es keine echte Verwendung für eine größere Zahl von lese- und schreibkundigen Menschen gab, besaß das geschriebene Wort als Mittel zur Informationsspeicherung keinen großen Wert. Erst durch die Bücher wurde die Fähigkeit, zu lesen und zu schreiben, zur kritischen Masse, so daß man fast sagen kann, die Druckerpresse habe uns lesen gelehrt.

Dank der Druckerpresse war es unproblematisch, viele Kopien von einem Dokument anzufertigen. Doch was war mit Schriftstücken, die nur für wenige Menschen bestimmt waren? Für Veröffentlichungen in begrenzten Auflagen war eine neue Technik erforderlich. Brauchte man nur eine oder zwei Kopien, so bot sich Kohlepapier an. Mit Vervielfältigungsgeräten und anderen Maschinen, an denen man sich schmutzige Hände holte, konnte man Dutzende Kopien herstellen, mußte das aber bei der Herstellung des Originaldokuments bereits einplanen.

Als Chester Carlson in den dreißiger Jahren von der umständlichen Prozedur der Patentanmeldung die Nase voll hatte (alle eingereichten Zeichnungen und Texte mußten per Hand kopiert werden), faßte er den Plan, ein besseres Verfahren zur Informationsvervielfältigung in kleinen Mengen zu erfinden. Das Ergebnis nannte er »Xerographie«, als er es 1940 patentieren ließ. 1959 brachte das Unternehmen, das er gegründet hatte – später trug es den Namen Xerox –, den ersten serienmäßig gefertigten Kopierer auf den Markt. Der Kopierer 914, mit dem man geringe Zahlen von Dokumenten leicht und preiswert kopieren konnte, revolutionierte die Art und Menge der Informationen, die man in kleinen Gruppen in Umlauf brachte. Nach den ersten Marktforschungsstudien sollte Xerox höchstens 3000 Exemplare seines ersten Kopierers verkaufen. Tatsächlich waren es 200000 Stück. Ein Jahr nach Einführung des Kopierers wurden 50 Millionen Kopien pro Monat angefertigt. 1986 waren es bereits mehr als 200 Milliarden, und die Zahl ist seither weiter gestiegen. Die meisten dieser Kopien wären nie entstanden, wäre die Technik nicht so preiswert und problemlos gewesen.

Der Fotokopierer und sein jüngerer Vetter, der Lasertischdrukker, erleichterten – zusammen mit der Software für Desktop Publishing – die Herstellung von Mitteilungsblättern, Aktennotizen, Partyeinladungen, Handzetteln und anderen Dokumenten, die für eine Leserschaft von bescheidener Größe bestimmt sind. So hat auch Carlson die Vertriebsreibung der Information verringert. Der unglaubliche Erfolg seines Kopierers beweist, was für erstaunliche Dinge geschehen, sobald man die Vertriebsreibung reduziert.

Natürlich ist es leichter, Kopien von einem Dokument herzustellen, als es in lesbarer Form erneut abzufassen. Prinzipiell läßt sich in einem Jahr eine unbegrenzte Zahl von Büchern veröffentlichen. Eine durchschnittliche Buchhandlung führt 10000 verschiedene Titel, einige der neuen Riesenläden bieten vielleicht 100000 an. Nur ein kleiner Bruchteil, weniger als 10 Prozent, aller in den Handel gelangenden Bücher bringt dem Verlag Geld ein, doch einige übertreffen die kühnsten Erwartungen.

Mein Lieblingsbeispiel aus jüngerer Zeit ist das Buch *Eine kurze Geschichte der Zeit* von Stephen W. Hawking, einem brillanten Wissenschaftler, der unter ALS (amyotrophischer Lateralsklerose) leidet. Dadurch ist er an den Rollstuhl gefesselt und kann sich seiner Umwelt nur unter großen Schwierigkeiten verständlich machen. Welche Chancen hätte er gehabt, seine Abhandlung über den Ursprung des Universums bei einem Verlag unterzubringen, wenn es nur eine Handvoll Verlagshäuser gäbe und jedes nur ein paar Bücher pro Jahr herausbringen könnte? Stellen Sie sich einen Lektor vor, der noch einen Titel frei hätte und sich nun zwischen Hawkings Studie und Madonnas *Sex*-Buch entscheiden müßte. Natürlich nähme er Madonnas Buch, weil mit einem Verkauf von einer Million Exemplaren zu rechnen wäre. So viele sind tatsächlich verkauft worden, von Hawkings Buch allerdings 5,5 Millionen Stück, und der Absatz hält immer noch an.

Hin und wieder überraschen diese unverhofften Bestseller alle Welt (bis auf den Autor). *Die Brücken am Fluß* von Robert James Waller, ein Buch, das ich mit großem Vergnügen gelesen habe, war der erste veröffentlichte Roman eines Kommunikationswissenschaftlers an einer Business School. Der Verlag präsentierte das Buch nicht als potentiellen Bestseller, aber letztlich weiß man nie, wie das Publikum reagiert. Wie bei den meisten Beispielen für zentrale Planung, die der Marktentscheidung vorzugreifen versuchen, handelte es sich auch hier um ein grundsolides Fehlurteil. Fast immer gibt es ein, zwei Bücher auf den Bestsellerlisten, die dort wie aus dem Nichts auftauchen, weil Bücher – im Vergleich zu anderen Medien – relativ kostengünstig produziert werden können und die Verlage deshalb auch auf den ersten Blick weniger aussichtsreichen Projekten eine Chance geben.

Für Fernsehproduktionen oder Spielfilme liegen die Kosten sehr viel höher, deshalb ist es dort gefährlicher, Risiken einzugehen. In den frühen Tagen des Fernsehens gab es in jeder Region nur ein paar Sender, so war die Programmplanung auf das größtmögliche Publikum zugeschnitten.

Das Kabelfernsehen erhöhte die Zahl der zur Verfügung stehenden Sender, obwohl es ursprünglich einem ganz anderen Zweck diente. Ende der vierziger Jahre begann man, es einzurichten, um den Menschen in entlegenen Gebieten einen besseren Fernsehempfang zu ermöglichen. Gemeinschaftsantennen, die ein örtliches Kabelsystem versorgten, wurden von Fernsehzuschauern errichtet, deren Empfang durch Hügel oder Berge gestört wurde. Damals hätte sich niemand träumen lassen, daß eines Tages auch Gemeinden mit einwandfreiem Fernsehempfang für den Anschluß an Kabelsysteme bezahlen würden, um Zugang zu einem ununterbrochenen Strom von Musikvideos zu bekommen oder Kanäle sehen zu können, die 24 Stunden am Tag nichts als Nachrichten oder Wetterberichte senden.

Als die Zahl der Sender von drei oder vier auf 30 und mehr kletterte, veränderte sich die Programmdynamik. Wenn Sie die Verantwortung für das Programm des dreißigsten Kanals hätten, würden Sie kaum nennenswerte Einschaltquoten erzielen, falls Sie nur die Kanäle 1 bis 29 nachahmten. Deshalb waren die Programmplaner von Kabelkanälen gezwungen, sich zu spezialisieren. Wie Zeitschriften und Informationsblätter für besondere Zielgruppen gewinnen diese neuen Kanäle Zuschauer, weil sie sich den ausgeprägten Interessen relativ kleiner Gruppen zuwenden. Ganz anders verfährt die allgemeine Programmplanung, die versucht, für jeden etwas zu bringen. Doch die Produktionskosten und die geringe Anzahl von Kanälen wirken sich noch immer einschränkend auf die Zahl der produzierten Fernsehprogramme aus.

Obwohl es weit weniger kostet, ein Buch zu verlegen, als eine Fernsehshow zu produzieren, ist es noch viel im Vergleich zur elektronischen Publikation. Um ein Buch herauszubringen, muß ein Verlag zunächst einmal die Vorkosten von Herstellung, Vertrieb und Marketing übernehmen. Der Information Highway wird ein Medium schaffen, dessen Marktzugangsschranken so niedrig sind wie sonst nirgends. Das Internet bietet ideale Voraussetzungen für den Selbstverlag. Seine Schwarzen Bretter lassen einige der Veränderungen erkennen, die eintreten werden, wenn jeder Zugang zu Vertriebsmethoden mit geringer Reibung hat und Nachrichten, Bilder und Software aus eigener Produktion in Umlauf bringen kann.

Mitverantwortlich für die Beliebtheit des Internet sind die

Schwarzen Bretter. Man muß einen Gedanken nur eintippen und an irgendeine Mailbox schicken – schon wird er veröffentlicht. Das bedeutet natürlich, daß man im Internet viel Mist findet, aber auch das eine oder andere Juwel. In der Regel ist eine Nachricht nur ein oder zwei Seiten lang. Eine einzige Nachricht, die man an ein beliebtes Schwarzes Brett oder eine Mailing List (Online-Dienst, der Interessenten ständig mit Nachrichten bestimmter Art beliefert, A. d. L.) adressiert, kann Millionen Menschen erreichen und ansprechen. Oder sie versauert dort ohne die geringste Wirkung. Die letztgenannte Möglichkeit riskieren die Benutzer nur deshalb, weil die Vertriebsreibung so gering ist. Die Bandbreite des Netzes ist so groß und die anderen Kostenfaktoren sind so gering, daß niemand darüber nachdenkt, was es kostet, eine Nachricht abzuschicken. Schlimmstenfalls ist es Ihnen ein bißchen peinlich, wenn sich niemand um Ihre Nachricht kümmert. Wenn Ihre Nachricht dagegen ankommt, werden viele Menschen sie zur Kenntnis nehmen, sie per E-Mail an ihre Freunde weiterleiten und sie mit eigenen Anmerkungen versehen.

Über Schwarze Bretter Nachrichten auszutauschen ist verblüffend zeitsparend und preisgünstig. Gegen Post und Telefon ist nichts einzuwenden, wenn zwei Leute sich ihre Gedanken mitteilen, aber es geht ziemlich ins Geld, wenn man auf diesem Wege versucht, eine Gruppendiskussion zu führen. Ein Brief kostet eine Mark, und ein Ferngespräch ist meist noch teurer. Und um ein solches Gespräch zu führen, müssen Sie die Telefonnummer kennen und einen passenden Zeitpunkt ausmachen. Deshalb kostet es eine Menge Zeit und Mühe, um mit einer Gruppe von selbst bescheidener Größe in Kontakt zu bleiben. Auf einem Schwarzen Brett brauchen Sie Ihre Nachricht nur einmal einzugeben, und sie ist jedem zugänglich, der sich die Mühe macht, einen Blick darauf zu werfen.

Schwarze Bretter im Internet behandeln eine große Vielfalt von Themen. Einige Nachrichten sind als Witz gemeint. Jemand schickt eine Mitteilung humoristischen Inhalts an ein Schwarzes Brett oder eine Mailing List. Wenn jemand sie amüsant findet, leitet er sie als E-Mail weiter. Ende 1994 geschah das mit einer angeblichen Pressemeldung, derzufolge Microsoft die katholische Kirche gekauft hatte. Tausende Exemplare wurden betriebsintern über das E-Mail-System von Microsoft verbreitet. Ich selbst erhielt mehr als 20 Kopien von verschiedenen Freunden und Kollegen innerhalb und außerhalb des Unternehmens, die sie für wert befanden, weitergeleitet zu werden.

Doch es gibt sehr viel ernsthaftere Beispiele dafür, daß sich mit Hilfe des Netzes Menschen mobilisieren lassen, die gemeinsame Sorgen oder Interessen haben. Während des Putsches gegen Jelzin in Rußland waren beide Seiten in der Lage, durch Nachrichten an elektronischen Schwarzen Brettern Verbindung zu Menschen in der ganzen Welt aufzunehmen. Durch das Netz bekommen Sie Kontakt zu Personen, die Sie nie getroffen und von denen Sie noch nie gehört haben, die aber zufällig Ihre Interessen teilen.

Informationen, die durch elektronischen Aushang veröffentlicht werden, sind nach Themen geordnet. Jedes Schwarze Brett – jede Newsgroup – hat einen Namen, und jeder Interessierte kann dort eine Nachricht aushängen. Es gibt Listen der verschiedensten Newsgroups; Sie können aber auch nach Namen suchen, die interessant klingen. Wenn Sie sich über übersinnliche Phänomene austauschen möchten, wenden Sie sich an die Newsgroup alt.paranormal. Möchten Sie darüber mit Leuten diskutieren, die nicht an solche Dinge glauben, so wäre sci.skeptic das Richtige für Sie. Sie können aber auch mit copernicus.bbn.com Kontakt aufnehmen und sich im National School Network Testbed Unterrichtsvorbereitungen ansehen, die von der Vorschule bis zur zwölften Klasse einsetzbar sind. Für fast jedes Thema, das Ihnen einfällt, gibt es eine Gruppe, die darüber im Netz kommuniziert.

Wie beschrieben, begann mit Gutenberg die massenhafte Form von Publikation, doch hat die dadurch in Gang gesetzte Alphabetisierung auch zu einer Verbreitung der privaten Korrespondenz geführt. Die elektronische Kommunikation ging den umgekehrten Weg. Sie begann als E-Mail, als Verfahren zum Gedankenaustausch in kleinen Gruppen. Heute machen sich Millionen Menschen die geringe Vertriebsreibung zunutze, um über Schwarze Bretter höchst verschiedener Art Kontakt zu einer großen Zahl von Benutzern aufzunehmen.

Zwar bietet das Internet enorme Möglichkeiten, aber wenn es glaubwürdig bleiben soll, dürfen die Erwartungen nicht zu hoch geschraubt werden. Die Gesamtzahl der Internet-Benutzer, einschließlich kommerzieller Online-Dienste wie Prodigy, CompuServe und America Online, macht noch immer nur einen sehr geringen Prozentsatz der Bevölkerung aus. Aus Umfragen wissen wir, daß fast 50 Prozent aller PC-Benutzer in den Vereinigten Staaten ein Modem besitzen, daß aber weniger als 10 Prozent von ihnen einen Online-Dienst in Anspruch nehmen. Und der Teilnehmerabgang ist sehr hoch – viele Abonnenten kündigen schon vor Ablauf eines Jahres.

Beträchtliche Investitionen werden erforderlich sein, um die Online-Inhalte so attraktiv zu machen, daß sie die PC-Benutzer wirklich faszinieren und die Zahl der Online-Teilnehmer von 10 auf 50 Prozent ansteigen lassen können – oder gar auf die 90 Prozent, an die ich glaube. Ein Grund dafür, daß von diesen Investitionen heute noch nichts zu sehen ist, liegt darin, daß einfache Verfahren für Autoren und Verlage, von Benutzern oder Werbungtreibenden Gebühren einzuziehen, gerade erst entwickelt werden.

Kommerzielle Online-Dienste erheben Gebühren, lassen den Inhaltsanbietern aber nur Honorare zwischen 10 und 30 Prozent dessen zukommen, was die Kunden zahlen. Obwohl der Anbieter die Kunden und den Markt wahrscheinlich besser kennt, liegen die Preispolitik – wie hoch der Kunde belastet wird – und das Marketing in den Händen des Dienstes. Die resultierenden Einkünfte sind einfach nicht so groß, daß sie die Anbieter veranlassen könnten, aufsehenerregende neue Online-Angebote auf den Markt zu bringen.

In den kommenden Jahren wird die Entwicklung von Online-Diensten diese Probleme lösen und einen Anreiz bieten, das Informationsangebot auszuweiten und interessanter zu gestalten. Es wird neue Abrechnungsverfahren geben – Monatsabonnements, Stundenpreise, Gebühren pro in Anspruch genommenem Dienst und Werbekosten –, so daß sich die Einkünfte der Inhaltsanbieter erhöhen. Sobald das passiert, wird es ein erfolgreiches neues Massenmedium geben. Vielleicht müssen wir noch ein paar Jahre und neue Netzwerktechnologien abwarten – so wie ISDN und moderne Modems –, aber auf die eine oder andere Weise wird es dazu kommen. Und wenn es soweit ist, werden sich ungeheure neue Möglichkeiten für Autoren, Redakteure und Regisseure erschließen – für alle, die geistiges Eigentum schaffen.

Immer wenn ein neues Medium entsteht, werden dessen erste Inhalte aus anderen Medien übernommen. Doch will man die Möglichkeiten des elektronischen Mediums optimal nutzen, muß man bei der Gestaltung der Inhalte diese Möglichkeiten vor Augen haben. Bislang hat man die Online-Inhalte in ihrer großen Mehrheit aus anderen Quellen »abgekupfert«. Zeitschriften und Zeitungsverlage übernehmen Texte, die für gedruckte Ausgaben geschrieben wurden, und bringen sie online, oft genug ohne alle Bilder, Tabellen und Abbildungen. Nur aus Text bestehende Schwarze Bretter und E-Mail-Nachrichten mögen zwar interessant sein, können aber mit den anderen vielfältigen und abwechslungsreichen Informationsangeboten in unserem Leben nicht mithalten. Online-Inhalte müssen viele Abbildungen, Fotos und Hyperlinks zu verwandten Informationen enthalten. Sobald die Übertragungsmöglichkeiten schneller und die finanziellen Modalitäten geklärt sind, wird es auch mehr Audio- und Videoelemente geben.

Aus der Entwicklung von Multimedia-CD-ROMs – Multimedia-Versionen von Musik-CDs – haben wir einige wichtige Dinge gelernt, die wir bei der Herstellung von Online-Inhalten beherzigen sollten. Multimedia-Produktionen auf CD-ROM können höchst unterschiedliche Informationsarten – Text, Grafik, Fotos, Animation, Musik und Filme – zu einem einzigen Dokument verbinden. In vielen Fällen macht das »Multi« und nicht das »Media« den Wert dieser Produktionen aus. Sie dürften den vielseitigen Dokumenten, die uns die Zukunft bringen wird, am nächsten kommen.

Musik und andere akustische Sequenzen auf CD-ROMs sind einwandfrei, aber selten so gut wie auf einer Musik-CD. Zwar kann man Musik in CD-Qualität auf einer CD-ROM speichern, doch das dafür erforderliche Format ist sehr umfangreich, so daß man, wenn man zuviel von diesem Klang speichert, nicht mehr viel Platz für Daten, Grafik und andere Elemente hat.

Filmsequenzen auf CD-ROMs sind noch verbesserungsbedürftig. Vergleicht man die Qualität, mit der ein PC heute Filme wiedergeben kann, mit den briefmarkengroßen Displays, die man noch vor ein paar Jahren hatte, dann sind die Fortschritte schon verblüffend. Altgediente Computerbenutzer gerieten aus dem Häuschen, als sie die ersten Filmsequenzen auf ihren Computern sahen. Andererseits ist das körnige, zittrige Bild kaum besser als das Fernsehen der fünfziger Jahre. Die Größe und die Qualität der Bilder werden mit schnelleren Prozessoren und leistungsfähigerer Kompression besser werden und schließlich sogar weit schärfer sein als die Fernsehbilder von heute.

Die CD-ROM-Technik hat eine neue Kategorie von Anwendungen ermöglicht. In dieser neuen, ansprechenden Form werden mittlerweile Bestellkataloge, Museumsführer und Lehrbücher herausgebracht. Jedes Thema wird behandelt. Wettbewerb und technischer Fortschritt werden die Qualität der Produktionen rasch verbessern. An die Stelle der CD-ROMs werden Hochleistungsdiscs treten, die wie heutige CDs aussehen, aber zehnmal soviel Daten werden speichern können. Dank ihrer zusätzlichen Kapazität werden diese erweiterten CDs mehr als zwei Stunden digitales Filmmaterial auf einer einzigen Disc speichern können, das heißt, sie werden einen ganzen Spielfilm erfassen. Dabei wird die Bild- und Tonqualität viel besser sein als der beste Empfang auf einem heutigen Fernsehapparat, und mit neuen Generationen von Grafikchips wird es möglich sein, Multimedia-Titel zu produzieren, deren hollywoodreife Spezialeffekte vom Benutzer interaktiv gesteuert werden können.

Multimediale CD-ROMs sind heute deshalb so verbreitet, weil sie den Benutzern Interaktivität ermöglichen, und nicht, weil sie das Fernsehen nachahmen. Daß sich Interaktivität gut verkauft, zeigt die Beliebtheit von CD-ROM-Spielen wie *Myst* von Brøderbund und *Seventh Guest* von Virgin Interactive Entertainment – Krimigeschichten, die eine Erzählung so mit einer Reihe von Rätseln verknüpfen, daß der Spieler ein Rätsel löst, indem er Hinweise in beliebiger Reihenfolge zusammenträgt.

Der Erfolg dieser Spiele hat Autoren dazu veranlaßt, interaktive Romane und Filme zu schreiben, in denen sie die handelnden Personen einführen und die Geschichte in groben Zügen skizzieren, es dann aber dem Leser/Spieler überlassen, Entscheidungen zu treffen, die den Ausgang dieser Geschichte verändern. Sicher will niemand, daß der Leser oder Zuschauer bei jedem Buch oder Film die Möglichkeit hat, das Ergebnis zu beeinflussen. Eine gute Geschichte, die in Ihnen nichts als den Wunsch weckt, sich für ein paar Stunden in einen stillen Winkel zurückzuziehen und sie zu genießen, ermöglicht wunderbare Unterhaltung. Ich möchte mir kein anderes Ende für *Der große Gatsby* oder *Das süße Leben* ausdenken. Das haben F. Scott Fitzgerald und Federico Fellini für mich getan. Spannung und Ungewißheit, wesentliche Voraussetzungen für das Vergnügen an großer erzählender Kunst, sind sehr leicht zu stören und verflüchtigen sich womöglich unter der Drastik interaktiver Eingriffe. Man kann nicht gleichzeitig eine Geschichte steuern und sich mit seiner Einbildungskraft in ihr verlieren. Interaktive Fiktion ist den älteren Formen fiktionaler Unterhaltung so verwandt und zugleich so verschieden von ihnen wie die Lyrik vom Drama.

Vom Netz wird man auch interaktive Geschichten und Spiele beziehen können. Diese Anwendungen mögen gleiche Inhalte wie CD-ROMs haben, aber zumindest eine Zeitlang wird man der Software besondere Sorgfalt zukommen lassen müssen, damit sie bei der Verwendung im Netz nicht zu langsam ist. Wie schon oben beschrieben, liegt das daran, daß die Bandbreite oder Geschwindigkeit, mit der die Datenbits von der CD-ROM auf den Computer überspielt werden, sehr viel größer ist als die Bandbreite des vorhandenen Telefonnetzes. Im Laufe der Zeit werden die Netze die CD-ROM-Geschwindigkeit einholen – schließlich sogar übertreffen. Wenn dieses Stadium erreicht ist, wird man für beide Datenträger gleiche Inhalte produzieren. Doch das wird noch einige Jahre auf sich warten lassen, da man auch in der CD-ROM-Technik Verbesserungen erzielen wird. In der Zwischenzeit wird die Übertragungsgeschwindigkeit die beiden Formen hinreichend voneinander unterscheiden, so daß sie eigenständige Techniken bleiben werden.

Die technischen Voraussetzungen von CD-ROM und Online-Diensten haben sich enorm verbessert, doch bislang produzieren nur sehr wenige Computerbenutzer eigene Multimedia-Dokumente. Noch erfordert das zuviel Mühe. Millionen Menschen besitzen Camcorder und nehmen Videos mit ihren Kindern oder ihren Urlaubserlebnissen auf. Doch um Videos für den Computer zu bearbeiten, muß man ein Fachmann sein und über eine aufwendige Ausrüstung verfügen. Das wird sich ändern. Millionen Menschen stehen heute bereits relativ preiswerte Textverarbeitungs- und Desktop-Publishing-Programme für den PC zur Verfügung, mit denen sich einfache Papierdokumente von professioneller Qualität herstellen lassen. Die Desktop-Publishing-Software ist so vervollkommnet worden, daß mittlerweile viele Zeitschriften und Zeitungen mit dem gleichen PC und dem gleichen Softwarepaket hergestellt werden, die Sie in Ihrem Computerladen kaufen können, um mit ihnen die Einladungskarten für die Geburtstagsfeier Ihrer Tochter anzufertigen. Eines Tages wird die Software für die Bearbeitung von Filmen und für die Erzeugung von Spezialeffekten ebenso preiswert und leicht erhältlich sein wie heute die Programme für Desktop Publishing. Dann wird der Unterschied zwischen Profis und Amateuren nur noch vom jeweiligen Talent abhängen und nicht mehr vom Zugang zu den Werkzeugen, den *tools*.

Einen der ersten Spezialeffekte hat Georges Méliès auf die Leinwand gebracht, als er 1899 in dem Film *Die geheimnisvolle Schachtel* eine Frau in Federn verwandelte; seither gehört der Trick zum Handwerkszeug des Filmemachers. In jüngster Zeit hat die Technik der Spezialeffekte durch die digitale Manipulation der Bilder eine sprunghafte Entwicklung erlebt. Zunächst verwandelt man ein Foto in binäre Daten, die sich, wie wir gesehen haben, durch Softwareanwendungen leicht handhaben lassen. Dann werden die digitalen Daten verändert und schließlich wieder in fotografische Form gebracht – als Bild in einem Film. Wenn diese Modifikationen gut gemacht sind, kann man sie praktisch nicht entdecken, was phantastische Wirkungen erzielen kann. Solchen Computerprogrammen verdankten die Dinosaurier in *Jurassic Park*, die donnernden Gnuhufe im *König der Löwen* und die verrückten Comiceffekte in *Die Maske* ihr Leben. Da die Hardware nach dem Mooreschen Gesetz immer schneller und die Software immer raffinierter wird, ist dieser Entwicklung praktisch keine Grenze gesetzt. Hollywood wird die Entwicklung weiter vorantreiben und verblüffende neue Effekte erfinden.

So werden Softwareprogramme Filmszenen vortäuschen, die so echt wie mit einer Kamera abgefilmt aussehen. Den Zuschauern in *Forrest Gump* war klar, daß die Szenen mit den Präsidenten Kennedy, Johnson und Nixon fingiert waren. Jeder wußte, daß Tom Hanks nicht wirklich mit ihnen zusammengetroffen ist. Weit schwerer war zu erkennen, daß Gary Sinise seine beiden intakten Beine für die Rolle des Kriegsversehrten mittels digitaler Datenverarbeitung eingebüßt hatte. Mit Hilfe von künstlichen Figuren und digitaler Bearbeitung lassen sich Filmstunts ungleich sicherer durchführen. Bald wird man die Software zur Erzeugung solcher Effekte mit einem Standard-PC herstellen können. Angesichts der Leichtigkeit, mit der sich mittels PC und Bildbearbeitungs-Software bereits heute komplexe Bilder manipulieren lassen, wird es bald keine Mühe mehr bereiten, fotografische Dokumente zu fälschen oder Fotografien so zu verändern, daß niemand es bemerken kann. Je billiger diese Form der Synthese wird, desto häufiger wird man sie anwenden; wenn wir Tyrannosaurus rex zum Leben erwecken können, warum sollte uns das mit Elvis nicht auch gelingen?

Auch wer nicht den Ehrgeiz hat, ein Cecil B. DeMille oder eine Lina Wertmüller zu werden, wird ganz selbstverständlich Multimedia-Elemente in die Dokumente aufnehmen, die er täglich herstellt. So könnte jemand damit beginnen, daß er eine E-Mail-Nachricht eintippt, handschriftlich notiert oder spricht: »Ein Mittagessen im Park ist vielleicht doch keine so gute Idee. Seht euch mal den Wetterbericht an.« Um der Nachricht Nachdruck zu verleihen, könnte er mit dem Cursor auf ein Icon, ein Bildsymbol, deuten, das für den Wetterbericht eines örtlichen Fernsehsenders steht, und es über den Bildschirm in das Dokument ziehen. Wenn seine Freunde die Nachricht erhalten, können sie sich auf ihren Bildschirmen den Wetterbericht ansehen – ein professionell erstelltes Dokument.

Schulkinder werden eigene Bilderalben und Filme produzieren und sie über den Information Highway Freunden und Verwandten zuschicken können. Falls ich Zeit dazu habe, bastele ich gern besondere Gruß- und Einladungskarten zusammen. Wenn ich beispielsweise eine Geburtstagskarte für meine Schwester entwerfe, dann füge ich manchmal, um der Karte eine persönliche Note zu geben, Bilder ein, die sie an besonders lustige Ereignisse des zurückliegenden Jahres erinnern sollen. Künftig werde ich in der Lage sein, Videoclips einzubauen, deren Einpassung mich nur ein paar Minuten Arbeit kosten wird. Mit einfachen Mitteln wird man ein interaktives »Album« aus Fotografien, Videos und Gesprächen zusammenstellen können. Firmen aller Art und Größe werden Multimedia-Nachrichten austauschen. Solche Spezialeffekte werden es verliebten Paaren ermöglichen, einen Text, einen Videoclip aus einem alten Film und einen Lieblingssong zu einem ganz persönlichen Valentinsgruß zusammenzustellen.

Je größer die Wiedergabetreue der visuellen und akustischen Elemente wird, desto besser wird das neue Medium in der Lage sein, die Wirklichkeit in all ihren Aspekten zu simulieren. Mittels dieser »virtuellen Realität« oder VR werden wir in der Lage sein, Orte »aufzusuchen« und Dinge zu »tun«, die uns sonst verwehrt blieben.

Fahrzeugsimulatoren liefern uns bereits einen gewissen Vorgeschmack auf die virtuelle Realität, indem sie uns die Empfindungen vermitteln, die wir in einem Düsenjäger, einem Rennauto oder einem Raumschiff hätten. Simulierte Reisen zählen zu den größten Attraktionen in Disneyland. Simulatorprogramme, etwa der Flugsimulator von Microsoft, gehören zu den beliebtesten Spielen, die je für PCs entwickelt worden sind, aber sie sind auf die Mitwirkung Ihrer Phantasie angewiesen. Flugsimulatoren für mehrere Millionen Dollar, wie sie beispielsweise Unternehmen wie Boeing haben, sorgen da für ganz andere Erlebnisse. Von außen betrachtet, sind das kastenartige, mechanische Gebilde auf Stelzen, die in einem Science-fiction-Film weit besser aufgehoben wären. Im Inneren übermittelt das Cockpit-Display komplizierte Daten; Flug- und Kontrollinstrumente sind mit einem Computer verbunden, der

Flugsituationen – einschließlich Notfälle – mit bemerkenswerter Genauigkeit simuliert, wie Piloten bestätigt haben.

Vor ein paar Jahren »flogen« zwei Freunde und ich einen Boeing-747-Simulator. Dort sitzen Sie vor der Instrumententafel in einem Cockpit, das sich in nichts von dem eines echten Flugzeugs unterscheidet. Durch die Fenster erblicken Sie die Bilder eines computererzeugten Farbfilms. Wenn Sie in dem Simulator »abheben«, erkennen Sie einen Flughafen und seine Umgebung. Auf der Simulation von Boeing Field würden Sie beispielsweise einen Tankwagen auf dem Rollfeld und in der Ferne den Mount Rainier sehen. Sie hören die Luft in Turbinen heulen, die nicht vorhanden sind, und das Klacken, mit dem das nichtexistierende Fahrgestell eingezogen wird. Sechs hydraulische Systeme unter dem Simulator kippen und schaukeln das Cockpit. Die Wirkung ist verblüffend.

In erster Linie sollen diese Simulatoren den Piloten Erfahrung im Umgang mit Notsituationen vermitteln. Als ich am Steuer des Simulators saß, ließen meine Freunde mir eine kleine Aufmerksamkeit zukommen, indem sie eine zweimotorige Privatmaschine vorbeischickten. Mit rasender Geschwindigkeit tauchte eine täuschend echt wirkende Cessna in meinem Gesichtskreis auf. Ich war auf den »Notfall« nicht vorbereitet und krachte in die kleine Maschine hinein.

Zahlreiche Unternehmen, von den Giganten der Unterhaltungsindustrie bis zu kleinen Firmenneugründungen, planen gegenwärtig, kleinere Simulatoren in Einkaufszentren und Innenstädten aufzustellen. Wenn die Technik preiswerter wird, werden Unterhaltungssimulatoren so selbstverständlich sein wie heute die Kinos. Und in nicht allzu ferner Zukunft werden Sie in Ihrem eigenen Wohnzimmer eine Simulation von hoher Qualität erleben können.

Sie möchten die Oberfläche des Planeten Mars erforschen? In der virtuellen Realität ist es viel sicherer. Was halten Sie davon,

Orte zu besichtigen, die kein Mensch jemals aufsuchen kann? So könnte ein Kardiologe durch das Herz eines Patienten schwimmen, um es in einer Weise zu untersuchen, die ihm herkömmliche Instrumente nicht ermöglichen könnten. Ein Chirurg wäre in der Lage, eine schwierige Operation einschließlich simulierter Zwischenfälle viele Male zu üben, bevor er einem echten Patienten tatsächlich mit dem Skalpell zu Leibe rückte. Sie könnten VR aber auch dazu benutzen, um durch eine selbstgeschaffene Phantasiewelt zu spazieren.

Die virtuelle Realität basiert auf zwei unterschiedlichen Technologien: der Software, die die Wirklichkeit erzeugt und sie auf neue Informationen reagieren läßt, und die Geräte, mit deren Hilfe der Computer die Informationen an die Sinnesorgane des Benutzers übermittelt. Die Software muß bis in die kleinste Einzelheit festlegen, wie die künstliche Welt aussehen, klingen und sich anfühlen soll. So kompliziert sich das auch anhören mag, in Wirklichkeit ist es der leichtere Teil. Wir könnten sofort mit der Entwicklung der VR-Programme beginnen, bräuchten aber weit mehr Computerleistung, um sie mit Wirklichkeitscharakter auszustatten. Doch angesichts des Tempos, mit dem die Technik voranschreitet, werden wir bald über diese Leistung verfügen. Die wirklich schwierige Aufgabe der VR besteht darin, die Information so zu präsentieren, daß sie die Sinnesorgane des Benutzers von deren Realität überzeugt.

Von allen Sinnesorganen ist das Gehör am leichtesten zu täuschen; um das zu erfahren, müssen Sie sich lediglich Kopfhörer aufsetzen. Im wirklichen Leben fangen Ihre beiden Ohren leicht voneinander abweichende Töne auf, weil sie an einander gegenüberliegenden Seiten Ihres Kopfes sitzen und unterschiedlich ausgerichtet sind. Ohne sie bewußt wahrzunehmen, erkennen Sie anhand dieser Unterschiede, woher ein Laut kommt. Diesen Effekt kann Software nachahmen, indem sie für einen gegebenen Laut berechnet, wie jedes Ohr ihn hören würde. Das funktioniert erstaunlich gut. In einem Kopfhörer, der mit einem Computer verbunden ist, können Sie ein Flüstern in Ihrem linken Ohr und Schritte in Ihrem Rücken hören.

Zwar sind die Augen schon schwerer hinters Licht zu führen als die Ohren, trotzdem lassen sich visuelle Wahrnehmungen noch einigermaßen unkompliziert simulieren. Fast immer gehört zur VR-Ausrüstung eine Spezialbrille mit Linsen, die die Blicke jedes Auges auf ein eigenes kleines Computerdisplay lenken. Mit Hilfe eines Sensors, der die Kopfbewegungen erfaßt, kann der Computer berechnen, in welche Richtung Sie Ihren Kopf gewendet haben, und synthetisch erzeugen, was Sie aus diesem Blickwinkel sehen würden. Wenden Sie den Kopf nach rechts, rückt der Bildausschnitt, den die Datenbrille zeigt, weiter nach rechts. Legen Sie den Kopf in den Nacken, zeigt die Brille die Zimmerdecke oder den Himmel. Bislang sind die VR-Brillen zu schwer, zu kostspielig und zu beschränkt in ihrer Auflösung. Und noch immer sind die Computersysteme, von denen diese Geräte gespeist werden, ein bißchen zu langsam. Wenn Sie den Kopf rasch wenden, taucht der entsprechende Bildausschnitt erst mit einer gewissen Verzögerung auf. Das ist sehr verwirrend und führt bei den meisten Menschen nach kurzer Zeit zu Kopfschmerzen. Aber keine Angst – Größe, Tempo, Gewicht und Kosten gehören genau zu den Faktoren, die die technische Entwicklung laut dem Mooreschen Gesetz bald korrigieren wird.

Weit schwerer sind andere Sinnesorgane zu täuschen, weil es keine einfachen Verfahren gibt, um Ihre Nase oder Zunge oder die Oberfläche Ihrer Haut an einen Computer anzuschließen. Für den Tastsinn wird gegenwärtig ein Ganzkörperanzug favorisiert, der mit winzigen Sensoren ausgestattet ist und Feedbackgeräte steuert, die auf diesem Weg mit Ihrer gesamten Hautoberfläche in Berührung kämen. Ich glaube nicht, daß man solche Körperanzüge in großer Zahl benutzen wird, aber sie werden sicherlich machbar sein.

Auf einem üblichen Computermonitor gibt es zwischen 30 und 50 farbige Bildpunkte (Pixels) pro Zentimeter (72 bis 120 *dpi*), was auf eine Gesamtzahl von 300000 bis eine Million hinausläuft. Ein Ganzkörperanzug wäre vermutlich mit punktförmigen Tastsensoren ausgekleidet – jeder für einen winzigen Fleck zuständig. Analog zu den Pixels wollen wir diese kleinen Tastelemente »Tactels« nennen.

Wenn der Anzug genügend solcher Tactels aufwiese und wenn sie fein genug steuerbar wären, ließe sich jedes Tasterlebnis simulieren. Falls alle Tactels gemeinsam zu gleicher Länge ausgefahren würden, fühlte sich die so erzeugte »Oberfläche« glatt an, als preßte man eine geschliffene Metalloberfläche gegen Ihre Haut. Ließe man sie auf unterschiedliche, zufallsbestimmte Längen ausfahren, so würden sie den Eindruck einer rauhen Oberflächenbeschaffenheit hervorrufen.

Für einen VR-Körperanzug würde man zwischen einer Million und zehn Millionen Tactels brauchen – je nachdem, auf wie viele verschiedene Längen man ein Tactel ausfahren könnte. Aus Untersuchungen der menschlichen Haut weiß man, daß ein Ganzkörperanzug ungefähr 40 Tactels pro Zentimeter (100 *dpi*) aufweisen müßte – einige mehr an Fingerspitzen, Lippen und anderen empfindlichen Stellen. Die größten Teile der Hautfläche haben nur eine geringe Tastauflösung, so daß nach meiner Meinung 256 Tactels *(dpi)* genügen würden, um Simulationen höchster Qualität zu erzeugen. Das entspricht der Zahl der Farben, die die meisten Computermonitore für jedes Pixel verwenden.

Die gesamte Informationsmenge, die ein Computer verarbeiten müßte, um Sinneserlebnisse über den Tactel-Anzug zu vermitteln, liegt irgendwo zwischen dem Ein- und Zehnfachen der Information, die heute der Bildschirm eines PCs benötigt. Das ist wahrlich nicht viel Computerleistung. Sobald jemand den ersten Tactel-Anzug hergestellt hat, werden die PCs ihn auch problemlos steuern können, dessen bin ich sicher.

Das klingt nach Science-fiction? Tatsächlich findet man die besten Beschreibungen der VR-Welt gegenwärtig in dem Science-fiction-Genre, das man als Cyberpunk bezeichnet, etwa in den Romanen von William Gibson. Statt einen Körperanzug anzulegen, »klinken« sich seine Helden »ein«, indem sie einfach ein Computerkabel direkt an ihr Nervensystem anschließen. Sicherlich wird die Wissenschaft eine Zeitlang brauchen, um herauszufinden, wie sich das bewerkstelligen läßt, und wenn sie es endlich geschafft hat, wird es den Highway schon lange geben. Manchen Menschen jagt diese Vorstellung kalte Schauer über den Rücken, andere sind fasziniert. Zunächst wird man diese Möglichkeit wohl nutzen, um Körperbehinderten zu helfen.

Wie nicht anders zu erwarten, haben sich Spekulationen (und Wunschdenken) besonders intensiv mit virtuellem Sex oder Cybersex beschäftigt. Unverhüllte sexuelle Inhalte sind so alt wie die Information selbst. Über kurz oder lang gelingt es stets, jede neue Technik in den Dienst des ältesten Verlangens der Welt zu stellen. Die Babylonier haben uns auf Tontafeln erotische Gedichte in Keilschrift hinterlassen, und einer der ersten Zwecke, zu denen die Druckerpresse verwendet wurde, war die Pornographie. Als die Videorekorder die privaten Haushalte eroberten, stiegen die Verkaufs- und Ausleihzahlen von Pornofilmen sprunghaft an, und heute erfreuen sich CD-ROMs mit obszönem Inhalt großer Beliebtheit. Im Internet und im französischen Minitel-System finden die sexuell ausgerichteten Angebote einschlägiger Online-Dienste viele Abonnenten. Wenn sich die Geschichte wirklich wiederholt, dann dürfte Cybersex einer der ersten wichtigen Märkte für hochentwickelte VR-Dokumente sein. Doch die Geschichte lehrt auch, daß mit dem Wachstum der jeweiligen medialen Märkte die pornographischen Inhalte unaufhaltsam an Bedeutung verloren.

Bei all den neuen Anwendungen wird die Phantasie eine Schlüsselrolle spielen. Es genügt nicht, die wirkliche Welt wiederzuerschaffen. Große Filme sind weit mehr als eine naturgetreue filmische Wiedergabe wirklicher Ereignisse. Nachdem es Vitascope und Lumières Cinématographe bereits gab, brauchten Neuerer wie D. W. Griffith oder Sergej Eisenstein noch ein Jahrzehnt, um herauszufinden, daß bewegte Bilder mehr leisten können, als das wirkliche Leben oder auch ein Theaterstück aufzuzeichnen. Die bewegten Bilder stellten eine neue und dynamische Kunstform dar und konnten die Zuschauer deshalb ganz anders ansprechen als das Theater. Das begriffen die Pioniere und erfanden den Film so, wie wir ihn heute kennen.

Werden uns die nächsten zehn Jahre die Griffiths und Eisensteins der Multimedia-Anwendungen bescheren? Es gibt allen Grund zu der Annahme, daß sie bereits mit der vorhandenen Technik experimentieren, um herauszufinden, was sie mit ihr anfangen können.

Ich nehme an, die Multimedia-Experimente werden dann noch einmal zehn Jahre fortdauern und noch einmal zehn Jahre und so fort, ohne Ende. Zunächst werden die Multimedia-Elemente in den Dokumenten des Information Highway eine Synthese aus den gegenwärtigen Medien bilden – ein intelligentes Verfahren, die Kommunikation vielseitiger zu gestalten. Doch im Laufe der Zeit werden neue Formen und Formate entstehen, die über alles hinausgehen, was wir heute kennen. Der exponentielle Anstieg der Computerleistung wird die Tools, die Werkzeuge, ständig verändern und immer neue Möglichkeiten eröffnen, die dann so exotisch und weit hergeholt erscheinen werden, wie einige der Dinge, über die ich hier spekuliert habe, heute auf uns wirken mögen. Talent und Kreativität haben den technischen Fortschritt stets auf unvorhersehbare Weise geprägt.

Wie viele Menschen haben die Begabung, ein Steven Spielberg, eine Jane Austen oder ein Albert Einstein zu werden? Wir wissen, daß es zumindest ein Exemplar jeder dieser Sorten gab, und vielleicht ist das alles, was der Menschheit gewährt wird. Ich bin allerdings fest davon überzeugt, daß es viele begabte Menschen gibt, deren Ehrgeiz und Möglichkeiten durch ihre wirtschaftliche Situation und den Mangel an technischen Voraussetzungen eingeschränkt sind. Durch die neue Technologie werden den Menschen enorme Ausdrucksmöglichkeiten zuwachsen. So wird der Information Highway einer neuen Generation von Genies ungeahnte künstlerische und wissenschaftliche Möglichkeiten eröffnen.

7. Folgen für die Geschäftswelt

In dem Maße, wie Dokumente flexibler werden, mehr mit Multimedia angereichert und weniger an Papier gebunden, werden auch die Formen der Zusammenarbeit und der Kommunikation reicher werden und weniger ortsgebunden. Fast jeder Tätigkeitsbereich – Wirtschaft, Bildung, Freizeit – wird davon betroffen sein. Der Information Highway wird die Kommunikation noch stärker revolutionieren als das Computing. Am Arbeitsplatz macht sich das schon bemerkbar.

Effizienz verschafft einen Konkurrenzvorteil – ein Anreiz für Unternehmen, Technologien zu übernehmen, durch die sie produktiver werden. Elektronische Dokumente und Netzwerke bieten einem Unternehmen Chancen, das Informationsmanagement, den Service und die Zusammenarbeit nach innen und außen zu verbessern. Der Personalcomputer hat das Wirtschaftsleben schon gewaltig verändert. Aber was er alles kann, wird man erst merken, wenn die PCs innerhalb und außerhalb eines Unternehmens eng vernetzt sind.

In den nächsten zehn Jahren werden die Unternehmen in aller Welt einen tiefgreifenden Wandel erleben. Die Software wird bedienerfreundlicher werden, und Firmen werden das Nervensystem ihrer Organisation in Netzwerke verlegen, die bis zu jedem Mitarbeiter reichen und nach draußen in die Welt der Lieferanten, Berater und Kunden. Im Endergebnis werden die Firmen effektiver und in vielen Fällen kleiner werden. Auf längere Sicht wird allerdings die Bedeutung der geographischen Nähe zu großstädtischen Dienstleistungszentren durch den Information Highway sinken, viele Unternehmen werden sich dezentralisieren und ihre

Aktivitäten verteilen, und es ist möglich, daß die Städte ebenso schrumpfen wie die Unternehmen.

Schon in den nächsten fünf Jahren wird die Bandbreite der in großstädtischen Geschäftszentren verfügbaren Kommunikationswege um den Faktor 100 zunehmen, denn die Netzwerkanbieter drängeln sich danach, Ballungsräume anzuschließen, wo Kunden mit hohem Kommunikationsbedarf konzentriert sind. Wirtschaftsunternehmen werden als erste diese Highspeed-Netzwerke nutzen. Jede neue Computertechnologie wurde zuerst von Unternehmen übernommen, weil die finanziellen Vorteile fortgeschrittener Informationssysteme sich leicht demonstrieren lassen.

Die Leiter kleiner und großer Unternehmen werden staunen, was die Informationstechnologie alles zu bieten hat. Ehe sie investieren, sollten sie bedenken, daß der Computer nur ein Werkzeug ist, das bei der Lösung klar definierter Probleme helfen kann. Er ist nicht, wie manche anscheinend erwarten, ein magisches Allheilmittel. Wenn mir ein Firmenchef sagen würde: »Ich mache Verluste, ich muß mir wohl einen Computer anschaffen«, würde ich ihm raten, seine Strategie zu überdenken, bevor er investiert. Wenn tiefgreifende Veränderungen nötig sind, kann die Technik allenfalls einen Aufschub erwirken. Was die technische Aufrüstung eines Unternehmens angeht, gibt es eine Regel, derzufolge in einem effizienten Betrieb durch Automatisierung die Effizienz steigt. Es gibt allerdings eine weitere Regel, die besagt, daß in einem ineffizienten Betrieb durch Automatisierung die Ineffizienz steigt.

Statt unüberlegt für jeden Angestellten die tollste und neueste Ausrüstung anzuschaffen, sollte die Unternehmensleitung, gleichgültig, wie groß die Firma ist, erst einmal überlegen, wie die Firma funktionieren soll. Wie sehen die wesentlichen Abläufe aus, wie die wichtigsten Entscheidungsgrundlagen? Wie sollte der Informationsfluß am besten funktionieren?

Wenn zum Beispiel ein Kunde anruft, werden dann sämtliche

Informationen über die Beziehungen zu diesem Kunden – aktueller Stand des Kundenkontos, irgendwelche Beschwerden, Angaben darüber, wer in Ihrer Firma bislang diesen Kunden betreut hat – sofort auf einem Bildschirm ausgegeben? Technisch läßt sich das ganz einfach bewerkstelligen, und Kunden erwarten zunehmend einen entsprechenden Service. Wenn Ihr System nicht in der Lage ist, auf Anhieb Auskunft über die Lieferbarkeit oder den Preis eines Produkts zu geben, drohen Sie gegenüber einem Konkurrenten, der die Technik besser nutzt, zurückzufallen. Manche Autohersteller zentralisieren zum Beispiel die Wartungsinformationen, so daß jeder Händler sofort abrufen kann, was in der Wartung eines Fahrzeugs bisher erfolgt ist und ob es Probleme gab, die immer wieder auftraten.

Auch sollte eine Firma ihre gesamten internen Abläufe prüfen, zum Beispiel die Leistungsbewertung ihrer Mitarbeiter, die Unternehmensplanung, die Absatzanalyse und die Produktentwicklung, und entscheiden, wie sie durch Netzwerke und andere elektronische Informationswerkzeuge effektiver gemacht werden können.

Was wir über Computer in der Wirtschaft denken und wie wir sie einsetzen – da hat sich doch einiges geändert. Als Kind stellte ich mir unter Computern etwas Großes und Mächtiges vor. Die Banken hatten einen Haufen davon. Die Fluggesellschaften konnten damit ihre Reservierungen kontrollieren. Computer waren Instrumente der großen Organisationen, und auf ihnen beruhte der Vorsprung, den Großunternehmen gegenüber den Kleinen hatten, die mit Stift und Schreibmaschine arbeiteten.

Heute dagegen ist der Personalcomputer, wie der Name schon sagt, ein Werkzeug des einzelnen, auch in Großunternehmen. Wir nutzen den Personalcomputer ganz persönlich als Hilfsmittel zur Erledigung unserer Arbeit.

Wer für sich allein arbeitet, dem hilft der Personalcomputer beim Schreiben, bei der Erstellung von Rundschreiben und beim Erkunden neuer Ideen. Ein Maschinenstürmer könnte fragen:

»Hätte Churchill besser geschrieben, wenn er ein Textverarbeitungsprogramm gehabt hätte? Hätte Cicero im römischen Senat bessere Reden gehalten?« Hinter solchen Zweifeln steckt die Vorstellung, daß große Dinge auch ohne moderne Hilfsmittel erreicht wurden und es daher vermessen wäre, anzunehmen, bessere Hilfsmittel seien imstande, die Leistungen der Menschen zu steigern. Ob sich die Produktivität eines Künstlers dadurch heben ließe, das mag dahingestellt bleiben, fest steht aber, daß geschäftliche Abläufe, Effizienz und Zuverlässigkeit dadurch verbessert werden. Nehmen wir irgendeinen Reporter. Auch früher hat es tüchtige Journalisten gegeben. Heute ist es aber viel leichter, Fakten zu überprüfen, Berichte vom Ort des Geschehens zu übermitteln und mit Nachrichtendiensten, Redakteuren und sogar Lesern elektronisch in Verbindung zu bleiben. Auch ist es viel einfacher, hochwertige Diagramme und Bilder in eine Reportage einzufügen. Oder schauen Sie sich an, wie wissenschaftliche Themen präsentiert werden. Vor 20 bis 30 Jahren sah man kaum wissenschaftliche Illustrationen von Spitzenqualität, außer in wissenschaftlichen Büchern und Hochglanzmagazinen wie *Scientific American*. Wenn heute sogar Zeitungen Wissenschaftsberichte in schöner Form präsentieren, dann liegt das auch daran, daß sie mit Hilfe von PC-Software rasch detaillierte Zeichnungen und Illustrationen anfertigen können.

Unternehmen jeder Größe haben in unterschiedlicher Weise vom Personalcomputer profitiert. Die größten Nutznießer waren vermutlich kleine Unternehmen, weil kostengünstige Hard- und Software Zwergunternehmen in die Lage versetzten, sich besser gegen große, multinationale Konzerne zu behaupten. Großorganisationen neigen zur internen Spezialisierung: Eine Abteilung schreibt Prospekte, eine andere macht die Buchführung, wieder eine andere den Kundendienst und so weiter. Wenn Sie bei einer großen Firma anrufen, um sich über Ihr Konto zu informieren, erwarten Sie, daß ein Spezialist Ihnen umgehend Antwort gibt.

Bei Kleinunternehmern hatte man andere Erwartungen, weil sie sich nicht so spezialisieren konnten. Wenn eine Frau ein Restaurant oder einen Laden eröffnet, dann ist sie allein für die Werbeprospekte, die finanziellen Angelegenheiten und den Kundenkontakt zuständig. Welche Fülle von Aufgaben ein Kleinunternehmer zu bewältigen hat, ist schon erstaunlich. Da können ein Personalcomputer und ein paar Softwarepakete sehr hilfreich sein. Auf diese Weise kann ein Kleinunternehmen sich besser gegen die Großen behaupten.

Der größte Vorteil, der Großunternehmen aus dem Personalcomputer erwächst, ist ein verbesserter Informationsfluß. Dank des PC entfallen enorme Unkosten, die durch Besprechungen und andere interne Vorgänge entstehen, mit denen in großen Firmen die Koordination aufrechterhalten wird. Die elektronische Post hat großen Firmen mehr Vorteile gebracht als kleinen.

Die Nutzung von Informationswerkzeugen begann bei Microsoft intern damit, daß wir das Ausdrucken von Computerberichten nach und nach einstellten. In vielen Firmen sieht man, wenn man in das Büro eines leitenden Managers tritt, Bücher mit gebundenen Computerausdrucken der monatlichen Bilanzen, ordentlich abgelegt und im Regal aufgereiht. Bei Microsoft werden diese Zahlen nur auf einem Computerbildschirm zugänglich gemacht. Wer Genaueres wissen möchte, kann sie nach bestimmten Zeitabschnitten, Niederlassungen und sonstigen Kriterien durchforschen. Als wir den Online-Finanzbericht einführten, änderte sich auch die Betrachtungsweise der Mitarbeiter. So überlegten sie sich, warum unser Marktanteil in einem bestimmten geographischen Bereich von dem in einem anderen abwich. Als wir mit den Informationen zu arbeiten begannen, entdeckten wir Fehler. Unsere EDV-Leute entschuldigten sich: »Diese Fehler tun uns furchtbar leid, aber seit fünf Jahren stellen wir jeden Monat diese Zahlen zusammen und verteilen sie, und keiner hat je ein Wort über diese Probleme verloren, obwohl sie schon immer da waren.« Die gedruckten Informationen waren nicht so gründlich studiert worden, daß man die Fehler bemerkt hätte.

Einem, der dieses System nicht benutzt, ist schwer zu vermitteln, wie flexibel man wird, wenn die Information elektronisch abrufbar ist. Ich selbst schaue mir unsere Finanzberichte kaum noch im Papierausdruck an, weil ich die elektronische Darstellung vorziehe.

Als 1978 die ersten elektronischen Tabellenkalkulationen auftauchten, waren sie gegenüber Papier und Bleistift eine enorme Verbesserung. Jedem Element in einer Datentabelle konnte eine Formel zugeordnet werden, die sich auf andere Elemente der Tabelle bezog. Änderte sich ein Wert, wirkte sich das sofort auf die übrigen Zellen aus, und so konnten Vorausschätzungen über Verkaufszahlen, Wachstum oder veränderte Zinssätze in einem Szenario durchgespielt werden, und man sah sofort, wie eine Änderung sich auswirken würde.

Heute gibt es Tabellenkalkulationsprogramme, die es gestatten, Datentabellen auf verschiedene Weise zu betrachten. Durch einfache Befehle können die Daten gefiltert und sortiert werden. Die Tabellenkalkulation, die ich am besten kenne, Microsoft Excel, enthält ein Leistungsmerkmal, das wir Pivot-Tabelle nennen. Damit können zusammengefaßte Informationen auf beinahe unendlich vielfältige Weise betrachtet werden. Die Zahlen verlieren ihren Schrecken. Das Summierungskriterium läßt sich ändern, indem man mit der Maus ein Auswahlkriterium anklickt oder einen Spaltenkopf mit der Maus von einer Seite der Tabelle zur anderen zieht. Man kann von einem zusammenfassenden summarischen Bericht ohne weiteres zur Analyse jeder beliebigen Datenkategorie oder zu einer Prüfung jedes einzelnen Details übergehen.

Jeden Monat erhalten alle Microsoft-Manager eine Pivot-Tabelle mit den Verkaufszahlen, aufgelistet nach Zweigstelle, Produkt und Vertriebsweg, für das laufende und das vorige Geschäftsjahr. Jeder Manager kann rasch eine seinen jeweiligen Be-

	A	B	C	D	E	F
1	Jahr	1995				
2	Verkäufer	Alle				
3						
4	Gesamtabsatz	Gebiet				
5	Produkt	Ost	Nord	Süd	West	Insgesamt
6	Benzin	1.722	8.019	53.160	71.935	134.836
7	Heizöl	27.498	11.098	4.891	36.670	80.157
8	Schmiermittel	2.294	1.531	993	3.527	8.345
9	Insgesamt	31.514	20.648	59.044	112.132	223.338

Pivot-Tabelle mit den Absatzzahlen von 1995, ausgewiesen nach Produktart und Absatzgebiet

	A	B	C	D	E	F
1	Jahr	1995				
2	Verkäufer	Adams				
3						
4	Gesamtabsatz	Gebiet				
5	Produkt	Ost	Nord	Süd	West	Insgesamt
6	Benzin	1.722	8.019	2.420	15.154	27.315
7	Heizöl	6.955	11.098	2.516	9.886	30.455
8	Schmiermittel	-	1.531	436	1.512	3.479
9	Insgesamt	8.677	20.648	5.372	26.552	61.249

Die gleiche Pivot-Tabelle nach Doppelklick auf die Schaltfläche »Verkäufer« und entsprechender Auswahl. Jetzt zeigt sie die Absatzzahlen des Jahres 1995 für einen Verkäufer, zusammengefaßt nach Produktart und Gebiet

	A	B	C	E	F	H	I	K
1								
2								
3	Gebiet	Alle						
4								
5	Gesamtabsatz	Produkt	Jahr					
6		Benzin		Heizöl		Schmiermittel		Insgesamt
7	Verkäufer	1994	1995	1994	1995	1994	1995	
8	Adams	40.251	27.315	28.804	30.455	3.435	3.479	133.739
9	Barnes	31.135	56.781	45.045	26.784	622	2.015	162.382
10	Cooper	40.936	50.740	28.770	22.918	1.475	2.851	147.690

Die gleiche Pivot-Tabelle mit den Absatzzahlen für 1994 und 1995, ausgewiesen nach Verkäufer und Produktart, nachdem die Schaltflächen »Produkt« und »Jahr« auf den Zeilenkopf und die Schaltfläche »Verkäufer« gezogen wurden dürfnissen entsprechende Sicht der Daten erstellen. Die Vertriebsmanager möchten vielleicht den Absatz in ihrem Gebiet mit dem Budget oder dem Vorjahr vergleichen. Produktmanager können sich den Absatz ihrer Produkte nach Ländern und Vertriebswegen anschauen. Es gibt Tausende von Möglichkeiten – einfach anklikken und wegziehen.

Bald wird es dank der immer schneller werdenden PCs möglich sein, dreidimensionale Grafiken von hoher Qualität darzustellen. Dann können Daten noch effektiver veranschaulicht werden als in der heutigen zweidimensionalen Präsentation. Dank weiterer Fortschritte wird man bequem in Datenbanken forschen können, indem man mündliche Fragen stellt, zum Beispiel: »Welche Produkte verkaufen sich am besten?«

Diese Innovationen werden dem breiten Publikum zuerst in den umfassenden Softwarepaketen für eine produktive Büroarbeit begegnen, die Textverarbeitung, Tabellenkalkulation, Datenbanken und E-Mail enthalten. Manche behaupten, diese Werkzeuge seien schon jetzt so ausgefeilt, daß neue Versionen gar nicht nötig seien. Aber das haben andere auch schon vor fünf oder zehn Jahren über die Software gesagt. Wenn in den nächsten fünf Jahren Spracherkennung, soziale Schnittstellen und Verbindungen zum Information Highway in die Kernanwendungen eingebunden werden, dann werden private Benutzer und Firmen die mit diesen verbesserten Anwendungen verbundenen Produktivitätssteigerungen äußerst attraktiv finden.

Die größte Produktivitätssteigerung und die stärkste Veränderung in den Arbeitsgewohnheiten wird die Vernetzung von PCs bringen. Ursprünglich wurde der PC benutzt, um die Erstellung von Dokumenten zu erleichtern, die dann auf Papier ausgedruckt und anderen durch Austeilen der Druckfassung zugänglich gemacht wurden. Die ersten PC-Netzwerke machten es möglich, daß mehrere sich einen Drucker teilten und Dateien auf einem zentralen Server gespeichert wurden. In diesen frühen Netzwerken waren selten mehr als 20 Computer zusammengeschlossen. Die größer gewordenen Netzwerke werden jetzt untereinander und mit dem Internet verknüpft, so daß jeder Benutzer mit jedem anderen kommunizieren kann. Heute werden überwiegend kurze Textdateien ausgetauscht, aber letztendlich wird man die ganze Fülle der im sechsten Kapitel erörterten Dokumente austauschen können. Firmen, die jedem Mitarbeiter die Vorteile der gemeinsamen Nutzung von Inhalten zugänglich machen wollen, haben ausgedehnte Netzwerke installiert, oft unter erheblichen Kosten. Die Niederlassung von Microsoft in Griechenland wendet zum Beispiel für ihre Verbindung zu unserem weltweiten Netzwerk mehr auf als für Gehaltszahlungen.

Allmählich wird die elektronische Post zum vorrangigen Mittel für den Austausch von Mitteilungen. Es gibt auch schon Schreibkonventionen. Wenn Sie zu verstehen geben wollen, daß ein Satz mit Humor zu nehmen ist, können Sie Doppelpunkt, Gedankenstrich und Klammer anfügen. Dieses zusammengesetzte Symbol, :-), ergibt, von der Seite betrachtet, ein lächelndes Gesicht. Sie könnten zum Beispiel schreiben: »Ich weiß nicht, ob das eine so tolle Idee ist? :-)« – das Smiley-Gesicht deutet an, daß Sie es nicht böse meinen. Wenn Sie die andere Klammer nehmen, wird aus dem lächelnden ein finsteres Gesicht, :-(, ein Ausdruck der Mißbilligung. Diese »Emoticons«, entfernte Verwandte des Ausrufezeichens, werden vermutlich verschwinden, wenn die E-Mail zu einem Medium wird, das auch Audio- und Videosignale überträgt.

In einer Firma wandern üblicherweise Papiere hin und her, man ruft sich an und/oder versammelt sich am Konferenztisch, um Informationen auszutauschen. Um auf diese Weise zu guten Entscheidungen zu kommen, braucht man viel Zeit und viele kostspielige persönliche Besprechungen und Präsentationen. Das kann sehr ineffizient sein. Firmen, die sich auch künftig allein dieser Methoden bedienen, drohen zurückzufallen gegenüber Konkurrenten, die schneller zu Entscheidungen kommen und dafür weniger Mittel und vermutlich auch weniger Managementebenen benötigen.

Bei Microsoft haben wir, weil wir im Technologiegeschäft sind, früh mit der elektronischen Kommunikation angefangen. Unser erstes E-Mail-System haben wir Anfang der achtziger Jahre installiert. Auch wenn wir damals nur ein Dutzend Mitarbeiter hatten, machte sich diese Neuerung schon bemerkbar. Rasch wurde sie zur wichtigsten Methode der internen Kommunikation. Statt Papiermemos, Technologiediskussionen, Reiseberichten und telefonischer Mitteilungen benutzten wir E-Mail. Das trug sehr zur Effizienz unserer kleinen Firma bei. Heute ist es, bei Tausenden von Mitarbeitern, eine absolute Notwendigkeit.

Die Benutzung von E-Mail ist einfach. Um eine elektronische Nachricht zu schreiben und zu verschicken, klicke ich einen großen Knopf mit der Aufschrift »Verfassen« an. Auf dem Bildschirm erscheint ein einfaches Formular. Jetzt tippe ich den Namen derjenigen Person ein, an die meine Nachricht gehen soll, oder suche den Namen aus einem elektronischen Adreßbuch heraus. Ich kann sogar angeben, daß die Mitteilung an eine ganze Gruppe von Empfängern gehen soll. So habe ich zum Beispiel, weil ich oft Mitteilungen an leitende Mitarbeiter schicke, die am Microsoft Office-Projekt arbeiten, in meinem Adressenverzeichnis einen Adressaten namens »Office«. Wenn ich diesen Eintrag wähle, geht die Nachricht an jeden der Beteiligten. Beim Absenden der Nachricht wird mein Name automatisch in die Rubrik »Von:« eingesetzt. Dann gebe ich ein kurzes Betreff ein, damit die Empfänger gleich wissen, worum es geht. Anschließend tippe ich die Mitteilung.

Eine elektronische Mitteilung besteht oft nur aus ein oder zwei Sätzen ohne Höflichkeitsfloskeln. Eine elektronische Mitteilung, die ich an drei oder vier Leute schicke, enthält unter Umständen nicht mehr als: »Lassen wir die Besprechung am Montag um 11 Uhr ausfallen und nutzen wir jeder die Zeit, um uns auf die Präsentation am Dienstag vorzubereiten. Einwände?« Es kommt vor, daß die ganze Antwort auf meine Mitteilung in einem knappen »Okay« besteht.

Das wirkt vielleicht ein bißchen wortkarg, aber man muß bedenken, daß der durchschnittliche Microsoft-Mitarbeiter täglich Dutzende von E-Mails erhält. Eine E-Mail-Mitteilung ist mit einem Statement oder einer Frage in einer Besprechung vergleichbar – ein Gedanke oder eine Nachfrage in einem fortlaufenden Gesprächsfluß. Obwohl bei Microsoft die E-Mail für geschäftliche Zwecke gedacht ist, wird sie natürlich, wie das Bürotelefon, auch für viele andere, persönliche und gemeinschaftliche, Zwecke verwendet. Wanderer können sich zum Beispiel an alle Mitglieder des Microsoft Hiking Club wenden, wenn sie jemanden suchen, der sie mit in die Berge nimmt. Und sicherlich hat auch die eine oder andere Liebesbeziehung bei Microsoft von der E-Mail profitiert. Als meine Frau Melinda und ich miteinander anbändelten, haben wir sie uns zunutze gemacht. Aus irgendeinem Grund fällt es den Leuten leichter, eine E-Mail zu schicken, als telefonisch oder von Angesicht zu Angesicht miteinander zu kommunizieren. Das kann je nach Situation ein Vorteil oder ein Problem sein.

Ich verbringe täglich mehrere Stunden mit dem Lesen und Beantworten von E-Mail, die Angestellte, Kunden und Geschäftspartner aus aller Welt an mich richten. Jeder in der Firma kann mir E-Mail schicken, und da ich der einzige bin, der meine E-Mail liest, braucht man sich in einer Mitteilung an mich nicht um Stilfragen zu scheren.

Ich würde wohl nicht so viel Zeit damit zubringen, wenn meine E-Mail-Adresse nicht quasi öffentlich bekannt wäre. Es gibt sogar ein Buch mit dem Titel *E-Mail Addresses of the Rich & Famous*, in dem meine E-Mail-Adresse sowie die des Autors Rush Limbaugh und des Senators Ted Kennedy angegeben sind. Als der Journalist John Seabrook für die Zeitschrift *The New Yorker* einen Artikel über mich schrieb, führte er das Interview überwiegend per E-Mail. Es war ein sehr effektiver Dialog, und der Artikel gefiel mir gut, aber er enthielt – leider – auch meine E-Mail-Adresse. Die Folge war eine E-Mail-Flut aus den verschiedensten Richtungen – angefangen von Schülern, die mich doch tatsächlich baten, ihre Hausaufgaben für sie zu erledigen, über Leute, die mich um Geld angingen, bis hin zu einer Gruppe, die sich für Wale interessierte und aus irgendeinem Grund meine E-Mail-Adresse in ihr Verzeichnis aufgenommen hatte. An meiner Adresse landen mal unverschämte, mal freundliche Mitteilungen von Unbekannten und provozierende von Journalisten (»Wenn Sie dies nicht bis morgen beantworten, werde ich eine Story über Sie und diese Oben-ohne-Kellnerin veröffentlichen!«).

Wir haben bei Microsoft besondere E-Mail-Adressen für Bewerbungen, Produktbewertung und andere ganz spezielle Mitteilungen. Aber ein Großteil dieser Mail landet trotzdem bei mir, und ich muß sie umleiten. Es gibt außerdem drei E-Mail-Kettenbriefe, die immer noch die Runde machen. Im ersten wird einem die totale Katastrophe angedroht, wenn man ihn nicht weiterschickt. Im zweiten wird die Strafe präzisiert: Das Sexualleben würde Schaden nehmen. Ein dritter, der seit sechs Jahren zirkuliert, enthält ein Rezept für Plätzchen und die Geschichte von einer Firma, die einer Frau zuviel Geld abgeknöpft hat, weshalb sie verlangt, daß man ihre Geschichte kostenlos verbreitet. In den verschiedenen Versionen werden unterschiedliche Firmen mit Namen genannt. Offenbar macht der Wunsch, sich an irgendeiner Firma zu rächen, diesen Brief zu einem solchen Dauerbrenner. Das alles findet sich vermengt mit oft wichtigen Nachrichten, die mich wirklich erreichen sollten. Zum Glück wird die E-Mail-Software laufend verbessert; so enthält sie jetzt bereits ein Feature, das mir erlaubt, Post von Absendern, die ich festgelegt habe, vorrangig zu behandeln.

Wenn ich unterwegs bin, gehe ich jeden Abend mit meinem Portable Computer in das E-Mail-System von Microsoft, um neue Mitteilungen abzurufen und die abzuschicken, die ich im Laufe des Tages an Leute in der Firma geschrieben habe. Die meisten Empfänger werden nicht einmal merken, daß ich nicht im Büro bin. Wenn ich mich von einer ausländischen Niederlassung aus in unser Firmennetzwerk einklinke, brauche ich nur ein Icon anzuklikken, um zu sehen, wie der Absatz läuft, um den Stand bei Projekten abzufragen oder in irgendeine andere Management-Datenbank hineinzugehen. Wenn ich Tausende von Meilen und einige Zeitzonen entfernt bin, finde ich es beruhigend, im elektronischen Hausbriefkasten nachsehen zu können, weil schlechte Nachrichten fast immer per E-Mail durchkommen. Deshalb brauche ich mir, wenn dort nichts Schlimmes vorliegt, keine Sorgen zu machen.

Inzwischen benutzen wir E-Mail zu allen möglichen Zwecken, an die wir ursprünglich gar nicht gedacht hatten. So erhalten die Mitarbeiter zu Beginn der alljährlichen Microsoft-Spendenkampagne, mit der Geld für wohltätige Zwecke gesammelt wird, eine E-Mail-Mitteilung, in der sie zum Mitmachen aufgerufen werden. In die Mitteilung wird, wenn man ein Icon anklickt, ein Formular eingeblendet, auf dem man elektronisch eine Spende zusagen kann, sei es als Barspende oder per Gehaltsabzug. Wird diese Option gewählt, geht die Information automatisch an die Datenbank der Lohnbuchhaltung von Microsoft. Die Angestellten können auf dem elektronischen Formular verfügen, daß ihre Spende an ihre lokale Wohltätigkeitsinitiative oder eine andere gemeinnützige Organisation überwiesen wird. Auf Wunsch können sie festlegen, daß ihre Spende einer oder mehreren der wohltätigen Einrichtungen zugute kommt, die von einer großen Vereinigung getragen werden, und sie können sogar einen Server aufrufen, um sich über diese Organisationen und die Möglichkeiten der Mitarbeit an ihrem Wohnort zu informieren. Das Ganze ist von A bis Z elektronisch. Als Leiter der Firma kann ich täglich die Summe der eingegangenen Zusagen daraufhin prüfen, ob die Beteiligung ausreicht oder ob noch ein paar aufmunternde Worte nötig sind, damit die Message verständlich wird, für wie wichtig wir die Spendenkampagne halten.

Heute gibt es außer firmeneigenen und textbasierten E-Mail-

Systemen, wie Microsoft eines für seine Zwecke verwendet, auch kommerzielle Dienste wie MCI Mail oder B. T. Gold (von der British Telecom) sowie Angebote von allen kommerziellen Online-Diensten wie CompuServe, Prodigy und Microsoft Network. Sie erfüllen dieselben Aufgaben wie einstmals die Telegramm- und später die Telexdienste. Die diesen E-Mail-Systemen angeschlossenen Benutzer können eine Nachricht an praktisch jeden schikken, der eine normale E-Mail-Adresse im Internet hat. Sowohl die privaten als auch die kommerziellen E-Mail-Systeme haben *Gateways*, über die Nachrichten vom Benutzer des einen Mail-Systems an einen Empfänger in einem anderen System weitergeleitet werden. Man kann praktisch jedem, der einen PC und ein Modem hat, eine Nachricht zukommen lassen, wobei allerdings die Wahrung des Briefgeheimnisses bei bestimmten Verbindungen schwierig ist, denn Sendungen im Internet sind nicht besonders sicher. Einige kommerzielle Dienste wie MCI stellen eine Nachricht auch per Fax, Telex oder als gewöhnliche Post zu, falls der Empfänger keinen elektronischen Briefkasten hat.

Weitere Fortschritte werden so manche Aktivität, deren Ineffizienz uns nicht einmal bewußt ist, vereinfachen und beschleunigen. Denken Sie nur einmal daran, wie wir unsere Rechnungen bezahlen. In der Regel läßt eine Firma eine Rechnung auf ein Blatt Papier drucken und in einen Umschlag stecken, der uns ins Haus gebracht wird. Wir machen den Brief auf, schauen in den Unterlagen nach, ob der Betrag und die Einzelposten stimmen, schreiben einen Scheck aus und versuchen, ihn so abzuschicken, daß er kurz vor Fälligkeit beim Empfänger eingeht. Wir sind so sehr an diesen Ablauf gewöhnt, daß wir gar nicht daran denken, wie aufwendig er ist. Nehmen wir an, Sie sind mit einer Rechnung nicht einverstanden. Sie rufen bei der Firma an und müssen warten, bis Sie zu dem zuständigen Mitarbeiter durchgestellt werden – wenn er denn überhaupt der zuständige ist. Andernfalls müssen Sie warten, daß jemand anderer Sie zurückruft.

So etwas wird bald Vergangenheit sein. Dann schauen Sie auf Ihrem PC, Ihrem Wallet-PC oder Ihrem Fernseher – eben dem von Ihnen bevorzugten Informationsgerät – nach, ob E-Mail da ist, darunter auch Rechnungen. Wenn eine Rechnung eingeht, wird das Gerät die Abwicklung der Bezahlung anzeigen. Wollen Sie die Rechnung beanstanden, tun Sie es asynchron, also dann, wenn es Ihnen gerade in den Kram paßt, indem Sie eine E-Mail schicken: »He, wieso ist diese Rechnung so hoch?«

Zehntausende von Firmen in den Vereinigten Staaten tauschen bereits Informationen über ein elektronisches System aus, das *Electronic Document Interchange*, kurz EDI. Dadurch können vertraglich miteinander verbundene Firmen bestimmte Transaktionen automatisch abwickeln. Die Verfahren sind so weitgehend festgelegt – es geht um Nachbestellung von Waren bzw. um Nachprüfung des Verbleibs einer Sendung –, daß EDI sich für spontane Mitteilungen nicht eignet, doch arbeiten etliche Firmen daran, die Vorteile von EDI und E-Mail in einem einzigen System zu vereinen.

Einer der Vorteile von E-Mail und EDI ist, daß sie asynchron laufen, doch wird es die synchrone Kommunikation auch künftig noch geben. Manchmal genügt es nicht, daß man lediglich eine Nachricht hinterläßt, weil man sofort eine Antwort braucht – und dann ruft man einfach an und spricht direkt mit dem Betreffenden.

In wenigen Jahren wird es gemischte Kommunikationssysteme geben, die Elemente der synchronen und der asynchronen Kommunikation miteinander verbinden. Diese Systeme werden sich auf DSVD- (und später ISDN-)Telefonverbindungen stützen, die die gleichzeitige Übertragung von Sprache und Daten erlauben, bis schließlich der Information Highway voll installiert sein wird.

Die Sache funktioniert folgendermaßen: Die Produktinformationen, die eine Firma im Internet anbietet, enthalten eine Anweisung, wie sich der Kunde synchron mit einem Vertreter der Firma in Verbindung setzen kann, um sich von ihm über eine simultane

Sprach-und-Daten-Verbindung beraten zu lassen. Angenommen, Sie schauen sich auf der Home Page von »Eddie Bauer's« (einem elektronischen Versandhauskatalog) nach Stiefeln um und möchten wissen, ob die Stiefel, die Ihnen zusagen, sich für die Sumpfgebiete in Florida oder für eine Gletscherwanderung eignen; dann klicken Sie einfach einen Knopf an, und ein Berater meldet sich bei Ihnen und gibt telefonisch Auskunft. Er sieht gleich, daß Sie sich die Stiefel anschauen, und darüber hinaus sind ihm alle Informationen zugänglich, die Sie der Firma zur Verfügung gestellt haben, nicht bloß Ihre Kleider- und Schuhgröße, die Machart und die Farben, die Sie bevorzugen, sondern auch Ihre sportlichen Neigungen, Ihre bisherigen Einkäufe bei anderen Firmen und sogar die Preiskategorie, in der Sie sich normalerweise bewegen. Natürlich wird nicht jeder solche Informationen über sich preisgeben. Der Computer von »Eddie Bauer's« kann Ihre Anfrage an denselben Berater weiterleiten, mit dem Sie das letzte Mal gesprochen haben, er kann Sie aber auch an jemanden vermitteln, der sich mit der Ware, die Sie auf Ihrem Bildschirm haben, auskennt, zum Beispiel mit Stiefeln. Ohne lange Vorrede können Sie gleich Ihre Frage anbringen: »Eignen diese Stiefel sich für Sumpfgebiete wie die Everglades?«, oder was Sie sonst auf dem Herzen haben. Der Berater braucht nicht in einem Büro zu sitzen – er kann überall sein, vorausgesetzt, er hat Zugang zu einem PC, und er hat bei einer Zentrale angegeben, daß er einsatzbereit ist. Wenn er die richtige Sprache spricht und sich in der Sache auskennt, kann er Ihnen weiterhelfen.

Oder nehmen wir an, daß Sie Ihr Testament ändern möchten. Sie rufen bei der Notarin an, und sie sagt: »Schauen wir mal kurz rein.« Sie ruft auf ihrem PC Ihr Testament auf, und dank DSVD, ISDN oder einer ähnlichen Technik erscheint es auf Ihrem Bildschirm zur gleichen Zeit wie auf dem der Juristin. Während sie durch das Dokument blättert, erörtern Sie mit ihr, was Sie geändert haben möchten. Wenn sie besonders flink ist, können Sie ihr sogar dabei zuschauen, wie sie die Änderungen vornimmt. Wollen Sie jedoch nicht bloß zusehen, wie die Änderung auf dem Computer Ihrer Notarin abläuft, sondern selbst daran mitwirken, dann können Sie sich einschalten und die Sache mit ihr zusammen erledigen. Sie und die Notarin können, während Sie miteinander sprechen, dasselbe Bild auf Ihrem jeweiligen Computerbildschirm sehen.

Dafür müssen Sie nicht einmal dieselbe Software haben. Es genügt, wenn die Anwendung auf nur einem Endgerät läuft, in diesem Fall auf dem der Notarin. Das einzige, was Sie brauchen, ist ein geeignetes Modem und DSVD-Software.

Zunehmend wichtig werden simultane Sprach-und-Daten-Verbindungen auch für eine bessere Produktunterstützung. Microsoft beschäftigt Tausende von Mitarbeitern, die in der Produktunterstützung Anfragen zu Microsoft-Software beantworten. Genaugenommen haben wir sogar ebenso viele Fachleute, die in der Produktunterstützung Fragen bezüglich unserer Software beantworten, wie Ingenieure, die diese Software entwickeln. Das ist wunderbar, denn wir halten all diese Rückmeldungen fest und benutzen sie, um unsere Produkte zu verbessern. Viele solcher Anfragen erreichen uns per E-Mail, doch die meisten Kunden rufen immer noch an. Diese Telefongespräche sind unergiebig. Der Kunde ruft zum Beispiel an und sagt, sein Computer sei so und so konfiguriert und gebe die und die Fehlermeldung aus. Der Fachmann von der Produktunterstützung hört sich das an und macht einen Vorschlag, für dessen Ausführung der Anrufer einige Minuten benötigt. Dann geht das Gespräch weiter. Solche Gespräche dauern im Schnitt 15 Minuten, manchmal aber auch eine ganze Stunde. Wenn erst einmal alle Beteiligten DSVD benutzen, wird der Fachmann von der Produktunterstützung sehen können, was auf dem Bildschirm des Anrufers zu sehen ist (natürlich nur mit der ausdrücklichen Erlaubnis des Anrufers), er wird den Computer des Anrufers selbst untersuchen können und nicht mehr nur auf die Angaben des Anrufers angewiesen sein. Dabei wird man behutsam vorgehen müssen, um nicht in die Privatsphäre des Anrufers einzudringen. Die durchschnittliche Dauer eines Anrufs wird sich so um 30 bis 40 Prozent verkürzen, die Kunden werden zufriedener sein, und die Kosten und Produktpreise werden sinken.

Das während einer DSVD- (oder ISDN-)Telefonverbindung übertragene Bild muß nicht das eines Dokuments sein. Es ist auch möglich, daß einer der Gesprächsteilnehmer oder beide Standfotos von sich übertragen. Wenn Sie bei einer Firma anrufen, um etwas zu kaufen, erwarten Sie vielleicht, daß die Kundenberaterin lächelnd auf dem Bildschirm erscheint. Sie als Kunde ziehen es dagegen möglicherweise vor, nur Ihre Stimme übertragen zu lassen. Sie können aber auch ein Bild von sich auswählen, auf dem Sie dem Anlaß entsprechend gekleidet sind, so daß es keine Rolle spielt, was Sie gerade anhaben. Vielleicht halten Sie auch mehrere Bilder von sich bereit, eines, auf dem Sie lächeln, eines, auf dem Sie lachen, eines, das Sie nachdenklich zeigt, oder eines, auf dem Sie ein zorniges Gesicht machen. Im Laufe des Gesprächs können Sie das Bild wechseln, entsprechend Ihrer Stimmung oder dem, was Sie gerade gesagt haben.

Die elektronische Post und die gleichzeitige Darstellung von Dokumenten auf zwei (oder mehr) Bildschirmen wird viele Konferenzen überflüssig machen. Präsentationssitzungen, bei denen die Teilnehmer im wesentlichen nur etwas vorgetragen bekommen, lassen sich ersetzen durch E-Mails, denen Tabellenkalkulationen und andere Dokumente als Anhang hinzugefügt werden. Wenn es dann doch zu einer Besprechung kommt, wird sie effizienter ablaufen, weil die Teilnehmer vorher per E-Mail Unterlagen ausgetauscht haben.

Im übrigen wird es einfacher, Besprechungen anzuberaumen, weil dies von der Software erledigt wird. Wenn zum Beispiel eine persönliche Besprechung mit Ihrem Anwalt erforderlich ist, wird die Software Ihren Terminkalender über das Netz – es kann auch das Telefonnetz sein – mit dem des Anwalts abgleichen und einen Termin heraussuchen, an dem Sie beide noch frei sind. Die Verabredung wird dann automatisch in beiden elektronischen Kalendern vorgemerkt.

Auf diese Weise lassen sich auch Restaurant- oder Theaterreservierungen effizient erledigen. Dabei taucht aber ein interessantes Problem auf. Sehr wahrscheinlich möchte der Wirt nicht zugeben, daß sein Restaurant nicht gut besucht ist, möchte das Theater nicht publik werden lassen, daß das Stück nur wenig Anklang findet, und Ihre Notarin möchte vor Ihnen verheimlichen, daß Sie ihr einziger Mandant sind. In diesem Fall könnte das Terminierungsprogramm der anderen Seite angewiesen werden, auf Ihre Terminwünsche einfach nicht zu reagieren. Ihr Programm würde nicht erreichen, daß das Programm der Notarin alle Zeiten auflistet, an denen sie frei ist. Es könnte aber zum Beispiel anfragen, ob ein bestimmter Block von zwei Stunden in Frage käme, und würde dann die Antwort erhalten: »Ja, für Dienstag um elf können wir Sie vormerken.«

Künftig wird man von Anwälten, Zahnärzten, Steuerberatern und anderen Freiberuflern erwarten, daß es möglich ist, auf elektronischem Wege Termine mit ihnen auszumachen und Dokumente auszutauschen. Sie haben vielleicht nur eine kurze Frage an Ihren Arzt, zum Beispiel, ob Sie ein Medikament auch als Generikum nehmen dürfen. Einen Arzt stört man nicht gern, aber es wäre doch schön, wenn man ihm und den anderen Freiberuflern, mit denen man zu tun hat, eine E-Mail schicken könnte. Wir werden bei den freien Berufen einen Wettbewerb erleben, bei dem es darum geht, wie effektiv sie diese Kommunikationsmittel nutzen und um wieviel effektiver und besser erreichbar sie dadurch sind. Bald werden Firmen in ihren Anzeigen damit werben, welche neuen Wege der PC-Kommunikation sie beschritten haben.

Wenn der Information Highway zur Verfügung steht, wird man sich nicht mehr auf Audio und Standfotos beschränken müssen, sondern auch Video in hoher Qualität übertragen können. Konferenzen wird man immer häufiger elektronisch abhalten, als Videokonferenzen mit gleichzeitiger Dokumentendarstellung. Wo immer die Teilnehmer sich auch befinden, sie werden auf unterschiedliche materielle Bildschirme schauen, aber überwiegend dasselbe Bild sehen. Auf dem geteilten Schirm wird man vielleicht das Gesicht eines Teilnehmers und daneben ein Dokument sehen. Wird das Dokument verändert, erscheint die Änderung fast zeitgleich auf allen Schirmen. Mitarbeiter, die durch große Entfernungen voneinander getrennt sind, werden auf vielfältige Weise zusammenarbeiten können. Bei dieser synchronen oder Echtzeit-Darstellung wird man auf den Computerbildschirmen genau das sehen, was die Leute gerade machen.

Wenn eine Gruppe elektronisch zusammenkommt, um eine Presseerklärung vorzubereiten, kann jeder auf seinem PC oder Notebook Absätze verschieben und ein Foto oder ein Video einfügen. Die anderen sehen das Ergebnis auf ihrem jeweiligen Bildschirm und können so mitverfolgen, was ein anderer gerade zur gemeinsamen Arbeit beiträgt.

Eigentlich kennen wir Videokonferenzen schon seit langem. In den Abendnachrichten des Fernsehens läßt man Leute, die sich an ganz verschiedenen Orten befinden, miteinander diskutieren – das ist eine Videokonferenz. Den Moderator und seine Gäste mögen Kontinente trennen, und dennoch tauschen sie ihre Meinungen aus, als säßen sie im selben Raum, und den Zuschauern kommt es fast so vor, als wäre das wirklich so.

Heute muß man sich für eine Videokonferenz in einen besonders ausgestatteten Raum mit speziellen Telefonleitungen begeben. Microsoft hat in jeder seiner Verkaufsniederlassungen in aller Welt mindestens einen Raum, der eigens für Videokonferenzen vorgesehen ist. Die Einrichtung erzeugt meist eine etwas steife Atmosphäre, aber trotzdem wird sie viel genutzt. Das hat uns eine Menge Reisen erspart. Mitarbeiter in anderen Niederlassungen sind bei Besprechungen der Unternehmensleitung dabei, und Kunden und Verkäufer haben uns schon »besucht«, ohne zu unserem Firmensitz in der Nähe von Seattle zu reisen. Solche Konferenzen sind stark im Kommen, weil sie Zeit und Geld sparen, und oft sind sie produktiver als Nur-Telefonkonferenzen oder sogar persönliche Besprechungen, weil die Leute anscheinend konzentrierter sind, wenn sie wissen, daß sie vor einer Kamera sitzen.

Allerdings ist mir aufgefallen, daß man sich daran erst gewöhnen muß. Wer gerade auf dem Bildschirm der Videokonferenz ist, erhält mehr Aufmerksamkeit als die übrigen Teilnehmer. Zum ersten Mal habe ich das bemerkt, als einige von uns in Seattle eine Videokonferenz mit Steve Ballmer abhielten, der gerade in Europa war. Es war, als säßen wir alle wie gebannt vor der »Steve Ballmer Show«. Hätte Steve sich die Schuhe ausgezogen, hätten wir uns alle auf unsere Reaktionen hin beobachtet. Nach der Konferenz hätte ich Ihnen alles über Steves neuen Haarschnitt sagen können, aber ich hätte möglicherweise nicht die Namen der anderen nennen können, die mit mir im selben Raum gewesen waren. Ich denke aber, daß diese verzerrte Wahrnehmung verschwinden wird, wenn Videokonferenzen erst einmal zum Alltag gehören.

Im Augenblick ist die Einrichtung eines Videokonferenzraums noch ziemlich kostspielig – sie kostet mindestens 40000 Dollar. Bald wird es jedoch an den PC angeschlossene Schreibtischsysteme geben, und damit werden die Kosten dramatisch fallen – und die Steifheit wird weichen. Unsere Einrichtungen sind generell durch ISDN-Leitungen verbunden, die mit 384000 Bits pro Sekunde arbeiten. Das ergibt eine leidliche Bild- und Tonqualität, bei Kosten zwischen 20 und 35 Dollar pro Stunde für Verbindungen innerhalb der Vereinigten Staaten und zwischen 250 und 300 Dollar pro Stunde für eine Auslandsverbindung.

Die Kosten von Videokonferenzen werden – wie die fast aller computergestützen Dienstleistungen – im gleichen Maße sinken wie die Technologie- und Kommunikationskosten insgesamt.

Kleine, am Personalcomputer oder Fernsehgerät angebrachte Videogeräte werden uns erlauben, uns mit Bild und Ton von sehr viel höherer Qualität zu niedrigeren Preisen mühelos auf dem Information Highway zu treffen. Wenn erst einmal viele PCs einen ISDN-Anschluß haben, werden Videokonferenzen genauso zur normalen Geschäftspraxis werden, wie es heute die Benutzung eines Kopierers zur Vervielfältigung eines Dokuments ist.

Manche befürchten, daß Videokonferenzen mit gemeinsamer Dokumentendarstellung die Feinheiten der menschlichen Ausdrucksformen beseitigen und geschäftlichen Besprechungen die beeindruckende Spontaneität eines amtlichen Fototermins verleihen werden. Wo bleibt die Möglichkeit, sich etwas zuzuflüstern, bei weitschweifigen Ausführungen die Augen zu verdrehen oder Bemerkungen untereinander auszutauschen? Doch in Wirklichkeit wird die verdeckte Kommunikation bei einer Videokonferenz einfacher werden, weil das Netzwerk die individuelle Verständigung am Rande erleichtert. Schon immer folgten Konferenzen ihren ungeschriebenen Regeln, aber wenn Videokonferenzen über das Netzwerk vermittelt werden, wird man gewisse Regeln explizit formulieren müssen. Wird es den Teilnehmern möglich sein, offen oder verdeckt, individuell oder kollektiv zu signalisieren, daß sie sich langweilen? Inwieweit sollte es einem Teilnehmer gestattet sein, andere von seiner Video- oder Audiodarstellung auszusperren? Sollen Privatgespräche am Rande, von PC zu PC, erlaubt sein? Mit der Zeit werden sich durch die Nutzung dieser Einrichtungen neue Regeln der Konferenzetikette herausbilden.

Private Videokonferenzen werden zwangsläufig ein bißchen anders aussehen. Nehmen nur zwei Personen daran teil, dann haben wir es schlicht mit einem Gespräch am Videotelefon zu tun. Natürlich ist es wunderbar, wenn Sie von unterwegs Ihren Kindern guten Tag sagen oder Ihrem Tierarzt zeigen können, wie Ihr Hund oder Ihre Katze humpelt. Aber wenn Sie zu Hause sind, werden Sie die Kamera aller Wahrscheinlichkeit nach bei den meisten Anrufen abgeschaltet lassen, zumal bei solchen von Unbekannten. Vielleicht zeigen Sie lieber ein abgespeichertes Foto von Ihnen oder Ihrer Familie oder irgend etwas anderes, wovon Sie glauben, daß es Ihre Individualität zum Ausdruck bringt und zugleich Ihre visuelle Intimsphäre wahrt. Sie werden wohl ähnlich verfahren wie bei der Wahl der Ansage auf Ihrem Anrufbeantworter. Live-Video könnten Sie einschalten, wenn eine Freundin anruft oder wenn das Geschäft es erfordert.

All die synchronen und asynchronen Bilder, die ich bis jetzt erwähnt habe – Fotos, Videos oder Dokumente –, waren Bilder realer Dinge. Bei steigender Rechenleistung wird ein normaler PC in der Lage sein, realistische künstliche Bilder zu erzeugen. Ihr Telefon oder Ihr Computer wird ein lebensechtes digitales Bild Ihres Gesichts erzeugen können und zeigen, wie Sie zuhören, oder sogar, wie Sie sprechen. Sie werden auch wirklich sprechen – nur haben Sie den Anruf zu Hause entgegengenommen und kommen gerade tropfnaß aus der Dusche. Während Sie sprechen, wird Ihr Telefon ein Bild von Ihnen generieren, das Sie im korrekten Straßenanzug zeigt. Ihr Gesichtsausdruck wird genau Ihren Worten entsprechen (vergessen Sie nicht, daß die Rechenleistung kleiner Computer enorm steigen wird). Genauso einfach wird Ihr Telefon ein Bild senden können, auf dem jemand anders Ihre Worte spricht, oder eine idealisierte Version von Ihnen. Wenn Sie mit einem Unbekannten sprechen und einen Leberfleck oder ein schlaffes Kinn verbergen wollen, wird der Anrufer oder die Anruferin nicht entscheiden können, ob Sie wirklich so große Ähnlichkeit mit Cary Grant (oder Meg Ryan) haben oder ob Ihr Computer ein bißchen nachgeholfen hat.

All diese elektronischen Neuerungen – E-Mail, Dokumentenkonferenz, Videokonferenz und Videotelefon – sind Mittel zur Überwindung der räumlichen Trennung. Wenn sie zur Alltäglichkeit geworden sind, werden sie nicht nur die Art unserer Zusammenarbeit verändert haben, sondern auch die Unterscheidung, die wir heute noch zwischen dem Arbeitsplatz und allem übrigen machen.

1994 gab es in den Vereinigten Staaten über sieben Millionen »Telependler«, die nicht Tag für Tag ins Büro fuhren, sondern über Fax, Telefon und E-Mail »pendelten«. Schriftsteller, Ingenieure, Anwälte und andere, die relativ eigenständig arbeiten, verbringen mittlerweile einen Teil ihrer Arbeitszeit zu Hause. Vertreter mißt man an ihrem Verkaufserfolg, und solange ein professioneller Vertreter Umsatz macht, spielt es keine große Rolle, ob er seiner Arbeit im Büro, zu Hause oder irgendwo auf der Straße nachgeht. Viele empfinden das Telependeln als bequemen Freiraum, während einigen zu Hause die Decke auf den Kopf fällt. Andere stellen fest, daß sie nicht die nötige Selbstdisziplin dafür aufbringen. In den kommenden Jahren werden weitere Millionen dazu übergehen, zumindest auf Teilzeitbasis mit Hilfe des Information Highway als Telependler zu arbeiten.

Mitarbeiter, die überwiegend am Telefon arbeiten, kommen besonders für das Telependeln in Frage, weil Anrufe zu ihnen umgeleitet werden können. Telefonverkäufer, Kundendienstvertreter, Reservierungsbearbeiter und Experten der Produktunterstützung können sich zu Hause dieselben Informationen auf den Bildschirm holen wie im Büro. In zehn Jahren werden Sie in vielen Stellenanzeigen lesen, wie viele Wochenstunden Arbeit man von Ihnen erwartet und wie viele davon gegebenenfalls als »Innendienst« an einem bestimmten Ort, etwa in einem Büro, zu leisten sind. Bei manchen Stellen wird man zur Bedingung machen, daß der Mitarbeiter einen PC hat, so daß er zu Hause arbeiten kann. Kundendienstorganisationen werden besonders leicht auf Teilzeitarbeitskräfte zurückgreifen können.

Wenn Angestellte und Vorgesetzte räumlich voneinander getrennt sind, werden die Führungskräfte sich umstellen müssen, und jeder einzelne wird lernen müssen, aus eigenem Antrieb ein produktiver Mitarbeiter zu sein. Auch wird man neue Rückkopplungsmechanismen entwickeln müssen, damit Arbeitgeber wie Arbeitnehmer die Qualität der geleisteten Arbeit beurteilen können.

Arbeitet ein Angestellter im Büro, geht man davon aus, daß er die ganze Zeit arbeitet, arbeitet er dagegen zu Hause, rechnet man ihm (vielleicht zu einem anderen Stundensatz) möglicherweise nur die Zeit an, die er tatsächlich arbeitet. Wenn das Baby weint, klickt Papa oder Mama auf »Nicht bereit« und kümmert sich um das Kind, und die entsprechende Abwesenheit von der Arbeit wird nicht bezahlt. Kann der Mitarbeiter sich wieder auf die Arbeit konzentrieren, signalisiert er (oder sie) Bereitschaft, und das Netzwerk beginnt, ihm Arbeit zu liefern, die erledigt werden muß. Teilzeitarbeit und Jobsharing gewinnen auf diese Weise eine neue Bedeutung.

Eine Firma könnte mit weniger Büroraum auskommen. Ein Raum oder eine Kabine könnte von mehreren Angestellten mit gestaffelten oder unregelmäßigen Innendienstzeiten benutzt werden. Die großen Buchführungsfirmen Arthur Andersen und Ernst & Young haben bereits viele kostspielige Büroräume, die einzelne Mitarbeiter nur für sich allein nutzten, abgeschafft und durch allgemein zu nutzende Räume ersetzt, die im Außendienst tätige Buchhalter sich reservieren können. Bald ist es vielleicht soweit, daß die Computer, Telefone und digitalen Anzeigetafeln eines gemeinsamen Büroraums für denjenigen konfiguriert werden, der das Büro befristet besetzt. Die Anzeigetafel eines Büroraums zeigt dann vielleicht am Vormittag den Kalender, die Familienfotos und die Lieblingscartoons eines Mitarbeiters und am Nachmittag die persönlichen Fotos oder grafischen Arbeiten eines anderen. Wo immer ein Mitarbeiter sich niederläßt, könnte er sich dank digitaler Anzeigen und des Information Highway seine vertraute Büroumgebung nachkommen lassen.

Die Informationstechnologie wird sich nicht nur auf die materiellen Arbeitsplatzbedingungen und die Beaufsichtigung der Mitarbeiter auswirken. Man wird den gesamten Bereich fast jeder Betriebsorganisation unter die Lupe nehmen müssen. Diese Untersuchung sollte sich auch auf die Struktur und das Verhältnis zwischen Vollzeitmitarbeitern im Hause und externen Beratern und anderen Firmen erstrecken.

Der Schritt zur Umstrukturierung der Unternehmen, das sogenannte Reengineering, geht von der Prämisse aus, daß die interne Organisation einer Firma immer verbessert werden kann. Bislang hat die Umstrukturierung sich vorwiegend damit befaßt, den Informationsfluß innerhalb des Unternehmens neu zu organisieren. Der nächste Schritt wird sein, die Grenze zwischen dem Unternehmen und seinen Kunden und Lieferanten neu zu definieren. Wichtige Fragen, die erneut geprüft werden müssen, sind zum Beispiel: Wie werden die Kunden über Produkte informiert? Wie werden die Kunden Waren und Dienstleistungen bestellen? Welche neuen Konkurrenten werden auftreten, wenn geographische Schranken immer unwichtiger werden? Was kann die Firma tun, um die Zufriedenheit der Kunden nach dem Kauf sicherzustellen?

Die internen Strukturen der Wirtschaftsunternehmen werden sich weiterentwickeln. E-Mail trägt stark zur Abflachung der Hierarchien bei, die für Großunternehmen typisch sind. Wenn das Kommunikationssystem einer Firma einigermaßen taugt, benötigt sie nicht viele Führungsebenen. Die mittlere Ebene, die früher innerhalb des Befehlsstrangs Informationen nach oben und unten weitergab, spielt schon nicht mehr die Rolle, die sie einmal innehatte. Microsoft war von Anfang an ein Kind des Informationszeitalters und hat schon immer eine relativ flache Hierarchie gehabt. Unser Ziel ist, daß zwischen mir und jedem beliebigen Mitarbeiter nicht mehr als sechs hierarchische Stufen liegen. Weil wir E-Mail haben, kann man in einem gewissen Sinne sagen, daß zwischen mir und jedem beliebigen Mitarbeiter überhaupt keine Schwellen existieren.

Da es durch die technische Entwicklung immer einfacher wird, externe Fachleute ausfindig zu machen und mit ihnen zusammenzuarbeiten, wird ein riesiger, wettbewerbsintensiver Markt für Berater entstehen. Brauchen Sie jemanden, der Ihnen einen Entwurf für eine Direktwerbung macht, dann rufen Sie ein auf dem Information Highway laufendes Programm auf, alle Berater mit bestimmten Qualifikationen aufzulisten, die bereit sind, für ein bestimmtes Maximalhonorar zu arbeiten, und die innerhalb einer entsprechenden Zeitspanne frei sind. Die Software wird Ihnen eine vorläufige Liste erstellen und Ihnen helfen, Leute auszusortieren, die sich nicht für die Aufgabe eignen. Sie können dann zum Beispiel fragen: »Hat einer von diesen Kandidaten schon für uns gearbeitet und in der Leistungsbewertung gut abgeschnitten?« Schließlich wird man dieses System so preisgünstig nutzen können, daß Sie darauf zurückgreifen werden, selbst wenn Sie nur einen Babysitter haben wollen oder jemanden, der Ihnen den Rasen mäht. Wenn Sie eine Arbeit als Angestellter oder freier Mitarbeiter suchen, wird das System Ihnen potentielle Arbeitgeber nennen und durch Anklicken eines Knopfes Ihre Bewerbung elektronisch auf den Weg bringen.

Unternehmen werden sich die Frage, wie groß ihre Rechts- oder Finanzabteilung sein sollte, erneut unter dem Gesichtspunkt stellen, ob es vorteilhafter ist, eigene Fachleute zu beschäftigen oder externe Experten heranzuziehen. Wenn es hoch hergeht, kann eine Firma ohne Schwierigkeiten weitere Unterstützung erhalten, so daß sie keine zusätzlichen Arbeitskräfte verpflichten und die entsprechende Bürofläche bereitstellen muß. Es trägt zur Effizienz bei, wenn Unternehmen sich die über das Netzwerk erreichbaren Helfer zunutze machen – ein Anreiz für andere, es ihnen gleichzutun.

Die durchschnittliche Mitarbeiterzahl wird in vielen Firmen gegenüber heute erheblich sinken, weil der Information Highway es leicht macht, externe Kräfte zu finden und mit ihnen zu arbeiten.

Wenn es ums Geschäft geht, ist groß nicht unbedingt gleichbedeutend mit gut. Die Filmstudios von Hollywood sind, was die Zahl der Festangestellten betrifft, erstaunlich klein. Dienstleistungen, darunter die der Schauspieler und oft auch die Dreheinrichtungen, werden für jeden Film neu vertraglich vereinbart. Einem ähnlichen Modell folgen manche Softwarefirmen, die je nach Bedarf Programmierer einstellen. Viele Funktionen werden natürlich auch in Zukunft den Vollzeitangestellten vorbehalten bleiben. Es wäre völlig ineffizient, sich jedesmal, wenn eine Arbeit anfällt, um externe Fachkräfte bemühen zu müssen, besonders wenn man sie schnell braucht. Doch eine Reihe von Funktionen wird verteilt werden, sowohl strukturell als auch räumlich.

Die räumliche Verteilung wird sich nicht nur auf die Unternehmensstruktur auswirken. Viele der großen sozialen Probleme von heute sind dadurch entstanden, daß man die Bevölkerung in städtische Ballungsräume gepfercht hat. Die Nachteile des Stadtlebens liegen auf der Hand, und sie sind schwerwiegend: Man denke nur an den Verkehr, die Lebenshaltungskosten, die Kriminalität und den begrenzten Zugang zur freien Natur. Die Vorteile des Stadtlebens bestehen darin, daß Arbeitsplätze und Dienstleistungen, Bildungseinrichtungen, Freizeitmöglichkeiten und Freunde leicht zu erreichen sind. Die meisten Bewohner der Industrieländer haben sich in den letzten 100 Jahren für ein Leben in städtischen Ballungsräumen entschieden, aufgrund einer mehr oder weniger bewußten Abwägung der Vor- und Nachteile.

Diese Vor- und Nachteile ändern sich durch den Information Highway. Für den, der Anschluß an ihn hat, verringern sich die Schattenseiten des Lebens außerhalb der Großstadt beträchtlich. Als Berater oder im Servicebereich tätiger Angestellter kann man seine Tätigkeit praktisch überall ausüben. Als Verbraucher kann man, ohne das Haus verlassen zu müssen, finanziellen, juristischen und sogar ärztlichen Rat einholen. In dem Bemühen, das Familienleben mit dem beruflichen Leben in Einklang zu bringen, wird Flexibilität immer wichtiger. Um Freunde und Verwandte zu sehen oder Spiele zu spielen, braucht man nicht jedesmal wegzufahren. Kulturelle Attraktionen werden über den Information Highway zugänglich werden, womit ich allerdings nicht sagen will, daß Sie ein Broadway- oder Westend-Musical in Ihrem Wohnzimmer genauso erleben werden wie in einem New Yorker oder Londoner Theater. Doch größere Bildschirme und eine höhere Auflösung werden einen verbesserten Videoempfang ermöglichen – auch von Filmen. Es wird umfangreiche Bildungssendungen geben. Das alles wird die Freiräume der Menschen vergrößern, die gern aus der Stadt fortziehen möchten.

Als das Straßensystem der Highways in den USA geschaffen wurde, hatte das erhebliche Auswirkungen auf die Wahl des Wohnorts. Es erschloß neue Vororte und förderte die Automobilisierung. Wenn die Eröffnung des Information Highway die Menschen ebenfalls ermutigt, aus den Innenstädten fortzuziehen, wird das für Stadtplaner, Immobilienbesitzer, privat wie öffentlich, und Schulbezirke erhebliche Folgen haben. Wenn die großen Ansammlungen von tüchtigen Leuten sich auflösen, werden Firmen sich noch mehr einfallen lassen müssen, um freie Mitarbeiter und Angestellte zu gewinnen, die nicht in der Nähe ihres Standorts wohnen. Das könnte einen positiven Rückkopplungseffekt auslösen und ein Leben auf dem Lande begünstigen.

Würde die Einwohnerzahl einer Großstadt um nur zehn Prozent sinken, hätte das nennenswerte Auswirkungen auf Grundstückspreise und die Lebensdauer öffentlicher Verkehrsmittel und anderer technischer Einrichtungen. Bliebe der durchschnittliche Büroangestellte in einer Großstadt jede Woche einen oder zwei Tage zu Hause, gingen der Benzinverbrauch, die Luftverschmutzung und die Verkehrsstaus erheblich zurück. Was dabei im Endeffekt herauskäme, ist allerdings kaum vorherzusagen. Zögen überwiegend die wohlhabenden Angehörigen der Intelligenzberufe aus der Stadt fort, würden die städtischen Steuereinnahmen sinken. Das würde den Verfall der Innenstädte beschleunigen und andere Wohlhabende zum Wegzug ermuntern. Andererseits würde die städtische Infrastruktur entlastet. Die Mieten würden sinken, wodurch der Lebensstandard derer, die in der Stadt blieben, steigen könnte.

Die Verwirklichung all dieser großen Veränderungen wird sich über Jahrzehnte hinziehen, weil die meisten sich mit dem, was sie in der Jugend gelernt haben, wohl fühlen und vertraute Gewohnheiten nur ungern ablegen. Doch jede neue Generation hat ihre eigene Sichtweise. Unseren Kindern wird von Anfang an die Vorstellung vertraut sein, daß sich Distanzen mit Informationswerkzeugen überwinden lassen. Für sie werden diese Werkzeuge ebenso selbstverständlich sein wie das Telefon und der Kugelschreiber für uns. Doch der technische Fortschritt wird keine Rücksicht darauf nehmen, ob die Leute ihn bereitwillig annehmen. Wie und wo wir arbeiten, die Firmen, für die wir arbeiten, und die Orte, an denen wir wohnen – in jeder Hinsicht wird sich schon in den nächsten zehn Jahren ein tiefgreifender Wandel anbahnen.

Mein Rat wäre, sich so gut wie möglich mit der neuen Technik, die in Ihr Leben eingreifen wird, vertraut zu machen. Je mehr Sie darüber wissen, desto weniger wird sie Sie ängstigen. Die Technik soll Flexibilität und Effizienz fördern. Vorausschauende Manager werden in den kommenden Jahren viele Gelegenheiten haben, ihre Leistungen zu steigern.

8. Reibungsloser Kapitalismus

Als Adam Smith 1776 in seinem Werk *Untersuchung über die Natur und die Ursachen des Nationalreichtums* den Marktbegriff erläuterte, stellte er folgende theoretische Überlegung an: Wenn jeder Käufer die Preise jedes Verkäufers kennen würde und jeder Verkäufer wüßte, was jeder Käufer zu zahlen bereit wäre, dann könnte jeder »Marktteilnehmer« vollkommen begründete Entscheidungen treffen, und die Ressourcen der Gesellschaft würden optimal verteilt werden. Bislang haben wir Smiths Ideal noch nicht verwirklicht, weil potentielle Käufer und potentielle Verkäufer selten so gründlich übereinander informiert sind.

Kaum ein Verbraucher, der ein Autoradio kaufen möchte, hat die Zeit oder Geduld, jeden Händler aufzusuchen; folglich handeln die meisten auf der Basis von unvollständiger oder begrenzter Information. Wenn Sie ein Produkt für 500 Mark gekauft haben und ein oder zwei Wochen später auf eine Zeitungsanzeige stoßen, die es für 300 Mark anbietet, ärgern Sie sich über Ihre Dummheit, weil sie zuviel gezahlt haben. Noch mehr werden Sie sich ärgern, wenn Sie die falsche Stellung angenommen haben, weil Sie sich vorher nicht genügend umgesehen haben.

Ein paar Märkte kommen Smiths Ideal allerdings schon ziemlich nahe. Der Handel mit Devisen und einigen anderen Wirtschaftsgütern profitiert von gutfunktionierenden elektronischen Märkten, die ihre Teilnehmer auf der Stelle und weltweit mit nahezu vollständigen Informationen über Angebot, Nachfrage und Preise versorgen. Jeder findet weitgehend die gleichen Bedingungen vor, weil die Daten über Offerten, Preisgebote und Transaktionen von Kabelnetzen sekundenschnell auf die Terminals in aller

Welt gezaubert werden. Dagegen sind die meisten anderen Märkte sehr wenig transparent. Wenn Sie beispielsweise einen Arzt, Rechtsanwalt, Steuerberater oder einen Angehörigen ähnlicher Berufsstände suchen oder ein Haus kaufen wollen, dann sind die Informationen lückenhaft und Vergleiche schwierig.

Der Information Highway wird den elektronischen Markt ausweiten und ihn zum entscheidenden Mittler, zum allgegenwärtigen Makler machen. Dabei werden an einem Geschäft oft nur der tatsächliche Käufer und der Verkäufer beteiligt sein. Sie werden alle Produkte, die weltweit zum Verkauf stehen, prüfen, vergleichen und oft auch Ihren Bedürfnissen anpassen können. Wenn Sie etwas kaufen möchten, werden Sie Ihren Computer auffordern, das preisgünstigste Angebot auszuwählen, das von seriöser Seite vorliegt, oder Sie tragen dem Rechner auf, mit den Computern verschiedener Verkäufer zu »feilschen«. Informationen über Verkäufer, ihre Produkte und Dienstleistungen wird jeder mit dem *Highway* verbundene Computer abrufen können. Weltweit verteilte Server werden Angebote entgegennehmen, Geschäfte rechtsgültig machen, Berechtigungen und Sicherheiten prüfen und sich um das ganze übrige Marktgeschehen, einschließlich der Geldüberweisungen, kümmern. Damit werden wir in eine neue Wirtschaftswelt eintreten, einen Kapitalismus mit geringer Reibung und niedrigen Gemeinkosten, mit einem überreichen Angebot an Marktinformationen und bescheidenen Transaktionskosten. Es wird ein Paradies für Konsumenten sein.

Jeder Markt, vom Basar bis zum Highway, fördert eine wettbewerbsorientierte Preisbildung und lenkt die Warenströme mit möglichst geringer Reibung von Verkäufern zu Käufern. Dafür sorgen die Makler – deren Aufgabe ist es, Käufer und Verkäufer zusammenzubringen. In dem Maße, wie der Information Highway in einem Bereich nach dem anderen die Rolle des Maklers übernimmt, werden die traditionellen Vermittler ihren tatsächlichen Wert für einen Geschäftsabschluß unter Beweis stellen müssen, um ihre Provision oder Courtage zu rechtfertigen. Beispielsweise könnten Einzelhandelsgeschäfte und Dienstleistungsbetriebe, die bislang von dem Umstand profitiert haben, daß sie »da« sind – das heißt, sich an einem bestimmten geographischen Ort befinden –, plötzlich feststellen, daß sie diesen Vorteil eingebüßt haben. Doch diejenigen, die tatsächlich einen Mehrwert offerieren, werden nicht nur überleben, sondern sogar weit bessere Geschäfte machen, weil der Information Highway es ihnen ermöglichen wird, ihre Dienstleistungen weltweit anzubieten.

Diese Vorstellung wird viele Leute erschrecken. Denn die meisten Veränderungen empfinden wir als ein bißchen bedrohlich, und ich erwarte dramatische Veränderungen für den Einzelhandel, sobald er über den Highway abgewickelt wird. Doch am Ende wird es wie bei vielen anderen Veränderungen sein – kaum haben wir uns an sie gewöhnt, fragen wir uns schon, wie wir jemals ohne sie ausgekommen sind. Der Verbraucher wird nicht nur in den Genuß wettbewerbsbedingter Kostenersparnisse kommen, sondern auch unter einer Fülle von Produkten und Dienstleistungen wählen können. Zwar wird sich die Zahl der Einzelhandelsgeschäfte wohl verringern, deshalb wird aber niemand auf das Vergnügen eines traditionellen Einkaufsbummels verzichten müssen: Es wird auch weiterhin so viele Läden geben, wie die Nachfrage dies rechtfertigt. Und da der Highway das Einkaufen vereinfachen und standardisieren wird, wird er uns auch Zeit ersparen. Wenn Sie für jemanden, der Ihnen am Herzen liegt, ein Geschenk kaufen, werden Sie eine größere Auswahl zur Verfügung haben und häufiger etwas Persönliches finden. Die Zeit, die Sie beim Einkaufen gespart haben, können Sie dazu nutzen, das Geschenk bunt einzupacken oder eine witzige Karte zu schreiben. Oder Sie verbringen die gewonnene Zeit ganz einfach mit dem Menschen, für den das Geschenk bestimmt ist.

Wir alle wissen einen sachkundigen Verkäufer zu schätzen, wenn wir eine Versicherung, Kleidung, Wertpapiere, Schmuck, eine Kamera, ein Haushaltsgerät oder ein Haus kaufen. Wir wissen auch, daß der Rat des Verkäufers nicht immer ganz objektiv ist, weil er gelegentlich ein bestimmtes Produkt an den Mann bringen will.

Auf dem Information Highway wird man eine Vielzahl von Produktinformationen direkt von den Herstellern beziehen können. Wie heutzutage auch, werden die Anbieter mit einer Fülle von attraktiven und offensiven Techniken versuchen, uns für ihre Produkte zu gewinnen. Die Werbung wird sich zu einer Mischform aus Fernsehspots, Zeitschriftenanzeigen und ausführlichen Verkaufsprospekten weiterentwickeln. Wenn eine Anzeige Ihre Aufmerksamkeit erregt, können Sie sofort und mühelos zusätzliche Informationen anfordern. Mit Hilfe von Links werden Sie durch alle Daten navigieren, die der Werbungtreibende anbietet – Handbücher, die aus Filmsequenzen, akustischen Passagen und Text bestehen. Dabei werden die Verkäufer sich bemühen, ihre Produktinformationen so leicht zugänglich zu machen wie möglich.

Bei Microsoft warten wir sehnsüchtig auf den Highway, um die Informationen über unsere Produkte auf den Weg zu bringen. Heute bedrucken wir Millionen von Prospektseiten und Datenblättern, um sie per Post an Leute zu schicken, die bei uns angefragt haben. Doch wir wissen nie, wieviel an Information wir auf einem Datenblatt unterbringen sollen. Einerseits möchten wir potentielle Kunden nicht einschüchtern, andererseits gibt es Menschen, die detaillierte Produktbeschreibungen wünschen. Da sich die Informationen im übrigen rasch verändern, kommt es häufig vor, daß wir von einem Prospekt gerade Zehntausende von Exemplaren gedruckt haben und sie schon wegwerfen müssen, weil sie eine Version des Produktes beschreiben, die wir momentan durch eine neue ersetzen. Wir gehen davon aus, daß wir in Zukunft einen hohen Prozentsatz unserer Informationsverbreitung elektronisch abwickeln werden, zumal unsere Kundschaft aus Computerbenutzern besteht. Das Drucken von Millionen Papierseiten ersparen wir uns bereits, indem wir vierteljährlich CD-ROMs verschicken und uns über Online-Dienste an professionelle Softwareentwickler wenden, die zu Microsofts anspruchsvollsten Kunden gehören.

Im übrigen werden Sie nicht nur auf das angewiesen sein, was wir oder andere Hersteller Ihnen erzählen: So werden Sie Testzeitschriften heranziehen können, um objektivere Informationen zu bekommen. Nach der Prüfung von Werbung, Tests und Multimedia-Handbüchern sind Sie vielleicht an einschlägigen Verordnungen und Gesetzen interessiert. Oder Sie möchten wissen, ob der Anbieter Besitzer befragt hat. Mit Aspekten, die Sie besonders interessieren – etwa der Haltbarkeit –, können Sie sich eingehender befassen. Sicherlich werden Sie die Möglichkeit haben, sich an – menschliche und elektronische – Verkaufsberater zu wenden, die spezielle Testzeitschriften für Produkte aller Art herausgeben, von Bohrern bis zu Ballettschuhen. Natürlich werden Sie auch weiterhin Bekannte um Rat fragen, aber zeitsparend, per E-Mail.

Wenn Sie die Absicht haben, mit einer Firma ein Geschäft abzuschließen oder ein bestimmtes Produkt zu erwerben, werden Sie nachsehen können, wie andere darüber denken. Haben Sie beispielsweise die Absicht, einen Kühlschrank zu kaufen, werfen Sie einen Blick in eine Mailbox, die formalisierte und informelle Tests über Kühlschränke sowie Informationen über Hersteller und Einzelhändler enthält. Es wird Ihnen zur Gewohnheit werden, vor größeren Käufen solche Schwarzen Bretter durchzusehen. Wenn Sie sich lobend oder kritisch über einen Buchklub, einen Arzt oder selbst einen Computerchip äußern wollen, werden Sie mit Sicherheit einen Ort im Netz finden, wo das betreffende Unternehmen oder Produkt diskutiert wird und Sie Ihre Meinung veröffentlichen können. Letztlich wird diese neue Form der »Mund-zu-Mund«-Propaganda dafür sorgen, daß Unternehmen, die ihre Kunden nicht zufriedenstellen, Schaden an Ruf und Absatz nehmen, während Firmen, die wirklich Qualität abliefern, viele neue Kunden hinzugewinnen werden.

Allerdings wird man gut daran tun, die verschiedenen Anmerkungen und speziell die negativen Urteile genau zu prüfen. Unter Umständen handelt es sich da eher um gefühlsbetonte Äußerungen als um sachliche Stellungnahmen.

Nehmen wir an, ein Unternehmen verkauft eine Klimaanlage, mit der 99,9 Prozent der Kunden sehr zufrieden sind. Ein zorniger Käufer unter den verbleibenden 0,1 Prozent kann haarsträubende Bemerkungen über die Anlage, das Unternehmen und die Mitarbeiter verfassen und sie wieder und wieder verschicken. Die Wirkung läßt sich mit einer Tagung vergleichen, auf der jeder einen Lautstärkeregler besitzt, dessen Skala von 0 bis 1000 reicht. Dabei erreicht das normale Gespräch eine Lautstärke von, sagen wir, 3. Dann beschließen ein paar Teilnehmer, ihre Regler auf 1000 hochzufahren und zu schreien. Mit anderen Worten, wenn ich jetzt auf das Schwarze Brett blicke, weil ich eine Klimaanlage kaufen will, ist das vermutlich Zeitverschwendung, weil ich auf nichts als Geschrei stoße. Das ist mir und dem Unternehmen gegenüber, das die Anlagen verkauft, unfair.

Es bildet sich bereits eine Netz-Etikette oder »Netikette« heraus. Wenn der Information Highway eines Tages zum zentralen Begegnungsort unserer Gesellschaft geworden ist, dann wird er sich wohl unseren kulturellen Normen angepaßt haben. Da es weltweit jedoch erhebliche kulturelle Unterschiede gibt, wird der Highway in verschiedene Bereiche unterteilt sein, wobei einige dem Einfluß der einzelnen Kulturen unterworfen und andere zur globalen Verwendung bestimmt sein werden. Bislang herrscht noch eine gewisse Wildwestmentalität; so kann man immer wieder beobachten, daß einige Teilnehmer an elektronischen Foren antisoziales und sogar illegales Verhalten an den Tag legen. Beispielsweise werden illegale Kopien von urheberrechtlich geschütztem geistigen Eigentum – Artikel, Bücher und Anwendungssoftware – kostenlos vertrieben. Gelegentlich melden sich Betrüger zu Wort, die die schnelle Mark versprechen. Und Kinder können sich ohne Schwierigkeiten Zugang zu Pornographie verschaffen. Hier und da werden fanatische Schimpfkanonaden gegen Produkte, Unternehmen oder Personen losgelassen, gegen die die Verfasser dieser unerfreulichen Nachrichten eine Abneigung hegen. Forumsteilnehmer, die dazu Stellung nehmen, müssen sich auf schlimmste Beleidigungen gefaßt machen. Die Leichtigkeit, mit der eine Einzelperson, jede Einzelperson, ihre Meinungen einer großen elektronischen Gemeinschaft mitteilen kann, ist in der bisherigen Geschichte beispiellos. Und wer ein solches Geschrei anstimmt, kann, da die elektronische Nachrichtenübertragung so gut funktioniert, seine Haßtiraden auf 20 Schwarzen Brettern gleichzeitig veröffentlichen. Ich habe erlebt, wie solche närrischen Attacken Schwarze Bretter zum Zusammenbruch gebracht haben. Die anderen Teilnehmer wissen einfach nicht, was sie tun sollen. Einige schreien zurück, andere versuchen es mit vernünftigen Einwänden. Das kann die Schreihälse aber nicht bremsen, und so geht allmählich jeder Sinn für Gemeinsamkeit verloren.

Bislang verläßt sich das Internet, getreu seinen Ursprüngen als akademisches Gemeinschaftsunternehmen, auf den Gruppendruck als Ordnungsmacht. Wird jemand beispielsweise in einer Diskussionsgruppe ausfallend oder, schlimmer noch, präsentiert er in einer Mailbox, die von den anderen als nichtkommerzielles Forum angesehen wird, Verkaufsangebote, dann prasselt auf den Störenfried oder Möchtegern-Geschäftemacher ein Schwall von bissigen und vernichtenden Kommentaren herab. Bisher wird diese Funktion überwiegend von selbsternannten Zensoren ausgeübt, die jene Teilnehmer, von denen sie meinen, sie hätten die Grenze zum antisozialen Verhalten überschritten, mit *flames*, das heißt mit heftigen verbalen Attacken, bedenken.

Kommerzielle Online-Dienste beschäftigen Freiwillige und professionelle Moderatoren, die das Verhalten auf ihren Schwarzen Brettern überwachen. Wenn Foren Moderatoren haben, können sie antisozialem Verhalten einen Riegel vorschieben, indem sie beleidigende Äußerungen und urheberrechtlich geschützte Informationen auf den Servern des Systems eliminieren. Doch die meisten Foren des Internet werden nicht moderiert. Alles ist erlaubt, und da jeder seine Botschaften und Informationen anonym veröffentlichen kann, sind solche Störenfriede kaum zur Rechenschaft zu ziehen. Wir brauchen ein intelligentes Verfahren, das die Meinungsäußerungen ohne staatliche Eingriffe dem Mehrheitswillen unterwirft. Wir müssen eine Methode finden, die die Teilnehmer zwingt, ihren Lautstärkeregler herunterzudrehen, so daß der Highway nicht zum Lautsprecher für Beleidigungen, Verleumdungen und Haßausbrüche wird.

Viele Online-Dienste, die Zugang zum Internet bieten, schränken den Zugriff auf Foren mit pornographischen Inhalten inzwischen ein, und auch gegen den ungesetzlichen Handel mit urheberrechtlich geschützten Produkten sind Schutzmaßnahmen ergriffen worden. Einige Universitäten veranlassen Studenten und Mitarbeiter, beanstandete Nachrichten zu entfernen. Das geht manchen Leuten gegen den Strich, weil für sie der Cyberspace ein Ort ist, wo man alles darf. Ähnliche Probleme haben die kommerziellen Dienste zu verzeichnen. Es hat Klagen wegen Einschränkung der freien Meinungsäußerung gegeben. Und Eltern zeigten sich empört, als man ihnen den Anschluß sperrte, nachdem ihr elfjähriger Sohn den Moderator mit einer flapsigen Bemerkung bedacht hatte. Kommerzielle Betreiber werden spezielle Benutzergruppen im Internet gründen, deren »Konkurrenz« nicht zuletzt darin bestehen wird, daß sie eigene Regeln zur Lösung solcher Probleme entwickeln.

Politiker befassen sich bereits mit der Frage, wann ein Online-Dienst als Netzbetreiber und wann er als Verlag einzustufen ist. Telefongesellschaften gelten als Netzbetreiber. Sie übermitteln Nachrichten, ohne Verantwortung für deren Inhalt zu übernehmen. Wenn eine Frau mit obszönen Anrufen belästigt wird, arbeitet die Telefongesellschaft mit der Polizei zusammen, und niemand kommt auf die Idee, das Unternehmen dafür verantwortlich zu machen, daß ein Widerling schmutzige Sachen ins Telefon flüstert. Dagegen gelten die Herausgeber von Zeitschriften und Zeitungen als Verlage. Sie haften für deren Inhalt und können wegen Beleidigung gerichtlich belangt werden. Im übrigen sind sie selbst daran interessiert, ihren Ruf und die Qualität ihrer redaktionellen Produkte zu wahren, weil ihr geschäftlicher Erfolg davon abhängt. Jede verantwortungsbewußte Zeitungsredaktion recherchiert sehr sorgfältig, bevor sie über irgend jemanden eine noch nicht an anderer Stelle veröffentlichte Behauptung aufstellt – zum einen, weil sie natürlich eine Verleumdungsklage scheut, zum anderen aber auch, weil Schlampigkeit ihrem Ruf schadet.

Nun stellen Online-Dienste insofern ein Problem dar, als sie zugleich Netzbetreiber und Verlage sind. Wenn sie in der zuletzt genannten Eigenschaft tätig sind und Features verbreiten, die sie selbst erworben, verfaßt oder herausgegeben haben, dann leuchtet ein, daß sie den Rechtsnormen einschlägiger Paragraphen unterworfen sind und auf ihren journalistischen Ruf zu achten haben. Andererseits erwarten wir von ihnen auch, daß sie unsere elektronische Post wie ein Netzbetreiber übermitteln, ohne ihren Inhalt zu überprüfen oder sich für ihn verantwortlich zu fühlen. So sind Chat-Boxen, Schwarze Bretter und Foren, die die Benutzer ermuntern, ohne redaktionelle Aufsicht zu interagieren, neue Kommunikationsmittel und sollten nicht genauso behandelt werden wie Inhalte, die vom Online-Dienst veröffentlicht werden. Allerdings hat ein New Yorker Richter unlängst die Voraussetzungen für eine Beleidigungsklage geschaffen, indem er entschied, der beteiligte Online-Dienst sei als Verleger und nicht als Netzbetreiber anzusehen. Vielleicht sind diese Fragen schon geklärt, wenn Sie dieses Buch lesen. Jedenfalls steht mit dieser Entscheidung viel auf dem Spiel. Wenn Netzwerkbetreiber durchgängig als Verlage behandelt werden, müssen sie die Inhalte aller Informationen, die sie übermitteln, zuvor prüfen und kontrollieren. Dies könnte ein unangenehmes Klima von Zensur schaffen und den spontanen Gedankenaustausch verhindern, der in der elektronischen Welt so wichtig ist.

Ideal wäre es, wenn dieser Wirtschaftsbereich von sich aus einige Richtlinien entwickeln würde, so daß man beim Lesen einer E-Mail oder eines elektronischen Artikels sofort darüber informiert würde, ob ihn ein »Verleger« durchgesehen hat und für den Inhalt einsteht. Die Frage lautet natürlich: Was sollen das für Richtlinien sein, und wer achtet auf ihre Einhaltung? Ein Schwarzes Brett für Lesbierinnen darf nicht gezwungen sein, lesbenfeindliche Äußerungen zu akzeptieren, und könnte ein Schwarzes Brett, das einem bestimmten Produkt gewidmet ist, mit Nachrichten eines Konkurrenten übersät werden, so wäre das ebenso widersinnig. Es wäre eine Schande, wenn man Kinder von allen Schwarzen Brettern fernhalten müßte, andererseits wäre es unrealistisch und wahrscheinlich eine Einschränkung der freien Meinungsäußerung, zwänge man alle Schwarzen Bretter, sich der Prüfung durch eine Kontrollinstanz zu unterwerfen, die bereit wäre, die Verantwortung für alle Inhalte zu übernehmen. Wahrscheinlich läuft die ganze Entwicklung auf eine Reihe von Kategorien hinaus, ähnlich den Prädikaten, die die freiwillige Selbstkontrolle der Filmwirtschaft vergibt – nur daß sie in diesem Fall darüber Auskunft geben, ob besonders aggressive Teilnehmer zur Mäßigung aufgefordert werden und ob ein »Redakteur« Nachrichten löscht, die sich seiner Meinung nach nicht mit den Grundsätzen der betreffenden Gruppe vertragen. Bislang habe ich mich mit den frei zugänglichen, öffentlichen Mailboxen beschäftigt, doch es wird auch Orte im Netz geben, wo professionelle Informationen und Ratschläge gegen Gebühr angeboten werden. Vielleicht fragen Sie sich, ob Sie angesichts eines derartigen Informationsangebots überhaupt noch Fachleute brauchen werden. Sie werden Sie brauchen, genauso wie Sie jetzt auf sie angewiesen sind.

Beispielsweise können Sie heute eine Fülle von Informationen über alle möglichen Produkte bekommen. Verbraucherzeitschriften bringen objektive Tests über viele Konsumartikel, aber sie wenden sich an eine breite Leserschaft – auf Ihre besonderen Bedürfnisse gehen sie unter Umständen nicht ein. Wenn Sie auf dem Highway nicht genau den Rat finden, den Sie brauchen, dann werden Sie die Möglichkeit haben, sich per Videokonferenz fünf Minuten oder einen Nachmittag lang mit einem Konsumberater zu unterhalten. Er wird Ihnen bei der Auswahl geeigneter Produkte helfen, die Ihr Computer dann beim preiswertesten seriösen Anbieter bestellen und bezahlen wird.

Ich gehe davon aus, daß die traditionelle Verbindung von Beratung und Verkauf seltener werden wird, weil die Beratung, die für den Kunden kostenlos ist, von den Geschäften und Dienstleistungsbetrieben bezahlt wird, die sie anbieten. Diese Kosten müssen auf die Preise aufgeschlagen werden. Geschäfte, die mit höheren Preisen kalkulieren, weil sie Beratung anbieten, werden immer größere Schwierigkeiten bekommen, mit Discountern zu konkurrieren, die ihre Waren über den Highway vertreiben. Auch dort wird es weiterhin von Geschäft zu Geschäft bescheidene Preisunterschiede geben. Dafür sorgen dann Rücknahmebedingungen, Lieferzeiten und die wenigen Maßnahmen zur Kundenberatung, die man beibehalten wird.

Einige Unternehmen werden »Berater« anbieten, die im Preis inbegriffen sind, doch für wichtige Käufe werden Sie wahrscheinlich einen wirklich unabhängigen Gewährsmann vorziehen. Teilweise werden Sie die Beratungskosten durch den geringeren Preis wieder hereinholen, den Sie in dem vom Berater empfohlenen Geschäft bezahlen. Nehmen wir an, Sie nutzen einen Highway-Dienst, um zu erfahren, wo Sie ein teures Auto zum günstigsten Preis erwerben können, und dann kaufen Sie es dort. Die Kosten für die Inanspruchnahme des Dienstleistungsbetriebs – der in dem Geschäft die Rolle des Maklers übernommen hat – könnten in Form eines niedrigen Stundensatzes oder eines geringen Prozentsatzes der Kaufsumme festgesetzt werden. Entsprechende Vereinbarungen werden von den Besonderheiten des jeweiligen Dienstes abhängen. Wie hoch das Honorar ist, wird der elektronische Wettbewerb bestimmen.

Später wird solche Beratung zunehmend von Softwareanwendungen übernommen werden, die darauf programmiert sind, Ihre Bedürfnisse zu analysieren und entsprechende Vorschläge zu unterbreiten. Zahlreiche Großbanken haben für ihre Computer bereits »Expertensysteme« entwickelt, die mit großem Erfolg die üblichen Darlehens- und Kreditanträge analysieren. Wenn es eines Tages mehr Softwareberater und bessere Programme zur Sprachsimulation und -erkennung gibt, werden Sie das Gefühl haben, tatsächlich mit einem Menschen zu sprechen, obwohl Sie nur ein mit menschlichen Zügen ausgestattetes Multimedia-Dokument konsultieren. Sie können es unterbrechen, genauere Einzelheiten verlangen oder sich eine Erklärung wiederholen lassen. Es wird so sein, als unterhielten Sie sich mit einem freundlichen Fachmann. Letztlich wird es keine Rolle spielen, ob Sie mit einem Menschen oder einer sehr guten Simulation sprechen – Hauptsache, Sie bekommen die Antworten, die Sie brauchen, um einen günstigen Kauf tätigen zu können.

Ein Schritt in Richtung des elektronischen Handels mit Niedrigpreisen, den der Highway künftig ermöglichen wird, ist das Teleshopping. 1994 wurden allein in den Vereinigten Staaten auf diesem Weg Waren im Wert von fast drei Milliarden Dollar abgesetzt, obwohl die Präsentationsform synchron ist, das heißt, man sitzt da und hört sich die Angebote für zahllose andere Produkte an, bis endlich dasjenige an der Reihe ist, für das man sich interessiert. Auf dem Information Highway können Sie nach eigenem Gutdünken an allen möglichen Waren und Dienstleistungen vorbeischlendern. Wenn Sie beispielsweise nach einem Sweater suchen, wählen Sie sich eine Grundform aus und betrachten dann so viele Variationen in so vielen Preisklassen, wie Sie wollen. Vielleicht möchten Sie sich auch eine Modenschau oder eine Produktvorführung ansehen. In der Interaktivität werden sich Nützlichkeit und Unterhaltungswert verbinden.

Heute tauchen Markenprodukte häufig in Spielfilmen und Fernsehsendungen auf. Wo jemand früher ein Bier bestellt hätte, verlangt er heute ein Budweiser. In dem Film *Demolition Man* aus dem Jahr 1993 schienen auf dem Fast-food-Sektor nur die Taco-Bell-Restaurants überlebt zu haben. Dafür hat Taco Bells Muttergesellschaft PepsiCo kräftig gezahlt. Arnold Schwarzenegger hat von Microsoft ein Honorar dafür bekommen, daß er in *True Lies* auf einem Computerschirm die arabische Version von Windows entdeckt. In Zukunft werden Unternehmen wohl nicht nur dafür zahlen, daß ihre Produkte auf dem Bildschirm erscheinen, sondern auch dafür, daß Ihnen die Möglichkeit geboten wird, sie zu kaufen. Sie werden über jeden Gegenstand, den Sie sehen, Informationen anfordern können. Das ist eine weitere Möglichkeit, die der Highway ganz unauffällig eröffnen wird. Wenn Sie den Film *Top Gun* sehen und finden, daß Tom Cruise mit seiner Pilotensonnenbrille einfach toll aussieht, werden Sie den Film anhalten können, um sich über die Brille zu informieren oder sie sogar auf der Stelle zu kaufen – falls der Film mit Werbeinformationen versehen ist. Sie können sich die Szene aber auch kennzeichnen und später auf sie zurückkommen. Spielt ein Film in einem Urlaubshotel, haben Sie die Möglichkeit, dessen Standort zu erfahren, sich nach den Preisen zu erkundigen und Zimmer zu buchen. Falls Sie an dem Star des Films eine hübsche Brief- oder Handtasche entdecken, gibt Ihnen der Highway Gelegenheit, das gesamte Lederwarensortiment des Herstellers durchzusehen und entweder ein Produkt zu bestellen oder sich an einen entsprechenden Einzelhändler zu wenden.

Da der Information Highway Videoeinspielungen übertragen wird, werden Sie sich häufig genau ansehen können, was Sie bestellen. Das wird Sie vor dem Fehler bewahren, den meine Großmutter einmal gemacht hat. Ich war in einem Sommerlager, und sie wollte mir von einem Lieferanten Zitronenbonbons schicken lassen. Also bestellte sie hundert und dachte, ich würde hundert Stück bekommen, statt dessen bekam ich hundert Tüten. Freigebig verteilte ich sie und erfreute mich großer Beliebtheit, bis wir alle einen wunden Mund bekamen. Auf dem Highway werden Sie sich per Videofilm in dem von Ihnen ins Auge gefaßten Hotel umsehen können, bevor Sie eine Reservierung vornehmen. Und Sie brauchen sich nicht zu fragen, ob der Blumenstrauß, den Sie Ihrer Mutter telefonisch haben schicken lassen, wirklich so üppig ausgefallen ist, wie Sie sich das erhofft haben. Statt dessen werden Sie der Floristin zusehen können, wie sie den Strauß zusammenstellt und sie gegebenenfalls bitten, die welken Rosen durch frische Anemonen zu ersetzen. Beim Kleidungskauf wird man Ihnen Rock oder Jackett in Ihrer Größe zeigen. Sie können sich sogar vorführen lassen, wie der Rock zusammen mit anderen Kleidungsstücken aussieht, die Sie bereits gekauft haben oder noch zu kaufen beabsichtigen.

Wenn Sie genau wissen, was Sie haben möchten, werden Sie es exakt in der gewünschen Form bekommen. Eines Tages wird man mit Hilfe von Computern Waren, die heute massengefertigt werden, serienmäßig herstellen und zugleich auf die Bedürfnisse einzelner Kunden zuschneiden können. Die Erfüllung detaillierter Kundenwünsche wird für Hersteller eine willkommene Gelegenheit sein, ihr Produkt mit einem zusätzlichen Wert auszustatten. Eine wachsende Zahl von Produkten – Schuhe, Stühle, Zeitungen, Zeitschriften und Musikaufnahmen, um nur ein paar zu nennen – werden von Anfang an so produziert werden, daß sie den Wünschen eines bestimmten Kunden entsprechen. Und häufig wird die Ware nicht mehr kosten als ein massengefertigtes Produkt. In vielen Produktkategorien wird die kundenspezifische Serienfertigung die Massenproduktion alten Stils ersetzen, ganz ähnlich, wie nur wenige Generationen zuvor diese die Einzelfertigung verdrängt hat.

Bevor die Massenfertigung aufkam, wurde jedes Stück einzeln hergestellt, wobei die arbeitsintensiven Verfahren die Produktivität einschränkten und den Lebensstandard drückten. Vor dem Bau der ersten vernünftigen Nähmaschine wurde jedes Hemd mit Nadel und Faden von Hand genäht. Das trieb den Preis derart in die Höhe, daß die meisten Menschen nur wenige Hemden besaßen. In den sechziger Jahren des vorigen Jahrhunderts, als sich die Massenfertigung in der Textilindustrie durchsetzte, produzierten die Maschinen große Mengen identischer Hemden, die Preise fielen, und sogar Arbeiter konnten sich jetzt eine größere Anzahl leisten.

Schon bald wird es computergesteuerte Hemdennähmaschinen geben, die bei jedem Hemd anderen einprogrammierten Befehlen gehorchen. Bei der Bestellung werden Sie Ihre Körpermaße sowie Ihre Wünsche hinsichtlich Stoff, Schnitt, Kragen und alle anderen Merkmale angeben. Über den Information Highway werden diese Daten einer Produktionsstätte zugeleitet werden, die das Kleidungsstück herstellt und ausliefern läßt. Die Auslieferung von Waren, die über den Highway bestellt wurden, wird ein wichtiger Wirtschaftszweig werden. Dabei wird es zu heftiger Konkurrenz kommen, und mit wachsendem Auftragsvolumen wird die Auslieferung sehr preiswert und schnell werden.

Das Unternehmen Levi Strauss macht bereits erste Versuche mit maßgeschneiderten Jeans für Frauen. In einer wachsenden Zahl von Einzelhandelsgeschäften können sich die Kundinnen für einen Aufpreis von ungefähr zehn Dollar ihre Jeans nach genauen Angaben anfertigen lassen – wobei sie zwischen 8448 verschiedenen Kombinationen aus Hüft- und Taillenmaßen, Beinlängen und Schnitten wählen können. Von einem PC im Einzelhandelsgeschäft gelangen die Daten zu einer Jeans-Fabrik in Tennessee, wo der Baumwolldrillich von computergesteuerten Maschinen zugeschnitten, mit Streifencode versehen, gewaschen und genäht wird.

Anschließend werden die fertigen Jeans an das Geschäft zurückgeschickt, wo die Bestellung aufgeben wurde, oder direkt an die Kundin ausgeliefert.

Möglicherweise wird in ein paar Jahren jeder seine Körpermaße elektronisch registrieren lassen, und niemand wird sich mehr darüber wundern, wie gut Konfektionsware sitzen kann oder wie leicht sich ein maßgeschneidertes Kleidungsstück in Auftrag geben läßt. Wenn Sie diese Daten Freunden und Verwandten zugänglich machen, werden diese viel leichter etwas für Sie kaufen können.

Kundenspezifische Informationen ergeben sich ganz natürlich aus den Möglichkeiten, die der Highway zu sehr persönlicher Beratung bieten wird. Menschen, die auf irgendeinem Gebiet Bedeutendes geleistet haben, werden unter Umständen ihre Meinungen, Empfehlungen oder auch Weltanschauungen veröffentlichen, genau wie heute erfolgreiche Kapitalanleger Informationsbriefe herausgeben. So könnte Bernhard Langer Golfern durch Text, Bild und Film die Methoden und Tricks verraten, die ihn zum Erfolg geführt haben. Ein Journalist, der heute bei einem großen Wirtschaftsblatt beschäftigt ist, könnte sich selbständig machen und einen Nachrichtendienst herausgeben, der Links zu Text- und Filmnachrichten aus verschiedenen Quellen bietet. Wer diesen Dienst abonniert hätte, würde nicht mehr zwei Mark für die Tageszeitung aufwenden, sondern dem Fachmann ein paar Pfennige pro Tag dafür bezahlen, daß er ihm die täglichen Nachrichten zusammenstellt, und außerdem für jeden Beitrag einen geringen Betrag an den Verleger abführen. Es läge in der freien Entscheidung des Kunden, wie viele Artikel er lesen und wieviel er ausgeben will. Für Ihren täglichen Bedarf an Nachrichten könnten Sie verschiedene solcher Agenturen beauftragen und sich von einem Software- oder menschlichen Berater eine vollständige, auf Ihre Bedürfnisse zugeschnittene »Zeitung« zusammenstellen lassen.

Diese elektronischen Abonnentendienste werden – durch

menschliche oder digitale Helfer – Informationen zusammentragen, die einer bestimmten Einstellung und Interessenlage entsprechen. Entscheidend für den Wettbewerb werden Leistung und Ruf sein. Eine ähnliche Rolle spielen heute die Zeitschriften. Viele haben sich auf wenige Themen spezialisiert und präsentieren ihren Lesern sozusagen einen kundenspezifischen Wirklichkeitsausschnitt. Ein politisch interessierter Leser, der die *National Review* liest, weiß, daß er dort nicht »die Nachrichten« serviert bekommt. Es sind Mitteilungen aus dem Lager der Konservativen, und wenig von dem, woran der Leser glaubt, wird dort in Frage gestellt. Am anderen Ende des politischen Spektrums finden wir *The Nation,* eine Zeitschrift, die die linken Auffassungen und Vorurteile ihrer Leser bedient.

Genauso wie Filmstudios das Interesse an ihren neuesten Produktionen zu wecken suchen, indem sie in den Kinos Vorschauen zeigen, Anzeigen aufgeben und Werbeveranstaltungen verschiedenster Art durchführen, werden die Informationsanbieter mit allen möglichen Mitteln versuchen, Sie zum Ausprobieren ihrer Waren zu veranlassen. Viele Informationen werden sich auf das jeweilige Umfeld beziehen – also Schulen, Krankenhäuser, Kaufleute und sogar Pizzerias in der Nachbarschaft betreffen. Ein Geschäft an den Highway anzuschließen wird nicht viel kosten. Sobald die Infrastruktur eingerichtet ist und eine ausreichende Benutzerzahl sich ihrer bedient, wird jede Firma Interesse daran zeigen, sich über den Highway an ihre Kunden zu wenden.

Die Aussicht auf allgegenwärtige elektronische Datenübertragung weckt in manchen Menschen die Befürchtung, es könnte, sobald sie ihre Waren und Nachrichten über den Highway beziehen, vorbei sein mit den glücklichen Zufällen, die sie in der Zeitung über einen interessanten Artikel und im Einkaufszentrum über ein Schnäppchen stolpern lassen. Dabei sind diese »Überraschungen« selten zufällig. Zeitungen werden von Redakteuren gemacht, die aus Erfahrung viel über die Interessen ihrer Leser wissen. Von Zeit zu Zeit veröffentlicht die *New York Times* auf ihrer Titelseite einen Artikel über Fortschritte in der Mathematik. Diese ziemlich spezielle Information wird aus einem Blickwinkel dargeboten, der sie für eine größere Zahl von Lesern interessant erscheinen läßt, auch für solche, die nicht gedacht hätten, daß sie viel für Mathematik übrig hätten. In ganz ähnlicher Weise machen sich die Einkäufer von Warenhäusern Gedanken darüber, was für ihren Kundenstamm neu und interessant sein könnte. Geschäfte schmücken ihre Schaufenster mit Produkten, von denen sie hoffen, sie könnten ein Blickfang für diese Kunden sein und sie zum Eintreten veranlassen.

Für solche kalkulierten Überraschungen wird es auf dem Information Highway eine Fülle von Gelegenheiten geben. Von Zeit zu Zeit wird Ihr Softwareberater bemüht sein, Sie einen Fragebogen ausfüllen zu lassen, der über Ihre Vorlieben Auskunft gibt. In dem Bestreben, auch Ihre unterschwelligen Vorlieben zu erfassen, wird der Fragebogen alle möglichen Bilder präsentieren und Sie auffordern, Ihre Reaktionen zu beschreiben. Kurzweiliger wird das Ganze, wenn Ihr Berater Ihnen Rückmeldungen liefert, indem er Ihnen mitteilt, wo Sie von der Norm abweichen und wo nicht. Aus diesen Informationen läßt sich ein Profil Ihrer Präferenzen konstruieren, an dem sich Ihr Berater orientieren wird. Wenn Sie mit Hilfe des Systems Ihre Nachrichten und Waren aussuchen, liefern Sie dem Berater weitere Informationen, mit denen er Ihr Profil ergänzt. Er wird registrieren, wofür Sie von Anfang an Interesse gezeigt haben und auf welche Dinge Sie »zufällig« gestoßen sind, um sie dann aber offensichtlich ins Herz zu schließen. Mit Hilfe dieser Informationen wird der Berater Ihnen immer wieder Überraschungen präsentieren, um Ihre Aufmerksamkeit zu wecken und zu fesseln. Immer wenn Sie Lust auf etwas Ausgefallenes und Besonderes verspüren, wird es schon auf Sie warten. Es versteht sich von selbst, daß es viel Streit und Diskussion um die Frage geben wird, wer denn Zugriff auf die Daten Ihres Profils haben soll. Entscheidend wird allerdings sein, daß sie Ihnen selbst zugänglich sind.

Warum sollte es in Ihrem Interesse liegen, daß ein solches Profil von Ihnen angefertigt wird? Ganz gewiß möchte ich nicht alle Informationen über mich preisgeben, hielte es aber schon für nützlich, wenn ein Berater wüßte, daß ich an allen zusätzlichen Sicherheitsvorkehrungen interessiert bin, die das neue Lexus-Modell aufweist. Oder er könnte mich darauf hinweisen, daß ein neues Buch von Philip Roth, John Irving, Ernest J. Gaines, Donald Knuth, David Halberstam oder irgendeinem der anderen Autoren erschienen ist, die ich schon seit langem schätze. Ferner müßte er mir Bescheid geben, wenn ein neues Buch über ein Thema erscheint, das mich interessiert: Wirtschaft und Technik, Lerntheorien, Franklin Delano Roosevelt und Biotechnologie, um nur einige wenige zu nennen. Das Buch *The Language Instinct* von Steven Pinker, einem Professor am Massachusetts Institute of Technology, fand ich sehr anregend und würde gern informiert werden, wenn neue Bücher und Artikel zu seiner Theorie erscheinen.

Auf Überraschungen werden Sie auch stoßen können, wenn Sie Links folgen, die andere eingerichtet haben. Heute blättern Benutzer gern im World Wide Web des Internet und gehen die Deckblätter oder Home Pages durch. Diese enthalten Links zu anderen Seiten, auf denen man Informationen über das betreffende Unternehmen findet, oder Links zu den Seiten anderer Unternehmen. Klickt man die Links über sogenannte *Hot Spots* (Bilder oder Knöpfe) an, wird die betreffende Seite auf den Bildschirm gerufen.

Es gibt auch Privatleute, die eigene Home Pages anlegen. Persönliche Home Pages sind von besonderem Interesse. Welche Daten oder Gedanken möchten Sie der ganzen Welt mitteilen? Hat die Seite Links, und wenn, wohin? Wer interessiert sich für Ihre Home Page?

In der elektronischen Welt werden die Unternehmen direkt an ihre Kunden verkaufen. Deshalb wird jedes Unternehmen eine

Home Page anlegen, um den Zugang zu Informationen über seine Produkte zu erleichtern. Jedes Unternehmen, das eine erfolgreiche Absatzstrategie hat – in unserem Fall sind es die Softwareeinzelhändler –, muß sich entscheiden, ob es die neuen Möglichkeiten nutzen will. Es wird sehr leicht sein, stets die neuesten Informationen, auch die Namen der Großhändler, unter die Leute zu bringen, aber es wird auch darauf ankommen, die Einzelhändler zu schützen. Vermutlich wird sogar Rolls-Royce, trotz seines außerordentlich exklusiven Absatzsystems, eine Home Page präsentieren, auf der Sie die neuesten Modelle finden und der Sie entnehmen können, wo man sie kaufen kann.

Die Einzelhändler haben sehr gute Arbeit für Microsoft geleistet, und uns ist es sehr lieb, daß Kunden die Möglichkeit haben, in Geschäfte zu gehen, wo sie die meisten unserer Produkte sehen können und von Verkäufern beraten werden. Deshalb hat Microsoft die Absicht, seinen Verkauf auch weiterhin über Einzelhändler abzuwickeln, nur daß einige von ihnen elektronisch sein werden.

Betrachten wir beispielsweise eine Versicherungsgesellschaft, die dank ihrer Vertreter bislang gute Geschäfte gemacht hat. Wird die Gesellschaft entscheiden, daß die Kunden ihre Policen in Zukunft direkt am Hauptsitz abschließen können? Wird sie ihren Vertretern, die bisher nur regional zuständig waren, nun gestatten, über den Highway landesweit zu operieren? Es wird schwer sein, die Absatzbedingungen festzulegen. Jedes Unternehmen wird für sich entscheiden müssen, welche Faktoren ihm am wichtigsten sind, und der Wettbewerb wird zeigen, welche Methode sich am besten bewährt.

Home Pages sind eine elektronische Form der Werbung. Dabei wird die Softwareplattform des Information Highway den Unternehmen bei der Präsentation ihrer Informationen völlig freie Hand lassen. Folglich müssen Werbetreibende auf dem Information Highway viel Kreativität entwickeln, um die Aufmerksamkeit der Benutzer auf sich zu ziehen, die sich schnell daran gewöhnen werden, daß sie sich alles, was sie möchten, zu jedem gewünschten Zeitpunkt ansehen können und daß sie die Möglichkeit haben, fast jeden gewünschten Beitrag zu überspringen.

Heute finanziert die Werbung fast alle Sendungen, die wir im Fernsehen sehen, und fast alle Artikel, die wir in Zeitschriften lesen. Werbungtreibende plazieren ihre Botschaften in den Programmen und Publikationsorganen, deren Publikum sich am stärksten mit ihrer Zielgruppe überschneidet. Unternehmen, die Werbeanzeigen schalten, geben viel Geld aus, um sicherzustellen, daß ihre Werbestrategie auch aufgeht. Deshalb werden die Werbekunden auf dem Highway irgendeine Art von Sicherheit verlangen, daß ihre Botschaften die verschiedenen Zielgruppen auch erreichen. Werbung zahlt sich nicht aus, wenn alle Welt die Anzeigen überspringt. Folglich werden sich die Highway-Macher etwas einfallen lassen. So könnte man Programme entwickeln, die dem Benutzer gestatten, alles im Schnelldurchlauf zu überspringen, bis auf die Werbung – die wird mit normaler Geschwindigkeit ablaufen. Außerdem wird der Zuschauer auf dem Highway die Möglichkeit haben, sich Werbeblöcke anzusehen. Als man in Frankreich die Werbung – wie im deutschen Fernsehen – zu Fünfminutenblöcken zusammenfaßte, wurden sie zu regelrechten Programmhits.

Heute werden Fernsehzuschauer von der Werbung in Zielgruppen eingeteilt. Die Werbungtreibenden wissen, daß eine Nachrichtensendung im Fernsehen überwiegend Zuschauer einer bestimmten Sorte anzieht und Übertragungen vom Catchen überwiegend Zuschauer einer anderen Kategorie. So werden Werbezeiten im Fernsehen vor dem Hintergrund von Zuschauerzahlen und demographischen Merkmalen gehandelt. Werbung, die sich an Kinder wendet, finanziert Kindersendungen; sind Hausfrauen die Zielgruppe, werden Seifenopern im Tagesprogramm gesponsert; Auto- und Bierhersteller engagieren sich bei Sportübertragungen. Die Fernsehwerbung geht von statistischen Untersuchungen aus, pauschalen Informationen über die Zuschauer einer Sendung. So erreicht sie natürlich auch viele Menschen, die an ihren Produkten nicht interessiert sind.

In Zeitschriften, die sich redaktionell schärfer abgrenzen lassen und häufig auch abgegrenzt werden, kann man Anzeigen zielgenauer plazieren – für Autofans, Musiker, Frauen, die sich für Fitneßmethoden interessieren, selbst für so spezielle Gruppen wie Teddybärsammler. Leute, die eine Teddybärzeitschrift kaufen, wollen Anzeigen über Teddybären und ihr Zubehör sehen. Tatsächlich ist in Hobbyzeitschriften das Interesse an den Anzeigen häufig ebenso groß wie das an den Artikeln. Wenn Modezeitschriften richtig aufgemacht sind, bestehen sie beispielsweise zu mehr als der Hälfte aus Anzeigen. Sie bieten ihren Leserinnen die Möglichkeit zum Schaufensterbummel im Sessel. Der Werbungtreibende kennt zwar nicht die Eigenschaften des einzelnen Lesers, weiß aber einiges über die Leserschaft im allgemeinen.

Der Information Highway wird in der Lage sein, die Konsumenten sehr viel genauer nach ihren individuellen Merkmalen einzuteilen und jedem einzelnen einen Strom von Werbematerial zuzuleiten. Davon werden alle Seiten profitieren: Die Zuschauer, weil die Werbung besser auf ihre speziellen Bedürfnisse zugeschnitten und deshalb viel interessanter sein wird, und die Produzenten beziehungsweise Online-Verleger, weil sie den Werbungtreibenden schärfer umrissene Zuschauer- und Lesergruppen anbieten können. So werden die Anbieter ihren Werbeetat wirkungsvoller einsetzen können. Präferenzdaten lassen sich erheben und weitergeben, ohne daß die Privatsphäre der Betroffenen verletzt wird, weil das interaktive Netz in der Lage sein wird, mit Hilfe solcher verbraucherbezogenen Informationen die Werbung zielgenau zu lenken, ohne preiszugeben, welchen Haushalten sie im einzelnen zugegangen ist. So würde eine Restaurantkette nur erfahren, daß sich ihre Werbung an Familien mit mittlerem Einkommen und kleinen Kindern gewendet hat.

Zu Beginn einer Folge der Serie *Lindenstraße* würden ein leitender Angestellter mittleren Alters und seine Ehefrau beispielsweise eine Werbung für Seniorenwohnanlagen sehen, während dem jungen Ehepaar nebenan zu Beginn der gleichen Sendung ein Spot über einen Familienurlaub gezeigt würde – unabhängig davon, ob die beiden Familien die Sendung zur gleichen oder zu verschiedenen Zeiten sehen. Diese zielgenauen Werbebeiträge wären für die Werbungtreibenden von viel größerem Wert, so daß ein Zuschauer einen ganzen Fernsehabend finanzieren könnte, indem er sich ein paar solcher Spots anschauen würde.

Einige Werbekunden – Coca-Cola zum Beispiel – möchten alle Zuschauer erreichen. Doch selbst Coca-Cola wäre wohl daran gelegen, Werbebeiträge für Cola light an Haushalte zu richten, die Interesse für Diätbücher bekundet haben. Wohlhabenden Zuschauern würde die Ford Motor Company eine Werbung für den Lincoln Continental zeigen, jungen Leuten den Ford Escort empfehlen, in ländlichen Gebieten einen Pick-up der Standardklasse anpreisen und allen anderen Teilnehmern den Taurus präsentieren. Ein anderes Unternehmen könnte bei allen Zuschauern für das gleiche Produkt werben, die Schauspieler aber nach Geschlecht, ethnischer Zugehörigkeit oder Alter variieren. Sicherlich wird man auch den Inhalt der Beiträge überarbeiten, um bestimmte Käufer besser anzusprechen. Um die Wirkung zu optimieren, wird man Computerprogramme brauchen, die in jeder Sendung für jeden Zuschauer die günstigste Positionierung der Werbeblocks berechnen. Das wird zwar aufwendiger sein, doch da es die Wirksamkeit der Werbebotschaften erhöht, wird es eine gute Investition darstellen.

Sogar das Lebensmittelgeschäft an der Ecke und die chemische Reinigung im Viertel werden in einer Weise werben können, die ihnen heute nicht möglich ist. Da ständig individuell gezielte Werbeströme durch das Netz fließen werden, wird die Werbung mittels Film wahrscheinlich auch für kleine Werbekunden kostengünstig werden. Unter diesen Umständen richten sich die Werbespots eines Einzelhandelsgeschäfts ganz gezielt nur an die Bewohner einiger Straßen oder eines Stadtviertels.

Heute erreicht man eine eng eingegrenzte Zielgruppe am besten mit einer Kleinanzeige. Jede Rubrik im Kleinanzeigenteil steht für eine winzige Interessengruppe: Menschen, die beispielsweise einen Teppich kaufen oder verkaufen wollen. Bald wird die Kleinanzeige nicht mehr an Papier gebunden und auf Text beschränkt sein. Wenn Sie nach einem Gebrauchtwagen suchen, werden Sie eine Abfrage absenden, in der Sie Ihre Preisvorstellungen, das Modell und die gewünschte Ausstattung angeben, und schon werden Sie eine Liste der Wagen erhalten, die Ihren Wünschen entsprechen. Sie können aber auch einem Softwareberater den Auftrag geben, Sie davon in Kenntnis zu setzen, sobald ein passendes Auto angeboten wird. Vielleicht enthalten die Werbebeiträge von Autohändlern Links, mit denen Sie ein Bild oder einen Videofilm des Autos abrufen oder auch Einsicht in das Inspektionsheft nehmen können, um festzustellen, wie gut das Auto in Schuß ist. Auf die gleiche Weise können Sie sich über seinen Kilometerstand informieren, herausfinden, ob der Wagen einen Austauschmotor hat, ob er mit Airbags ausgestattet ist oder ähnliches. Es ist auch denkbar, daß Sie über ein Link zu den öffentlich zugänglichen Polizeiprotokollen in Erfahrung bringen können, ob es sich um einen Unfallwagen handelt oder nicht.

Wenn Sie Ihr Haus verkaufen wollen, haben Sie die Möglichkeit, es ausführlich zu beschreiben, Fotos und Filmaufnahmen beizufügen, den Grundriß, Steuerbelege, Rechnungen für Wasser, Strom und Reparaturen zu zeigen und das Ganze noch mit einem stimmungsvollen Musikstück zu unterlegen. Die Aussichten, daß ein potentieller Käufer Ihren Werbespot auch sieht, sind sehr gut, weil der Information Highway es allen Teilnehmern erleichtern wird, eine solche »Privatanzeige« abzurufen und anzuschauen. Die Struktur des Immobilienmarkts mit seinen Maklern und

Courtagen wird sich gründlich wandeln, da sich den Auftraggebern der mühelose Zugang zur ganzen Informationsfülle des Highway eröffnen wird.

Zunächst werden Online-Kleinanzeigen nicht sehr interessant sein, weil kaum jemand von dieser Möglichkeit Gebrauch machen wird. Doch das wird sich ändern, wenn sich erst ihre Vorteile herumgesprochen haben. Schließlich wird sich eine positive Rückkopplungsschleife bilden: Immer mehr Verkäufer ziehen immer mehr Käufer an und umgekehrt. Sobald die kritische Masse erreicht ist – vielleicht nur ein oder zwei Jahre, nachdem das Forum ins Leben gerufen wurde –, wird sich der Kleinanzeigendienst des Information Highway von einer Kuriosität zum wichtigsten Instrument gemausert haben, das private Verkäufer und Käufer zusammenführt.

Die Direktwerbung – die Postwurfsendungen, der Müll in unseren Briefkästen – wird noch grundsätzliche Veränderungen erleben. Größtenteils ist sie heute wirklich Müll, denn wir fällen ganze Wälder, um Werbematerial per Post zu verschicken, das zumeist ungeöffnet im Papierkorb landet. Auf dem Information Highway wird uns die Direktwerbung nicht in Papierform, sondern in Gestalt eines interaktiven Multimedia-Dokuments erreichen. Zwar wird diese Form keine Rohstoffe mehr verschwenden, aber Sie werden doch irgendwie dafür sorgen müssen, daß Sie nicht Tag für Tag von Tausenden dieser nahezu kostenlosen Mitteilungen überschwemmt werden.

Sie werden nicht in einer Flut von unwichtigen Informationen untergehen, weil Sie mit Hilfe von geeigneter Software Werbematerial und andere unwichtige Mitteilungen ausfiltern werden, so daß Sie Ihre wertvolle Zeit für die Durchsicht von Nachrichten reservieren können, die Sie wirklich interessieren. Die meisten Menschen werden die Annahme der gesamten E-Mail-Werbung verweigern, es sei denn, sie betrifft Produktbereiche, denen ihr besonderes Interesse gilt. Um trotzdem Ihre Aufmerksamkeit zu wecken, könnte der Werbungtreibende Ihnen einen kleinen Geldbetrag bieten – ein oder zwei Mark –, wenn Sie bereit sind, sich die Anzeige anzusehen. Während Sie sie betrachten oder mit ihr interagieren, wird Ihrem elektronischen Konto der Betrag gutgeschrieben, während zugleich das des Werbungtreibenden damit belastet wird. So könnten einige der Dollarmilliarden, die heute in den USA jährlich für Medien- oder Direktwerbung ausgegeben werden, an Konsumenten verteilt werden, wenn diese sich bereit erklären, Anzeigen zu lesen oder anzuschauen, die ihnen direkt als Nachrichten zugehen.

Solche bezahlte Werbung per E-Mail könnte außerordentlich wirkungsvoll sein, weil sie sich sehr genau an Zielgruppen adressieren ließe. Anzeigenkunden würden sich einiges einfallen lassen, um die ja nicht gerade billigen Anzeigen nur Leuten mit erfolgversprechenden demographischen Merkmalen anzubieten. Ein Unternehmen wie Ferrari oder Porsche könnte Autoliebhabern eine Zwei-Mark-Nachricht in der Hoffnung schicken, daß ein neues Modell und der satte Motorklang ihre Kauflust wecken. Wenn die Anzeige nur einen unter 1000 Adressaten zum Kauf veranlaßt, hat sich die Werbeaktion für das Unternehmen schon gelohnt. Weiter könnte man den angebotenen Betrag nach Kundenprofilen staffeln. So erhielten die Anzeige auch Teilnehmer, die nicht auf der Vorzugsliste des Werbekunden stünden. Wenn sich zum Beispiel ein 16jähriger Autonarr unbedingt die Ferrari-Anzeige ohne Bezahlung »reinziehen« möchte, bekommt er sie ebenfalls.

Das klingt alles vielleicht ein bißchen merkwürdig, zeigt aber nur, daß hier der Marktmechanismus für einen reibungslosen Kapitalismus eine weitere Anwendungsform findet. Der Werbende entscheidet, wieviel Geld er Ihnen für Ihre Zeit bieten will, und Sie entscheiden, wieviel Ihnen Ihre Zeit wert ist.

Werbenachrichten werden wie der Rest Ihrer Post in verschiedenen elektronischen Ordnern verwahrt werden. Sie geben Ihrem Computer die Kriterien vor, nach denen er sie sortieren soll. So könnte die ungelesene Post von Freunden und Angehörigen in einem Ordner abgelegt werden. In andere Ordner kämen Nachrichten und Dokumente, die persönliche Interessen oder geschäftliche Dinge beträfen. Anzeigen und Nachrichten könnten nach den Beträgen geordnet werden, die für ihre Kenntnisnahme geboten würden. So gäbe es eine Gruppe von Fünf-Pfennig-Nachrichten, eine von Fünfzig-Pfennig-Nachrichten und so fort. Anzeigen, die mit keinem Geldangebot verknüpft wären, könnten sofort abgewiesen werden. Dann würden Sie jede Nachricht prüfen und sie aussortieren, falls sie uninteressant wäre. An manchen Tagen würden Sie vielleicht überhaupt keinen Blick in die Anzeigenordner werfen. Doch wenn Ihnen jemand eine Zehn-Mark-Nachricht schickte, wäre sie Ihnen wahrscheinlich schon einen Blick wert – wenn nicht des Geldes wegen, dann doch, um zu sehen, wer bereit ist, zehn Mark für Ihre Aufmerksamkeit zu zahlen.

Natürlich werden Sie das Geld nicht nehmen müssen, das Ihnen jemand bietet. Wenn Sie die Nachricht akzeptieren, können Sie auf die Honorierung durch den Werbenden auch verzichten. In Wirklichkeit handelt es sich also nur um einen Geldbetrag, den jemand einsetzt, um Ihre Aufmerksamkeit auf die Nachricht zu lenken. Die Kreditwürdigkeit des Absenders wird vorher überprüft. Wenn Ihnen jemand eine Hundert-Dollar-Nachricht schickt, in der Annahme, er sei Ihr lange verloren geglaubter jüngerer Bruder, würden Sie ihm natürlich das Geld erlassen, falls er es wirklich ist. Wenn jemand dagegen nur Ihre Aufmerksamkeit erregen will, um Ihnen etwas zu verkaufen, werden Sie das Geld wahrscheinlich mit Dank behalten.

In den Vereinigten Staaten gibt die Werbewirtschaft gegenwärtig mehr als 20 Dollar im Monat pro Familie für die Finanzierung von gebührenfreien Rundfunk- und Fernsehsendungen aus. An die Spots haben wir uns so sehr gewöhnt, daß sie uns kaum noch stören, wenn wir fernsehen oder Radio hören. Und wir wissen, daß die Sendungen durch die Werbeeinnahmen aus den Spots »umsonst« sind. Natürlich bezahlt der Kunde indirekt, weil die Werbekosten auf die Preise für Cornflakes, Shampoos und Diamanten aufgeschlagen werden. Direkt zahlen wir für Unterhaltung und Information, wenn wir ein Buch, eine Kinokarte oder einen Schlüssel fürs Pay-TV kaufen. Im selben Zeitraum gibt ein amerikanischer Haushalt durchschnittlich 100 Dollar für Kinokarten, Zeitungs- und Zeitschriftenabonnements, Bücher, Pay-TV, CDs und Kassetten, entliehene Videofilme und dergleichen aus.

Wenn Sie für ein Stück Unterhaltung bezahlen, indem Sie die betreffende Kassette oder Disc kaufen, erwerben Sie damit nur beschränkte Wiederverwendungs- und Wiederverkaufsrechte. Erstehen Sie beispielsweise *Abbey Road* von den Beatles, so kaufen Sie damit den materiellen Tonträger – die Disc oder Kassette – und die Berechtigung, die darauf gespeicherte Musik beliebig oft für nichtgewerbliche Zwecke abzuspielen. Wenn Sie ein Taschenbuch erwerben, so gehört Ihnen damit das Papier und die Druckerschwärze sowie das Recht, die Wörter zu lesen, die auf diesem besonderen Papier in dieser besonderen Schrift gedruckt sind, und anderen zu gestatten, sie ebenfalls zu lesen. Die Wörter aber gehören Ihnen nicht, und Sie dürfen sie auch nicht abdrucken, von sehr genau festgelegten Ausnahmen abgesehen. Auch die Fernsehsendung, die Sie sehen, gehört Ihnen nicht. Tatsächlich bedurfte es in den Vereinigten Staaten einer höchstrichterlichen Entscheidung, um den Menschen in diesem Lande das Recht zuzusichern, Fernsehsendungen zum eigenen Gebrauch auf Videobänder aufzuzeichnen.

Der Information Highway wird ganz neue Möglichkeiten zum urheberrechtlichen Schutz von geistigem Eigentum wie Musik und Software ermöglichen. So könnten Schallplattengesellschaften oder auch einzelne Künstler Musik zu völlig anderen Konditionen verkaufen. Sie, der Verbraucher, kämen fortan ohne Compact Discs, Kassetten oder andere materielle Tonträger aus. Statt dessen wird die Musik in Form von Bits auf einem Server des Highway gespeichert. Einen Song oder ein Album zu »kaufen« heißt dann nur noch, daß man das Recht zum Zugang an den entsprechenden Bits erwirbt. Ihre Musik können Sie zu Hause, bei der Arbeit oder im Urlaub hören, ohne eine Sammlung Ihrer Lieblingstitel mit sich herumschleppen zu müssen. Überall gibt es Lautsprecher, die an den Highway angeschlossen sind. Sie weisen sich aus und üben Ihre Rechte aus. Allerdings wird Ihnen nicht gestattet sein, eine Konzerthalle zu mieten und eine Aufzeichnung dieses Musikstücks vorzuspielen oder es in einen Werbespot einzubauen. Doch in jedem nichtgewerblichen Rahmen werden Sie, ganz gleich, wo Sie sich befinden, dieses Musikstück abspielen dürfen, ohne weitere Zahlungen an den Inhaber der Rechte leisten zu müssen. Genauso könnte der Information Highway feststellen, ob Sie die Rechte erworben haben, ein bestimmtes Buch zu lesen oder einen Film zu sehen. Wäre das der Fall, hätten Sie die Möglichkeit, das Buch jederzeit von jedem Informationsgerät der Welt abzurufen.

Damit erwerben wir also das Recht zur persönlichen Nutzung auf Lebenszeit – und nichts anderes tun wir, wenn wir heute eine CD, eine Kassette oder ein Buch kaufen, nur daß derzeit noch ein materielles Substrat an unserem Kauf beteiligt ist. Folglich hätten wir es mit einem tröstlich-vertrauten Vorgang zu tun. Allerdings gibt es noch viele andere Möglichkeiten, auf dem Highway Unterhaltung und Information anzubieten.

Beispielsweise könnte man bei einem Song auch für einmaliges Hören bezahlen. Jedesmal, wenn Sie ihn hören, werden Sie mit einem geringen Geldbetrag belastet, sagen wir, mit zehn Pfennig. Also kostet es 1 Mark 20, ein »Album« mit zwölf Songs zu hören. Sie müßten also das ganze Album 25mal spielen, um auf 30 Mark zu kommen, den Betrag, den Sie heute in etwa für eine CD ausgeben. Gefällt Ihnen hingegen nur ein Stück auf dem Album, könnten Sie es für Ihre 30 Mark 300mal hören – zehn Pfennig pro Mal. Da digitale Information so flexibel zu handhaben ist, müßten Sie bei technischen Neuerungen nicht erneut für die Musik selbst bezahlen, wie dies zum Beispiel der Fall war, als viele Leute die Schallplatten in ihren Sammlungen durch CDs ersetzten.

Man wird alle möglichen Verfahren der Preisbildung ausprobieren. Vielleicht gibt es eines Tages digitale Unterhaltung mit Verfallsdatum oder Rechte, die das Abspielen nur ein paarmal gestatten und dann erneut erworben werden müssen. So könnte eine Plattenfirma Ihnen einen Song zu einem sehr geringen Preis anbieten, Ihnen dafür aber nur erlauben, ihn zehn- oder 20mal zu hören. Denkbar wäre auch, daß Sie einen Song – oder ein Spiel, das süchtig macht – zehnmal umsonst spielen dürfen, bevor Sie zum Kauf aufgefordert werden. Diese Form der »Demo«-Nutzung könnte zum Teil die Funktion ersetzen, die heute Radiostationen erfüllen. Ein Musiker könnte zulassen, daß Sie einer Freundin einen neuen Song schicken, würde damit aber die Auflage verknüpfen, daß sie ihn nur ein paarmal anhören darf, bevor ihr Konto belastet wird. Und eine Band könnte einem Käufer, der ihr Gesamtwerk haben will, einen Sonderpreis einräumen – weit günstiger, als wenn der Fan jedes Album einzeln kaufen würde.

Auch heute gibt es Abstufungen in den Preisen für Unterhaltungsinformation. Beispielsweise hat die begrenzte Lebenszeit dieser Informationsart entscheidenden Einfluß auf die Art, wie Verleger und Filmstudios ihre Produkte vermarkten. Aus diesem Grund haben Buchverlage häufig zwei Publikationsschienen – Hardcover und Taschenbuch. Wenn ein Kunde an einem Buch interessiert ist und nicht unbedingt auf den Preis sehen muß, zahlt er 40 bis 60 Mark. Kann er sich sechs Monate bis zwei Jahre gedulden, hat er die Möglichkeit, das gleiche Buch in weniger aufwendiger und weniger dauerhafter Form für 15 bis 25 Mark zu erstehen.

Erfolgreiche Filme werden nacheinander in Erstaufführungskinos, dann in anderen Filmtheatern, im Pay-TV und in Flugzeugen gezeigt. Anschließend bekommt man sie in Videotheken, und zum Schluß bringt sie das normale Fernsehen. Auf jeder Stufe wird der Film einem anderen Publikum präsentiert – Zuschauern, die ihn sich bisher (zufällig oder absichtlich) nicht angeschaut haben und das Versäumte nun nachholen.

Auf dem Information Highway wird man mit ziemlicher Sicherheit verschiedene Präsentationsschienen für die angebotenen Inhalte einrichten. So wäre denkbar, daß es bei der elektronischen Veröffentlichung eines Film-, Multimedia- oder Buchhits eine Anfangsphase mit Höchstpreisen gibt. Einige Benutzer werden bereit sein, hohe Gebühren, vielleicht bis zu 40 Mark, zu bezahlen, um einen Film bereits zu sehen, während er noch in den Premierenkinos läuft. Nach einer Woche, einem Monat, einer Saison wird der Preis auf fünf bis sieben Mark fallen, den Betrag, den wir heute für das Ausleihen in einer Videothek bezahlen. Die Anbieter werden sich sicherlich ungewöhnliche Strategien einfallen lassen. Vielleicht wird es Filme geben, die Sie während des ersten Monats nach der Premiere nicht sehen können, wenn Sie nicht zu den 1000 Top-Bietern einer elektronischen Auktion auf dem Highway gehören. Auch das andere Extrem ist denkbar: Wenn von Ihnen bekannt ist, daß Sie sehr häufig Filmposter kaufen und andere Waren bestellen, die in inhaltlichem Zusammenhang mit Ihrem Filmkonsum stehen, können Sie sich vielleicht manche Filme fast umsonst und mit wenigen oder keinen Werbeunterbrechungen ansehen. Angesichts des Umsatzes, den Disney im Kielwasser von *Arielle – die Meerjungfrau* und *Aladdin* mit Videobändern und anderen einschlägigen Artikeln erzielt hat, hätte das Unternehmen ohne weiteres jedes Kind auf der Welt umsonst in den Film hineinlassen können.

Ein weiteres großes Problem für die Preisbildung wird die Datenübertragbarkeit sein. Der Information Highway wird uns gestatten, die Rechte an geistigem Eigentum mit Lichtgeschwindigkeit von einer Person auf die andere zu übertragen. Den größten Teil der Zeit bleibt die Musik, Literatur und all das andere geistige Eigentum, das in Discs oder Büchern gespeichert ist, fast völlig ungenutzt. Wenn Sie Ihr Exemplar von *Thriller* nicht hören oder das von *Fegefeuer der Eitelkeiten* nicht lesen, steht es ungenutzt im Schrank, das heißt, es wird auch von niemand anderem gehört oder gelesen. Damit rechnen Verleger. Würde der durchschnittliche Käufer seine Musik-CDs oder Bücher häufiger verleihen, würden weniger Exemplare verkauft, und die Preise müßten angehoben werden. Wenn wir davon ausgehen, daß eine Schallplatte, sagen wir, 0,1 Prozent von der Zeit des Besitzers in Gebrauch ist, könnte das »Verleihen mit Lichtgeschwindigkeit« die Verkaufszahlen um einen Faktor 1000 verringern. Aus diesem Grunde wird man die Ausleihrechte wahrscheinlich einschränken, so daß ein Benutzer sein Exemplar nicht öfter als zum Beispiel zehnmal im Jahr verleihen darf.

Öffentliche Bibliotheken werden Orte sein, wo jeder mit Hilfe modernster Geräte die vielfältigen Möglichkeiten des Information Highway nutzen kann. Die Mittel, die sie heute zum Kauf von Büchern, CDs, Filmen und Abonnements aufwenden, werden sie dann für die Nutzung elektronischer Bildungs- und Fortbildungseinrichtungen einsetzen. Vielleicht verzichten Autoren teilweise oder ganz auf ihre Honorare, wenn ihre Arbeit Aufnahme in Büchereien findet.

Neue Copyright-Gesetze werden erforderlich sein, um zu klären, welche Rechte die Käufer in unterschiedlichen Situationen an den erworbenen Inhalten haben. Der Highway wird uns zwingen, eingehender über die Rechte der Benutzer von geistigem Eigentum nachzudenken.

Videos, die man meist nur einmal ansieht, werden auch weiterhin ausgeliehen werden, allerdings wohl nicht mehr in herkömmlichen Videotheken. Statt dessen werden sich die Verbraucher auf dem Highway Filme und Sendungen aussuchen können, die ihnen das Netz auf Bestellung ins Haus schickt. Für die Videotheken und Plattenläden um die Ecke werden sich die Marktbedingungen drastisch verschlechtern. Lange Zeit werden Buchhandlungen noch gedruckte Bücher vorrätig haben, doch Sachbücher und vor allem Nachschlagewerke werden wohl häufiger in elektronischer als in gedruckter Form verwendet werden.

Doch aufblühende elektronische Märkte werden wahrscheinlich weit mehr verändern als nur das Verhältnis von ausgeliehenen zu verkauften Unterhaltungsprodukten. Fast alle Einzelpersonen und Firmen, die Vermittlerfunktionen wahrnehmen, werden den rauhen Wind des elektronischen Wettbewerbs zu spüren bekommen.

Neuer Konkurrenz wird sich der Anwalt in der Provinz gegenübersehen, wenn Rechtsberatungen per Videokonferenz über das Datennetz durchgeführt werden. Wer sich ein Grundstück kauft, wird vielleicht lieber einen ausgefuchsten Immobilienanwalt aus der Großstadt konsultieren als den Notar am Ort, der für Rechtsgeschäfte jeder Art zuständig ist. Allerdings werden die Möglichkeiten des Highway dem Kleinstadtanwalt gestatten, sich weiterzubilden und auf jedem beliebigen Gebiet zu spezialisieren. Auf dem gewählten Spezialgebiet ist er dann konkurrenzfähig, weil er geringere Unkosten hat. Auch die Klienten werden davon profitieren. Die Kosten für routinemäßige Rechtsgeschäfte wie beispielsweise Testamentserrichtungen werden durch die Leistungsfähigkeit und Spezialisierung des elektronischen Marktes erheblich sinken. Auch komplizierte Videoberatungen medizinischer, finanzieller oder anderer Art werden sich auf dem Information Highway durchführen lassen. Sie werden bequem und beliebt sein, vor allem, wenn sie nicht zu lange dauern. Es ist sehr viel einfacher, einen Termin zu vereinbaren und seinen Computerbildschirm für eine 15minütige Konferenz einzuschalten, als irgendwohin zu fahren, in einem Wartezimmer zu sitzen und dann wieder nach Hause oder ins Büro zurückzukehren.

In zunehmendem Maße werden Videokonferenzen aller Art die traditionellen Tagungen ablösen, zu denen man fahren oder fliegen muß. Wenn Sie sich aber doch zu einer Reise entschließen, dann deshalb, weil Sie daran interessiert sind, Ihren Gesprächspartner persönlich zu treffen, oder weil es sich um eine Vergnügungsreise handelt, bei der Ihre persönliche Anwesenheit natürlich unabdingbar ist. Geschäftsreisen werden seltener, Urlaubsreisen dagegen häufiger werden, weil es den Menschen möglich sein wird, Arbeitsurlaub zu nehmen: Sie werden über den Information Highway mit ihrem Büro und ihrem Zuhause verbunden bleiben.

Die Tourismusindustrie wird sich verändern, obwohl die Reisetätigkeit insgesamt wohl nicht abnehmen wird. Wie alle Branchen, deren Dienstleistung bislang darin bestanden hat, Zugang zu speziellen Informationen zu vermitteln, werden sich auch Reisebüros einen zusätzlichen Service einfallen lassen müssen. Heute stellen die Agenturen ihre Reiseangebote anhand von Datenbanken und Nachschlagewerken zusammen, die den Kunden nicht zugänglich sind. Sobald sich diese aber mit dem Highway und den Informationen, die er zu bieten hat, vertraut gemacht haben, werden viele Urlauber ihre Reisen selbst planen und realisieren.

Intelligente, erfahrene und kreative Reiseunternehmer werden keinen Grund zur Klage haben, aber sie werden sich spezialisieren und mehr tun müssen, als nur Buchungen vorzunehmen. Sagen wir, Sie möchten Afrika bereisen. Das preiswerteste Flugticket nach Kenia suchen Sie sich selbst heraus, also muß Ihnen das Reisebüro etwas anderes anbieten können. Vielleicht bucht die Agentur nur Reisen nach Ostafrika – folglich kann sie Ihnen mitteilen, was anderen Kunden besonders gefallen hat, daß der Tsavo-Nationalpark überlaufen ist oder daß Sie, wenn Sie wirklich Zebraherden sehen möchten, lieber nach Tansania fliegen sollten. Einige Agenturen könnten sich auch auf Reisen spezialisieren, bei denen die eigene Stadt das Ziel und nicht den Ausgangspunkt bildet. Ein Reiseunternehmer in Chicago könnte sich über das Netz an Menschen in der ganzen Welt wenden, die seine Heimatstadt besuchen möchten, statt seine Dienste Einheimischen anzubieten, die eine

Reise in andere Gegenden planen. Zwar würden die Kunden den Reiseunternehmer nicht kennen, der aber Chicago, was vielleicht wichtiger wäre.

Obwohl damit zu rechnen ist, daß es die Zeitung, wie wir sie heute kennen, noch lange, lange geben wird, wird sich das Zeitungsgeschäft grundlegend verändern, sobald der Verbraucher Zugang zum Information Highway hat. In den Vereinigten Staaten beziehen die Tageszeitungen den Hauptteil ihrer Einkünfte aus regionalen Anzeigen. 1950, als Fernsehgeräte noch eine Seltenheit waren, brachten überregionale Anzeigen den amerikanischen Tageszeitungen 25 Prozent ihrer Werbeeinnahmen. 1993 machten die überregionalen Anzeigen nur noch 12 Prozent aus, woran vor allem die Konkurrenz des Fernsehens schuld war. So ist die Zahl der Tageszeitungen in den Vereinigten Staaten deutlich zurückgegangen, und die, die geblieben sind, finanzieren sich durch Anzeigen des örtlichen Einzelhandels und Kleinanzeigen. Auf diesem Gebiet sind Radio und Fernsehen keine echte Konkurrenz. 1950 stammten nur 18 Prozent der Werbeeinnahmen amerikanischer Tageszeitungen aus dem Geschäft mit Kleinanzeigen, 1993 hingegen waren es 35 Prozent, was einem Umsatz von mehreren Milliarden Dollar entspricht.

Über den Information Highway können Käufer und Verkäufer anders und müheloser zusammenkommen. Sobald die Kunden eines Marktes mehrheitlich elektronische Einkaufsmöglichkeiten nutzen, werden die Einnahmen aus Kleinanzeigen zurückgehen. Das würde heißen, daß eine wichtige wirtschaftliche Grundlage des Zeitungswesens auf dem Spiel stünde.

Dies heißt allerdings nicht, daß die Zeitungen über Nacht verschwinden oder daß die Zeitungsverlage sich nicht zu wichtigen und erfolgreichen Teilnehmern auf dem veränderten Markt für Neuigkeiten und Anzeigen entwickeln könnten. Doch wie alle Unternehmen, die eine Mittler- oder Maklerrolle wahrnehmen, müssen sie rechtzeitig auf die bevorstehenden Veränderungen reagieren und sich auf ihre besonderen Qualitäten besinnen, wenn sie in der elektronischen Welt bestehen wollen.

Ein anderer Wirtschaftszweig, der sich auf Veränderungen gefaßt machen muß, ist das Bankwesen. In den Vereinigten Staaten gibt es ungefähr 14000 Banken, die Privatkunden betreuen. Die meisten Menschen sind Kunden bei einer Bank, die eine Filiale in ihrer Nähe oder auf ihrem Weg zur Arbeit hat. Zwar können schon geringe Unterschiede bei Zinsen und Serviceleistungen manche Kunden veranlassen, von einer Bank im Viertel zu einer anderen zu wechseln, sie würden aber kaum auf den Gedanken kommen, eine Filiale zu wählen, die 15 oder 20 Kilometer entfernt ist. Heute kosten Bankgeschäfte viel Zeit.

Doch in dem Maße, wie die geographischen Gegebenheiten durch den Information Highway an Bedeutung verlieren, werden elektronische Online-Banken ihre Dienste anbieten – ohne Filialen, ohne Verwaltungskosten, dafür mit niedrigen Gebühren. Ihre Transaktionen werden diese kostengünstigen, elektronischen Banken über Computergeräte abwickeln und deshalb außerordentlich konkurrenzfähig sein. Auf Bargeld werden wir dann noch weniger angewiesen sein als heute, weil die meisten Käufe über den Wallet-PC oder eine »Chipkarte« laufen werden, eine Kreuzung aus Kreditkarte, Scheckkarte für Geldautomaten und Scheckbuch. Das alles zeichnet sich zu einem Zeitpunkt am Horizont ab, da sich das US-amerikanische Bankwesen bereits zu konsolidieren beginnt und kostengünstiger arbeitet.

Es ist noch gar nicht so lange her, daß ein Kleinanleger, der sein Geld nicht nur aufs Sparbuch bringen wollte, völlig aufgeschmissen war. Die Welt der Aktien oder gar der noch geheimnisvolleren Finanzinstrumente – Investmentfonds, Obligationen, Pfandbriefe, Vorzugsaktien – blieb für jeden, der kein Wall-Street-Insider war, ein Buch mit sieben Siegeln.

Das war, bevor die Computer die Dinge gründlich änderten. Heute bieten sich in den amerikanischen Branchenbüchern scharenweise »Discount-Börsenmakler« an, und nicht wenige Anleger tätigen ihre Aktienkäufe über einen Rechner in der Bank an der Ecke oder übers Telefon. Je stärker sich der Information Highway durchsetzt, desto mehr Investmentmöglichkeiten wird er bereithalten. Wertpapiermakler, deren Aufgabe, wie die der meisten anderen Mittler, bislang darin bestand, ein Geschäft lediglich zu begleiten, werden in Zukunft sicherlich mehr anbieten müssen als nur den Kauf von Wertpapieren. Sie werden sich gründlich unterrichten müssen. Auch weiterhin wird es Finanzdienstleistungsfirmen geben, die sich gut am Markt behaupten. Zwar werden sich die wirtschaftlichen Bedingungen der Branche ändern, doch das Geschäftsvolumen wird steil ansteigen, wenn Otto Normalverbraucher durch den Highway Zugang zu den Finanzmärkten erhält. Auch Kunden, die relativ geringe Beträge anlegen wollen, werden gut beraten werden und die Möglichkeit haben, Gewinne mit Investitionen zu erzielen, die heute nur Unternehmen vorbehalten sind.

Wenn ich mich über bevorstehende Veränderungen in einem Wirtschaftszweig auslasse, werde ich oft gefragt, ob Microsoft plane, sich dort zu engagieren. Unsere Stärke ist die Entwicklung guter Softwareprodukte und der Informationsleistungen, die an sie geknüpft sind. Wir haben nicht die Absicht, ein Bank- oder Einzelhandelsunternehmen zu werden.

Als ich einmal die nachgeschalteten Datensysteme einer Bank als »Dinosaurier« bezeichnete, schrieb ein Journalist, ich hielte Banken für Dinosaurier und hätte die Absicht, ihnen Konkurrenz zu machen. Seit mehr als einem Jahr reise ich nun durch die Welt und versichere den Bankern, ich sei falsch zitiert worden. In dem Wirtschaftszweig, in dem wir uns auskennen – Unternehmensberatung, Herstellung von Computersoftware, Groupware für Internet-Server und allen anderen Bereichen unserer Branche –, gibt es genügend Herausforderungen und Möglichkeiten für Microsoft.

Unsere Erfolge in der PC-Welt verdanken wir der partnerschaftlichen Zusammenarbeit mit so großen Unternehmen wie Intel, Compaq, Hewlett Packard, DEC, NEC und Dutzenden anderen. Sogar in unserer Beziehung zu IBM und Apple, die zeitweise nicht frei von Konkurrenz war, hat es viel Kooperation und Unterstützung gegeben. Wir haben ein Unternehmen gegründet, das auf Partner angewiesen war. So haben wir uns darauf verlassen, daß andere Firmen erstklassige Chips entwickeln, hervorragende PCs konstruieren und gutfunktionierende Vertriebsorganisationen aufbauen würden. Wir haben uns auf einen schmalen Ausschnitt konzentriert. In der neuen Welt, von der in diesem Buch die Rede ist, möchten wir mit Unternehmen aller Wirtschaftszweige zusammenarbeiten und ihnen helfen, die Möglichkeiten, die die Informationsrevolution bringen wird, optimal zu nutzen.

Eine Branche nach der anderen wird sich verändern, und jede Veränderung bringt Unruhe. Einige Mittler und Makler, die bislang Informationen oder Absatzmöglichkeiten angeboten haben, werden feststellen, daß ihre Dienstleistungen keine Abnehmer mehr finden. Also werden sie das Tätigkeitsfeld wechseln, während sich andere den neuen Wettbewerbsbedingungen gewachsen zeigen werden. Es gibt eine fast unendliche Zahl von Aufgaben auf dem Dienstleistungs-, Bildungs- und öffentlichen Sektor, die dringend auf Erledigung warten – von den Arbeitsplätzen, die der Highway selbst schaffen wird, ganz zu schweigen. Folglich werden wir dem neuen Medium bislang ganz unbekannte, hochinteressante Berufsmöglichkeiten verdanken. Und der Highway, der jedem Benutzer eine ungeheure Informationsmenge auf Knopfdruck liefern kann, wird sich als unschätzbare Fortbildungseinrichtung erweisen. Wenn jemand beispielsweise beschließt, den Beruf zu wechseln und Computerberater zu werden, wird er Zugang zu den besten Lehrbüchern, den interessantesten Vorlesungen und allen Informationen über Ausbildungsvoraussetzungen, Prüfungen und Zulassungsbedingungen haben. Es wird Erschütterungen geben, doch insgesamt wird die Gesellschaft von diesen Veränderungen profitieren.

Der Kapitalismus, nachweislich das beste aller bisher erprobten Wirtschaftssysteme, hat in den letzten zehn Jahren noch einmal nachdrücklich unter Beweis gestellt, daß er seinen Alternativen überlegen ist. Diese Vorteile wird der Information Highway noch vertiefen. Mit seiner Hilfe werden die Hersteller weit besser als bisher erkennen können, was die Käufer wünschen, und er wird potentiellen Verbrauchern die Möglichkeit geben, genau die Waren, die sie haben wollen, preisgünstiger als bislang zu erstehen. Adam Smith wäre begeistert. Und, was noch wichtiger ist, die Verbraucher werden diese Vorteile sehr zu schätzen wissen.

9. Bildung – die beste Investition

Bedeutende Pädagogen haben schon immer gewußt, daß sich Lernen nicht nur in der Schule und nicht nur unter der Aufsicht von Lehrern abspielt. Wer seine Neugier befriedigen oder seiner Ratlosigkeit ein Ende machen möchte, hat es heute bisweilen schwer, an die richtige Information zu kommen. Der Highway wird uns allen Zugang zu scheinbar unbegrenzten Informationen verschaffen, wann immer und wo immer wir ihn benutzen wollen. Das ist eine erfreuliche Aussicht, denn wenn wir diese Möglichkeiten für die Bildung nutzbar machen, wird sich dies auf alle Teile der Gesellschaft positiv auswirken.

Manche fürchten, daß die Technik die schulische Erziehung entmenschlichen werde. Doch wer einmal gesehen hat, wie Kinder um einen Computer herumstehen und zusammenarbeiten, so wie meine Freunde und ich es 1968 getan haben, oder wer erlebt hat, wie Schüler, deren Klassenräume durch Ozeane voneinander getrennt sind, Botschaften miteinander austauschen, der weiß, daß die Technik zur Humanisierung der Schulwelt beitragen kann. Dieselben technischen Triebkräfte, die das Lernen zu einer solchen Notwendigkeit machen, werden auch dafür sorgen, daß es nützlich und angenehm ist. Wenn große Firmen sich anhand der vielfältigen Möglichkeiten, die die Informationstechnologie bietet, neu organisieren, wird sich auch der Schulunterricht ändern müssen.

Howard Gardner, Professor der Erziehungswissenschaften an der Harvard-Universität, ist der Ansicht, daß jedes Kind auf die ihm gemäße Weise unterrichtet werden muß, weil jeder Mensch die Welt anders begreift. Eine konfektionierte Erziehung kann auf die unterschiedlichen Weltsichten der Kinder nicht eingehen.

Gardner empfiehlt, »Lehrstellen, Projekte und Technologien« in die Schule zu bringen, um für jeden Lernstil etwas anzubieten. Wir werden die unterschiedlichsten Lehrmethoden entdecken, denn dank der Instrumente des Highway wird es einfach sein, verschiedene Methoden auszuprobieren und ihre Wirksamkeit zu erproben.

Dieselbe Informationstechnologie, die es Levi Strauss & Co. heute gestattet, Jeans anzubieten, die Massenproduktion und Maßanfertigung zugleich sind, wird auch im Schulbereich ein massenhaftes individuelles Lernen ermöglichen. Multimedia-Dokumente und einfache Bearbeitungsprogramme ermöglichen es den Lehrern, das Lernen im Rahmen des Lehrplans massenhaft auf individuelle Bedürfnisse zuzuschneiden. Wie bei den Jeans wird die massenhafte Maßanfertigung des Lernstoffs dadurch ermöglicht, daß Computer das Produkt – in diesem Fall die Bildung – auf jeden einzelnen abstimmen, so daß jeder Schüler einen etwas anderen Weg einschlagen und in seinem individuellen Tempo lernen kann. Dies wird sich im übrigen nicht auf die Schule beschränken. Jeder, der etwas lernt, wird in den Genuß einer maßgeschneiderten Bildung zum Preis eines Massenprodukts kommen. Berufstätige werden in der Lage sein, sich ständig über neue Erkenntnisse auf ihrem Gebiet zu informieren.

Jeder, auch jedes Kind, wird mühelos mehr Informationen abrufen können, als sie irgend jemandem heute zur Verfügung stehen. Ich bin überzeugt davon, daß gerade die Verfügbarkeit solcher Daten die Neugier und die Phantasie vieler entfachen wird. Bildung wird zu einer ganz und gar individuellen Angelegenheit werden.

Oft wird die Befürchtung geäußert, daß die Technologie die Lehrer überflüssig machte. Das wird – ich sage das mit allem Nachdruck – *nicht* der Fall sein. Der Information Highway wird fähige menschliche Erzieher, die wir für die künftigen Aufgaben brauchen, weder ersetzen noch entwerten: engagierte Lehrer, kreative Schulleiter, interessierte Eltern und natürlich fleißige

Schüler. Allerdings wird die Technologie für die künftige Aufgabe der Lehrer von zentraler Bedeutung sein.

Der Highway wird das Beste, was zahllose Lehrer und Autoren hervorgebracht haben, zusammentragen und jedem zugänglich machen. Lehrer werden von diesem Material Gebrauch machen können, und Schüler werden die Möglichkeit haben, es interaktiv zu erforschen. Dank dieses Zugangs werden auch solche Schüler, die nicht das Glück haben, die besten Schulen zu besuchen oder von den Eltern gefördert zu werden, Bildungsmöglichkeiten und persönliche Chancen erhalten. Dies wird die Kinder ermutigen, das Beste aus ihren angeborenen Begabungen zu machen.

Doch in den Genuß dieser Fortschritte wird man nicht kommen, wenn sich die Einstellung zum Computer im Unterricht nicht ändert. Viele denken negativ über den Einsatz von Computern im Unterricht, weil übertriebene Erwartungen sich nicht erfüllt haben. Von den PCs, die heute in den Schulen stehen, sind viele für eine einfache Handhabung zu leistungsschwach, und sie haben weder die Speicherkapazität noch die Netzwerkverbindungen, um der Wißbegierde eines Kindes mit einem angemessenen Informationsangebot entsprechen zu können. Im Bildungswesen haben Computer bisher kaum Änderungen bewirkt.

Daß die Schulen sich nur zögernd der Technik öffnen, liegt an der konservativen Grundhaltung in weiten Kreisen des Bildungsestablishments. Darin äußert sich Unbehagen und sogar Angst auf seiten der Lehrer und Schulleiter, die im Schnitt älter sind als das Gros der Berufstätigen. Es ist auch eine Folge der äußerst geringen Aufwendungen, die in den Schuletats für Technik im Unterricht vorgesehen wurden.

Die durchschnittliche amerikanische Schule der Primar- und Sekundarstufe ist, was die Verfügbarkeit moderner Informationstechnologie angeht, dem durchschnittlichen amerikanischen Wirtschaftsunternehmen gegenüber beträchtlich im Rückstand. Kindergartenkinder, die mit Handys, Pagern und Personalcomputern vertraut sind, kommen in Vorschulklassen, wo Kreidetafeln und Overheadprojektoren den neuesten Stand der Technik darstellen.

Reed Hundt, Vorsitzender der amerikanischen Bundesfernmeldekommission, hat dazu bemerkt: »Es gibt in diesem Land Tausende von Gebäuden, in denen einige Millionen Menschen sitzen, die weder Telefon noch Kabelfernsehen haben und nicht in angemessener Frist mit einem Breitbandanschluß rechnen können. Die Rede ist von Schulen.«

Trotz dieser Einschränkungen bahnt sich hier ein echter Wandel an. Er wird sich nicht schlagartig vollziehen. Äußerlich wird sich am Grundmuster des Unterrichts nichts ändern. Die Schüler werden weiterhin am Unterricht teilnehmen, dem Lehrer zuhören, Fragen stellen, einzeln und in Gruppen arbeiten (einschließlich praktischer Experimente) und Hausaufgaben machen.

Weltweit scheint man bestrebt zu sein, die Zahl der Computer im Unterricht zu erhöhen, doch kommt man damit unterschiedlich schnell voran. Nur in wenigen Ländern, zum Beispiel in den Niederlanden, gibt es schon in fast jeder Schule Computer. In Frankreich und vielen weiteren Ländern haben die Politiker versprochen, alle Klassenzimmer mit einem Computer auszustatten, auch wenn davon bisher nur wenige installiert wurden. Großbritannien, Japan und die Volksrepublik China haben damit begonnen, die Informationstechnologie zum festen Bestandteil des Lehrplans zu machen, mit einem Schwerpunkt auf der beruflichen Ausbildung. Ich bin mir sicher, daß die meisten Länder verstärkte Investitionen in ihr Bildungswesen beschließen und daß Computer in den Schulen ebenso verbreitet sein werden wie in Privathaushalten und Unternehmen. Irgendwann – in den unterentwickelten Ländern wird dieser Prozeß länger dauern – werden wir es erleben, daß in jedem Klassenzimmer der Welt ein Computer steht.

Der Preis für Computer-Hardware sinkt fast jeden Monat, und wenn man sie in großen Mengen einkauft, wird die Bildungs-Software durchaus erschwinglich. In den Vereinigten Staaten haben inzwischen etliche Kabel- und Telefongesellschaften versprochen, den Schulen und Bibliotheken in ihrem Tätigkeitsbereich unentgeltlich oder zu ermäßigter Gebühr Netzwerkanschlüsse zu gewähren. So hat zum Beispiel Pacific Bell die Absicht bekundet, jede Schule in Kalifornien ein Jahr lang kostenlos mit ISDN-Diensten zu versorgen, und TCI sowie Viacom bieten den Schulen in jeder Gemeinde, die sie bedienen, einen unentgeltlichen Kabelanschluß an.

Zwar wird das Klassenzimmer ein Klassenzimmer bleiben, doch in seinen Einzelelementen wird sich durch die Technik eine Menge ändern. Im Unterricht wird man Multimedia-Darbietungen benutzen, und zu den Hausaufgaben wird gehören, mit elektronischen Dokumenten genauso intensiv zu arbeiten wie mit traditionellen Lehrbüchern, vielleicht sogar noch intensiver. Man wird die Schüler ermuntern, sich Gebiete, die sie besonders interessieren, zu erschließen, und das wird ihnen nicht schwerfallen. Jeder Schüler wird die Chance haben, seine Frage genauso schnell beantwortet zu bekommen wie die Fragen seiner Mitschüler. Die Klasse wird einen Teil des Schultags am PC verbringen und einzeln oder in Gruppen Informationen erkunden. Anschließend werden die Schüler ihre Gedanken und Fragen zu den Informationen, die sie gefunden haben, dem Lehrer vortragen, der dann entscheiden wird, welche Fragen von der ganzen Klasse behandelt werden sollen. Während ein Teil der Klasse an den Computern sitzt, wird der Lehrer sich einzelnen Schülern oder kleinen Gruppen zuwenden können, nicht, um ihnen Lernstoff zu vermitteln, sondern um mit ihnen Probleme zu lösen.

Pädagogen sind, wie so viele Menschen im heutigen Wirtschaftsleben, unter anderem auch Förderer. Und wie so viele, die in verwandten Berufen tätig sind, müssen sie sich immer wieder auf veränderte Bedingungen einstellen. Doch im Unterschied zu anderen Berufen hat die Pädagogik glänzende Zukunftsaussichten. Während der Lebensstandard durch Innovationen zunahm, ist der Anteil der arbeitsfähigen Bevölkerung, der sich der Bildung widmete, ständig gestiegen. Pädagogen, die Schwung und Kreativität in den Unterricht bringen, werden Erfolg haben. Ebenso wird es Lehrern ergehen, die intensive Beziehungen zu den Kindern aufbauen, weil Kinder gern am Unterricht teilnehmen, wenn sie wissen, daß der Erwachsene, der sie unterrichtet, sie wirklich mag.

Jeder von uns hat Lehrer gehabt, an die er sich gern erinnert. Auf der High-School hatte ich einen tollen Chemielehrer, der den Stoff ungeheuer interessant darbieten konnte. Verglichen mit Biologie, war die Chemie faszinierend. In Biologie haben wir Frösche seziert – das heißt im Klartext, wir haben sie in Stücke gehackt –, aber wozu, das hat uns der Lehrer nicht erklärt. Der Chemielehrer hat sein Fach ein bißchen aufgemotzt, indem er versprach, es würde uns helfen, die Welt zu verstehen. Als ich in den Zwanzigern war und das Buch des Nobelpreisträgers James Watson, *Die Doppel-Helix*, las, wurde mir klar, daß ich von der High-School einen falschen Eindruck mitgenommen hatte. Es ist eine großartige Sache, das Leben zu erforschen. Biologische Informationen sind die wichtigsten, die überhaupt zu machen sind, weil sie im Laufe der kommenden Jahrzehnte die Medizin revolutionieren werden. Die menschliche DNS ist einem Computerprogramm vergleichbar, nur ist sie unendlich viel komplexer als alle Software, die bisher geschrieben wurde. Heute finde ich es erstaunlich, daß ein einziger guter Lehrer es geschafft hat, die Chemie unendlich interessant zu machen, während ich die Biologie absolut langweilig fand.

Wenn Lehrer ausgezeichnete Arbeit leisten und hervorragende Materialien ausarbeiten, haben jedes Jahr nur ihre paar Dutzend Schüler etwas davon. Es ist für Lehrer nicht einfach, auf dem aufzubauen, was ein anderer Lehrer anderswo erarbeitet hat. Das Netzwerk wird Lehrern die Möglichkeit geben, Erfahrungen und Materialien miteinander auszutauschen. Auf diese Weise können sich die besten Unterrichtsverfahren ausbreiten. Meistens ist es sehr viel uninteressanter, einen Vortrag auf Video zu betrachten, als den Lehrer lebendig vor sich zu haben. Doch manchmal ist es nicht schade um den Verlust der Interaktivität, wenn man Gelegenheit hat, einen besonderen Lehrer zu hören. Ein Freund und ich entdeckten vor einigen Jahren im Katalog der Universität von Washington Videobänder einer Vorlesungsreihe des berühmten Physikers Richard Feynman. Zehn Jahre, nachdem Feynman die Vorlesungen in Cornell gehalten hatte, konnten wir sie uns im Urlaub ansehen. Vielleicht hätten wir mehr davon gehabt, wenn wir im Hörsaal dabeigewesen wären oder ihm per Videokonferenz hätten Fragen stellen können. Doch die Klarheit seines Denkens erklärte viele physikalische Begriffe besser als alle Bücher und Lehrer, die ich kennengelernt hatte. Er stellte sein Thema lebendig dar. Ich finde, daß jeder, der Physik studiert, mühelos Zugang zu diesen Vorlesungen haben sollte. Mit dem Information Highway werden viele solcher unvergleichlich wertvollen Quellen für Lehrer und Schüler verfügbar sein.

Sollte eine Lehrerin in Providence, Rhode Island, zufällig besonders gut die Photosynthese erklären können, ließen sich ihre Vortragsnotizen und Multimedia-Demonstrationen Lehrern in aller Welt zugänglich machen. Gewiß würden einige Lehrer das Material genauso verwenden, wie es vom Highway kommt, aber andere würden sich leicht zu handhabende Bearbeitungssoftware zunutze machen und das Vorgefundene ihren Zwecken entsprechend bearbeiten. Die Urteile von anderen interessierten Lehrern wären problemlos zu beschaffen und würden dazu beitragen, die Lektion noch weiter zu verbessern. Innerhalb kurzer Zeit könnte dieses verbesserte Material dann in Tausenden von Klassenzimmern überall auf der Welt sein. Sollten Unternehmen das Bildungswesen unterstützen wollen, könnten sie Lehrern, deren Materialien besonders gut sind, zu Anerkennung und Geldpreisen verhelfen.

Es ist schwer für einen Lehrer, stets fundiertes und interessantes Unterrichtsmaterial für 25 Schüler bereitzustellen, und das sechs Stunden täglich und an 180 Tagen im Jahr. Das gilt erst recht, wenn die Schüler durch ausgiebigen Fernsehkonsum erhöhte Erwartungen an den Unterhaltungswert des Unterrichts haben. Ich stelle mir vor, wie es in rund zehn Jahren sein könnte, wenn eine Mittelschullehrerin einen naturkundlichen Vortrag über die Sonne vorbereitet. Sie wird nicht nur die wissenschaftlichen Fakten erklären, sondern auch die Geschichte der Entdeckungen, die diese Erkenntnisse ermöglichten. Vielleicht möchte sie ein Bild verwenden, sei es ein Standfoto oder ein Video, ein Kunstwerk oder das Porträt eines berühmten Solarwissenschaftlers. Der Highway wird ihr einen umfassenden Katalog von Abbildungen zur Verfügung stellen. Sie kann zwischen Videoschnipseln und Animationen aus unzähligen Quellen auswählen. In wenigen Minuten hat sie eine visuelle Schau zusammengestellt, die aufzutreiben heute tagelange Bemühungen erfordern würde. Während sie über die Sonne referiert, werden an den passenden Stellen Bilder und Diagramme erscheinen. Fragt ein Schüler, woher die Sonnenenergie stammt, kann sie ihre Antwort mit einer animierten Grafik über Wasserstoff- und Heliumatome illustrieren. Sie kann Sonnenfackeln, Sonnenflecken und andere Phänomene vorführen, sie kann auch ein kurzes Video über die Fusionsenergie auf dem Display aufrufen. Die Verbindungen zu entsprechenden Servern auf dem Information Highway hat sie schon vorher organisiert. Sie wird den Schülern die Liste der Verbindungen zur Verfügung stellen, so daß diese, wenn sie in der Bibliothek oder zu Hause den Stoff vertiefen, das Material aus jeder ihnen sinnvoll erscheinenden Perspektive betrachten können.

Stellen wir uns vor, daß die Kunstlehrerin auf der High-School Seurats Gemälde *Badende in Asnières* auf einem hochauflösenden digitalen Wanddisplay zeigt. Die Schüler sehen vor einem Hintergrund aus Segelbooten und Fabrikschornsteinen einige junge Männer in den achtziger Jahren des 19. Jahrhunderts, die sich am Ufer der Seine entspannen. Das Display gibt den Titel des Gemäldes im französischen Originalwortlaut akustisch wieder – *Une*

Baignade à Asnières – und zeigt eine Karte von Paris und Umgebung, auf der die Stadt Asnières hervorgehoben ist. Die Lehrerin wird das Bild, in dem sich der Pointillismus ankündigt, vielleicht dazu benutzen, um das Ende des Impressionismus zu erläutern. Sie kann es aber auch als Aufhänger für allgemeinere Themen benutzen, etwa das Leben in Frankreich im ausgehenden 19. Jahrhundert oder die Industrielle Revolution, oder sie kann an diesem Beispiel erläutern, wie unsere Augen Komplementärfarben wahrnehmen.

Vielleicht sagt sie, auf den orangeroten Hut einer Gestalt am rechten Rand des Bildes deutend: »Schaut euch an, wie dieser Hut vibriert. Seurat täuscht das Auge. Der Hut ist rot, aber der Maler hat winzige Pünktchen Orange und Blau hineingesetzt. Das Blau erkennt man nur, wenn man ganz genau hinschaut.« Während sie dies sagt, holt sie mit der Zoomfunktion den Hut so nah heran, daß die Körnung der Leinwand zu erkennen ist. Bei dieser Vergrößerung sind die blauen Einsprengsel zu sehen, und die Lehrerin erklärt, daß Blau die Gegenfarbe von Orange ist. Auf dem Display erscheint nun ein Farbenrad, zu dem die Lehrerin, aber vielleicht auch das Multimedia-Dokument selbst erläutert: »Die Farben auf diesem Rad sind so angeordnet, daß die Komplementärfarben einander gegenüberliegen. Komplementär sind Rot und Grünblau, Gelb und Violett, Blau und Orange. Es ist eine Eigenart des Auges, daß es, wenn man eine Farbe intensiv betrachtet, ein Nachbild der Gegenfarbe erzeugt. Seurat hat diesen Trick benutzt, um die Rot- und Orangetöne des Hutes durch das Einschmuggeln von blauen Punkten zu verstärken.«

An den Highway angeschlossene Computer werden den Lehrern helfen, die Leistungen der Schüler zu kontrollieren, zu bewerten und zu steuern. Die Lehrer werden auch künftig Hausaufgaben aufgeben, aber darin werden sich bald Hypertext-Hinweise auf elektronisches Nachschlagematerial finden. Die Schüler werden ihre eigenen Verbindungen herstellen und Multimedia-Elemente in ihren Hausaufgaben verwenden, die anschließend in elektronischer Form auf Diskette oder über den Highway vorgelegt werden. Die Lehrer werden eine Sammelliste der Arbeiten eines Schülers führen können, die jederzeit einzusehen ist oder anderen Lehrern zugänglich gemacht werden kann.

Spezielle Softwareprogramme werden dabei helfen, Informationen über die Fähigkeiten, Fortschritte, Neigungen und Aussichten eines Schülers zusammenzustellen. Haben die Lehrer hinreichende Informationen über einen Schüler zusammengetragen, dann können sie sich, vom lästigen Papierkrieg befreit, mit mehr Zeit und Energie den so ermittelten Bedürfnissen dieses Schülers widmen. Anhand dieser Informationen werden sie Unterrichtsmaterialien und Hausaufgaben individuell auf den Schüler zuschneiden. Lehrer und Eltern können mühelos in diese Unterlagen Einblick nehmen und die Fortschritte eines Kindes eingehend besprechen. Dadurch – und dank der ständigen Möglichkeit, eine Videokonferenz abzuhalten – kann eine enge Zusammenarbeit zwischen Eltern und Lehrern entstehen. Die Eltern werden ihren Kindern besser helfen können, sei es, daß sie zusammen mit anderen Eltern informelle Lerngruppen bilden, sei es, daß sie sich anderweitig um Nachhilfe für ihre Kinder bemühen.

Eltern können ihren Kindern in der Schule auch dadurch helfen, daß sie ihnen zeigen, wie man die Software benutzt, die sie selbst in der Arbeit einsetzen. Manche Lehrer und Kollegien verwenden bereits gängige Bürosoftware, um ihre Aktivitäten zu verwalten und die Schüler im Umgang mit den Werkzeugen des modernen Arbeitsplatzes zu unterweisen. Inzwischen verfassen die meisten Studenten und eine wachsende Zahl von Oberschülern ihre Berichte auf PCs mit Textverarbeitungsprogrammen, statt die Schreibmaschine zu benutzen oder mit der Hand zu schreiben. Tabellenkalkulationen und Grafikprogramme werden routinemäßig eingesetzt, um mathematische Zusammenhänge und Wirtschaftstheorien zu erklären; sie gehören heute zum Standardprogramm von Buchführungskursen. Darüber hinaus haben Studenten und Professoren neue Anwendungsmöglichkeiten für gängige Bürosoftware entdeckt. Fremdsprachenstudenten machen sich zum Beispiel die Fähigkeit größerer Textverarbeitungsprogramme zunutze, in mehreren Sprachen zu arbeiten. Diese Programme enthalten zusätzliche Hilfsmittel für die Rechtschreibprüfung und das Aufsuchen von Synonymen in mehrsprachigen Dokumenten.

In manchen Familien werden es die Kinder sein, die ihre Eltern mit dem Computer bekannt machen. Kinder kommen einfach gut mit dem Computer zurecht, wohl auch deshalb, weil sie nicht auf bestimmte Verhaltensweisen festgelegt sind. Kinder rufen gern eine Reaktion hervor, und Computer reagieren sofort. Eltern staunen manchmal, wie sehr ihre Kinder schon im Vorschulalter vom Computer fasziniert sind; diese Faszination ist völlig verständlich, wenn man bedenkt, welchen Spaß ein kleines Kind an der Interaktion hat, egal, ob es mit den Eltern Verstecken spielt oder an der Fernbedienung herumdrückt und sieht, wie die TV-Kanäle wechseln.

Ich schaue gern zu, wie meine dreijährige Nichte mit *Just Grandma and Me* spielt, einer auf einem Kinderbuch basierenden CD-ROM von Brøderbund. Sie kennt den Dialog in dieser Zeichentrickgeschichte auswendig und spricht ihn gleichzeitig mit den Figuren, wie wenn ihre Mutter ihr aus einem Buch vorliest. Wenn meine Nichte mit der Maus des Computers einen Briefkasten anklickt, öffnet sich der, und ein Frosch hüpft heraus, oder manchmal erscheint eine Hand und zieht die Briefkastentür zu. Ihre Neugier erlahmt nicht, was damit zu tun hat, daß sie das, was sie auf dem Bildschirm sieht, beeinflussen kann und auf die Frage »Was passiert, wenn ich hier klicke?« eine Antwort bekommt. Die Interaktivität in Verbindung mit der gut aufgebauten Handlung begeistert sie immer wieder.

Ich war immer überzeugt, daß die meisten Menschen mehr Intelligenz und Neugier besitzen, als sie – von den vorhandenen

Informationswerkzeugen dazu ermuntert – praktisch nutzen. Die meisten von uns kennen das befriedigende Gefühl, etwas erreicht zu haben, wenn sie sich für ein Thema interessierten und gutes Material darüber fanden – wie schön, sich dann sagen zu können, daß man über dieses Thema Bescheid weiß. Wenn man jedoch auf der Suche nach Informationen auf ein unüberwindliches Hindernis stößt, wird man entmutigt. Man bekommt Zweifel, ob man es jemals kapieren wird. Und wenn man diese natürliche Reaktion zu oft erlebt, besonders als Kind, verliert man den Antrieb, es zu probieren.

Ich hatte das Glück, in einer Familie aufzuwachsen, in der die Kinder ermutigt wurden, Fragen zu stellen. Und als ich zwölf oder dreizehn war, hatte ich das Glück, mich mit Paul Allen anzufreunden. Kurz nachdem wir uns kennengelernt hatten, fragte ich Paul, woher das Benzin kommt. Ich wollte wissen, was es bedeutet, Benzin zu »raffinieren«. Ich wollte ganz genau wissen, wie Benzin ein Auto antreiben kann. Ich hatte ein Buch über das Thema gefunden, aber es war verwirrend. Nun war Benzin eines der vielen Themen, über die Paul Bescheid wußte, und er erklärte es so, daß es für mich interessant und verständlich war. Man könnte sagen, meine Wißbegierde hinsichtlich des Benzins sei der Treibstoff unserer Freundschaft gewesen.

Paul hatte immer eine Antwort auf Dinge, die mich neugierig machten (und außerdem eine tolle Sammlung von Science-fiction-Büchern). Ich verstand mehr von Mathe als Paul, und ich wußte von allen, die er kannte, am besten über Software Bescheid. Wir waren füreinander so etwas wie interaktive Quellen. Wir stellten uns gegenseitig Fragen und gaben einander Antworten, wir zeichneten Diagramme oder machten uns auf Informationen aus verwandten Gebieten aufmerksam. Wir forderten uns gern gegenseitig heraus und stellten uns mit Begeisterung auf die Probe. Nicht anders wird die Interaktion zwischen dem Highway und den Benutzern aussehen. Nehmen wir an, ein anderer Teenager möchte etwas über Benzin wissen, nicht im Jahr 1970, sondern in drei bis vier Jahren, von heute an gerechnet. Er hat vielleicht nicht das Glück, daß ein Paul Allen zur Stelle ist, aber wenn seine Schule oder Bibliothek einen Computer besitzt, der Zugang zu vielfältigen Multimedia-Informationen hat, wird er sich in das Thema so gründlich vertiefen können, wie er nur mag.

Er wird Fotos, Videos und Animationen sehen, die ihm erklären, wie Öl gefördert, transportiert und raffiniert wird. Er wird erfahren, worin sich Autobenzin von Flugbenzin unterscheidet – und wenn er wissen möchte, was den Verbrennungsmotor eines Autos vom Turbinenantrieb eines Düsenverkehrsflugzeugs unterscheidet, braucht er nur zu fragen.

Er wird die Möglichkeit haben, den komplizierten molekularen Aufbau des Benzins zu erkunden, das sich aus Hunderten von verschiedenen Kohlenwasserstoffen zusammensetzt, und auch etwas über Kohlenwasserstoffe erfahren. Diese Erkundung kann ihn angesichts der vielen Verweise auf weitere Informationen zu allen möglichen faszinierenden Themen führen.

Anfangs wird die neue Informationstechnologie nur geringfügige Verbesserungen gegenüber den heutigen Werkzeugen bieten. Flache, an der Wand aufgehängte Videodisplays werden statt der Zeichen, die der Lehrer mit der Hand auf die Kreidetafel malt, gut leserliche Schrifttypen und Farbgrafiken bieten, die der Lehrer aus einem Millionenangebot von Illustrationen, Animationen, Fotos und Videos für schulische Zwecke auswählt. Multimedia-Dokumente werden einige der Aufgaben übernehmen, die heute von Lehrbüchern, Filmen, Tests und sonstigen Schulmaterialien erfüllt werden. Und da die Multimedia-Dokumente von Servern auf dem Information Highway eingespielt werden, sind sie immer auf dem neuesten Stand.

Die heute verfügbaren CD-ROMs liefern einen Vorgeschmack auf das künftige interaktive Erlebnis. Die Software reagiert auf Eingaben mit der Präsentation von Informationen in Form von

Text, Audio und Video. Schon heute werden in Schulen und von Kindern, die zu Hause ihre Aufgaben machen, CD-ROMs benutzt, die allerdings Beschränkungen aufweisen, die der Highway nicht mehr hat. CD-ROMs bieten entweder ein bißchen Information über eine Vielzahl von Themen in der Art eines Lexikons oder viel Information über ein einziges Thema, zum Beispiel Dinosaurier, aber die gesamte, jeweils verfügbare Information ist durch die Kapazität der Disc begrenzt. Und man kann natürlich nur die Discs benutzen, über die man selbst verfügt. Trotzdem sind sie Druckwerken gegenüber ein großer Fortschritt. Multimedia-Lexika bieten nicht nur Suchwerkzeug, sondern auch alle möglichen Materialien, die in Hausaufgaben-Dokumente einbezogen werden können. Diese Lexika sind mit Hinweisen für Lehrer erhältlich, darunter auch Anregungen, wie die Lexika im Unterricht oder im Rahmen von Hausaufgaben genutzt werden können. Ich fand es aufregend, was Lehrer und Schüler über Verwendungsmöglichkeiten unserer Produkte berichtet haben – nur wenige davon hatten wir vorhergesehen.

CD-ROMs sind ein eindeutiger Vorläufer des Highway. Ein anderer ist das World Wide Web im Internet. Das Web bietet Zugang zu interessanten Bildungsinformationen, die allerdings vorwiegend noch aus reinem Text bestehen. Kreative Lehrer benutzen inzwischen Online-Dienste, um den Unterricht auf neue, anregende Weise zu gestalten.

Viertkläßler in Kalifornien haben online in Zeitungen recherchiert, vor welchen Problemen Einwanderer aus Asien stehen. An der Universität Boston wurde interaktive Software für High-School-Schüler entwickelt, die detaillierte visuelle Simulationen chemischer Vorgänge zeigt, zum Beispiel die Auflösung von Salzmolekülen in Wasser.

Die Christopher Columbus Middle School in Union City, New Jersey, ist eine aus einer pädagogischen Krise entstandene Schule. Ende der achtziger Jahre waren die Ergebnisse der staatlichen Leistungstests so schlecht, und die Abwesenheits- und Abbrecherquote unter den Kindern des Schulbezirks war so hoch, daß der Staat erwog, die dortigen Schulen zu übernehmen. Der Schulverband, die Lehrer und die Eltern (die zu weit über 90 Prozent hispanischer Herkunft waren und nicht Englisch als erste Sprache sprachen) legten einen innovativen Fünfjahresplan vor, um ihre Schulen zu retten.

Bell Atlantic (die örtliche Telefongesellschaft) erklärte sich bereit zur Mitfinanzierung eines speziell vernetzten Multimediasystems von PCs, das die Wohnungen der Schüler mit den Klassenzimmern, Lehrern und Schulleitern verband. Das Unternehmen stellte anfangs 140 Multimedia-PCs bereit, ausreichend für die Wohnungen aller Siebtkläßler, die aller Lehrer von siebten Klassen und mindestens vier je Klassenzimmer. Diese Computer wurden vernetzt, mit Hochgeschwindigkeitsleitungen verbunden und an das Internet angeschlossen, und die Lehrer wurden in der Benutzung der PCs angeleitet. Die Lehrer veranstalteten Wochenend-Trainingskurse für die Eltern, von denen mehr als die Hälfte teilnahm, und ermunterten die Schüler, E-Mail und das Internet zu benutzen.

Jetzt, zwei Jahre später, nehmen die Eltern regen Anteil an der Benutzung der Heim-PCs ihrer Kinder und benutzen sie selbst, um mit den Lehrern und Schulleitern in Verbindung zu bleiben; die Abbrecherquote und das unentschuldigte Fehlen sind fast auf Null zurückgegangen, und bei standardisierten Tests schneiden die Schüler fast dreimal besser ab als der Durchschnitt aller Innenstadtschulen in New Jersey. Das Programm ist auf die gesamte Mittelschule ausgedehnt worden.

Raymond W. Smith, Vorstandsvorsitzender und Geschäftsführender Direktor von Bell Atlantic, meint dazu: »Der Erfolg lag nach meiner Ansicht in der Kombination – ein Schulverband, der bereit war, die Unterrichtsmethoden grundlegend zu ändern, eine Elternschaft, die das mittrug und sich engagieren wollte, und die behutsame, aber intensive Integration der Technologie in die Familien und Klassen – diese Kombination erzeugte eine echte Lerngemeinschaft, in der Familie und Schule sich gegenseitig verstärken und unterstützen.«

An der Lester B. Pearson School, einer kanadischen High-School in einem ethnisch gemischten Viertel, sind Computer ein integraler Bestandteil jedes Kurses im täglichen Lehrplan. Den 1200 Schülern stehen über 300 Personalcomputer zur Verfügung; über 100 verschiedene Softwaretitel werden benutzt. Die Abbrecherquote, nach Angaben der Schule vier Prozent bei einem Landesdurchschnitt von 30 Prozent, ist die niedrigste in ganz Kanada. Jedes Jahr kommen 3500 Besucher, die sehen möchten, wie eine High-School »die Technologie in jeden Aspekt des Schullebens einbeziehen« kann.

Wenn der Information Highway in Betrieb ist, werden die Texte von Millionen von Büchern verfügbar sein. Der Leser wird in der Lage sein, Fragen zu stellen, einen Text auszudrucken, ihn am Bildschirm zu lesen oder ihn sich sogar vorlesen zu lassen, wobei er zwischen verschiedenen Stimmen auswählen kann. Er kann Fragen stellen, und der Highway wird sein Tutor sein.

Computer mit sozialen Schnittstellen werden herausfinden, wie die Information, speziell auf den jeweiligen Benutzer zugeschnitten, darzubieten ist. Viele Lernsoftwareprogramme werden ein individuelles Profil haben, und Schüler und Computer werden sich gegenseitig kennenlernen. Eine Schülerin wird, unter Umständen mündlich, fragen: »Wie kam es zum amerikanischen Bürgerkrieg?«, und als Antwort wird ihr Computer ihr die gegensätzlichen Auffassungen präsentieren, daß es – so die einen – vor allem um wirtschaftliche Interessen ging beziehungsweise – so die anderen – um Menschenrechte. Wie ausführlich und auf welche Weise die Antwort gegeben wird, richtet sich nach dem jeweiligen Schüler und den Umständen. Der Schüler kann das Programm jederzeit abbrechen, um eine spezifischere oder allgemeinere Darstellung des Themas oder eine völlig andere Herangehensweise anzufordern. Der Computer wird wissen, was der Schüler bislang gelesen oder gesehen hat, er wird auf Zusammenhänge oder Korrelationen hinweisen und entsprechende Verbindungen zum Highway vorschlagen. Wenn er zum Beispiel weiß, daß der Schüler historische Romane, Kriegsberichte, Folklore oder Sport mag, könnte er versuchen, die Information dementsprechend darzubieten. Das wird aber nur ein Hilfsmittel sein, um die Aufmerksamkeit des Benutzers zu fesseln. Die Maschine wird – genau wie ein guter menschlicher Lehrer – einem Kind mit einseitigen Interessen nicht nachgeben. Sie wird vielmehr die Vorlieben des Kindes nutzen, um ihm ein breiteres Themenangebot nahezubringen.

Unterschiedliche Lerntempi werden Berücksichtigung finden, weil Computer sich auf jeden Lernenden speziell einstellen können. Dies wird besonders lernbehinderten Kindern zugute kommen. Jeder Schüler wird, was auch immer seine Stärken und Schwächen sein mögen, in seinem eigenen Tempo arbeiten können.

Computerunterstütztes Lernen wird darüber hinaus die Einstellung vieler Schüler zu Klassenarbeiten positiv verändern. Viele Kinder denken heute nur mit Schrecken daran, weil sie befürchten, eine schlechte Note zu bekommen, nicht rechtzeitig fertig zu werden oder nicht genügend vorbereitet zu sein. Wenn sie mehrere Klassenarbeiten verpatzt haben, kommen sie womöglich zu dem Schluß, daß sie Klassenarbeiten nicht so wichtig nehmen sollten, weil sie dabei sowieso nie gut abschneiden. Daraus kann sich eine negative Einstellung gegenüber dem Lernen überhaupt entwickeln.

Mit dem interaktiven Netzwerk können Schüler ihren Wissensstand jederzeit risikolos prüfen. Eine Klassenarbeit, die man sich selbst auferlegt, ist eine Art von Selbsterforschung, ganz ähnlich wie die Testfragen, die Paul Allen und ich uns gegenseitig gestellt haben. Prüfungen werden so zu einem positiven Bestandteil des Lernprozesses werden: Ein Fehler bewirkt keinen Tadel, sondern veranlaßt das System, dem Schüler bei der Überwindung des Mißverständnisses unter die Arme zu greifen. Wenn jemand wirklich nicht mehr weiter weiß, wird das System die Möglichkeit anbieten, einen Lehrer über die näheren Umstände in Kenntnis zu setzen. Die Angst vor Klassenarbeiten müßte eigentlich verschwinden, und der einzelne Schüler wäre weitgehend sicher vor Überraschungen, weil er durch die laufende Selbstabfrage genauer bestimmen könnte, wo er steht.

Viele Schulbuch- und Lernsoftwarefirmen liefern schon heute interaktive Computerprodukte, mit denen man auf diese Weise Grundkenntnisse in Mathematik, Sprachen, Wirtschaft und Biologie erwerben kann. Academic Systems in Palo Alto, Kalifornien, arbeitet zum Beispiel an einem interaktiven Multimedia-Unterrichtssystem für Hochschulen, das Kurse in mathematischen Grundkenntnissen und Englisch unterstützt. Unter dem Begriff »vermitteltes Lernen« werden herkömmliche Unterrichtsmethoden und computergestütztes Lernen miteinander gekoppelt. Zu Beginn wird jeder Student einer Einstufungsprüfung unterzogen, die der Feststellung dient, in welchen Fächern er gut ist und wo er Nachhilfe braucht. Daraufhin erstellt das System einen persönlichen Stundenplan für den Studenten. Seine Fortschritte werden durch regelmäßige Tests überpüft, und je nachdem, wie sie ausfallen, läßt sich der Stundenplan ändern. Das Programm kann dem Lehrer zeigen, wo es Probleme gibt, und dieser kann dann dem Studenten gezielt helfen. In Pilotvorhaben wurde ermittelt, daß das neue Lernmaterial den Studenten gefällt, daß aber jene Kurse am besten abschneiden, in denen eine Lehrkraft häufiger zur Verfügung steht. Dieses Ergebnis unterstreicht, daß das Bildungswesen mit neuer Technologie allein nicht verbessert werden kann.

Manche Eltern wehren sich gegen den Einsatz von Computern, weil sie fürchten, dann nicht zu wissen, was ihr Kind macht, und keinen Einfluß darauf zu haben. Die meisten Eltern sind froh, wenn ihr Kind sich mit einem spannenden Buch in den Sessel verkriecht, aber gar nicht begeistert, wenn es Stunden am Computer verbringt. Vermutlich denken sie dabei an Videospiele. Mit einem Videospiel kann ein Kind viel Zeit zubringen, ohne etwas zu lernen. In Unterhaltungssoftware ist bislang sehr viel mehr investiert worden als in Lernsoftware. Ein Spiel, nach dem man süchtig werden kann, ist einfacher zu kreieren als ein für Kinder ansprechender Zugang zur Welt der Information.

Doch in dem Maße, wie Schulbuchetats und Eltern dem interaktiven Material wachsende Mittel zufließen lassen, werden Tausende von Softwarefirmen entstehen, die zusammen mit Lehrern unterhaltsames interaktives Lernmaterial entwickeln. So läßt zum Beispiel die Lightspan Partnership von Talenten aus der Filmindustrie Live-Action- und Zeichentrick-Programme entwerfen. Lightspan hofft, mit seinen anspruchsvollen Produktionsverfahren das Interesse der jungen Zuschauer von fünf bis elf Jahren wecken und fesseln zu können, um sie dazu zu bewegen, mehr Zeit aufs Lernen zu verwenden. Zeichentrickfiguren führen die Schüler durch Lektionen, in denen Grundkenntnisse vermittelt werden, die anschließend in Spielen umgesetzt werden. Die Lightspan-Lektionen sind für jeweils zwei Altersjahrgänge zu Serien zusammengefaßt, die den Grundschullehrplan in Mathematik, Lesen und sprachlichen Fertigkeiten ergänzen sollen. Man wird diese Programme zu Hause, in Gemeinschaftszentren und Klassenzimmern empfangen können. Solange das interaktive Fernsehen noch nicht allgemein verbreitet ist, wird dieses Lernprogramm auf CD-ROM beziehungsweise für PC-Benutzer über das Internet erhältlich sein.

Dieses ganze Informationsangebot wird jedoch nicht die gravierenden Probleme lösen, vor denen viele staatliche Schulen heute stehen: Etatkürzungen, Gewalt und Drogen, hohe Abbrecherquoten, gefährliche Umgebungen, Lehrer, die sich mehr um ihr eigenes Überleben als um den Unterricht kümmern müssen. Neue Technologien werden da nicht ausreichen. Die Gesellschaft muß ihre grundlegenden Probleme auch auf andere Weise lösen.

Nun stehen manche staatlichen Schulen zwar vor großen

Schwierigkeiten, doch sind sie zugleich unsere größte Hoffnung. Stellen Sie sich einmal folgende Situation vor: Die meisten Kinder in den staatlichen Schulen der Großstädte leben von der Wohlfahrt, beherrschen ihre Muttersprache nur mit Mühe und haben wenige Kenntnisse und eine ungewisse Zukunft vor sich. Das war die Situation in Amerika zu Beginn des 20. Jahrhunderts, als die Schulen und Sozialhilfeeinrichtungen unserer Großstädte von zig Millionen Einwanderern schier erdrückt wurden.

Dennoch schuf die damalige und die nachfolgende Generation einen Lebensstandard, der in der ganzen Welt ohnegleichen war. Die Probleme von Amerikas Schulen sind nicht unüberwindlich, sondern nur extrem schwer zu lösen. Selbst heute kommen auf jede staatliche Schule, an der verheerende Zustände herrschen, Dutzende von erfolgreichen Schulen, über die die Zeitungen nicht berichten. Ich habe hier mehrere Beispiele genannt. Es gehört eigentlich nicht zum Thema dieses Buches, aber etliche Gemeinden haben doch bewiesen, daß es möglich ist, ihre Straßen und Schulen wieder unter Kontrolle zu bringen. In allen Fällen bedurfte es einer intensiven Bemühung vor Ort. Immer eine Straße nach der anderen, eine Schule nach der anderen. Außerdem müssen die Eltern darauf bestehen, daß ihre Kinder eine gewisse Lernbereitschaft in die Schule mitbringen. Wenn die Einstellung herrscht: »Darum soll sich die Schule (oder der Staat) kümmern«, wird aus den Kindern nichts.

Ist erst einmal auch nur ein Hauch von positiver Lernatmosphäre hergestellt, wird der Information Highway dafür sorgen, daß in Zukunft alle ein höheres Bildungsniveau erreichen können. Er wird neue Unterrichtsmethoden und eine sehr viel größere Wahlfreiheit ermöglichen. Mit staatlicher Finanzierung können erstklassige Lernmaterialien produziert und unentgeltlich zur Verfügung gestellt werden. Konkurrierende private Anbieter werden das unentgeltliche Material ergänzen: Dies können andere staatliche Schulen sein, Lehrer an staatlichen Schulen, pensionierte Lehrer, die sich selbständig machen, oder private, auf den Highway gestützte Dienstleister für Schulen, die ihre Fähigkeiten unter Beweis stellen möchten. Schulen könnten den Highway benutzen, um neue Lehrer und deren Konzepte zu begutachten oder ihre Dienste aus der Ferne in Anspruch zu nehmen.

Der Highway wird auch den Privatunterricht vereinfachen. Die Eltern werden die Möglichkeit haben, aus einer Reihe erstklassiger Angebote bestimmte Kurse auszuwählen und dabei die Kontrolle über die Inhalte zu behalten.

Das Lernen mit dem Computer wird ein Sprungbrett für das Lernen ohne Computer sein. Kleine Kinder werden weiterhin das Bedürfnis haben, mit Spielsachen und Gerätschaften umzugehen. Die Betrachtung chemischer Reaktionen auf dem Computerbildschirm kann die praktische Arbeit in einem Chemielabor hervorragend ergänzen, aber nicht ersetzen. Kinder brauchen den persönlichen Kontakt zu anderen Kindern und zu Erwachsenen, um soziale und zwischenmenschliche Fähigkeiten, wie zum Beispiel die zur Zusammenarbeit, zu erwerben.

Gute Lehrer werden auch künftig weit mehr tun, als den Kindern nur zu zeigen, wo sie Informationen auf dem Highway finden können. Sie werden auch in Zukunft darauf achten müssen, wann es angebracht ist, ein Thema zu vertiefen, wann sie sich aufs Beobachten beschränken sollten, wann der Schüler eine Anregung braucht. Auch künftig wird es ihre Aufgabe sein, die Fähigkeit der Kinder zur schriftlichen und mündlichen Äußerung zu entwikkeln, und dabei werden sie die Technik als Ausgangspunkt oder zur Unterstützung einsetzen. Erfolgreiche Lehrer werden als Trainer, Partner, Stimulatoren der Kreativität und Kommunikationsbrükken zur Welt wirken.

Computer auf dem Information Highway werden die Welt ebensogut simulieren wie erklären können. Das Erstellen oder Benutzen eines Computermodells kann eine großartige Lernhilfe sein. An der Sunnyside High School in Tucson, Arizona, organisierte ein Lehrer vor mehreren Jahren einen Schülerklub, um reale soziale Verhaltensweisen auf dem Computer zu simulieren. Indem die Schüler ein mathematisches Modell solchen Verhaltens konzipierten, entdeckten sie, welche schlimmen Folgen die Bandenbildung haben kann. Der Erfolg dieses Klubs führte schließlich dazu, daß der ganze Mathematikunterricht neu aufgebaut wurde, und zwar ausgehend von der Idee, daß der Unterricht nicht erreichen soll, daß die Kinder die »richtigen« Antworten geben, sondern daß er den Kindern Methoden vermittelt, anhand derer sie entscheiden können, ob eine Antwort »richtig« ist.

Der naturwissenschaftliche Unterricht bietet sich für die Benutzung von Modellen geradezu an. Die Trigonometrie erlernen die Kinder an dieser Schule heute, indem sie die Höhe realer Berge messen. Statt abstrakte Übungen zu machen, triangulieren sie von zwei Punkten aus. Für den Biologieunterricht existieren bereits etliche Computermodelle. SimLife, ein beliebtes Softwareprogramm, simuliert die Evolution so, daß die Kinder den Vorgang miterleben, statt nur Fakten darüber vorgesetzt zu bekommen. Man muß kein Kind sein, um Spaß an diesem Programm zu haben, das es Ihnen erlaubt, Pflanzen und Tiere zu entwerfen und dann zu beobachten, wie sie in einem ebenfalls von Ihnen entworfenen Ökosystem interagieren und sich entwickeln. Von Maxis Software, dem Verleger von SimLife, stammt auch ein anderes Programm namens SimCity, mit dem Sie eine Stadt mit all ihren untereinander zusammenhängenden Systemen wie Straßen und öffentlichen Verkehrsmitteln entwerfen können. Der Spieler ist als Bürgermeister oder Stadtplaner einer virtuellen Gemeinde gefordert, seine eigenen Ziele für diese Gemeinde zu erreichen – und nicht Ziele, die von der Software künstlich vorgegeben werden. Man errichtet Bauernhöfe, Fabriken, Wohnhäuser, Schulen, Universitäten, Bibliotheken, Museen, Zoos, Krankenhäuser, Gefängnisse, Jachthäfen, Schnellstraßen, Brücken und sogar Untergrundbahnen. Man hat sich mit dem Auswuchern der Stadt und mit

Naturkatastrophen wie Feuersbrünsten herumzuschlagen. Man kann auch das Gelände verändern. Greift man in die Abläufe der simulierten Stadt ein, indem man einen Flughafen baut oder die Steuern erhöht, kann sich das auf vorhersagbare oder auch unerwartete Weise auf die simulierte Gesellschaft auswirken. Es ist eine phantastische Möglichkeit, im Handumdrehen zu lernen, wie die reale Welt funktioniert.

Man kann mit Hilfe einer Simulation auch erfahren, was jenseits unseres Planeten vor sich geht. Im Spiel mit einem Weltraumsimulator können Kinder in einem simulierten Raumschiff durch das Sonnensystem oder die Milchstraße navigieren. Junge Leute können durch Herumexperimentieren mit Computersimulationen ihr Interesse an Biologie oder Stadtplanung oder Raumfahrt entdecken, von dem sie bis dahin nichts geahnt haben. Naturwissenschaftliche Kenntnisse werden vielleicht bei weitaus mehr Kindern Anklang finden, wenn man sie auf diese Weise interessant macht.

Künftig werden Schüler aller Alters- und Begabungsstufen in der Lage sein, Information visuell darzustellen und interaktiv mit ihr umzugehen. Eine Klasse, die sich mit dem Wetter befaßt, wird simulierte Satellitenbilder betrachten können, die auf einem Modell hypothetischer meteorologischer Bedingungen basieren. Die Schüler können Fragen von der Art »Was geschieht, wenn…?« stellen, zum Beispiel: »Was wird aus dem Wetter von morgen, wenn die Windgeschwindigkeit sich um 24 Stundenkilometer erhöht?« Der Computer rechnet das Ergebnis aus und zeigt das simulierte Wettersystem, wie es sich vom Weltraum aus darstellt. All diese Simulationsspiele werden noch sehr viel besser werden, doch schon heute sind die besten von ihnen faszinierend und äußerst lehrreich.

Wenn Simulationen ganz und gar realistisch werden, gelangen wir in den Bereich der virtuellen Realität. Ich bin sicher, daß Schulen irgendwann für den Umgang mit virtueller Realität ausgestattet sein werden – vielleicht werden sie sogar VR-Räume haben, genau wie manche heute Musik- und Theatersäle haben –, so daß Schüler einen Ort, ein Objekt oder eine Person auf diese sinnliche interaktive Weise erkunden können.

Dennoch wird die Technik die Schüler nicht isolieren. Eine der wichtigsten pädagogischen Erfahrungen ist die Zusammenarbeit. An manchen besonders fortschrittlichen Schulen haben Computer und Kommunikationsnetze bereits begonnen, durch die Ermöglichung eines kooperativen Lernens das herkömmliche Verhältnis unter den Schülern sowie zwischen Schülern und Lehrern zu verändern.

An der Ralph Bunche-School (Public School 125) im New Yorker Stadtteil Harlem haben Lehrer eine computergestützte Lerneinheit geschaffen, in der sie den Schülern zeigen, wie man das Internet nutzt, um zu recherchieren, mit elektronischen Brieffreunden in aller Welt zu kommunizieren und mit Tutoren von der nahegelegenen Columbia University zusammenzuarbeiten. Die Ralph-Bunche-School war eine der ersten amerikanischen Schulen, die ihre eigene Home Page im World Wide Web des Internet eingerichtet haben. Ihre Home Page im Web, von einem Schüler gestaltet, enthält Verweise auf die Schülerzeitung, künstlerische Arbeiten der Schüler und eine bebilderte Lektion über das spanische Alphabet.

Besonders auf Universitätsebene hat die Forschung ungeheuer vom Internet profitiert, das die Zusammenarbeit zwischen weitentfernten Institutionen und Einzelpersonen erleichtert. Die Innovationen im Computerbereich haben sich seit jeher an den Universitäten abgespielt. Einige Universitäten sind Zentren der Spitzenforschung im Bereich neuer Computertechnologien, und viele weitere Universitäten unterhalten große Computerlabors, die von den Studenten zur Zusammenarbeit und für ihre Hausaufgaben genutzt werden. Zudem wurden einige der interessantesten Home Pages des World Wide Web im Internet von Universitäten aus aller Welt eingerichtet.

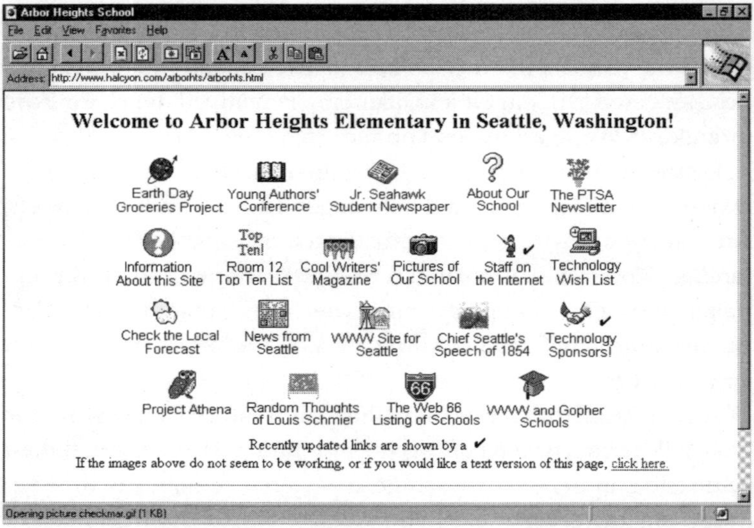

Home Page der Arbor Heights Elementary School
im World Wide Web (1995)

Manche Universitäten nutzen das Internet für weniger umfassende Zwecke. An der Universität von Washington werden Stundenpläne und die Aufgaben für einige Kurse im World Wide Web bekanntgemacht. Auch Vorlesungsnotizen werden vielfach im Web publiziert – ein unentgeltlicher Service, den ich in meiner Studentenzeit sehr geschätzt hätte. An einer anderen Universität verlangt ein Englischlehrer, daß alle seine Studenten eine E-Mail-Adresse haben und sich zu später Stunde an elektronischen Diskussionen per E-Mail beteiligen. Die Kursteilnehmer werden nicht nur nach ihrem Einsatz im Kurs und ihren Hausarbeiten benotet, sondern auch nach ihren E-Mail-Beiträgen.

Studenten wissen inzwischen allerorten die Vorzüge der elektronischen Post zu schätzen, sei es für Bildungszwecke, sei es, um auf kostengünstige Weise mit Angehörigen und Freunden Kontakt zu halten, darunter auch mit Freunden aus der Schulzeit, die an andere Universitäten gegangen sind. Immer mehr Eltern von

Studierenden sind zu regelmäßigen E-Mail-Benutzern geworden, weil sie so am besten mit ihren Kindern in Verbindung bleiben können. Es gibt sogar Grundschulen, die den größeren Schülern erlauben, eine Zugangsberechtigung zum Internet zu haben. In Lakeside, meiner alten Schule, ist das Netzwerk der Schule inzwischen ans Internet angeschlossen, so daß die Schüler nach Online-Informationen stöbern sowie landesweit und mit dem Ausland E-Mail austauschen können. Fast alle Lakeside-Schüler haben E-Mail-Zugangsberechtigung beantragt, und in einer durchschnittlichen Spanne von zwölf Wochen haben sie insgesamt 259587 Mitteilungen erhalten, jeder Schüler also pro Woche rund 30 Mitteilungen. In dieser zwölfwöchigen Spanne waren rund 49000 Mitteilungen vom Internet, und die Schüler selbst verschickten rund 7200 Mitteilungen.

Die Schule weiß nicht, wie viele Mitteilungen die einzelnen Schüler versenden, und sie weiß auch nicht, worum es darin geht. Ein Teil der E-Mail dreht sich um Lerninhalte und schulische Aktivitäten, doch zweifellos betrifft ein großer Teil – auch von dem, was in Lakeside über das Internet abgewickelt wird – außerschulische Interessen der Schüler. Die Schule betrachtet dies nicht als einen Mißbrauch des elektronischen Postsystems, sondern als eine andere Art des Lernens.

Etliche Schüler an höheren Schulen wie der Public School 125 von New York entdecken, daß der von Computernetzen ermöglichte Fernzugang ihnen helfen kann, von anderen Kulturen und anderen Schülern zu lernen und an weltweiten Diskussionen teilzunehmen. Inzwischen sind viele Klassenzimmer in unterschiedlichen Staaten und Ländern in »Lernzirkeln« miteinander verbunden, wie man sie gelegentlich nennt. Die meisten Lernzirkel dienen dem Zweck, den Schülern in Zusammenarbeit mit weitentfernten Partnern die Erforschung eines bestimmten Themas zu ermöglichen. Als 1989 die Berliner Mauer fiel, konnten westdeutsche Schüler mit ihresgleichen in anderen Ländern über dieses

Ereignis diskutieren. Einem Lernzirkel, der sich mit der Walfangindustrie befaßte, gehörten Schüler in Alaska an, Eskimos, deren Dörfer unverändert auf Wale als Nahrungsquelle angewiesen waren. Bei anderen Schülern war das Interesse so groß, daß sie einen Stammesältesten der Inuit zu einer Lernzirkeldiskussion in ihre Klasse einluden.

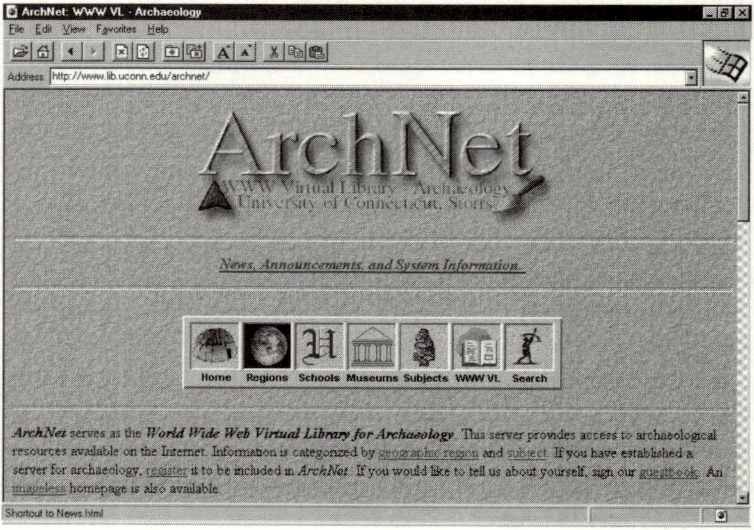

WWW-Home Page der University of Connecticut mit Verweis auf archäologische Daten aus zahlreichen Quellen (1995)

Ein ehrgeiziger Plan für Schüler, die Computernetzwerke benutzen, ist das GLOBE-Projekt, eine vom US-Vizepräsidenten Al Gore geförderte Initiative. GLOBE steht für *Global Learning and Observations to Benefit the Environment* (globales Lernen und Beobachten zugunsten der Umwelt). Es besteht die Hoffnung, daß verschiedene Regierungen und private Spender sich an der Finanzierung beteiligen. Die Idee ist, Grundschüler in internationaler Zusammenarbeit wissenschaftliche Informationen über die Erde zusammentragen zu lassen. Die Kinder sollen laufend statistische Daten, zum Beispiel über Temperatur und Niederschlag, sammeln und sie über das Internet und Satelliten an eine zentrale Datenbank bei der National Oceanic and Atmospheric Administration in Maryland weitergeben, wo daraus zusammengesetzte Bilder des Planeten erzeugt werden. Die gesammelten Informationen sollen dann an die Schüler zurückübermittelt werden, aber auch Wissenschaftlern und der Öffentlichkeit zugänglich sein. Ob diese Daten, besonders die, die von den ganz Kleinen gesammelt werden, großen wissenschaftlichen Wert haben werden, weiß man noch nicht, doch durch das Sammeln der Daten und das Betrachten der zusammengesetzten Bilder bekäme eine große Zahl von Kindern aus vielen Ländern eine schöne Gelegenheit, etwas über weltweite Zusammenarbeit, Kommunikation und Umweltprobleme zu lernen.

Die Bildungsmöglichkeiten des Highway werden auch den Menschen in aller Welt offenstehen, die nirgendwo als Schüler oder Studenten angemeldet sind. Überall wird es möglich sein, die besten Kurse bei großartigen Lehrern zu »besuchen«. Weiten Kreisen wird somit die Erwachsenenbildung erschlossen werden, einschließlich der beruflichen Bildung und Weiterbildung.

Viele Eltern, Fachleute sowie gesellschaftlich und politisch führende Persönlichkeiten werden Gelegenheit haben, sich an dieser Entwicklung als Lehrende zu beteiligen, und sei es auch nur gelegentlich für eine Stunde. Für Gäste, die sich in einem Gebiet gut auskennen, wird es einfach, unaufwendig und, wie ich glaube, irgendwann ganz alltäglich sein, von ihrer Wohnung oder ihrem Büro aus eine Diskussion zu leiten oder an ihr teilzunehmen.

Wenn Schüler direkten Zugang zu unbegrenzten Informationen haben, entstehen Fragen, die für die Schulen und für die Gesellschaft insgesamt geregelt werden müssen. Ich habe das Problem der Regulierung des Internet bereits angesprochen. Sollen Schüler generell berechtigt sein, ihren tragbaren PC in jede Unterrichtsstunde mitzubringen? Sollen sie das Recht haben, während gemeinsamer Diskussionen auf eigene Faust Nachforschungen zu betreiben? Wenn ja, wie weit soll ihre Freiheit gehen? Sollen sie ein Wort, das sie nicht verstehen, nachschlagen dürfen? Sollen sie Zugang zu Informationen haben, an denen ihre Eltern aus moralischen, sozialen oder politischen Gründen Anstoß nehmen? Dürfen sie Hausaufgaben für ein anderes Unterrichtsfach erledigen? Oder einander während des Unterrichts Mitteilungen schicken? Soll der Lehrer das, was die einzelnen Schüler auf ihrem Bildschirm haben, überwachen bzw. für eine spätere stichprobenartige Überprüfung speichern dürfen?

Welche Probleme der direkte Zugang zu unbegrenzten Informationen auch immer aufwerfen mag, sie werden von den damit verbundenen Vorteilen mehr als aufgewogen. Mir hat die Schule Spaß gemacht, und doch lagen meine stärksten Interessen außerhalb des Unterrichts. Ich habe nur eine schwache Ahnung davon, wie der Zugriff auf eine solche Fülle von Informationen meine Einstellung zur Schule verändert hätte. Der Highway wird den Schwerpunkt der Bildung von der Institution weg und zum einzelnen hin verlagern. Das höchste Ziel wird nicht mehr ein Diplom sein, sondern der Spaß am lebenslangen Lernen.

10. Cyber-Heim

Unter den vielen Ängsten, die die Beschäftigung mit dem Information Highway auslöst, findet sich auch die Befürchtung, unser Zusammenleben mit anderen könnte empfindlich Schaden nehmen. Eines Tages werden wir, so die Sorge, zu Hause ein so verlokkendes Unterhaltungsangebot vorfinden, daß wir das traute Heim überhaupt nicht mehr verlassen und uns völlig isolieren. Ich bin da ganz anderer Meinung und möchte an späterer Stelle in diesem Kapitel, wenn es um mein Haus geht, erläutern, warum.

Ich baue mir zur Zeit – glaubt man der Presse, offenbar bereits mein Leben lang – ein Haus mit modernsten Unterhaltungsmöglichkeiten, unter anderem einem kleinen Kino und einem Video-auf-Abruf-System, aber ganz gewiß habe ich nicht die Absicht, deshalb ständig daheim rumzusitzen. Auch andere Leute werden, obwohl ihnen ein ununterbrochener Unterhaltungsstrom ins Haus fließt, weiterhin Theater, Parks, Museen und Einkaufszentren aufsuchen. Die Verhaltensforscher haben immer wieder betont, daß wir soziale Wesen sind. Gewiß werden wir die Möglichkeit haben, häufiger in unseren vier Wänden zu bleiben, da uns der Highway eine Vielzahl von Gelegenheiten zur Unterhaltung, Kommunikation und Berufsausübung ins Haus tragen wird. Zwar werden sich die Schwerpunkte der Aktivität verlagern, doch ich denke, die Menschen werden auch in Zukunft fast genauso viel Zeit außer Haus verbringen wie bisher.

Im ersten Kapitel bin ich auf die düsteren kulturpessimistischen Prognosen eingegangen, die in der Vergangenheit aufgestellt wurden und sich nicht erfüllt haben. In der jüngeren Vergangenheit, in den fünfziger Jahren, hieß es dann, die Kinos würden verschwinden, weil alle Welt zu Hause bleiben und vor der neuen Erfindung, dem Fernsehen, hocken würde. Pay-TV und Videotheken weckten ähnliche Befürchtungen. Warum sollte unter diesen Umständen noch jemand Geld für Parkhaus und Babysitter ausgeben, völlig überhöhte Preise für Getränke und Eiskonfekt zahlen und sich dann mit vielen fremden Leuten in einen dunklen Raum setzen? Und doch gibt es weiterhin Filme, die die Kinosäle füllen. Ich zum Beispiel liebe Filme, und es macht mir Spaß, auszugehen, um sie mir anzusehen. Ich tue es fast jede Woche und denke, daran wird auch der Information Highway nichts ändern.

Dank der neuen Kommunikationsmöglichkeiten wird es sehr viel leichter als bisher sein, mit Freunden und Verwandten in Kontakt zu bleiben, von denen wir durch große geographische Entfernungen getrennt sind. Oft haben wir uns verzweifelt bemüht, Freundschaften mit Menschen am Leben zu erhalten, die weit weg wohnen. Ich war einmal mit einer Frau befreundet, die in einer anderen Stadt lebte. Wir haben uns oft per E-Mail unterhalten. Schließlich fanden wir eine Möglichkeit, zusammen ins Kino zu gehen. Wir suchten einen Film aus, der zur gleichen Zeit in beiden Städten spielte. Dann fuhren wir ins Kino, jeder in seins, und plauderten per Handy miteinander. Auf der Heimfahrt benutzten wir wieder unsere Handys, um uns über den Film auszutauschen. In Zukunft werden solche »virtuellen Rendezvous« konkretere Formen annehmen, weil man die Vorführung des Films mit einer Videokonferenz verbinden kann. Schon heute spiele ich Bridge in einem Online-System, das den Spielern erlaubt, einen Blick in ein Wartezimmer zu werfen, um zu sehen, wer mitspielen möchte. Dabei hat jeder Spieler die Möglichkeit, auf eine bislang noch primitive Weise zu bestimmen, welches Erscheinungsbild er den Mitspielern präsentieren möchte: Geschlecht, Frisur, Figur und so fort. Als ich mich zum ersten Mal in das System einklinkte, hatte ich es so eilig, mit dem Bridgespielen zu beginnen, daß ich keinen

Gedanken an mein elektronisches Aussehen verschwendete. Prompt teilten mir meine Freunde nach Spielbeginn per E-Mail mit, wie häßlich ich so kahl und nackt sei (von der Taille aufwärts; mehr ist von den Mitspielern nicht zu sehen!). Obwohl dieses System noch keine Bild- und Sprachübertragung erlaubt, wie es bei künftigen Systemen der Fall sein wird, machte die Möglichkeit, während des Spiels Textnachrichten auszutauschen, das Ganze zu einem Riesenvergnügen.

Der Highway wird es uns nicht nur erleichtern, den Kontakt zu Freunden in der Ferne aufrechtzuerhalten, er wird uns auch Gelegenheit bieten, neue Bekanntschaften zu machen. Freundschaften, die übers Netz geschlossen werden, dürften ganz selbstverständlich dazu führen, daß man sich auch leibhaftig begegnet. Gegenwärtig sind unsere Möglichkeiten, Menschen kennenzulernen, die uns sympathisch sind, unter Umständen ziemlich begrenzt; das wird das Netz ändern. Einige unserer neuen Freunde werden wir auf ganz andere Art kennenlernen, als wir es heute gewohnt sind. Schon das allein wird das Leben interessanter machen. Nehmen wir an, Sie suchen jemanden zum Bridgespielen. Über den Information Highway werden Sie in der Nachbarschaft, in anderen Städten oder sogar in anderen Ländern Spieler finden, die das Ihnen angemessene Spielniveau und genügend Zeit haben. Interaktive Spiele zwischen weit entfernten Teilnehmern sind beileibe nichts Neues. Schon seit Generationen gibt es bei Schachspielern die Einrichtung des Briefschachs – ein Zug pro Brief. Der Unterschied liegt darin, daß es uns dank der Programme, die auf dem Netz laufen werden, leichter fallen wird, Leute mit gleichen Interessen zu finden und in einem Tempo zu spielen, als säße man sich wirklich gegenüber.

Ein weiterer Unterschied wird darin liegen, daß Sie beim Spiel – sagen wir, Bridge oder *Starfighter* – in der Lage sein werden, sich mit den anderen Spielern zu unterhalten. Bei den neuen DSVD-Modems, von denen schon in einem der vorangehenden Kapitel die Rede war, werden Sie über eine normale Telefonleitung mit den Mitspielern sprechen können, während Sie das Spiel auf dem Computerschirm verfolgen.

Bei den harmlosen Spielen wie Skat und Bridge, die man in kleinen Gruppen spielt, geht es nicht nur ums Gewinnen, sondern auch oder vor allem um die Geselligkeit. Das Spiel macht mehr Spaß, wenn man Freude an der Unterhaltung hat. Einige Firmen sind damit beschäftigt, solchen Gesellschaftsspielen ganz neue Dimensionen abzugewinnen. Da werden Sie wählen können, ob Sie allein spielen wollen, mit ein paar Freunden oder mit Tausenden von Menschen, und am Ende werden Sie Ihre Mitspieler sogar sehen können – wenn die es denn wollen. Ohne Schwierigkeiten wird man einen Experten finden, um ihm beim Spiel zuzusehen oder Übungsstunden bei ihm zu nehmen. Auf dem Highway wird es Ihnen und Ihren Freunden nicht nur möglich sein, sich an einen Spieltisch zu setzen, Sie können sich auch an einem tatsächlich existierenden Ort, dem Englischen Garten zum Beispiel, oder an einem imaginären Ort »treffen«.

Warren Buffet, bekannt für sein sicheres Urteil in Investmentfragen, ist ein guter Freund von mir. Seit Jahren rede ich auf ihn ein, er soll einen PC benutzen. Ich habe ihm sogar angeboten, mich ins Flugzeug zu setzen und ihn einzuweisen. Das alles hat ihn nicht interessiert, bis er erfuhr, daß er über einen Online-Dienst mit Freunden im ganzen Land Bridge spielen kann. Daraufhin saß er ein halbes Jahr lang zu Hause und spielte stundenlang. Bislang hat er einen großen Bogen um die Technik und alle Investitionen in neue Technologien gemacht, doch nun hat es ihn gepackt. Seit vielen Wochen ist Warren ein besserer Kunde der Online-Dienste als ich. Das gegenwärtige System verlangt nicht, daß man sein wirkliches Aussehen, seinen Namen, sein Alter oder sein Geschlecht eingibt. Es hat aber den Anschein, als seien die meisten von uns Kinder oder Rentner – was beides auf Warren nicht zutrifft. So mußte in das System die Bedingung aufgenommen werden, daß Eltern den Online-Aktivitäten ihrer Kinder zeitliche (und finanzielle) Grenzen setzen.

Ich glaube, Online-Computerspiele werden ein Riesenhit. Dabei werden wir aus einem reichen Spieleangebot auswählen können – nicht nur alle klassischen Brett- und Kartenspiele, sondern auch Adventure- und Rollenspiele. Speziell für dieses Medium wird man neue Spielarten erfinden, Wettbewerbe durchführen und Preise aussetzen. Von Zeit zu Zeit werden Berühmtheiten und Experten dem System einen Besuch abstatten. Jeder kann sie dann spielen sehen oder sogar gegen sie antreten.

Mit der Einführung des Zuschauer-Feedbacks werden sich die Gameshows im Fernsehen grundlegend wandeln. Die Zuschauer können abstimmen und das Ergebnis sofort sehen – ähnlich wie beim TED in herkömmlichen Shows, nur sehr viel schneller. Außerdem könnten die Zuschauer sich an den Spielen beteiligen und Preise gewinnen. Einige auf diesem Gebiet sehr aktive Unternehmen, Answer TV zum Beispiel, haben bereits Systeme entwickelt und getestet, die speziell für interaktive Spielshows bestimmt sind, doch da diese Geräte nur eine einzige Anwendung haben, ist das Interesse eher gering geblieben. Auf dem Information Highway müssen Sie keine spezielle Hard- oder Software erwerben, um sich interaktiv an einer Fernsehshow zu beteiligen. Stellen Sie sich vor, die Zuschauer könnten zu Hause an einer Show wie *Glücksrad* teilnehmen und Bargeld oder andere Preise gewinnen! Die Veranstalter der Shows könnten sogar verfolgen, wer regelmäßig zuschaut, und besonders treue Zuschauer durch Sonderpreise oder namentliche Nennung auszeichnen.

Auch mit Glücksspielen wird man sich auf dem Highway amüsieren. In Las Vegas, Reno und Atlantic City sind sie ein glänzendes Geschäft, und Monaco lebt fast ausschließlich von ihnen. In Casinos werden unglaubliche Gewinne eingestrichen. Die Chancen können noch so schlecht stehen – die Spieler sind immer davon überzeugt, daß sie gewinnen werden. Auf dem College habe ich gern gepokert.

Meiner Meinung nach kommt es bei diesem Spiel in erster Linie auf Geschick und Können an. Zwar spiele ich gelegentlich auch Blackjack, wenn ich in Las Vegas bin, doch haben Glücksspiele, in denen der Erfolg wirklich vom Glück abhängt, wenig Reiz für mich. Vielleicht liegt es daran, daß ich sehr viel weniger Zeit als Geld habe. Gäbe es ein Glücksspiel, in dem man ein paar Stunden mehr am Tag gewinnen könnte, würde ich vielleicht doch zum Spieler.

Der technische Fortschritt hat das Glücksspiel seit jeher beeinflußt. Schon frühzeitig hat man den Telegrafen, später den Ticker dazu benutzt, die Ergebnisse von Pferderennen zu übermitteln. Dank der Fernsehsatelliten kann man heute seiner Wettleidenschaft weitab von allen Rennplätzen frönen. Spielautomaten haben stets von der Entwicklung der mechanischen Rechenmaschinen und später der Computer profitiert. Noch nachdrücklicher wird sich der Information Highway auf das legale wie das illegale Glücksspiel auswirken. Mit Sicherheit wird man die jeweils aktuellen Buchmacherkurse auf Servern veröffentlichen, so daß jeder seine Wetten per E-Mail abschließen kann. Einsätze und Gewinne werden in elektronischer Währung bezahlt.

Da das Glücksspiel strengen gesetzlichen Regelungen unterworfen ist, läßt sich schwer vorhersagen, welche Formen auf dem Highway gestattet sein werden. Vielleicht dürfen Fluggäste, die sich langweilen, im Flugzeug miteinander um Geld spielen. Möglicherweise müssen die Veranstalter von Glücksspielen auch genau angeben, welche Chancen der Spieler hat. Technisch wird es möglich sein, alles zum Gegenstand von Wetten zu machen, und wenn kein Gesetz es verbietet, wird es mit Sicherheit auch jemanden geben, der entsprechende Wetten anbietet. Man wird sich Pferderennen, Hunderennen und jedes andere Sportereignis live ins Haus holen können, so daß die erregende Atmosphäre einer Rennbahn oder eines Stadions zumindest ansatzweise zu spüren sein wird. Viele Staaten verschaffen sich zusätzliche Einnahmen durch Lotterien, die sie in Zukunft auf elektronischem Wege abwickeln könnten. Allerdings wird auf dem Highway die Kontrolle von Glücksspielen weit schwerer sein als heute.

Es wird uns mit Sicherheit gelingen, auf dem Highway viele Gruppen mit gemeinsamen Interessen zu finden. Vielleicht gehören Sie heute zum Schiklub Ihres Heimatortes, wo Sie anderen Menschen begegnen, die gern Schi laufen. Möglicherweise haben Sie auch eine Schizeitschrift abonniert, in der Sie sich über Neuheiten auf dem Gebiet der Ausrüstung informieren können. In Zukunft werden Sie sich einer solchen Gemeinschaft auf dem Information Highway anschließen können. Dort werden Sie nicht nur die aktuellsten Angaben über Wetter und Schneeverhältnisse erhalten, sondern auch die Möglichkeit haben, sich mit Menschen auszutauschen, die Ihre Leidenschaft teilen.

Je mehr Menschen sich einer elektronischen Gemeinschaft anschließen, desto nützlicher wird sie für ihre Mitglieder. Der größte Teil aller Schiliebhaber auf der Erde wird sich, zumindest gelegentlich, an einer solchen Interessengemeinschaft beteiligen. Nach einiger Zeit wird man dort die neuesten und genauesten Informationen über Schiausrüstungen und Schilaufen elektronisch abrufen können. Wenn Sie Mitglied werden, können Sie erfahren, wo die besten Pisten in der Nähe von München sind, herausfinden, wo bestimmte Schistöcke am preiswertesten sind, und sich die aktuellsten Nachrichten und Anzeigen über alle Produkte ansehen, die mit dem Schilaufen zusammenhängen. Fotos und Videos, die man von einem Rennen oder einem Schiurlaub mitgebracht hat, kann man auf diesem Wege anderen zugänglich machen. Besprechungen von Schibüchern darf jeder veröffentlichen, der mag. Man wird über Gesetze und Sicherheitsbestimmungen diskutieren. Lehrfilme können bestellt und sofort angesehen werden. Solche Multimedia-Dokumente werden umsonst oder gegen eine Gebühr gezeigt werden – einem Benutzer, Hunderten oder Tausenden. Kein begeisterter Schiläufer wird umhin können, sich dieser Gemeinschaft auf dem Information Highway anzuschließen.

Wenn Sie sich in eine bessere körperliche Verfassung bringen möchten, bevor sie sich an schwierige Abfahrten wagen, macht Ihnen das Training vielleicht mehr Spaß, wenn Sie engen elektronischen Kontakt zu Dutzenden anderer Mitglieder halten, die sich in Größe, Alter und Gewicht kaum von Ihnen unterscheiden und die sich vergleichbare Ziele für das Training und beim Abnehmen gesetzt haben. In einem Trainingskurs, in dem Ihnen die anderen Teilnehmer mehr oder weniger gleichen, werden Sie weniger befangen sein. Und wenn doch, können Sie die Videokamera abschalten. Die Mitglieder dieses Programms könnten sich gegenseitig Mut machen und sogar ihre Gymnastik zur gleichen Zeit durchführen.

Die Gemeinschaft der Schiläufer ist ziemlich groß und leicht zu definieren. Auf dem Information Highway werden Ihnen bestimmte Anwendungen bei der Suche nach Menschen und Informationen helfen, die sich mit Ihren Interessen überschneiden – und mögen sie noch so speziell sein. Wenn Sie vorhaben, Berlin zu besuchen, wird Ihnen der Highway ungeheure Mengen von historischen, touristischen und soziologischen Informationen zugänglich machen. Man wird Sie auffordern, Ihre Interessen in Datenbanken einzugeben, die dann von entsprechenden Anwendungen analysiert werden. Die Programme werden Ihnen sogar Menschen nennen, an deren Bekanntschaft Sie Gefallen finden könnten. Falls Sie eine Sammlung von Briefbeschwerern aus venezianischem Glas haben, werden Sie wahrscheinlich Mitglied in einer oder mehreren Weltgemeinschaften von Sammlern mit dem gleichen Interesse sein. Vielleicht leben einige in Berlin und haben Sammlungen, die sie Ihnen gerne zeigen würden. Haben Sie die Absicht, Ihre zehnjährige Tochter mit nach Berlin zu nehmen, dann könnten Sie mit einer Abfrage herausfinden, ob es jemanden in Berlin gibt, der ebenfalls eine zehnjährige Tochter hat, Ihre Sprache versteht und bereit ist, während Ihres Besuches einige Zeit mit Ihnen zu verbringen. Wenn Sie zwei oder drei geeignete Menschen finden, haben Sie eine kleine – vermutlich kurzlebige – Interessengemeinschaft gebildet.

Unlängst habe ich Afrika besucht und auf dieser Reise viele Aufnahmen von Schimpansen gemacht. Gäbe es den Information Highway schon, würde ich eine Nachricht veröffentlichen und fragen, ob andere Mitglieder der Safari Fotos mit mir tauschen wollen. Sie könnten ihre Aufnahmen auf dem gleichen Schwarzen Brett veröffentlichen, an dem ich meine Schimpansenaufnahmen ausgehängt hätte. Dabei könnte ich das Schwarze Brett so einrichten, daß nur andere Safariteilnehmer Zugriff hätten.

Im Internet und in zahllosen Foren kommerzieller Online-Dienste sind Tausende von Newsgroups eingerichtet worden – Orte, wo kleine Gemeinschaften Informationen austauschen können. Beispielsweise gibt es im Internet sehr lebendige textorientierte Diskussionsgruppen mit Namen wie *alt.agriculture.fruit* (»alt« bezeichnet im Internet Newsgroups mit einer Vielzahl verschiedener Inhalte), *alt. animals.racoons* (also eine Gruppe, deren besonderes Interesse den Waschbären gilt), *alt.asian.movies, alt.coffee, bionet.biology.cardiovascular* (für Leute mit Interesse an Herzkreislauferkrankungen), *soc.religion.islam* und *talk.philosophy.misc.* Doch selbst diese Themen sind noch nicht annähernd so speziell wie manche, mit denen sich, davon bin ich überzeugt, elektronische Gemeinschaften der Zukunft auseinandersetzen werden. Einige Gruppen werden regional sehr begrenzt, andere global sein. Dennoch wird Sie die Möglichkeit, unter einer solchen Zahl von Gemeinschaften wählen zu können, nicht in größere Verwirrung stürzen als das heutige Telefonsystem. Zunächst werden Sie nach einer Gruppe suchen, die Sie generell interessiert, und dann nach der kleinen Untergruppe, der Sie sich anschließen möchten. So könnte ich mir vorstellen, daß jede Gemeindeverwaltung zum Diskussionsgegenstand einer elektronischen Gemeinschaft wird.

Gelegentlich ärgere ich mich über eine Ampel in der Nähe der

Firma, weil ihre Rotphase länger ist, als sie meiner Meinung nach sein müßte. Natürlich könnte ich einen Brief an die Stadtverwaltung schreiben und den Leuten dort mitteilen, daß die Ampelschaltung alles andere als optimal ist, doch wahrscheinlich würde diese Mitteilung als einer der vielen Meckerbriefe abgetan werden. Wenn ich dagegen die »Gemeinschaft« der Menschen ansprechen könnte, die den gleichen Weg wie ich fahren, könnten wir eine sehr viel gewichtigere Beschwerde an die Stadt richten. Finden würde ich diese anderen, indem ich eine Nachricht an Menschen in der Nachbarschaft schicken oder einen Anschlag an einem Schwarzen Brett für kommunale Angelegenheiten veröffentlichen würde. Diese Nachricht könnte eine Skizze der Kreuzung und folgenden Wortlaut enthalten: »Während des Berufsverkehrs in den Morgenstunden biegt kaum jemand an dieser Kreuzung links ab. Ist noch jemand der Meinung, daß die Rotphase verkürzt werden sollte?« Alle, die meiner Meinung wären, könnten sich auf der Nachricht eintragen. Das würde den Kampf gegen die Bürokratie erleichtern.

Je mehr die Online-Gemeinschaften an Bedeutung gewinnen werden, desto häufiger wird man sich an sie wenden, um in Erfahrung zu bringen, wie die Öffentlichkeit wirklich denkt. Die Menschen wissen gern, was beliebt ist, welche Filme sich ihre Freunde ansehen und welche Neuigkeiten andere für interessant halten. Ich möchte die gleichen »Titelseiten« lesen wie die Leute, mit denen ich zusammenkomme, um mitreden zu können. Wir werden nachsehen können, welche Orte im Netz besonders häufig aufgesucht werden. Es wird alle möglichen Hitlisten von Orten geben, die gerade »in« sind.

Allerdings werden elektronische Gemeinschaften mit der Informationsfülle, die sie zugänglich machen, auch Probleme schaffen. Einige Institutionen werden sich mit wachsendem Einfluß der Online-Gemeinschaften gründlich verändern müssen. Ärzte und Wissenschaftler, die in der medizinischen Forschung tätig sind, sehen sich bereits heute mit Patienten konfrontiert, die sich auf elektronischem Weg Einblick in die neueste medizinische Literatur verschaffen und ihre Erfahrungen mit denen von Mit-Patienten vergleichen. Rasch verbreitet sich in diesen Gemeinschaften die Kunde von alternativen Heilmethoden, die die Schulmedizin nicht anerkennt. Einige Patienten in Arzneimittelversuchen haben durch Kommunikation mit anderen an den Versuchen beteiligten Kranken herausgefunden, daß sie anstelle des echten Medikaments ein Placebo erhielten. Daraufhin sind manche aus den Versuchen ausgestiegen und haben sich anderen Verfahren zugewandt. Das mag die Forschung beeinträchtigen, ist aber den Patienten kaum vorzuwerfen, denn schließlich geht es um ihr Leben.

Nicht nur die medizinische Forschung wird sich auf ein derartiges Maß an frei zugänglicher Information einstellen müssen. Große Besorgnis bereitet auch der Umstand, daß Kinder von einem häuslichen Informationsgerät aus fast unbegrenzten Zugriff auf die Daten des Netzes haben. Das macht vor allem Eltern große Sorgen. Man arbeitet bereits an Kontrollsystemen, mit denen Eltern den Zugriff ihrer Kinder beschneiden können. Das Problem könnte zu einem Politikum werden, wenn die Datenlieferanten es nicht in den Griff bekommen.

Alles in allem werden die Vorteile bei weitem überwiegen. Je mehr Informationen zur Verfügung stehen, desto mehr Optionen werden wir haben. Heute verplanen treue Zuschauergemeinden ihre Abende nach der Sendezeit ihrer Lieblingsserien, doch sobald wir dank Video-auf-Abruf fernsehen können, was und wann wir wollen, wird unsere Freizeit nicht mehr vom Programmschema der Sender bestimmt sein, sondern von den Dingen, die wir mit Angehörigen oder Freunden unternehmen. Vor der Erfindung des Telefons waren die Nachbarn der einzige soziale Bezugspunkt. Fast alles unternahm man mit den Menschen, die in unmittelbarer Nähe lebten. Dank Telefon und Auto konnten wir unseren Aktionsradius erweitern. Vielleicht sind unsere direkten Kontakte seltener geworden, als sie es noch vor einem Jahrhundert waren, weil wir heute nur zum Telefon zu greifen brauchen, doch das heißt nicht, daß wir vereinsamt wären. Vielmehr können wir heute leichter miteinander sprechen und in Kontakt bleiben. Manchmal hat man sogar den Eindruck, den anderen Menschen fiele es zu leicht, einen zu erreichen.

In zehn Jahren werden Sie vielleicht den Kopf darüber schütteln, daß einmal allen Leuten, auch völlig Fremden, freistand, sie anzurufen, wann sie wollten. Handys, Pieper und Faxgeräte zwingen Geschäftsleute bereits heute dazu, explizite Entscheidungen zu treffen, wo einst unausgesprochene Gewohnheiten regierten. Früher brauchten wir nicht zu entscheiden, was für Dokumente ins Haus kommen sollten und ob wir Telefonanrufe unterwegs entgegennehmen wollten. Zu Hause oder gar im Auto war man ungestört. Die moderne Technik zwingt uns zu der Entscheidung, wann und wo wir erreichbar sein wollen. Wenn Sie demnächst in der Lage sind, überall zu arbeiten, jeden von überall zu erreichen und überall erreichbar zu sein, werden Sie auch problemlos bestimmen können, wer und was Sie stören darf. Dann können Sie nämlich detailliert angeben, welche Unterbrechungen erlaubt sind, so daß Sie Ihr Zuhause – oder jeden anderen Platz, für den Sie sich entscheiden – wieder in ein Refugium verwandeln, in dem Sie wirklich ungestört bleiben.

Der Information Highway wird Ihnen dabei helfen, indem er alle eingehenden Daten einer vorläufigen Sichtung unterzieht – direkte Anrufe, Multimedia-Dokumente, E-Mails, Werbung und sogar Kurznachrichten. Jeder, der von Ihnen explizit benannt worden ist, wird zu Ihrem privaten Informationsgerät oder Ihrem Telefon durchgestellt. Vielleicht dürfen Ihnen einige Leute E-Mails schicken, Sie aber nicht anrufen. Von anderen werden Ihnen die Anrufe nur durchgestellt, wenn Sie zuvor signalisiert haben, daß Sie nicht viel zu tun haben, und wieder andere können Sie erreichen, wann sie wollen. Gewiß möchten Sie nicht Tausende von unerbetenen Werbesendungen pro Tag erhalten, doch wenn Sie nach Karten für ein ausverkauftes Konzert suchen, ist Ihnen sicherlich daran gelegen, die Antworten auf Ihre Anfrage sofort zu erhalten. Eintreffende Datenübertragungen werden nach Quelle und Art klassifiziert, etwa: Werbung, Grüße, Anfragen, Veröffentlichungen, berufliche Dokumente oder Rechnungen. Sie werden detaillierte Auswahlkriterien angeben müssen, das heißt, Sie werden entscheiden, wer Sie während des Mittagessens anrufen darf, für wen Sie im Auto oder im Urlaub zu sprechen sind und was für Anrufe oder Nachrichten so wichtig sind, daß man Sie mitten in der Nacht deswegen weckt. Sie können so viele Kategorien bilden, wie Sie brauchen, und die Kriterien so oft verändern, wie Sie wollen. Statt Ihre Telefonnummer zu nennen, die praktisch endlos weitergegeben werden kann, nehmen Sie den Namen eines willkommenen Anrufers in eine ständig aktualisierte Liste auf, die darüber hinaus angibt, welchen Grad von Bedeutung Sie seinen Nachrichten beimessen. Wenn jemand, der auf keiner Ihrer Listen steht, Sie erreichen möchte, muß seine Nachricht von einem Listenmitglied weitergeleitet werden. Stets haben Sie die Möglichkeit, jemand herunterzustufen oder ihn ganz von den Listen zu streichen. In diesem Fall müßte der Anrufer, um Ihre Aufmerksamkeit zu finden, eine bezahlte Nachricht schicken (siehe Kapitel acht).

Der technische Wandel wird auch die Architektur beeinflussen. Wenn wir uns daran gewöhnen, unsere Häuser anders zu nutzen, wird sich ihre Bauweise verändern. Die Baupläne werden computergesteuerte Bildschirme verschiedener Größe vorsehen. In den Rohbau wird man Kabel verlegen, die die Elemente der elektronischen Anlagen miteinander verbinden, und bei der Anordnung der Bildschirme wird man auf die Lage der Fenster achten, um unerwünschte Lichtreflexe zu vermeiden. Der Anschluß von Informationsgeräten an den Highway wird viele materielle Dinge überflüssig machen: Nachschlagewerke, Stereoempfänger, CDs, Faxgeräte, Aktenschränke und Ablagen für Unterlagen und Quittungen. Umfangreiche Papierberge werden zu digitalen Daten schrumpfen, die sich nach Belieben abrufen lassen. Sogar alte Dias brauchen nicht mehr gerahmt zu werden – man wird sie digital speichern und auf dem Bildschirm betrachten können.

Alle diese Einzelheiten haben mich persönlich beschäftigt, da ich gerade ein Haus baue und dabei die nahe Zukunft einplanen möchte. Mein Haus wird so entworfen und gebaut, daß es seiner Zeit ein bißchen voraus ist. Vielleicht vermittelt es ja auch einen kleinen Eindruck von der Zukunft des Wohnens. Doch wenn ich die Pläne beschreibe, blicken mich meine Gesprächspartner manchmal verblüfft an und fragen: »Wollen Sie das wirklich bauen?«

Wie fast jeder, der vorhat, ein Haus zu bauen, möchte ich, daß es sich in seine Umgebung einfügt und den Bedürfnissen der Menschen gerecht wird, die einmal darin wohnen werden. Es soll architektonisch ansprechend sein. Vor allem aber soll es gemütlich sein, denn ich möchte dort mit Frau und Kindern wohnen. Man lebt in enger Partnerschaft mit einem Haus, einer »Wohnmaschine«, wie Le Corbusier gesagt hat, einer der großen Architekten des 20. Jahrhunderts.

Mein Haus besteht aus Holz, Glas, Beton und Stein. Es wird in einen Hügel hineingebaut, und die meisten seiner großen Glasfenster gehen Richtung Westen mit Blick über den Lake Washington nach Seattle, so daß man den Sonnenuntergang und die Silhouette der Berge genießen kann.

Mein Haus besteht jedoch auch aus Silizium und Software.

Durch den Einbau von Mikroprozessoren und Speicherchips aus Silizium und der Software, die man zu ihrem Betrieb braucht, wird das Haus in einigen Zügen den Eigenschaften ähneln, mit denen der Information Highway in wenigen Jahren Millionen Häuser ausstatten wird. Noch hat die Technik, die ich dabei verwende, experimentellen Charakter, doch im Laufe der Zeit könnten viele Dinge zur Selbstverständlichkeit und damit kostengünstiger werden. Die vorgesehenen Unterhaltungsinstallationen kommen dem künftigen Medieneinsatz wohl ziemlich nahe, so daß ich einen Eindruck davon bekommen werde, wie ein Leben mit den Technologien der Zukunft aussehen wird.

Natürlich wird es nicht möglich sein, die Anwendungen des Highways zu simulieren, die zur Voraussetzung haben, daß viele Benutzer angeschlossen sind. Ein privater Information Highway, das ist ein bißchen so, als gäbe es nur einen einzigen Menschen mit einem Telefon. Die wirklich interessanten Highway-Anwendungen werden sich erst aus der Teilnahme von einigen Dutzend oder ein paar Hundert Millionen Menschen ergeben, die Unterhaltung und Information nicht nur konsumieren, sondern auch hervorbringen. Bevor nicht Millionen Benutzer in Kontakt stehen, sich über gemeinsame Interessengebiete austauschen und selbst eine bunte Vielfalt von Multimedia-Dokumenten einschließlich gestochen scharfer Filmsequenzen herstellen, wird es keinen Information Highway geben.

Die moderne Technik, die ich in das Haus einbaue, soll nicht nur die Zukunft der Unterhaltungsanwendungen vorwegnehmen, sondern auch den Bedürfnissen des täglichen Lebens gerecht werden: Sie sorgt für Wärme, Licht, Behaglichkeit, Bequemlichkeit und Sicherheit. Dabei wird sie ältere Technologieformen ersetzen, die wir heute als selbstverständlich akzeptieren. Es ist noch gar nicht so lange her, daß die Menschen von einem Haus mit elektrischem Licht, Wasserspülung, Telefonen und Klimaanlage in höchstes Erstaunen versetzt worden wären. Mein Ziel ist ein Haus, das vielfältige Unterhaltungsmöglichkeiten bietet und in einer entspannten, behaglichen und angenehmen Atmosphäre die Kreativität anregt. Mit diesem Wunsch unterscheide ich mich nicht sonderlich von den Menschen, die sich in früherer Zeit ausgefallene Häuser leisten konnten. Und wenn ich ausprobiere, was sich am besten bewährt, stehe ich auch in dieser Beziehung in einer langen Tradition.

Als der Zeitungskönig William Randolph Hearst 1925 in sein

kalifornisches Schloß San Simeon zog, stattete er es mit den modernsten technischen Errungenschaften seiner Zeit aus. Auf den damaligen Radioapparaten war die Sendersuche ein mühsames und zeitraubendes Geschäft. Deshalb ließ Hearst im Keller von San Simeon mehrere Radios einbauen, von denen jedes auf einen anderen Sender eingestellt war. Die Kabel verliefen zu seinen Privaträumen im zweiten Stock, wo der Lautsprecher in einem Eichenschrank aus dem 15. Jahrhundert verborgen war. So konnte Hearst auf Knopfdruck jeden gewünschten Sender einstellen. Heute ist das in allen Autoradios Standard.

Nun möchte ich mein Haus ganz gewiß nicht mit San Simeon vergleichen, das zu den Westküsten-Monumenten der Maßlosigkeit gehört. Ich will nur klarmachen, daß sich die technischen Neuerungen, die ich für mein Haus plane, vom Ansatz her gar nicht so sehr von denen unterscheiden, mit denen Hearst sein Haus ausgestattet hat. Er wollte Nachrichten und Unterhaltung auf Knopfdruck. Nichts anderes will ich auch.

An den Bau eines neuen Hauses begann ich Ende der achtziger Jahre zu denken. Ich wollte solides Handwerk, nichts Protziges. Anpassungsfähig sollte das Haus sein, in der Lage, sich eine moderne, ständig im Wandel begriffene Technik zunutze zu machen, das aber unauffällig – es sollte kein Zweifel daran bestehen, daß die Technik dem Haus dienen würde und nicht umgekehrt. Ursprünglich war das Haus als Junggesellenbude geplant. Doch als Melinda und ich heirateten, nahmen wir einige familienfreundliche Veränderungen vor. Zu diesem Zweck wurde beispielsweise die Küche erweitert und verbessert. Trotzdem sind die Haushaltsgeräte technisch nicht raffinierter als in jeder anderen gut eingerichteten Küche. Außerdem stellte Melinda fest, daß ich zwar ein großes Arbeitszimmer hatte, sie aber überhaupt keinen Arbeitsplatz – was natürlich verändert wurde.

Ein geeignetes Grundstück hatte ich am Ufer des Lake Wahington gefunden, nicht allzu weit entfernt vom Microsoft-Firmengelände. 1990 begannen die Arbeiten an einem Gästehaus. 1992 nahmen wir dann die Ausschachtungen und das Fundament für das Haupthaus in Angriff. Das war ein mühsames Unterfangen, das Unmengen von Beton verschlang, denn Seattle ist mindestens so erdbebengefährdet wie Kalifornien.

Der Wohnraum ist für ein großes Haus durchschnittlich bemessen. So wird das Wohnzimmer der Familie eine Größe von ungefähr viereinhalb mal achteinhalb Meter haben, einschließlich eines Bereichs zum Fernsehen und Musikhören. Ferner wird es gemütliche Plätze für ein oder zwei Personen geben, allerdings auch eine Empfangshalle, in der hundert Gäste bei Abendeinladungen bequem Platz finden. Es macht mir Freude, Zusammenkünfte für neue Microsoft-Mitarbeiter und Saisonarbeitskräfte zu veranstalten. Dann wird das Haus noch ein kleines Kino, einen Swimmingpool und einen Trampolinraum besitzen. Zwischen Bäumen in Ufernähe wird ein Sportplatz liegen, davor ein Startplatz für Wasserski, eine meiner Lieblingssportarten. Geplant ist auch ein kleines Becken, das mit Grundwasser aus dem Hügel hinter dem Haus gespeist werden soll. Dort wollen wir in Meerwasser gezogene Forellen aussetzen, und auf Otter können wir uns auch gefaßt machen, wie man mir sagte.

Als Besucher fahren Sie eine sanft geschwungene Auffahrt entlang, die durch ein junges, von Douglastannen durchsetztes Ahorn- und Erlenwäldchen auf das Haus zuführt. Vor einigen Jahren schon wurde Humus vom Waldboden eines Holzschlaggebiets abgetragen und hinter dem Haus ausgebreitet. Inzwischen wachsen dort viele interessante Arten. In einigen Jahrzehnten werden die Douglastannen den Wald beherrschen, wie sie es einst taten, bevor das Gebiet um die Jahrhundertwende zum ersten Mal abgeholzt wurde.

Wenn Sie auf dem halbkreisförmigen Vorplatz halten, werden Sie, obwohl sie vor der Eingangstür stehen, nicht viel vom Haus sehen. Sie werden nämlich das oberste Stockwerk betreten. Beim

Computerdarstellung vom zukünftigen Haus der Gates mit Blick aus dem Nordwesten über den Lake Washington

Eintreten bekommen Sie zunächst einen elektronischen Clip, den Sie sich an die Kleidung heften. Der wird Sie mit den elektronischen Geräten des Hauses verbinden. Dann begeben Sie sich nach unten – mit dem Fahrstuhl oder über die Treppe, die unter einem schrägen, von Holzpfosten getragenen Glasdach direkt bis zum Wasser führt. Überall im Haus sind Träger und Pfeiler zu sehen. Von der Treppe aus haben Sie einen herrlichen Blick auf den See. Ich hoffe, daß Sie auf dem Weg nach unten vom Ausblick und dem verarbeiteten Holz der Douglastanne mehr fasziniert sind als von dem elektronischen Clip. Das Holz stammt größtenteils aus einem 80 Jahre alten Weyerhaeuser-Sägewerk am Columbia River, das abgerissen wurde. Dieses vor nahezu 100 Jahren geschlagene Holz stammt von Bäumen, die bis zu 100 Meter hoch und zwischen zweieinhalb und viereinhalb Metern stark waren. Die Douglastanne gehört, gemessen an ihrem Gewicht, zu den festesten Holzarten der Welt. Leider splittert sie leicht, wenn man sie zu Brettern zersägt, weil die Faser in 70 Jahre altem Holz eben nicht so hart ist wie in 500 Jahre alten Stämmen. Die alten Douglastannen sind heute fast alle abgeholzt, und die, die noch übrig sind, stehen zum Glück unter Naturschutz. Ich hatte das Glück, Bohlen aus altem Holz zu finden, die sich wiederverwenden ließen.

Die Holzbalken tragen auch die beiden Stockwerke, in denen sich die Privaträume befinden. An ihnen kommen Sie auf Ihrem Weg nach unten zunächst vorbei. Eine Privatsphäre ist für mich unverzichtbar: Ich brauche ein Haus, das auch dann noch ein Zuhause bietet, wenn sich in anderen Räumen Gäste tummeln.

Am Fuß der Treppe werden links das Kino und rechts, nach Süden, die Empfangshalle liegen. Wenn Sie die Empfangshalle betreten, befinden sich zu Ihrer Rechten einige Glasschiebetüren, die sich auf eine Seeterrasse öffnen. In die Ostmauer werden 24 Bildschirme eingelassen sein, jeder mit einer 40-Zoll-Bildröhre, vier Reihen übereinander mit je sechs Monitoren. Diese Schirme werden so zusammengeschaltet sein, daß sie große Bilder für kulturelle, unterhaltsame oder berufliche Anlässe liefern. Ich hatte gehofft, die Monitore könnten, wenn sie nicht eingeschaltet wären, sich buchstäblich in der Holzwand auflösen. Und zwar sollten die Bildschirme eine Maserung zeigen, die nicht von ihrer Umgebung zu unterscheiden wäre. Leider ließ sich mit der heutigen Technik nie etwas Überzeugendes zustande bringen: Der Monitor strahlt Licht ab, während Holz es lediglich reflektiert. Deshalb habe ich mich dazu entschlossen, die Bildschirme hinter Holzwänden verschwinden zu lassen, wenn man sie nicht braucht.

Der elektronische Clip, den Sie tragen, wird dem Haus mitteilen, wer und wo Sie sind, und anhand dieser Informationen wird das Haus versuchen, Ihren Bedürfnissen gerecht zu werden oder diese sogar vorwegzunehmen – und das so unauffällig wie möglich. Vielleicht braucht man eines Tages den Clip nicht mehr: Dann

Computerdarstellung des Treppenhauses und des Eßzimmers für offizielle Anlässe im Haus der Gates

wird man ein Kamerasystem mit der Fähigkeit zur visuellen Erkennung haben. Im Moment ist das allerdings noch technologische Zukunftsmusik. Wenn es dunkel ist, wird der Clip dafür sorgen, daß Sie von einer beweglichen Lichtzone durchs Haus begleitet werden. Ungenutzte Räume werden im Dunkeln bleiben. Wenn Sie einen Flur entlanggehen, werden Sie vielleicht bemerken, daß sich das Licht vor Ihnen allmählich zur vollen Stärke aufblendet, während es hinter Ihnen wieder verdämmert. Auch die Musik wird sich mit Ihnen bewegen. Sie scheint überall zu sein, tatsächlich aber werden andere Menschen im Haus ganz andere Musik oder gar nichts hören. Sogar Filme oder Nachrichten werden in der Lage sein, Ihnen durchs Haus zu folgen. Wenn Sie einen Telefonanruf bekommen, wird nur der Apparat klingeln, der Ihnen in dem Moment am nächsten ist.

Die Technik wird sich Ihnen nicht aufdrängen, aber sie wird überall vorhanden sein und Ihnen jederzeit zur Verfügung stehen. Mit handlichen Fernbedienungen können Sie Ihre unmittelbare Umgebung und das Unterhaltungssystem des Hauses steuern. Die Fernbedienung wird die Servicepalette Ihres Clips erweitern. Auf diese Weise ist nicht nur dafür gesorgt, daß das Haus Sie identifiziert und lokalisiert, sondern auch, daß Sie Befehle erteilen können. Mit Hilfe der Fernbedienungen weisen Sie die Monitore in einem Zimmer an, sichtbar zu werden und Ihnen das zu zeigen, was Sie wünschen. Dabei können Sie Ihre persönliche Wahl unter Tausenden von Bildern, Aufzeichnungen, Filmen und Fernsehprogrammen treffen. Dazu stehen Ihnen Informationen verschiedenster Art zur Verfügung.

In jedem Zimmer wird sich eine unauffällige Steuerkonsole befinden – im Prinzip eine Tastatur, mit der Sie sehr detaillierte Befehle geben können. Solche Konsolen sollten nach meiner Auffassung zwar zu sehen sein, wenn man sie braucht, aber nicht besonders ins Auge fallen. Ein spezielles, leicht zu erkennendes Merkmal wird dem potentiellen Benutzer verraten, wo sich die Konsolen befinden. Das Telefon hat diese Entwicklung bereits hinter sich: Von unauffälliger Form, ist es meist auf einem kleinen Wandtischchen untergebracht.

Jedes computergesteuerte System sollte in seiner Bedienung so einfach und selbstverständlich sein, daß man nicht weiter darüber nachzudenken braucht. Allerdings – einfach zu sein ist schwierig. Dennoch, die Computer werden jedes Jahr praktikabler im Gebrauch, und durch Versuch und Irrtum in meinem Haus werden wir lernen, ein wirklich einfaches System zu schaffen. So werden Sie mit Ihren Befehlen und Forderungen ziemlich ungenau bleiben können. Bei einem Song werden Sie beispielsweise nicht den Titel angeben müssen, sondern brauchen das Haus lediglich aufzufordern, die neuesten Hits zu spielen, die Songs eines bestimmten Interpreten, Stücke, die damals in Woodstock zu hören waren,

Prototyp einer Steuerkonsole
für Privathäuser

Musik der Wiener Klassik oder Lieder, bei denen das Wort »gelb« im Titel vorkommt. Sie werden in der Lage sein, nach Stücken zu verlangen, die Sie durch ein bestimmtes Adjektiv gekennzeichnet haben oder die bei früheren Besuchen eines bestimmten Bekannten noch nicht gespielt worden sind. Als Hintergrundmusik zum Nachdenken könnte ich etwas Klassisches programmieren, für die Gymnastik dagegen etwas Moderneres und Rhythmischeres. Wenn Sie den Film sehen wollen, der 1957 den Oscar für die beste Kameraführung bekommen hat, dann können Sie eine entsprechende Frage eingeben – und *Die Brücke am Kwai* wird auf einem Bildschirm auftauchen. Auf den gleichen Streifen würden Sie stoßen, wenn Sie nach Filmen fragten, in denen Alec Guinness oder William Holden auftreten, oder nach Filmen, in denen Gefangenenlager eine Rolle spielen.

Wenn Sie für die nahe Zukunft eine Reise nach Hongkong planen, fordern Sie den Bildschirm auf, Ihnen Bilder von der Stadt zu zeigen. Sie werden den Eindruck haben, daß die Fotos überall gezeigt werden, obwohl sie in Wirklichkeit nur auf den Wänden der Zimmer Gestalt annehmen, die Sie gerade betreten, und wieder verschwinden, sobald Sie hinausgegangen sind. Wenn Sie sich gerade durch andere Darbietungen unterhalten lassen als ich und einer von uns ein Zimmer betritt, in dem der andere gerade sitzt, wird das Haus nach festgelegten Regeln verfahren. Beispielsweise könnte es mit den akustischen und visuellen Darbietungen für die Person fortfahren, die das Zimmer zuerst betreten hat, oder auf ein Programm umschalten, von dem es weiß, daß es uns beiden gefällt.

Ein Haus, das stets weiß, wo seine Bewohner sind, damit es deren besonderen Bedürfnissen besser gerecht werden kann, folgt zwei Prinzipien: Das erste ist das der unauffälligen Dienstleistung, und das zweite ist die Regel, nach der der Besitz eines bestimmten Objekts seinem Träger das Recht auf eine näher definierte Behandlung zubilligt. An die Vorstellung, daß ein Objekt Sie ausweisen kann, sind Sie bereits gewöhnt. Es kann zuständige Personen oder Apparate davon in Kenntnis setzen, daß Sie die Berechtigung zu bestimmten Handlungen haben, etwa eine Tür zu öffnen, ein Flugzeug zu betreten oder für einen Kauf eine bestimmte Kreditlinie – Ihre eben – in Anspruch zu nehmen. Schlüssel, Chipkarten, Führerscheine, Pässe, Kennkarten, Kreditkarten und Eintrittskarten – sie alle dienen als Berechtigungsnachweis. Wenn ich Ihnen meinen Autoschlüssel gebe, gestattet Ihnen das Auto, einzusteigen, den Motor anzulassen und loszufahren. Man könnte auch sagen, das Auto vertraut Ihnen, weil Sie den Schlüssel besitzen. Wenn ich einem Parkplatzwächter einen Schlüssel gebe, der zum

Zündschloß, aber nicht zum Kofferraum paßt, läßt das Auto den Wächter zwar fahren, aber nicht den Kofferraum öffnen. Nicht anders verhält es sich mit meinem Haus, das Ihnen je nach dem elektronischen Schlüssel, den Sie tragen, verschiedene Annehmlichkeiten zugänglich macht.

Allerdings sollte man auch keine übersteigerten Erwartungen an die Zukunft stellen. Einige Propheten behaupten, in zehn Jahren würden wir uns bei vielen Hausarbeiten schon von Robotern helfen lassen. Auf eine solche Invasion bereite ich mein Haus ganz gewiß nicht vor, denn ich bin der Überzeugung, daß noch viele Jahrzehnte vergehen werden, bevor Roboter einen praktischen Nutzen haben. Was sich dagegen wohl schon in naher Zukunft größerer Beliebtheit erfreuen wird, sind intelligente Spielsachen. Kinder werden in der Lage sein, diese auf unterschiedliche Situationen zu programmieren und ihnen sogar die Stimmen ihrer Lieblingsfiguren zu verleihen. Für solche Spielzeugroboter wird es eine begrenzte Zahl von Programmen geben. Sie werden über eine bescheidene Sehfähigkeit verfügen, in jeder Richtung den Abstand zur Wand erkennen, sich einen Eindruck von Zeit- und Lichtverhältnissen verschaffen und eine begrenzte Zahl von Sprachbefehlen verstehen können. Ich hätte es als Kind sicherlich toll gefunden, ein Spielzeugauto zu haben, mit dem ich hätte sprechen können und das so programmiert gewesen wäre, daß es meinen Befehlen Folge leistet. Neben dem Spielzeugsektor wird sicherlich der militärische Bereich zum wichtigsten Anwendungsgebiet für Roboter werden. Daß intelligente Roboter in absehbarer Zukunft von großem Nutzen im Haushalt sein werden, bezweifle ich deshalb, weil zum Essenkochen und Windelnwechseln ein hohes Maß an visueller Intelligenz und Geschicklichkeit erforderlich ist. Das Säubern von Schwimmbecken, das Rasenmähen und vielleicht auch das Staubsaugen kann von einem relativ primitiven System geleistet werden, doch sobald es um Aufgaben geht, bei denen nicht einfach ein Objekt herumgeschoben wird, ist es sehr schwierig, Maschinen zu entwickeln, die in der Lage sind, alle Unwägbarkeiten, die eintreten können, zu erkennen und auf sie zu reagieren.

Die Systeme, die ich in mein Haus einbaue, sollen das Wohnen erleichtern, aber ob sie das wirklich tun, weiß ich erst, wenn ich eingezogen bin. Ich experimentiere beständig und lerne immer hinzu. Das Entwicklungsteam hat das Gästehaus, das vor dem Haupthaus erbaut wurde, als eine Art Testlabor für die Ausrüstung von Häusern mit elektronischen Steueranlagen benutzt. Da einige Menschen es gern wärmer haben als andere, reguliert die Software des Gästehauses die Temperatur nach seinem jeweiligen Bewohner und der Tageszeit. An einem kalten Morgen sorgt das Haus schon für eine anheimelnde Temperatur, bevor der Gast das Bett verlassen hat. Bei abendlicher Dunkelheit dämpfen die Lampen ihr Licht, wenn der Fernseher läuft. Hält sich jemand tagsüber im Gästehaus auf, gleicht es seine Lichtverhältnisse der Außenhelligkeit an. Natürlich kann der Bewohner die automatischen Einstellungen stets durch ausdrückliche Anweisungen außer Kraft setzen.

Die Ausrüstung eines Hauses mit solchen Steueranlagen kann zu wirksamen Energieeinsparungen führen. Zahlreiche Elektrizitätsgesellschaften testen gegenwärtig, ob sich der Energieverbrauch in Privathaushalten durch ein Datennetz regulieren läßt. Dann bräuchten die Unternehmen nicht mehr alle ein oder zwei Monate einen Angestellten zum Stromablesen vorbeischicken – eine kostspielige Praxis –, und, noch wichtiger, Computer im Haushalt und im E-Werk wären in der Lage, jederzeit den exakten Energiebedarf zu bestimmen. Durch bedürfnisgerechte Energieerzeugung könnte man viel Geld sparen und der Umwelt durch Reduzierung der Spitzenbelastungen einen großen Dienst erweisen.

Nicht alle unsere Experimente im Gästehaus haben sich bewährt. Beispielsweise ließ ich Lautsprecher installieren, die bei Bedarf von der Decke herabgelassen wurden. Die Boxen mußten in einiger Entfernung von den Wänden aufgehängt werden, um für eine ideale Akustik zu sorgen. Doch nachdem wir sie im Gästehaus ausprobiert hatten, erinnerten sie mich zu sehr an die technischen Spielereien aus James-Bond-Filmen, deshalb entschieden wir uns im Haupthaus für verborgene Lautsprecher.

Ein Haus, das Ihre Wünsche zu erraten versucht, muß ausreichend oft die richtigen Entscheidungen treffen, damit es Sie durch seine Irrtümer nicht frustriert. Einmal war ich auf einer Party in einem Haus, das über eine computerisierte Steueranlage verfügte. Die Lampen waren so eingestellt, daß sie um halb elf erloschen – die Zeit, um die der Hausbesitzer gewöhnlich zu Bett ging. Um halb elf war die Party noch fröhlich im Gange, doch unerbittlich wurde es dunkel. Wir hatten den Eindruck, daß der Gastgeber sehr lange fortblieb, um das Licht wieder anzubekommen. In einigen Bürogebäuden steuern Bewegungsdetektoren die Beleuchtung in jedem Raum. Wenn einige Minuten lang keine auffällige Aktivität registriert wird, gehen die Lampen aus. Leute, die fast bewegungslos an ihrem Schreibtisch sitzen, gewöhnen sich da rasch an, in regelmäßigen Zeitabständen mit den Armen durch die Luft zu rudern.

Es macht keine große Mühe, die Lampen eigenhändig an- und auszustellen. Lichtschalter sind außerordentlich zuverlässig und leicht zu benutzen, deshalb geht man stets ein Risiko ein, wenn man sie durch computergesteuerte Vorrichtungen ersetzt. Man muß Systeme von unglaublicher Funktionstüchtigkeit installieren, da der Zuwachs an Bequemlichkeit leicht durch einen Mangel an Zuverlässigkeit oder Genauigkeit aufgehoben werden kann. Ich hoffe, die Haussysteme werden die Lampen automatisch richtig regulieren, doch falls das einmal nicht der Fall sein sollte, verfügt jedes Zimmer über Wandschalter, mit denen man die Beleuchtungsentscheidungen des Computers außer Kraft setzen kann.

Wenn Sie regelmäßig nach ungewöhnlich hellem oder gedämpftem Licht verlangen, wird das Haus im Laufe der Zeit diesen Wunsch bei Ihnen voraussetzen. Ja, das Haus wird sich an alles erinnern, was es über Ihre Vorlieben in Erfahrung gebracht hat. Wenn Sie bei einem früheren Besuch einmal nach den Gemälden von Henri Matisse oder den Fotografien von Chris Johns im *National Geographic* verlangt haben, werden Sie an den Wänden der Zimmer, die Sie betreten, andere Werke dieser Künstler antreffen. Haben Sie sich bei Ihrem letzten Besuch Violinkonzerte von Mozart angehört, so werden Sie bei Ihrem nächsten Besuch vielleicht mit diesen Klängen empfangen. Wenn Sie beim Essen keine Telefonanrufe entgegennehmen, wird das Telefon bei einem Anruf für Sie nicht klingeln. Wir werden dem Haus auch »mitteilen« können, welche Vorlieben ein Gast hat. Da Paul Allen ein Jimi-Hendrix-Fan ist, wird er bei jedem Besuch von einer ohrenbetäubenden Gitarrensequenz empfangen werden.

Wir werden das Haus auch mit Meßgeräten ausstatten, die festhalten, wie die einzelnen Systeme arbeiten. Mit Hilfe dieser Daten können wir die Systeme dann genauer einstellen.

Sobald wir uns alle auf dem Information Highway bewegen, wird man mit einem einheitlichen Instrumentarium alle möglichen Dinge zählen und messen und die Resultate jedem zugänglich machen, der sich für sie interessiert. Vorläufer solcher Datentabellen gibt es schon heute. Das Internet liefert Informationen über die örtlichen Verkehrsverhältnisse, die sehr nützlich sind, wenn man sich überlegt, ob man einen anderen Weg zur Arbeit fahren soll. In amerikanischen Fernsehnachrichten wird der Straßenverkehr von Hubschraubern aus gezeigt, die auch Geschwindigkeitsschätzungen für die Hauptverkehrsstraßen während des Berufsverkehrs liefern.

Ein triviales, aber amüsantes Beispiel steuern heute schon die Studenten einiger Colleges bei, indem sie einen Getränkeautomaten auf ihrem Campus mit einem solchen Kontrollmechanismus ausgestattet haben. Dazu haben sie einen Computer so an die Leeranzeige des Automaten angeschlossen, daß diese Information nun ständig ins Internet eingespeist wird. Es ist zwar ein etwas albernes technisches Kunststück, aber immerhin – jede Woche sehen ein paar Hundert Menschen auf der ganzen Welt nach, ob noch 7up oder Cola light in einem Getränkeautomaten der Carnegie Mellon University vorrätig ist.

Vielleicht wird uns der Information Highway weiterhin über den neuesten Vorratsstand in Getränkeautomaten aufklären, darüber hinaus aber wird er auch Livebilder von vielen öffentlichen Plätzen übermitteln, die allerneuesten Lotteriezahlen und Wettkurse ins Haus bringen, über die aktuellen Hypothekenzinsen und Bestandslisten bestimmter Produkte informieren. Vermutlich werden wir die Möglichkeit haben, Filmaufnahmen von verschiedenen Erholungsgebieten in Stadtnähe abzurufen und Einblendungen anzufordern, die die Preise und Reservierungsdaten für Hotels und Ferienwohnungen zeigen. Alle Informationen, die die Öffentlichkeit auch nur entfernt interessieren könnten – ob Kriminalitätsstatistik oder nach Gebieten ausgewiesene Parteipräferenzen –, werden uns zur Verfügung stehen.

Der erste private Benutzer einer höchst ungewöhnlichen elektronischen Einrichtung meines Hauses werde ich selbst sein. Es handelt sich um eine Datenbank mit mehr als einer Million Einzelbildern, unter anderem Fotografien und Reproduktionen von Gemälden. Wenn Sie in meinem Haus zu Gast sind, können Sie auf Bildschirmen im ganzen Haus Bilder der verschiedensten Art abrufen: Präsidentenporträts, Sonnenuntergänge, Flugzeuge, Skiläufer in den Anden, eine seltene französische Briefmarke, die Beatles im Jahr 1965 oder die Reproduktion eines Gemäldes aus der Hochrenaissance.

Vor ein paar Jahren habe ich eine kleine Firma gegründet – Corbis heißt sie heute – mit der Zielsetzung, ein einzigartiges und umfassendes Archiv für Bilder aller Art anzulegen. Corbis ist eine digitale Bildagentur für eine große Vielfalt von visuellem Material. Das Spektrum reicht von Geschichte und Wissenschaft über Technik und Naturgeschichte bis hin zu den Hochkulturen und den schönen Künsten. Mit Hilfe hochwertiger Scanner werden die Bilder digitalisiert. Die Resultate dieses hochauflösenden Prozesses speichern wir in einer Datenbank, die mit breitgefächerten Registern versehen ist, so daß sich jedes gesuchte Bild ohne Schwierigkeiten finden läßt. Zur Verfügung stehen werden diese digitalen Bilder gewerblichen Kunden wie Zeitschriften- und Buchverlagen, aber auch Privatinteressenten. Die Eigentümer der Bilder erhalten Lizenzanteile. Corbis arbeitet vor allem mit Museen und Bibliotheken zusammen, dazu mit einer großen Zahl von Fotografen, Agenturen und Archiven.

Ich glaube, daß es für hochwertige Bilder eine rege Nachfrage auf dem Highway geben wird. Natürlich ist die Annahme, daß sich auch Privatpersonen die Mühe machen werden, den digitalen Bildervorrat durchzumustern, zur Zeit noch Spekulation. Ich bin jedoch der Meinung, daß sich viele Menschen dafür interessieren werden, sobald ihnen eine geeignete Benutzeroberfläche zur Verfügung steht.

Wenn Sie nicht so recht wissen, wonach Ihnen der Sinn steht, können Sie auch auf gut Glück herumstöbern; die Datenbank wird Ihnen unterschiedliche Bilder zeigen, bis Sie auf etwas stoßen, was Sie anspricht. Dann können Sie sich eingehend mit ähnlichen Bildern beschäftigen. Ich freue mich schon auf den Tag, wo ich nur nach »Segelbooten«, »Vulkanen« oder »berühmten Wissenschaftlern« zu fragen brauche.

Zwar werden einige dieser Bilder Kunstwerke zeigen, aber deshalb bin ich noch lange nicht der Meinung, Reproduktionen könnten an die Stelle der Originale treten. Der Anblick eines echten Kunstwerks ist durch nichts zu ersetzen. Nur glaube ich, daß digitale Bildarchive, die einen leichten Zugriff gestatten, geeignet sein könnten, in viel mehr Menschen das Interesse für Malerei und künstlerische Fotografie zu wecken.

Auf meinen Geschäftsreisen habe ich hin und wieder die Zeit gefunden, Museen aufzusuchen und die Originale großer Kunstwerke zu betrachten. Das interessanteste »Kunstwerk«, das ich besitze, ist ein wissenschaftliches Notizbuch, das Leonardo da Vinci Anfang des 16. Jahrhunderts geführt hat. Seit frühester Jugend bewundere ich Leonardo, weil er auf so vielen Gebieten Geniales geleistet hat und seiner Zeit so weit voraus war. Und obwohl ich nur ein Notizbuch mit handschriftlichen Eintragungen und Zeichnungen besitze und kein Gemälde, könnte keine Reproduktion an das Original heranreichen.

Mit der Kunst verhält es sich wie mit den meisten Dingen: Je mehr man davon weiß, desto mehr hat man davon. Gewiß, Sie können auch Stunden im Louvre zubringen und Gemälde bewundern, die Ihnen bestenfalls oberflächlich bekannt sind, weit interessanter aber wird der Besuch, wenn sich jemand in Ihrer Begleitung befindet, der genauer Bescheid weiß. Diese Rolle kann das Multimedia-Dokument übernehmen – zu Hause oder im Museum. Wenn Sie vor einem Kunstwerk stehen, kann Ihnen dieses Dokument Teile eines Vortrags zu Gehör bringen, den ein bekannter Kunsthistoriker darüber gehalten hat. Vielleicht verweist es Sie auf andere Werke vom selben Maler oder aus derselben Epoche. Sie haben sogar die Möglichkeit, den Bildausschnitt zu vergrößern, um ein Detail genauer zu betrachten. Wenn Multimedia-Reproduktionen uns die Kunst näherbringen, werden viele Menschen auch die Originale sehen wollen, nachdem sie die Reproduktionen kennengelernt haben. Die Beschäftigung mit Reproduktionen nimmt uns nicht das Interesse für die echten Kunstwerke, sondern verstärkt es in der Regel noch und ermuntert uns, Museen und Galerien aufzusuchen.

In zehn Jahren werden zahlreiche Haushalte Zugriff auf die Millionen Bilder und die vielen anderen oben beschriebenen Unterhaltungsangebote haben. Ganz gewiß werden sie eindrucksvoller sein als die, die mir zur Verfügung stehen, wenn ich Ende 1996 mein Haus beziehe. Nur daß mein Haus etwas früher über einige dieser Dienstleistungen verfügen wird.

Ich liebe Experimente, und ich weiß, daß einige der für mein Haus entworfenen Systeme besser funktionieren werden als andere. Vielleicht werde ich mich dazu entschließen, die Monitore doch hinter konventionellen Bildern zu verstecken oder die elektronischen Clips in den Mülleimer zu werfen. Möglicherweise gewöhne ich mich aber auch an die Systeme und finde sogar Gefallen an ihnen, so daß ich mich eines Tages frage, wie ich jemals ohne sie leben konnte. Darauf hoffe ich.

11. Die Jagd nach dem Gold

Fast jede Woche, so scheint es, verkündet irgendeine Firma oder irgendein Konsortium, den Wettlauf um den Bau des Information Highway gewonnen zu haben. Der unaufhörliche Rummel um Mega-Fusionen und kühne Investitionen hat eine Goldgräberstimmung aufkommen lassen – verschiedene Personen und Unternehmen drängen ungestüm nach der Gelegenheit, eine Ziellinie zu überqueren oder einen Claim abzustecken, der ihnen, so glauben sie, den Erfolg sichern wird. Aktienangebote, die etwas mit dem Highway zu tun haben, scheinen die Investoren in Entzücken zu versetzen. Die Medienberichterstattung über dieses Wettrennen ist beispiellos, besonders wenn man bedenkt, daß zum jetzigen Zeitpunkt weder die Technologie noch die künftige Nachfrage feststehen. Es ist ganz anders als in den Anfängen der Personalcomputerindustrie, von denen nie berichtet wurde. Die heutige Raserei mag manchem den Verstand vernebeln, vor allem, wenn er hofft, als Mitbewerber dabeizusein, doch Tatsache ist, daß bei diesem Wettlauf noch niemand über die Startblöcke hinausgekommen ist.

Wenn das Rennen dann schließlich stattfindet, wird es viele Gewinner geben, darunter einige, mit denen man nicht gerechnet hat. Der Goldrausch in Kalifornien hatte unter anderem zur Folge, daß der Westen der USA eine rapide wirtschaftliche Entwicklung erlebte. 1848 ließen sich nur 400 Siedler nach Kalifornien locken, von denen die meisten in der Landwirtschaft arbeiteten. Der Goldrausch zog innerhalb eines Jahres 25 000 Siedler an. Zehn Jahre später hatte die verarbeitende Industrie einen größeren Anteil an der Wirtschaft Kaliforniens als die Goldförderung, und das Pro-Kopf-Vermögen lag höher als in allen übrigen Staaten der USA.

Mit den richtigen Investitionsstrategien wird man auf die Dauer eine Menge Geld verdienen können. Eine Vielzahl von Unternehmen unterschiedlichster Art rangeln sich um die aus ihrer Sicht günstigste Ausgangsposition. Manches von diesem Gerangel wird uns als wichtige Nachricht aufgetischt. Ich möchte in diesem Kapitel versuchen, das Geschehen in die richtige Perspektive zu rücken.

In dem Wettlauf um den Bau des Information Highway hat bislang noch keiner auch nur ein Körnchen Gold gesehen, und es wird noch großer Investitionen bedürfen, ehe es dazu kommt. Die Investitionen werden von dem Glauben bestimmt sein, daß da ein sehr großer Markt entsteht. Der vollständige Highway und der Markt werden aber erst dann existieren, wenn die meisten Haushalte und Unternehmen an ein Netz von hoher Bandbreite angeschlossen sind. Ehe das geschehen kann, müssen die Softwareplattformen, Anwendungen, Netzwerke, Server und Informationsgeräte, die zusammen den Highway bilden werden, erst einmal gebaut und aufgestellt werden. Viele Teile des Highway werden keinen Gewinn abwerfen, bevor es nicht Dutzende Millionen von Benutzern gibt. Um das zu erreichen, werden harte Arbeit, technischer Erfindungsgeist und Geld nötig sein. Die heutige Hysterie hat unter diesem Aspekt ihr Gutes, weil sie zu Investitionen und Experimenten ermuntert.

Noch weiß keiner genau, was das Publikum vom Information Highway erwartet. Das Publikum selbst kann es nicht wissen, weil es mit videofähigen interaktiven Netzwerken und Anwendungen noch keine Erfahrungen gemacht hat. In ausgewählten Haushalten sind einige technische Ansätze ausprobiert worden, aber bislang gibt es nur wenige solche Versuche. Dabei wurden eine Auswahl von Filmen, einige Einkaufsgelegenheiten und eine ganze Menge billiger Neuheiten angeboten, die sich rasch abnutzten. Bislang hat man dabei im Grunde nur herausbekommen, daß begrenzte interaktive Systeme begrenzte Ergebnisse bringen. Welches Potential wirklich im Highway steckt, läßt sich unmöglich ermessen, bevor nicht Dutzende neuer Anwendungen geschaffen worden sind. Ohne Vertrauen in den Markt ist die Schaffung solcher Anwendungen jedoch schwer zu begründen. Bevor nicht wenigstens ein glaubwürdiger Test beweist, daß die Einnahmen die Fixkosten des Systems rechtfertigen, ist es pure Heuchelei, wenn einer behauptet, er würde Milliarden in den Bau des Information Highway stecken, um die privaten Haushalte anzuschließen. Aus meiner Sicht wird es nicht einen plötzlichen, revolutionären Schöpfungsakt geben, sondern das Internet und die Weiterentwicklung des PC und der PC-Software werden uns Schritt für Schritt an das vollständige System heranführen.

Manche Heuchler treiben die Erwartungen unbegründet in die Höhe und tragen zu den Auswüchsen des Information-Highway-Wahnsinns bei. Erstaunlich viele ergehen sich in Spekulationen darüber, in welche Richtung die technische Entwicklung verlaufen wird. Manche dieser Mutmaßungen ignorieren die praktische Anwendbarkeit oder die vom Publikum bereits an den Tag gelegten Präferenzen völlig, oder sie rechnen mit einer unrealistisch frühen Integration der verschiedenen Teile. Natürlich darf jeder spekulieren, soviel er will, aber es ist vollkommener Unsinn, wenn davon gesprochen wird, daß der Information Highway sich noch vor der Jahrhundertwende voll bei den Verbrauchern durchgesetzt haben wird.

Firmen, die jetzt in den Information Highway investieren, setzen bestenfalls auf eine leidlich begründbare Erwartung. Skeptiker bringen gute Gründe für ihre Ansicht vor, daß die Aussichten nicht so großartig sind oder daß sie sich nicht so bald eröffnen werden, wie es sich nach meiner Ansicht doch zeigen wird. Microsoft steckt jährlich über 100 Millionen Dollar in die Forschung und Entwicklung für den Highway. Es werden mit ziemlicher Sicherheit fünf oder mehr Jahre vergehen, bevor die Ergebnisse so viel einspielen, daß die Investitionen gedeckt sind – wir gehen also eine 500-Millionen-Dollar-Wette ein. Dabei kann sich ergeben, daß wir eine halbe Milliarde Dollar auf ein falsches Pferd gesetzt haben. Unsere Aktionäre lassen uns aufgrund unserer bisherigen Erfolge freie Hand, aber das ist keine Garantie. Natürlich gehen wir davon aus, daß wir Erfolg haben werden, und wir glauben, wie die übrigen Teilnehmer des Wettlaufs, dazu berechtigt zu sein. Wir sind überzeugt, daß unsere Fähigkeiten in der Softwareentwicklung und unser Engagement in der Weiterentwicklung des PC es uns ermöglichen werden, die Investitionen wieder hereinzubekommen.

Ausgedehnte Pilotprojekte mit Breitbandanschlüssen an PCs und Fernsehgeräten sollen 1996 in Nordamerika, Europa und Asien anlaufen, finanziert von Unternehmen, die bereit sind, das Risiko einzugehen, weil sie hoffen, daß die Ergebnisse ihnen einen Vorsprung sichern.

Einige dieser Projekte werden nach dem Motto »Das können wir auch« dem Zweck dienen, zu zeigen, daß ein Netzwerkanbieter in der Lage ist, ein Netz mit hoher Bandbreite aufzubauen und zu betreiben. Vorrangig sollten die Pilotprojekte aber darauf abzielen, eine Plattform für Softwareentwickler bereitzustellen, auf der neue Anwendungen aufgebaut und erforscht werden können, und zu testen, wie die Anwendungen bei den Verbrauchern ankommen und ob sie finanziell tragbar sind.

Als Paul Allen und ich damals die Abbildung des ersten Altair-Computers vor Augen hatten, konnten wir die Fülle der Anwendungen, die er anstoßen würde, nur erahnen. Daß man Anwendungen entwickeln würde, war uns klar, nur wußten wir nicht, worin sie bestehen könnten. Manche waren vorhersehbar, zum Beispiel Programme, die einen PC als Terminal eines Mainframe-Computers funktionieren ließen, aber die wichtigsten Anwendungen kamen völlig unerwartet, zum Beispiel die Tabellenkalkulation VisiCalc.

Die anstehenden Pilotversuche werden Firmen Gelegenheit geben, nach Entsprechungen der Tabellenkalkulation Ausschau zu halten – unerwarteten, tollen Anwendungen, die die Phantasie der Verbraucher fesseln – und die finanziellen Voraussetzungen für den Bau des Highway zu klären. Welche Anwendungen beim Publikum ankommen werden, läßt sich unmöglich vorhersagen. Die Bedürfnisse und Wünsche der Verbraucher sind eine ganz individuelle Angelegenheit. Ich zum Beispiel hoffe, daß der Highway mir erlauben wird, mich über medizinische Fortschritte auf dem laufenden zu halten. Ich möchte erfahren, welche Gesundheitsrisiken für Leute meines Alters bestehen und wie man sie vermeiden kann. Was ich mir wünsche, sind also Fitneß- und medizinische Programme und daneben solche, mit denen ich mich auf meinen übrigen Interessengebieten weiterbilden kann. Aber das sind nur meine persönlichen Präferenzen. Was werden die anderen Benutzer wünschen? Medizinischen Rat? Neue Arten von Spielen? Neue Möglichkeiten, Leute kennenzulernen? Einkaufen von zu Hause aus? Oder bloß mehr Filme?

Die Versuche werden zeigen, welches die beliebtesten Anwendungen und Dienstleistungen sind. Dazu werden vermutlich einfache Erweiterungen bestehender Kommunikationsfunktionen wie Video-auf-Abruf und Hochgeschwindigkeitsverbindungen zwischen PCs gehören. Außerdem wird es einige neue Dienste geben, an denen das Publikum Gefallen findet, Dienste, die zu weiteren Innovationen, Investitionen und unternehmerischem Handeln Anstoß geben. Darauf freue ich mich. Wenn die ersten Projekte die Verbraucher nicht reizen, wird man weitere Versuche machen müssen, und der endgültige Ausbau des Highway wird sich verzögern. Derweil werden das Internet, die angeschlossenen PCs und die PC-Software weiter verbessert und zu einem noch solideren Fundament werden, auf dem man aufbauen kann. Und die Preise für Hardware und Software werden noch weiter zurückgehen.

Es ist interessant zu beobachten, wie verschiedene große Unternehmen auf diese Chancen reagieren. Niemand gibt gern seine

Unsicherheit zu. Telefon- und Kabelgesellschaften, Fernsehsender und -netze, Computer-Hard- und -Softwarefirmen, Zeitungen, Zeitschriften, Filmstudios und sogar einzelne Autoren – sie alle formulieren Strategien. Oberflächlich betrachtet, ähneln sich die Pläne dieser Unternehmen, doch in den Einzelheiten unterscheiden sie sich durchaus. Das erinnert ein bißchen an die Geschichte von den Blinden und dem Elefanten: Jeder berührt einen anderen Teil des Elefanten und zieht aus seinen begrenzten Informationen weitreichende, aber falsche Schlüsse hinsichtlich des Äußeren des ganzen Tieres. Doch wir versuchen hier ja nicht, das Aussehen eines großen Ungetüms zu erraten, sondern wir investieren Milliarden aufgrund einer verschwommenen Vorstellung über die wahre Gestalt des Marktes.

Konkurrenz ist ein Segen für die Verbraucher, doch für Investoren kann sie eine unangenehme Sache sein, besonders wenn sie Kapital in ein Produkt stecken, das noch nicht existiert. Derzeit haben wir eine nichtexistierende Sache, die wir »Information Highway« nennen. Sie hat noch keinen einzigen Dollar abgeworfen. Der Bau des Highway wird ein Lernprozeß sein, und manche Firmen werden ihr letztes Geld dabei verlieren. Was sich heute als lukrative Nische darbietet, könnte sich als heißumkämpfter Markt mit niedrigen Gewinnspannen entpuppen oder gar keine Resonanz finden. Ein Goldrausch verlockt meist zu unüberlegten Investitionen. Einige wenige zahlen sich aus, aber wenn der Wahn abgeklungen ist, schaut man ungläubig auf die Trümmer in die Brüche gegangener Spekulationen und fragt sich: Wer hat diese Firmen finanziert? Was haben die sich dabei gedacht? Waren die nicht völlig verrückt?

Unternehmerisches Handeln wird die Entwicklung des Information Highway wesentlich prägen, so wie es auch die Entwicklung der Personalcomputer-Branche geprägt hat. Von den Firmen, die Software für Großrechner produzierten, hat nur eine Handvoll den Übergang zum PC geschafft. Erfolgreich waren vor allem die kleinen neuen Firmen, deren Gründer offen waren für neue Möglichkeiten. So wird es auch auf dem Information Highway sein. Auf ein bestehendes Großunternehmen, das mit einer neuen Anwendung oder Dienstleistung Erfolg hat, werden zehn florierende Neugründungen kommen und 50 weitere, die nach einer kurzen Glanzzeit in Vergessenheit geraten.

Das ist typisch für einen unternehmerischen Markt: An vielen Fronten kommt es zu raschen Innovationen. Die meisten werden erfolglos bleiben, gleichgültig, ob sie von kleinen oder großen Unternehmen gewagt wurden. Große Unternehmen pflegen kleinere Risiken einzugehen, aber wenn sie dann doch einmal einbrechen, hinterlassen sie aufgrund ihrer Größe und des Umfangs der eingesetzten Mittel einen tieferen Krater. Wenn dagegen eine Neugründung scheitert, nimmt gewöhnlich kaum jemand davon Notiz. Das Gute daran ist, daß die Menschen sowohl aus den Erfolgen als auch aus den Mißerfolgen lernen, und das Endergebnis ist ein rascher Fortschritt.

Wenn man den Markt darüber entscheiden läßt, welche Unternehmen und Strategien gewinnen und welche verlieren, werden viele Wege gleichzeitig erkundet. Die Vorteile einer Entscheidung durch den Markt sind nirgendwo so deutlich wie auf einem unbewiesenen Markt. Wenn Hunderte von Firmen mit unterschiedlichen Risikostrategien die Stärke der Nachfrage zu ermitteln versuchen, bekommt die Gesellschaft die richtige Lösung sehr viel schneller als mit jeder Form von zentraler Planung. Über den Information Highway herrscht große Ungewißheit, doch der Markt wird für ein angemessenes System sorgen.

Regierungen können für einen klaren Wettbewerbsrahmen sorgen und sollten, wenn auch frei von Übereifer, zu Eingriffen bereit sein, wenn der Markt auf einem bestimmten Gebiet versagt. Wenn die Pilotprojekte hinreichende Klarheit geschaffen haben, können die Regierungen die »Straßenverkehrsordnung« für die Datenautobahn festlegen, die grundlegenden Rahmenrichtlinien, innerhalb derer sich der Wettbewerb abspielt. Die Regierungen sollten jedoch nicht versuchen, auf irgendeine Weise Einfluß darauf zu nehmen oder vorzuschreiben, wie der Information Highway auszusehen hat, denn die Politiker können nicht schlauer sein als der vom Wettbewerb bestimmte Markt, zumal dann nicht, wenn die Präferenzen der Verbraucher und die Richtung der technischen Entwicklung noch ungeklärt sind.

Die US-Regierung hat auf dem Gebiet der Telekommunikation weitreichende Vorschriften erlassen. Aufgrund staatlicher Regelungen können Kabel- und Telefongesellschaften kein Universalnetz anbieten, das sie in Konkurrenz zueinander bringen würde. Die Deregulierung der Telekommunikation ist der erste Schritt, den die meisten Regierungen zu tun haben, wenn sie dem Highway auf die Sprünge helfen wollen.

In den meisten Ländern hat man früher die Errichtung von Monopolen auf den verschiedenen Gebieten der Telekommunikation gefördert, weil man annahm, daß Privatfirmen nicht die riesigen Investitionen tätigen würden, die nötig sind, um auch noch das letzte Haus mit einer Telefonleitung zu versorgen, wenn sie nicht den Anreiz hätten, alleiniger Anbieter zu sein. Staatliche Vorschriften verpflichten die Inhaber des Monopols, im öffentlichen Interesse zu handeln – mit einem begrenzten, aber praktisch garantierten Gewinn. So entstand ein sehr zuverlässiges Netz mit einer breiten Palette von Dienstleistungen, das aber nur begrenzt innovationsfähig war. Dieses Konzept wurde durch spätere Regelungen auf das Kabelfernsehen und die örtlichen Telefondienste ausgedehnt. Die Bundesregierung und die Einzelstaaten erlaubten Monopole und beschränkten den Wettbewerb, weil sie so die gesetzgeberische Kontrolle behielten.

Ein Highway, der sowohl Telefon- als auch Videodienste anbietet, ist nach dem derzeitigen amerikanischen Recht nicht erlaubt. Mögen Ökonomen und Historiker auch darüber streiten, ob es 1934 eine gute Idee war, gesetzliche Monopole zuzulassen, so ist man sich heute doch einig, daß die Gesetze geändert werden müssen. Allerdings konnte man sich bis Mitte 1995 nicht darüber verständigen, wann genau und in welcher Weise das geschehen soll. Während Milliarden von Dollars auf dem Spiel stehen, verheddert sich der Gesetzgeber in den komplizierten Details der Frage, wie man einen fairen Wettbewerb herstellen kann. Das Problem besteht darin, vom alten zu einem neuen System überzugehen und dabei der Mehrzahl der Beteiligten nicht weh zu tun. Deshalb tritt die Reform der Telekommunikation seit Jahren auf der Stelle. Fast den ganzen Sommer über schlug sich der Kongreß mit der Frage herum, nicht ob, sondern wie die Telekommunikation dereguliert werden sollte. Ich hoffe, daß, wenn Sie dies lesen, der Information Highway in den Vereinigten Staaten endlich legalisiert ist!

Außerhalb der Vereinigten Staaten stellt sich die Sache etwas komplizierter dar, weil die gesetzlichen Monopole in vielen Ländern staatliche Ämter sind, die man PTT nannte, weil sie für Post, Telefon und Telegraf zuständig waren. In einigen Ländern darf die PTT sich um die Entwicklung des Highway kümmern, doch kommen, wenn staatliche Organisationen beteiligt sind, die Dinge oft nur langsam voran. In den nächsten Jahren dürfte sich das Investitionstempo und das der Deregulierung weltweit beschleunigen, weil die Politiker einsehen, daß dies für die langfristige Wettbewerbsfähigkeit ihres Landes entscheidend ist. In Wahlkämpfen setzen sich viele Kandidaten für Maßnahmen ein, die ihrem Land eine führende Rolle bei der Schaffung des Highway ermöglichen sollen. Die politische Instrumentalisierung dieser Fragen sichert ihnen größere öffentliche Aufmerksamkeit, die dazu beitragen wird, verschiedene Barrieren auf internationaler Ebene aus dem Weg zu räumen.

Länder wie die Vereinigten Staaten und Kanada, in denen ein hoher Prozentsatz der Haushalte verkabelt ist, sind im Vorteil, weil der Wettbewerb zwischen Kabelgesellschaften und Telefongesellschaften das Tempo der Investitionen in die Infrastruktur des Highway beschleunigen wird. Doch am weitesten ist Großbritannien, wo man tatsächlich ein einziges Netz benutzt, um sowohl Fernsehen als auch Kabeldienste bereitzustellen. Den Kabelgesellschaften wurde 1990 gestattet, Telefondienste anzubieten. Ausländische Unternehmen, vor allem amerikanische Telefon- und Kabelgesellschaften, haben im Vereinigten Königreich viel Geld in den Ausbau eines Glasfasernetzes gesteckt. Die britischen Verbraucher haben jetzt die Wahl und können sich den Telefondienst auch von ihrer Kabelgesellschaft besorgen lassen. British Telecom wurde durch diese Konkurrenz gezwungen, ihre Gebührenstruktur und ihre Dienstleistungen zu verbessern.

Ich denke, wenn wir in zehn Jahren zurückblicken, werden wir in den einzelnen Ländern einen eindeutigen Zusammenhang erkennen zwischen dem Umfang der Reformen in Sachen Telekommunikation und dem Entwicklungsstand der Informationswirtschaft. Investoren werden kaum bereit sein, ihr Geld in Ländern mit einer kümmerlichen Kommunikationsinfrastruktur anzulegen. In vielen Ländern sind so viele Politiker und Lobbyisten dabei, auf neue gesetzliche Vorschriften zu drängen oder sie bereits zu schaffen, daß man vermutlich das ganze Spektrum unterschiedlicher Regelungssysteme ausschöpfen wird. In jedem Land wird die »richtige« Lösung ein wenig anders aussehen.

Ein Gebiet, aus dem sich der Staat auf jeden Fall heraushalten sollte, ist das Problem der Kompatibilität. Gelegentlich wurde schon der Vorschlag gemacht, staatliche Normen für Netzwerke zu schaffen, um deren Zusammenwirken sicherzustellen. 1994 wurde in einem Unterausschuß des Repräsentantenhauses ein Gesetzentwurf eingebracht, der Kompatibilität für alle Settop-Boxen forderte. Diejenigen, die den Entwurf einbrachten, sahen darin sicherlich eine großartige Idee: Tante Bessie würde, wenn sie sich eine Settop-Box zugelegt hätte, auch nach einem Umzug sicher sein können, daß sie funktioniert.

Kompatibilität ist wichtig. Sie war die Grundlage für den Erfolg der Unterhaltungselektronik und des Personalcomputers. In den Anfängen der PC-Industrie tauchten viele Maschinen auf, die sang- und klanglos verschwunden sind. Der Altair 8800 wurde vom Apple I verdrängt. Dann kamen der Apple II, der erste IBM-PC, der Apple Macintosh, der IBM PC/AT, 386er- und 486er-PCs, der Power Macintosh und die Pentium-PCs. All diese Maschinen waren leidlich miteinander kompatibel. So konnten einfache Textdateien zwischen allen ausgetauscht werden. Vieles war aber auch inkompatibel, weil jede neue Computergeneration fundamentale Neuerungen enthielt, die von den älteren Systemen nicht unterstützt wurden.

In gewissen Fällen ist Kompatibilität mit älteren Rechnern ein großer Vorteil. Sowohl die PC-Kompatiblen als auch der Macintosh bieten eine gewisse Rückwärts-Kompatibilität. Aber sie sind nicht miteinander kompatibel. Auch der neueingeführte PC war mit den älteren Maschinen von IBM nicht kompatibel, und der Mac war inkompatibel mit den früheren Maschinen von Apple. Angesichts der dynamischen technischen Entwicklung in der Welt der Computer sollte jede Firma herausbringen können, was immer sie an neuen Produkten herausbringen möchte, und den Markt darüber entscheiden lassen, ob sie die richtigen Kompromisse gemacht hat. Da die Settop-Box in jeder Hinsicht ein Computer ist, ist doch wohl damit zu rechnen, daß auch sie die rasche Aufeinanderfolge von Innovationen durchmachen wird, die die PC-Industrie erleben mußte. Die Tatsache, daß der Markt für die Settop-Box noch weit unsicherer ist, als er es für den PC war, spricht zusätzlich dafür, die Sache vom Markt entscheiden zu lassen. Es wäre töricht, eine unausgereifte Erfindung dem Zwang einer staatlich vorgeschriebenen Bauweise zu unterwerfen.

Der erste Gesetzentwurf über die Kompatibilität von Settop-Boxen in den Vereinigten Staaten wurde 1994 vom Kongreß endgültig verworfen, doch 1995 tauchten ähnliche Entwürfe auf, und ich nehme an, daß man auch in anderen Ländern solche Vorstöße erleben wird. Es erscheint so einfach, vernünftig klingende Beschränkungen gesetzlich vorzuschreiben, aber wenn wir nicht aufpassen, könnten diese Beschränkungen den Markt abwürgen.

Der Highway wird sich nicht in jeder Stadt und in jedem Land im gleichen Tempo entwickeln. Im Ausland werde ich oft von Journalisten gefragt, wie weit ihr Land hinter den Entwicklungen in den Vereinigten Staaten zurückliege – eine knifflige Frage. Vorteile der Vereinigten Staaten sind die Größe des Marktes, die weite Verbreitung des Personalcomputers in amerikanischen Haushalten und die zu erwartende Konkurrenz zwischen Telefon- und Kabelgesellschaften um gegenwärtige und künftige Einnahmen. In fast jeder der Technologien, die bei der Errichtung des Highway eine Rolle spielen werden, sind amerikanische Firmen führend: Mikroprozessoren, Software, Unterhaltung, Personalcomputer, Settop-Boxen und Netzschaltanlagen. Nennenswerte Ausnahmen sind nur Displaytechnik und Speicherchips.

Andere Länder haben wiederum andere Vorteile. Singapur kommt durch seine Bevölkerungsdichte und die Bedeutung, die der Infrastruktur von der Politik beigemessen wird, eine führende Stellung zu. In diesem unvergleichlichen Land braucht die Regierung nur etwas zu beschließen, und schon geschieht es. Die Infrastruktur für den Highway ist bereits in Bau. Demnächst werden alle Bauherren gehalten sein, jedes neue Haus und jede neue Wohnung mit einem Breitbandkabel auszustatten, genauso wie sie heute schon gesetzlich verpflichtet sind, für Wasser-, Gas-, Strom- und Telefonleitungen zu sorgen. Als ich mit Lee Kuan Yew sprach, dem 72jährigen Spitzenpolitiker, der von 1959 bis 1990 Ministerpräsident von Singapur war, war ich tief beeindruckt, wie sehr er die Chance, die der Information Highway bietet, erkannte und wie er Fortschritte auf diesem Weg zur obersten Priorität erklärte. Er sieht es als zwingend notwendig an, daß sein kleines Land auch künftig ein vorrangiger Standort für hochwertige Arbeitsplätze in Asien bleibt. Ich fragte ihn unverblümt, ob er von irgendwelchen Absichten der Regierung gehört habe, die straffe Zensur aufzugeben, die sie heute ausübt, um die traditionellen Werte der Gemeinschaft aufrechtzuerhalten, durch die gesellschaftliche Probleme eingedämmt werden sollen. Mr. Lee sagte, Singapur sehe ein, daß es sich künftig anderer Methoden als der Zensur bedienen müsse, um eine Kultur zu bewahren, die zugunsten eines starken Gemeinschaftsgefühls einige westliche Freiheiten opfert.

In China scheint die Regierung dagegen zu glauben, sie könne beides haben. Wu Jichuan, der Minister für Post und Telekommunikation, erklärte vor Journalisten: »Für uns ist der Anschluß ans Internet nicht gleichbedeutend mit unbeschränkter Informationsfreiheit. Ich denke, das wird jeder verstehen. Wenn Sie durch den Zoll gehen, müssen Sie Ihren Paß vorzeigen. Mit der Information verfahren wir genauso.« Wu sagte, Peking werde nicht näher bezeichnete »Lenkungsmaßnahmen« beschließen, um den Zustrom von Daten auf allen in China entstehenden Telekommunikationsdiensten zu kontrollieren. »Zwischen der Entwicklung der Infrastruktur der Telekommunikation und der Ausübung der staatlichen Souveränität besteht kein Widerspruch. Nach den Statuten der Internationalen Fernmeldevereinigung hat jedes Land die Hoheit über die eigenen Fernmeldeanlagen.« Er hat vielleicht nicht begriffen, daß er, wenn er bei unbeschränktem Zugang zum Internet die Zensur aufrechterhalten will, praktisch jedem Benutzer über die Schulter gucken muß.

In Frankreich hat der bahnbrechende Online-Dienst Minitel eine Gemeinschaft von Informationsanbietern entstehen lassen und zu einer allgemeinen Vertrautheit mit Online-Systemen beigetragen. Die Terminals und die Bandbreite des Minitel sind zwar begrenzt, doch hat sein Erfolg Neuerungen angestoßen und wichtige Erkenntnisse geliefert. France Telecom investiert in das Paketvermittlungsnetz.

In Deutschland hat die Deutsche Telekom die Gebühren für den

ISDN-Dienst 1995 drastisch gesenkt. Die Zahl der Benutzer, die ihren Personalcomputer anschließen, ist dadurch erheblich gestiegen. Die Gebührensenkung war ein vernünftiger Schritt, denn das wird die Entwicklung von Anwendungen fördern, die zu einer beschleunigten Einführung von Breitbandsystemen beitragen.

In den skandinavischen Ländern ist der Grad der PC-Nutzung in der Wirtschaft noch höher als in den Vereinigten Staaten. Hier hat man begriffen, daß es den Beschäftigten mit ihrem hohen Ausbildungsstand zugute kommen wird, wenn sie Hochgeschwindigkeitsverbindungen zur übrigen Welt haben.

Zwar gibt es wohl in keinem Land ein so starkes Interesse an High-Tech-Kommunikationssystemen wie in Japan, doch ist sehr schwer vorherzusagen, was hier aus dem Information Highway werden wird. In den Unternehmen, Schulen und Haushalten werden erheblich weniger PCs benutzt als in anderen entwickelten Ländern. Das liegt teilweise an der Schwierigkeit, Silbenzeichen über eine Tastatur einzugeben, aber auch daran, daß Japan einen großen und knallhart verteidigten Markt für ausschließliche Textverarbeitungsmaschinen hat.

Was die Zahl der Firmen angeht, die sowohl in Bausteine für den Highway als auch in Inhalte investieren, wird Japan nur noch von den Vereinigten Staaten übertroffen. Viele japanische Großunternehmen verfügen über eine hervorragende Technologie und sind dafür bekannt, daß sie ihre Investitionen langfristig planen. Sony ist Eigner von Sony Music und Sony Pictures, und dazu gehören Columbia Records und Columbia Studios. Toshiba ist groß bei Time Warner eingestiegen. NEC wirbt mit dem 1984 geprägten Firmenslogan »Computers & Communication« – ein Vorgriff auf den Highway, der zeigt, wo die Firma sich engagiert.

Das japanische Kabelsystem, bis vor kurzem noch überreguliert, wandelt sich in beeindruckendem Tempo. Die japanische Telefongesellschaft NTT hat von allen Aktiengesellschaften der Welt die höchste Bewertung und wird im Highway-System in jeder Hinsicht eine führende Rolle spielen.

In Südkorea werden zwar pro Kopf erheblich weniger PCs verkauft als in den Vereinigten Staaten, doch mehr als ein Viertel der Rechner geht in Privathaushalte. An dieser Zahl läßt sich ablesen, daß Länder mit einer ausgeprägten Familienstruktur, in denen großer Wert darauf gelegt wird, durch die Ausbildung der Kinder voranzukommen, einen fruchtbaren Boden für Produkte abgeben, die Bildungsvorteile versprechen. Ein Fall, in dem staatliche Autorität wirklich einmal angemessen eingesetzt wird, ist die vorgesehene Schaffung von Anreizen, mit denen man erschwingliche Highway-Anschlüsse für Schulen fördern und sicherstellen will, daß auch ländliche Gebiete und Bereiche mit niedrigem Einkommen Anschluß an den Highway finden.

Australien und Neuseeland sind ebenfalls am Highway interessiert, auch wegen der großen geographischen Entfernung zu anderen Industrieländern. Mit der Privatisierung der Telefongesellschaften und der Öffnung der Märkte werden in Australien zukunftsorientierte Planungen ermutigt. In Neuseeland ist der Telekommunikationsmarkt offen wie in keinem anderen Land der Welt, und die seit kurzem privatisierte Telefongesellschaft ist ein Beispiel dafür, was durch Privatisierung alles erreicht werden kann.

Wenn nicht falsche politische Entscheidungen getroffen werden, dürfte am Ende wohl keines der entwickelten Länder – und darunter verstehe ich ganz Westeuropa, Nordamerika, Australien, Neuseeland und Japan – gegenüber den anderen einen Vorsprung beziehungsweise Rückstand von mehr als ein bis zwei Jahren haben. Aus wirtschaftsdemographischen Gründen werden innerhalb der einzelnen Länder einige Kommunen früher bedient werden als andere. Die Netzwerke werden zuerst in den reicheren Wohngegenden angeboten werden, weil deren Bewohner vermutlich ausgabenfreudiger sind. Möglicherweise werden die Gesetzgeber der einzelnen Länder sogar miteinander wetteifern, um günstige Bedingungen für den raschen Aufbau des Information Highway zu schaffen. In Industrieländern mit wettbewerbsfreundlichen Gesetzen werden für den Bau des Highway keine Steuergelder erforderlich sein. Es wird weitgehend vom Pro-Kopf-Bruttoinlandsprodukt eines Landes abhängen, wie schnell der Highway die Privathaushalte erreicht. Ungeachtet dessen werden die Anschlüsse zu Wirtschaftsunternehmen und Schulen auch in Entwicklungsländern einen gewaltigen wirtschaftlichen Schub auslösen und den Abstand der Einkommen zwischen diesen und den Industrieländern verringern. Bestimmte Regionen Indiens wie Bangalore oder Shanghai und Kanton in China werden Highway-Anschlüsse zu Wirtschaftsunternehmen installieren, die von diesen genutzt werden, um die Dienste ihrer qualifizierten Mitarbeiter auf dem globalen Markt anzubieten.

Die politischen Führer vieler Länder planen derzeit, Investitionen in den Highway zu fördern. Jedes Land bemüht sich, entweder die Führung in dieser Entwicklung zu übernehmen oder dafür zu sorgen, daß es nicht hinter anderen zurückbleibt, und dieser Wettbewerb entfaltet eine sehr positive Dynamik. Die einzelnen Länder gehen dabei unterschiedlich vor, je nachdem, welches Vorgehen den meisten Erfolg verspricht. Einige Regierungen überlegen möglicherweise, falls private Unternehmen sich nicht dazu aufraffen können, umgehend ein Netzwerk zu errichten, selbst einzugreifen, um Teile ihres Information Highway zu bauen oder zu finanzieren. Während es theoretisch denkbar ist, daß ein Information Highway schneller zustande kommt, wenn der Staat den Anstoß gibt, sollte man doch die sehr reale Gefahr bedenken, daß dabei etwas Unattraktives entsteht. Am Ende besitzt das Land dann einen nutzlosen Information Highway, geschaffen unter großem Aufwand von Ingenieuren, die von der raschen technischen Entwicklung überholt wurden.

Ähnlich ist es dem Hi-Vision-Projekt eines High-Definition-Fernsehsystems in Japan ergangen. MITI, das mächtige Ministerium für Außenhandel und Industrie, und NHK, die staatliche Fernsehgesellschaft, koordinierten ein gemeinsames Vorhaben japanischer Unternehmen der Unterhaltungselektronik, ein neues, analoges HDTV-System zu entwickeln. NHK verpflichtete sich, täglich einige Sendestunden in dem neuen Format auszustrahlen. Leider war das System schon vor seiner Einführung überholt, weil, wie sich herausstellte, die digitale Technik ihm überlegen war. Viele japanische Firmen gerieten in eine schwierige Lage. Obwohl sie im Grunde wußten, daß das System keine gute Investition war, mußten sie an ihrer öffentlichen Festlegung auf das staatlich geförderte System festhalten. »Offiziell« verfolgt man, während ich dies schreibe, noch immer den Plan, dieses System in Betrieb zu nehmen, doch im Grunde glaubt keiner mehr daran. Allerdings wird Japan von den Investitionen in die Entwicklung von High-Definition-Kameras und -Displays profitieren, die durch das Hi-Vision-Projekt angestoßen wurde.

Beim Bau des Information Highway ist es nicht damit getan, überall Glasfaserkabel zu verlegen. Regierungen oder Firmen, die sich engagieren, werden neue Entwicklungen im Auge behalten und gegebenenfalls zu einem Kurswechsel bereit sein müssen. Der nötige technische Sachverstand ist eher bei der Industrie zu finden, die auch die entsprechenden Risiken besser abschätzen kann.

Im privaten Sektor wird es an vielen Fronten zu einem scharfen Wettbewerb kommen. Um die Bereitstellung der Glasfaser-, Funk- und Satelliten-Infrastruktur werden sich Kabel-, Telefon- und sonstige Gesellschaften reißen. Hardwarefirmen werden darum kämpfen, Server, ATM-Schaltungen und Settop-Boxen bei den Netzwerkbetreibern und PCs, digitale Fernsehapparate, Telefone und sonstige Informationsgeräte bei den Verbrauchern abzusetzen. Firmen aus dem Softwarebereich, darunter Apple, AT&T, IBM, Microsoft, Oracle und Sun Microsystems, werden den Netzwerkbetreibern Softwarekomponenten anbieten. Schließlich wird die Zahl der Firmen und Einzelpersonen, die auf dem sich rasch ausbreitenden Netzwerk Softwareanwendungen und Informationen wie Unterhaltung anbieten, in die Millionen gehen.

Auf die entscheidende Bedeutung der materiellen Infrastruktur, die Breitbandanschlüsse für die Haushalte bereitstellt, habe ich ausführlich hingewiesen, und ich habe die amerikanische Wettbewerbssituation zwischen Telefon- und Kabelgesellschaften sowie deren Strategien beschrieben. Die Kabelgesellschaften sind jünger und kleiner als die großen Telefongesellschaften und eher zu unternehmerischen Wagnissen bereit. Kabelfernsehgruppen versorgen die Kunden über ein Netz von Koaxial- und teilweise auch Glasfaserkabeln mit Breitband-Video. Zwar ist die Zahl der Anschlüsse mit weltweit 189 Millionen Abonnenten recht niedrig, doch in den Vereinigten Staaten sind 63 Millionen Haushalte angeschlossen, und fast 70 Prozent aller Haushalte könnten an ein in der Nähe verlaufendes Kabelnetz angeschlossen werden. Nach und nach werden die Kabelnetze auf die Übertragung digitaler Signale umgestellt, und einige Kabelgesellschaften bemühen sich darum, PC-Benutzern Anschlüsse an das Internet und Online-Dienste zu verschaffen. Sie setzen darauf, daß viele PC-Benutzer, die bislang Informationen mit 28800 Bits pro Sekunde über die Telefonleitung herunterladen, bereit sein werden, mehr zu bezahlen, wenn sie über ihr Fernsehkabel Informationen mit drei Millionen Bits pro Sekunde erhalten können.

Die Telefongesellschaften sind, was die Finanzen angeht, wesentlich potenter. Das amerikanische Telefonsystem ist das größte verzweigte Netz der Welt, das Selbstwahlverbindungen ermöglicht. Mit Jahreseinnahmen von rund 100 Milliarden Dollar ist es weit profitabler als das 20-Milliarden-Dollar-Kabelgeschäft. Die sieben regionalen Bell Operating Companies (ROBCs) werden in Konkurrenz zu ihrer vormaligen Muttergesellschaft AT&T Fernvermittlungs-, Mobilfunk- und neue Dienste anbieten. Noch ist der Wettbewerb für die ROBCs Neuland, genau wie für andere Telefongesellschaften in der ganzen Welt, und sie lösen sich erst allmählich von ihrer Vergangenheit als stark regulierte öffentliche Versorgungsbetriebe.

Der verschärfte Wettbewerb wird die regionalen Telefongesellschaften munter machen. Sie befinden sich in einer Defensivposition. Sie müssen mit der Konkurrenz anderer Telefongesellschaften und von Kabelgesellschaften rechnen, die in ihren Regionen gern Telefon- und andere Kommunikationsdienste anbieten würden. Mit dem Konkurrenzkampf, der durch die neuen Regelungen entfesselt wird, werden, wie schon gesagt, die Gebühren für Ferngespräche drastisch sinken. Die Telefongesellschaften werden dann einen Großteil ihrer bislang profitablen Einnahmen einbüßen.

Die bisher für die regionale Versorgung zuständigen Gesellschaften haben sich mit der Einführung moderner digitaler Übertragungskapazitäten Zeit gelassen. Sie hatten keine Eile, weil hohe finanzielle Barrieren sie vor der Konkurrenz zu schützen schienen. Ein potentieller Rivale würde – das war ihnen klar – 100 Millionen Dollar in eine zweite Infrastruktur stecken müssen, wenn er in einem Versorgungsgebiet gegen sie antreten wollte. Doch jetzt sinken die Kosten von Vermittlungsstellen und Glasfaserkabeln Jahr für Jahr.

Damit stehen die Gesellschaften vor einer Entscheidung, wie sie fast jeder, der sich überlegt hat, ob er einen PC kauft, zu treffen hat: Warte ich ab, bis ich mehr Leistung zu einem niedrigeren Preis bekomme, oder beiße ich in den sauren Apfel, um früher Nutzen aus dem Gerät zu ziehen? Für manche wird es eine dringliche Entscheidung sein. Sie werden gezwungen sein, sehr schnell aktiv zu werden und laufend zu modernisieren. Zwar wird eine Gesellschaft, die mit der Investition lange genug abwartet, für Verkabelung und Vermittlungsstellen sehr günstige Preise erzielen, doch könnte es passieren, daß sie den Marktanteil nie wieder zurückerobert, den sie an weniger zögerliche Konkurrenten verloren hat.

Trotz ihrer beneidenswerten Einnahmen könnte es den Telefongesellschaften passieren, daß ihnen die Mittel zur Finanzierung der kostspieligen Modernisierung des neuen Netzes fehlen, weil ihnen die Aufsichtsgremien die Genehmigung verweigern, die Telefongebühren anzuheben oder auch nur die Gewinne aus dem laufenden Geschäft zur Quersubventionierung des neuen Tätigkeitsbereichs zu verwenden. Die Aktionäre, an attraktive Dividenden der ROBCs gewöhnt, könnten sich dagegen sträuben, daß Gewinne für den Bau des Information Highway abgezweigt werden. Seit über 100 Jahren hat der Telefondienst als gesetzliches Monopol in aller Ruhe Gewinne gemacht. Plötzlich sollen aus den ROBCs Wachstumsunternehmen werden – eine ebenso radikale Wende, als wollte man aus einem Trecker einen Sportwagen machen. Möglich ist es (man braucht sich bloß bei Lamborghini zu erkundigen, wo sie beides herstellen), aber es wird schwierig sein.

Die Möglichkeit, PC-Benutzer mit ISDN zu versorgen, wird den Telefongesellschaften, die bereit sind, die Preise zu senken, um einen Massenmarkt herzustellen, neue Einnahmen bescheren. Ich erwarte, daß ISDN-Anschlüsse sich schneller durchsetzen werden als PC-Kabelmodems. Die Telefongesellschaften lassen sich einiges einfallen, um trotz der Tatsache, daß zumindest die letzten paar 100 Meter bis zum Haus weiterhin aus verdrillten Kupferdrähten bestehen, einen Breitband-Datendurchsatz zu ermöglichen. Bei steigender Nachfrage nach neuen Dienstleistungen, die ihnen zusätzliche Einnahmen erschließt, könnten sowohl Telefon- als auch Kabelgesellschaften Erfolg haben.

Freilich wollen Kabel- und Telefongesellschaften nicht bloß eine Leitung für Bits bereitstellen. Stellen Sie sich vor, Sie würden eine Bit-Beförderungsgesellschaft betreiben. Irgendwann haben Sie in einem bestimmten Gebiet ein eigenes Netz aufgebaut und die meisten Haushalte angeschlossen und überlegen sich, wie Sie mehr Geld verdienen können. Sie könnten versuchen, die Kunden dazu zu bewegen, mehr Bits zu verbrauchen, aber der Tag hat nur 24 Stunden, und auch die Zeit, die die Leute vorm Fernseher oder am PC verbringen, ist begrenzt. Wenn Sie schon nicht mehr Bits befördern können, wäre es vielleicht interessant, sich an den von Ihnen beförderten Bits finanziell zu beteiligen. Viele sehen den Information Highway als eine Art ökonomischer Nahrungskette, in der die Beförderung und Distribution von Bits am unteren Ende steht, während diverse Anwendungen, Dienstleistungen und Inhalte das obere Ende bilden. Firmen, die in der Bit-Distribution tätig sind, finden es verlockend, in der Nahrungskette aufzusteigen und auch vom Eigentum an den Bits und nicht bloß von ihrer Beförderung zu profitieren. Deshalb suchen Kabelgesellschaften, regionale Telefongesellschaften und Hersteller von Unterhaltungselektronik überstürzt die Zusammenarbeit mit Hollywood-Studios, Fernseh- und Kabelsendern und sonstigen Inhaltsanbietern.

Manche Gesellschaften investieren aus Angst. Der Vertrieb war lange ein ganz lukratives Geschäft, hauptsächlich dank der staatlich garantierten Monopole. Wenn die Monopole verschwinden und der Wettbewerb beginnt, könnten die Gewinne aus der Bit-Distribution schrumpfen. Gesellschaften, die an der Erstellung der Anwendungen und Dienste zu partizipieren hoffen und durch Investitionen und/oder Beteiligungen in das Geschäft mit den Inhalten einsteigen möchten, müssen sich jetzt rühren, solange die Chancen noch gegeben sind. Einige dieser Gesellschaften werden sich vielleicht dafür entscheiden, die Settop-Box, die das Fernsehgerät ans Netz anschließt, umsonst abzugeben oder zu subventionieren. Sie könnten – als ein Element ihrer Strategie – gegen eine einzige Monatsgebühr den Anschluß an den Highway, die Settop-Box und ein Paket mit Programmen, Anwendungen und Diensten anbieten. Kabelfernsehsysteme machen das, und vor der Deregulierung haben amerikanische Telefongesellschaften es auch gemacht.

Netzwerkbetreiber, die die Settop-Box in die übliche Servicegebühr einbeziehen, werden vielleicht Kunden gewinnen, die sich nicht dazu entschließen können, für den Kauf mehrere hundert

Dollar auszugeben. In den ersten Jahren besteht, wie ich erläutert habe, die reale Gefahr, daß die Box schnell überholt ist, warum sollte man sich also eine kaufen?

Zwar wird die Bereitstellung der Boxen die Vorlaufkosten für den Netzwerkbetreiber erhöhen, doch würde die Auslage sich bezahlt machen, wenn sie dazu beitrüge, eine kritische Masse von Benutzern zu schaffen. Allerdings ist die staatliche Aufsicht besorgt, daß die Netzwerkbetreiber, würde man ihnen die Kontrolle über die Settop-Boxen belassen, dadurch in eine privilegierte Position kämen, die sie ausnutzen könnten. Ein Netzwerkbetreiber, dem die Boxen gehören, könnte außerdem weitgehend bestimmen, welche Software, welche Anwendungen und welche Dienste auf diesen Boxen laufen. Es bestünde die Gefahr, daß die Auswahl der Filmstudios, die ihre Filme verkaufen möchten, eingeschränkt wird. Ob verschiedenen Diensten gleicher Zugang zu den Leitungen und Boxen eingeräumt werden soll oder nicht, ist eine der schwierigen Fragen, die bei der Deregulierung zu klären sind. Für gleichen Zugang spricht, daß, falls mehrere Dienste dieselbe Leitung benutzen, der Staat sich nicht darum zu kümmern braucht, Normen für diese Dienste aufzustellen.

Der Einzelhandel würde die Settop-Box gern verkaufen. Er verkauft ja schon den Fernseher und den PC, warum also nicht auch die Settop-Box? Die Hersteller von Unterhaltungselektronik würden die Box gern in unterschiedlichen Modellen anbieten – ausgefallene, teure für Liebhaber von technischen Spielereien und einfache Modelle für die anderen. Falls der Netzwerkbetreiber die Box stellt, geht der Einzelhandel leer aus. Die Mobilfunkbranche hat diese Konkurrenzsituation durch eine Teilsubventionierung aufgelöst: Sie kaufen Ihr Funktelefon bei dem Einzelhändler Ihrer Wahl, aber für einen Teil des Preises kommt die Mobilfunkgesellschaft auf, deren Dienste Sie anschließend in Anspruch nehmen.

Kabel- und Telefongesellschaften werden die wichtigsten, aber nicht die einzigen Konkurrenten sein, die das Netzwerk betreiben.

In Japan haben zum Beispiel Eisenbahngesellschaften erkannt, daß das Wegerecht an ihren Gleisanlagen eine ideale Voraussetzung für das Verlegen von Glasfaserfernleitungen ist. In vielen Ländern weisen Energieversorgungsunternehmen wie Strom-, Gas- und Wasserwerke darauf hin, daß auch sie Leitungen betreiben, an die Haushalte und Firmen angeschlossen sind. Einige haben argumentiert, daß allein schon die Energieeinsparungen durch eine computerisierte Steuerung der privaten Heizungen einen Großteil der Kosten für die Verlegung von Glasfaserkabeln wettmachen würden, weil der Strombedarf sinken würde, so daß nicht mehr so viele kostspielige Kraftwerksneubauten nötig wären. In Frankreich wird die Mehrzahl der Kabelfernsehanschlüsse von zwei großen Unternehmen der Wasserversorgung betrieben. Doch außerhalb Frankreichs scheinen die herkömmlichen Versorgungsunternehmen sich nicht gerade als Kandidaten für den Bau des Information Highway anzubieten.

Sie werden sich vielleicht fragen, warum ich nicht direkt die Betreiber ausstrahlender Fernsehsatelliten und anderer Technologien als wesentliche Konkurrenten der Telefon- und Kabelgesellschaften erwähnt habe. Die derzeitige Satellitentechnologie ist, wie ich im vierten Kapitel sagte, ein brauchbarer Zwischenschritt. Sie liefert ein sehr gutes Fernsehvideosignal, aber es müßte erst noch zu einem bedeutenden technischen Durchbruch kommen, bevor sie jeden Fernseher und PC mit einer gezielten Einspeisung in Videobandbreite versorgen könnte. Für den US-Markt müßte sie von dem heutigen System mit 300 Kanälen pro Satellit zu einem System mit 300 000 Kanälen übergehen, selbst wenn wir annehmen, daß jeweils weniger als ein Prozent der Displays eine gezielte Einspeisung verlangen.

Da diese Satelliten außerdem das Problem haben, Daten vom Empfänger in das Netzwerk zurückzubefördern (der Rückmeldekanal), bieten sie keine echte Interaktivität, und Anwendungen wie etwa Videokonferenzen sind nicht möglich. Eine Teillösung besteht in der Nutzung des Telefons als Rückmeldekanal. Direkte Fernsehsatelliten wie das DIRECTV-System von Hughes Electronics übermitteln eine Liste aller Pay-TV-Sendungen, die Sie ausgewählt haben, über Ihre normale Telefonleitung an die Rechnungsabteilung des Senders. Mit einer speziellen Steckkarte können direkte Fernsehsatelliten Daten an PCs und Fernsehgeräte senden. Datenfunk ist eine brauchbare Zwischenlösung für einige Anwendungen.

Teledesic, eine Firma, in die mein Freund Craig McCaw, der Pionier des Mobiltelefons, und ich investiert haben, bemüht sich, die Grenzen der Satellitentechnologie durch den Einsatz einer Vielzahl von Satelliten mit niedriger Umlaufbahn zu überwinden. Das in Aussicht genommene System ist ziemlich ambitioniert. Es umfaßt annähernd 1000 Satelliten, deren Abstand von der Erde 50mal geringer ist als der von herkömmlichen geostationären Satelliten. Wegen ihrer größeren Erdnähe benötigen sie 2500mal weniger Energie, und sie stellen mehr zweiseitige Kanäle bereit. Damit ist das Problem des Rückmeldekanals gelöst. Außerdem wird die bei Satelliten auftretende erhebliche Signalverzögerung überwunden. Über große Entfernungen können diese tief kreisenden Satelliten Übertragungsgeschwindigkeiten erreichen, die denen von Glasfaserkabeln nahekommen. Teledesic steht vor juristischen, technischen und finanziellen Problemen, und es werden noch einige Jahre vergehen, bevor wir wissen, ob sie lösbar sind. Sollten sie lösbar sein, könnten Teledesic oder andere Systeme dieser Art für viele Gebiete der Erde die erste, die billigste und sogar die einzige Methode sein, Anschluß an den Highway zu bekommen. So ist zum Beispiel kaum damit zu rechnen, daß der größte Teil der Bewohner Asiens und Afrikas in den nächsten 20 Jahren direkten Zugang zu Glasfaseranschlüssen haben wird.

Eine andere Technologie, die rasche Fortschritte macht, ist die bodengestützte drahtlose Kommunikation. Fernsehsignale, die bislang über VHF und UHF ausgestrahlt wurden, werden in Zukunft hauptsächlich über Glasfaser befördert werden. Dieser Wechsel soll jedermann eine persönliche Videoeinspeisung und Interaktion ermöglichen. Sprech- und andere Verbindungen mit geringem Datendurchsatz werden dagegen von der leitungsgebundenen Infrastruktur auf die drahtlose Übertragung verlegt, um die gesteigerte Mobilität zu unterstützen. Das ideale System würde jene personalisierte Videoqualität und Mobilität berücksichtigen, die man, wie schon erwähnt, mit einem Wallet-PC haben würde. Die heutigen Technologien unterstützen diese Kombination nicht, weil drahtlose Systeme nicht über die für individuelle Videoeinspeisungen nötige Bandbreite verfügen, die ein Glasfasernetz besitzt.

Sobald die ersten interaktiven Dienste bereitstehen, werden die Konkurrenten sich darauf stürzen, die Städte damit zu versorgen, aber wenn dann alle lukrativen Gebiete von der einen oder anderen Gesellschaft versorgt sind, wird es zu einem erbarmungslosen Wettbewerb kommen, und der eine wird in den Markt des anderen eindringen. Bezüglich des Kabelfernsehens kann man übrigens eine interessante Beobachtung machen: An den wenigen Orten, wo ein zweites System errichtet wurde, hat derjenige, der hinzukam, nie einen Pfennig verdient. Es würde zwar den Wettbewerb fördern, wenn jeder Haushalt zwei oder mehr Universalanschlüsse hätte, doch die zusätzlichen Kosten sind immens.

Die Server für den Information Highway werden große Computer mit gigantischer Speicherkapazität sein, die täglich rund um die Uhr in Betrieb sind. Um ihre Bereitstellung wird es einen heftigen Wettbewerb geben. Darüber, welche Computerarchitektur sich am besten für die Server eignet und nach welcher Strategie sie zu entwickeln wäre, bestehen bei den verschiedenen Firmen unterschiedliche Vorstellungen. Daß die Auffassungen der potentiellen Konkurrenten von deren jeweiligem Spezialbereich beeinflußt werden, ist nicht erstaunlich. Wenn man bloß einen Hammer hat, wird aus jedem neuen Problem sehr schnell ein

Nagel, der eingeschlagen werden muß. Minicomputerhersteller wie Hewlett Packard denken an Scharen von Minicomputern als Server. Etliche Firmen, die vorwiegend Personalcomputer bauen, sind überzeugt, daß billige PCs, in großer Zahl miteinander verbunden, sich als der kosteneffektivste und verläßlichste Weg erweisen werden. Mainframe-Spezialisten wie IBM bauen ihre großen Rechner zu Servern um. Sie klammern sich an die kühne Hoffnung, daß der Information Highway die letzte Bastion von »Big Iron« sein wird.

Softwarefirmen sehen natürlich ihr Produkt als die Lösung an. Durch leicht zu vervielfältigende Software anstelle von kostspieliger Hardware würden die Systemkosten gesenkt. Ein weiterer Konkurrenzkampf entwickelt sich um die Lieferung der Softwareplattformen, die auf diesen Servern laufen werden. Oracle, eine Firma, die für Großrechner und Minicomputer Programme für die Verwaltung von Datenbanken entwirft, stellt sich unter dem Server einen Supercomputer oder Minicomputer vor, der mit Oracle-Software läuft. AT&T mit ihrer Erfahrung im Netzwerkgeschäft wird wahrscheinlich versuchen, die Intelligenz des Systems zum größten Teil in den Servern und Schaltstellen des Netzwerks unterzubringen, und relativ wenig Verarbeitungskapazität in Informationsgeräte wie PCs und Settop-Boxen stecken.

Der einzige »Hammer« bei Microsoft ist unsere Software. Wir gehen davon aus, daß die Intelligenz des Systems gleichmäßig auf Servern und Informationsgeräten beruhen wird. Man bezeichnet diese Anordnung gelegentlich als »Client/Server«-Architektur, was bedeutet, daß die Informationsgeräte (die Klienten) und die Server bei Softwareanwendungen kooperativ zusammenwirken. Wir glauben nicht, daß gigantische Supercomputer, Mainframes oder auch nur Scharen von Minicomputern nötig sein werden. Wie viele der PC-Hersteller stellt auch Microsoft sich den Server als ein Netzwerk vor, das aus einigen Dutzend bis einigen 100 Maschinen besteht, die im Grunde Personalcomputer sind. Sie werden nicht die vertrauten Gehäuse, Monitore und Tastaturen aufweisen, und vielleicht werden sie zusammen in großen Regalen in der Zentrale einer Kabelgesellschaft oder in der Hauptverwaltung einer Telefongesellschaft stehen. Um die Rechenkapazität von Tausenden solcher Maschinen nutzbar zu machen, wird es einer speziellen Softwaretechnologie bedürfen. Unsere Strategie ist es, die Koordination des Information Highway als Softwareproblem zu definieren und dann die gebräuchlichsten (und folglich billigsten) Computer – dieselben, die in der PC-Industrie verwendet werden – die Arbeit erledigen zu lassen.

Unsere Strategie baut darauf, alle Fortschritte, die sich in der PC-Industrie einschließlich der Software ergeben, voll zu nutzen. Der PC wird eines der wichtigsten Geräte sein, die auf dem Highway benutzt werden. Nach unserer Auffassung sollte die Settop-Box möglichst viele technische Merkmale mit dem PC gemeinsam haben, um es den Entwicklern zu erleichtern, Anwendungen und Dienste zu erstellen, die auf beiden funktionieren. Dadurch kann das Internet sich auf kompatible Weise zum Information Highway weiterentwickeln. Wir glauben, daß die heute auf dem PC verfügbaren Tools und Anwendungen dazu benutzt werden können, neue Anwendungen zu schaffen. Wir denken beispielsweise, daß die meisten CD-ROM-Titel für PCs, die in den nächsten zehn Jahren erscheinen werden, auch auf Settop-Boxen laufen können müßten. Nun könnte man einwenden, es sei zu engstirnig gedacht, wenn wir uns eine Vorstellung von der neuen Welt zu machen versuchen und dabei an den PC denken. Immerhin werden aber jedes Jahr weltweit über 50 Millionen PCs verkauft. Für einen vorausschauenden Entwickler von Anwendungen und Diensten wird die Gesamtheit der installierten PCs einen ganz erheblichen Absatzmarkt darstellen.

Selbst wenn auf einen Schlag eine Million Settop-Boxen eines einzigen Typs in Benutzung wären, wäre das immer noch ein winziger Markt, verglichen mit den Einsatzmöglichkeiten von Multimedia-Titeln für den PC. Ein Entwickler könnte es sich nicht leisten, mehr als einen Bruchteil seiner Forschungs- und Entwicklungsarbeit für Kunden mit diesen spezialisierten Decodern aufzuwenden. Nur die größten Firmen können in neue Anwendungen investieren, ohne sich um die Zahl der kurz- oder mittelfristig erreichbaren Anwender zu kümmern. Wir glauben, daß die meisten zu erwartenden Innovationen schon bestehende Märkte erweitern werden und daß der PC/Internet-Markt am ehesten zum interaktiven Fernsehen und zum Highway ausgebaut werden wird. Ähnlich könnte man allerdings zugunsten anderer Computerplattformen oder sogar Heim-Spielmaschinen argumentieren.

Andere Softwarefirmen setzen mit der gleichen Zuversicht auf ihre Strategien für Settop-Box-Software. Apple hat vor, die Macintosh-Technologie zu benutzen, und Silicon Graphics beabsichtigt, sein Betriebssystem, das eine Form von UNIX ist, für Workstations zu adaptieren. Eine kleine Firma möchte sogar ein Betriebssystem, das gegenwärtig vornehmlich in den Antiblokkiersystemen von vielgefahrenen Lastwagen benutzt wird, für diesen Zweck umschreiben.

Hardwarehersteller überlegen sich, welche Strategie sich im Hinblick auf Settop-Boxen empfiehlt, während die Hersteller von Unterhaltungselektronik darüber nachdenken, welche Art von Informationsgeräten – vom Wallet-PC bis zum Fernseher – sie bauen und welche Software sie benutzen werden.

Die Schlacht zwischen verschiedenen Softwarearchitekturen wird sich über eine längere Zeit hinziehen, und daran könnten sich auch potentielle Wettbewerber beteiligen, die bislang noch nicht ihr Interesse zu erkennen gegeben haben. Alle Softwarekomponenten werden bis zu einem gewissen Grad kompatibel sein, so wie alle heutigen Computersysteme einen gewissen Grad von Kompatibilität aufweisen. Man kann mit fast jedem Computer ins Internet gehen, und das wird auch für den Information Highway gelten.

Unentschieden ist noch, wie weit diese Plattformen sich einer gemeinsamen Benutzeroberfläche bedienen werden. Eine einzige gemeinsame Benutzeroberfläche ist eine tolle Sache, solange sie allen gefällt. Mama, Papa, Oma, das Vorschulkind und der Angehörige der Generation X – werden sie alle den gleichen Geschmack haben? Muß in diesem, dem flexibelsten Medium eine Größe für alle passen? Auch hier lassen sich für jede Auffassung gute Gründe anführen, und daher wird die Oberfläche ein weiteres Feld sein, auf dem die Industrie Experimente und Innovationen bringen muß, über die dann der Markt entscheiden wird.

Es gibt weitere offene Fragen, in denen man das Urteil des Marktes wird abwarten müssen. Sollen zum Beispiel Informations- und Unterhaltungsprogramme weitgehend durch Werbung finanziert werden, oder werden die Kunden für die meisten Dienste direkt bezahlen? Werden Sie selbst bestimmen, was Sie sehen, wenn Sie Ihren Fernseher oder sonst ein Informationsgerät einschalten, oder wird das erste Bild, das Ihr Bildschirm zeigt, von Ihrem Netzwerkbetreiber mit von ihm bestimmten Informationen belegt?

Auch die technischen Aspekte der Netzwerkgestaltung werden vom Markt beeinflußt werden. Das interaktive Netzwerk wird sich nach Ansicht der meisten Fachleute der asynchronen Datenübertragung (ATM) bedienen, aber heute ist ATM für die Anwender noch zu teuer. Sollten die Preise für ATM-Geräte sich so entwickeln wie die anderer auf Chips basierender Technologien, so werden sie rasch sinken. Sollten sie jedoch aus irgendeinem Grund hoch bleiben oder nicht schnell genug fallen, wird man die Signale auf dem Weg zum Endverbraucher umformen müssen.

Ein breites Spektrum von Talenten aus einem breiten Fächer von beteiligten Unternehmen wird erforderlich sein, um den Information Highway so weit aufzubauen, daß ein Massenmarkt entstehen kann. Für manches Unternehmen, das in einer der benötigten Disziplinen oder auch in mehreren stark ist, wird es verlockend sein, alles allein zu machen und selbst den Startschuß für den Markt zu geben, aber das wäre meiner Auffassung nach ein Fehler.

Ich war schon immer der Meinung, daß Unternehmen am besten fahren, wenn sie sich auf wenige Gebiete beschränken, auf denen sie wirklich kompetent sind. Es ist eine der Lehren, die uns die Computerindustrie und das Leben allgemein erteilen, daß es praktisch unmöglich ist, auf allen Gebieten gut zu sein. IBM, DEC und andere Unternehmen haben sich in den Anfängen der Computerindustrie bemüht, alles anzubieten, einschließlich Chips, Software, Systeme und Beratung. Als der Mikroprozessor und die PC-Standards die technische Entwicklung beschleunigten, erwies sich die Diversifikation als eine falsche Strategie, weil Konkurrenten, die sich auf bestimmte Gebiete spezialisiert hatten, erfolgreicher waren. Ein Unternehmen war sehr gut in Chips, ein anderes in PC-Design, wieder ein anderes in Distribution und Integration. Alle erfolgreichen neuen Unternehmen wählten sich einen schmalen Sektor aus und konzentrierten sich auf ihn.

Größte Vorsicht ist bei Fusionen angebracht, die darauf abzielen, alle fachlichen Aspekte des Information Highway und alle Fachleute unter einem Dach zusammenzubringen. Was bislang in der Presse über den Highway zu lesen war, bezog sich zum großen Teil auf derartige Übernahmen. Medienkonzerne fusionieren und probieren unterschiedliche Konfigurationen aus. Telefongesellschaften kaufen Kabelgesellschaften auf. McCaw Cellular, ein Unternehmen der drahtlosen Kommunikation, wurde von AT&T, einem Unternehmen der leitungsgebundenen Kommunikation, aufgekauft. Disney hat Capital Cities-ABC übernommen, und Time-Warner Turner Broadcasting. Bis sich herausstellt, wie klug diese Investitionen waren, wird noch viel Zeit vergehen.

Für das Publikum sind solche Deals faszinierend, egal, ob sie falsch oder richtig sind. Als zum Beispiel die vorgesehene Fusion zwischen Bell Atlantic und TCI, ein 30-Milliarden-Dollar-Deal, ins

Wasser fiel, wurde in der Presse darüber spekuliert, ob das nicht möglicherweise ein Rückschlag für den Information Highway sei. Ich meine nein. Beide Unternehmen haben nach wie vor sehr aggressive Investitionsabsichten für den Bau der Infrastruktur des Highway.

Wann er kommt, wird davon abhängen, wie sich der PC, das Internet und neue Anwendungen weiterentwickeln. Ob es vorangeht oder nicht, ist nicht daran abzulesen, ob Unternehmen fusionieren oder nicht. Die Deals sind so etwas wie ein fortgesetztes Hintergrundrauschen, das immer weitergeht, egal, ob jemand zuhört oder nicht. Microsoft sucht die Zusammenarbeit mit Hunderten von Firmen, darunter Filmstudios, Fernsehnetze sowie Zeitungs- und Zeitschriftenverlage. Wir hoffen, das, was sie jeweils an Inhalten zu bieten haben, gemeinsam zu Anwendungen für die CD-ROM, das Internet und den Highway zusammenfügen zu können.

Wir glauben an Allianzen und beteiligen uns gern an ihnen. Unsere eigentliche Aufgabe ist es jedoch, verschiedene Softwarekomponenten für den Information Highway zu bauen. Wir liefern Softwaretools für eine Reihe von Hardwarefirmen, die neue Geräte bauen. Viele Medien- und Kommunikationsunternehmen aus aller Welt werden mit uns zusammenarbeiten und beobachten, wie die Verbraucher auf die Geräte reagieren. Es wird entscheidend darauf ankommen, daß man auf die Rückmeldung der Verbraucher hört.

Auch Sie werden davon erfahren, wie die Highway-Experimente ausgehen. Gibt es eine Tendenz zu neuen Arten von Multiplayer-Spielen mit mehreren Mitspielern? Entstehen neuartige Treffpunkte und Verkehrsformen? Arbeiten die Menschen auf der Basis des Netzwerks zusammen? Machen sie auf dem neuentstehenden Markt ihre Einkäufe? Tauchen erregende Anwendungen auf, von denen Sie sich nie hätten träumen lassen? Sind die Leute bereit, Geld für diese neuen Möglichkeiten auszugeben?

Von den Antworten auf diese Fragen hängt es ab, wie es mit dem Informationszeitalter weitergehen wird. Die Unternehmensfusionen und der ganze Rummel sind ein unterhaltsames Spiel. Wenn Sie jedoch wissen wollen, was sich bei dem Wettlauf um den Bau des Information Highway wirklich abspielt, dann behalten Sie die PCs im Auge, die an das Internet angeschlossen sind, und die Softwareanwendungen, die bei Highway-Experimenten den größten Anklang finden. Ich werde das jedenfalls tun.

12. Wichtige Fragen

Wir befinden uns in einer aufregenden Phase des Informationszeitalters, das heißt, es fängt gerade an. Fast überall, wo ich hinkomme – egal, ob zu einem Vortrag vor einer größeren Gruppe oder zu einem Abendessen bei Freunden –, taucht über kurz oder lang die Frage auf, wie die Informationstechnologie unser Leben verändern wird. Die Menschen möchten wissen, welchen Einfluß sie auf ihre Zukunft hat, ob sie ihr Leben verbessern oder verschlechtern wird.

Wie gesagt, ich bin Optimist und deshalb auch zuversichtlich, was die Auswirkungen der neuen Technologie angeht. Sie wird uns mehr Freizeit bringen und den Horizont unserer kulturellen Aktivitäten erweitern, weil sie für eine bessere Informationsverteilung sorgen wird. Die Ballungszentren werden entlastet, weil es den Menschen ermöglicht wird, ihrer Arbeit zu Hause oder am Stadtrand oder in außerhalb gelegenen Büros nachzugehen. Und auch die natürlichen Ressourcen werden geschont, weil man immer mehr Produkte in Form von Bits statt wie bisher als fabrikgefertigte Waren anbieten wird. Dank der neuen Technologie werden wir besser in der Lage sein, unser Leben selbst zu gestalten; sie wird uns Erfahrungen und Produkte liefern, die speziell auf unsere Interessen und Bedürfnisse zugeschnitten sind. Den Mitgliedern der Informationsgesellschaft werden sich ganz neue Wege zu Produktivität, Lernen und Unterhaltung erschließen. Wirtschaftliche Erfolge winken Staaten, die sich mutig und in Abstimmung mit anderen Nationen für die neuen Entwicklungen öffnen. So werden sich ganz neue Märkte und eine Vielzahl bislang unbekannter Beschäftigungsmöglichkeiten entwickeln. Betrachtet man die Wirtschaft unter einer längerfristigen Perspektive, so befindet sie sich ständig in Aufruhr. Während der letzten Jahrhunderte hat jede Generation wirksamere Methoden zur Bewältigung der Arbeit gefunden – Fortschritte, die sich zu einem gewaltigen Gesamtnutzen addieren. Im Durchschnitt führen die Menschen heute ein weit angenehmeres Leben als noch vor ein paar Jahrhunderten die Adligen. Ich verstehe schon, Sie möchten soviel Land besitzen wie ein König. Aber auch so viele Läuse? Allein dem medizinischen Fortschritt verdanken wir erhebliche Verbesserungen unserer Lebenserwartung und unseres Lebensstandards.

Zu Anfang des 20. Jahrhunderts bestand praktisch die ganze Autoindustrie aus Henry Ford, aber Ihr Auto ist besser als irgendeines, das er je gefahren hat. Es ist sicherer, zuverlässiger, und ganz bestimmt hat es ein besseres Lautsprechersystem. An dieser Besonderheit des Fortschritts wird sich nichts ändern. Wachsende Produktivität bringt die Gesellschaften voran, und es ist nur eine Frage der Zeit, bis der Durchschnittsbürger eines entwickelten Landes in vielerlei Hinsicht »reicher« sein wird als irgend jemand, der heute lebt.

Wenn ich optimistisch bin, so heißt das nicht, daß ich mir keine Gedanken darüber mache, was mit uns allen geschehen wird. Wie bei allen tiefgreifenden Veränderungen werden auch die Vorteile der Informationsgesellschaft nicht ohne Nachteile zu haben sein. In einigen Wirtschaftszweigen wird es Erschütterungen geben, die umfangreiche Umschulungsmaßnahmen erforderlich machen werden. Die Möglichkeit einer praktisch kostenlosen Datenübertragung und Datenverarbeitung wird die zwischenstaatlichen Beziehungen und das Verhältnis der sozioökonomischen Gruppen innerhalb einzelner Staaten verändern. Leistungsfähigkeit und Vielseitigkeit der digitalen Technologie werden neue Befürchtungen wecken: hinsichtlich des Schutzes der Privatsphäre, der Wahrung von Geschäftsgeheimnissen und Fragen der nationalen

Sicherheit. Ferner sind Aspekte der Chancengleichheit zu berücksichtigen. Die Informationsgesellschaft muß allen ihren Mitgliedern dienen, nicht nur den technisch beschlagenen und ökonomisch privilegierten. Kurzum, wir stehen vor einer Reihe wichtiger Probleme. Mag sein, daß ich die Lösungen nicht in jedem Falle weiß, aber jetzt ist, wie ich zu Anfang des Buches ausgeführt habe, der richtige Zeitpunkt für eine breite öffentliche Diskussion. Der technische Fortschritt wird alle Teile der Gesellschaft mit schwierigen neuen Problemen konfrontieren, von denen sich nur einige wenige vorhersehen lassen. So rasch vollzieht sich der technologische Wandel, daß es manchmal den Anschein hat, als würde sich die Welt von einem Tag auf den anderen völlig verändern. Das wird zwar nicht passieren, aber auf Veränderungen sollten wir uns schon gefaßt machen. Wenn es eines Tages darum geht, die Informationsangebote weltweit verfügbar zu machen, in den Bildungssektor zu investieren, geeignete gesetzliche Regelungen zu finden oder für einen Ausgleich zwischen dem Schutz der Privatsphäre und dem Schutz der Allgemeinheit zu sorgen, wird unsere Gesellschaft vor schwierigen Entscheidungen stehen.

So wichtig es ist, daß wir damit anfangen, uns Gedanken über die Zukunft zu machen, so sehr sollten wir uns andererseits vor übereiltem Handeln hüten. Da wir heute nur Fragen allgemeinster Art stellen können, hätte es keinen Sinn, schon jetzt detaillierte, spezielle Verordnungen zu erlassen. Wir haben noch einige Jahre Zeit, die Anfänge der bevorstehenden Revolution zu beobachten, und wir sollten diese Zeit nutzen, um intelligente Entscheidungen zu treffen, statt später nur noch zu reagieren.

Im persönlichen Bereich äußert sich die wohl am weitesten verbreitete Angst in der Frage: »Wo werde ich in der künftigen Wirtschaftsordnung meinen Platz haben?« Viele Männer und Frauen haben Angst, ihr Arbeitsplatz könnte überflüssig werden, sie könnten nicht mehr in der Lage sein, sich den neuen Arbeitsbedingungen anzupassen, ihre Kinder würden womöglich für Wirtschaftszweige ausgebildet, die es eines Tages nicht mehr geben wird, ökonomische Umwälzungen würden zu Massenarbeitslosigkeit führen, vor allem unter älteren Arbeitnehmern. Das sind berechtigte Sorgen. Ganze Berufs- und Wirtschaftszweige werden von der Bildfläche verschwinden. Doch dafür werden neue entstehen. Diese Entwicklung wird in den nächsten 20 bis 30 Jahren zu beobachten sein, historisch gesehen ein kurzer Zeitraum, und doch könnten die Veränderungen radikaler sein als die Revolution, die der Mikroprozessor am Arbeitsplatz bewirkt hat, oder die Umwälzungen, die sich in den letzten zehn Jahren im Flugverkehr, im Güterkraftverkehr oder im Bankgewerbe vollzogen haben.

Obwohl der Mikroprozessor und der Personalcomputer, der jenem seine Existenz verdankt, einige Berufe und Unternehmen verändert oder sogar zum Verschwinden gebracht haben, fällt es schwer, einen einzigen größeren Wirtschaftssektor zu finden, der wirklich ernsthaft unter ihnen gelitten hat. Unternehmen, die Großrechner, Minicomputer und Schreibmaschinen herstellen, sind geschrumpft, doch die Computerindustrie insgesamt hat einen Aufschwung erlebt, wobei sich die Beschäftigungszahlen unterm Strich erhöht haben. Wenn große Elektronikkonzerne wie IBM oder DEC Entlassungen vornehmen mußten, haben diese Arbeitskräfte rasch neue Stellungen gefunden – meist in PC-verwandten Bereichen.

Auch außerhalb der Computerindustrie läßt sich kaum ein Wirtschaftssektor entdecken, dem der PC, insgesamt betrachtet, Schaden zugefügt hätte. Einige Setzer sind durch Desktop-Publishing-Programme arbeitslos geworden – doch für jeden Arbeitnehmer, den das Desktop Publishing in diese Situation gebracht hat, hat diese Arbeitsweise etliche andere Arbeitsplätze hervorgebracht. Zwar haben sich die Veränderungen nicht für alle Menschen positiv ausgewirkt, doch gemessen an anderen Revolutionen ist diejenige, die der PC ausgelöst hat, bemerkenswert gnädig mit den Menschen umgegangen.

Vielfach erklären sich die Sorgen aus der Annahme, es gäbe auf der Welt nur eine begrenzte Zahl von Arbeitsplätzen, und jedesmal, wenn einer fortfalle, bleibe jemand auf der Strecke und müsse seine Zukunft begraben. Glücklicherweise funktioniert die Wirtschaft ganz anders. Sie ist ein weitverzweigtes System, in dem alle Kräfte, die in einem Bereich nicht mehr gebraucht werden, anderen zugeleitet und dort dankbar begrüßt werden. Jedesmal, wenn ein Arbeitsplatz wegrationalisiert wird, bekommt der Mensch, der ihn bisher ausgefüllt hat, die Möglichkeit, etwas anderes zu tun. Im Endeffekt wird auf diese Weise stets mehr geleistet, so daß langfristig der Lebensstandard aller steigt. Wenn das Wirtschaftsgeschehen generell rückläufig ist – wenn eine Rezession oder Depression eintritt –, kommt es tatsächlich zu einem zyklischen Arbeitsplatzverlust. Doch die Veränderungen, die infolge technischer Entwicklungen eingetreten sind, haben eher Arbeitsplätze geschaffen als abgebaut.

In einer dynamischen Wirtschaft verändern sich die Berufsbilder ständig. Früher wurden alle Telefongespräche von Telefonistinnen vermittelt. So wählten wir in meiner Kindheit eine Null und nannten der Telefonistin die Nummer, wenn wir von zu Hause aus ein Ferngespräch führen wollten, und als ich ein Halbwüchsiger war, gab es in vielen Firmen noch betriebseigene Telefonistinnen, die Anrufe mit Hilfe von Steckern durchstellten. Heute hat sich die Zahl der Telefonistinnen stark verringert, obwohl mehr telefoniert wird denn je. Das haben wir der Automation zu verdanken.

Vor der industriellen Revolution lebten und arbeiteten die meisten Menschen in der Landwirtschaft. Der Anbau von Nahrungsmitteln war der wichtigste Produktionszweig. Wenn damals jemand prophezeit hätte, daß zwei Jahrhunderte später nur noch ein winziger Prozentsatz der Bevölkerung zur Nahrungsmittelherstellung gebraucht würde, hätten sich all die Landwirte und Landarbeiter wohl große Sorgen gemacht, wie sie denn in Zukunft ihren Lebensunterhalt verdienen sollten. Die große Mehrzahl der 501 Berufe, die das Zensusbüro der Vereinigten Staaten 1990 ausgewiesen hat, war vor 50 Jahren noch unbekannt. Zwar können wir nicht vorhersagen, was für neue Berufsarten entstehen werden, doch dürfte feststehen, daß sie überwiegend dem Bildungssektor, Sozialwesen und Freizeitbereich zuzurechnen sein werden.

Wir wissen, daß der Highway, sobald er Käufer und Verkäufer direkt zusammenführt, Leute, die heute als Mittler und Makler tätig sind, in Schwierigkeiten bringen wird. Es sind die gleichen Probleme, die in Deutschland große Handelsketten wie Rewe, Metro, Aldi oder andere Unternehmen mit kostengünstigen Vertriebsmethoden für traditionelle Einzelhandelsgeschäfte heraufbeschwören. Wenn eine große Kette ein neues Geschäft in einem ländlichen Gebiet eröffnet, macht sich das für die Kaufleute am Ort empfindlich bemerkbar. Einige überleben, andere nicht, trotzdem sind die wirtschaftlichen Folgen für die Region insgesamt ziemlich gering. Wir mögen den Verlust kultureller Vielfalt betrauern, doch Supermärkte und Schnellrestaurantketten setzen sich überall durch, weil der Verbraucher, der mit seinem Portemonnaie abstimmt, nun einmal Geschäfte bevorzugt, die ihren Produktivitätszuwachs in Form niedrigerer Preise an den Kunden weitergeben.

Die Zahl der Mittler zu verringern ist eine andere Möglichkeit der Kostenreduzierung. Auch das wird zu wirtschaftlichen Veränderungen führen, die jedoch nicht schneller eintreten werden als der Wandel, den der Einzelhandel im Laufe der letzten zehn Jahre erlebt hat. Es wird noch viele Jahre dauern, bis man den Highway so allgemein zum Einkaufen benutzt, daß sich die Zahl der Mittler deutlich verringert. An die Berufe, in die diese überflüssig gewordenen Mittler eines Tages wechseln, denkt heute vielleicht noch niemand. Wir müssen abwarten, welche Formen kreativer Arbeit die neue Wirtschaft hervorbringt. Doch solange eine Gesellschaft Hilfe braucht, wird es mit Sicherheit für jeden ausreichend zu tun geben.

Allerdings sind all die Vorteile, die eine Produktivitätssteigerung bringt, kein Trost für den, dessen Arbeitsplatz auf dem Spiel steht. Wenn ein Mensch für einen Beruf ausgebildet wurde, der nicht mehr gebraucht wird, kann man ihm nicht einfach vorschlagen, er solle einfach etwas anderes lernen. Doch so schwer es auch fällt, letztlich ist es unvermeidlich. Es ist nicht leicht, sich auf das nächste Jahrhundert vorzubereiten, weil sich die Auswirkungen auch nur der vorhersehbaren Veränderungen kaum erahnen lassen, von denen, die wir nicht vorhersehen können, ganz zu schweigen. Vor 100 Jahren erlebten die Menschen die Anfänge des Automobils. Zwar war damit zu rechnen, daß damit Riesengewinne gemacht und einige Berufs- und Wirtschaftszweige vernichtet werden würden, aber Genaueres ließ sich kaum vorhersagen. Möglicherweise hätten Sie Ihren Freunden in der Peitschenfabrik Acme Buggy Whip Company geraten, schon einmal ihre Bewerbungsunterlagen zusammenzusuchen und vielleicht auch etwas über Motoren zu lernen, aber hätten Sie selbst Ihr Geld wirklich in Walzwerkaktien angelegt?

Deshalb wird unser Schul- und Bildungssystem in Zukunft auf allgemeine Problemlösungsfertigkeiten noch mehr Wert legen müssen als bisher. In einer sich schnell wandelnden Welt ist Ausbildung die beste Voraussetzung für Flexibilität und Anpassungsfähigkeit. In der Regel werden Menschen und Gesellschaften mit geeigneter Ausbildung auf veränderte wirtschaftliche Situationen am besten reagieren. Und in Zukunft wird die Gesellschaft berufliche Qualifikation noch höher honorieren. Deshalb kann ich nur jedem raten, nach Möglichkeit eine solide Ausbildung zu machen und dann weiterzulernen. Bemühen Sie sich Ihr Leben lang um neue Interessen und Fertigkeiten!

Viele Menschen werden aus ihren ursprünglichen Betätigungsfeldern verdrängt werden, was allerdings nicht heißt, daß ihr Wissen deshalb nichts mehr wert sein wird. Es heißt lediglich, daß Menschen und Unternehmen bereit sein müssen, sich selbst neu zu entwerfen – wahrscheinlich häufiger und radikaler als bisher. Unternehmen und staatliche Institutionen können bei der Ausbildung und Umschulung von Arbeitskräften helfen, doch letztlich trägt der einzelne selbst die Verantwortung für seine Qualifikation.

Ein erster Schritt wird sein, daß man sich mit Computern vertraut macht. Computer verunsichern fast jeden, bevor er sie verstanden hat. Die große Ausnahme sind Kinder. Wer zum ersten Mal mit einem Computer zu tun hat, befürchtet, ein einziger Mißgriff könnte die Maschine zerstören oder alles löschen, was sie gespeichert hat. Natürlich verliert man hin und wieder Daten, doch selten ist der Schaden unwiderruflich. Wir haben uns bemüht, den Datenverlust zu erschweren und Fehler reparabel zu machen. Die meisten Programme haben ein »Rückgängig«-Kommando, das einem erlaubt, etwas auszuprobieren und es dann rasch wieder ungeschehen zu machen. Wenn der Benutzer sieht, daß sich nicht jeder Fehler gleich zur Katastrophe auswächst, faßt er Mut und beginnt zu experimentieren. Je mehr Erfahrung die Menschen mit PCs sammeln, desto besser verstehen sie, was diese Geräte können und was nicht. So wird aus einer Bedrohung ein Werkzeug. Wie der Traktor oder die Nähmaschine ist der Computer eine Maschine, mit deren Hilfe wir bestimmte Aufgaben besser erledigen können.

Oft hört man auch die Befürchtung, eines Tages würden Computer so »intelligent« sein, daß sie alles an sich reißen und den menschlichen Geist überflüssig machen. Zwar glaube ich, daß es irgendwann Programme geben wird, die einige Aspekte menschlicher Intelligenz aufweisen, denke aber, daß ich das auf keinen Fall mehr erleben werde. Seit Jahrzehnten versuchen Informatiker, die sich mit künstlicher Intelligenz beschäftigen, einen Computer mit menschlichem Verstand und Vernunft zu entwickeln. 1950 hat Alan Turing ein nach ihm benanntes Prüfverfahren, den Turing-Test, vorgeschlagen: Wenn Sie ein Gespräch mit einem

Computer und einem Menschen führen würden, beide für Sie unsichtbar, und nicht entscheiden könnten, wer Mensch und wer Apparat ist, dann hätten Sie eine wirklich intelligente Maschine vor sich.

Alle Vorhersagen über größere Fortschritte auf dem Gebiet der künstlichen Intelligenz haben sich als viel zu optimistisch herausgestellt. Heute ist selbst der leistungsfähigste Computer der Welt noch durch ganz einfache Lernaufgaben überfordert. Wenn Computer intelligent erscheinen, so liegt es daran, daß sie speziell programmiert worden sind, bestimmte Aufgaben auf sehr direkte Weise zu erledigen – etwa Milliarden von Zügen durchzurechnen, um Schach auf Großmeisterniveau zu spielen.

Auf absehbare Zeit wird der Computer imstande sein, ein Werkzeug zur Unterstützung der menschlichen Intelligenz zu sein. Zum wichtigsten Medium der Informationsveröffentlichung werden diese Informationsgeräte allerdings erst dann werden, wenn fast jeder sie benutzt. Es wäre wunderbar, wenn jeder – ob reich oder arm, Stadt- oder Landbewohner, alt oder jung – Zugang zu einem dieser Geräte hätte. Der Information Highway wird erst in dem Augenblick ganz in unsere Gesellschaft integriert sein, wenn er praktisch jedem Bürger zur Verfügung steht, nicht nur den Eliten. Doch das bedeutet nicht, daß jeder Bürger ein Informationsgerät zu Hause haben muß. Sobald die Mehrheit solche Systeme zu Hause installiert hat, können die Menschen, die noch keines besitzen, mit öffentlich zugänglichen Geräten in Bibliotheken, Schulen, Postämtern oder Datenzellen versorgt werden. Es sei daran erinnert, daß die Frage des universellen Zugangs zum Highway erst akut wird, wenn der Highway ungeheuer erfolgreich ist – erfolgreicher, als viele Fachleute erwarten. Einige der Kritiker, die Probleme auf uns zukommen sehen, weil der Highway auf zu großes Interesse stoßen werde, befürchten paradoxerweise zugleich, daß er nicht genügend Interesse finden könnte.

Sobald sich das weltweite Datennetz wirklich zum Information Highway entwickelt hat, wird es – fast per definitionem – erschwinglich sein. Ein kostspieliges System, das nur ein paar Großunternehmen und wohlhabende Leute miteinander verbindet, wäre ganz einfach nicht der Highway, die Datenautobahn, sondern allenfalls eine private Datenstraße. Das Netz wird nicht genügend interessante Inhalte transportieren, wenn sich nur die einkommensstärksten zehn Prozent der Gesellschaft seiner bedienen können. Inhalte zu produzieren ist mit Fixkosten verbunden, die sich nur lohnen, wenn das Publikum groß genug ist. Aus Werbeeinnahmen läßt sich der Highway nur dann finanzieren, wenn er von einer hinreichenden Zahl geeigneter Menschen genutzt wird. Andernfalls müßten die Anschlußkosten gesenkt und der Netzausbau aufgeschoben werden, bis man das System attraktiver gemacht hat. Entweder ist der Information Highway ein Massenphänomen, oder er ist gar nichts.

Schließlich wird der Preis für Datenübertragung und Datenverarbeitung so niedrig und der Highway für den Wettbewerb so offen sein, daß Unterhaltung und Information sehr preisgünstig angeboten werden. Viele Inhalte wird man umsonst liefern, weil sie durch die Werbung getragen werden. Allerdings werden die meisten Dienstleistungsanbieter – ob Rockgruppen, Beratungsingenieure oder Buchverlage – von den Benutzern auch weiterhin einen Kostenbeitrag verlangen. Der Information Highway wird also erschwinglich sein, wenn man vernünftig mit ihm umgeht, aber nicht kostenlos.

Einen großen Teil des Geldes, das Sie für Highway-Dienstleistungen aufwenden werden, geben Sie heute für die gleichen Dienstleistungen in anderer Form aus. Auch in der Vergangenheit dürften Sie solche Ausgabenverlagerungen schon erlebt haben: etwa von Langspielplatten zu CDs oder von Kinokarten zu den Leihgebühren von Videofilmen. Bald werden Sie das Geld, mit dem Sie heute Videos ausleihen, für Filme aus dem Video-auf-Abruf-System aufwenden. Ein Teil Ihrer Ausgaben für Zeitungs- und Zeitschriftenabonnements wird später interaktiven Informationsdiensten und -gemeinschaften zufließen. Telefon- und Fernsehgebühren werden überwiegend in den Highway fließen.

Kostenlos wird der Zugriff auf staatliche Informationen, medizinische Beratung, Schwarze Bretter und einige Bildungsangebote sein. Auf dem Highway wird Gleichberechtigung herrschen: Wer die Datenautobahn benutzt, hat den gleichen Zugang zu den wichtigen Online-Ressourcen wie alle anderen. Wenn sich im Laufe der nächsten 20 Jahre Handel, Bildung und Nachrichtenwesen mehr und mehr auf den Highway verlagern, wird die Frage, ob jemand an den wesentlichen gesellschaftlichen Entwicklungen teilhat, zumindest teilweise davon abhängen, ob er von diesem umfassenden Datennetz Gebrauch macht. Dann wird die Gesellschaft durch entsprechende Fördermaßnahmen dafür sorgen müssen, daß alle Benutzer, unabhängig von ihrer geographischen und sozioökonomischen Situation, den gleichen Zugang zum Information Highway haben.

Ausbildung ist nicht die ganze Antwort auf die Herausforderungen des Informationszeitalters, aber sie ist ein Teil der Antwort – so wie sich viele gesellschaftliche Probleme nur unter Einbeziehung von Erziehung und Ausbildung lösen lassen. H. G. Wells, einer der phantasievollsten und hellsichtigsten Zukunftsforscher, die es je gegeben hat, brachte das Problem 1920 auf den Punkt: »Die menschliche Geschichte wird mehr und mehr zu einem Wettlauf zwischen Erziehung und Katastrophe.« Ausbildung ist das entscheidende Instrument der Gesellschaft zur Beseitigung gesellschaftlicher Unterschiede, das heißt, jede Verbesserung des Bildungssystems bedeutet einen Schritt in Richtung Chancengleichheit. Zum besonderen Charme der elektronischen Welt gehört, daß man allen Interessierten Bildungs- und Ausbildungsmöglichkeiten praktisch zum Nulltarif zugänglich machen kann.

Unter Umständen verläuft Ihre Ausbildung am PC ganz beiläufig und zufällig. Wie gesagt, meine Faszination begann mit Spielen, so wie es Jahre später auch Warren Buffett erlebte. Meinen Vater packte es, als er mit Hilfe eines Computers seine Steuererklärung aufsetzte. Warum versuchen Sie es nicht auf die gleiche Art, wenn Sie dem Computer im Augenblick noch mit Scheu begegnen? Wählen Sie einen Bereich, in dem ein PC Ihr Leben leichter oder angenehmer machen könnte, und tasten Sie sich von dort aus weiter in die Computerwelt hinein. Schreiben Sie ein Drehbuch, wickeln Sie Ihre Bankgeschäfte zu Hause ab, helfen Sie Ihrem Kind bei den Hausaufgaben. Es ist allemal der Mühe wert, sich mit Computern vertraut zu machen. Geben Sie der Maschine eine Chance, und Sie werden erleben, wie unwiderstehlich sie ist. Falls Ihnen die Arbeit mit dem PC trotzdem zu schwierig oder verwirrend erscheint, heißt das nicht, daß Sie nicht intelligent genug sind, sondern nur, daß wir uns noch mehr Mühe geben müssen, um Ihnen die Arbeit zu erleichtern.

Je jünger Sie sind, desto wichtiger ist dieser Aspekt für Sie. Wenn Sie heute 50 oder älter sind, müssen Sie sich im Laufe Ihrer Lebensarbeitszeit vielleicht nicht mehr an die Benutzung eines Computers gewöhnen – obwohl ich glaube, daß Sie sich um erstaunliche Erfahrungen bringen, wenn Sie es nicht tun. Falls Sie aber heute 25 sind und nicht mit Computern umgehen können, laufen Sie Gefahr, im Berufsleben den Anschluß zu verlieren, ganz gleich, auf welchem Feld Sie tätig sind. Schon die Arbeitsplatzsuche wird wesentlich leichter sein, wenn Sie Computerkenntnisse vorweisen können.

Letztlich werden weder meine Generation noch die davor den Information Highway richtig nutzen können, sondern erst künftige Generationen. Die Kinder, die in den letzten zehn Jahren mit PCs großgeworden sind, und die, die in den nächsten zehn Jahren mit dem Highway aufwachsen, werden alle Möglichkeiten der neuen Technologie erschließen.

Wir müssen besonders darauf achten, geschlechtsspezifischen Ungleichgewichten entgegenzuwirken. Als ich jung war, schien man nur von Jungen zu erwarten, daß sie sich mit Computern beschäftigten. Heute sind Mädchen an Computern sehr viel interessierter als vor 20 Jahren, trotzdem findet man noch immer weit weniger Frauen in einschlägigen Berufen. Nur wenn wir dafür sorgen, daß Mädchen sich genauso früh wie Jungen an Computer gewöhnen, dürfen wir erwarten, daß sie angemessen in all den Berufen vertreten sein werden, für die Computerkenntnisse erforderlich sind.

Aus meiner eigenen Kindheit und von den Kindern meiner Freunde weiß ich, daß man einen jungen Menschen nur mit einem Computer zusammenbringen muß, um ihn für die Sache zu gewinnen. Allerdings müssen wir entsprechende Gelegenheiten schaffen. Schulen sollten für wenig Geld Zugang zu Computern haben, die mit dem Information Highway verbunden sind, und die Lehrer müßten gut ausgebildet im Umgang mit den neuen Werkzeugen sein.

Zu den faszinierenden Aspekten des Highway gehört, daß sich Gleichheit in der virtuellen Welt leichter als in der realen herstellen läßt. Man würde erhebliche Mittel benötigen, um die Schulbüchereien aller ärmeren Gebiete genauso gut auszustatten wie etwa die Schulbibliotheken in Beverly Hills. Doch sobald unsere Schulen online sind, stehen ihnen allen die gleichen Informationen zur Verfügung, egal, wo diese gespeichert sind. In der virtuellen Welt sind wir alle gleich und können diesen Umstand dazu nutzen, einige der sozialen Probleme anzugehen, die die Gesellschaft in der realen Welt erst noch lösen muß. Zwar wird das Netz allein die Schranken von Vorurteil und Ungleichheit nicht aufheben, aber doch einen erheblichen Beitrag dazu leisten.

Hochinteressant ist die Frage, wie man angemessene Preise für geistiges Eigentum – Unterhaltungs- und Bildungsinhalte beispielsweise – festsetzen soll. Wirtschaftswissenschaftler wissen sehr genau, wie die Preisbildung bei klassischen Industriegütern aussieht. So können sie nachweisen, daß eine vernünftige Preisbildung die Kostenstruktur unmittelbar wiedergeben muß. Auf einem Markt, auf dem mehrere qualifizierte Hersteller konkurrieren, haben die Preise die Tendenz, auf die Grenzkosten zurückzugehen – die Kosten, die bei der Herstellung einer weiteren Gütereinheit anfallen. Auf geistiges Eigentum läßt sich dieses Modell jedoch nicht anwenden.

In wirtschaftswissenschaftlichen Grundkursen werden die Kurven von Angebot und Nachfrage erläutert, die sich dort schneiden, wo der angemessene Preis für ein Produkt liegt. Allerdings kommt die Lehre von Angebot und Nachfrage ins Schwimmen, sobald es um geistiges Eigentum geht, weil hier die normalen Regeln der industriellen Fertigung nicht greifen. Meist entstehen gewaltige Vorkosten bei der Entwicklung von geistigem Eigentum. An diesen Fixkosten verändert sich nichts, ob eines oder eine Million Exemplare verkauft werden. George Lucas' nächster Film in der Reihe *Krieg der Sterne* wird in der Herstellung Millionen verschlingen, ganz gleich, wie viele Zuschauer er an die Kinokassen lockt.

Die Preisgestaltung für geistiges Eigentum ist schwieriger als in fast allen anderen Bereichen, da man heute für relativ wenig Geld Kopien von den meisten Formen geistiger Erzeugnisse anfertigen kann. Morgen, auf dem Information Highway, werden die Kosten für die Lieferung einer Kopie des Werkes frei Haus – was der Herstellung eines Exemplars entspricht – noch geringer sein und infolge des Mooreschen Gesetzes Jahr um Jahr weiter sinken. Wenn Sie ein neues Arzneimittel kaufen, zahlen Sie in erster Linie für die Kosten, die das Pharmaunternehmen für Forschung, Entwicklung und Erprobung aufgewendet hat. Selbst wenn die Kosten für die Herstellung einer Tablette, die Grenzkosten, minimal sind, wird das Unternehmen unter Umständen einen erklecklichen Preis für das Mittel verlangen müssen, vor allem, wenn der Markt nicht sehr groß ist. Die Gewinne, die im Durchschnitt pro Patient erzielt werden, müssen einen ausreichenden Anteil der Entwicklungskosten abdecken und obendrein noch genügend Profit für das Unternehmen bringen, um die Anleger davon zu überzeugen, daß sich die erheblichen finanziellen Risiken für die Entwicklung eines neuen Arzneimittels lohnen. Wenn ein armes Land um dieses Mittel bittet, befindet sich der Hersteller in einer moralischen Zwickmühle. Wenn das Pharmaunternehmen nicht auf seine Patentgebühren verzichtet oder sie erheblich verringert, können sich ärmere Länder das Medikament nicht leisten. Andererseits ist der Hersteller zur erforderlichen Entwicklungs- und Forschungsarbeit nur in der Lage, wenn einige Käufer mehr als die Grenzkosten bezahlen. So gibt es von Land zu Land erhebliche Unterschiede in den Arzneimittelpreisen. Benachteiligt durch diese Preispolitik sind ärmere Bevölkerungsschichten in reichen Ländern, es sei denn, der Staat übernimmt die Kosten für das Gesundheitswesen.

Eine der möglichen Lösungen wäre, daß, wer wohlhabend ist, mehr zahlt, um ein neues Medikament zu bekommen, einen Film zu sehen oder ein Buch zu lesen; das mag zwar ungerecht erscheinen, entspricht aber einem System, das bereits in Kraft ist – der Besteuerung. Einkommenssteuer und andere Steuerarten sorgen dafür, daß Bürger, die hohe Einkommen beziehen, mehr für Straßenbau, Schulen, Militär und andere staatliche Einrichtungen abgeben müssen als Bürger mit durchschnittlichen Bezügen. Im letzten Jahr haben mich diese Dienstleistungen mehr als 100 Millionen Dollar gekostet, weil ich nach dem Verkauf einiger Microsoft-Aktien erhebliche Kapitalgewinnsteuern zu zahlen hatte. Ich beklage mich nicht darüber, sondern möchte nur zeigen, daß in diesem Fall für die gleichen Dienstleistungen höchst unterschiedliche Preise berechnet werden.

So könnten sich die Preise für den Highway-Zugriff an politischen Kriterien orientieren statt an den Kosten. Es wird aufwendig sein, Menschen in entlegenen Regionen an das Datennetz anzuschließen, denn es verursacht sehr hohe Kosten, die erforderlichen Kabel zu Häusern oder auch kleinen Gemeinden in isolierter Lage zu verlegen. Die Unternehmen dürften kein besonderes Interesse an den erforderlichen Investitionen haben, und die durch ihren Wohnort benachteiligten Bürger sind unter Umständen nicht in der Lage, die erforderlichen Mittel selbst aufzubringen. Man wird wohl heftig darüber streiten, ob der Anschluß ländlicher Gebiete staatlich gefördert werden soll oder ob man besser die städtischen Benutzer durch gesetzliche Vorschriften dazu zwingt, die höheren Kosten für die auf dem Land lebenden Teilnehmer mitzutragen. Als Vorbild könnte das Prinzip der »universellen Dienstleistung« *(universal service)* dienen, das geschaffen wurde, um in den Vereinigten Staaten die Versorgung ländlicher Regionen mit Post, Telefon und Elektrizität zu gewährleisten. Danach darf unabhängig von Wohnsitz oder Standort für eine Briefzustellung, ein Telefongespräch oder eine Kilowattstunde Strom nur ein Einheitspreis erhoben werden, obwohl es natürlich mehr kostet, diese Dienstleistungen in ländlichen Gebieten zu erbringen, wo Häuser und Firmen weiter auseinanderliegen.

Für die Versorgung mit Zeitungen, Rundfunk und Fernsehen wurden keine vergleichbaren politischen Maßnahmen getroffen. Trotzdem stehen diese Dienstleistungen fast überall zur Verfügung, also offenbar geht es manchmal auch ohne staatliche Intervention. Die US-Post hat man als staatliches Unternehmen ins Leben gerufen, weil man meinte, nur so ließe sich die universelle Dienstleistung wirklich garantieren. Allerdings dürften UPS und andere private Postzustelldienste anderer Meinung sein, da ihnen die landesweite Versorgung auf privatwirtschaftlicher Basis gelingt. Die Debatte, ob und in welchem Maße der Staat gefordert ist, um einen möglichst breiten Zugriff auf den Information Highway zu garantieren, wird die Gemüter sicherlich noch viele Jahre lang erhitzen.

Der Highway wird die Welt an die entlegensten Orte bringen und den Menschen dort die Möglichkeit eröffnen, sich Rat zu holen, bei wem sie wollen, und zusammenzuarbeiten, mit wem es ihnen gefällt. Da viele die Mischung aus ländlicher Lebensweise und städtischem Informationsniveau attraktiv finden, wird es im Interesse der Netzbetreiber liegen, Glasfaserkabel in ländliche Wohngebiete mit hoher Einkommensstruktur zu verlegen. Wahrscheinlich werden auch einige Bundesländer, Gemeinden oder sogar private Immobilienunternehmer die von ihnen angebotenen Stand- und Wohnorte durch Highway-Anschlüsse aufwerten. Das könnte in einigen Teilen des Landes zu einer »Syltisierung« führen. Ländliche Gemeinden mit hoher Lebensqualität werden gezielte Anstrengungen unternehmen, eine neue Schicht anspruchsvoller Stadtbewohner anzulocken. Insgesamt gesehen werden in Ballungsgebieten die Anschlüsse jedoch früher zur Verfügung stehen als in ländlichen Regionen.

Der Information Highway wird seine Informationen und Angebote auch über die Grenzen der hochtechnisierten Welt hinaus in die Entwicklungsländer transportieren. Die Möglichkeit zu globaler preiswerter Datenübertragung erschließt allen Menschen, egal, wo sie wohnen, die wichtigsten Märkte der Weltwirtschaft. Ein englischsprechender, promovierter Unternehmensberater in China kann durchaus mit seinen Kollegen in London konkurrieren. Insofern werden sich die Angehörigen hochqualifizierter Berufe in den Industrieländern auf neue Konkurrenz gefaßt machen müssen – so wie viele in der Produktion beschäftigte Arbeiter aus den Industrieländern während der letzten zehn Jahre die Konkurrenz aus Billiglohnländern zu spüren bekamen. Das wird den Information Highway zu einem einflußreichen Faktor für den internationalen Handel mit geistigen Gütern und Dienstleistungen machen – vergleichbar den Auswirkungen der relativ niedrigen Gebühren für Luft- und Containerfracht auf den internationalen Handel mit materiellen Gütern.

Im Endeffekt werden wir weltweit einen Anstieg des Wohlstands erleben, der sich stabilisierend auswirken wird. Entwickelten Nationen und ihren Bürgern wird wahrscheinlich weiterhin eine gewisse wirtschaftliche Führungsrolle zufallen. Doch der Abstand zwischen den armen und reichen Ländern wird sich verringern. Wer später kommt, wird vom Leben auch manchmal belohnt: Er hat nämlich die Möglichkeit, bestimmte Schritte zu überspringen und die Fehler der Vorgänger zu vermeiden. Auf diese Weise werden einige Länder die Industrialisierung ganz umgehen und direkt ins Informationszeitalter springen. Europa hat das Fernsehen erst einige Jahre nach den Vereinigten Staaten eingeführt. Eine Folge davon war eine bessere Bildqualität, weil zu dem Zeitpunkt, als Europa seinen Standard festlegte, weiterentwickelte technische Optionen zur Verfügung standen. So konnten die Europäer sich jahrzehntelang an besseren Fernsehbildern erfreuen.

Telefonsysteme sind ein weiteres Beispiel dafür, daß ein später Anfang gelegentlich von Vorteil ist. In Afrika, China und anderen Teilen der dritten Welt benutzen viele Bürger mobile Telefone. In Asien, Lateinamerika und anderen Gebieten der Erde breiten sich Mobilfunknetze rasch aus. Viele Insider prophezeien, die technische Entwicklung werde so rasch voranschreiten, daß viele Regionen der Erde nie ein herkömmliches, kabelgebundenes Telefonnetz erhalten werden. Diese Länder werden nie Millionen Bäume abholzen müssen, um Masten aufzustellen, Telefondrähte zu spannen, alles wieder abzureißen und das ganze Netz unter die Erde zu verlegen. Das drahtlose Netz wird ihr erstes Telefonsystem sein. Wo man sich keine Breitbandleitungen leisten kann, wird man immer bessere Mobilfunksysteme haben.

Von modernen Telekommunikationssystemen ist zu erwarten, daß sie nationale Unterschiede einebnen und die Bedeutung nationaler Grenzen verringern. Faxgeräte, tragbare Videokameras und internationale Fernsehnachrichten haben wesentlich zum Ende der kommunistischen Regimes und des kalten Krieges beigetragen, weil sie das, was man einmal den Eisernen Vorhang nannte, für Nachrichten durchlässig machten – und zwar in beide Richtungen.

Heute beziehen Bewohner von Ländern wie China oder dem Iran via kommerziellem Satellitenfernsehen Eindrücke von der Außenwelt, auch wenn dies ihren Regierungen nicht gerade genehm sein dürfte. Dieses neue Informationsangebot kann die Menschen enger zusammenführen, weil es das Verständnis für fremde Kulturen fördert. Von einigen Kritikern wird allerdings eingewandt, daß mit Unzufriedenheit und, schlimmer noch, einer »Erwartungsrevolution« gerechnet werden müsse, wenn unterprivilegierte und entrechtete Menschen genügend Daten über eine andere Lebensweise erhielten, um sie mit der eigenen – schlechten – vergleichen zu können. Innerhalb der einzelnen Gesellschaften wird sich das Gewicht von traditionellen und modernen, politischen, kulturellen und sozialen Einstellungen verlagern, wenn die Benutzer des Information Highway mit einer größeren Vielfalt von kulturellen Vorstellungen in Berührung kommen. Manche Kulturen werden unter Umständen in Bedrängnis geraten, wenn sich ihre Mitglieder stärker mit globalen Fragen und Problemen auseinandersetzen als mit traditionellen und regional begrenzten.

»Der Umstand, daß ein und dieselbe Werbung den Bewohner eines New Yorker Apartmenthauses, einer Farm in Iowa und eines afrikanischen Dorfes ansprechen kann, beweist nicht, daß wir es mit ohne weiteres vergleichbaren Bedingungen zu tun haben«, meint Bill McKibben im Zusammenhang mit seiner Kritik an der Tendenz des Fernsehens, alle lokalen Unterschiede mit standardisierten Erfahrungsinhalten einzuebnen, »sondern zeigt nur, daß die Menschen auch unter so unterschiedlichen Lebensbedingungen ein paar Gefühle gemeinsam haben und daß sich die Inhalte des Globalen Dorfes auf diese äußerst dürftigen, minimalen Gemeinsamkeiten beschränken.«

Doch soll man Menschen, wenn sie sich denn solche Werbung oder die Sendung, in die die Werbung eingebettet ist, anschauen wollen, dieses Recht verweigern? Das ist eine politische Frage, die jedes Land für sich beantworten muß. Allerdings wird es nicht leicht sein, den Highway-Anschluß so zu präparieren, daß er eine Selektion vornimmt und nur genehme Inhalte durchläßt.

Die amerikanische Unterhaltungskultur ist so enorm populär, daß man in einigen Ländern mittlerweile versucht, ihre Verbreitung einzuschränken. Durch Begrenzung der ausländischen Fernsehsendungen auf eine bestimmte Stundenzahl pro Woche will man die wirtschaftliche Situation inländischer Produktionsfirmen verbessern. In Europa hat die Einführung von Satelliten- und Kabelfernsehen jedoch den Einfluß staatlicher Kontrollmaßnahmen ausgehöhlt. Der Information Highway wird alle nationalen Grenzen überwinden und zu einer Weltkultur oder zumindest einem regen Austausch von kulturellen Aktivitäten und Werten führen. Gleichzeitig wird er heimatverbundenen oder sogar aus ihrer Heimat vertriebenen Menschen, die noch tief in ihren ethnischen Ursprüngen verwurzelt sind, die Möglichkeit geben, mit Gleichgesinnten in Verbindung zu treten, ganz gleich, wo sie leben. Dies könnte die kulturelle Vielfalt stärken und den Tendenzen zur Bildung einer einzigen großen Weltkultur entgegenwirken.

Wenn sich die Menschen allerdings immer stärker auf die eigenen Interessen fixieren und allem anderen, was in der Welt vorgeht, kaum noch Aufmerksamkeit schenken – wenn Gewichtheber sich nur noch an Gewichtheber wenden und Letten nur noch lettische Zeitungen lesen –, dann laufen wir in der Tat Gefahr, unsere gemeinsamen Erfahrungen und Werte einzubüßen. Diese Abwehr alles Fremden würde unsere Gesellschaften zersplittern. Allerdings rechne ich nicht mit einer solchen Entwicklung, denn wir Menschen brauchen das Empfinden, zu vielen Gemeinschaften zu gehören, auch zu einer Weltgemeinschaft. Das Gefühl gemeinsamer nationaler Erfahrungen vermitteln in den Vereinigten Staaten vor allem Ereignisse, die wir gemeinsam am Fernsehschirm miterleben – die Explosion kurz nach dem Start der Challenger-

Raumfähre, das Super-Bowl-Endspiel, die feierliche Amtseinführung eines Präsidenten, die Berichterstattung über den Golfkrieg oder über den Prozeß gegen O. J. Simpson. In solchen Augenblikken sind wir »zusammen«.

Eine weitere Befürchtung hinsichtlich des Information Highway lautet, die Multimedia-Unterhaltung werde sich so leicht ins Haus holen lassen und so fesselnd sein, daß einige von uns das System häufiger nutzen dürften, als ihnen gut tut. Und in der Tat könnte sich das zu einem ernsten Problem auswachsen, wenn Virtual-Reality-Erlebnisse zu einer Selbstverständlichkeit geworden sind.

Eines Tages wird Sie ein VR-Spiel in eine virtuelle Bar führen und Ihnen zum Blickkontakt mit einer »schönen Unbekannten« verhelfen, die Ihr Interesse bemerkt und ein Gespräch mit Ihnen beginnt. Mit Charme und Witz hinterlassen Sie einen tiefen Eindruck bei der neuen Bekannten. Vielleicht entschließen Sie sich beide an Ort und Stelle zu einer Paris-Reise. Und zack! Schon sind Sie in Paris und bewundern gemeinsam die Kirchenfenster von Notre-Dame. »Bist du schon jemals mit einer Feluke auf dem Nil gesegelt?« fragen Sie Ihre neue Freundin. Und zack! VR wird sicherlich faszinierender sein als alle Videospiele, die es je gegeben hat, und weit eher zu so etwas wie Suchtverhalten führen.

Wenn Sie feststellen, daß Sie sich zu häufig und zu lange in diese verlockenden Welten flüchten, und wenn Sie anfangen, sich deshalb Sorgen zu machen, können Sie Ihre Befürchtungen verringern, indem Sie dem System mitteilen: »Egal, was für ein Paßwort ich dir nenne, das Spiel darf nicht länger als eine halbe Stunde dauern!« Das wäre ein kleines Warnsignal, um Ihre Beschäftigung mit Systemen einzuschränken, die eine zu große Faszinationskraft entwickeln. Es hätte die gleiche Funktion wie das Foto von ein paar scheußlich fetten Menschen an der Kühlschranktür.

Solche Warnsignale leisten gute Dienste bei einem Verhalten, das allzu leicht mit Gewissensbissen am Tag danach endet. Wenn jemand sich entscheidet, in seiner Freizeit die Kirchenfenster einer

Notre-Dame-Simulation zu betrachten oder in einer imaginären Bar mit einer synthetischen Freundin zu plaudern, so steht ihm das selbstverständlich frei. Heute verbringen viele Menschen mehrere Stunden am Tag vor dem Fernsehapparat. Wenn es uns gelingt, einige der passiven Unterhaltungsformen durch interaktive zu ersetzen, wird dieses Publikum sogar davon profitieren. Ehrlich gesagt, mache ich mir keine allzu großen Sorgen, die Welt könnte ihre kostbare Zeit auf dem Information Highway vertändeln. Schlimmstenfalls wird es wie bei Videospielen oder Geldautomaten sein: Betroffene, die ihr Suchtverhalten verändern möchten, werden sich an Selbsthilfegruppen wenden können.

Schwerwiegender als individueller Mißbrauch dürfte die Anfälligkeit sein, die entsteht, wenn sich unsere Gesellschaft weitgehend vom Highway abhängig macht.

Dieses Datennetz und die computergestützten Geräte, die mit ihm verbunden sind, werden der neue Spielplatz, der neue Arbeitsplatz und das neue Klassenzimmer unserer Gesellschaft sein. Der Highway wird einen Großteil der vorhandenen Kommunikationsformen in sich aufnehmen. Er wird uns als Fotoalbum, Tagebuch und Ghettoblaster dienen. Diese Vielseitigkeit wird die Stärke des Netzes ausmachen, wird für uns aber auch ein hohes Maß an Abhängigkeit bedeuten.

Abhängigkeit kann gefährlich sein. Bei den Stromausfällen 1965 und 1977 in New York entstand für Millionen von Menschen eine regelrechte Notlage – zumindest einige Stunden lang –, weil sie auf Elektrizität angewiesen waren. Für Licht, Wärme, Beförderung und Sicherheit brauchten sie elektrische Energie. Als der Strom ausfiel, saßen viele Leute in Fahrstühlen fest, fielen Ampeln aus, stoppten elektrische Wasserpumpen. Alles, was wirklich nützlich ist, entbehren wir schmerzlich, wenn wir darauf verzichten müssen.

Ein vollständiger Ausfall des Information Highway wäre schon ein Grund zu erheblicher Besorgnis. Allerdings wird das

System sehr dezentral organisiert sein, so daß ein einzelner Ausfall kaum größere Auswirkungen hätte. Wenn ein einzelner Server seinen Geist aufgibt, kann man ihn ersetzen und die Daten umspeichern. Allerdings wäre das System anfällig für Sabotage. Je wichtiger es wird, desto mehr Redundanz müssen wir einbauen. Ein Schwachpunkt ist die Abhängigkeit des Systems von der Kryptographie – den mathematischen Schlössern zur Sicherung der Information.

Keines unserer heutigen Sicherheitssysteme, weder Lenkradschlösser noch Stahlkammern, ist vollkommen pannensicher. Allenfalls können wir potentiellen Einbrechern ihr Geschäft so schwer wie möglich machen. Entgegen weitverbreiteter Auffassungen schneidet die Computersicherheit im Vergleich sehr gut ab. Computer können Informationen so sicher abschirmen, daß selbst die raffiniertesten Hacker nur unter großen Schwierigkeiten an sie herankommen, es sei denn, an verantwortlicher Stelle wird ein Fehler begangen. Schludrigkeit ist die Hauptursache für Sicherheitslücken. Und natürlich wird es auch auf dem Information Highway Fehler geben, die zur Folge haben, daß zuviel Information entweicht. Jemand gibt digitale Konzertkarten aus, die, wie sich herausstellt, nicht fälschungssicher sind, mit dem Ergebnis, daß zu viele Zuhörer kommen. Immer wenn dergleichen geschieht, müssen das System und seine gesetzlichen Grundlagen überarbeitet werden.

Da das System den Schutz von Privatsphäre und digitalem Geld nur durch Chiffrierung garantieren kann, wären Entdeckungen im Bereich der Mathematik oder Informatik, die das kryptographische System aushebeln könnten – also beispielsweise ein einfaches mathematisches Verfahren zur Zerlegung großer Primzahlen – eine regelrechte Katastrophe: Jede Einzelperson oder Institution mit einem derartigen Wissen könnte Geld fälschen, in private oder staatliche Dateien eindringen und möglicherweise sogar die internationale Sicherheit gefährden. Aus diesem Grund lassen wir bei der Entwicklung des Systems äußerste Sorgfalt walten. Falls sich eine Verschlüsselungstechnik als unzuverlässig erweist, muß dafür gesorgt sein, daß automatisch eine andere Technik in Kraft tritt. Noch sind wir nicht am Ziel. Besonders schwierig ist es, die Sicherheit von Daten zu garantieren, die ein Jahrzehnt und länger dem Zugriff Unbefugter entzogen bleiben sollen.

Große Sorge bereitet auch eine mögliche Verletzung des Datenschutzes auf dem Highway. Schon heute sind über uns alle eine Vielzahl von Daten bei privaten Unternehmen und Behörden gespeichert, wobei wir selten wissen, welcher Gebrauch von ihnen gemacht wird und ob sie korrekt sind. Das Zensusbüro verfügt über eine Fülle von Einzelheiten. Für die Vervollständigung Ihres persönlichen Datenprofils sorgen Krankenberichte, Bibliothekskarteien, Schulzeugnisse, Gerichtsprotokolle, Kreditauskünfte, Steuererklärungen, Finanzunterlagen, Bewerbungsunterlagen und Kreditkartenabrechnungen. Der Umstand, daß Sie häufig Motorradgeschäfte anrufen und möglicherweise eine lohnende Zielperson für einschlägige Werbung sind, ist eine kommerziell verwertbare Information, die eine Telefongesellschaft theoretisch verkaufen könnte. Routinemäßig werden in Postwurflisten und Kreditauskunfteien solche Informationen über uns zusammengestellt. Irrtümer und mißbräuchliche Nutzung haben den Gesetzgeber bereits dazu veranlaßt, die Verwendung entsprechender Datenbanken zu regeln. In den Vereinigten Staaten hat jeder Bürger das Recht, personenbezogene Daten bestimmter Art einzusehen, und muß in vielen Fällen davon unterrichtet werden, wenn sie jemandem zugänglich gemacht werden. Dadurch, daß diese Informationen sehr verstreut gespeichert sind, ist für eine Art praktischen Datenschutz gesorgt, doch wenn diese Quellen erst alle durch den Highway verbunden sind, lassen sie sich mit Hilfe von Computern zusammenfassen. Kreditdaten kann man mit Bewerbungsunterlagen und Aufzeichnungen über geschäftliche Transaktionen zu einem unangenehm genauen Bild unserer persönlichen Aktivitäten verknüpfen.

Wenn immer mehr Geschäftsvorgänge über den Highway abgewickelt werden und die dort gesammelte Datenmenge anwächst, werden mit Sicherheit staatliche Maßnahmen zum Schutz der Privatsphäre und zur Regelung des Informationszugriffs getroffen werden. Das Netz selbst wird diese politischen Maßnahmen umsetzen, so daß kein Arzt die Steuerunterlagen seines Patienten, kein Finanzbeamter die Schulzeugnisse eines Steuerzahlers und kein Lehrer den Krankenbericht seines Schülers einsehen kann: Es geht um den Schutz vor Mißbrauch von Daten – ihr bloßes Vorhandensein bedeutet noch keine Gefahr.

Heute gestatten wir einer Lebensversicherung, Einsicht in unsere Krankenberichte zu nehmen, wenn sie uns für den Todesfall versichert. Unter Umständen wollen diese Unternehmen auch wissen, ob wir so gefährliche Hobbys haben wie etwa Drachenfliegen, Rauchen oder Autorennen. Soll es dem Computer der Versicherungsgesellschaft erlaubt sein, auf dem Highway Angaben über unsere Kaufgewohnheiten abzurufen, aus denen möglicherweise hervorgeht, daß wir zu gefährlichen Verhaltensweisen neigen? Soll einem potentiellen Arbeitgeber gestattet sein, Daten über unsere Kommunikations- und Unterhaltungspräferenzen abzurufen, um daraus ein Persönlichkeitsprofil zu konstruieren? Wieviel Information darf einer Bundes-, Landes- oder kommunalen Behörde zugänglich sein? Welchen Einblick kann man einem potentiellen Vermieter in Ihre personenbezogenen Daten gestatten? Und wieviel Information sollte man einem künftigen Ehepartner zugänglich machen? Wir werden die gesetzlichen wie die praktischen Grenzen der Privatsphäre genau festlegen müssen.

Die Sorge um den Datenschutz erwächst aus der Befürchtung, andere könnten Daten über uns zusammentragen. Der Highway wird aber auch die Möglichkeit schaffen, daß der einzelne selbst eingehende Informationen über die eigenen Aktivitäten sammelt – daß man so etwas wie ein »dokumentiertes Leben« führt.

Ihr Wallet-PC wird in der Lage sein, über alles was, Ihnen

zustößt, genaueste akustische, zeitliche und geographische Aufzeichnungen zu machen und schließlich sogar entsprechende Filmsequenzen zu speichern. Jedes Wort, das Sie sagen, und jedes Wort, das man an Sie richtet, wird er registrieren, dazu Körpertemperatur, Blutdruck, Luftdruck und eine Vielzahl anderer Daten, die Sie und Ihre Umgebung betreffen. Er wird alle Ihre Interaktionen mit dem Highway festhalten können – alle Befehle, die Sie geben, die Nachrichten, die Sie verschicken, und ihre Telefonate, ob sie nun selbst anrufen oder angerufen werden. Auf diese Weise können Sie einen Datenbestand zusammentragen, der das perfekte Tagebuch, die lückenlose Autobiographie darstellt – falls Sie es denn wünschen. Wenn Sie sonst keinen Gebrauch davon machen, werden Sie zumindest beim Zusammenstellen des digitalen Familienfotoalbums genau wissen, wann und wo Sie eine bestimmte Aufnahme gemacht haben.

Die dafür erforderliche Technik ist nicht besonders kompliziert. Schon bald dürfte es möglich sein, die menschliche Stimme auf ein paar tausend Bits digitaler Information zu komprimieren, mit anderen Worten, eine einstündige Unterhaltung in ungefähr ein Megabyte digitaler Daten umzuwandeln. Kleine Magnetbänder, wie man sie für Sicherheitskopien von Festplatten benutzt, speichern bereits 10 Gigabyte oder mehr – genug, um etwa 10000 Stunden komprimierter akustischer Information aufzuzeichnen. Die Kassetten für eine neue Generation digitaler Videorekorder werden mehr als 100 Gigabyte fassen – das heißt, eine einzige Kassette im Wert von einigen Dollar könnte alle Gespräche aufnehmen, die ein Mensch im Laufe von zehn Jahren oder sogar in seinem ganzen Leben führt – je nach dem Grad seines Mitteilungsbedürfnisses. Dabei gehen diese Zahlen nur von den heutigen Möglichkeiten aus – künftige Speicherkapazitäten könnten weitaus preisgünstiger sein. Das komplette Audio-Protokoll stellt schon heute keine Schwierigkeit mehr da, und in wenigen Jahren werden auch vollständige Filmaufzeichnungen möglich sein.

Mich schreckt die Vorstellung eines total dokumentierten Lebens schon ein bißchen, doch andere werden Gefallen daran finden. Ein Grund zur Dokumentierung des Lebens könnte dem eigenen Schutzbedürfnis entspringen. In diesem Fall wäre der Wallet-PC so etwas wie ein Alibi-Garant, denn chiffrierte digitale Markierungen würden für Echtheit garantieren und bei ungerechtfertigten Anschuldigungen ein fälschungssicheres Alibi darstellen. Sollte Sie jemand irgendeiner Untat beschuldigen, könnten Sie erwidern: »Moment mal! Mein Leben ist dokumentiert. Hier sind die Bits gespeichert. Ich kann alles abspielen, was ich je gesagt habe. Versuchen Sie also nicht, mich auszutricksen!« Wenn Sie sich andererseits etwas zuschulden kommen ließen, gäbe es natürlich eine Aufzeichnung davon. Auch jede Datenmanipulation würde festgehalten. Die Tatsache, daß Nixon alle Gespräche im Weißen Haus aufgezeichnet hat – und dann der Verdacht, er habe versucht, die Bänder zu manipulieren –, hat zum Ende seiner politischen Karriere beigetragen. Er entschied sich für ein dokumentiertes politisches Leben und hatte später genügend Zeit, dies zu bedauern.

Der Rodney-King-Fall (Videoaufnahmen, die belegten, wie ein schwarzer Autofahrer von weißen Polizisten brutal zusammengeschlagen wurde, woraufhin es zu schweren Rassenunruhen in Los Angeles kam; A. d. Ü.) hat gezeigt, wie beweiskräftig Videobänder sind. Vielleicht wird schon bald jedes Polizeiauto oder sogar jeder Polizeibeamte mit einer digitalen Videokamera ausgerüstet sein, deren Aufzeichnungen mit fälschungssicheren Zeit- und Ortsmarkierungen versehen werden. Unter Umständen wird die Öffentlichkeit verlangen, daß sich die Polizei bei ihrer Arbeit selbst per Video protokolliert. Und der Polizei könnte durchaus daran gelegen sein, sich auf diese Weise einerseits gegen den Vorwurf von Brutalität und Übergriffen zu schützen und andererseits bessere Beweismittel vorlegen zu können. Schon jetzt halten einige Polizeikräfte sämtliche Verhaftungen auf Video fest. Solche Videoprotokolle wären nicht nur für die Polizei interessant: Ärzte, die Operationen oder sogar Praxisbesuche aufzeichnen würden, könnten sich so preiswerter – oder vielleicht nur noch unter dieser Bedingung – gegen Kunstfehler versichern. Nicht nur Busunternehmen, Taxifirmen und Speditionen haben ein verständliches Interesse am Fahrverhalten ihrer Mitarbeiter, sondern auch die Öffentlichkeit. Aus diesem Grund sind in deutschen Bussen und Lastwagen Fahrtenschreiber grundsätzlich vorgeschrieben. Ich könnte mir Gesetzesinitiativen vorstellen, nach denen jedes Auto, auch Ihres und meines, nicht nur mit einem Aufzeichnungsgerät, sondern auch mit einem Sender ausgerüstet würde, der das Auto identifiziert und seine Position bekannt gibt – das Nummernschild der Zukunft. Schon heute haben alle Flugzeuge Flugschreiber an Bord, und sobald diese preiswerter geworden sind, gibt es keinen Grund, sie nicht auch in unsere Automobile einzubauen. Wenn ein Wagen gestohlen würde, wäre sein Aufenthaltsort sofort bekannt. Bei Fahrerflucht oder einem Anschlag aus einem fahrenden Auto könnte ein Richter eine Abfrage wie die folgende anordnen: »Welche Fahrzeuge sind während dieser halben Stunde in folgenden Straßen registriert worden?« Der Fahrtenschreiber könnte Ihre Position und Ihre Geschwindigkeit aufzeichnen, so daß sich Geschwindigkeitsbegrenzungen mühelos durchsetzen ließen. Was mir persönlich allerdings eher unlieb wäre.

In einer Welt, die zunehmend mit elektronischen Geräten ausgestattet wird, könnten wir einen Punkt erreichen, wo Kameras die meisten in der Öffentlichkeit stattfindenden Vorgänge aufzeichnen. Videokameras an öffentlichen Orten sind schon weitgehend selbstverständlich geworden. Oft versteckt angebracht, finden sie sich an und in Banken, Flughäfen, Geldautomaten, Krankenhäusern, Autostraßen, Geschäften, in den Eingangshallen von Hotels und Bürogebäuden und in Fahrstühlen.

Die Vorstellung, überall von Kameras überwacht zu werden, hätte uns vor 50 Jahren wohl noch großes Unbehagen bereitet –

denken wir an George Orwells *1984*. Heute regt sie uns nicht mehr auf. In den Vereinigten Staaten und in Europa gibt es Stadtviertel, deren Bewohner froh sind, daß es solche Kameras in Straßen und auf Parkplätzen gibt. In Monaco ist die Straßenkriminalität praktisch ausgestorben, seit man das winzige Fürstentum mit Hunderten von Videokameras bestückt hat. Schließlich ist Monaco – mit seiner Fläche von 195 Hektar – so klein, daß ein paar hundert Kameras für eine Totalerfassung ausreichen. Viele Eltern würden es begrüßen, wenn Schulhöfe mit Kameras ausgestattet würden, um Drogendealer, Leute, die Kinder belästigen, oder Schulrowdys abzuschrecken beziehungsweise leichter fassen zu können. Jede Straßenlaterne ist eine wichtige staatliche Investition für die öffentliche Sicherheit. In wenigen Jahren wird man für wenig Geld Laternen mit Kameras nachrüsten können, die mit dem Information Highway verbunden sind. Ein Jahrzehnt noch, und man wird in der Lage sein, Videoaufzeichnungen von Computern äußerst kostengünstig nach einer bestimmten Person oder Aktivität durchmustern zu lassen. Ich könnte mir gut vorstellen, daß man verlangen wird, jede Straßenlaterne mit einer oder mehreren Kameras zu versehen. Den Zugriff auf solche Informationen könnte man so regeln, daß die Filmaufzeichnungen der Kameras nur bei Vorliegen eines Verbrechens und wahrscheinlich auch eines Gerichtsbeschlusses freigegeben werden. Vielleicht wird man hier und da auch verlangen, daß die Bilder jeder Kamera jederzeit von jedem Bürger in Augenschein genommen werden dürfen. Nach meinem Dafürhalten wirft dies erhebliche Datenschutzprobleme auf, doch vielleicht sehen Juristen das anders, solange sich die Kameras nur an öffentlichen Orten befinden.

Fast jeder ist bereit, ein paar Einschränkungen zugunsten von größerer Sicherheit in Kauf zu nehmen. Historisch gesehen genießen die Menschen in den westlichen Demokratien einen größeren Schutz ihrer Privatsphäre und ihrer persönlichen Freiheit als die Mitglieder irgendeiner Gesellschaft zuvor. Wenn sich eines Tages erweisen sollte, daß bei Pilotprojekten in bestimmten Kommunen allgegenwärtige Kameras mit Verbindungen zum Highway die Kriminalitätsrate deutlich verringern, würde wohl eine leidenschaftliche Kontroverse über die Frage anheben, ob der Überwachungsstaat mehr zu fürchten sei als das Verbrechen. Ein staatlich gebilligtes Experiment dieser Art kann ich mir in den Vereinigten Staaten schlecht vorstellen, weil zu viele Datenschutzprobleme aufgeworfen würden und mit Sicherheit Verfassungsbeschwerden zu erwarten wären. Doch die öffentliche Meinung kann sich wandeln. Nehmen wir an, es folgen in den Vereinigten Staaten noch einige Attentate wie der Bombenanschlag von Oklahoma City, dann könnte sich die Einstellung der Öffentlichkeit gegenüber dem Datenschutz schnell gründlich verändern. Was uns heute wie der digitale Big Brother erscheint, könnte eines Tages zur Norm werden, wenn wir uns ansonsten der Willkür von Terroristen und Kriminellen ausliefern. Ich rede keinem der beiden Standpunkte das Wort – die technische Entwicklung wird die Gesellschaft in die Lage versetzen, eine politische Entscheidung zu treffen.

Während diese Entwicklung es einerseits erleichtert, Videoaufzeichnungen anzufertigen, ermöglicht sie andererseits, persönliche Dokumente und Nachrichten gegen jegliche fremde Einsichtnahme abzuschirmen. Kryptographische Software, die jeder aus dem Internet auf seinen PC laden kann, verwandelt einen Personalcomputer in ein Verschlüsselungsgerät von praktisch hundertprozentiger Sicherheit. Wenn sich der Highway konstituiert, wird man Sicherheitsdienstleistungen für jede Art digitaler Information bekommen – Telefonanrufe, Dateien, Datenbanken, was Sie wollen. Solange Sie das Paßwort geheimhalten, sind die Informationen, die Sie auf Ihrem Computer speichern, sicherer verwahrt als in jeder Stahlkammer. Damit verfügen Sie über den besten privaten Datenschutz, den es je gegeben hat.

Viele Regierungsvertreter halten diese kryptographischen Techniken für gefährlich, weil sie Möglichkeiten staatlicher Informationsbeschaffung beschneiden. Zu ihrem Leidwesen läßt sich das Rad der technologischen Entwicklung jedoch nicht mehr zurückdrehen. Die National Security Agency, eine Behörde, die dem amerikanischen Verteidigungsministerium und Geheimdienst unterstellt ist, hat die Aufgabe, die geheime Nachrichtenübermittlung der USA zu verschlüsseln und die Nachrichten fremder Mächte zu entschlüsseln, um nachrichtendienstliche Erkenntnisse zu gewinnen. Die NSA möchte verhindern, daß Software, die den modernsten Stand der Kryptographie repräsentiert, ins Ausland gelangt. Nun sind diese Programme aber bereits in der ganzen Welt verfügbar und können auf jedem Computer laufen. Folglich vermag die Regierung der Vereinigten Staaten die Kontrollmöglichkeiten von einst durch keine politische Entscheidung zurückzugewinnen.

Die Gesetzeslage, die gegenwärtig die Ausfuhr von hochwertiger kryptographischer Software verbietet, könnte den amerikanischen Software- und Hardwareunternehmen erheblichen Schaden zufügen. Diese Auflagen verschaffen ausländischen Anbietern Wettbewerbsvorteile gegenüber amerikanischen Firmen. Amerikanische Firmen sind nahezu einhellig der Meinung, daß die Ausfuhrbeschränkungen für kryptographische Softwareprodukte wirkungslos sind.

Jeder Fortschritt in unser Medienwelt hat erhebliche Auswirkungen auf die Beziehungen zwischen den einzelnen und ihren Regierungen. Die Druckerpresse und später die Zeitungen mit hohen Auflagen veränderten die Form der politischen Auseinandersetzung. Radio und Fernsehen erlaubten den Politikern, sich direkt und persönlich an die Öffentlichkeit zu wenden. In ähnlicher Weise wird auch der Information Highway einen besonderen Einfluß auf die Politik ausüben. Zum ersten Mal werden Politiker in der Lage sein, repräsentative Meinungsumfragen unmittelbar mitzuerleben. Wähler werden ihre Stimme zu Hause oder mit dem Wallet-PC abgeben können, wodurch sich die Gefahr von Auszählfehlern oder Wahlfälschungen verringern wird. Unter Umständen ist die Bedeutung des Highway für die Politik nicht geringer als für die Wirtschaft.

Selbst wenn sich das Modell politischer Entscheidungsfindung nicht ausdrücklich verändert, wird der Highway Gruppen, die sich für bestimmte Anliegen oder Kandidaten einsetzen, mit mehr Einfluß ausstatten. Möglicherweise bildet sich dadurch eine größere Zahl von Bürgerinitiativen und politischen Parteien. Heute sind immense logistische Anstrengungen erforderlich, um eine politische Bewegung zu einem bestimmten Zweck zu organisieren. Wie finden Sie Menschen, die Ihre Meinung teilen? Wie erreichen und mobilisieren Sie sie? Telefone und Faxgeräte sind ideal für die Eins-zu-eins-Kommunikation – aber nur, wenn Sie wissen, wen Sie anrufen sollen. Mit dem Fernsehen kann eine Person Millionen erreichen, aber diese Methode ist teuer und nutzlos, wenn die meisten Zuschauer nicht interessiert sind.

Politische Organisationen sind auf den Einsatz von Tausenden freiwilliger Mitarbeiter angewiesen. Postwurfsendungen müssen versandfertig gemacht werden und unzählige Helfer auf die Straße gehen, um möglichst viele Menschen anzusprechen. Nur wenige politische Themen – eines ist die Umwelt – sind in der Lage, Freiwillige in so großer Zahl zu mobilisieren, daß sich eine politische Bewegung organisieren läßt.

Der Information Highway erleichtert Nachrichtenübertragungen jeder Art. Schwarze Bretter und andere Online-Foren gestatten sehr direkte Kontaktaufnahmen unterschiedlicher Form: eins-zu-eins, eins-zu-vielen, viele-zu-vielen. Menschen, die gleiche Interessen haben, können sich online finden und organisieren, ohne daß es sie die geringste Mühe kostet. Dadurch wird die Organisation politischer Bewegungen so einfach, daß kein Thema mehr zu unbedeutend oder absonderlich sein wird. Ich rechne damit, daß das Internet erstmals bei den Präsidentschaftswahlen 1996 in den Blickpunkt der Kandidaten und Wählerinitiativen rücken wird. Am Ende wird der Highway eine entscheidende Plattform des politischen Diskurses sein.

In den Vereinigten Staaten finden bei sehr wichtigen Themen auf bundesstaatlicher Ebene bereits heute direkte Abstimmungen statt. Aus organisatorischen Gründen können solche Volksentscheide nur im Rahmen allgemeiner Wahlen durchgeführt werden. Mit Hilfe des Information Highway ließen sie sich weit häufiger in die Tat umsetzen, da sie nur mit sehr geringen Kosten verbunden wären.

Zweifellos wird irgend jemand für die »direkte Demokratie« in absoluter Form plädieren, in der alle wichtigen Fragen einem Volksentscheid unterworfen werden. Ich persönlich halte wenig von diesem politischen Prinzip. In unserem System haben die Abgeordneten als Mittler eine wichtige Funktion, denn sie verfügen über genügend Zeit, um sich mit den vielfältigen Aspekten komplizierter Fragen vertraut zu machen. Zur Politik gehören Kompromisse, die sich kaum schließen lassen, wenn nicht eine kleine Zahl von Abgeordneten für die Menschen entscheidet, die sie gewählt haben. Die Kunst der Unternehmensführung – die sich auch auf die staatliche Ebene übertragen läßt – beruht auf vernünftigen Entscheidungen über die Verwendung der zur Verfügung stehenden Ressourcen. Auf diesem Gebiet muß ein Berufspolitiker Sachkenntnis erwerben. Dann kann er, wenn er zu den besseren seiner Zunft gehört, Lösungen finden, die nicht unmittelbar auf der Hand liegen und die in einer direkten Demokratie schwer durchsetzbar sind, weil Wähler unter Umständen nicht verstehen, welche Zugeständnisse langfristige Erfolge verlangen.

Wie alle Mittler und Makler in der neuen elektronischen Welt werden auch die politischen Repräsentanten ihre Existenzberechtigung nachweisen müssen. Der Information Highway wird sie stärker denn je ins Rampenlicht rücken. Statt nur Fotos und abgewogene Stellungnahmen von ihren Abgeordneten zu erhalten, können die Wähler einen sehr viel direkteren Eindruck von ihnen gewinnen – von dem, was sie tun, und der Art, wie sie abstimmen. Der Tag, an dem ein Abgeordneter eine Million E-Mail-Nachrichten erhält oder auf seinem Pieper ablesen kann, welche Ergebnisse eine vor fünf Minuten durchgeführte Umfrage unter seinen Wählern erbracht hat, ist gar nicht mehr so fern.

Doch alle Probleme, die der Information Highway aufwirft, können meine Zuversicht nicht beeinträchtigen. Schon jetzt wirkt sich die Informationstechnologie nachhaltig auf das Leben der Menschen aus, wie eine elektronische Nachricht erkennen läßt, die ich im Juni 1995 von einem Leser meiner Zeitungskolumne erhielt: »Mr. Gates, ich bin ein Dichter mit einer extremen Lese-Rechtschreibschwäche, was im Prinzip heißt, daß ich nicht ein einziges Wort korrekt schreiben kann. Ich hätte nie darauf hoffen können, je eines meiner Gedichte oder einen meiner Romane zu veröffentlichen, gäbe es nicht diese Computer-Rechtschreibhilfe. Vielleicht werde ich als Autor scheitern, doch Sie haben dafür gesorgt, daß mein Erfolg oder Mißerfolg von meinem Talent oder Mangel an Talent abhängen wird und nicht von meiner Behinderung.«

Wir sind Zeugen eines historischen Geschehens, das wie ein Erdbeben über die Welt kommen und uns auf die gleiche Weise erschüttern wird wie die Entdeckung der methodischen Wissenschaft, die Erfindung der Buchdruckerkunst oder der Anbruch des industriellen Zeitalters. Sollte der Information Highway in der Lage sein, zum Verständnis zwischen Angehörigen verschiedener Nationen beizutragen und dadurch die internationalen Spannungen zu verringern, dann würde dies allein schon die Kosten seiner Einrichtung rechtfertigen. Würde er nur von Wissenschaftlern genutzt, die mit seiner Hilfe besser zusammenarbeiten und Heilmethoden für bislang unheilbare Krankheiten entwickeln könnten, so wäre auch diese einzige Anwendung jede Anstrengung wert. Und stünde das System nur Kindern zur Verfügung, damit sie ihren Interessen innerhalb und außerhalb des Unterrichts gründlicher nachgehen könnten, so wäre nur dies bereits dazu angetan, die Situation der Menschheit zu verändern. Der Information Highway wird nicht jedes Problem lösen, aber er wird sich auf viele Bereiche positiv auswirken.

Er wird sich nicht nach einer prästabilisierten Ordnung entfalten: Es wird vielmehr Rückschläge und unerwartete Pannen geben. Einige Kritiker werden sich auf diese Rückschläge stürzen und verkünden, der Highway sei sowieso nie mehr als ein Hirngespinst gewesen. Doch wir werden aus solchen anfänglichen Mißerfolgen auf dem Highway lernen. Das alles wird ihn nicht blockieren können.

Zu früheren Zeiten haben sich tiefgreifende Veränderungen über Generationen oder Jahrhunderte hin gezogen. Die ersten Manifestationen des Information Highway werden sich in den Vereinigten Staaten um die Jahrhundertwende zeigen. Innerhalb von zehn Jahren wird sich die Wirkung dann rasch ausbreiten. Wenn ich raten müßte, welche Anwendungen des Netzwerks sich rasch durchsetzen und welche mehr Zeit brauchen werden, würde ich in einigen Fällen sicherlich danebentippen. In 20 Jahren wird praktisch alles, wovon in diesem Buch die Rede war, in entwickelten Ländern weithin zur Verfügung stehen, während Entwicklungsländer wohl zunächst nur in Unternehmen und Schulen darüber verfügen werden. Man wird die entsprechende Hardware installieren, und dann wird es davon abhängen, was die Leute damit anfangen – das heißt, was für Softwareanwendungen sie benutzen.

Der Information Highway wird in dem Moment zu einem Teil Ihres Lebens geworden sein, wenn Sie sich darüber ärgern, daß Sie sich eine Information, die Sie unbedingt brauchen, nicht über das Netz beschaffen können. Eines Tages werden Sie nach der Betriebsanleitung Ihres Fahrrads suchen und den Umstand verfluchen, daß sie ein Papierdokument ist, das man verlegen kann. Sie werden sich wünschen, die Anleitung wäre ein interaktives elektronisches

Dokument mit Animationen und einer Videoanleitung und jederzeit übers Netz abrufbar.

Das Netz wird uns enger zusammenrücken lassen, falls wir das möchten, oder uns in eine Million medienvermittelte Gemeinschaften zersplittern. Vor allem aber wird uns der Information Highway zahllose neue Entscheidungsmöglichkeiten eröffnen, die uns den Weg zu Unterhaltung, Information oder zueinander eröffnen.

Ich denke, Antoine de Saint-Exupéry, der so beredt geschildert hat, wie die Menschen eine positive Einstellung zu Lokomotiven und anderen technischen Leistungen gewonnen haben, würde den Information Highway begrüßen und jeden für rückständig halten, der ihn ablehnt. Vor 50 Jahren hat er geschrieben: »Beförderung der Post, Beförderung der menschlichen Stimme, Beförderung flimmernder Bilder – in diesem wie in anderen Jahrhunderten hatten unsere höchsten Errungenschaften stets nur das eine Ziel – die Menschen zusammenzuführen. Meinen unsere Träumer wirklich, durch die Erfindung der Schrift, des Druckes, des Segelschiffes habe der Mensch Schaden an seiner Seele genommen?«

Der Information Highway wird uns zu vielen Zielen führen. Über einige davon habe ich auf den zurückliegenden Seiten spekuliert. Zweifellos werden sich manche meiner Vorhersagen als irrig herausstellen – nicht allzu viele, wie ich hoffe. Auf jeden Fall finde ich es aufregend, an dieser Reise teilzunehmen.

Nachwort

Der Information Highway wird in den kommenden Jahren massive Auswirkungen auf unser gesamtes Leben haben. Die größten Vorteile werden, wie im neunten Kapitel dargestellt, aus der Nutzung technologischer Anwendungen für die schulische und außerschulische Bildung erwachsen. Um diese Entwicklung ein wenig zu unterstützen, wird mein Anteil an den Einnahmen aus diesem Buch an Lehrer gehen, die den Computer in ihren Unterricht einbeziehen. Die amerikanische National Foundation for the Improvement of Education und ähnliche Organisationen in aller Welt werden die Mittel den Lehrern zur Verfügung stellen, damit sie den Schülern neue Möglichkeiten eröffnen können, so wie es der Mütterverein an der Lakeside School mir seinerzeit ermöglicht hat, mit dem Computer Bekanntschaft zu machen.

Ich habe lange an diesem Buch gearbeitet. Ich arbeite viel, weil ich meine Arbeit liebe. Nicht daß es eine Sucht ist – es gibt eine Menge anderer Dinge, die ich gern mache –, aber ich finde meine Arbeit sehr spannend. Ich arbeite vor allem daran, Microsoft durch beständige Erneuerung in der vordersten Linie zu halten. Es ist ein bißchen beängstigend, daß im Zuge der Weiterentwicklung der Computertechnik kein Unternehmen imstande war, den führenden Rang, den es in einer Epoche besaß, in der folgenden Epoche zu behaupten. Microsoft hat in der PC-Epoche eine führende Rolle gespielt – wäre Microsoft also ungeeignet, in der Highway-Epoche des Informationszeitalters wieder ganz vorn dabei zu sein? Ich möchte diese Regel durchbrechen. Irgendwo vor uns liegt die Schwelle, die die Epoche des PC von der Epoche des Highway trennt. Ich möchte unter den ersten sein, die sie überschreiten.

Daß erfolgreiche Unternehmen Innovationen unterlassen, ist in meinen Augen nicht mehr als eine Tendenz. Wer sich allzu sehr vom laufenden Geschäft gefangennehmen läßt, kann eben nicht an Veränderungen und Innovationen denken.

Ganz besonderen Spaß hat es mir immer gemacht, intelligente Leute für Microsoft zu gewinnen und mit ihnen zu arbeiten. Es ist mir ein Vergnügen, von ihnen zu lernen. Einige der intelligenten Leute, die wir gegenwärtig einstellen, sind erheblich jünger als ich. Ich beneide sie darum, daß sie mit besseren Computern großgeworden sind. Sie sind außerordentlich talentiert und werden neue Visionen beisteuern. Wenn Microsoft diese Visionen im Auge behält und dabei aufmerksam auf seine Kunden hört, haben wir sicher eine Chance, auch in Zukunft eine führende Rolle zu spielen. Wir können auch weiterhin immer bessere Software liefern, um den PC zu einem Werkzeug zu machen, das den Menschen umfassende Möglichkeiten eröffnet. Ich sage oft, daß ich den besten Job der Welt habe, und es ist mir wirklich Ernst damit.

Ich finde, wir leben in einer wunderbaren Zeit. Noch nie gab es so viele Möglichkeiten, Dinge zu tun, die früher unmöglich waren. Noch keine Zeit hat so günstige Gelegenheiten eröffnet, neue Unternehmen zu gründen, Wissenschaften wie die Medizin, die die Lebensqualität steigern, voranzubringen und mit Freunden und Verwandten in Verbindung zu bleiben. Wichtig ist es, die Vor- und Nachteile der technischen Fortschritte ausführlich zu diskutieren, damit nicht nur eine Handvoll Experten über ihre Richtung entscheidet, sondern die gesamte Gesellschaft.

Jetzt sind Sie wieder an der Reihe. Im Vorwort habe ich erklärt, daß ich dieses Buch schreibe, um einen Dialog anzustoßen und auf einige der Chancen und Probleme aufmerksam zu machen, mit denen der einzelne, die Wirtschaft und ganze Nationen konfrontiert sind. Ich hoffe, daß Sie nach der Lektüre dieses Buches meinen Optimismus ein wenig teilen und mit darüber diskutieren werden, wie wir die Zukunft gestalten sollen.

Anhang

Glossar

Abfragen – Bei einer Abfrage verschaffen Sie sich eine bestimmte Information aus verschiedenen Quellen. Heute gibt es leistungsfähige Datenbank-Software, die in regelmäßigen Zeitabständen bestimmte Informationen abrufen kann. So ist es beispielsweise möglich, mittels einer Abfrage die Verkaufszahlen für eine bestimmte Region des Landes zu ermitteln und diese Abfrage periodisch zu wiederholen, um über den jeweils aktuellsten Stand Bescheid zu wissen. Bei Abfragen, die über den Information Highway geschickt werden, empfiehlt sich höchstwahrscheinlich die Hilfe eines Softwareberaters, weil die Information dann leichter und rascher zu finden ist.

Academic Systems Corporation – Die Academic Systems Corporation wurde im März 1992 in Palo Alto, Kalifornien, gegründet. Academic Systems unterhält strategische Partnerschaften mit führenden akademischen Institutionen, um an der Planung, Entwicklung und Realisierung einer neuen Generation von technologiegestützten Lernsystemen für das höhere Bildungswesen zu arbeiten.

Adobe Pagemaker – Aldus Pagemaker, im Februar 1995 umgetauft in Adobe Pagemaker, ist eine Highend-Doppelplattform-Desktop-Publishing-Software, die Text und Grafik aus einer Vielzahl von Softwareprodukten zu gedruckten Dokumenten von hoher Qualität verbindet.

Allen, Paul – Paul G. Allen besitzt eine Reihe von Unternehmen – oder ist an ihnen beteiligt –, welche die Möglichkeiten multimedialer Datenübertragung erkunden. Sein Ziel ist, die Kommunikation und Zusammenarbeit zwischen ihnen zum wechselseitigen Nutzen zu fördern. Zu den Unternehmen, die sich zur Gänze in seinem Besitz befinden, gehören Asymetrix Corporation, Starwave Corporation, Vulcan Ventures Inc., die Paul Allen Group in Bellevue, Washington, Interval Research Corporation in Palo Alto, Kalifornien, und Ticketmaster Corporation in Los Angeles. Ferner ist er Besitzer des Basketballklubs Portland Trail Blazers, Partner im Unterhaltungsstudio Dream Works SKG und Anteilseigner von mehr als 25 Technologieunternehmen.

Seit Allen 1975 zusammen mit Bill Gates die Microsoft Corporation gegründet hat, ist er bemüht, neue Wege in der Mikrocomputer-Herstellung zu gehen. Bis 1983 bekleidete er bei Microsoft die Stelle des Executive Vice President für Forschung und Entwicklung neuer Produkte, den wichtigsten technischen Posten des Unternehmens. Heute ist er ein bedeutender Anteilseigner und sitzt im Vorstand von Microsoft. Vorstandsmitglied ist Allen weiterhin bei Dream Works SKG, Egghead Corporation und Darwin Molecular, während seine Interessenvertreter in den Vorständen von ARI Network Services, Cardinal Technologies Inc., C/NET: The Computer Network, Harbinger EDI, HSC Software, Lone Wolf Corp., Medio Multimedia Inc., Metricom Inc., Precision Systems Inc., SureFind Corp., Telescan Inc., Trilobyte Inc. und USSB Hubbard sitzen. Im sozialen Bereich engagiert sich Allen durch die vier Allen Charitable Foundations, die künstlerische, medizinische und karitative Aktivitäten im Nordwesten der Pazifikküste unterstützen. Außerdem hat er das Experience Music Project (vormals das Jimi-Hendrix-Museum) gegründet.

Alpha Microsystems – Alpha Microsystems ist ein Anbieter von Produkten und Dienstleistungen der Informationstechnologie, der sich auf vertikale Marktnischen spezialisiert, die sowohl direkt als auch von Wiederverkäufern bedient werden. Die Dienstleistungen der Firma, die mit rund 50 Niederlassungen in Nordamerika und Großbritannien vertreten ist, umfassen außerdem technische Beratung, Einrichtung von Netzwerken, Softwareunterstützung und Wartungsdienste.

Altair 8800 – Der Altair 8800 ist ein kleiner Computer, der 1975 von Micro Instruments Telemetry Systems in Neu-Mexiko eingeführt wurde. Der Altair basierte auf dem 8-Bit-Mikroprozessor 8080 von Intel, hatte einen RAM-Speicher von 256 Bytes, erhielt Eingaben über eine Bank von Switchschaltern auf der Frontplatte und zeigte die Ausgabe über eine Reihe von Leuchtdioden (LEDs) an. Er wurde vorwiegend als Bausatz verkauft. Er war bald überholt, gilt aber als der erste erfolgreiche »persönliche« Computer.

Populär wurde der Altair durch einen Artikel in der Ausgabe der Zeitschrift *Popular Electronics* vom Januar 1975. Die Reaktion auf diesen Artikel war überraschend: MITS hatte auf 200 Bestellungen gehofft (die geplante Gewinnschwelle), erhielt aber schon im ersten Jahr Tausende von Bestellungen.

Mit einem Endverkaufspreis von 397 Dollar war der Altair ein Schnäppchen. Dabei mußte man noch erhebliche Arbeit hineinstecken, um ihn zusammenzubauen und zum Laufen zu bringen, und obgleich er als vollständiger Computerbausatz vermarktet wurde, war ohne technisches Fachwissen nichts mit ihm anzufangen. Und wenn er dann richtig zusammengebaut war, machte er kaum etwas anderes, als die Lichter auf der Frontplatte entsprechend einem Programm aufleuchten zu lassen, das der Benutzer über die Schalter auf der Platte eingeben mußte. Sein innovativstes Merkmal war jedoch, daß er Einsteckplätze (Slots) aufwies, in die man zusätzliche elektronische Leiterplatten von anderen Elektronikfirmen einschieben konnte. Dadurch bekamen die ersten Mikrocomputer-Firmen eine Chance, die neue oder bessere Leiterplatten für den Altair bauten. Diese »offene Architektur« leitete eine neue Phase in der Entwicklung des Mikrocomputers ein.

America Online – America Online Inc. (AOL) mit Sitz in Vienna (Virginia) ist der größte und am schnellsten wachsende Anbieter von Online-Diensten in den Vereinigten Staaten. Über 2,5 Millionen Kunden nehmen die vielfältigen Dienstleistungen von AOL in Anspruch, darunter E-Mail, Konferenzschaltungen, Software, Support für den Computer, interaktive Zeitschriften und Zeitungen und Online-Unterricht sowie leichter und preisgünstiger Zugang zu den Diensten des Internet. AOL, 1985 gegründet, hat in den USA eine Reihe strategischer Bündnisse mit Dutzenden von Firmen geschlossen. PC-Besitzer können America-Online-Software bei großen Einzelhandelsketten und Buchhandlungen sowie über die Telefonnummer 800-8276364 erhalten.

Analog – Analog kommt aus dem Griechischen und bedeutet »ähnlich«. Analoge Übertragung, sei es durch Sprache, Video oder Bilder, ähnelt den ursprünglichen Signalen. Das Telefon zum Beispiel verwandelt Ihre Sprache in elektrische Schwingungen, die genauso aussehen würden, wenn Sie Ihre Sprache auf einem Oszilloskop betrachten könnten. Analoge Übermittlung erfordert im Gegensatz zur digitalen, die in Zahlen zerlegt ist, kontinuierlichen Betrieb.

Analysemaschine – Die Analysemaschine war eine von dem britischen Mathematiker und Wissenschaftler Charles Babbage 1833 entworfene mechanische Rechenmaschine. Der Bau der Maschine blieb in den Anfängen stecken. Sie sollte, obwohl sie lange vor dem Bau des ersten Computers erdacht wurde, Instruktionen speichern, mathematische Operationen ausführen und Ergebnisse auf Lochkarten als einer Art permanentem Speicher ausgeben können.

Apple Computer, Inc. – Apple Computer, Inc., ist im Bereich der Entwicklung, der Herstellung, der Lizenzvergabe und des Marketings von Produkten, Technologien und Dienstleistungen für die Wirtschaft, auf dem Bildungssektor, in Forschung und Technik und für offizielle Regierungsstellen tätig. Als anerkannter Vorreiter und Innovator in der Informationsindustrie ist Apple in über 140 Ländern aktiv.

Apples Ursprung liegt im Jahr 1976, als Steven P. Jobs und Stephen G. Wozniak in der Garage von Jobs Eltern in Cupertino, Kalifornien, eine Firma gründeten. Um den Bau der ersten 50 Apple I-Computerplatinen zu finanzieren, verkaufte Jobs seinen VW-Bus und Wozniak seine programmierbare Rechenmaschine. Innerhalb von nur vier Jahren verzeichnete die Personal Computer-Industrie einen Boom. Ende 1982 gab es mehr als 100 Firmen, die Personal Computer herstellten. 1983 wurde Apple auf dem Fortune 500-Index notiert.

Heute ist Apple ein Unternehmen, das viele Produkte herstellt und in vielen Geschäftsbreichen tätig ist. Es widmet sich weiterhin der Entwicklung seiner Hardwarebasis, von Technologien im Bereich der Systemsoftware, von Erzeugnissen auf dem Multimedia-Sektor, Produkten für Vernetzung und Kommunikation, Peripheriegeräten und Dienstleistungen, um die breitgefächerten und wachsenden Bedürfnisse seiner Kunden zu befriedigen.

Apple I Computer – Der Apple I war eine vorgefertigte Computerplatine, die von Stephen Wozniak und Steven Jobs im März 1976 gebaut wurde. Sie verfügte weder über Tastatur noch Gehäuse und besaß auch weder Ton noch Grafiken. Am 1. April des Jahres gründeten Wozniak und Jobs dann die Apple Computer Company. Ihre Präsentation des Apple I beim Homebrew Computer Club in Palo Alto, Kalifornien, wurde zu einem durchschlagenden Erfolg.

Zur Finanzierung der Apple I-Platinenkonstruktion verkaufte Jobs seinen VW-Bus und Wozniak seine programmierbare Hewlett-Packard-Rechenmaschine. 1350 Dollar kamen auf diese Weise zusammen. Nach dem Eingang einiger Aufträge begannen die beiden in der Garage von Jobs Eltern mit der Produktion. Im Juli kam der Apple I für Elektonikfans und Hobbyelektroniker zu einem Preis von 666,66 Dollar auf den Markt. Im Dezember wurde er landesweit in zehn Einzelhandelsgeschäften vertrieben.

Apple II Computer – Auf der ersten West Coast Computer-Messe präsentierte Apple Computer, Inc., im April 1977 seinen Apple II-Computer. Er war der erste PC, der Farbgrafiken erzeugen konnte. Im Juni kam er für 1298 Dollar auf den Markt. Seine Anwender setzten ihren Fernsehschirm als Computermonitor ein; Programme wurden auf Audiokassettenrekordern gespeichert.

Apple Lisa Computer – Mit der Einführung des Computers Lisa im Januar 1983 schlug Apple beim Personal Computer einen radikal neuen Weg ein. Lisa war mit einem Stückpreis von 9995 Dololar vorrangig für Unternehmen entwickelt worden. Zwar wurde er kein herausragender wirtschaftlicher Erfolg, doch trotzdem ein Meilenstein: Seine Technologie sollte die Basis für den vielerwarteten Macintosh werden.

Apple Macintosh Computer – Bei der Hauptversammlung im Januar 1984 wurde den Aktionären der Apple Macintosh Computer, dessen Ladenpreis bei 2495 Dollar lag, vorgestellt. Mit seinen Piktogrammen, Balkenmenüs, Fenstern und der Maus als Zeigegerät setzte er auf dem Gebiet der einfachen Computer-Handhabung neue Maßstäbe. Die Familie der Macintosh-Computer hat sich im Laufe der Jahre deutlich vergrößert. Zu ihr gehören mittlerweile der Macintosh Classic, die Macintosh II Quadra-Serie, die Macintosh LC-Serie für Pädagogen und Ausbilder, die Macintosh Performa-Serie für Verbraucher, eine Angebotspalette mobiler Powerbooks und die Powerbooks und die Power Macintosh-Serie. Heute sind weltweit über 16 Millionen Macintosh-Computer installiert.

Apple Power PC Computer – Im März 1994 stellte Apple mit seinem ersten Power Macintosh die nächste Generation von Macintosh Computern vor und initiierte den bedeutenden Übergang der Integration von besonders leistungsfähigen Rechnern, den RISCc (Abkürzung für *Reduced Instruction Set Computers*), in seine Einstiegssysteme, die Palette tragbarer Geräte sowie Desk Tops im oberen Bereich. Der Power Macintosh basiert auf dem PowerPC RISC Mikroprozessor, der in Zusammenarbeit mit IBM und Motorola entwickelt wurde und sowohl mit herkömmlichen Mac-Anwendungen als auch mit DOS- und Windows-Software arbeitet.

Asynchrone Datenübertragung (Asynchronous Transfer Mode) – Asynchrone Datenübertragung, kurz ATM, ist eine relativ neue Technologie, mit der riesige Mengen von Sprache, Text und Video dank eines wechselnden Übertragungsmodus in elektronischen Netzwerken übertragen werden können. ATM gewinnt zusehends den Status einer Technologie, die wahrscheinlich die Grundlage des Information Highway bilden wird.

AT&T – AT&T wurde 1885 als Gesellschaft gegründet, führt ihren Stammbaum aber auf Alexander Graham Bell zurück, der 1876 das Telefon erfand. Die vorrangige Aufgabe von AT&T als Muttergesellschaft des ehemaligen Bell System bestand darin, ein umfassendes Telefonnetz in den Vereinigten Staaten aufzubauen. Daneben wurde eine internationale Vermittlung eingerichtet. Das Bell System wurde 1983 aufgelöst, und AT&T mußte die Bell-Telefongesellschaften aufgeben. Heute operiert AT&T weltweit auf stark umkämpften Hochtechnologiemärkten, und nur noch die Fernvermittlung unterliegt staatlicher Regulierung. Mit 2,3 Millionen registrierten Anteilseignern ist die Aktie von AT&T die am breitesten gestreute Aktie in den USA.

Authoring tools – Genauso wie es Hilfsmittel gibt, mit denen wir Essen zubereiten, gibt es Hilfsmittel für die Herstellung von Multimedia-Programmen. Die »Authoring tools« umfassen alles, von Desktop-Publishing-Software bis zur Erfassung und Komprimierung von Video- und Audiodateien. Diese Tools werden schließlich so leicht handhabbar werden und so verbreitet sein, daß viele Schöpfer von kommerzieller Kommunikation in der Lage sein werden, Multimedia-Dokumente zu erstellen.

Babbage, Charles – Charles Babbage (1792–1871) war ein britischer Mathematiker und Erfinder, der mechanische Rechenmaschinen entwarf und baute, deren Prinzipien den modernen elektronischen Computer vorwegnahmen. Babbage wurde in Teignmouth (Devonshire) geboren und studierte an der Cambridge University. 1816 wurde er Mitglied der Royal Society, und er war Mitbegründer der Analytical, der Royal Astronomical und der Statistical Society.

Anfang der zwanziger Jahre des 19. Jahrhunderts begann Babbage, eine Differenzmaschine zu entwickeln, ein mechanisches Gerät, das einfache mathematische Berechnungen durchführen konnte. Er baute Teile der Maschine, konnte sie aber aus finanziellen Gründen nicht fertigstellen. 1991 wurde die Differenzmaschine aufgrund von Babbages detaillierten Zeichnungen und Angaben von britischen Wissenschaftlern rekonstruiert, und sie funktioniert einwandfrei, denn sie berechnet genau bis zu 31 Stellen, ein Beweis, daß Babbages Entwurf richtig war. In den dreißiger Jahren des 19. Jahrhunderts begann Babbage mit dem Bau seiner Analytischen Maschine, die kompliziertere Berechnungen durchführen sollte. Mit seinem Buch *Economy of Machines and Manufactures* (1832) begründete Babbage den Wissenschaftszweig, den man heute als Operations-Research bezeichnet.

Ballmer, Steve – Als Executive Vice President der Abteilung Verkauf und Beratung ist Steve Ballmer bei Microsoft für Absatz, Kundenberatung und Marketing zuständig. Er entwickelt das neue Modell des umfassenden Kundendienstes für die neunziger Jahre, das den Aufbau und die Pflege langfristiger, intensiver Beziehungen zu den Kunden vorsieht. 1980 ist Ballmer in die Microsoft Corporation eingetreten und hat dort seither eine Anzahl von Positionen innegehabt, unter anderem die des Vice President für Marketing und des Vice President für Personalfragen. Zuletzt war er als Senior Vice President der Abteilung Systemsoftware für Entwicklung, Marketing und Testen der Systemsoftware verantwortlich.

Ballmer ist Absolvent der Harvard-Universität. Nach dem Examen in Angewandter Mathematik und Wirtschaftswissenschaft war er bei Procter & Gamble Assistent im Produktmanagement. Anschließend hat er die Stanford School of Business besucht.

Ballmer ist Mitglied im Treuhand-Gremium der Harvard-Universität und im Beirat der Stanford Business School.

Bandbreite – Die Bandbreite ist, vereinfacht ausgedrückt, die Datenmenge, die über eine Kommunikationsleitung übermittelt werden kann. Da mit höherer Bandbreite mehr Daten übermittelt werden können, ist eine Steigerung der Bandbreite eine wichtige Voraussetzung für die Entwicklung des Information Highway. Der Zugriff auf und die Übertragung von allen möglichen Daten – einschließlich Sprache, Text, Bilder und Video – über eine einzige Leitung wird in absehbarer Zeit schnell und einfach sein.

BASIC – BASIC ist ein Akronym für *B*eginner's *A*ll-purpose *S*ymbolic *I*nstruction *C*ode. Es ist eine höhere Programmiersprache, die Mitte der sechziger Jahre von John Kemeny und Thomas Kurtz am Dartmouth College entwickelt wurde.

Seine ungeheure Beliebtheit verdankt BASIC vor allem zwei Implementierungen, Tiny BASIC und Microsoft BASIC, die BASIC zur ersten Lingua franca der Mikrocomputer machten. Andere wichtige Implementierungen waren C BASIC (Compiled BASIC), Integer und Applesoft BASIC (für den Apple II), BASICA und GW-BASIC (für den IBM-PC und Klone), True BASIC (eine revidierte Version von den ursprünglichen Autoren Kemeny und Kurtz) und Microsoft Quick BASIC.

Die Sprache hat sich mit den Jahren geändert. Frühe Versionen waren unstrukturiert und interpretiert, spätere sind strukturiert und vielfach kompiliert. Programmierer lernen anfangs vielfach BASIC, weil es leicht zu benutzen und zu verstehen ist und weil es dieselben Hauptbegriffe enthält wie viele andere Sprachen, die als schwieriger gelten, beispielsweise Pascal oder C. Dialekte von BASIC (oder »Basic«, wie es jetzt bei Microsoft heißt) erlangen Verbreitung als Makrosprachen, die in verschiedene Anwendungen eingebaut sind.

Bell Atlantic – Bell Atlantic Corporation ist eine in Philadelphia ansässige Firma, die im Bereich der mittleren US-Atlantikküste ein breites Spektrum von lokalen Telekommunikations-Dienstleistungen anbietet. Bell Atlantic besitzt eines der größten amerikanischen Mobilfunknetze und ist an landesweiten Allianzen beteiligt, die drahtlose Kommunikation ebenso wie Video und interaktive Programmierung bereitstellen werden. Bell Atlantic besitzt außerdem erhebliche Beteiligungen und Unternehmungen auf ausländischen Märkten und bietet Dienstleistungen für kundenorientierte Informationstechnologie an.

Betamax – Betamax war das erste Format für private Videorekorder. Von Sony entwickelt, verwendet es Bandkassetten von $^1/_2$ Zoll. Beta Hi-fi brachte zusätzlich Ton von CD-Qualität, und SuperBeta verbesserte das Bild. Heute ist VHS das Standardformat für $^1/_2$-Zoll-Videorekorder, doch stellt Sony immer noch Beta-Geräte her.

Bildpunkt – Der Bildpunkt, auch Pixel (Abkürzung von *picture element*), ist ein Punkt auf einem rechteckigen Gitter von Tausenden solcher Punkte, die – entweder vom Computer auf dem Bildschirm oder vom Drucker auf Papier – einzeln »eingezeichnet« werden, so daß ein Bild entsteht. Wie ein Bit die kleinste Informationseinheit ist, die der Computer verarbeiten kann, ist ein Bildpunkt das kleinste Element, das Hardware (Bildschirm, Drucker) und Software zur Herstellung von Buchstaben, Zahlen oder Grafiken verwenden können.

Bildungswesen – Die Computertechnik bereichert inzwischen das Bildungswesen durch solche grundlegenden Hilfsmittel wie Textverarbeitung und inhaltsreiche Multimedia-Anwendungen, die zugleich fesselnd und bildend sind. Die wachsende Fähigkeit, mit Software und mit anderen Menschen zu interagieren, bietet Lehrern und Schülern aller Altersstufen noch mehr Möglichkeiten. Ein breiterer öffentlicher Zugang zum Bildungswesen könnte mehr Menschen in die Lage versetzen, einen Hochschulabschluß oder eine fachliche Ausbildung zu erreichen. Fortbildungsmöglichkeiten, die Sie in Anspruch nehmen, wenn es Ihnen gerade paßt, müßten sich mit jedem Tagesablauf vereinbaren lassen.

Die Bildungsumwelt von morgen wird die Schüler nicht bloß ermutigen, die verblüffenden Zusammenhänge zwischen verschiedenen Sachgebieten zu erkennen; sie wird Schülern und Lehrern außerdem Gelegenheit geben, sich mit ihresgleichen am anderen Ende der Stadt und in anderen Ländern in Verbindung zu setzen.

So wird sich ein Lehrer in Bristol mit einem anderen in Stockholm über die Unterrichtspraxis austauschen. Ein Schüler in San Francisco wird zusammen mit einem Schüler in Osaka eine Multimedia-Präsentation im Unterricht vorbereiten und darbieten. Ein Astronaut in einer Raumstation kann mit Schülern über den Weltraum sprechen.

Auch die Eltern werden angeschlossen sein. Eine Besprechung mit dem Lehrer wird zu jedem beliebigen Zeitpunkt möglich sein. Die Eltern können täglich erfahren, was ihr Kind gerade lernt. So werden Eltern mit einem wichtigen Lebensbereich ihres Kindes enger in Berührung kommen und ergänzen und fördern können, was es in der Schule tut.

Der Multimedia-Software wird es immer besser gelingen, Bildungsinhalte spannend darzubieten und das herkömmliche »Pauken« vergessen zu machen. Lehrer werden Multimedia auf ihre Bedürfnisse zuschneiden können. Authoring tools werden es ihnen ermöglichen, Unterrichtseinheiten zu gestalten, die Text, Klang, Animation und Video enthalten und die Phantasie ihrer Schüler fesseln, die auf diese Weise zu herausfordernden Aufgaben ermutigt werden.

Die Schüler werden von zu Hause aus auf Anwendungen zugreifen, die sie mit allen Multimedia-Effekten auf spannende Weise unterrichten. Video zeigt Ereignisse, Animation illustriert Begriffe, und Klang fügt die emotionale Bedeutung hinzu.

Die Unterrichtsgegenstände könnten auf vielen Ebenen und aus unterschiedlichen Richtungen untersucht werden. Die Schüler, nicht mehr auf Papier und Bleistift angewiesen, werden mit Hilfe verschiedener Werkzeuge und Anwendungen Multimedia-Präsentationen schaffen, die ihr Wissen und ihr Urteil über einen Gegenstand umfassend darstellen. Durch Nutzung des Netzwerks und verschiedener Computer und Displaymöglichkeiten können sie ihr Projekt der Klasse präsentieren, und der Lehrer wird zur Benotung über eine elektronische Kopie verfügen.

Binär – Binäre Werte werden ausgedrückt als Kombinationen von Nullen und Einsen. Da man diese Ziffern als Darstellung von zwei Zuständen auffassen kann, an und aus oder wahr und falsch, die wiederum in einer elektronischen Maschine leicht durch zwei Spannungsniveaus repräsentiert werden können, bildet das binäre Zahlensystem den Kern aller Digitalrechner.

Bit – Bit ist die Abkürzung von *binary digit*, Binärziffer, und entweder eine 1 oder eine 0 im binären Zahlensystem. Es ist die kleinste Informationseinheit, die ein Computer bearbeiten kann. Die einzelnen Bits enthalten wenig Information, die ein Mensch als sinnvoll betrachten würde. Zu acht zusammengefaßt, werden die Bits jedoch zu den vertrauten Bytes, durch die alle Arten von Information, darunter die Buchstaben des Alphabets und die Ziffern von 0 bis 9, dargestellt werden.

Breitbandnetz – Das Breitbandnetz gilt als Fundament des Zeitalters der digitalen Kommunikation. Es wird eine so hohe Datenübertragungskapazität oder Bandbreite haben, daß es Daten, Sprache und Video simultan und augenblicklich über große Entfernungen befördern wird.

Brøderbund – Brøderbund Software Inc. ist eine diversifizierte Verbrauchersoftware-Firma, die eine breite Palette von preisgekrönten Produkten für den Einsatz in Haushalt, Schule und Kleinunternehmen anbietet. Die Firma macht es sich zur Aufgabe, PC-Software von bleibendem Wert für jedes Mitglied der Familie zu schaffen.

Brøderbund wurde 1980 von Doug und Gary Carlston gegründet, als die PC-Software-Industrie noch in den Kinderschuhen steckte. Die Firma beschäftigt 450 Mitarbeiter und hat ihren Sitz in Novato, Kalifornien.

Bug – Ein Bug (engl. für »Käfer«) in der Software ist ein Codierungsfehler, der ein Programm nicht richtig funktionieren läßt. Angeblich geht der Ausdruck auf die Frühzeit der Computer zurück, als man als Ursache für ein Hardwareproblem an der Harvard-Universität eine Motte entdeckte, die sich zwischen den Kontakten eines Relais in der Maschine verfangen hatte (Entomologen werden sicherlich gleich bemerken, daß eine Motte eigentlich kein Käfer ist).

Bus – Ein Bus ist ein System von Hardwareleitungen (Drähten) für den Datentransfer zwischen den Komponenten eines Computers. Er ist praktisch eine Sammelleitung, die die einzelnen Teile des Systems miteinander verbindet, darunter den Mikroprozessor, den Festplattencontroller, den Speicher und Eingabe/Ausgabe-Schnittstellen, und den Informationstransfer zwischen ihnen ermöglicht.

Byte – Byte ist eine Abkürzung für *binary term* und stellt eine aus acht Bits bestehende Informationseinheit dar. In der Datenverarbeitung oder -speicherung entspricht ein Byte einem einzelnen Zeichen, etwa einem Buchstaben, einer Zahl oder einem Satzzeichen. Da ein Byte nur eine geringe Informationsmenge darstellt, wird die Speicherkapazität eines Computers meistens in Kilobyte (1024 Byte) oder Megabyte (1048576 Byte) angegeben.

Carlson, Chester – Chester F. Carlson (1906–68) war ein in Seattle, Washington, geborener amerikanischer Physiker und Erfinder. Weil er bei der Beschaffung von Kopien von Patentzeichnungen auf Schwierigkeiten stieß, begann er 1934 mit Elektrostatik zu experimentieren, um auf diese Weise Kopien von gedruckten Materialien herzustellen. 1938 fertigte er in seinem Labor, das aus nur einem Raum bestand, die erste elektrostatische (Xerox-)Kopie an. Sein erstes Patent erhielt er 1940, doch bemühte er sich in den nächsten vier Jahren vergeblich bei über 20 Firmen, sein Produkt zu verkaufen, bis es schließlich von einer gemeinnützigen Forschungseinrichtung, dem Battelle Memorial Institute, übernommen wurde. Die ersten kommerziellen Nutzungsrechte an dem Xerox-Verfahren wurden 1947 von der Haloid Company erworben, einer kleinen Firma in Rochester, New York. Sie löste, später in Xerox Corporation umbenannt, mit der 1958 erfolgten Einführung des ersten Xerox-Bürokopierers eine Revolution im Fotokopieren aus.

Chipkarte – Eine Kreditkarte mit eingebautem Mikroprozessor und Speicher, als Kennkarte oder für den bargeldlosen Zahlungsverkehr verwendet. Bei Einführung in ein Lesegerät kann sie Daten mit einem Zentralrechner austauschen. Sie ist sicherer als eine Magnetkarte und kann so programmiert werden, daß sie sich selbst zerstört, wenn das falsche Paßwort zu häufig eingegeben wird. Als Karte für den bargeldlosen Zahlungsverkehr kann sie Kontobewegungen und Kontostand speichern.

COBOL – COBOL ist ein Akronym für *CO*mmon *B*usiness-*O*riented

Language, eine umständliche, dem Englischen (d.h. der natürlichen Sprache) ähnliche Programmiersprache, die zwischen 1959 und 1961 entwikkelt wurde. Ihre Etablierung als offizielle Programmiersprache des US-Verteidigungsministeriums, ihre Betonung von Datenstrukturen und ihre dem Englischen ähnliche Syntax führten dazu, daß sie breite Akzeptanz und Verwendung fand, besonders in kaufmännischen Anwendungen.

Code – Code ist ein allgemeiner Begriff für Programminstruktionen, der in zwei allgemeinen Bedeutungen verwendet wird: 1. für den Menschen lesbarer Quellcode, der in den Instruktionen besteht, die der Programmierer in einer Programmiersprache geschrieben hat, und 2. ausführbarer Maschinencode, der in den Instruktionen eines Programms besteht, aus dem Quellcode übersetzt in Instruktionen, die der Computer verstehen kann.

Compact Disc – Die Compact Disc, abgekürzt CD, wird als digitaler Informationsspeicher benutzt. Zum Lesen der CD dienen ein optischer Abtastmechanismus, der eine sehr intensive Lichtquelle, etwa einen Laser, benutzt, und Spiegel. Die Fünf-Zoll-CD kann 600 MB Daten aufnehmen, das entspricht 650 000 Seiten Text, 850 dicken Romanen oder 400 Disketten.

Compaq Computer Inc. – Die Compaq Computer Corporation entstand in den achtziger Jahren, und ihr Aufstieg ist eine der echten Erfolgsstorys der Computerindustrie. Die Firma erreichte ein beispielloses Wachstum, setzte bezüglich Verkauf und Finanzen Rekorde und beschleunigte die Entstehung des Personalcomputer-Marktes. Compaq wurde im Februar 1982 von Rod Canion, Jim Harris und Bill Murto gegründet, drei führenden Managern, die Texas Instruments verlassen hatten und mit einer Einlage von je 1000 Dollar ihre eigene Firma aufmachten. Das erste Produkt, in einem Houstoner Imbiß auf einem papierenen Platzdeckchen skizziert, war ein tragbarer Personalcomputer, auf dem die gesamte Software laufen konnte, die damals für den IBM-PC entwickelt wurde.

Die Gründer trugen ihre Idee Ben Rosen vor, dem Präsidenten von Sevin-Rosen Partners, einer Firma für die Anlage von High-Tech-Risikokapital. Die Firmenvertreter waren von der Idee, innerhalb des sich gerade herausbildenden Standards ein innovatives tragbares Produkt zu schaffen, angetan und bereit, die neue Firma mit Kapital auszustatten (Sevin-Rosen Partners finanzierten auch andere, rasch wachsende Firmen, darunter Lotus Development). Ben Rosen gehört bis heute als Vorsitzender zum Verwaltungsrat von Compaq. Die Firma hat heute eine Führungsposition auf dem Computermarkt inne, weil sie die in den achtziger Jahren erreichten Qualitätsstandards aufrechterhält und zugleich neue Strategien umsetzt.

Computer – Als Computer gilt jede Maschine, die eine strukturierte Eingabe aufnimmt, nach vorgegebenen Regeln verarbeitet und die Ergebnisse als Ausgabe vorlegt. Es gibt Computer in einer bemerkenswerten Vielfalt von Größen, Formen, Fähigkeiten und Anwendungen. In Verwaltung und Industrie wurden Computer in den sechziger Jahren allgemein gebräuchlich, doch für die meisten Verbraucher waren sie noch jahrelang nicht verfügbar. Die achtziger Jahre brachten kleine, leistungsstarke und erschwingliche Computer für den privaten Benutzer. Mit jeder Innovation der Computerhardware wurde bessere Software möglich, die wiederum die Herstellung besserer Computer anregte.

Control Data System, Inc. – Die Firma Control Data Systems, in Arden Hills, Minnesota, ansässig, hilft ihrer Kundschaft in Wirtschaft und Verwaltung, die komplexen Netzwerke und Anwendungen zu integrieren, die man heute braucht, um auf dem Elektronikmarkt wettbewerbsfähig zu sein. Als globaler Systemintegrator beschäftigt sie sich vornehmlich mit der Architektur, Implementierung und lebenslangen Pflege von elektronischen Handels-, Produktdatenverwaltungs- und Client/Server-Lösungen. Control Data Corporation, 1957 von William C. Norris gegründet, wurde rasch zum bedeutendsten Anbieter von wissenschaftlichen und technischen Hochleistungssystemen der Computerindustrie. In den ersten 25 Jahren des Bestehens der Firma gehörten ihre Computer stets zu den schnellsten und leistungsstärksten der Branche. In den siebziger Jahren diversifizierte Control Data in andere Wirtschaftszweige und übernahm Finanzdienstleistungen, Lohnabrechnung und die Messung der Einschaltquoten von Funkmedien.

Als die Computerbranche in den achtziger Jahren von immer höheren Standards durchgerüttelt wurde, erkannte Control Data die Notwendigkeit der Umstrukturierung und Konzentration. Die neue, kosteneffektive Technologie, die sich explosiv entwickelte, verschob die Nachfrage nach Rechenleistung von den Marken-Mainframes zu offenen Systemlösungen. Control Datas Rechner-Kerngeschäft ging 1989 offensiv zu offenen Systemen über. 1992 beschloß der Verwaltungsrat von Control Data, die Firma in zwei eigenständige Unternehmen aufzuspalten: Control Data Systems Inc., die sich mit der Integration von Computersystemen befaßt, und Ceridian Corporation, die sich Informationsdienstleistungen widmet. Dadurch konnten die einzelnen Zweige der Firma sich stärker auf ihre eigentlichen Fähigkeiten konzentrieren, der Wert der Aktien stieg, und die Chancen für Fremdbeteiligungen und Bündnisse mit anderen Unternehmen wuchsen.

Corbis Corporation – Corbis Corporation ist eine Personengesellschaft mit Sitz in Bellevue, Washington, die 1989 von Bill Gates gegründet wurde, um neue Wege des Zugriffs und der Verbreitung von digitalisierten Bildern zu entwickeln.

Corbis ist dabei, ein einzigartiges, umfassendes Archiv von digitalen Bildern hoher Qualität aufzubauen, das als weltweite Quelle visueller Information dienen wird. Das Corbis-Archiv enthält die am schnellsten wachsende Sammlung digitaler Bilder, die auf der ganzen Welt verfügbar sein werden. Das breite Spektrum des Archivs umfaßt Kunst, Kultur, Geschichte, Wissenschaft, Natur und viele weitere Gebiete. Die noch immer im Ausbau befindliche Sammlung enthält bereits Hunderttausende von digitalen Bildern aus den verschiedensten Quellen, darunter führende professionelle Fotografen, Kultureinrichtungen, Privatarchive, individuelle Sammler und Museen. Die Bilder sind mit ausführlichen Legenden, erklärenden Texten und sachdienlichen Stichworten versehen, die das Suchen erleichtern. Gegenwärtig sind vor allem Standbilder verfügbar, doch mit fortschreitender Technik wird das Archiv zunehmend bewegte Videoaufnahmen, Animation, Grafik, Text, Audio und Film umfassen. Der Inhalt wird heute hauptsächlich über CD-ROM und Online-Systeme verbreitet, doch künftig wird das Archiv auch digitale Märkte wie das interaktive Fernsehen bedienen.

Corbis hat sich Ende 1994 in zwei Geschäftsbereiche aufgegliedert, um die Investitionen in das Archiv zu fördern. Corbis Media vergibt an kreative professionelle Künstler Lizenzen für die Verwendung der Bilder in elektronischen und printgestützten Anwendungen. Corbis Publishing publiziert und vertreibt innovative CD-ROMs und Online-Produkte für den Verbrauchermarkt. Als Pionier auf dem Gebiet der Archivierung digitaler Inhalte setzt Corbis Industriestandards für die phantasievolle Nutzung von Inhalten, die hochwertige Reproduktion und den Schutz geistiger Eigentumsrechte.

Cyberspace – Cyberspace ist ein Ausdruck, den der Science-fiction-Autor William Gibson in seinem Roman *Neuromancer* prägte. Er beschreibt eine futuristische Welt, in der alle Computer in einem Netzwerk verbunden sind, und die Auswirkungen dieses Systems auf die Gesellschaft. Heute bezeichnet man die Online-Dienste World Wide Web und Internet vielfach als »Cyberspace«, und von Leuten, die endlos diese Systeme benutzen, sagt man, sie hätten sich im Cyberspace verirrt.

Differenzmaschine – Die Differenzmaschine war eine mechanische Rechenmaschine, die der britische Mathematiker und Wissenschaftler Charles Babbage 1821 entworfen hatte. Sie wurde zwar nie fertig, sollte aber mathematische Probleme mit 20stelligen Zahlen lösen können. Ihr Konzept wurde von Babbage in den dreißiger Jahren des 19. Jahrhunderts wieder aufgegriffen und im Entwurf seiner berühmteren Analysemaschine verbessert, eines mechanischen Vorläufers des elektronischen Computers. Babbage war übrigens auch der Erfinder des Tachometers und des Schienenräumers.

Digital – Digital ist, was den Computer betrifft, praktisch gleichbedeutend mit binär, weil die Computer, die den meisten von uns vertraut sind, Informationen verarbeiten, die als Kombinationen von Binärziffern (Bits) codiert sind. Weil die digitale Darstellung einen Wert als codierte Zahl wiedergibt, kann der dargestellte Wertebereich sehr groß sein, wenngleich die Anzahl der möglichen Werte durch die Anzahl der benutzten Bits begrenzt ist.

Digital Equipment Corporation – Die Digital Equipment Corporation, 1957 von Ken Olsen gegründet, hat ihren Sitz in Maynard, Massachusetts. Digital liefert offene Client/Server-Computerlösungen, die von Personalcomputern bis zu weltweiten Informationssystemen reichen.

Unter Olsens Leitung wuchs Digital von einem Dreimannunternehmen, das 800 Quadratmeter in einer alten Tuchfabrik gemietet hatte, zu einem weltweiten Anbieter von vernetzten Computersystemen, Software und Dienstleistungen. Mit dem 1960 auf einer Computerkonferenz in Boston vorgestellten PDP-1 von Digital begann die Ära der Minicomputer. Heute hat Digital über 102 000 Angestellte und tätigt Geschäfte in 100 Ländern; die Entwicklung und Fertigung der Produkte erstreckt sich auf Nord- und Südamerika, Europa und die pazifischen Küstenstaaten.

Dolby Laboratories – HDTV, ISDN, digitales Kabel... das sind nur einige Bereiche, in denen von Dolby Laboratories entwickelte analoge und digitale Prozesse überall in der Welt für effiziente, hochwertige Audioübertragung, -aufzeichnung und -wiedergabe sorgen.

Seit 30 Jahren hat Dolby Laboratories langfristige Verbesserungen der Tonqualität entwickelt und realisiert. Dolby-Rauschunterdrückungssysteme ermöglichten in den sechziger Jahren die mehrspurige Aufzeichnung, in den siebziger Jahren dann die HiFi-Audiokassette. In den achtziger Jahren breiteten sich Dolbys unvergleichlich praktische Mehrkanal-Klangtechnologien in der Filmindustrie aus und setzten neue Standards für die Kinobeschallung. Und in den neunziger Jahren bringen Dolbys fortgeschrittene Codierungstechnologien eine qualitativ hochwertige digitale Audiowiedergabe, von der Skeptiker meinten, sie sei nicht mehr möglich.

Die Forschung, die am Sitz von Dolby Laboratories in San Francisco betrieben wird, hat zu über 600 Patenten und Patentanmeldungen weltweit geführt. Die Technologie, die Anwendungen wie Musikaufnahmen, Rundfunk und Kinobeschallung ermöglicht, steckt in rund 80 verschiedenen professionellen, analogen und digitalen Audioprodukten, die in Dolbys

Fertigungsanlagen in Brisbane, Kalifornien, unmittelbar südlich von San Francisco, und in den europäischen Fertigungsstätten in Großbritannien gebaut werden. Sie werden in über 50 Ländern vertrieben.

Die Technologie, die in Audio- und Videoanlagen für Privathaushalte Anwendung findet, wird in Lizenz an mittlerweile fast 300 Hersteller von Unterhaltungselektronik in 48 Ländern vergeben und in deren Produkte eingebaut (bisher über 500 Millionen). Zu Dolbys Lizenzprogramm gehört auch, daß die Hersteller von Unterhaltungselektronik in den verschiedenen Ländern regelmäßig besucht und alljährlich Hunderte von Produktmustern in San Francisco getestet werden.

Die Dolby Laboratories, die sich in Privatbesitz befinden und einen Umsatz von rund 50 Millionen Dollar jährlich haben, fördern eine technisch äußerst anspruchsvolle Arbeitssituation und betreiben ihre Planung und Forschung mit einer ausgesprochen langfristigen Perspektive.

DOS – DOS, abgekürzt für *D*isk *O*perating *S*ystem, ist ein allgemeiner Begriff für jedes Betriebssystem, das von einem Plattenspeicher geladen wird, wenn ein Computer gestartet oder erneut gebootet wird. Ohne das Betriebssystem kann ein Computer nicht funktionieren. Ursprünglich wurde unterschieden zwischen Systemen, die von Diskette geladen wurden, und primitiven Mikrocomputer-Betriebssystemen, die aus einem internen Speicher geladen wurden oder die nur Magnet- oder Papierband unterstützten.

DSVD – DSVD, abgekürzt für *D*igital *S*imultaneous *V*oice and *D*ata, ist ein Verfahren, das bei bestimmten Modems erlaubt, gleichzeitig Sprache und Daten zu übertragen und zu empfangen.

Echtzeit – Echtzeit ist der Zeitraum, in dem etwas geschieht. Wenn Sie beispielsweise mit jemandem am Telefon sprechen, dann findet das Gespräch in Echtzeit statt. Es ist live. Bei Computeroperationen, die in Echtzeit ablaufen, bringt man die Aktivitäten des Geräts mit der menschlichen Zeitwahrnehmung in Einklang.

Elektronische Post – Elektronische Post, auch E-Mail genannt, ist eine Form der firmeninternen Hauspost oder des allgemeinen Postdienstes, nur eben von Computer zu Computer (oder von Terminal zu Terminal). In vielen privaten und öffentlichen Netzen ist die elektronische Post bereits eine wichtige kommerzielle Anwendung. Mit der zunehmenden Verbreitung und Vielseitigkeit der E-Mail wird die Zusammenarbeit mit Außenmitarbeitern und die Verbindung mit Kunden reibungslos vonstatten gehen.

Mit der elektronischen Post können Benutzer in lokalen Netzwerken wie in größeren Kommunikationsnetzen Nachrichten und – in manchen Fällen – Grafiken und gesprochene Mitteilungen senden und empfangen, sei es an einzelne Empfänger, sei es in Form einer Rundsendung an größere Gruppen.

Abgesandte Nachrichten werden in elektronischen Briefkästen, die den Benutzern des Netzwerks zugeordnet sind, gespeichert und können vom Empfänger eingesehen, abgespeichert oder gelöscht werden. Je nach den Fähigkeiten des E-Mail-Programms können Benutzer außerdem Post nachsenden, »Durchschläge« beifügen, Empfangsbestätigungen anfordern, Dateien anhängen und Nachrichten mit einem Texteditor bearbeiten. Bei Systemen, bei denen das E-Mail-Programm im Hintergrund aktiv bleibt, während der Benutzer an anderen Aufgaben arbeitet, wird der Empfänger außerdem über eingehende Post informiert, und er kann dann entscheiden, ob er die Mitteilung sofort einsehen oder abspeichern will, um sie sich später anzuschauen.

Elektronisches Schwarzes Brett – Von einem PC aus, der über ein Modem und Kommunikationssoftware verfügt, hat man Zugang zu einem elektronischen Schwarzen Brett (Nachrichtenbrett). Sobald die Verbindung hergestellt ist, meldet sich das System mit einem Menü von Optionen. Dazu gehören in der Regel das Hinterlassen einer Mitteilung, die Suche nach Informationen, die Beantwortung einer Umfrage sowie das Uploaden und Downloaden von Dateien.

ENIAC – ENIAC, ein Akronym für *E*lectronic *N*umerical *I*ntegrator *A*nd *C*alculator, war ein Computer, der 18000 Röhren enthielt und 220 Quadratmeter Grundfläche belegte. 1946 an der Universität von Pennsylvania entwickelt, gilt ENIAC als der erste vollelektronische Computer. Er arbeitete bis 1955.

Festplatte – Festplatten werden zur magnetischen Aufzeichnung von Computerdaten benutzt. Ein Festplattenlaufwerk besteht aus einem Stapel von nicht beweglichen Magnetplatten, die von einem Motor in schnelle Drehung versetzt werden. Lese-/Schreibköpfe an beweglichen Armen fahren zwischen die Platten, um auf deren Sektoren zuzugreifen.

Font – Fonts (Schriftsorten) bestehen aus Zeichensätzen derselben Schriftart (z. B. Times New Roman), desselben Stils (z. B. kursiv), derselben Anschlagstärke (z. B. fett) und derselben Größe. Der Computer greift für die Bildschirmdarstellung und den Ausdruck auf Fonts zurück. In beiden Fällen werden die Fonts aufgrund von Bitmaps (Punktmustern) oder Konturen (die durch mathematische Formeln festgelegt sind) erzeugt.

FORTRAN – FORTRAN, ein Akronym für *FOR*mula *TRAN*slation, war die erste höhere Computersprache, die Anfang der fünfziger Jahre im Laufe von vier Jahren entwickelt wurde. Der Name zeigt schon an, daß FORTRAN im Bereich von Wissenschaft und Technik entstand. Dort ist diese

Sprache immer noch sehr verbreitet, wobei sie allerdings im Laufe der letzten 35 Jahre erweitert und verbessert wurde und heute in jedem Bereich anwendbar ist.

Gigabyte – Was ein Gigabyte ist, hängt vom Zusammenhang ab; strenggenommen ist ein Gigabyte eine Milliarde Bytes. Doch wenn es um Computer geht, versteht man unter Bytes oft das Mehrfache von Zweierpotenzen. Ein Gigabyte kann daher sowohl 1000 Megabyte als auch 1024 Megabyte bedeuten, wobei unter einem Megabyte 2^{20} (d.h. 1048576) Bytes verstanden werden.

Glasfaserkabel – Beim optischen Datentransfer werden Lichtwellen, die zwecks Informationsübertragung moduliert werden können, durch Glasfasern geschickt. Die optischen Fasern, die aus Glas oder sonstigem lichtdurchlässigen Material bestehen, werden zu Hunderten in einem Kabel gebündelt. Ein einziger Strang kann erheblich mehr Information übertragen als die meisten übrigen Mittel der Datenübertragung. Glasfaserkabel bilden in Verbindung mit anderen Arten von Kabeln und drahtlosen Verbindungen den »Asphalt« der Datenautobahn.

Globale Vernetzung – Globale Vernetzung ist die Grundlage des Information Highway. Im Grunde geht es um ein Netzwerk von Computern, die durch Kommunikationsmittel miteinander verbunden sind. Ein Netzwerk kann aus nur wenigen Computern, Druckern und sonstigen Geräten bestehen, es kann aber auch viele kleine und große Computer umfassen, die über ein riesiges geographisches Gebiet verteilt sind. Ein Computernetzwerk, ob klein oder groß, stellt den Benutzern die Mittel zur elektronischen Kommunikation und Datenübertragung bereit.

Global Positioning System – Das Global Positioning System (GPS) besteht aus einer Reihe von Erdsatelliten, die kontinuierlich senden. Mit ihrer Hilfe lassen sich Standorte auf der Erde ermitteln. Durch Triangulation von drei Satelliten aus kann eine tragbare Empfangseinheit überall auf der Erde Ihren genauen Standort ermitteln.

GLOBE-Projekt – Global Learning and Observations to Benefit the Environment (GLOBE) ist ein weltweites Netzwerk von Schülern, Lehrern und Wissenschaftlern, die zusammenwirken, um die Umwelt zu erforschen und zu verstehen. Die Ziele von GLOBE sind, das Umweltbewußtsein in der ganzen Welt zu erhöhen, zu einem besseren wissenschaftlichen Verständnis der Erde beizutragen und allen Schülern zu helfen, in Naturwissenschaft und Mathematik höhere Leistungen zu erzielen.

Grafische Benutzeroberfläche – Eine grafische Benutzeroberfläche ist ein Darstellungsformat, das es dem Benutzer erlaubt, statt durch Eintippen von Befehlen durch Anklicken von bildlichen Symbolen (Icons) oder Menülisten auf dem Bildschirm Befehle auszuwählen, Programme zu starten, Dateien aufzulisten oder andere Optionen zu wählen. Die Wahl wird entweder über die Tastatur oder mit der Maus getroffen. Der Apple Macintosh und Programme wie Microsoft Windows bedienen sich einer grafischen Benutzeroberfläche.

Großrechner (Mainframe-Computer) – Großrechner sind Hochleistungscomputer, die für besonders umfangreiche Rechenoperationen konstruiert sind. Häufig arbeiten mehrere Nutzer an einem Großrechner, mit dem sie durch Terminals verbunden sind. Großrechner mit besonders hoher Kapazität, sogenannte Supercomputer, führen hochkomplexe und zeitaufwendige Rechnungen aus und werden vor allem von wirtschaftlichen, wissenschaftlichen und militärischen Einrichtungen für die Grundlagen- und die angewandte Forschung eingesetzt.

Halbleiter – Die Fähigkeit eines Halbleiters, elektrischen Strom zu leiten, bewegt sich zwischen der eines Leiters und eines Nichtleiters (Isolators). Der Widerstand eines Halbleiters ist gering bis hoch, je nach den Verunreinigungen, die beim Herstellungsprozeß gezielt hinzugefügt werden (Dotierung). In der Elektronik sind Silizium und Germanium die häufigsten Halbleiterstoffe. Die wichtigsten Halbleiter in der Computertechnik sind Transistoren-An-Aus-Schalter.

Hardware – Als Hardware bezeichnet man die materiellen Bestandteile eines Computersystems einschließlich vorhandener Peripheriegeräte wie Drucker, Modems und Mäuse.

Hewlett-Packard Company – Die Hewlett-Packard Company entwirft, produziert und wartet elektronische Produkte und Systeme zum Messen, Berechnen und Kommunizieren, die in Industrie, Wirtschaft, Technik, Wissenschaft, Medizin und Bildungswesen Anwendung finden. Hewlett-Packard ist eines der größten Industrieunternehmen der USA und eine der größten Computerfirmen der Welt.

Die Firma mit Sitz in Palo Alto, Kalifornien, beschäftigt rund 98 000 Menschen, davon 59 000 in den Vereinigten Staaten. Das grundlegende Unternehmensziel besteht darin, den Fortschritt der Erkenntnis zu beschleunigen und die Effektivität von Menschen und Organisationen zu steigern. Zu den über 23 000 Produkten der Firma gehören Computer und Peripheriegeräte, elektronische Test- und Meßinstrumente und -systeme, Netzwerkprodukte, medizinisch-elektronisches Gerät, Instrumente und Systeme für die chemische Analyse, Taschenrechner und elektronische Komponenten.

Home Page – Die Home Page oder Homepage ist die erste Seite eines »Site« im World Wide Web. Homepages enthalten Hypertextverbindungen zu weiteren Informationen oder Websites sowie andere Multimedia-Elemente, auf die der Inhaber der Homepage aufmerksam machen will.

Honeywell Inc. – Honeywell Inc. ist ein weltweites Unternehmen, das Produkte, Systeme und Dienstleistungen anbietet, die der Sicherheit und dem Schutz der Umwelt in Haushalten und Gebäuden, in Industrie, Luft- und Raumfahrt dienen. Die Firma mit Sitz in Minneapolis beschäftigt 51000 Menschen in 95 Ländern und hat einen Jahresumsatz von über sechs Milliarden Dollar.

Das Unternehmen ist in drei weltweite Geschäftsbereiche aufgegliedert: Haus- und Gebäudeüberwachung, Industrie sowie Luft- und Raumfahrt. Jeder Geschäftsbereich ist auf einen spezifischen Markt mit seinen eigenen Kunden, Produkten und Technologien zugeschnitten. Honeywell ist führend in allen Marktbereichen, die das Unternehmen bedient.

IBM – International Business Machines Corporation (IBM) ist ein amerikanischer Computerhersteller mit Sitz in Armonk (New York). Die Firma ist ein bedeutender Anbieter von Produkten und Systemen für die Datenverarbeitung, Software, Kommunikationssystemen, Workstations und damit zusammenhängenden Artikeln und Dienstleistungen in den USA und weltweit. Die Produkte von IBM werden in den unterschiedlichsten Bereichen eingesetzt, in Wirtschaft, Verwaltung, Wissenschaft, Verteidigung, Bildung, Medizin und Raumforschung.

Die Firma wurde 1911 unter dem Namen Computing-Tabulating-Recording Company durch die Fusion von drei kleineren Unternehmen als Kapitalgesellschaft begründet. Nach weiteren Erwerbungen schluckte sie 1924 die International Business Machines Corporation und nahm deren Namen an. Im gleichen Jahr trat Thomas Watson an die Spitze des Unternehmens, das sich mit knapper Not über Wasser hielt, und machte daraus einen Industriegiganten. IBM wurde bald zum größten amerikanischen Hersteller von Stechuhren und entwickelte und vermarktete die erste elektrische Schreibmaschine. 1951 ging die Firma in den Computerbereich. Die technologische Entwicklung bei IBM wurde großteils durch Lieferverträge mit der staatlichen Atomenergie-Kommission finanziert; es gab enge Parallelen zwischen Produkten für den staatlichen Bereich und solchen, die IBM für den allgemeinen Markt produzierte. Ende der fünfziger Jahre zeichnete IBM sich durch zwei Neuerungen aus: das Konzept einer Familie von Computern (die 360er-Familie), auf denen durchgängig dieselbe Software laufen konnte, und eine Firmenpolitik, die es Kunden kaum erlaubte, kein IBM-System zu implementieren. Diese Politik erzeugte eine ungeheure Loyalität gegenüber »Big Blue«, wie man IBM schließlich nannte.

Von den sechziger Jahren bis in die achtziger beherrschte IBM den Weltmarkt für Großrechner, doch auf Spezialgebieten wie dem der Hochleistungsrechner büßte die Firma Marktanteile ein. Als in den siebziger Jahren Minicomputer eingeführt wurden, sah IBM darin eine Gefahr für den Markt der Großrechner und erkannte nicht deren Potential. So erhielten Konkurrenten wie Digital Equipment Corporation, Hewlett-Packard und Data General eine Chance. 1981 führte IBM jedoch den sehr erfolgreichen IBM-PC ein, der rasch zum Industriestandard avancierte. Weniger Erfolg hatte die Firma bei der Verteidigung ihres Marktanteils gegen Billigproduzenten.

In den achtziger Jahren war IBM der weltgrößte Hersteller einer kompletten Computerlinie und der führende Hersteller von Büromaschinen, darunter Schreibmaschinen und Fotokopierer. Die Firma war zugleich der größte Produzent integrierter Schaltungen, die sämtlich in ihren eigenen Produkten Verwendung fanden. Der Verkauf von Großrechnern und dazugehöriger Software sowie Peripheriegeräten machte fast die Hälfte des Umsatzes und 70 bis 80 Prozent der Gewinne von IBM aus.

Anfang der neunziger Jahre, als die amerikanische Wirtschaft sich in einer Rezession befand, gliederte IBM sich in selbständige Unternehmenseinheiten auf, die sich stärker an den Absatzmärkten der Firma ausrichteten. Dadurch verloren 40000 Angestellte ihre Arbeit, und für 1993 wurden weitere Personaleinsparungen angekündigt. Nach Rekordverlusten 1992 und einer Dividendenkürzung auf die Hälfte des vorigen Wertes – ein Novum in der Firmengeschichte – trat John F. Akers, Vorsitzender seit 1985, Anfang 1993 zurück. Im April 1993 trat Louis V. Gerstner jr. an seine Stelle.

IBM Betriebssystem/2 – Das IBM-Operating System/2, abgekürzt OS/2, ist ein Multitask-Betriebssystem, in dem viele Programme gleichzeitig laufen können. Es wurde für Personal Computer entwickelt. Für die gängige Version des OS/2 wird eine einmalige Lizenzgebühr von 325 Dollar erhoben. OS/2 wurde ursprünglich als Gemeinschaftsprojekt von IBM und Microsoft für den Einsatz von Intel-Mikroprozessoren und den Personal System 2/Personal-Computern von IBM entwickelt, doch gehört nun zur Produktpalette von IBM.

IBM Personal Computer XT – 1983 kam der IBM Personal Computer XT, auch PC/XT genannt, auf den Markt. Er verfügte über einen größeren Speicher als seine Vorgänger und gleichzeitig über die erste eingebaute Festplatte. Diese Platte diente als eingebautes Speichergerät mit 10 Megabytes an Informationen, ungefähr 10 Millionen Zeichen oder 80 Millionen Bits. Besitzer älterer Modelle konnten ihre Computer mit diesen zusätzlichen Speichern nachrüsten und für 3000 Dollar einen IBM-Nachrüstungsbausatz mit separater Stromversorgung erwerben, um die Speicherkapazität des Computers zu erhöhen.

IBM Personal System/2 – Am 2. April 1987 führte IBM eine neue Computerfamilie unter der Bezeichnung Personal System/2 ein. Als Antwort auf die Notwendigkeit, Käufern PCs mit fortgeschrittener Leistungsfähigkeit zu offerieren, bot IBM die Mikrokanal-Architektur an, mittels derer Verbraucher neue Technologien am Markt in ihren Computer einbauen konnten. Vorher hatten neue Technologien ältere Systeme oft technisch überholt und damit überflüssig gemacht.

IBM System/360 Computer – Am 7. April 1964 stellte IBM eines der bedeutendsten Produkte vor, die die Firma bis dahin entwickelt hatte: die Computerbaureihe System 360. Die Rechner, die in unterschiedlichen Größen gebaut wurden, benutzten dieselben Programminstruktionen – eine Neuerung in der Computerbranche.

IBM System/370 – Zusammen mit seinem Vorgänger, dem System 360, diente IBMs System/370 als Modell für die meisten der von IBM seit Mitte der 60er Jahre gefertigten Großrechner. Besonders Konzerne und Großunternehmen arbeiteten mit dem System/370 und setzten es bei umfangreichen Datenbank-Transaktionen wie Flugbuchungen ein. 1983 wurde das gleiche System bzw. die gleiche Architektur in den IBM Personal Computer XT/370 eingebaut.

Identifikation (Authentication) – Identifikation ist ganz einfach der Vorgang, durch den Benutzer oder Informationsanbieter beweisen, daß sie die sind, die sie zu sein behaupten. Dabei wird der Name und das Paßwort eines Benutzers mit einer Liste von autorisierten Benutzern verglichen; stellt das Betriebssystem eine Übereinstimmung fest, erhält der Benutzer Zugang.

Information auf Knopfdruck (Information at Your Fingertips) – Aus der Idee, einen Computer auf jeden Schreibtisch und in jedes Heim zu bringen, hat sich die Idee entwickelt, Computer an jedem erdenklichen Ort – in jedem Raum, jedem Auto, jeder Westentasche – einzusetzen, wovon wir vor zehn Jahren noch nicht einmal zu träumen gewagt hätten. 1990 führte Microsoft das Konzept *Information auf Knopfdruck* ein. Dahinter steckt die Vorstellung, daß Computer zu einem immer persönlicheren und wichtigeren Element unseres Lebens werden, um es schließlich in jeder Hinsicht zu bereichern.

Jetzt, knapp fünf Jahre später, brauchen wir uns nur umzuschauen, um reale Beispiele für *Information auf Knopfdruck* zu sehen. Faxgeräte, mobile Telefone und besonders Personalcomputer sind weithin mit Begeisterung aufgenommen worden. Letztes Jahr wurden weltweit mehr als 25

Millionen Computer, rund 15 Millionen Faxgeräte und fast ebenso viele Mobiltelefone von Firmen und Privatleuten angeschafft. Wir benutzen sie täglich, ob im Büro oder zu Hause. Sie sind zu unverzichtbaren Hilfsmitteln geworden.

Wir werden künftig immer mehr Computer und computergestützte Geräte finden, die uns ständigen Zugriff auf alle möglichen Informationen erlauben. Geräte, die heute noch speziellen Zwecken dienen, werden zu Plattformen für vielfältige Anwendungen werden. Ein gutes Beispiel ist die Armbanduhr. Vor wenigen Jahren zeigte sie bloß die Zeit an. Heute können Sie eine Armbanduhr erwerben, die Ihren Terminkalender führt und als Funkrufempfänger dient. Künftig könnte Ihre Armbanduhr zu einem Mehrzweckgerät werden, das Sie identifiziert und Ihnen Zugang zu Ihrem Auto, Ihrem Haus und sonstigen Geräten gibt. Sie könnte sogar wichtige persönliche und medizinische Informationen speichern. Diese Entwicklung ist bereits im Gange, und sie wird sich noch beschleunigen.

Unser Verhältnis zur Information unterliegt einem tiefgreifenden Wandel. Im Wirtschaftsleben gibt es seit langem private Netze. Heute verschaffen öffentliche Netze wie das Internet jedem die Möglichkeit, mit den verschiedensten Informationsquellen und mit anderen Verbindung aufzunehmen. Das Wesen der Information selbst ändert sich, denn sie wird uns in vielfältigeren Formen zugänglich, die Bilder, Klang und Video einschließen. Das ist nur der Anfang.

Das Phantastische am Siliziumchip ist, daß alle zwei Jahre neue Chips herauskommen, die doppelt so schnell sind und eine doppelt so große Speicherkapazität haben wie ihre Vorgänger. Das nennt man exponentielles Wachstum! Dadurch ist die Softwareindustrie in der Lage, immer komplexere Programme zu erstellen, die computerisierte Geräte zweckmäßiger und einfacher handhabbar machen. Und die Hardwareindustrie kann leistungsfähige, kleinere, preisgünstigere Geräte herstellen, die ohne große Umstände zu einem Bestandteil unseres Lebens werden.

Eines der zukünftigen Hilfsmittel wird die »intelligente« Plastikkarte sein, die Bargeld und Kreditkarten ersetzt und gleichzeitig als Führerschein, Telefonkarte, Schlüssel und vielen weiteren Zweck dient. Ein anderes Hilfsmittel könnte der Wallet-PC (Brieftaschen-PC) sein, der nicht nur alles das kann, was die »intelligente« Plastikkarte leistet, sondern außerdem als Plattform für Anwendungen dient, die über ein interaktives zweiseitiges Netzwerk bereitgestellt werden. Und multifunktionale Displaypanels und -tafeln werden vielfach Papier und Wanddisplays ersetzen. Diese persönlichen elektronischen Systeme werden zu einem integralen Bestandteil unseres Alltags werden.

Es sind Fortschritte in der Kommunikationstechnologie absehbar, durch die diese Geräte mitsamt ihrer Rechenleistung global miteinander verknüpft werden. Die meisten Formen von Medien werden bereits digital erstellt, bearbeitet und gespeichert. Künftig wird es uns dank der Kommunikationsinfrastruktur genauso leichtfallen, diese Informationen innerhalb der Firma oder um die ganze Welt zu versenden. Diese neuen Netzwerke, die sich zunehmend auf Glasfaserkabel und einen asynchronen Transfermodus stützen, werden die Leistung und Kapazität der Datenkommunikation in privaten Netzwerken um den Faktor 10 und in der Fernkommunikation über den Faktor 1000 erhöhen. Sie werden außerdem in der Lage sein, über drahtlose Hochgeschwindigkeitsverbindungen auf diese Netzwerke zuzugreifen. Und die Netzwerke werden im Zuge ihrer Weiterentwicklung bald über eine ausreichende Bandbreite verfügen, um im Austausch Text, Sprache und Videodaten zu übertragen. Am Ende könnte es dahin kommen, daß diese Netzwerke zu einem einzigen verschmelzen.

Um alle Möglichkeiten dieser Fortschritte auszuschöpfen und für uns persönlich nutzbar zu machen, brauchen wir eine wichtige Komponente: Software. Die CD-ROM und die Online-Dienste von heute sind vorzügliche Beispiele für Software, die uns auf die Möglichkeiten der Zukunft vorbereitet. Stellen Sie sich vor, daß die größten Vorzüge beider Medien miteinander verknüpft werden und in einem Hochgeschwindigkeitsnetzwerk von hoher Bandbreite laufen: Die hohe Kapazität der allgemein zugänglichen Datenspeicher wird es erlauben, daß viele Menschen mühelos auf aktuelle, reichhaltige Multimedia-Inhalte zugreifen. Bis zum Jahr 2005 wird es dann Anwendungen geben, die für alle Aspekte unseres Lebens bedeutsam sind.

Information wird über unzählige Geräte abrufbar sein. Das, was wir heute als Fernsehgerät bezeichnen, wird durch Integration von Computerleistung eine erhebliche Funktionserweiterung erfahren. Software wird Ihnen die Möglichkeit geben, ohne Mühe interaktiv mit dem Gerät umzugehen und eine Auswahl zu treffen, die ihren Interessen entspricht. Sie wird Ihre Präferenzen erkennen und Ihnen helfen, die Sendungen zu finden, nach denen Sie suchen, wann immer Sie es wünschen. Die Software von morgen, die von robusten Entwicklungstools bis zu intelligenten Anwendungen reicht, wird den Computer, der heute noch von den meisten als etwas »Technisches« empfunden wird, in einen einfachen, selbstverständlichen und unerläßlichen Bestandteil Ihres Alltags verwandeln.

Information Highway – Der Information Highway (in der Bedeutung im Englischen umfassender als die deutsche Bezeichnung »Datenautobahn«;

A. d. Ü.) ist eine Metapher für die vielfältigen digitalen Informationsnetze, die die USA und die ganze Welt umspannen. Diese Netze, deren Leistungsfähigkeit ebenso wächst wie der Grad ihrer Nutzung, können Sprache, Video und andere Arten von Daten übertragen. Der Information Highway, bis zu dessen allgemeiner Akzeptanz und Implementierung noch Jahre vergehen werden, wird die Art und Weise, wie wir leben, arbeiten und lernen, grundlegend verändern.

Informationsgeräte – Informationsgeräte sind Geräte der Zukunft, die Zugang zu allen möglichen Netzwerken haben werden, um Informationen zu senden und zu empfangen. Vielleicht werden sie den Computern oder Fernsehgeräten von heute ähneln, vielleicht werden es auch Wallet-PCs sein, aber eines steht schon jetzt fest: Sie werden extrem leistungsfähig sein und sich in den Information Highway einklinken können.

Informationstheorie – Die Informationstheorie ist eine mathematische Disziplin, die sich mit den Eigenschaften und der Übertragung von Information befaßt. Sie behandelt Aspekte der Kommunikation wie Datenmenge, Übertragungsrate, Kanalkapazität und Sicherheit der Übertragung, von der Informationsübermittlung durch Kabel bis zum Informationsfluß innerhalb einer Gesellschaft. Die Informationstheorie wurde 1948 von dem Mathematiker Claude Shannon begründet.

Integrierte Schaltung – Eine integrierte Schaltung ist die Zusammenfassung von Schaltelementen wie Transistoren und Widerständen auf einem einzigen Chip, der aus einem Siliziumkristall oder einem anderen Material besteht. Integrierte Schaltungen werden nach der Anzahl der in ihnen zusammengefaßten Elemente eingeteilt. Je größer die Zahl der Elemente, die auf eine gegebene Fläche gepackt werden, desto kleiner müssen sie natürlich sein. Bei höchster Packungsdichte sind die Schaltelemente manchmal nur wenige Atome groß.

Intel 8008 Mikroprozessor – Der im August 1972 eingeführte Intel 8008 Mikroprozessor war der erste 8-Bit-Mikroprozessor. Obwohl nicht besonders leistungsfähig, brachte dieser Chip doch das »Gehirn« eines Computers praktisch auf einem einzigen Siliziumchip unter.

Intel 8080 Mikroprozessor – Der Mikroprozessorchip 8080 von Intel, im Juni 1974 eingeführt, war zehnmal so leistungsstark wie sein Vorgänger, der 8008. Er besaß einen 8-Bit-Datenbus und war einer der ersten Chips, die sich als Basis eines Personalcomputers eigneten. Er war außerdem in gewisser Weise der Urahn der ganzen 80x86-Mikroprozessorreihe, die bis heute das Rückgrat der IBM-kompatiblen Welt bildet.

Intel Corporation – Intel wurde 1968 mit dem Ziel gegründet, sehr komplexe Siliziumchips zu entwerfen und herzustellen. Die ersten Produkte des

Unternehmens waren Halbleiter-Speicherchips. 1971 führte Intel den ersten Mikroprozessor der Welt ein, eine Entwicklung, die nicht nur der Firma selbst, sondern der ganzen industriellen Welt den Weg in eine neue Zukunft wies. Intels geschäftliche Betätigung wurde zunehmend von der Richtung bestimmt, die die Mikroprozessor-Revolution einschlug.

Fünfundzwanzig Jahre nach seiner Gründung ist Intel weiterhin ein führender Anbieter von Mikroprozessor-Komponenten und -modulen. Desktop- und mobile Systeme warten heute mit einer beeindruckenden Rechenleistung auf. Diese leistungsstarken und dennoch erschwinglichen Computer werden zu Netzwerken verknüpft, die einen gemeinsamen Zugriff auf Daten aller Art erlauben. Intels Aufgabe besteht darin, die elektronischen Bausteine für diese neue Computer- und Kommunikationsindustrie zu liefern, eine Industrie, in der viele entscheidende Produkte auf Technologien basieren, an denen Intel bahnbrechend beteiligt war, darunter die PC-Architektur.

Interaktivität – Interaktivität, unter der man das oft einem Dialog ähnelnde Wechselspiel zwischen Computer und Benutzer versteht, gehört zu den attraktivsten Zügen der neuen digitalen Ära. Da Mikrocomputer in hohem Maße interaktive Maschinen sind, werden sie durch diese Eigenschaft zugänglich und leicht benutzbar. Die Interaktivität selbst wird durch Hochgeschwindigkeitsnetzwerke und Grafik immer besser.

Internet – Das Internet ist ein internationales Geflecht miteinander verbundener Computernetzwerke von staatlichen Stellen, Bildungseinrichtungen, Wirtschaftsunternehmen, also praktisch ein Netzwerk von Netzwerken. Über ein Computerterminal oder einen Personalcomputer mit entsprechender Kommunikationssoftware kann man über das Internet mit anderen kommunizieren, indem man Daten in ein Internet-Protocol-(IP-)aket – einen elektronischen Briefumschlag – packt und das Paket an eine bestimmte Zieladresse im Internet »adressiert«. Kommunikationssoftware in den eingeschalteten Netzwerken zwischen Quell- und Zielnetzwerk »liest« die Adressen auf Paketen, die im Internet unterwegs sind, und leitet diese an ihre Bestimmungsorte weiter. Das Internet, das Mitte der achtziger Jahre aus rund 1000 Netzwerken bestand, ist bis 1994 auf rund 30000 angeschlossene Netzwerke angewachsen, zu denen etwa 25 Millionen Menschen Zugang haben. Die meisten dieser Internet-Benutzer leben in den USA und Europa, doch das Internet weitet sich in dem Maße aus, in dem die Telekommunikationsleitungen in anderen Ländern verbessert werden.

Seine ungewöhnliche Gestaltung und Architektur verdankt das Internet seinen Anfängen im Jahr 1969, als im US-Verteidigungsministerium das

ARPANET-Projekt entstand (die Bezeichnung leitet sich von der *A*dvanced *R*esearch *P*roject *A*gency ab, der für das Projekt zuständigen Stelle im Pentagon). Militärische Planer wollten ein Computernetzwerk so gestalten, daß es eine teilweise Zerstörung (etwa durch einen Atomschlag) überstehen und weiterhin als Netzwerk funktionieren könnte. Eine zentralisierte Steuerung des Datenflusses durch einen oder einige wenige Zentralcomputer würde, so ihre Überlegung, das System zu anfällig machen. Jeder Computer im Netzwerk sollte gleichrangig mit jedem anderen kommunizieren können. Würde ein Teil des Netzwerks zerstört, könnten die erhaltenen Teile die Kommunikation automatisch über andere Pfade umleiten. Da viele Faktoren – Stromausfälle, überbeanspruchte Telekommunikationsleitungen und technisches Versagen – die Leistung eines Netzwerks beeinträchtigen können, war die ARPANET-Lösung auch für Netzwerkteilnehmer außerhalb des Militärs verlockend. In den achtziger Jahren entstanden lokale Netzwerke (Computernetzwerke innerhalb einer Organisation) an Universitäten und zunehmend auch in Wirtschaftsunternehmen und Verwaltungen. Diese Netzwerke benutzten überwiegend dieselben Kommunikationsprotokolle wie ARPANET. Die Manager dieser neuen Netzwerke erkannten den Nutzen der Kommunikation zwischen Netzwerken und des Datenverbunds, und viele schlossen sich anderen Netzwerken an.

Ende der achtziger Jahre errichtete die National Science Foundation (NSF) fünf Supercomputer-Zentren, die jedem akademischen Forscher Zugriff auf Hochleistungscomputer gewährten, die vorher nur Rüstungslieferanten zugänglich waren. Die NSF baute ihr eigenes Netzwerk auf, basierend auf der IP-Technologie, das die fünf regionalen Zentren miteinander vernetzte. Die Netzwerke einzelner Universitäten wurden untereinander verknüpft und an das nächstgelegene regionale Zentrum angeschlossen. Bald wurden die Netzwerkverbindungen für Zwecke benutzt, die mit den Zentren selbst nichts zu tun hatten, zum Beispiel für elektronische Post zwischen Universitäten.

Die Einsparungen durch elektronische Post (E-Mail) waren für viele Wirtschaftsunternehmen ein hinreichender Anreiz, um Anfang der neunziger Jahre groß in Geräte und Netzwerkverbindungen zu investieren. Da die Mitarbeiter von Großunternehmen jeden Monat Hunderttausende von E-Mail-Mitteilungen über das Internet versenden können, ergeben sich erhebliche Einsparungen bei Porto- und Telefonkosten.

Das Internet ist auch eine Informationsquelle für Wirtschaftsunternehmen. Über das Internet tauschen Tausende von Diskussionsgruppen mit speziellen Interessengebieten, die von der Raumfahrt bis zur Molekularbiologie reichen, untereinander Daten aus. Die US-Regierung gibt immer mehr Informationen, beispielsweise Mitteilungen des Handelsministeriums und neue Patentanmeldungen, im Internet bekannt. Eines der ehrgeizigsten Beispiele dafür ist das noch laufende Projekt der Cornell-Universität, 100 000 Bücher über die Entwicklung der amerikanischen Infrastruktur – über Brücken, Straßen und andere öffentliche Bauten –, die in den letzten 100 Jahren veröffentlicht wurden, für den Internet-Zugriff in Dateien zu konvertieren. Einige Unternehmen haben außerdem begonnen, die Möglichkeit der Werbung und Vermarktung im Internet zu erkunden, aber die Ergebnisse sind bisher zwiespältig. Ein Problem ist der Schutz des Urheberrechts, weil jeder Daten aus dem Internet »herunterladen« (elektronisch kopieren) kann. Einige Firmen haben probiert, Daten, die über das Internet gegen Gebühr abrufbar sind, zu verschlüsseln und den Schlüssel nur denjenigen zu liefern, die die Daten kaufen. Das kann die Käufer aber nicht daran hindern, die Daten neu zu verpacken und weiterzuverkaufen. Die meisten Unternehmen errichten zum Schutz ihrer internen Geschäftsdaten vor Eindringlingen von außen eine »Brandmauer«, einen Stand-alone-Computer, der alle eingehenden Internet-Mitteilungen auf Sicherheitsrisiken überprüft. Dadurch wird verhindert, daß Außenstehende auf die geschützten Daten der Firma zugreifen können. Zugang zum Internet erhalten individuelle Benutzer über ein an ihren privaten Personalcomputer angeschlossenes Modem. Die meisten dieser Benutzer werden Teilnehmer von lokalen Netzwerken, die die Verbindung zum übergeordneten Internet und zu anderen speziellen Diensten herstellen. Diese Dienste machen nicht nur Informationsquellen wie Nachschlagewerke und Zeitschriften zugänglich, sondern bieten auch elektronische Diskussionsgruppen über vielfältige Themen, zum Beispiel Freizeit, Politik, Medien, Spiele und dergleichen. Privatbenutzer können sich in diese Diskussionsgruppen einschalten oder direkt einzelne Partner »ansprechen«.

Die Aufsicht über das Internet führt The Internet Society, ein lockerer Zusammenschluß aus individuellen und korporativen Teilnehmern, mit Sitz in Reston, Virginia.

ISDN – ISDN, abgekürzt für *I*ntegrated *S*ervices *D*igital *N*etwork, ist ein weltweites digitales Kommunikationsnetzwerk, das sich aus vorhandenen Telefonsystemen entwickelt. Das ISDN soll die heutigen Telefonleitungen, die eine Digital-Analog-Umsetzung erfordern, durch ganz und gar digitale Schalt- und Leitungseinrichtungen ersetzen, die alle möglichen Daten übertragen können, von der Sprache über Computerdaten bis zu Musik und Video. Nach vollständigem Ausbau (möglicherweise um die

Jahrhundertwende) soll das ISDN den Benutzern schnellere und umfangreichere Kommunikationsdienstleistungen bereitstellen.

Jobs, Steven – Steven Jobs (geb. 1955) ist einer der amerikanischen Top-Manager im Computerbereich. Als er in Los Altos, Kalifornien, die High-School besuchte, hörte er nach der Schule Vorlesungen bei Hewlett-Pakkard in Palo Alto. Dort wurde der Firmenchef auf ihn aufmerksam, und er bekam eine befristete Stelle in den Semesterferien. Er arbeitete mit Stephen Wozniak, einem Elektronikerfinder, zusammen. 1972 schloß Jobs die High-School ab und ging ans Reed College. Nach einem Semester gab er das Studium auf und fing 1974 bei Atari an, wo er Videospiele entwickelte. Auch hier blieb er nur einige Monate, kündigte und trat eine Reise nach Indien an, auf der Suche nach spiritueller Erleuchtung.

Nach Kalifornien zurückgekehrt, bekam Jobs mit, daß Wozniak, der immer noch für Hewlett-Packard arbeitete, sich inzwischen mit einer Gruppe junger Elektronikenthusiasten in einem Computerklub zusammengeschlossen hatte. Jobs, der sich für Marketing interessierte, überredete Wozniak, mit ihm zusammenzuarbeiten. Gemeinsam entwarfen und bauten sie in der elterlichen Garage von Jobs einen Prototyp des Apple I, der als vormontierte Computerplatine verkauft wurde. Ein ortsansässiger Elektronikhändler bestellte 25 Geräte, woraufhin Wozniak seine Stellung aufgab, um in dem neuen Unternehmen die Leitung der Forschungs- und Entwicklungsabteilung zu übernehmen. Am 1. April 1976 gründeten sie die Apple Computer Company. 666 Dollar 66 kostete der Apple I; er wurde 600mal verkauft, vor allem an Hobby-Benutzer und Elektronikfreaks. Kurz darauf folgte der Apple II, so einfach und kompakt wie der Apple I, aber besser auf die Bedürfnisse des allgemeinen Benutzers zugeschnitten. 1977 wurde Apple Computer eine Aktiengesellschaft, hatte großen Erfolg und ging 1980 an die Börse. Nachfolgende Versionen des Apple waren weniger erfolgreich. Im Januar 1983 kündigte Jobs einen neuen Apple an, aber das Unternehmen brachte auch den Lisa heraus, einen Personalcomputer, der in erster Linie für die betriebliche Nutzung gedacht war. Er besaß eine Maus, mit der man Befehle auswählen und einen Cursor auf dem Bildschirm steuern konnte. Auf Lisa folgte der PC Macintosh, der für den allgemeinen Benutzer bestimmt war und einen leichten, kostengünstigen Zugang zu Information und Rechenleistung ermöglichen sollte.

Bis in die achtziger Jahre hinein leitete Jobs das Unternehmen, das sich weiterentwickelte und PCs, Software und Drucker in der ganzen Welt verkaufte. 1985 führten stagnierende Absätze und interne Probleme zu einer Umstrukturierung bei Apple, die Jobs dazu zwang, sich von dem Unternehmen zu trennen. Mit fünf ehemaligen Apple-Mitarbeitern gründete er ein neues Computerunternehmen – NeXT Inc. Das nötige Kapital bekam Jobs unter anderem von dem Finanzier H. Ross Perot, der Canon Inc., der Stanford University und der Carnegie Mellon University. Seine neuen Computer waren innovativ, aber teuer.

Just Grandma and Me – *Just Grandma and Me* ist ein interaktives, animiertes Kinderbuch, das auf Mercer Mayers gleichnamigem Bestseller beruht. Jede »Seite« enthält interaktive Animationen und einen Soundtrack mit den Dialogen der Personen, speziellen Toneffekten und Hintergrundmusik. Um die Geschichten zum Leben zu erwecken, müssen die Kinder nur verschiedene Bildschirmbereiche mit der Maus anklicken.

Just Grandma and Me demonstriert eine ganzheitliche Lernmethode für Vorschulkinder unter Einbeziehung der Sprache, das heißt, die Kinder können die Geschichte sowohl hören als auch sehen. Durch visuelle und akustische Darbietung machen die Kinder intensivere Lernerfahrungen, als hätten sie nur den Text vor sich.

Koaxialkabel – Das Koaxialkabel, das zum Beispiel Ihren Videorekorder mit Ihrem Fernseher verbindet und in vielen Büros und Häusern bereits installiert ist, wird den Zugang zum Breitbandnetz ermöglichen. Das Kabel kann riesige Datenmengen befördern. Gekoppelt mit Glasfaserleitungen und drahtlosen Verbindungen, könnte das Koaxialkabel den »Asphalt« auf der Datenautobahn bilden.

Kommerzielle Anwendungen – Viele Firmen benötigen auf sie zugeschnittene Anwendungen. Heute ist es mitunter kompliziert, diese Werkzeuge bereitzustellen. Im Jahr 2005 werden uns vielerlei Tools zur Verfügung stehen, die es ermöglichen, schnell und einfach haltbare Lösungen zu finden. Viele Industriebereiche werden sich dank speziell zugeschnittener Anwendungen künftige Technologien zunutze machen. Davon könnten u.a. Bereiche wie Versicherungen, Immobilien, Gesundheitswesen oder Einzelhandel profitieren.

Unter einem Büro stellt man sich heute einen Ort vor, an den sich Menschen begeben, um sich zu treffen und individuell oder im Team mit Hilfsmitteln wie dem PC, dem Faxgerät und dem Fotokopierer bestimmte Aufgaben zu erfüllen. In Zukunft wird jedoch dank mobiler Computer und drahtloser Kommunikation ein anderes Modell der Zusammenarbeit entstehen.

Intelligente Anwendungen, Netze von hoher Bandbreite und innovative Geräte werden Menschen und Informationen zusammenbringen, egal wo sie sind, ob zu Hause, im Auto oder an öffentlichen Kiosken. So könnte ein »virtuelles Team« von Experten aus aller Welt gemeinsam ein Gutachten erstellen. Sie könnten, ohne Zeit und Kosten für die Reise zu verschwen-

den, zusammenkommen, um Informationen, Dokumente, Bilder und große Dateien untereinander auszutauschen und sie gemeinsam zu besprechen. Das Netz wird zu ihrem »virtuellen Konferenzraum«.
Bei Dingen, die uns wichtig sind, wird das »Virtuelle« niemals das »Reale« ersetzen. Die Technik stellt uns aber Wahlmöglichkeiten zur Verfügung. Dank dieser Flexibilität könnte zum Beispiel eine Mutter eine Ganztagstätigkeit ausüben und dennoch mehr Zeit für ihr Kind übrig haben. Kleinere zentrale Büros, kostensparendere Möglichkeiten der Ausbildung von Mitarbeitern und der Kommunikation mit ihnen sowie größere Flexibilität im Verkehr mit der Kundschaft – das ergibt alles in allem eine bessere Grundlage für Wirtschaftsunternehmen.
Zugleich werden die Unternehmen verbesserten Zugriff auf globale Ressourcen haben, das heißt, für jede Aufgabe genau die richtigen Leute und die richtigen Informationen bekommen und dadurch Produktivität und Qualität steigern können. Im Jahr 2005 wird die ganze Welt Ihr Büro und Ihr Absatzmarkt sein.
Spracherkennung. Die Nutzung wird einfacher werden, wenn Sie Ihrem PC, dem interaktiven Fernseher und anderen Systemen der Verbraucherelektronik oder der geschäftlichen Anwendung gesprochene Befehle geben können. Ein Reisevertreter könnte, während er im Auto unterwegs zum nächsten Kunden ist, über ein eingebautes Mikrofon Notizen machen und Umsatzzahlen eingeben. Auf zeitsparende Weise könnte die Arbeit organisiert und dokumentiert und eine nachfassende Aktion vorbereitet werden, und das alles automatisch.
Zugriff auf verteilte Ressourcen. Heute kann man über Internet auf Textdateien in der amerikanischen Kongreßbibliothek zugreifen. In Zukunft werden Sie augenblicklich und umstandslos auf sehr viel mehr Fachwissen und Information zugreifen können, auf eine Fülle von Text, Video, Audio und Bildern aus der ganzen Welt, sei es in einem Museum in Peru oder in einem College in Poughkeepsie.
Elektronische Post und Schwarze Bretter. In vielen privaten und öffentlichen Netzen ist die elektronische Post bereits eine wichtige kommerzielle Anwendung. Mit der zunehmenden Verbreitung und Vielseitigkeit von E-Mail wird die Zusammenarbeit mit Außenmitarbeitern und die Verbindung mit Kunden reibungslos vonstatten gehen.
Videokonferenzen. Diese werden zusehends zu einer entscheidenden Komponente der geschäftlichen und persönlichen Kommunikation. Dank Ihres PC oder eines interaktiven Fernsehers wird es Ihnen möglich sein, sich mit Geschäftskollegen, Freunden und Angehörigen zu unterhalten. Sogar von Ihrem Wohnzimmer aus oder aus Ihrem Auto oder

einer Videotelefonzelle heraus könnten Videokonferenzen stattfinden. Sie werden, weil es so praktisch, produktiv und flexibel ist, einmal genauso gebräuchlich sein wie das mobile Telefon heute.

In der Welt des Einzelhandels könnten neue Wege des Verkaufens und Kaufens den Händlern wie den Käufern neue Chancen und Einsparungen bieten.

Bessere Verbindungen zu Ihren Lieferanten. Da viele Transaktionen bereits elektronisch abgewickelt werden, ist die Entwicklung hin zur automatischen Lagerbestandskontrolle absehbar. Künftig werden am Lager vorrätige Artikel mit Hilfe von Multimedia-Techniken auf eine personalisierte Weise präsentiert werden können. Die Materialeinkäufer werden Trends und Waren anhand von Multimedia-Produktkatalogen beurteilen können und brauchen nicht mehr so oft zu einer Musterschau zu fahren.

Die Verbindung zum Kunden. Die Verbraucher werden Angebote auf dem elektronischen Marktplatz finden. Anfragen von Verbrauchern bei einem virtuellen »Branchentelefonbuch« (Gelbe Seiten) werden beantwortet mit Multimedia-Anzeigen und interaktiven Broschüren, die die angebotenen Artikel in aller Ausführlichkeit darstellen, und dazu werden die Ladenöffnungszeiten angegeben, der Weg zum Laden, die Sonderangebote, die Möglichkeit der Online-Bestellung und vieles mehr. Online-Dienste werden es leichter machen, außerhalb Ihres Ladenlokals Umsätze zu machen, und selbst kleinste Firmen werden von dieser kostengünstigen Vermarktungsmöglichkeit profitieren.

Die Schaufensterfront von morgen. In den Einzelhandelsgeschäften werden die Kunden sich über einen hochauflösenden Bildschirm, der auf Berührungen reagiert, nach einer Vielzahl von Produkten umsehen. Tausende von Produkten könnten über eine kleinere Schaufensterfront angeboten werden – mit entsprechend niedrigeren Gemeinkosten.

Kyocera-Gesellschaft – Die Kyocera-Gruppe ist ein weltweiter Verband von 28 Gesellschaften, die gemeinsam die Herstellung technischer Keramiken beherrschen. Diese bemerkenswerten Stoffe spielen in der heutigen Elektronikindustrie eine ganz besondere Rolle von einfachen passive Bauteilen bis zu hochentwickelten Chipgehäusen für modernste integrierte Schaltkreise (ICs).

Ferner werden Kyocera-Keramiken jetzt zunehmend für strukturelle und mechanische Zwecke eingesetzt, die sich mit Metall- oder Plastikteilen nicht erreichen lassen. Dazu gehört eine wachsende Zahl von extrem temperatur-, abnutzungs- und korosionsbeständigen Elementen für die Textil-, Draht-, Chemo- und sogar Autoindustrie.

In nur 36 Jahren hat Kyocera die Zahl seiner Mitarbeiter von acht auf

29 000 aufgestockt – davon mehr als 15 000 außerhalb Japans, wo die Gesellschaft gegründet wurde.

LAN – LAN (gesprochen wie »can«) ist die Abkürzug für *Local Area Network,* privates lokales Netz. Gemeint ist eine Gruppe von Computern und anderen Geräten, die über einen örtlich begrenzten Bereich verteilt sind. Die Computer sind durch eine Datenübertragungsleitung miteinander verbunden, die jedem Gerät erlaubt, mit jedem anderen Gerät des Netzes in Verbindung zu treten.

Laptop – Laptops sind leistungsfähige, tragbare Computer, mit denen man praktisch überall arbeiten kann. Heute wiegen sie kaum mehr als fünf Kilogramm, werden mit Akkus oder Batterien betrieben und leisten fast alles, was Desktops können. Mittlerweile haben die meisten Laptops spezielle Steckplätze, über die Modems, Netzadapter und weitere Speichereinheiten angeschlossen werden können.

Laserdrucker – Laserdrucker sind Elektrostatikdrucker, die auf der gleichen Technik wie Fotokopierer beruhen. Man schätzt Laserdrucker wegen ihres hochauflösenden Schriftbilds. In den letzten Jahren sind sie auch sehr viel kostengünstiger geworden, so daß sie beträchtliche Verbreitung auf dem PC-Sektor gefunden haben.

Im Laserdrucker wird mit Hilfe eines fokussierten Laserstrahls und eines rotierenden Spiegels ein Bild der gewünschten Seite auf eine lichtempfindliche Trommel geworfen. Die Trommel verwandelt das Bild in eine elektrostatische Ladung, die den Tonerpuder anzieht und festhält. An der Trommel rollt sich ein Blatt elektrostatisch aufgeladenes Papier ab, wobei der Toner auf das Papier übertragen wird. Anschließend bindet das Gerät den Toner mittels Wärme an das Papier. Zum Schluß wird die elektrische Ladung von der Trommel genommen und der nicht verwendete Toner eingesammelt. Wenn der Drucker den letzten Schritt fortläßt, kann er durch Wiederholung der Toneranwendung und Papierzuführung Mehrfachkopien anfertigen.

Der einzige wirkliche Nachteil des Laserdruckers gegenüber den herkömmlichen Matrixdruckern ist die geringere Flexibilität in der Papierhandhabung. Beispielsweise lassen sich Durchschlagformulare und Querformate besser mit einem Matrix- oder einem Typenraddrucker bearbeiten.

Leibnizsche Staffelwalzenmaschine – Nachdem der deutsche Gelehrte Gottfried Wilhelm von Leibniz Pascals mechanische Rechenmaschine in Paris gesehen hatte, konstruierte er eine Weiterentwicklung dieser Maschine, die multiplizieren, dividieren und Quadratwurzeln berechnen konnte. Ein Prototyp des Leibniz-Rechners, die sogenannte Staffelwalzenmaschine, wurde 1673 gebaut und von der Royal Society in London ausgestellt.

Lightspan Partnership – Lightspan Partnership Inc. entwickelt ein interaktives System fürs Bildungsfernsehen. Das Unternehmen soll die amerikanische Bildungsreform dadurch unterstützen, daß es landesweit Schulen und private Nutzer in den Gemeinden durch interaktive Lehrprogramme mit Unterhaltungswert verbindet.

In dem Unternehmen haben sich begabte Vertreter aus den Bereichen Grundschulpädagogik, Spielfilm, Fernsehunterhaltung und interaktive Softwareentwicklung zusammengefunden. Lightspans Gründer und Chef ist John Kernan, ehemals Chairman und CEO (Geschäftsführender Direktor) des weltweit größten Unternehmens für Lernsoftware, Jostens Learning Corp.

Lightspan Partnership soll die besten amerikanischen Kräfte aus den Medien, der Kommunikationstechnologie und der Unterhaltung für die wichtigsten Ziele der amerikanischen Bildungsreform mobilisieren: quantitative und qualitative Verbesserung der Schulleistungen, stärkere Einbeziehung von Familien und Kommunen in den Lernprozeß und gerechtere Verteilung von Bildungschancen.

Lightspan Partnership hat seinen Sitz in Carlsbad, Kalifornien. Ein Produktionsbüro des Unternehmens befindet sich im kalifornischen San Diego und ein Büro für politische Fragen in Washington.

Lotus – Die 1982 gegründete Lotus Development Corporation bietet hochwertige Softwareprodukte und Betreuungsleistungen an, in denen die besondere Philosophie der Gesellschaft zum Ausdruck kommt – die neuen Wege, die ihrer Ansicht nach zu beschreiten sind, damit es zu einer erfolgreichen Zusammenarbeit zwischen Mensch und Unternehmen kommt.

Wie innovativ Lotus' Ansatz ist, zeigt sich in einer neuen Kategorie von Anwendungen, mit deren Hilfe sich Informationen auf bislang ungeahnte Weise abrufen und übermitteln lassen, und zwar sowohl innerhalb von Organisationsgrenzen als auch über sie hinaus. Heute vertreibt das Unternehmen seine Produkte weltweit in mehr als 80 Ländern und bietet in seiner Beratungsabteilung und in seiner preisgekrönten, rund um die Uhr geöffneten Kundenzentrale zahlreiche Serviceleistungen an.

Lotus 1-2-3 – Lotus 1-2-3 wurde von Dan Bricklin und Bob Frankston entwickelt und kam im Januar 1983 auf den Markt. Obwohl der Lotus 1-2-3 nicht das erste elektronische Tabellenkalkulationsprogramm war, wurde es jedoch schnell zum Bestseller und ist heute über 20 Millionen mal installiert. Die Ziffern 1-2-3 stehen für Arbeitsblatt, Datenbank und Grafiken.

Das Interface von Lotus 1-2-3 war einfacher zu bedienen als andere damals auf dem Markt befindliche Tabellenkalkulationsprogramme.

Massiv vernetzter Parallelcomputer – Ein massiv vernetzter Parallel-Supercomputer besitzt Hunderte von Zentraleinheiten, jede mit einem eigenen Speicher.

Matsushita – 1918 wurde die Matsushita Elektrik GmbH in Osaka als kleine Fabrik für elektrische Haushaltsgeräte gegründet. Heute ist das Unternehmen einer der weltweit größten Hersteller von Elektronikprodukten für die private, industrielle und gewerbliche Nutzung. In mehr als 160 Ländern werden Matsushitas Produkte unter so bekannten Markennamen wie National, Panasonic, Technics und Quasar vertrieben. In Nordamerika beschäftigt Matsushita in seinen Marketing-, Produktions-, Forschungs-, Entwicklungs- und Dienstleistungseinrichtungen 16000 Menschen. Der Konzern stellt in 16 amerikanischen Produktionsstätten Erzeugnisse für den Binnenmarkt und den Export her. Weltweit hat Matsushita mehr als 250000 Mitarbeiter.

Angesichts weitreichender globaler Veränderungen der politischen und wirtschaftlichen Strukturen und in Erwartung der Probleme des 21. Jahrhunderts hat Matsushita einen Erneuerungsplan aufgestellt. Darin wird unterstrichen, daß das Unternehmen unbedingt zu seiner grundlegenden Philosophie zurückfinden muß, nämlich daß Matsushita als Industriekonzern verpflichtet ist, durch seine geschäftlichen Aktivitäten weltweit zum sozialen Fortschritt und Wohlbefinden der Menschen beizutragen. Durch den Revitalisierungsplan bemüht Matsushita sich, seinen Ruf als sozial verantwortliches, lebendiges und stabiles Unternehmen zu festigen.

Maus – Seit ihrer Entwicklung im Jahre 1965 durch Doug Englebart und ein Forscherteam ist die Maus ein fester Bestandteil von Personal Computern. Sie ist ein Zeigegerät, das auf dem Tisch gerollt wird und mittels eines Cursors die entsprechenden Bewegungen auf dem Bildschirm anzeigt.

Maxis – Maxis, 1987 gegründet, bietet PC-Anwendern hochentwickelte Technologien – etwa Systemsimulationen und lernfähiges Rechnen – in Form einer neuen Generation von Unterhaltungs- und Lernsoftware. Führend ist Maxis auf dem Gebiet lebensechter Simulationen für Desktops, wobei Lernerfahrungen durch Visualisierung, Experiment und spielerische Kreativität gefördert werden. Durch Maxis-Simulationen wird das Lernen zum Vergnügen, weil der Benutzer die Ergebnisse seiner Entscheidungen – die im wirklichen Leben manchmal Jahre auf sich warten lassen – augenblicklich auf dem Bildschirm eintreten sieht.

McCaw Cellular Communications Inc. – McCaw Cellular Communications ist ein Tochterunternehmen von AT&T und der führende Funkdienstanbieter in den Vereinigten Staaten. Seinen Hauptsitz hat das Unternehmen in Kirkland, Washington; es beschäftigt landesweit 1200 Menschen. Im September 1994 hat McCaw Cellular mit AT&T fusioniert. AT&T ist die größte Fernmeldegesellschaft in Nordamerika.

Megabyte – Ein Megabyte, abgekürzt MB, entspricht entweder einer Million oder 1048576 (2^{20}) Byte.

Microsoft Corporation – Microsoft wurde am 4. April 1975 gemeinsam von William H. Gates und Paul G. Allen gegründet und am 25. Juni 1981 als Aktiengesellschaft eingetragen. Zur Konzernspitze gehören heute William H. Gates, Chairman of the Boards und CEO, Steve Ballmer, Vice President, zuständig für Verkauf und Kundendienst, Mike Maples, Vice President, Herstellung, und Bob Herbold, Vice President und Geschäftsführer. In den Vereinigten Staaten und in 48 Tochterunternehmen in aller Welt beschäftigt Microsoft mehr als 16300 Mitarbeiter. Die Softwareprogramme der Firma werden in mehr als 30 Sprachen angeboten und in über 50 Ländern vertrieben.

Schon seit langem verfolgt Microsoft ein grundlegendes Ziel: »Ein Computer auf jedem Schreibtisch und in jedem Haushalt« – und diese Maxime bildet nach wie vor den Mittelpunkt allen Handelns. Das Unternehmen ist der Überzeugung, daß die Menschen bei der Arbeit und zu Hause durch Software neue Fähigkeiten und Kräfte entfalten können. Seit der Gründung des Unternehmens im Jahre 1975 ist es diesem Glauben an die Bedeutung des Personalcomputers treu geblieben. Als weltweit führender Softwareanbieter ist Microsoft ständig bemüht, innovative Produkte zu entwickeln, die den stetig sich entwickelnden Bedürfnissen der Kunden Rechnung tragen. Dabei spielt neben intensiver Forschungs- und Entwicklungsarbeit die Berücksichtigung von Kundenrückmeldungen eine große Rolle. So kann das Unternehmen die Möglichkeiten technischer Neuerungen erproben und gleichzeitig sicherstellen, daß seine Kunden heute Softwareprodukte erhalten, die höchsten Qualitätsansprüchen genügen.

Bei Microsoft wird wir nach der Überzeugung gehandelt, daß der Mensch die Computeranwendung heute und morgen bestimmt. Die entscheidenden Kräfte der PC-Revolution und aller damit verbundenen digitalen Neuerungen sind einerseits die *Entwickler,* die die Technologien vorgeben, und andererseits die *Kunden,* die diese Technologien täglich anwenden. Das Bestreben, innovative Softwareprodukte zu entwickeln, und das aufrichtige Bemühen, auf Kundenrückmeldungen einzugehen, sind der Schlüssel zu Microsofts Erfolg. Das langfristige Ziel, für Information auf Knopfdruck zu sorgen, ist heute, an der Schwelle eines neuen Zeitalters der PC- und Datenübertragungstechnologie, noch immer der Motor der Entwicklungsarbeit.

Hauptsitz des Unternehmens ist:
One Microsoft Way
Redmond, WA 98052–6399
Telefon: (206) 882–80 80.

Microsoft Encarta – Elektronische Multimedia-Enzyklopädien wie Microsofts Encarta liefern genauso viel und mehr Informationen als herkömmliche Enzyklopädien in Buchform. Hochentwickelte Suchtechniken machen Texte, Bilder, Animationen, Audio- und Videoeffekte auf Knopfdruck verfügbar.

Microsoft Excel – Microsoft Excel ist ein elektronisches Tabellenkalkulationsprogramm für PCs und den Macintosh. Elektronische Arbeitsblätter wie Excel gehören zu den Computerapplikationsprogrammen und werden häufig bei Etataufstellungen, wirtschaftlichen Prognosen und anderen finanzwirtschaftlichen Aufgabenstellungen eingesetzt.

Microsoft Flugsimulator – Der Microsoft Flugsimulator ist eine realistische Computersimulation der zivilen Luftfahrt, soweit zulässig. Die neueste Version enthält präzise, realistisch und echt wirkende Landschaften aus der ganzen Welt, Agrargebiete, Vorstädte, Klein- und Großstädte, die in der Dunkelheit besondere Merkmale aufweisen, Gebirge und Küstenregionen mit Gewässern, wiedergegeben in einer 256-Farben-Vollgrafik und den jeweiligen Jahreszeiten entsprechenden Farben.

Wetterlagen, Wolken und Sichtweiten, die der jeweilige Anwender selbst vorgeben und gestalten kann, sind weitere Charakteristika des Microsoft Flugsimulators. Mit dem Flugzeugmodell kann man ferner Flugmanöver wie Durchsacken oder Trudeln durchführen. Die CD-ROM-Version enthält mehr als 150 zusätzliche Flughäfen, Navigationssignale und die großen Flüsse und Gebirge dieser Welt. Mehr als nur ein unterhaltsames Spiel ist er ein Beispiel für den Echtheitsgrad solcher Simulationen, die über den Information Highway auch in der tatsächlichen Ausbildung Anwendung finden können.

Microsoft Network – Seit langem handelt die Microsoft Corporation nach der Überzeugung, daß der PC neue Denk- und Kommunikationsweisen eröffnet, die für alle Anwender zugänglich, nützlich, persönlich und unterhaltsam sind. Dieses Ziel wird mit der Formel *Information At Your Fingertips* – Information auf Knopfdruck umschrieben. Die Einführung des Online-Dienstes Microsoft Network ist der nächste Schritt, den das Unternehmen zur Verwirklichung dieses Ziels unternimmt.

Microsoft Network ist ein Online-Dienst, der jedem Anwender von Windows 95 einen leichten und kostengünstigen Zugang zu elektronischer Information ermöglicht. Damit beseitigt Windows 95 die wichtigsten Hindernisse, die einer Nutzung von Online-Diensten im Wege stehen: schwierige Benutzeroberfläche und Trägheit. Microsoft Network schließt den mit Windows arbeitenden Desktop an ein weltweites Netz von Menschen, Ideen und Informationen an. Damit liefert es die Rahmenbedingungen für einen globalen elektronischen Markt, auf dem Produkte und Dienstleistungen von Microsoft und Drittunternehmen angeboten werden können. Mit Microsoft Network hofft Microsoft, den Online-Markt so zu erweitern, daß er den Erwartungen von Verbrauchern und Inhaltsanbietern gerecht wird. Der Zugang zu Kommunikationsmöglichkeiten, die die herkömmlichen Grenzen von Zeit, Kosten, Mitteln und Geographie überschreiten, gehört zu den größten Vorzügen des Online-Systems von Microsoft. Microsoft Network ist in seiner Gänze für den ungehinderten internationalen Zugriff konzipiert. Die Möglichkeit, von jedem beliebigen Punkt der Welt in das Netz zu gelangen und mit Anwendern an jedem beliebigen anderen Punkt der Welt Informationen auszutauschen, macht das System noch überzeugender.

Microsoft Network unterstützt und fördert persönliche Entdeckung und Investition von Mitgliedern und Inhaltsanbietern gleichermaßen. Beiden steht eine neue Generation von technischen Voraussetzungen und Leistungen zur Verfügung, so daß sie die Möglichkeit haben, Online-Gemeinschaften ins Leben zu rufen und weiterzuentwickeln. Im Mittelpunkt des interaktiven Microsoft Network stehen diese dynamischen, inhaltsbezogenen Benutzergruppen, die alle entstanden sind, um das Beste aus dem interaktiven Medium und dem besonderen Thema, Produkt oder Erfahrungsinhalt zu machen. Beispiele für solche Themenbereiche sind:

Kunst und Unterhaltung; Nachrichten und Wetter; Wirtschaft und Finanzen; Sport, Gesundheit und Fitneß; Wissenschaft und Technik; Computer und Software; Stadtteil, Gemeinde und Gemeinwesen; Heim und Familie.

Den Mitgliedern stehen die außerordentlich breitgefächerten und detaillierten Informationen technisch ausgerichteter, branchenorientierter und allgemein interessierter Netzgemeinschaften zur Verfügung, mit denen sie lokal oder weltweit Kontakt aufnehmen können. Anbieter von Inhalten und Dienstleistungen werden die Gelegenheit begrüßen, den Markt für ihre Marken, Produkte und Leistungen auf grafisch zuverlässige und interaktive Weise ausweiten zu können. Ferner wird Microsoft Network dadurch für eine verbesserte Qualität der Inhalte und Dienstleistungen sorgen, daß es die Werkzeuge und Technik für eine wirklich persönliche, multimediale Darbietung zur Verfügung stellt.

Hier verbindet sich eine nie dagewesene Leichtigkeit des Zugriffs und Benutzerfreundlichkeit mit einem neuen wirtschaftlichen Modell zur Anwerbung und Vergütung unabhängiger Inhalts- und Dienstleistungsanbieter, mit einer faszinierenden Online-Erfahrung und mit einer Datenübertragung, die höchsten Ansprüchen genügt. So wird Microsoft Network den Markt für Online-Dienste ankurbeln und die Lücke schließen, die heute zwischen der potentiellen und der tatsächlich installierten Basis für diese Dienste klafft.

Wenn Microsoft auf diese Weise Millionen von Benutzern mit höchst nützlicher und unterhaltsamer Software versorgt, kommt es im übrigen seinem erklärten Ziel, der Information auf Knopfdruck, wieder ein gutes Stück näher.

Microsoft Office – Die aktuelle Version von Microsofts Office Suite of Productivity Softwareanwendungen heißt Microsoft Office Professional for Windows 95. Sie enthält sechs voll integrierte 32-Bit-Produkte, die exklusiv für das Betriebssystem von Windows 95 gebaut wurden. Zu ihnen gehören Word for Windows 95, Microsoft Excel for Windows 95, PowerPoint for Windows 95, Microsoft Access for Windows 95 und die neueste Ergänzung, Schedule + for Windows 95. Auf der CD-ROM-Version wird zusätzlich noch Bookshelf 95 angeboten. In der Kombination bieten sie integrierte Pakete und zusätzlich leistungsstarke Arbeitsgruppen-Features.

Microsoft Windows 1.0 – Im Februar 1983 stellte Microsoft der Öffentlichkeit sein Microsoft Windows als eine Erweiterung des MS-DOS Betriebssystems vor mit dem Unterschied, daß Windows über ein grafisches Arbeitsumfeld verfügte. Ein Feature von Windows war Windows Management, das es dem Anwender ermöglichte, gleichzeitig voneinander unabhängige Benutzerprogramme einzusehen. Auch ein Datentransfer zwischen Anwenderprogrammen war nun möglich.

Microsoft Windows 3.0 – Im Mai 1990 gab Microsoft die Einführung des Betriebssystems Windows 3.0 bekannt. Mit diesem Betriebssystem war das Arbeiten mit Softwareanwendungen innerhalb eines visuellen Umfeldes – einer grafischen Benutzeroberfläche – möglich. Damit wurde aus dem Personal Computer, vorher ein simples Werkzeug, auf dem jeweils nur eine auf Einzelzeichen basierende Anwendung laufen konnte, ein Multi-Applikationsumfeld. Windows 3.0 lief auf 286er und 386er Personal Computern (dem damaligen Standard). Der Ladenpreis lag bei 149 Dollar.

Microsoft Windows 95 – Microsoft Windows 95 ist die aktuelle Version von Microsofts weit verbreitetem Betriebssystem Windows. Es kam im August 1995 auf den Markt. Das Betriebssystem Windows 95, das Nachfol-

gesystem von MS-DOS und früheren Windows-Versionen, verwendet eine verbesserte Benutzeroberfläche und bedeutet für Computeranwender weltweit einen großen Schritt nach vorn.
Der Einsatz des Windows 95-Betriebssystems ermöglicht eine leichtere und schnellere Arbeit am Computer. Was immer der Anwender auch ausprobieren möchte, sei es E-mail, sei es Internet: Windows 95 macht es möglich und bietet erweiterten Spielraum im Bereich Multimedia, leistungsstärkere Features für Laptop-Besitzer, integrierte, nahtlose Vernetzung und Unterstützung auf der Fahrt auf der »Datenautobahn«. Microsoft Windows 95 ist ganz allgemein einer der größten Fortschritte auf dem Gebiet der Personal Computer.

Mikroprozessorchip – Ein Mikroprozessor ist eine Zentraleinheit (CPU) auf einem einzigen Chip. Ein moderner Mikroprozessor kann über eine Million Transistoren auf einem integrierten Schaltkreis von ungefähr sechseinhalb Quadratzentimetern enthalten. Mikroprozessoren bilden das Herzstück aller PCs.

Minicomputer – Ein Minicomputer ist ein Computer mittlerer Leistungsfähigkeit, der komplexe Operationen ausführt, während er mühelos große Input- und Outputmengen von Benutzern verarbeitet, die über Terminals angeschlossen sind. Häufig sind Minicomputer auch mit anderen Minicomputern zu einem Netz verbunden und verteilen die Verarbeitungsaufgaben auf alle angeschlossenen Geräten. Vielfach verwendet man Minicomputer auch in der Dialogverarbeitung und als Schnittstellen zwischen Großrechnersystemen und Fernnetzen.

Minitel – Das französische Online-Informationssystem Minitel ist wohl das bekannteste Symbol der Innovation in der französischen Telekommunikationstechnologie. Seit über zehn Jahren durch das Minitel-Terminal in ganz Frankreich für private und geschäftliche Benutzer erreichbar, kann der Dienst jetzt auch über den Personalcomputer abgerufen werden.

Modem – Abkürzung für *MO*dulator-*DEM*odulator. Dank eines Modems ist der Computer in der Lage, Informationen über eine normale Telefonleitung zu übermitteln. Da der Computer digital und die Telefonleitung analog ist, braucht man ein Modem, um die digitalen Signale in analoge umzusetzen und umgekehrt. Doch ohne entsprechende Datenübertragungs-Software können Modems keine sinnvolle Arbeit leisten.

Mooresches Gesetz – Das Gesetz wurde erstmals 1964 von Gordon Moore, dem Mitbegründer der Intel Corporation, formuliert und besagte ursprünglich, daß sich die Zahl der Transistoren pro Chip alle zwei Jahren verdoppeln würde. Doch dann mußte das Gesetz dem raschen Tempo der

Chipentwicklung angepaßt werden: Heute heißt es, daß sich die Zahl alle zwölf bis achtzehn Monate verdoppelt und alle drei Jahre vervierfacht.

Mosaic – Mosaic ist eine grafische Benutzeroberfläche für das Internet. Es wurde am National Center for Supercomputer Applications (NCSA) als globaler, hypermedialer Browser (Software für die Grobrecherche) für das Internet entwickelt und erlaubt den Anwendern, Dokumente und Daten aus dem gesamten Internet zu suchen, abzurufen und auszugeben. Global und hypermedial heißt, daß Daten, die über die ganze Welt verteilt sind, in einer Umgebung zusammengefaßt sind, die dem Benutzer gestattet, durch die Datenwelt zu reisen, indem er einfach Hyperlinks anklickt. Auf dem Prinzip solcher Hyperlinks beruht Mosaic. Ein Hyperlink erkennt man an einem unterstrichenen Textabschnitt, der mit einem anderen Dokument verknüpft ist.

MPEG – MPEG oder *M*oving *P*ictures *E*xpert *G*roup ist ein Standard zur Kompression von Bewegtbildern. MPEG I bietet eine Auflösung von 320x240 mit einer Bildfrequenz von 30 Hz, 24-Bit-Farbe und CD-Klang. Verwendung findet MPEG I auf CD-ROM und Video-CD. Gegenwärtig wird MPEG II für Bewegtbilder mit Fernsehqualität entwickelt.

MS-DOS – MS-DOS ist die Abkürzung für *M*icro*S*oft *D*isk *O*perating *S*ystem (Microsoft Disketten-Betriebssystem). Wie andere Betriebssysteme überwacht es Operationen wie Disketteninput und -output, Video-Unterstützung, Tastatursteuerung und viele andere Aufgaben, die beim Betrieb eines Personalcomputers anfallen.

Myhrvold, Nathan – Nathan Myhrvold ist Senior Vice President bei Microsoft und zuständig für moderne Technologie. Seine Abteilung hat die Aufgabe, neue Techniken zu entdecken und zu entwickeln, die für Microsoft von wirtschaftlicher Bedeutung sind, und sie in die Marktstrategie und Produktpalette des Unternehmens einzubinden. In Myhrvolds Verantwortung fällt die Produktentwicklung in Bereichen wie Multimedia und neue Formen der anwenderorientierten Rechnernutzung sowie Microsoft Research, ein Forschungslabor zur Entwicklung neuer Techniken, die die Zielsetzung des Unternehmens unterstützen: die Erweiterung der PC-Anwendung.

Im Juli 1993 wurde Myhrvold vom Vice President zum Senior Vice President befördert. 1986 trat er bei Microsoft als Leiter der Abteilung Sonderprojekte ein. Bevor er zu Microsoft kam, war er Geschäftsführender Direktor von Dynamical Systems, einem Softwareunternehmen in Berkeley. Vor der Gründung von Dynamical Systems hat er an der Cambridge University mit Professor Stephen Hawking in der kosmologischen Forschung und auf dem Gebiet der Quantengravitation zusammengearbeitet.

Im Mai 1993 wurde Myhrvold zum Treuhänder des angesehenen Institute for Advanced Studies ernannt. Im Januar 1994 berief ihn der Handelsminister Ron Brown in die Arbeitsgruppe für den privatwirtschaftlichen Sektor, die die Regierung bei der Entwicklung der nationalen Dateninfrastruktur beraten wird. Der US-amerikanische Advisory Council on the National Information Infrastructure (Beirat zur Nationalen Dateninfrastruktur), vom Präsidenten ins Leben gerufen, wird 25 Mitglieder aus Industrie und anderen nichtstaatlichen Öffentlichkeitsbereichen umfassen, die ihm zwei Jahre angehören sollen. Er wird die von mehreren Regierungsstellen gebildete Information Infrastructure Task Force (IITF – Arbeitsausschuß für die Dateninfrastruktur) in wichtigen Fragen zur Entwicklung der nationalen Dateninfrastruktur beraten.
An der University of California hat Myhrvold seinen Abschluß auf einem naturwissenschaftlichen College gemacht und an der Princeton University in theoretischer und mathematischer Physik promoviert.

MYST – *Myst,* ein neues Computerspiel von Brøderbund Software Inc. wurde im vergangenen Jahr zu einem Massenereignis, wie es stärker auch eine Blockbuster-CD-ROM nicht hätte sein können. *Myst* bietet 25000 dreidimensionale Grafiken, über eine Stunde bewegte Bilder und einen originellen Soundtrack. Dieses nichtlineare Abenteuerspiel weist keine zeitliche Begrenzung auf und ist gewaltfrei. In der surrealistischen Welt von *Myst* ist Problemlösung der Schlüssel zum Erfolg. Das Spiel ist für Benutzer von 14 Jahren aufwärts gedacht.

NEC Technologies Inc. – NEC Technologies Inc. mit Sitz in Boxborough, Massachusetts, entwickelt, fertigt, vertreibt und verkauft eine breite Palette von Computerprodukten in Nordamerika. 1989 durch die Fusion von NEC Home Electronics (USA) und NEC Informations Systems entstanden, umfaßt das Angebot von NEC Technologies Desktops und tragbare Computer, Serverstationen, Drucker, CD-ROM-Hardware, Laufwerke, Grafikbildschirme und Laufwerke für Disketten und Festplatten.

Netzwerk – Grundlage des Information Highway ist die Idee eines globalen Verbunds – im wesentlichen ein Netz von Computern, die durch Datenübertragungseinrichtungen zusammengeschlossen sind. Ein Netz kann aus einigen wenigen Computern, Druckern und anderen Geräten bestehen oder eine große Zahl von kleinen und großen Computern umfassen, die über ein riesiges geographisches Gebiet verteilt sind. Ob klein oder groß, ein Computernetz bietet den Benutzern die notwendigen Voraussetzungen, um Daten elektronisch auszutauschen.

Neumann, John von – John von Neumann (1903–1957) war ein amerikanischer Mathematiker, der die mathematische Disziplin der Spieltheorie entwickelte. Von Neumann gehörte zu den namhaftesten Mathematikern der Welt und verdankte seine Bedeutung maßgeblichen Beiträgen zur Theorie der Quantenmechanik, insbesondere dem Konzept der »Operatorringe« (heute unter der Bezeichnung Neumann-Algebra bekannt), sowie wegweisenden Arbeiten in der angewandten Mathematik, vor allem auf dem Gebiet der Statistik und der numerischen Analyse. Bekannt ist er weiterhin für die Konstruktion von schnellen Elektronenrechnern: 1952 hat er den MANIAC I gebaut, den ersten Computer, der ein nicht verdrahtetes gespeichertes Programm verwendete.

Oberfläche – Die Benutzeroberfläche ist jener Teil eines Softwareprogramms, mit dem ein Benutzer interagiert. Wenn die Software Informationen grafisch darbietet und für die Interaktion ein Zeigegerät (meistens eine Maus) verlangt, spricht man von einer grafischen Benutzeroberfläche.

Offene Plattform – Ein System, dessen Spezifikationen öffentlich bekanntgegeben werden, um Dritt-Anbieter zu ermutigen, Nachrüstprodukte zu entwickeln. Apples Anfangserfolge waren wesentlich auf die offene Architektur von Apple II zurückzuführen. Auch der PC besitzt eine offene Architektur.

Offener Brief an Hobbyprogrammierer (Februar 1976) – »Für mich ist gegenwärtig der wichtigste Aspekt des Hobbymarkts der Mangel an guten Softwarekursen, -büchern und auch Softwareprodukten. Ohne gute Software und einen Besitzer, der programmieren kann, ist der Hobbyrechner nutzlos. Wird hochwertige Software für den Hobbymarkt entwickelt?

Vor fast einem Jahr haben Paul Allen und ich in der Erwartung, daß der Hobbymarkt expandieren werde, Monte Davidoff eingestellt und Altair-BASIC entwickelt. Obwohl die anfängliche Arbeit nur zwei Monate dauerte, haben wir drei den größten Teil des letzten Jahres damit zugebracht, BASIC zu dokumentieren, zu verbessern und zu ergänzen. Heute haben wir 4K-, 8K-, EXTENDED, ROM- und Disk-BASIC. Die Computerzeit, die wir dabei beansprucht haben, kostete mehr als 40000 Dollar.

Die Rückmeldungen, die wir von den Hunderten von Menschen bekommen haben, die nach eigenem Bekunden BASIC verwenden, waren durchweg positiv. Allerdings fallen zwei Dinge auf: 1) Die meisten dieser ›Benutzer‹ haben BASIC nie gekauft (weniger als 10 Prozent aller Altair-Besitzer haben BASIC gekauft), und 2) wenn wir die Anteile, die wir aus Verkäufen an Hobbybenutzer bekommen haben, zusammenrechnen, dann kommen wir bei der Entwicklung von Altair-BASIC auf einen Stundenlohn von weniger als zwei Dollar.

Wie ist das zu erklären? Bekanntlich stehlen die meisten Hobbyprogram-

mierer ihre Software. Hardware muß man bezahlen, aber Software gibt man kostenlos weiter. Wen kümmert es, ob die Leute, die daran gearbeitet haben, zu ihrem Geld kommen?
Ist das gerecht? Wenn Sie Software stehlen, dann tun Sie eines nicht: Sie wenden sich mit den Problemen, die Sie haben, nicht an das MITS. MITS verdient kein Geld mit dem Verkauf von Software. Angesichts der an uns gezahlten Gebühren, des Handbuchs, des Magnetbandes und des Aufwands bleibt kein Verdienst mehr. Also verhindern Sie unter anderem, daß bessere Software geschrieben wird. Wer kann es sich leisten, erstklassige Arbeit umsonst abzuliefern? Welcher Hobbybenutzer könnte drei Jahre Arbeitszeit dafür aufwenden, sein Produkt zu programmieren, von allen Fehlern zu befreien und zu dokumentieren, um es dann umsonst abzugeben? Tatsächlich hat niemand soviel Geld in Hobby-Software investiert wie wir. Wir haben 6800 BASIC geschrieben und arbeiten gegenwärtig an 8080 APL und 6800 APL, aber es gibt kaum einen Anreiz, diese Software Hobbyprogrammierern zugänglich zu machen. Um es ganz offen zu sagen: Was Sie tun, ist Diebstahl.
Was ist mit den Leuten, die Altair-BASIC weiterverkaufen? Verdienen die nicht an Hobby-Software? Ja, aber alle, die man uns nennt, werden am Ende möglicherweise den kürzeren ziehen. Sie sind schuld am schlechten Ruf der Hobbyprogrammierer und sollten von jedem Klubtreffen ausgeschlossen werden, auf dem sie sich sehen lassen.
Ich würde mich über jeden Brief freuen, in dem jemand seine Schulden begleicht, Vorschläge unterbreitet oder Kommentare schickt. Sie erreichen mich unter der Adresse 1180 Alvarado SE, # 114, Albuquerque, New Mexico, 87108. Nichts würde mir mehr Freude machen, als zehn Programmierer einstellen und den Hobbymarkt mit guter Software überschwemmen zu können.«

Olsen, Ken – Kenneth H. Olsen gründete 1957 die Digital Equipment Corporation, der er bis zu seinem Rückzug aus dem Geschäftsleben im Oktober 1992 als Präsident vorstand.
Unter seiner Leitung erlebte Digital eine erstaunliche Entwicklung: Aus drei Angestellten auf 800 Quadratmetern in einer alten Tuchfabrik wurden mehr als 102 000 Angestellte. In 97 Gesellschaften führt Digital die Geschäfte. Bevor Olsen Digital gründete, war er sieben Jahre lang wissenschaftlicher Mitarbeiter am Labor für Digitalrechner des Massachusetts Institute of Technology.
In Stratford, Connecticut, geboren, nahm Olsen am Massachusetts Institute of Technology das Studium der Elektrotechnik auf, das er mit dem Magisterexamen abschloß. Er ist Mitglied im Board of Directors von Po-

laroid und Ford sowie in den Kuratorien des Massachusetts Institute of Technology, Cambridge, Mass., des Gordon College, Wenham, Mass., und des Wentworth Institute, Boston, Mass.

Er hat im Ausschuß für Informatik und Computertechnik der National Academy of Sciences und im naturwissenschaftlichen Beratungskomitee des amerikanischen Präsidenten mitgearbeitet. 1990 wurde Olsen in die National Inventors Hall of Fame (Ruhmeshalle der amerikanischen Erfinder) aufgenommen und erhielt 1992 von Computerworld Smithsonian Awards den MCI Communications Information Technology Leadership Award for Innovation, einen Preis für besondere Leistungen auf dem Gebiet der Informationstechnologie. Die IEEE Founders Medal, ein Preis der amerikanischen Vereinigung der Elektro- und Elektronikingenieure, wurde Olsen 1993 für herausragende technische und wirtschaftliche Neuerungen in der Computerindustrie verliehen.

Open Software Foundation – Da immer mehr Endbenutzer nach anbieterneutralen, offenen Systemlösungen verlangten, riefen einige große Computeranbieter 1988 die Open Software Foundation (OSF) ins Leben. Die OSF hat den Auftrag, die Datenverarbeitungsindustrie bei der Erforschung, Entwicklung und Auslieferung einer anbieterneutralen Schlüsseltechnologie (Software-Quellcode) zu unterstützen, um offene Systeme zu ermöglichen. Seit ihren Anfängen wird die OSF von ihren Mitgliedern getragen und steht jeder Gruppe offen, die die Technik von Informationssystemen liefert oder nutzt.

Heute gehören mehr als 380 Unternehmen, Behörden und akademische Institutionen der OSF an, finanzieren ihre Arbeit und teilen sich ihre Resultate. Die OSF fördert kooperative, die ganze Industrie umfassende Forschungs- und Entwicklungsprojekte für offene Systeme. Endbenutzer, System- und Softwareanbieter kommen unter dem Dach der OSF mit deren Mitgliedern zusammen, um gemeinsam die Datenverarbeitungsprobleme zu lösen, die allen offenen Systemumgebungen gemeinsam sind. Dabei liegt der Akzent auf den grundlegenden Eigenschaften offener Systeme: Skalierbarkeit, Übertragbarkeit, Einsatzfähigkeit und wechselseitige Funktionsfähigkeit von Systemen, Software und Daten. Durch die OSF können die an den Kosten beteiligten Organisationen ihre Kräfte bündeln und die gemeinsamen technischen Voraussetzungen rascher und kostengünstiger auf den Markt bringen, als es ihnen allein möglich wäre. Die Geschichte der Computerindustrie hat gezeigt, daß jeder Prozeß, der die technische Entwicklung offener Systeme beschleunigen kann, von wesentlicher Bedeutung ist. Heute ist die OSF – dank der Unterstützung ihrer Mitglieder – der Katalysator, der diesen Prozeß ermöglicht.

Oracle Corporation – Die 1977 gegründete Oracle Corporation ist ein Zwei-Milliarden-Dollar-Unternehmen mit Sitz in Redwood Shores, Kalifornien, und der weltweit größte Anbieter von Software für das Informationsmanagement. Als eines der ersten Softwareunternehmen hat Oracle erfolgreiche Versuche zum interaktiven Fernsehen durchgeführt und als erster größerer Softwarehersteller seine Produkte uneingeschränkt über das Internet verfügbar gemacht.

Oracle-Software läuft auf PDAs (Personal Digital Assistents), Settop-Boxen, PCs, Arbeitsplatzrechnern, Großrechnern und massiven Parallelcomputern. In mehr als 90 Ländern bietet das Unternehmen seine Produkte nebst Beratung, Ausbildung und Betreuung an.

Pacific Bell – Pacific Telesis mit Hauptsitz in San Francisco versorgt (über seine beiden kalifornischen Töchter Pacific Bell und Pacific Directory) die Einwohner der Region mit einer ihrer wichtigsten Ressourcen: einem technisch hochentwickelten Fernmeldenetz. Dem Kunden bietet Telesis neben örtlichen Telefondiensten und Telefonbuchwerbung auch modernste Techniken wie Hochgeschwindigkeits-Datenübertragung und ein wachsendes Angebot an Videodiensten.

Seit Pacific Bell 1878 das Fernmeldenetz in Betrieb genommen hat, hat Pacific Telesis stets der steigenden Bevölkerungsentwicklung und dem wachsenden Wohlstand Kaliforniens Rechnung getragen. Heute ist Telesis mit seinen lokalen Arbeitsgruppen von insgesamt 15 000 Mitarbeitern der größte Arbeitgeber der Region. Durch Investitionen von 16 Milliarden Dollar in modernste Technologien schickt Telesis sich an, sein vorhandenes Fernsprechnetz in einen Kommunikations-Superhighway zu verwandeln, auf dem sich Nachrichtenaustausch, Information und Unterhaltung miteinander verbinden. Schon heute nutzen Universitäten, staatliche Institutionen und Wirtschaftsunternehmen der Region eines der beiden Hochleistungs- und Hochgeschwindigkeitsnetze – »Gigabyte-Netze« – von Telesis, um Dienstleistungen anzubieten, die Sprach-, Daten- und Videoübertragung miteinander verbinden.

Auf dem wichtigen Gebiet des Gesundheitswesens mobilisiert das Unternehmen sein technisches Know-how, um Datenübertragungsdienste für Ärzte und Krankenhäuser einzurichten, so daß sie medizinische Informationen elektronisch austauschbar werden. Andere Maßnahmen gelten dem Ausbildungssektor und sollen Studenten Zugang zu entsprechenden Datenbanken, Mailboxen und anderen Bildungseinrichtungen verschaffen. Eine kreative Anwendung dieser Technik ist die Telearbeit, die zu einem Abbau von Verkehrsaufkommen und Luftverschmutzung sowie größerer Effizienz der Unternehmen beitragen kann.

Palo Alto Research Center – Das Xerox Palo Alto Research Center (PARC) leistet wegweisende Forschungsarbeit auf vielen Gebieten, von der Erprobung elektronischer Materialien und Geräte über die Entwicklung computergestützter Systeme und Software bis hin zur Prüfung bereits angewandter Arbeitsmethoden und Technologien. Das Institut hat die Aufgabe, sich mit technischen Entwicklungen zu beschäftigen, die für Xerox' gegenwärtige oder künftige Geschäftsinteressen von Belang sein könnten.
Im Industriepark der Stanford University mitten im Silicon Valley bekam PARC bei seiner Gründung im Jahre 1970 den Auftrag, zum »Architekten des Informationszeitalters« zu werden. Wir verdanken diesem Forschungszentrum so wichtige Elemente der gegenwärtigen Dateninfrastruktur wie Laserdrucker, grafische Benutzeroberflächen, objektorientierte Programmiersprachen und das lokale Netz Ethernet. PARC hat wichtige Beiträge geleistet zu Benutzeroberflächen, elektronischen Komponenten, eingebetteter Software und den Architekturen für jede neue Generation von Xerox-Kopierern, -Druckern und -System-Vervielfältigungs-Produkten.

PC-XT – Der IBM Personal Computer XT oder PC-XT kam 1983 auf den Markt. Er verfügte über einen größeren Speicher als seine Vorgänger und eine eingebaute Festplatte – die erste ihrer Art.

PDP-8 Minicomputer – Der PDP-8 von Digital Equipment Corporation, der erste serienmäßig gefertigte Minicomputer, kam im April 1965 auf dem Markt. Schon bald waren 50 000 Systeme verkauft. Laut Digital ließ sich der PDP-8 bequem auf dem Rücksitz eines VWKabrios unterbringen.

Periphere Geräte – Periphere Geräte sind alle Hardwareteile, die mit dem Computer verbunden sind. Als periphere Geräte gelten Diskettenlaufwerke, Modems, Monitore, Tastaturen, Drucker, Scanner, Joysticks und Mäuse.

Personal Communications Service – PCS oder Personal Communications Service ist eine neue, energieärmere Technik mit höherer Frequenz, die der bisherigen Zelltechnik durchaus Konkurrenz machen kann. Mit PCS wären die Telefone kostengünstiger, hätten eine geringere Reichweite und wären wahrscheinlich digital. Die Zellen wären kleiner und lägen enger beieinander, so daß auch die Gebühren billiger wären.
PCS kann einen Anruf an jeden Teilnehmer vermitteln, unabhängig von seinem Aufenthaltsort, bietet diesem aber die Möglichkeit, den Anruf anzunehmen oder zu verweigern oder ihn weiterzuleiten. Möglicherweise wird PCS eine neue Art von drahtloser Sprach- und Datenübertragung verwenden – mit energiearmen, leichten Taschentelefonen und Palmtop-Rechnern.

Personalcomputer – Personalcomputer sind für die Benutzung durch eine Person zur Zeit vorgesehen. Personalcomputer müssen Datenverarbeitung, Festplatte und Drucker nicht mit einem anderen Computer teilen (obwohl sie das auf Wunsch des Anwenders auch können). Ursprünglich diente der Begriff zur Bezeichnung eines bestimmten IBM-Computers.

Private Anwendungen – In Zukunft wird man durch verschiedene computerisierte Geräte von zu Hause aus einfachen Zugriff auf eine Vielzahl von Unterhaltungs-, Nachrichten-, Informations- und Bildungsangeboten haben. Multimedia werden die Inhalte lebendig darbieten, die Auswahl wird vielfältig und reichhaltig sein, und durch interaktive Handhabung werden Sie genau das auswählen können, was Sie interessiert. Die alltäglichen Erledigungen werden einfacher sein: Geldangelegenheiten beispielsweise werden Sie jederzeit von zu Hause aus elektronisch regeln können.

Informationen jeder Art können Sie bald im Handumdrehen von zu Hause aus abrufen. Diese Informationen werden Ihnen interaktiv, mit Text, Bild, Klang, Video und Animation dargeboten. Sie werden, sich leicht und schnell durch alle Angebote bewegen, um sich über verschiedene Produkte und Einkaufsmöglichkeiten ebenso mit der von Ihnen gewünschten Genauigkeit informieren zu lassen wie über Gesundheitsfragen und Kunst. Wenn Ihnen all diese Programme und Informationen jederzeit zur Verfügung stehen, brauchen Sie Unterstützung, um damit fertig zu werden. Dienste werden nach von Ihnen festgelegten Kriterien die Informationen und Programme zusammenfassen. Sie können auch automatische Filter benutzen, die Ihre Präferenzen kennen und die Netzwerke nach Unterhaltung, Artikeln, Lernprogrammen und sonstigen Informationen durchsuchen, die für Sie von Interesse sind. Noch spannender wird es sein, in den Netzen auf Erkundungsreise zu gehen, neue Erfahrungen zu machen, Menschen kennenzulernen und mit allen, die dem Netzwerk angeschlossen sind, in Beziehung zu treten.

Gemeinschaften werden sich nicht mehr auf der Grundlage räumlicher Nachbarschaft bilden, sondern aufgrund gemeinsamer Interessen. Wir werden mit Menschen aus aller Welt Klubs für spezielle persönliche Interessen bilden, phantastische Spiele mit ihnen spielen und Ideen mit ihnen austauschen.

Unser Haus werden wir künftig ganz nach unseren Vorlieben organisieren können, gesteuert von einem computergetriebenen Gerät, das sämtliche Eingaben aufnimmt und weiterleitet. Beleuchtung, Musik, Sicherheit und sonstige Funktionen – das alles wird automatisch ein- und abgeschaltet. Ein eingehender Telefonanruf wird dorthin geleitet, wohin

Sie es wünschen. Durch gesprochene Befehle und berührungsempfindliche Bildschirme werden Änderungen jederzeit möglich sein.

Programmieren – Programmieren ist die Kunst und Wissenschaft, Computerprogramme zu entwickeln. Voraussetzung ist die Kenntnis einer oder mehrerer Programmiersprachen – etwa BASIC, C, Pascal oder Assembler. Doch die Kenntnis einer Sprache allein macht noch kein gutes Programm. Dazu ist in der Regel viel mehr erforderlich: Vertrautheit mit der Algorithmentheorie, mit dem Entwurf von Benutzeroberflächen und den Besonderheiten von Hardwareteilen. Computer sind streng logische Geräte, deshalb verlangt das Programmieren gleichfalls einen logischen Ansatz. Fertige Programme sind in vielerlei Hinsicht ein Spiegelbild ihrer Schöpfer. Häufig bezeichnet man sauber geschriebene Programme als »elegant«, weil sie in Entwurf und Ausführung sehr klar sind, während man bei schlecht strukturierten Programmen von *kludge* (Improvisationslösung) spricht, denn ihr Entwurf ist zufällig und schlecht durchdacht.

Programmierer – Ein Programmierer schreibt und testet Computerprogramme. Die Kunst und Wissenschaft des Programmierens beginnt mit der Kenntnis einer oder mehrerer Programmiersprachen wie BASIC. Wünschenswert sind auch allgemeine Kenntnisse auf dem Gebiet, auf welches das Programm Anwendung finden soll – der Textverarbeitung beispielsweise. Computer sind streng logische Geräte, deshalb ist für das Programmieren ein ebenso logischer Ansatz beim Entwurf, Schreiben (Codieren) und Austesten eines Programms erforderlich.

Programmiersprachen – Programmiersprachen sind künstliche Sprachen zur Definition von Befehlssequenzen, die sich am Ende vom Computer verarbeiten und ausführen lassen. Englisch und andere natürliche Sprachen kommen dafür nicht in Frage, obwohl bestimmte Teilbereiche des Englischen von einigen Programmiersprachen der vierten Generation verwendet und verstanden werden.

Quellcode – Der Quellcode oder das Quellenprogramm sind vom Menschen lesbare Aussagen und Befehle (in einer höheren Programmiersprache), die später in eine Maschinen- oder Objektsprache übersetzt oder assembliert werden.

Radio-Shack-Computer Modell 100 – Modell 100, der erste serienmäßig gefertigte, tragbare Computer, wurde am 29. März 1983 von Radio Shack auf den Markt gebracht. Das Gerät war wirklich tragbar, weil es mit Batterien oder wahlweise mit einem Netzgerät betrieben werden konnte. Das Modell 100 hatte fünf eingebaute Programme.

RCA Digital Satellite System (DIRECTV) – Das Unternehmen Thomson Consumer Electronics, das Farbfernsehgeräte, Videorekorder, Camcorder und Audio-Kommunikationsprodukte der Marken RCA, GE und ProScan herstellt und vertreibt, hat die Videokompressionstechnik und Hardware für den ersten digitalen High-Power-Direktstrahler-Fernsehdienst *(digital high-power direct broadcast satellite television service, DIRECTV)* entwickelt.

Die unter der Markenbezeichnung RCA Digital Satellite System vertriebene Anlage umfaßt eine kleine Parabolantenne von 45 Zentimetern Durchmesser, einen vollkommen digitalen Receiver/Decoder und eine interaktive Fernbedienung. Während der ersten sechs Verkaufsmonate (Mitte Juni bis Dezember 1994) hat die RCA-DSS-Anlage den Branchenrekord von fast 600000 Verkäufen erzielt, und zehn Monate nach Markteinführung waren eine Million Anlagen im Einzelhandel verkauft. Das Unternehmen hat seinen nordamerikanischen Hauptsitz in Indianapolis und beschäftigt in den Vereinigten Staaten mehr als 10000 Mitarbeiter.

RSA Public Key Cryptosystem – Das RSA Public Key Cryptosystem wurde 1977 am Massachusetts Institute of Technology entwickelt. Fünf Jahre später, 1982, gründeten die Erfinder dieses revolutionären Algorithmus die RSA Daty Security Inc. RSA widmete sich der Entwicklung und Verbesserung von Datenschutz- und Beglaubigungstechniken und gilt heute weltweit als Branchenführer.

Die theoretischen Vorarbeiten, die Whitfield Diffie und Martin Hellman von der Stanford University 1976 leisteten, führten 1977 zur Entwicklung der Diffie-Hellman-Key-Agreement-Technik und zur Erfindung der Public-Key-Kyptographie durch Ronald Rivest, Adi Shamir und Len Adleman, damals alle Professoren am Massachusetts Institute of Technology.

Einfach gesagt, handelt es sich bei der Public-Key-Kryptographie um ein Verfahren zum Austausch von beglaubigten Geheimnachrichten, ohne die übermittelten Geheimnisse offenzulegen. Statt den gleichen Schlüssel zum Chiffrieren und Dechiffrieren zu nehmen, verwendet das RSA-System zwei aufeinander abgestimmte Schlüssel, den einen zum Chiffrieren, den anderen zum Dechiffrieren. Jeder Schlüssel verwandelt die Daten nur in eine Richtung – was der eine chiffriert, kann nur der andere dechiffrieren.

Da sich der eine Schlüssel durch keine Rechenoperation aus dem anderen ableiten läßt, kann man einen Schlüssel getrost »publik« machen (daher »Public-Key«), während der andere »privat« oder geheim bleiben muß. Wenn man also jemandem eine private Nachricht senden will, braucht man sie lediglich mit dem öffentlichen Schlüssel des Empfängers zu chiffrieren und kann darauf vertrauen, daß nur er sie mit seinem privaten Schlüssel dechiffrieren kann.

Scannen (Abtasten) – Wenn man ein Bild mit einem Scanner abtastet, wird es in einen digitalen Code umgewandelt (ein ähnlicher Vorgang wie beim Faxen eines Briefes). Die daraus resultierende Computerdatei läßt sich leicht über ein Datennetz verschicken oder mit Hilfe verschiedener Softwareanwendungen zu hochwertigen Desktop-Publishing-Produkten verarbeiten.

Schalter – Ein Schalter ist ein Element mit zwei Zuständen – an und aus. Bei »an« läßt der Schalter elektrische Signale ungehindert passieren. Bei »aus« läßt er keine Signale durch. Es gibt mechanische Schalter, etwa die Lichtschalter im Haushalt, und elektrisch gesteuerte Schalter, zum Beispiel Relais.

Sculley, John – John Sculley, 56, ist Chairman und CEO von Sculley Brothers. Von 1983 bis 1993 war er CEO bei Apple Computer und wurde dort 1986 Chairman.

Bevor Sculley zu Apple ging, erwarb er sich als President und CEO bei Pepsi einen hervorragenden Ruf als Marketingfachmann. 16 Jahre lang bekleidete er bei dem Getränkeriesen wichtige Marketing- und Managementpositionen.

Als Apple 1984 den Macintosh unter Sculleys Verantwortung auf den Markt brachte, wurde die Fernsehwerbung von der Zeitschrift *Advertising Age* zum Fernsehspot des Jahrzehnts erkoren. Ferner wurde Apple 1988 von der Amerikanischen Vereinigung der Werbeagenturen für die beste Werbe- und Marketingstrategie aller Konsumgüterhersteller der vorangegangenen fünf Jahre ausgezeichnet.

In Silicon Valley kennt man John Sculley als den Mann, der Anfang der achtziger Jahre das Marketing für Markenartikel in die PC-Branche eingeführt hat. Von den Zeitschriften *Advertising Age* und *Adweek* wurde er zum Werbefachmann des Jahres gewählt. *Financial News Network* ernannte ihn zum CEO des Jahrzehnts im Bereich Marketing, und 1992 wurde er zusammen mit dem IBM-President John Kuehler von *Financial World* zum »Mann des Jahres« proklamiert.

1987 wurde Sculleys Autobiographie *Odyssey*, in der er über seine Erfahrungen in Marketing und Technik berichtete, zu einem Bestseller. Im gleichen Jahr hat ihn der damalige sowjetische Generalsekretär Michail Gorbatschow in das Komitee der Internationalen Stiftung für das Überleben und die Entwicklung der Menschheit berufen, einer kooperativen Ost-West-Initiative zur Förderung von Menschenrechten, Erziehung, Abrüstung, Energiesparen und Umweltschutz. Heute ist Sculley Mitglied im National Information Infrastructure Advisory Council und Präsident des National Center for Education and the Economy.

An der Brown University hat John Sculley ein Architekturstudium abgeschlossen und an der Wharton Business School seinen Magister in Betriebswirtschaft gemacht. Achtmal wurde ihm der Ehrendoktortitel verschiedener Universitäten verliehen.

Server – In einem lokalen Netz (LAN) ist ein Server ein Computer mit einem Dienstprogramm, das den Zugang zu allen Bereichen des Netzes und seinen Geräten (etwa Laufwerken oder Druckern) überwacht. Ein Computer, der als Server fungiert, versorgt die Computer, die im Netz die Funktion von Desktops wahrnehmen, mit den notwendigen Ressourcen. Da die Desktops den Server als Informationsquelle benutzen, bezeichnet man sie häufig als »Clients«.

Shannon, Claude – Claude Elwood Shannon (geb. 1916) ist ein amerikanischer Mathematiker und Elektroingenieur, dem wir die Entwicklung der Kommunikationstheorie verdanken, die heute als Informationstheorie bezeichnet wird. In seinem 1948 veröffentlichten Artikel »The Mathematical Theory of Communication« trug er sein erstes Konzept einer einheitlichen Theorie der Informationsübertragung und -verarbeitung vor. In diesem Kontext besteht Information in übertragenen Nachrichten jeglicher Art, auch solchen, die durch das Nervensystem lebender Organismen übertragen werden. Die Informationstheorie spielt heute in vielen Bereichen eine wichtige Rolle.

Shareware – Shareware wird zur Ansicht über Mailbox-Systeme, Online-Dienste, Versandhäuser und Benutzergruppen verteilt. Shareware ist Software, die an die Ehrlichkeit des Benutzers appelliert. Wer sie regelmäßig verwendet, ist aufgefordert, sich registrieren zu lassen und sie zu bezahlen, dann erhält er technische Beratung, vielleicht auch eine weitergehende Beschreibung oder die nächste Version. Für den gewerblichen Vertrieb sind Lizenzgebühren zu zahlen.

Es gibt Zehntausende von Sharewareprogrammen, einige hervorragend, andere miserabel. Sharwareanbieter stellen Kataloge mit Hunderten und Tausenden von Programmen zusammen, die sie gegen eine geringe Gebühr verschicken oder auf Demonstrationsveranstaltungen verteilen. Bei dieser Gebühr handelt es sich nicht um die Registriergebühr, sondern um die Gebühr für die Verteilung der Shareware.

Sierra On-Line – Sierra On-Line, der gegenwärtig größte Hersteller und Anbieter von interaktiver Unterhaltungs- und Lernsoftware für Personalcomputer, wurde 1979 von Ken und Roberta Williams gegründet.

Sierra beschäftigt international angesehene Autoren, Musiker und Schauspieler für seine interaktiven, »filmartigen« Adventure-Spiele, bekannte Sportler für seine Sportspiele, Kriegshelden für seine Simulationen und namhafte Pädagogen für Familienunterhaltungs- und Lernprogramme. Jedes Spiel zeichnet sich durch bunte handgemalte oder animierte Hintergrundkulissen, Stereo-Soundtracks, Bewegtbilder und hervorragende Spielgestaltung aus.

Außergewöhnliche Spielgestaltung hat bei Sierra auch weiterhin übergeordnete Bedeutung, denn mehr als 75 Prozent der Mitarbeiter sind mit der Produktentwicklung befaßt. Sierra ist bemüht, die kreativsten und technisch raffiniertesten Programme auf den Markt zu bringen, und so verdankt es seinen Erfolg der Fähigkeit, immer die modernste Technik liefern zu können. Sierra hat sich dem Ziel verschrieben, interaktive Produkte anzubieten, die so unterhaltsam, spannend und innovativ sind, daß sie die Aufmerksamkeit und Phantasie der Kunden gefangennehmen.

Software – Software ist die zusammenfassende Bezeichnung für die Computerprogramme und -befehle, die der Hardware – den Geräten – ihre Arbeitsweise vorgeben. Insgesamt läßt sich die Software in zwei Hauptkategorien unterteilen: das Betriebssystem, das die Arbeit des Computers steuert, und die Anwendungssoftware, die die Vielzahl der heute üblichen Computeraufgaben organisiert.

Soziale Benutzeroberfläche – Die soziale Benutzeroberfläche ist ein neuer Trend in der Softwareentwicklung und bedeutet eine wesentliche Bedienungserleichterung. Der Umgang mit sozialen Benutzeroberflächen ist mühelos und angenehm, weil sie dem Anwender eine natürliche Interaktion mit dem Computer ermöglichen. Im Gegensatz zur traditionellen Software, die vom Benutzer verlangt, abstrakte und komplizierte Konventionen zu lernen, macht sich die soziale Benutzeroberfläche die beim Anwender vorauszusetzende Kenntnis sozialer Normen zunutze.

Lebendig wird die soziale Benutzeroberfläche durch den »persönlichen Berater« *(personal guide)*. Sein Auftreten, seine Handlungen und Äußerungen sollen einen echten Dialog mit dem Benutzer herstellen. Diese »Berater« erleichtern die Zusammenarbeit mit dem Computer und dienen als zentrale Anlaufstelle für alles, was der Benutzer braucht, so daß die Notwendigkeit für gesonderte Handbücher, Werkzeugleisten (*tool bars*) oder Übungsprogramme (*tutorials*) entfällt. Dabei trifft der persönliche Berater für den Benutzer eine Vorauswahl der Programme, das heißt, er bietet ihm Optionen an, die dieser aller Voraussicht nach in einer bestimmten Situation am ehesten brauchen kann. Beispielsweise verändern sich Programmoptionen, während sich der Benutzer schrittweise durch verschiedene Aufgaben bewegt. Die Optionen sind also abhängig von dem, was der Benutzer gerade macht. Ferner unterbreitet die soziale Benutzeroberfläche Vorschläge, die sich am Erfahrungshorizont des Benutzers orientieren. Beispielsweise erhält ein Haushaltsmitglied, das viel Erfahrung mit einem Programm hat und es täglich benutzt, nicht die gleichen Tips und Hilfen wie ein Anfänger.

Wenn sich in den kommenden Jahren immer mehr Anwendungsprogramme die sozialen Benutzeroberflächen zunutze machen und neue Techniken entwickelt werden, wird diese Oberfläche immer besser in der Lage sein, sachkundige Analysen vorzulegen, Einblick in die Arbeitsgewohnheiten des Benutzers zu gewinnen, selbständige Entscheidungen zu treffen und die verschiedenen Aspekte eines Programms zu verstehen. Noch stärker wird diese Erfindung wirken, wenn man in die soziale Benutzeroberfläche dreidimensionale Animationen, Spracherkennung und andere leistungsfähige Techniken integriert.

Speicher – Der Speicher ist der Teil des Computers, der Informationen oder Befehle für die Anwendung speichert. Der Speicher ist eine wichtige Komponente, weil er die Größe und Zahl der Programme sowie die Datenmenge bestimmt, die gleichzeitig verarbeitet werden können.

Steckerkompatibilität – Steckerkompatibilität bedeutet, daß Computerteile verschiedener Hersteller vollkommen austauschbar sind. Wenn ein Gerät steckerkompatibel ist, wird es auch dann funktionieren, wenn Sie ein Gerät gleicher Art, aber von einem anderen Hersteller anschließen.

Sun Microsystems – Die 1982 gegründete Sun Microsystems Inc. ist eine Firmengruppe, die ein breitgefächertes Angebot an Technik, Produkten und Dienstleistungen auf den EDV-Markt bringt. Zu Suns innovativen, offenen Client/Server-Systemen gehören vernetzte Arbeitsplatzrechner, Betriebssysteme, Chip-Konstruktion und andere wertschöpfende Technologien.

Tabellenkalkulationen – Tabellenkalkulationen sind Computeranwendungsprogramme, die gewöhnlich für Etatberechnung, Prognose und andere Finanzaufgaben eingesetzt werden. Zur Analyse, Kontrolle und Planung können die Daten in Zellen eingetragen werden, die wie bei der Kontenführung in Reihen und Spalten angeordnet sind. Jede Zelle kann Text, numerische Daten oder eine Formel aufnehmen, die aus Werten in anderen Zellen ein gewünschtes Resultat berechnet. Um den Rechenvorgang zu erleichtern, enthalten diese Programme eingebaute Funktionen, die Standardrechnungen ausführen.

Telearbeit – Telearbeit oder Telecommuting ist eine Form der Arbeit, bei der der Mitarbeiter sich an einem anderen Ort (oft zu Hause) befindet und mit dem Hauptbüro über einen mit Modem und Datenübertragungs-Software ausgerüsteten Personal Computer verbunden ist.

Tele-Communications Inc. – Tele-Communications Inc. (TCI) ist ein führender Anbieter von Kabelfernseh- und Telekommunikationseinrichtungen für Privathaushalte. In 49 amerikanischen Bundesstaaten beschäftigt das Unternehmen 32000 Mitarbeiter. Ende 1994 besaß Tele-Communications Inc. mehr als 400000 Kilometer Koaxialkabel und weitere 16000 Kilometer Glasfaserkabel. Weltweit baut TCI sein Angebot an neuen Multimedia-Diensten und Telekommunikationstechniken intensiv aus. Das Unternehmen hat das Ziel, TCI-Kunden mit einem hochwertigen und vielseitigen Programm von Video-, Sprach- und anderen Datenübertragungsdiensten zu versorgen.

Teledesic – Teledesic wurde im Juni 1990 gegründet und ist an den breit angelegten und kooperativen Anstrengungen beteiligt, ländliche und entlegene Gebiete der Erde, für die traditionelle Kabelverbindungen keine wirtschaftliche Lösung darstellen, zu vernünftigen finanziellen Bedingungen mit modernen Informationsdiensten zu versorgen.

Nach fast vierjähriger Forschungs- und Entwicklungsarbeit beantragte Teledesic im März 1994 bei der U.S. Federal Communications Commission (Bundesbehörde für Nachrichtentechnik) die Genehmigung, 840 Low-Earth-Orbit-Satelliten (Satelliten auf niedriger Umlaufbahn) herzustellen, in Erdumlauf zu bringen und zu betreiben. Auf diese Weise soll weltweit eine umfangreiche Palette von modernen Informationsdiensten angeboten werden – von vorzüglichen Sprachkanälen bis hin zu Breitbandkanälen für Videokonferenzen, interaktiven Multimedia- und anderen digitalen Echtzeit-Zweiwege-Anwendungen.

Teledesic, das die Arbeit im Jahr 2001 aufnehmen will, hat nicht vor, sich mit seinen Dienstleistungen direkt an den Endverbraucher zu wenden, sondern will sein offenes Netz anderen Dienstleistungsanbietern zur Verfügung stellen. In Gastländern soll das Teledesic-Netz lokalen Telefongesellschaften und Regierungsbehörden die kostengünstige Modernisierung vorhandender Nachrichtensysteme ermöglichen und allen Gebieten, die solche Dienste benötigen, einen Zugang zu vernünftigen Preisen gestatten. Durch Bodenstationen können Dienstleistungsanbieter nahtlose Verbindungen zu anderen kabelgebundenen und drahtlosen Netzen herstellen. Das Teledesic-Netz ist unabhängig von Naturkatastrophen, so daß es die lebenswichtigen Nachrichtenverbindungen zu Krankenhäusern und anderen Einrichtungen offenhalten kann, die heute noch auf terrestrische Systeme angewiesen sind.

Die Fähigkeit, modernste digitale Breitbandübertragungs-Möglichkeiten, unabhängig vom Standort, zu geringen Kosten anzubieten, unterscheidet das Teledesic-Netz von anderen vorhandenen oder geplanten Nachrichtensystemen. Das Teledesic-Netz soll einen nahtlosen Übergang zu terrestrischen Glasfaser- und Koaxialkabelnetzen bieten. Dazu muß es die gleichen wesentlichen Merkmale wie diese Netze besitzen. Die niedrige Umlaufbahn (700 Kilometer) beugt der Signalverzögerungen vor, wie sie bei herkömmlichen geostationären Nachrichtensatelliten auftreten, die in einer Höhe von 36000 Kilometern arbeiten – 50mal höher als die Satelliten des Teledesic-Netzes. Mit Übertragungs- und Bitfehlerraten, die sich mit denen von Glasfaserkabeln messen können, ist das Teledesic-Netz in einzigartiger Weise geeignet, den hochentwickelten Anwendungen und Datenprotokollen gerecht zu werden, die moderne Netze bewältigen müssen. Geostationäre Satelliten können diese »Glasfaser-Qualität« nicht liefern, die in dem Maße an Bedeutung gewinnen wird, wie sich kabelgebundene Breitbandnetze in den Ballungsgebieten der Industriegesellschaften ausbreiten werden. Dank dem Teledesic-Netz braucht man nicht zwei Kategorien von Netzeinrichtungen – eine für verzögerungsempfindliche Anwendungen und die andere für Anwendungen, die Verzögerungen vertragen.

Das Teledesic-Netz wird über eine sehr hohe Kapazität verfügen, so daß die Gebühren mit den Fernsprechgebühren in modernen Ballungsgebieten vergleichbar sein werden. In einer Zelle von 53 Kilometer mal 53 Kilometer hat das Netz eine Kapazität von mehr als 1400 simultanen 16-KB/s-Sprachkanälen, 15 simultanen T1(1,544MB/s)-Kanälen oder jeder anderen vergleichbaren Kombination von Kanalbandbreiten. Das Netz wird in der Lage sein, an Standardbenutzer »Bandbreiten nach Wunsch« zu liefern, von 16KB/s bis 2MB/s. Ferner wird das Netz für Knotenrechner und Benutzer mit besonderen Bedürfnissen – wie etwa Regierungsstellen – eine geringere Anzahl von Hochgeschwindigkeitsverbindungen mit 155MB/s bis 1,2GB/s zur Verfügung stellen. Die niedrige Umlaufbahn und hohe Frequenz (30GHz von der Erde zum Satelliten/20GHz vom Satelliten zur Erde) gestatten die Verwendung von weniger empfindlichen Empfängern und Antennen.

Teledesic kann sich auf die Vorarbeiten stützen, die in vielen modernen Satellitenprogrammen privatwirtschaftlicher oder staatlicher Betreiber geleistet wurden, und hat die Hilfe einiger staatlicher Forschungsinstitute in Anspruch genommen. Dabei greift das Teledesic-System auf die bewährte Technik und Erfahrung aus vielen US-Verteidigungsprogrammen zurück, unter anderem auf das Programm »Brilliant Pebbles« (»Glänzende Steine«), dem ein ähnliches Konzept zugrunde lag: eine weltweite Anordnung von 1000 kleinen, hochentwickelten, halbautonomen und miteinander verbundenen Satelliten. Für die ersten Entwicklungsarbeiten hat sich Teledesic die Kenntnisse der in diesem Programm beschäftigen Vertragsfirmen zunutze gemacht. Teledesic verfügt über einen Stamm von

Satellitenexperten, die umfangreiche Erfahrung in Entwicklung, Konstruktion, Einsatz und Betrieb von Ein- und Mehr-Satelliten-Systemen besitzen.
Entwicklungs-, Konstruktions- und Einsatzkosten werden auf neun Milliarden Dollar geschätzt. Mit dem Teledesic-Netz werden zum erstenmal Satelliten und die dazugehörigen Subsysteme in solchen Mengen hergestellt, daß sie serienmäßig gefertigt und getestet werden können. Durch diese Vergrößerung des Produktionsumfangs ergeben sich erhebliche Kostensenkungen. Um die Anlaufkosten möglichst gering zu halten und zeitliche Engpässe zu vermeiden, werden sich Teledesic-Satelliten von mehr als 20 Abschußsystemen in aller Welt starten und außerdem problemlos stapeln lassen, so daß man mit einer Trägerrakete mehrere Satelliten in die Umlaufbahn bringen kann.
Der Hauptsitz von Teledesic befindet sich in Kirkland, Washington, in der Nähe von Seattle. Hauptanteilseigner sind Craig O. McCaw und William H. Gates III. Das Unternehmen ist bemüht, eine weltweite Partnerschaft von Dienstleistungsanbietern, Herstellern, Regierungen und anderen Organisationen zu schaffen. Da Teledesic kein Hersteller ist, versucht das Unternehmen auch keine Märkte für Satelliten oder andere Geräte zu erschließen, sondern die Fähigkeiten seiner Partner so zu organisieren, daß alle Bewohner unseres Planeten einen kostengünstigen Zugang zu hochentwickelten, digitalen Breitband-Informationsdiensten erhalten.

Telefaxgerät – Telefaxgeräte, kurz Fax genannt, übertragen Text oder Grafik in digitalisierter Form über Telefonleitungen. Gewöhnliche Faxgeräte lesen ein Dokument ein, übertragen ein Abbild des Dokuments als Bitmap und geben das empfangene Abbild über einen Drucker aus. Faxabbildungen können auch vom PC aus gesendet und empfangen werden, wenn dieser über Fax-Hardware und -Software verfügt.

Teletype – Teletype, der Handelsname von Teletype Corporation, ist ein Fernschreiber, also ein Gerät zur langsamen Nachrichtenübermittlung, das aus einer Tastatur und einem Drucker besteht. Die ersten Computer verwendeten Fernschreiber als Terminals; heutige Computer ersetzen die Drucker der Fernschreiber durch Bildschirme. Teletype war eine der ersten Datenstationen in den Vereinigten Staaten.

Telex – Das Telex-System (Fernschreiben) ist eine weltweite Nachrichtenübertragung durch Wählverkehr. Häufig ist es für Firmen weit verläßlicher und schneller, sich per Telex an Geschäftspartner in Übersee zu wenden, als sie anzurufen. Von Vorteil ist der Telexverkehr auch in Hinblick auf Zeitzonenunterschiede, da man seine Nachricht an ein unbeaufsichtigtes Telexgerät schicken kann. Außerdem druckt es die Nachricht aus. Telex ist relativ kostengünstig, da es kaum mehr als einen Telefonanruf kostet. Allerdings hat das System einen Nachteil: Es ist sehr langsam und nicht sehr genau, denn es besitzt praktisch keine Vorrichtung zur Überprüfung von Datenübertragungsfehlern. So wird Telex gegenwärtig rasch durch schnellere und präzisere Formen der Datenübertragung ersetzt, unter anderem durch öffentliche Paketvermittlungsnetze, verschiedene E-Mail-Dienste und in jüngster Zeit durch die sehr preiswerten Fernkopierer (Faxgeräte).

Terabyte – Ein Terabyte, abgekürzt TB oder TByte, ist ein Maß, das für sehr leistungsfähige Datenspeicher gebräuchlich ist. Obwohl man darunter im allgemeinen einfach eine Billion Byte versteht, ist die genaue Zahl 1099511627776 Byte.

Terminalemulation – Terminalemulation ist eine Anwendung, die einem Personalcomputer gestattet, sich so zu verhalten, als sei er ein Terminal bestimmter Art, das mit einem anderen Computer, gewöhnlich einem Großrechner, in Verbindung steht.

Texas Instruments – Texas Instruments ist ein weltweit tätiges Unternehmen, das zentrale technische Bausteine für die Veränderungen der digitalen Revolution anbietet.

Seit der kommerziellen Nutzung des Siliziumtransistors im Jahre 1954 und der Erfindung des integrierten Schaltkreises 1958 haben sich die technischen Neuerungen von TI immer an der vordersten Front der digitalen Revolution bewegt. TI ist einer der weltweit wichtigsten Anbieter von Halbleiterprodukten, die das Kernstück moderner Elektronikgeräte bilden. TIs Abteilung für Verteidigungselektronik ist einer der bedeutendsten Lieferanten von Infrarot- und Waffenleitsystemen für das US-Verteidigungsministerium und verbündete Nationen. Technisch führend ist TI auch auf dem Gebiet sehr leistungsfähiger Notebooks und modellgestützter Softwareentwicklungswerkzeuge. In der ganzen Welt haben Lehrer mit TITaschenrechnern die Methoden des mathematischen und naturwissenschaftlichen Unterrichts verändert. TI-Sensoren kontrollieren und regulieren Druck und Temperatur in den verschiedensten Produkten – von Automobilen bis zu Klimaanlagen.

Zu den Grundüberzeugungen von TI gehört die enge Zusammenarbeit mit dem Kunden, denn das Unternehmen hofft, auf diese Weise die Veränderungen zu verstehen, die unser Leben beeinflussen, und dank diesem Verständnis zu wichtigen Innovationen fähig zu sein.

Textverarbeitung – Eine Textverarbeitung ist das elektronische Äquivalent zu Papier, Kugelschreiber, Schreibmaschine, Radiergummi und in der Regel auch Wörterbuch und Synonymwörterbuch. Praktisch jeder Personalcomputer hat Textverarbeitungs-Software, die die Aufgaben bei der Beschäftigung mit Texten erleichtert (Löschen, Einsetzen, Überschreiben und so fort).

Thomson Consumer Electronics – Thomson Consumer Electronics ist Amerikas größter Hersteller und Anbieter von Fernsehapparaten und verwandten Videoprodukten. Zu den wichtigsten Produkten gehören Farbfernseher, Videorekorder, Camcorder, Video-CDs, CD-Player, Audio-Produkte für das Home Theater, HiFi-Geräte, Radioapparate, Telefone, Unterhaltungsprodukte und eine Vielzahl von Zubehörartikeln.
Das Unternehmen hat seinen Hauptsitz in Indianapolis, Indiana, und beschäftigt in den USA mehr als 10000 Mitarbeiter.

Transistor – Kurzwort aus dem Englischen: *transfer resistor* (Übertragungswiderstand). Es handelt sich um ein Halbleiter-Bauelement, das viele Funktionen wahrnehmen kann, unter anderem die von Verstärkern, Schaltern und Oszillatoren. Ende der vierziger Jahre wurde der Transistor in den Bell Laboratories erfunden; heute ist er ein grundlegendes Bauelement in fast allen modernen Elektronikgeräten.

Treiber – Treiber sind Hardwaregeräte oder Programme, die ein anderes Gerät steuern oder regeln. Ein Leitungstreiber verstärkt zum Beispiel Signale, die über eine Kommunikationsleitung übertragen werden, und ein Gerätetreiber ist ein gerätespezifisches Steuerungsprogramm, das einem Computer ermöglicht, mit einem bestimmten Gerät zu arbeiten, etwa einem Drucker oder einem Diskettenlaufwerk.

TRS-80 – Der Personalcomputer TRS-80 von Radio Shack wurde komplett mit 30-Zentimeter-Bildschirm, eingebauter Tastatur und einem Kassettenrekorder, der die Funktion eines Diskettenlaufwerks wahrnahm, im August 1977 für 599,95 Dollar auf den Markt gebracht. Der Computer war vollständig montiert und getestet – man brauchte nur den Stecker einzustecken, um ihn in Betrieb zu nehmen. Bill Gates verkaufte Radio Shack das BASIC, mit dem der TRS-80 programmiert wurde.

Turing, Alan – Alan Mathison Turing (1912–1954) war ein britischer Mathematiker, der Bahnbrechendes für die Computertheorie leistete. 1936 veröffentlichte er noch als Student einen Aufsatz unter dem Titel *On Computable Numbers,* in dem er das Konzept einer hypothetischen Rechenmaschine entwarf, der sogenannten Turing-Maschine. Das Konzept dieser Maschine, die theoretisch jede beliebige Berechnung durchführen konnte, war bedeutsam für die Entwicklung des Digitalrechners. Turing befaßte sich in seiner mathematischen Forschung auch mit Künstlicher Intelligenz und mit biologischen Formen. Er entwarf eine Methode – den Turing-Test –, mit der sich feststellen läßt, ob Maschinen denken können.

Im Zweiten Weltkrieg arbeitete er als Ver- und Entschlüsseler für das britische Außenministerium.

Turing-Maschine – Die Turing-Maschine, ein theoretisches Modell, das als Prototyp des Digitalrechners gilt, wurde 1936 von dem englischen Mathematiker Alan Mathison Turing entwickelt. Die Turing-Maschine ist ein Vorläufer des Digitalrechners, gilt aber immer noch als wertvolles Bezugsmodell für die Rechnertheorie.

UNIVAC – UNIVAC, der erste Elektronenrechner, der kommerziell vertrieben wurde, ist von J. Presper Eckert und John Mauchly entwickelt worden, die auch den ENIAC konstruiert haben (der allgemein als der erste richtige Elektronenrechner gilt). UNIVAC war der erste Rechner, der sowohl numerische als auch Textinformation verarbeiten konnte. 1951 übernahm Remington Rand die Leitung der Eckert-Mauchly Computer Corporation und lieferte 1951 das erste Gerät an die US-amerikanische Zensusbehörde.

UNIX-Betriebssystem – UNIX ist ein Multitasking-Betriebssystem für Mehrplatzbetrieb, das 1969 in den AT&T Bell Laboratories von Ken Thompson und Dennis Ritchie entwickelt wurde und ursprünglich für Minicomputer bestimmt war. UNIX gibt es in verschiedenen Formen und Implementierungen. Einige Versionen sind an der University of California und andere von AT&T entwickelt worden.

VAX – *V*irtual *A*dress e*X*tension, VAX, war die skalierbare Architekturplattform von Digital Equipment Corporation. Das System war einer der ersten Computer, die vollständig von Hardware- und Software-Ingenieuren entwickelt wurden.

Verschlüsselung – Durch Verschlüsselung wird eine Information unlesbar gemacht, um sie vor unbefugter Einsichtnahme oder Verwendung zu schützen. Gewöhnlich wird dazu ein Schlüssel benutzt, ohne den die Information nicht zu entschlüsseln ist. Der US-Normenausschuß hat einen äußerst komplexen Verschlüsselungsstandard (Data Encryption Standard, kurz DES) geschaffen, der praktisch unbegrenzte Möglichkeiten zur Sicherung eines Dokuments bereitstellt.

VGA – VGA ist die Abkürzung für *V*ideo *G*raphics *A*rray (Grafikanordnung), einen Grafikstandard, der 1987 von IBM eingeführt wurde. Bei VGA kann der Bildschirm des Computers eine von vier Auflösungen erzeugen – die höchste mit 640 waagerechten mal 480 senkrechten Bildpunkten bei zwei oder sechzehn Farben, die aus 262144 verschiedenen Farben auswählbar sind.

VHS – VHS (Video Home System) ist ein Videosystem, das ein 12,65 mm breites Magnetband verwendet und von Matsushita/JVC eingeführt wurde. Heute ist dieses Band das international verbreitetste. Es gibt auch ein VHS mit 19 mm breitem Band, das man besonders in Werbeagenturen verwendet, um entstehende Arbeiten zu betrachten. Das industrielle Videoband – das Material, mit dem Fernsehstationen arbeiten – hat eine Breite von 254 mm. Deshalb haben seine Bilder auch eine weit bessere Qualität als die des VHS-Halbzollbandes.

Video-on-demand (Video-auf-Abruf) – Stellen Sie sich vor, Sie teilen Ihrem Computer oder Fernsehapparat mit, daß Sie einen bestimmten Film sehen möchten – ganz nach Ihrem Belieben –, und können ihn dann gegen eine kleine Gebühr bequem in den eigenen vier Wänden abspielen. Sie brauchen den Film nicht mehr in Ihrer Videothek auszuleihen, weil er Ihnen über das Netz des Information Highway zugespielt wird. Das ist Video-on-demand – unmittelbarer Zugang zu jedem Film, den Sie sich wünschen und wann Sie ihn sich wünschen. Außerdem ist es ein weiteres Beispiel für Information auf Knopfdruck.

VisiCalc – VisiCalc war die erste elektronische Tabellenkalkulation und ein durchschlagender Erfolg. 1978 wurde die von Dan Bricklin und Bob Frankston entwickelte Tabellenkalkulation für den Apple II eingeführt.

Wallet-PC – Stellen Sie sich eine wirklich leichte, in einer Hand zu haltende brieftaschengroße Computerversion vor. Sie können sich ein solches Gerät nach Ihrem Geschmack und Ihren Bedürfnissen auswählen. Jeder hat eines. Man nimmt es überallhin mit. Es ist so unentbehrlich wie heute Schlüssel, Brieftasche und Kreditkarten. Das ist der Wallet-PC (Brieftaschen-PC). Mit ihm öffnen Sie Türen, zahlen im Restaurant, erhalten Nachrichten, weisen sich aus – und das alles elektronisch. Durch ihn können sie auf ganz privater Basis mit vielen anderen Geräten interagieren.

In Zukunft werden Sie Ihre Einkäufe mit elektronischem Geld (der Währung von morgen) oder auf Kredit tätigen – von Ihrem Wallet-PC zur nächsten Bank oder zum Wallet-PC eines anderen gesendet. Ihr Kontostand kann augenblicklich aktualisiert, Ihre »Bar«-Zahlung sofort verbucht werden. Sie zahlen oder verrechnen »Karten« für Sportveranstaltungen, Reisen oder Freizeitaktivitäten mit Ihrem Wallet-PC, und der Zahlungsverkehr wird ohne Papier abgewickelt. Bei der Ankunft am Ort der Veranstaltung wird Ihr Wallet-PC den Kauf bestätigen und anstelle eines Kontrollabschnitts fungieren. Wenn Sie den Wallet-PC bei sich haben, sind Sie nie mehr ohne Familienfotos. Wenn Sie möchten, können Sie eine ganze Diaserie darin speichern.

Im Wallet-PC befinden sich auch die Schlüssel zu Ihrem Haus, Büro und Auto. Dabei sind alle Informationen in Ihrem Wallet-PC geschützt und gesichert, so daß niemand außer Ihnen an sie herankommt – es sei denn, Sie wünschen es. Er führt Ihren Terminkalender, so daß Sie leicht feststellen können, was anliegt und wieviel Zeit Sie haben, um zum Ort Ihres nächsten Termins zu gelangen. Alle Veränderungen, die Sie vornehmen, werden augenblicklich drahtlos registriert.

Drahtlos erhalten Sie auch Ihre Nachrichten – als Text- oder Sprachübertragung –, so daß Sie stets erreichbar und auf dem laufenden sind. Jede Neuigkeit erfahren Sie augenblicklich. Ihr Wallet-PC könnte auch mit einem elektronischen Ortungssystem verbunden sein. So ausgerüstet, können Sie etwa in einer Fußgängerzone ein Geschäft von Ihrem Wallet-PC orten und sich die Richtung angeben lassen. Vielleicht ist er auch an ein Satelliten-Navigationssystem (GPS – Global Positioning System) angeschlossen und gibt Ihnen beim Autofahren sprachliche Hinweise. Die mobile Datenverarbeitung wird dafür sorgen, daß wir eine ganz andere Vorstellung von unserem Büro, unserem Zuhause und unserer Welt bekommen. Sie wird unsere Lebensweise gründlich verändern.

Wang, An – Dr. An Wang, Gründer der Wang Laboratories, kam 1945 aus China in die Vereinigten Staaten, um an der Harvard-Universität Angewandte Physik zu studieren. 1946 erwarb er den Magister der Naturwissenschaften, 1948 den Doktorgrad. Anschließend war er als Forscher am Harvard Computational Laboratory tätig.

Dr. Wang erlangte wachsende Anerkennung seitens der wissenschaftlichen Gemeinschaft durch die Erfindung der Magnetpulssteuerung, des Prinzips, auf dem der Magnetkernspeicher beruht. Der Kernspeicher war über 20 Jahre lang eine grundlegende Komponente des modernen Computers.

Dr. Wang gründete die Wang Laboratories, um spezialisierte elektronische und digitale Geräte zu entwickeln. An Wang verstarb im März 1990.

Wang Laboratories – Wang Laboratories Inc. hat seinen Hauptsitz in Lowell, Massachusetts. Wang entwickelt, fertigt und vertreibt Computer, Informationssysteme und Informationsdienste, die die Abläufe in Unternehmen und anderen Organisationen effektiver gestalten sollen. Zu Wangs Produkten gehören bedienungsfreundliche Wort-, Daten-, Sprach-, Bild- und Nachrichtensysteme, die sich in eng verknüpfte Wang- und Nicht-Wang-Netze integrieren lassen.

Watson, Thomas J. – Thomas J. Watson war ein amerikanischer Pionier auf dem Gebiet der Buchungs- und Rechenmaschinen. Der verstorbene Vorstandsvorsitzende von IBM hat in 42 Jahren einen weltumspannenden Industriekonzern aufgebaut. Mit seiner Maxime »Weltfrieden durch Welthandel« hat er der internationalen Staatengemeinschaft ein wichtiges Ziel vorgegeben.

Watson, Thomas J. jr. – Thomas J. Watson jr. trat 1937 als einfacher Verkäufer in das New Yorker Verkaufsbüro von IBM ein. Nach einer fünfjährigen

Unterbrechung, während er bei der US-amerikanischen Army Air Force diente, kehrte er zu IBM zurück und wurde dort 1952 zum President gewählt. Später wurde er zum Geschäftsführer und Vorstandsvorsitzenden ernannt, Funktionen, die er bis 1971 innehatte.

WordPerfect – Bei WordPerfect handelt es sich um ein Softwarepaket für Textverarbeitung, das von Novell, Inc., entwickelt wurde. Die Firmenphilosophie von Novell steht für Kommunikation zwischen Personen und einer Anbindung dieser Personen an für sie wichtige Informationen, die Handlungsspielraum ermöglichen – zu jeder Zeit und an jedem Ort. Novell gehört zu den bedeutenden Network-Software-Anbietern. Die Angebotspalette umfaßt Infrastruktur-Verteilung, Network-Dienstleistungen, fortgeschrittenen Network-Zugang und alle Network-Anwendungen, mittels derer Informationen und Rechenleistungen über das Netwerk ein integraler Bestandteil des alltäglichen Lebens werden.

WordStar – WorStar ist ein Textverarbeitungsprogramm, das 1978 für die ersten PCs auf den Markt kam. Das Produkt der in Cambridge, Massachusetts, ansässigen Firma SoftKey International, Inc., war das erste Programm, mit dem Besitzern von Personal Computern Textverarbeitungsmöglichkeiten zu einem Preis angeboten wurden, der dem damaligen Entwicklungsstand von Textverarbeitugssystemen gerecht wurde. WordStar setzte auch neue Maßstäbe auf dem Gebiet der Tastaturbefehle, wie sie noch heute in Personal Computern ihren Einsatz finden.

World Wide Web – Das Konzept des World Wide Web hat Tim Berners-Lee vom CERN (Europäische Organisation für Kernforschung) im März 1989 entwickelt. Berners-Lee hatte die Absicht, ein multimediales Fernnetz-Informationssystem zu schaffen, das den Zugang zu einem riesigen Dokumentenbestand eröffnete. Ursprünglich nur für die Gemeinschaft der Hochenergiephysiker gedacht, hat es auch auf andere Bereiche ausgestrahlt und wegen seiner Benutzerhilfen, Suchtechniken und Kooperationsmöglichkeiten viel Beachtung gefunden. Gegenwärtig ist es das modernste Informationssystem im Internet und trägt auch künftigen technischen Neuerungen Rechnung – etwa neuen Netzen, Protokollen und Datenformaten.

Während das WWW ursprünglich nur Dokumente übertragen sollte, hat sich dieses Konzept in letzter Zeit erweitert. Heute kann man auch Bilddateien, Audiodateien und sogar Filme, die in vielen verschiedenen Formaten gespeichert sind, über das Netz schicken (vorausgesetzt, der Benutzer hat Programme, die die verschiedenen Dateien unterstützen). In den letzten Jahren ist das WWW ungeheuer angewachsen. So rangierte es im Januar 1993 nach reinem Byte-Verkehr noch an 127. Stelle aller Netzdienste. Im August 1995 befand sich das WWW schon auf dem 13. Platz. Im gleichen Zeitraum vermehrte sich der Byte-Verkehr im nordamerikanischen Netz der National Science Foundation, der auf das Konto des WWW ging, um das 414fache.

Stellen Sie sich weltweit Tausende von Computern vor, die alle die gleiche Dokumentengruppe sehen wollen. Ohne irgendein Kommunikationssystem müßten diese Dokumente auf jedem Computer untergebracht werden, wozu enorm viel Speicherplatz und zahlreiche Kopien jedes Dokuments erforderlich wären. Und nun stellen Sie sich ein System gemeinsamer Verbindungen vor, die die Computer zusammenschließen (das Internet). Diese Computer können nun miteinander »sprechen« und Zugang zu den gleichen Dokumenten erhalten, ohne selbst Kopien speichern zu müssen. Doch wie bekommen sie diese Dokumente? Es gibt viele Übertragungsmethoden (Protokolle), unter denen man wählen kann, aber ein Computer müßte zu jedem Protokoll Zugang haben, um jedes verfügbare Dokument zu bekommen. Oder er bräuchte den Zugang zu einem Informationssystem, das fast jedes vorhandene Protokoll unterstützen kann (dem World Wide Web). Aus diesem Grund ist das WWW geschaffen worden.

Jeder Benutzer, der sich Informationen über das WWW beschaffen will, muß einen Client verwenden. Außerdem muß jede Information durch einen Server zur Verfügung gestellt werden. Ein Client ist ein Programmpaket auf dem Gerät des Benutzers, das Zugang zu den Dokumenten im WWW gewährt. Gewöhnlich verfügen Clients über attraktive Benutzeroberflächen, die dem Anwender auf Knopfdruck gestatten, durch die Dokumente zu spazieren. Ein sehr verbreiteter WWW-Client ist Mosaic, aber es gibt noch viele andere. Verschiedene Clients (auch Browser genannt) stehen für verschiedene Plattformen zur Verfügung. Ein Server ist ein Programm, das sich in der Regel auf einem Knotenrechner befindet und Dienstleistungen für Clients verrichtet. Es gibt eine Vielzahl von unterschiedlichen WWW-Server-Programmen für verschiedene Datenarten.

Wenn Benutzer das URL des Dokuments eingeben, das sie zu sehen wünschen, sucht der Client nach dem Server, der für dieses URL zuständig ist, und »fragt« nach dem Dokument, welches das spezifizierte Protokoll verwendet. Der Server sucht das Dokument und händigt es dem Client zur Einsichtnahme aus. Nur solange das Dokument betrachtet wird, bleibt es im Client-Rechner. Dieser ganze Prozeß vollzieht sich relativ rasch (mit einer Dauer von ein paar Sekunden bis zu ein paar Minuten), selbst wenn die Verbindung bis zur anderen Seite der Erde reicht!

Xerox – Xerox Corporation ist ein Unternehmen, das weltweit auf dem Markt für Dokumentenverarbeitung operiert. Die Aktivitäten des Konzerns umfassen Planung, Entwicklung, Herstellung, Vermarktung und Wartung einer ganzen Palette von dokumentverarbeitenden Produkten und Systemen, die zur Produktivität von Büroarbeit beitragen. Xerox' Kopierer, Vervielfältigungsgeräte, elektronische Drucker, Netzwerke, multifunktionale Publishing-Systeme und verwandte Produkte, Software und Zusatzartikel werden in mehr als 130 Ländern vertrieben.

Die Xerographie, jene technische Neuerung, die die Revolution auf dem Gebiet der Vervielfältigung von Bürounterlagen lostrat, war eine Erfindung des Patentanwalts Chester Carlson, der 1938 die ersten xerographischen Bilder anfertigte. 1944 schloß das Battelle Memorial Institute in Columbus, Ohio, einen Vertrag mit Carlson über die Entwicklungsarbeit an dem Prozeß, den Carlson »Elektrophotographie« nannte. Drei Jahre später erteilte Battelle der Haloid Company in Rochester, New York, die Lizenz zur Entwicklung und Vermarktung einer Kopiermaschine, die auf Carlsons Erfindung beruhte.

Carlson, Battelle und Haloid fanden übereinstimmend, »Elektrographie« sei eine zu schwerfällige Bezeichnung. Ein Professor für klassische Sprachen an der Ohio State University schlug den neuen Namen vor: »Xerographie«, zusammengestzt aus den griechischen Wörtern für »trocken« und »schreiben«.

Die Bezeichnung »Xerox« als Warenzeichen ihrer Produkte prägte Haloid. 1948 wurden die Wörter »Xerographie« (als Bezeichnung des Prozesses) und Xerox (als Bezeichnung der Produkte) gleichzeitig auf dem Markt eingeführt.

Unter dem Eindruck der ersten bescheidenen Erfolge seiner Kopiergeräte änderte Haloid 1958 den Namen seines Unternehmens in Haloid Xerox Inc. um. 1961 wurde daraus die Xerox Company, nachdem der Xerox 914, der erste automatische Bürokopierer für Normalpapier, den Markt erobert hatte.

Xerox Star – Das professionelle Rechnersystem Xerox 6085 »Star« verfügte über Hochleistungsfunktionen wie Mehrfenstertechnik und vollständig integrierte Software und war der erste Computer dieser Art, auf dem die meisten Standardprogramme für PCs einsetzbar waren. Ferner hatte der Xerox Star eine grafische Benutzeroberfläche und war im autonomen wie im Netzbetrieb einsetzbar.

Register

Kursiv gesetzte Seitenzahlen verweisen auf Stichworte im Glossar.

Bildnachweis

Die Abbildungen wurden mit freundlicher Genehmigung zur Verfügung gestellt von:
S. 17 Lakeside School; S. 32 Intel Corporation, © 1972 by Intel Corp.; S. 35 © 1975 by Ziff-Davis Publishing Company; S. 47/48 Carey, Keller, Anderson; S. 51 UPI/Bettmann; S. 57 Intel Corporation © 1994 by Intel Corporation; S. 80 International Business Machines Corporation; S. 84, 85, 115, 142, 173, 205, 292, 295, 318 Microsoft Corporation; S. 87 Apple Computer, Inc.; S. 109 © 1995 by Davis Freeman, Seattle, WA; S. 111 Scientific-Atlanta/Illustration Carey, Keller, Anderson; S. 113 Digital Equipment Corporation; S. 314, 316 Intergraph Corporation